Die Kollegen in der Dubliner Mordkommission machen der eigenwilligen Antoinette Conway das Leben zur Hölle. Nur ihr Partner Stephen Moran hält noch zu ihr. Als eine junge Frau zu Hause tot aufgefunden wird, sieht alles nach einer schnell aufzuklärenden Beziehungstat aus. Aber warum hat dann jemand aus der Mordkommission ein Interesse, die Ermittlungen zu behindern? Soll Antoinette endgültig aus dem Dezernat fliegen? Weiß außer ihr und Stephen noch jemand, dass sie das Opfer schon einmal gesehen hat? Immer tiefer geraten Ermittler, Verdächtige und Zeugen in einen gefährlichen Vernehmungskreisel.

»Sie ist eine der besten Kriminal-Autorinnen der Welt«, sagt die ›Washington Post‹ über die irische Schriftstellerin *Tana French*. Ihre tiefgründigen, hochspannenden Romane um verschiedene Ermittler der Dubliner Mordkommission finden sich regelmäßig auf den internationalen Bestsellerlisten. Tana French wuchs in Irland, Italien und Malawi auf. Sie absolvierte eine Schauspielausbildung am Trinity College und arbeitete für Theater, Film und Fernsehen. In ihren Kriminalromanen, für die Tana French vielfach ausgezeichnet wurde, schaut sie tief in die Seelen von eng miteinander verstrickten Tätern, Opfern und Ermittlern. Mit ihrer eindrücklichen, präzisen und poetischen Sprache zeichnet die Autorin dabei markante Porträts der modernen irischen Gesellschaft. Tana French lebt mit ihrem Mann und ihren beiden Kindern im nördlichen Teil von Dublin.

TANA FRENCH

GEFRORENER SCHREI

ROMAN

Aus dem Englischen von Ulrike Wasel
und Klaus Timmermann

FISCHER Taschenbuch

Erschienen bei FISCHER Taschenbuch
Frankfurt am Main, April 2018

Die Originalausgabe erschien 2016 unter dem Titel
›The Trespasser‹ im Verlag Hodder & Stoughton, London

Druck und Bindung: CPI books GmbH, Leck
Printed in Germany
ISBN 978-3-596-03423-9

FÜR OONAGH

PROLOG

MEINE MA HAT MIR viele Geschichten über meinen Dad erzählt. In der ersten, an die ich mich erinnere, war er ein ägyptischer Prinz, der sie heiraten und für immer in Irland bleiben wollte, dann aber von seiner Familie gezwungen wurde, nach Hause zu kommen und eine arabische Prinzessin zu heiraten. Sie konnte gut Geschichten erzählen, meine Ma. Amethyst-Ringe an seinen langen Fingern, sie beide tanzend unter kreisenden Lichtern, sein Geruch nach Gewürzen und Kiefer. Ich, ausgestreckt unter der Bettdecke und in Schweiß gebadet – es war Winter, aber die Genossenschaft regulierte die Heizung für das ganze Mietshaus, und die Fenster in den oberen Stockwerken ließen sich nicht öffnen –, ich stopfte die Geschichte so tief in mich hinein, wie ich nur konnte, und verwahrte sie dort. Ich war noch klein. Diese Geschichte machte mich jahrelang stolz, bis ich acht war und sie meiner besten Freundin Lisa erzählte, die sich vor Lachen gar nicht mehr einkriegte.

Ein paar Monate später, als die Kränkung abgeklungen war, marschierte ich eines Nachmittags in die Küche, stemmte die Fäuste auf die Hüften und verlangte die Wahrheit. Meine Ma stutzte nicht mal, griff nach Fairy Ultra und erzählte mir beim Spülen, dass er ein Medizinstudent aus Saudi Arabien gewesen sei. Sie habe ihn kennengelernt, als sie eine Ausbildung zur Krankenschwester machte – an der Stelle kamen viele hübsche Details, die anstrengenden Nachtschichten und das übermüdete Lachen und wie sie beide ein Kind retteten, das von einem Auto überfahren worden war. Er war längst nach Saudi Arabien zurückgekehrt, ohne eine Anschrift zu hinterlassen, als sie merkte, dass ich unterwegs war. Sie brach ihre Ausbildung ab und bekam mich.

Mit der Geschichte konnte ich wieder eine Weile gut leben. Sie gefiel mir. Ich nahm mir sogar insgeheim vor, als Erste von unserer Schule Medizin zu studieren, weil es mir ja schließlich im Blut lag und so. Bis ich zwölf war und wegen irgendwas nachsitzen musste und von meiner Ma einen Anpfiff bekam nach dem Motto, sie würde nicht zulassen, dass ich so endete wie sie, ohne Schulabschluss und ohne Hoffnung auf was Besseres als Putzstellen zum Mindestlohn bis ans Ende ihrer Tage. Ich hatte das alles schon tausendmal gehört, aber an dem Tag fiel mir auf, dass man ohne Schulabschluss keine Krankenschwesterausbildung machen kann.

An meinem dreizehnten Geburtstag sah ich ihr über den Kuchen hinweg in die Augen und erklärte, dass ich es diesmal ernst meinte, ich wolle es wissen. Sie seufzte, sagte, ich sei alt genug, die Wahrheit zu erfahren, und erzählte mir, er sei ein Gitarrist aus Brasilien gewesen, mit dem sie ein paar Monate zusammen gewesen sei, bis er sie eines Abends in seiner Wohnung verprügelte. Als er eingeschlafen war, habe sie sich seinen Autoschlüssel geschnappt und sei nach Hause gefahren, als wäre der Teufel hinter ihr her, über vom Regen leergefegte Straßen und mit einem blauen Auge, das im Takt der Scheibenwischer pochte. Als er schluchzend und Entschuldigungen stammelnd anrief, hätte sie ihn vielleicht sogar zurückgenommen – sie war zwanzig –, aber da habe sie schon von mir gewusst. Sie habe aufgelegt.

Das war der Tag, an dem ich beschloss, nach der Schule Polizistin zu werden. Nicht weil ich vorhatte, mir alle prügelnden Männer da draußen à la Catwoman vorzuknöpfen, sondern weil meine Ma gar nicht Auto fahren kann. Ich wusste, dass die Polizeischule irgendwo in der Pampa war. Es war die schnellste Möglichkeit, die mir einfiel, von meiner Ma wegzukommen, ohne eine miese Putzstelle annehmen zu müssen.

Auf meiner Geburtsurkunde steht *Vater unbekannt*, aber es gibt Mittel und Wege. Alte Bekannte, DNA-Datenbanken. Und es gibt Mittel und Wege, wie ich meine Ma weiter hätte bedrängen können, den Druck jedes Mal ein bisschen erhöhen, bis ich ihr irgendwas entlockt hätte, was nah genug an der Wahrheit dran war, um damit arbeiten zu können.

Ich habe sie nie wieder gefragt. Damals, mit dreizehn, weil ich sie dafür hasste, dass ich mein Leben so lange um ihre idiotischen Geschichten herum erfunden hatte. Als ich dann älter war, als ich es an die Polizeischule geschafft hatte, weil ich dachte, dass ich möglicherweise verstand, warum sie es getan hatte, und weil ich wusste, dass sie recht gehabt hatte.

1

DER FALL KOMMT an einem frostigen frühen Morgen im Januar rein oder jedenfalls rein zu uns. Es ist ein Januar, der stillzustehen scheint, so dass du schon glaubst, die Sonne wird sich nie wieder über den Horizont hieven. Mein Partner und ich haben gerade mal wieder eine von diesen Nachtschichten hinter uns, von denen ich dachte, die gäbe es in der Mordkommission nicht: ein Riesenhaufen Langeweile und ein noch größerer Haufen Blödheit gekrönt mit einer ganzen Lawine Papierkram. Zwei Asos haben aus Gründen, die nicht mal ihnen selbst einleuchten, beschlossen, zum Abschluss ihres Samstagabends den Kopf eines anderen Asos als Tanzmatte zu benutzen. Wir haben sechs Zeugen aufgetrieben, von denen jeder Einzelne hackevoll war, von denen jeder Einzelne eine andere Geschichte erzählte als die übrigen fünf, und von denen jeder Einzelne wollte, dass wir den Fall vergessen und stattdessen herausfinden, warum er aus dem Pub geflogen ist / schlechtes Gras angedreht bekommen hat / von seiner Freundin abserviert wurde. Als Zeuge Nummer 6 mich beauftragte herauszufinden, warum man ihm die Stütze gestrichen hat, war ich kurz davor, ihm zu sagen, weil er zu dämlich ist, um von Amts wegen als menschliches Wesen eingestuft zu werden, und die ganze Bagage mit einem Tritt in den Hintern auf die Straße zu befördern, aber mein Partner ist in Sachen Geduld besser als ich, was einer der Hauptgründe ist, warum ich ihn behalte. Wir schafften es tatsächlich, vier Zeugenaussagen nicht nur miteinander in Übereinstimmung zu bringen, sondern auch mit der Beweislage, so dass wir einen dieser Vollpfosten wegen Totschlag und den anderen wegen schwerer Körperverletzung drankriegen können, was wahrscheinlich bedeutet, dass wir die Welt auf irgendeine Weise, die mir sonstwo vorbeigeht, vor Bösem bewahrt haben.

Wir haben unsere Asos zwecks Überstellung in U-Haft an die Kollegen weitergereicht und tippen unsere Berichte, damit sie auch hübsch ordentlich auf dem Schreibtisch vom Boss liegen, wenn er reinkommt. Mir gegenüber pfeift Steve vor sich hin, was mich bei den meisten Leuten aggressiv machen würde, aber bei ihm klingt es gut: irgendein altes Volkslied, an das ich mich vage vom Singen in der Schule erinnere, leise und gedankenverloren und zufrieden, mit kurzen Pausen, wenn er sich konzentrieren muss, um dann mit lockeren Trillern und frischem Schwung neu einzusetzen, wenn der Bericht ihm wieder flott von der Hand geht.

Er und das säuselnde Summen der Computer und der Winterwind, der sachte um die Fenster streicht: nur das und Stille. Das Morddezernat ist in der Dubliner Burg untergebracht, mitten im Herzen der Stadt, aber unser Gebäude liegt ein paar Ecken entfernt von dem noblen Zeug, das die Touristen anlockt, und unsere Mauern sind dick; sogar der frühmorgendliche Verkehr auf der Dame Street kommt bei uns bloß als unaufdringliches Rauschen an. Die Mengen an Unterlagen und Fotos und handschriftlichen Notizen, die auf den Schreibtischen herumliegen, sehen aus, als würden sie sich aufladen, ungeduldig darauf warten, dass es losgeht. Draußen vor den hohen Schiebefenstern lichtet sich die Nacht zu einem kalten Grau. Der Raum riecht nach Kaffee und warmen Heizkörpern. Wenn ich über alles hinwegsehen könnte, was an der Nachtschicht nervt, könnte ich unser Großraumbüro um diese Tageszeit wirklich lieben.

Steve und ich kennen alle offiziellen Gründe, warum wir so oft

Nachtschicht schieben müssen. Wir sind beide solo, keine Ehefrauen oder Ehemänner oder Kinder, die zu Hause warten. Wir sind die Jüngsten im Dezernat, wir können die Müdigkeit besser wegstecken als die Kollegen kurz vor dem Ruhestand. Wir sind die Neuen – sogar ich, obwohl ich schon zwei Jahre dabei bin –, also haltet mal schön die Klappe! Und das tun wir. Wir sind hier nicht bei der Streife, wo du eine Versetzung beantragen kannst, wenn dein Boss ein gemeiner Fiesling ist. Es gibt keine andere Mordkommission, in die du versetzt werden könntest. Das hier ist die einzige. Wenn du hier arbeiten willst, und das wollen wir beide, dann nimmst du alles, was du kriegen kannst.

Manche arbeiten tatsächlich in der Mordkommission, die ich damals angestrebt habe: wo du tagsüber messerscharfe Gedankenspiele mit psychopathischen Genies spielst und weißt, dass ein Blinzeln zu viel den Unterschied ausmachen kann zwischen Sieg oder der nächsten Leiche. Steve und ich dürfen den durchtriebenen Psychopathen nur hinterherschauen, wenn die anderen sie an dem Vernehmungsraum vorbeiführen, in dem uns irgendein Ehemann der Woche aus der Endlos-Serie »Gewalt in der Familie« in den Wahnsinn treibt. Der Boss drückt uns genau diese Fälle aufs Auge, weil er weiß, dass sie mich stinksauer machen. Die kopftanzenden Asos waren wenigstens mal eine Abwechslung.

Steve klickt auf *Drucken*, und der Drucker in der Ecke erwacht ruckelnd und schnaufend zum Leben. »Fertig?«, fragt er.

»So gut wie.« Ich überfliege meinen Bericht auf der Suche nach Tippfehlern, um dem Boss keinen Vorwand zu liefern, mich runterzuputzen.

Steve verschränkt die Hände über dem Kopf und reckt sich so weit nach hinten, dass sein Sessel quietscht. »Bierchen? Die ersten Pubs machen gleich auf.«

»Soll das ein Witz sein?«

»Um zu feiern.«

Steve, ganz großartig, ist auch in Sachen positives Denken besser als ich. Ich werfe ihm einen bösen Blick zu, der seinen Versuch schon im Ansatz ersticken dürfte. »Um was zu feiern?«

Er grinst. Steve ist dreiunddreißig, ein Jahr älter als ich, sieht aber jünger aus: Vielleicht liegt das an der Schuljungenstatur, schlaksige Beine und schmale Schultern; vielleicht an dem karottenroten Haar, das in alle Himmelsrichtungen absteht; oder vielleicht an seiner ständigen, gottverdammten guten Laune. »Wir haben sie drangekriegt, schon vergessen?«

»Die beiden hätte sogar deine Oma drangekriegt.«

»Wahrscheinlich. Und dann hätte sie sich hinterher ein Bierchen genehmigt.«

»War wohl Alki, was?«

»Total versoffen. Ich versuche bloß, ihrem Beispiel zu folgen.« Er geht zum Drucker und fängt an, die Seiten zu sortieren. »Komm schon.«

»Nee. Ein anderes Mal.« Ich habe einfach keine Lust. Ich will nach Hause, noch eine Runde joggen, irgendwas in die Mikrowelle schmeißen und mich mit hirnlosem Fernsehen betäuben, und dann will ich ein paar Stunden schlafen, bevor alles wieder von vorne losgeht.

Die Tür fliegt auf, und O'Kelly, unser Superintendent, steckt den Kopf herein. Er ist wie immer zu früh, weil er hofft, irgendwen bei einem Nickerchen zu erwischen. Meistens kommt er frühlingsfrisch an, duftet nach Duschgel und Spiegeleiern mit Speck, jedes einzelne seiner schütteren Haare da, wo es hingehört – ich kann nicht beweisen, dass er damit den müden Hunden, die nach Nachtschicht und pappigen Donuts aus dem Supermarkt riechen, eins auswischen will, aber es würde zu ihm passen. Heute Morgen sieht er zumindest einigermaßen angeschlagen aus – Tränensäcke, Teefleck auf dem Hemd –, aber ich vermute, die kleine Genugtuung, die mir das verschafft, wird für den ganzen Tag reichen müssen.

»Moran. Conway«, sagt er und beäugt uns mürrisch. »Irgendwas Gutes reingekommen?«

»Schlägerei«, sage ich. »Ein Toter.« Dass dein Privatleben drunter leidet, ist nicht das Schlimmste an der Nachtschicht: In Wahrheit wird sie von allen gehasst, weil nie irgendwas Ordentliches reinkommt. Die spektakulären Morde mit komplexen Hintergründen und faszinierenden Motiven mögen ja nachts passieren, manchmal, aber sie werden erst morgens entdeckt. Die einzigen Morde, die schon nachts auffallen, werden von besoffenen Vollpfosten begangen, die nur ein Motiv haben, dass sie nämlich besoffene Vollpfosten sind. »Die Berichte sind gleich fertig.«

»Wenigstens hatten Sie was zu tun. Aufgeklärt?«

»So ziemlich. Den Rest erledigen wir heute Abend.«

»Gut«, sagt O'Kelly. »Dann können Sie ja das hier übernehmen.« Und er hält ein Einsatzformular hoch.

Bloß für eine Sekunde mache ich mir idiotische Hoffnungen. Wenn ein Fall vom Boss zugeteilt statt von der Zentrale direkt zu uns hochgeschickt wird, muss er was Besonderes sein. Einer, der so publicityträchtig oder so brutal oder so heikel ist, dass er nicht einfach an den Erstbesten auf dem Dienstplan gehen kann; so einer braucht die richtigen Leute. Ein Fall, der direkt vom Boss kommt, surrt durchs Dezernat, lässt alle Haltung annehmen und aufhorchen. Ein Fall, der direkt vom Boss kommt, würde bedeuten, dass Steve und ich es endlich, endlich aus der Loser-Ecke des Spielplatzes geschafft haben: Wir sind drin.

Ich muss meine Faust zwingen, nicht nach dem Blatt zu greifen. »Worum geht's?«

O'Kelly schnaubt. »Gucken Sie nicht, als wäre Fütterungszeit im Zoo, Conway. Ich hab's mitgenommen, als ich reinkam, hab gesagt, ich bring es hoch, um Bernadette den Weg abzunehmen. Die Streifenkollegen am Tatort sagen, es sieht aus wie eine glasklare Beziehungstat.« Er wirft das Einsatzformular auf meinen Schreibtisch. »Ich hab gesagt, *Sie* werden denen sagen, wonach es aussieht, besten Dank auch. Man weiß ja nie, vielleicht haben Sie Glück: Könnte auch ein Serienmörder gewesen sein.«

Um Bernadette den Weg abzunehmen, ja klar. O'Kelly hat das Einsatzformular hochgebracht, weil er unbedingt meinen Gesichtsausdruck sehen wollte. Ich lasse es unangetastet liegen. »Die Tagschicht müsste jeden Moment hier sein.«

»Und Sie sind es jetzt schon. Falls Sie heute noch ein heißes Date haben, sollten Sie sich beeilen und den Fall aufklären.«

»Wir sitzen an unseren Berichten.«

»Menschenskind, Conway, Sie müssen hier ja nicht James Joyce spielen. Geben Sie mir einfach, was Sie haben. Und jetzt machen Sie sich auf die Socken. Sie müssen nach Stoneybatter, und da buddeln sie wieder mal die Kais auf.«

Nach kurzem Zögern klicke ich auf *Drucken*. Steve, der kleine Arschkriecher, wickelt sich schon den Schal um den Hals.

Der Boss ist zu dem Whiteboard mit dem Dienstplan rübergeschlendert und studiert ihn blinzelnd. Er sagt: »Bei der Sache brauchen Sie Verstärkung.«

Ich spüre förmlich, wie Steve mich innerlich anfleht, Ruhe zu bewahren. »Mit einer glasklaren Beziehungstat werden wir auch alleine fertig«, sage ich. »Wir haben weiß Gott schon genug davon bearbeitet.«

»Und jemand mit ein bisschen Erfahrung könnte Ihnen beibringen, wie man's richtig macht. Wie lange haben Sie gebraucht, bis Sie die Sache mit der jungen Rumänin aufgeklärt hatten? Fünf Wochen? Und das, obwohl zwei Zeugen gesehen hatten, wie der Typ sie niedersticht, und obwohl die Presse und die Gutmenschenpatrouille sich aufgeregt haben von wegen Rassismus, und wenn es eine junge Irin gewesen wäre, hätten wir schon längst wen verhaftet –«

»Die Zeugen wollten nicht mit uns reden.« Steves Blick sagt: *Halt den Mund, Antoinette*, zu spät. Ich hab angebissen, genau wie O'Kelly erwartet hat.

»Richtig. Und falls die Zeugen heute auch nicht mit Ihnen reden wollen, möchte ich, dass ein alter Hase dabei ist, der sie zum Reden bringt.« O'Kelly tippt aufs Whiteboard. »Breslin hat gleich Dienst. Nehmen Sie den. Der kann gut mit Zeugen.«

Ich sage: »Breslin ist ein vielbeschäftigter Mann. Ich denke mal, der kann mit seiner kostbaren Zeit was Besseres anfangen, als bei unsereins Händchen zu halten.«

»Kann er, ja, aber jetzt hat er Sie am Hals. Also sollten Sie seine kostbare Zeit nicht überstrapazieren.«

Steve nickt übertrieben, denkt, so laut er kann, in meine Richtung, *Halt die Klappe, könnte noch viel schlimmer sein.* Was auch stimmt. Ich verkneife mir den nächsten Widerspruch. »Ich ruf ihn von unterwegs an«, sage ich, nehme das Einsatzformular und stopfe es in meine Jackentasche. »Er kann dann direkt hinkommen.«

»Ich bitte darum. Bernadette hat schon die Spurensicherung und die Rechtsmedizin verständigt, und ich sage ihr, sie soll Ihnen ein paar Sonderfahnder besorgen. Mehr werden Sie wohl kaum brauchen.« O'Kelly geht zur Tür und schnappt sich auf dem Weg dahin die ausgedruckten Seiten. »Und falls Sie nicht wollen, dass Breslin Sie vorführt, sehen Sie zu, dass Sie sich irgendwo 'n Kaffee besorgen. Sie sehen beide beschissen aus.«

Die Straßenlaternen in der Burganlage sind noch an, aber die Stadt erhellt sich kaum merklich zu so etwas Ähnlichem wie einem Morgen. Es regnet nicht, und das ist gut so: Irgendwo jenseits des Flusses könnte es Schuhabdrücke geben, die auf uns warten, oder Zigarettenkippen mit DNA drauf – aber es ist eiskalt und feucht, mit einem feinen, diesigen Schleier um die Laternen. Es ist die Art von Feuchtigkeit, die tief eindringt und sich festsetzt, bis du das Gefühl hast, deine Knochen sind kälter als die Luft um dich herum. Die ersten Cafés machen gerade auf, es riecht nach brutzelnden Würstchen und Busabgasen. »Müssen wir irgendwo anhalten und dir einen Kaffee besorgen?«, frage ich Steve.

Er wickelt seinen Schal fester um den Hals. »Quatsch. Je schneller wir da sind …«

Er beendet den Satz nicht, muss er auch nicht. Je schneller wir am Tatort sind, desto mehr Zeit haben wir, bevor der Musterschüler auftaucht, um uns armen begriffsstutzigen Trotteln zu zeigen, wie man's richtig macht. Ich weiß eigentlich nicht, wieso mir das in diesem Moment wichtig ist, aber irgendwie tut es gut zu wissen, dass Steve das genauso sieht. Wir sind beide langbeinig, wir gehen beide schnell, und wir konzentrieren uns aufs Gehen.

Wir sind auf dem Weg zum Fuhrpark. Wir wären schneller, wenn wir meinen oder Steves Wagen nehmen würden, aber das macht man einfach nicht, niemals. Manche Viertel haben was gegen Cops, und wer an meinem Audi TT den Lack zerkratzt, verliert garantiert ein Bein oder einen Arm. Und es gibt Fälle – im Voraus weißt du nicht, welche, jedenfalls nicht mit Sicherheit –, wo du, wenn du mit deinem eigenen Wagen vorfahren würdest, durchgeknallten Schlägertypen praktisch deine Privatadresse auf dem Silbertablett überreichst. Und ehe du weißt, wie dir geschieht, wird deine Katze an einen Ziegelstein gebunden, angezündet und durch dein Fenster geschmissen.

Meistens fahre ich. Ich bin ein besserer Fahrer als Steve und ein weitaus schlechterer Beifahrer. Wenn ich fahre, kommen wir beide sehr viel besser gelaunt am Ziel an. Im Fuhrpark entscheide ich mich für einen verkratzten weißen Opel Kadett. Stoneybatter ist das alte Dublin, Arbeiter und Arbeitslose, durchmischt mit allerlei Yuppies und Künstlern, die sich während des Wirtschaftsbooms dort was gekauft haben, weil das Viertel so herrlich ursprünglich war, will heißen, weil sie sich keine schickere Gegend leisten konnten. Manchmal braucht man einen Wagen, um Eindruck zu schinden. Diesmal nicht.

»Ach, Mist«, sage ich, als ich aus der Garage setze und die Heizung aufdrehe. »Jetzt kann ich Breslin gar nicht anrufen. Muss ja fahren.«

Steve grinst prompt. »So ein Mist. Und ich muss das Einsatzformular lesen. Wir können ja schließlich nicht völlig ahnungslos am Tatort eintrudeln.«

Ich gebe Vollgas, um noch über eine gelbe Ampel zu kommen, ziehe das Formular aus der Tasche und werfe es ihm hin. »Na los. Lass hören.«

Er überfliegt die Seite. »Der Anruf ging um sechs Minuten nach fünf auf der Polizeiwache Stoneybatter ein. Männlicher Anrufer, wollte seinen Namen nicht nennen. Anonyme Nummer.« Also ein Amateur, falls er denkt, das würde ihm was nützen. Der Telefonanbieter kann uns die Nummer innerhalb weniger Stunden liefern. »Er hat gesagt, in Viking Gardens Nummer sechsundzwanzig wäre eine Frau verletzt. Der Kollege hat gefragt, was für eine Art von Verletzung, er hat gesagt, sie wäre gestürzt und mit dem Kopf aufgeschlagen. Der Kollege hat gefragt, ob sie noch atmet; er hat gesagt, das wüsste er nicht, aber es sehe ziemlich schlimm aus. Der Beamte wollte ihm erklären, wie er ihre Vitalfunktionen checken kann, aber er hat gesagt: ›Schicken Sie einen Krankenwagen hin, schnell‹, und hat aufgelegt.«

»Freu mich schon drauf, ihn kennenzulernen«, sage ich. »Ich wette, er ist abgehauen, bevor Hilfe vor Ort war.«

»Ganz genau. Als der Krankenwagen eintraf, war die Tür abgeschlossen, und keiner hat aufgemacht. Eine Polizeistreife hat die Tür aufgebrochen und eine Frau im Wohnzimmer gefunden. Kopfverletzungen. Die Sanitäter haben den Tod festgestellt. Sonst niemand im Haus, keine Anzeichen für gewaltsames Eindringen, keine Anzeichen für Raub oder Diebstahl.«

»Wenn der Typ einen Krankenwagen bestellt hat, wieso hat er dann in der Stoneybatter-Polizeiwache angerufen? Wieso hat er nicht den Notruf gewählt?«

»Vielleicht hat er gedacht, der Notruf könnte seine Nummer

zurückverfolgen, aber eine kleine Polizeiwache wäre technisch nicht so gut ausgestattet.«

»Dann ist er ein verdammter Idiot«, sage ich. »Na toll.« O'Kelly hatte recht mit den Kais: Das Amt für Wahllose Buddelei ist auf einer Spur mit einem Presslufthammer zugange, und auf der anderen kriecht der Verkehr dermaßen zäh dahin, dass ich mir eine Zerstäuberpistole wünsche. »Hol mal das Blaulicht raus.«

Steve fischt die Lampe unter seinem Sitz hervor, lehnt sich aus dem Seitenfenster und knallt sie aufs Dach. Ich schalte die Sirene ein. Viel passiert nicht. Autos bewegen sich hilfsbereit ein paar Zentimeter zur Seite, weiter können sie nicht.

»Himmelherrgott nochmal«, sage ich. So was kann ich jetzt gerade brauchen. »Also wieso denken die Kollegen, es wäre eine Beziehungstat? Wohnt da noch wer? Ehemann, Partner?«

Steve blickt wieder auf das Formular. »Steht hier nicht.« Hoffnungsvoller Seitenblick zu mir: »Vielleicht liegen sie ja falsch, und es ist doch was Gutes.«

»Nein, ist es nicht, verdammt. Es ist bloß eine stinklangweilige Beziehungstat oder sogar nicht mal Mord. Vielleicht ist sie wirklich an einem blöden Sturz gestorben, wie der Anrufer gesagt hat, weil, wenn auch nur der Hauch einer Chance bestünde, dass es was halbwegs Interessantes ist, hätte O'Kelly auf die Tagschicht gewartet und den Fall Breslin und McCann zugeteilt oder zwei anderen Schleimern – *Maaaaaaaann!!!*« Ich knalle die Faust auf die Hupe. »Muss ich da raus und erst wen verhaften?« Irgendein Idiot an der Spitze des Staus merkt plötzlich, dass er im Auto sitzt, und fährt an. Der Rest macht mir den Weg frei, und ich gebe Gas, biege auf die Brücke und fahre über die Liffey in den Nordteil der Stadt.

Die unverhoffte Halbstille, weg von den Kais und den Bauarbeitern, fühlt sich gewaltig an. Die langen Reihen von hohen Backsteinhäusern und Ladenschildern schrumpfen und teilen sich in einzelne Häusergruppen, geben dem Licht Raum, sich über den Himmel auszudehnen, die tieferen Wolkenschichten grau und blassgelb zu färben. Ich schalte die Sirene aus. Steve greift aus dem Fenster und holt das Blaulicht wieder herein. Er behält es in den Händen, kratzt einen Dreckspritzer vom Glas, dreht es, um sich zu vergewissern, dass es sauber ist. Fängt nicht wieder an zu lesen.

Steve und ich kennen einander seit acht Monaten, sind seit vier Monaten Partner. Wir haben uns bei den Ermittlungen in einem anderen Fall kennengelernt, als er noch im Dezernat für Ungelöste Fälle war. Zuerst konnte ich ihn nicht leiden – alle anderen mochten ihn, und ich traue Leuten nicht, die jeder mag, außerdem lächelte er mir zu viel –, aber das änderte sich schnell. Als wir den Fall schließlich aufgeklärt hatten, konnte ich ihn genug leiden, um meine fünf Minuten in O'Kellys Gunst dafür zu nutzen, ein gutes Wort für Steve einzulegen. Das Timing war günstig – aus eigenem Antrieb hätte ich mir keinen Partner gesucht, ich war gern Einzelkämpferin, aber O'Kelly hatte immer deutlicher gemacht, dass ahnungslose Neulinge in seinem Dezernat keine Alleingänge machten –, und ich bereue es nicht, auch wenn Steve eine fidele kleine Nervbacke ist. Es fühlt sich richtig an, wenn ich von meinem Schreibtisch aufblicke und ihn mir gegenüber sehe, wenn er Schulter an Schulter mit mir an einem Tatort steht, wenn er neben mir am Vernehmungstisch sitzt. Unsere Aufklärungsrate ist top, ganz gleich, was O'Kelly sagt, und wir gehen öfter mal zusammen einen trinken, um zu feiern. Steve fühlt sich an wie ein Freund oder wie etwas, das ganz nah dran ist. Aber wir lernen uns noch immer kennen, haben noch immer keine Garantie.

Ich kenne ihn jedenfalls gut genug, um zu wissen, wenn er was sagen will. Ich sage: »Was?«

»Lass dich vom Boss nicht so nerven.«

Ich schiele zu ihm rüber: Steve sieht mich unverwandt an. »Willst du damit sagen, ich bin überempfindlich? Ernsthaft?«

»Es ist doch kein Weltuntergang, wenn er meint, wir müssen im Umgang mit Zeugen besser werden.«

Ich brettere doppelt so schnell wie erlaubt eine Seitenstraße runter, aber Steve kennt meinen Fahrstil und bleibt entspannt. Ich dagegen beiße die Zähne aufeinander. »Und ob es das ist. Überempfindlich wäre, wenn es mir was ausmachen würde, was Breslin oder sonst wer von unseren Befragungstaktiken hält, und das ist mir wirklich so was von egal. Aber wenn O'Kelly denkt, wir kommen nicht klar, dann werden wir weiterhin diese öden Schwachsinnsfälle kriegen, und irgendein Vollidiot wird uns weiterhin dabei auf die Finger gucken. Geht dir das nicht auf den Zeiger?«

Steve zuckt die Achseln. »Breslin ist bloß Verstärkung. Es bleibt unser Fall.«

»Wir *brauchen* aber keine Verstärkung. Die sollen uns verdammt nochmal in Ruhe lassen, damit wir unseren Job machen können.«

»Das werden sie. Früher oder später.«

»Ach ja? Und wann?«

Daraufhin schweigt Steve, natürlich. Ich bremse ab – der Kadett fährt sich wie ein Einkaufswagen. Der Sonntagmorgen in Stoneybatter kommt allmählich in Gang: Jogger auf den Bürgersteigen, genervte Teenager, die Hunde hinter sich herziehen und alles total gemein finden, eine junge Frau nach durchgefeierter Nacht in Ausgehklamotten auf dem Nachhauseweg, mit Gänsehaut an den Beinen und ihren Schuhen in der Hand.

Ich sage: »Lange mach ich das nicht mehr mit.«

Burnout kommt vor. Öfter in Dezernaten wie Sitte und Drogen, wo du es Tag für Tag mit demselben widerwärtigen Mist zu tun hast und nichts, was du tust, irgendwas bewirkt. Du strampelst dich ab, um wen zu überführen, und am Ende werden dieselben Mädchen weiter auf die Straße geschickt, nur eben von einem neuen Drecksack; dieselben Junkies kaufen weiter denselben Stoff, nur eben von einem neuen Drogenboss. Wenn du ein Loch gestopft hast, tut sich gleich das nächste auf, und der Mist nimmt einfach kein Ende. Das macht die Leute fertig. Wenn du dagegen im Morddezernat jemanden einbuchtest, bleiben alle, die er noch getötet hätte, am Leben. Meistens hast du es mit einem einzigen Täter zu tun und nicht gleich mit der ganzen dunklen Seite der menschlichen Natur, und einen Einzeltäter kannst du besiegen. Im Morddezernat halten die Leute durch. Ihr ganzes berufliches Leben. In allen Dezernaten halten die Leute sehr viel länger durch als zwei Jahre.

Aber meine zwei Jahre waren anders als bei anderen. Die Fälle sind nicht das Problem – ich könnte ununterbrochen Kannibalen und Kindermörder verkraften, ohne auch nur eine Minute länger wachzuliegen. Wie gesagt, einen Einzeltäter kannst du besiegen. Aber dein eigenes Dezernat besiegen, das ist etwas ganz anderes.

Steve kennt mich gut genug, um zu wissen, dass ich nicht bloß Dampf ablasse. Nach einer Sekunde fragt er: »Was würdest du denn stattdessen machen? Wieder zurück zur Vermisstenstelle wechseln?«

»Nee, niemals.« Ich gehe nicht rückwärts. »Ein alter Schulfreund von mir ist Teilhaber bei einem Sicherheitsdienst. Die machen die ganz großen Sachen, Bodyguards für irgendwelche Stars, international. Da nimmst du keine Ladendiebe beim Discounter hops oder so. Er meinte, falls ich Interesse hätte …«

Ich sehe Steve nicht an, aber ich spüre, dass er mich aufmerksam beobachtet. Ich kann nicht sagen, was in seinem Kopf vorgeht. Steve ist ein anständiger Kerl, aber er möchte auch beliebt sein. Wenn ich weg wäre, würde er sich prima ins Dezernat einfügen, falls er das wollte. Er wäre einer von den Jungs, würde ordentliche Fälle bearbeiten und rumflachsen, ganz einfach.

»Die zahlen super«, sage ich. »Und als Frau hätte ich sogar einen Vorteil. Viele von diesen Typen wollen nämlich weibliche

Bodyguards für ihre Ehefrauen und Töchter. Und auch für sich selbst. Ist weniger auffällig.«

Steve sagt: »Und, wirst du ihn anrufen?«

Ich halte am Anfang von Viking Gardens. Die Wolken haben sich so weit aufgelockert, dass Licht hindurchdringt und die Schieferdächer und schrägen Laternenpfähle mit einer dünnen Schicht überzieht. So viel Sonnenschein hatten wir die ganze Woche noch nicht.

Ich sage: »Weiß nicht.«

Ich kenne Viking Gardens. Ich wohne nur zehn Minuten zu Fuß entfernt – weil ich Stoneybatter mag, nicht, weil ich mir nichts Schickeres leisten kann –, und eine meiner Joggingstrecken führt an der Straße vorbei. Der schöne Name verspricht mehr, als er hält: eine etwas heruntergekommene Sackgasse, gesäumt von einstöckigen Altbaureihenhäuschen, die direkt an mehrfach ausgebesserte Bürgersteige grenzen. Niedrige Schieferdächer, Gardinen, buntbemalte Türen. Die Straße ist so schmal, dass die Autos mit zwei Rädern auf dem Bordstein parken müssen.

Viel länger können wir den Anruf bei Breslin nicht hinausschieben, sonst kommt er ins Büro, und der Boss wird wissen wollen, wieso er nicht bei uns ist. Ehe wir aussteigen, rufe ich über eine spezielle Handyfunktion direkt seine Mailbox an – was uns vielleicht ein paar Minuten mehr verschafft, vielleicht auch nicht, aber zumindest erspart es mir, mit ihm quatschen zu müssen – und hinterlasse eine Nachricht. Ich stelle den Fall als stinklangweilig dar, was nicht besonders schwierig ist, aber ich weiß, das wird ihn nicht aufhalten. Breslin bildet sich ein, er wäre Mr Unersetzlich. Für eine schnöde Beziehungstat wird er genauso schnell auftauchen wie für einen menschenhäutenden Serienkiller, weil er meint, das arme Opfer ist verraten und verkauft, bis er dazukommt und die Lage rettet. »Auf geht's«, sage ich und schwinge meine Tasche über die Schulter.

Nummer 26 ist das Häuschen ziemlich am Ende der Straße, das mit dem Polizeiabsperrband und dem Streifenwagen und dem weißen Van von der Spurensicherung. Ein paar Jugendliche, die sich vor dem Absperrband rumdrücken, hauen ab, als sie uns kommen sehen (»Aaaah! Nix wie weg!« »Hier, Missus, der war's, der hat im Laden ein Snickers geklaut –« »Halt die Klappe, du Arsch!«), aber wir werden auf dem ganzen Weg die Straße hinunter beobachtet. Hinter den Gardinen spucken die Fenster Fragen aus wie Kirschkerne.

»Ich würde gern winken«, sagt Steve halblaut. »Darf ich winken, bitte?«

»Benimm dich wie ein Erwachsener.« Aber der Adrenalinstoß packt auch mich, sosehr ich mich dagegen wehre. Selbst wenn du weißt, dass dressierte Schimpansen deinen Job an dem Tag machen könnten, packt dich der Gang zum Tatort irgendwie: macht dich zum Gladiator auf dem Weg in die Arena, ein paar Herzschläge entfernt von einem Kampf, bei dem Kaiser deinen Namen skandieren. Und dann wirfst du einen Blick auf den Tatort, und deine Arena und dein Kaiser verpuffen, und du fühlst dich beschissener als vorher.

Der Streifenkollege an der Tür ist praktisch noch ein Kind, langer, wackelig wirkender Hals und große Ohren, die eine zu große Mütze halten. »Detectives«, sagt er, nimmt zackig Haltung an und überlegt, ob er salutieren sollte. »Garda JP Dooley.« Oder so ähnlich. Sein Akzent erfordert Untertitel.

»Detective Conway«, sage ich, während ich Handschuhe und Schuhhüllen aus meiner Tasche hervorhole. »Das ist Detective Moran. Haben Sie irgendwen gesehen, der hier nichts zu suchen hat?«

»Bloß die Kids, eigentlich.« Wir werden mit den Jugendlichen reden müssen und auch mit ihren Eltern. In einem gewachsenen Viertel wie dem hier achten die Leute noch aufeinander. Das ist nicht jedem recht, uns dagegen sehr. »Wir haben die Nachbarn noch nicht befragt. Wir haben gedacht, Sie wollen das vielleicht lieber selbst machen, eigentlich.«

»Gute Entscheidung«, sagt Steve und streift seine Handschuhe über. »Wir werden jemanden drauf ansetzen. Wie war die, als sie hier ankamen?«

Er deutet mit dem Kopf auf die in einem dezenten Blauton gestrichene Haustür, die zersplittert ist, weil die Kollegen sie aufgebrochen haben. »Zu«, sagt der Garda prompt.

»Tja, das war mir klar«, sagt Steve, aber mit einem Grinsen, das es zu einem Scherz zwischen den beiden macht, nicht zu dem Anschiss, den ich ausgepackt hätte. »Zu, aber wie? Verriegelt, abgeschlossen, eingerastet?«

»Ach so, ja, sorry, ich –« Der Garda ist rot angelaufen. »Die Tür hat ein Chubbschloss und ein Sicherheitsschloss. War aber nicht abgeschlossen, bloß eingerastet.«

Das heißt, falls der Täter vorn aus dem Haus ist, hat er die Tür einfach hinter sich zugezogen. Er brauchte also keinen Schlüssel. »Ist der Alarm losgegangen?«

»Nein, eigentlich gibt es eine Alarmanlage, eigentlich«, er zeigt auf einen Kasten an der Wand über uns –, »war aber nicht eingeschaltet. Ist nicht mal losgegangen, als wir rein sind.«

»Danke«, sagt Steve und grinst ihn wieder an. »Gut gemacht.« Der Garda wird dunkelrot. Stevie hat einen neuen Fan.

Die Tür schwenkt auf, und Sophie Miller reckt den Kopf heraus. Sophie hat große braune Augen und die Figur einer Ballerina und lässt einen weißen Schutzanzug mit Kapuze noch irgendwie elegant wirken, weshalb viele Leute versuchen, mit ihr Schlitten zu fahren, aber das versuchen sie auch nur einmal. Sie ist eine der besten Spurensicherer, die wir haben, und außerdem können wir zwei uns gut leiden. Ihr Anblick erleichtert mich mehr, als er sollte.

»Hey«, sagt sie. »Wurde aber auch Zeit.«

»Stau«, sage ich. »Hi. Was haben wir?«

»Sieht ganz nach Beziehungskrach aus. Seid ihr darauf abonniert, oder was?«

»Ist jedenfalls besser als organisiertes Verbrechen«, sage ich. Ich spüre Steves raschen, verblüfften Blick und schaue kühl zu ihm rüber: Er weiß, dass Sophie und ich befreundet sind, aber er sollte auch wissen, dass ich mich nicht an der Schulter meiner Freundin über die Situation im Dezernat ausheulen werde. »Bei Beziehungstaten kriegst du wenigstens auch mal Zeugen, die reden wollen. Lass uns reingehen.«

Das Cottage ist klein: Wir gelangen direkt ins Wohn-Esszimmer. Es gehen drei Türen ab, und ich weiß schon, welche wohin führt: Schlafzimmer linker Hand, Küche geradeaus, Duschbad rechts davon – der Grundriss ist derselbe wie bei mir. Die Einrichtung dagegen könnte unterschiedlicher nicht sein. Lila Teppich auf dem Laminatboden, schwere lila Vorhänge, die teuer auszusehen versuchen, lila Überwurf, kunstvoll auf der weißen Ledercouch arrangiert, belanglose Leinwanddrucke mit lila Blumen: Der Raum sieht aus, als wäre er über eine Home-Deko-App gekauft worden, wo du dein Budget und deine Lieblingsfarben eingibst, und das Ganze wird am nächsten Tag geliefert.

Hier drin ist immer noch gestern Abend. Die Vorhänge sind geschlossen. Das Deckenlicht ist ausgeschaltet, aber in den Ecken brennen Stehlampen. Sophies Kriminaltechniker – einer kniet vor der Couch und sichert mit Klebeband Fasern, einer bestäubt einen Beistelltisch mit Fingerabdruckpulver, einer macht gerade einen langsamen Schwenk mit einer Videokamera – haben ihre Stirnlampen an. Der Raum ist stickig und stinkt nach gebratenem Fleisch und Duftkerzen. Der Techniker vor der Couch zupft ein paarmal an der Vorderseite seines Overalls, um ein bisschen Luft da reinzubekommen.

Das Gasfeuer im Kamin brennt, künstliche Kohlen glühen, Flammen flackern manisch in dem überhitzten Raum. Der Kamin ist aus Naturstein, Rustikalkitsch, passend zu diesem reizenden Puppenhäuschen. Der Kopf der Frau ruht auf einer Ecke der Sockelplatte.

Sie liegt auf dem Rücken, x-beinig, als hätte jemand sie dorthingeschleudert. Ein Arm liegt neben dem Körper, der andere ist über den Kopf gereckt und seltsam abgewinkelt. Sie ist etwa einen Meter siebzig groß, dünn, trägt Stöckelschuhe, jede Menge künstliche Bräune, ein enges kobaltblaues Kleid und eine dicke Falschgoldkette. Über dem Gesicht liegen die blonden Haare, die so resolut geglättet und eingesprüht wurden, dass die Frisur selbst bei Mord gehalten hat. Sie sieht aus wie eine tote Barbie.

»Wissen wir schon, wer sie ist?«, frage ich.

Sophie deutet mit einer Kopfbewegung auf den Tisch neben der Haustür: ein paar Briefe, ein kleiner akkurater Stapel Rechnungen. »Höchstwahrscheinlich handelt es sich um Aislinn Gwendolyn Murray. Ihr gehört das Haus – bei der Post ist ein Grundsteuerbescheid.«

Steve geht die Rechnungen durch. »Keine anderen Namen«, sagt er zu mir. »Sieht aus, als wäre sie alleinstehend.«

Aber ein Blick auf den Raum genügt, und mir ist klar, warum alle glauben, dass das hier das übliche Liebe-Hiebe-Szenario ist. Auf dem kleinen runden Tisch im Essbereich liegt eine lila Tischdecke. Er ist für zwei Personen gedeckt, weiße, raffiniert gefaltete Stoffservietten, die Gasflammen spiegeln sich auf Porzellan und poliertem Silberbesteck. Geöffnete Flasche Rotwein, zwei Gläser – unbenutzt –, ein hoher Kerzenständer. Die Kerze ist völlig heruntergebrannt, geschmolzene Wachsstalaktiten am Kerzenständer und Tropfen auf der Tischdecke.

Auf der Kaminsockelplatte ist eine breite Blutlache, die sich vom Kopf der Frau ausgebreitet hat, dunkel und klebrig. Ansonsten sehe ich nirgendwo Blut. Niemand hat sich die Mühe gemacht, sie anzuheben, nachdem sie zu Boden gegangen war, sie zu halten, zu versuchen, sie wachzurütteln. Da hat einer nur gemacht, dass er wegkam.

Gestürzt und mit dem Kopf aufgeschlagen, hat der Anrufer gesagt. Entweder das stimmt, und Lover-Boy ist in Panik geraten und abgehauen – so was kommt vor, brave kleine Bürger, die vor lauter Schiss, Ärger zu kriegen, so unberechenbar reagieren wie Serienmörder –, oder aber er hat bei dem Sturz nachgeholfen.

»Cooper schon da gewesen?«, frage ich. Cooper ist der Rechtsmediziner. Er mag mich mehr als die meisten Menschen, aber er würde trotzdem nicht auf mich warten: Falls du nicht vor Ort bist, wenn Cooper seine vorläufige Untersuchung durchführt, ist das dein Problem, nicht seins.

»Hast ihn knapp verpasst«, sagt Sophie. Mit einem wachsamen Auge beobachtet sie ihre Mitarbeiter. »Er sagt, sie ist tot, nur für den Fall, dass uns das entgangen ist. Weil sie direkt neben dem Feuer gelegen hat, sind Abkühlen der Körpertemperatur und Einsetzen der Totenstarre schwer einzuschätzen, Todeszeitpunkt somit ziemlich ungenau: irgendwann zwischen sechs und elf gestern Abend.«

Steve deutet mit dem Kopf Richtung Tisch. »Wahrscheinlich vor halb neun, neun. Später hätten sie schon mit dem Essen angefangen.«

»Außer einer von ihnen hat ungewöhnliche Arbeitszeiten«, sage ich. Steve macht sich eine Notiz: Das müssen die Sonderfahnder überprüfen, sobald wir den Gast identifiziert haben. »Der Anrufer hat von Verletzungen durch einen Sturz gesprochen. Hat Cooper gesagt, ob das hinkommt?«

Sophie schnaubt. »Ja, genau. Ein ganz besonderer Sturz. Ihr Hinterkopf ist zertrümmert, und die Verletzung scheint zu der Ecke des Kaminsockels zu passen. Cooper ist praktisch sicher, dass sie daran gestorben ist, aber vor der Obduktion wird er es nicht laut aussprechen, nur für den Fall, dass er peruanisches Pfeilgift findet oder was weiß ich. Aber sie hat auch Hautabschürfungen und ein großes Hämatom links am Unterkiefer und ein paar abgebrochene Zähne – wahrscheinlich ist auch der Kieferknochen gebrochen, aber Cooper will sie erst auf dem Tisch haben, ehe er das bestätigt. Sie ist nicht aus zwei Richtungen gleichzeitig auf den Sockel gefallen.«

Ich sage: »Jemand hat sie ins Gesicht geschlagen. Sie ist nach hinten gekippt und mit dem Kopf auf den Sockel geknallt.«

»Ihr seid hier die Detectives, aber so sieht's für mich aus.«

Die Fingernägel der Frau sind lang und kobaltblau, passend zum Kleid, und perfekt: Keiner ist abgebrochen, keiner auch nur beschädigt. Die hübschen Fotobände auf dem Couchtisch sind noch immer ordentlich sortiert; das Gleiche gilt für die hübschen Glasdinger und die Vase mit lila Blumen auf dem Kaminsims. Es hat keinen Kampf gegeben. Sie hatte gar keine Chance, sich zu wehren.

»Hat Cooper irgendeine Ahnung, womit er sie geschlagen hat?«, frage ich.

»Dem Muster der Prellung nach zu urteilen«, sagt Sophie, »mit der Faust. Was bedeutet, dass er Rechtshänder ist.«

Was bedeutet, dass es keine Waffe gibt, was bedeutet, dass es nichts gibt, was uns Fingerabdrücke liefern oder mit einem Verdächtigen in Verbindung gebracht werden könnte.

Steve sagt: »Wenn er so fest zugeschlagen hat, dass ihre Zähne abgebrochen sind, muss er sich die Knöchel verletzt haben. Das kann er nicht verbergen. Und mit ein bisschen Glück ist von einem aufgeplatzten Knöchel DNA in ihrem Gesicht haften geblieben.«

»Vorausgesetzt, er hat keine Handschuhe getragen«, sage ich. »Ziemlich unwahrscheinlich an einem so kalten Abend wie gestern.«

»Im Haus?«

Ich deute auf den Tisch. »Sie ist nicht mal dazu gekommen, Wein einzugießen. Er kann nicht lange hier gewesen sein.«

»Hey«, sagt Steve gespielt munter. »Wenigstens ist es Mord.

Und du hast schon gedacht, die hätten uns hergeholt, weil irgendeine Oma über ihre Katze gestolpert ist.«

»Na toll«, sage ich. »Mit meinem Freudentänzchen warte ich aber noch ein bisschen. Hat Cooper sonst noch was gesagt?«

»Keine Abwehrverletzungen«, sagt Sophie. »Kleidung unberührt, keine Anzeichen für kürzlich erfolgten Geschlechtsverkehr, und bei den Abstrichen war kein Sperma festzustellen. Vergewaltigung könnt ihr vergessen.«

Steve sagt: »Es sei denn, unser Mann wollte, sie hat nein gesagt, und er hat ihr einen Schlag verpasst, um sie gefügig zu machen. Dann hat er gesehen, was er angerichtet hat, und ist abgehauen.«

»Kann sein. Aber auf jeden Fall könnt ihr vollzogene Vergewaltigung vergessen.« Sophie ist Steve erst einmal begegnet. Sie weiß noch nicht genau, ob sie ihn mag.

Ich sage: »Versuchte kommt auch nicht hin. Wie soll das abgelaufen sein? Er kommt rein und greift ihr sofort unter den Rock? Wartet nicht mal, bis sie ein bisschen Wein getrunken haben und seine Chancen größer sind?«

Steve zuckt die Achseln. »Stimmt auch wieder.« Er ist nicht beleidigt, wie viele Detectives das wären, wenn ihr Partner ihnen widerspricht, vor allem im Beisein von jemandem, der so aussieht wie Sophie. Das soll nicht heißen, dass Steve ein schwaches Ego hat – dann wäre er nicht Detective geworden –, nur dass sein Ego nicht darauf beruht, ständig einen auf dicke Hose zu machen. Es beruht darauf, Erfolg zu haben, was gut ist, und von anderen gemocht zu werden, was ganz nützlich ist und worauf ich achte wie ein Luchs.

»Ist ihr Handy hier irgendwo?«, frage ich.

»Ja. Da drüben auf dem Beistelltisch.« Sophie zeigt mit ihrem Stift. »Fingerabdrücke haben wir schon genommen. Wenn ihr damit rumspielen wollt, nur zu.«

Ehe wir uns den Rest des Häuschens ansehen, gehe ich neben

der Leiche in die Hocke und hebe vorsichtig, mit einem Finger, die Haare vom Gesicht. Steve kommt dazu.

Bei Mordermittlungen macht das jeder Detective, den ich kenne: Er nimmt sich einen Augenblick Zeit, um dem Opfer ins Gesicht zu schauen. Es ergibt keinen Sinn, nicht für Außenstehende. Wenn wir bloß eine genaue Vorstellung vom Opfer haben wollten, um uns daran zu erinnern, für wen wir arbeiten, wäre jedes Selfie besser geeignet. Wenn wir einen Schuss Empörung bräuchten, um uns richtig in Rage zu bringen, würden die Verletzungen den eher liefern als das Gesicht. Aber wir tun es, selbst bei den ganz üblen Fällen, die kaum noch ein Gesicht haben, das man sich anschauen könnte; eine Woche im Sommer unter freiem Himmel, eine Wasserleiche, wir sehen sie uns dennoch an. Die größten Spacken im Dezernat, die Typen, die die Titten dieser Frau taxieren würden, während sie vor ihnen liegt und erkaltet, selbst die würden ihr diesen Respekt erweisen.

Sie ist irgendwas unter dreißig. Sie war hübsch, ehe jemand beschloss, die linke Seite ihrer Kinnpartie in einen blutigen blauroten Klumpen zu verwandeln; keine absolute Schönheit, aber gutaussehend, und sie hat viel dafür getan. Sie trägt eine Wagenladung Make-up, das volle Programm und gekonnt aufgetragen. Nase und Kinn könnten kleinmädchenhaft niedlich sein, wenn sie nicht so ausgezehrt aussähen, als hätte sie lange und ausdauernd gehungert. Der Mund – offen, so dass kleine, gebleachte Zähne und geronnenes Blut zu sehen sind – ist gut: weich und voll, mit einer leicht hängenden Unterlippe, die jetzt einfältig wirkt, aber gestern wahrscheinlich noch reizvoll war. Unter den drei ineinander übergehenden Schattierungen Lidschatten sind ihre Augen einen schmalen Spalt geöffnet und starren nach oben in eine Ecke der Zimmerdecke.

Ich sage: »Ich hab sie schon mal gesehen.«

Steves Kopf schnellt hoch. »Ja? Wo?«

»Weiß nicht genau.« Ich habe ein gutes Gedächtnis. Steve

nennt es fotografisch. Ich nicht, weil das großkotzig klingen würde, aber ich weiß, wenn ich jemanden schon mal gesehen habe, und diese Frau habe ich schon mal gesehen.

Sie sah anders aus. Jünger, aber das könnte daran liegen, dass sie fülliger war – nicht richtig dick, aber mollig – und viel weniger Make-up trug: dezente Grundierung, eine Nuance dunkler als ihr Teint, dünne Wimperntusche, mehr nicht. Ihr Haar war braun und wellig, zu einem leicht missglückten Zopf geflochten. Dunkelblaues Kostüm, einen Tick zu eng, High Heels, auf denen ihre Knöchel wackelten: Erwachsenenkleidung für irgendeinen wichtigen Anlass. Aber das Gesicht, die zarte Stupsnase und die leicht hängende Unterlippe, die waren dieselben.

Sie stand im Sonnenlicht, kam auf mich zugewankt, Hände vorgestreckt. Helle zittrige Stimme: *Aber bitte, ich muss wirklich ...* Ich, ausdruckslose Miene, Beine vor Ungeduld wippend, dachte: *Jämmerlich.*

Sie wollte irgendetwas von mir. Hilfe, Geld, Mitfahrgelegenheit, einen Rat? Ich wollte, dass sie mich in Ruhe ließ.

Steve sagt. »Arbeit?«

»Könnte sein.« Die ausdruckslose Miene kostete Willenskraft; wenn's nach mir gegangen wäre, hätte ich ihr gesagt, sie soll verschwinden.

»Wir lassen sie durch den Computer laufen, sobald wir wieder im Präsidium sind. Falls sie eine Anzeige wegen häuslicher Gewalt erstattet hat ...«

»Ich war nie im Dezernat für Häusliche Gewalt. Es muss früher gewesen sein, als ich noch bei der Schutzpolizei war. Und ich kann mich ...« Ich schüttele den Kopf. Die Suchscheinwerferschwenks der Techniker mit ihren Stirnlampen lassen den Raum unförmig und bedrohlich wirken, machen uns zu hockenden Zielscheiben. »Ich kann mich an nichts in der Art erinnern.« Ich hätte sie nicht möglichst schnell loswerden wollen, nicht, wenn sie verprügelt worden war.

Die einen schmalen Spalt offenen Augen geben dem Gesicht einen durchtriebenen Ausdruck, wie ein Kind, das beim Versteckenspielen schummelt.

Steve richtet sich auf, lässt mir alle Zeit, die ich brauche. Er sieht Sophie fragend an und deutet auf das Lichtrechteck, das aus der Küchentür dringt. »Kann ich …?«

»Von mir aus. Wir haben alles da drin gefilmt, aber noch keine Fingerabdrücke genommen, also fang nicht an, irgendwas zu wienern.«

Steve geht zwischen den Technikern hindurch zur Küche. Die Decken sind so niedrig, dass er praktisch den Kopf einziehen muss, als er durch die Tür geht. »Wie läuft's mit ihm?«, fragt Sophie, die mit dem Kopf hinter ihm herdeutet.

»Ganz gut. Er ist das kleinste meiner Probleme.« Ich lasse die Haare des Opfers wieder über das Gesicht fallen und stehe auf. Ich möchte mich bewegen. Wenn ich schnell und weit genug laufen würde, könnte ich die Erinnerung vielleicht einholen. Aber wenn ich anfange, an ihrem Tatort auf und ab zu tigern, schmeißt Sophie mich raus, Ermittlungsleitung hin oder her.

»Klingt ja super«, sagt Sophie. »Jetzt habt ihr alles so gesehen, wie wir es vorgefunden haben. Können wir nun endlich das Licht anmachen und aufhören, im Dunkeln rumzuhampeln?«

»Klar«, sage ich. Einer der Techniker schaltet die Deckenbeleuchtung ein, wodurch der Raum noch deprimierender wirkt. Die Stirnlampen hatten ihm einen unheimlichen Charakter verliehen, aber immerhin einen Charakter. Ich suche mir vorsichtig einen Weg zwischen gelben Nummerntafeln hindurch ins Schlafzimmer.

Es ist klein und blitzsauber. Auf dem Frisiertisch – ein verschnörkeltes weiß-goldenes Teil mit Rüschenüberwurf, als hätte ihn sich eine Achtjährige für ihr Prinzessinnenzimmer ausgesucht – liegen keine Schminkutensilien herum. Ich sehe bloß eine weitere Duftkerze und zwei Parfümflakons, eher dekorativ als zweckmäßig. Keine anprobierten und verworfenen Outfits auf dem Bett verteilt; die Bettdecke mit Gänseblümchenmuster ist symmetrisch glattgezogen, akkurat mit vier von diesen Zierkissen garniert, die ich nie kapieren werde. Aislinn hat aufgeräumt, nachdem sie sich fertig aufgebrezelt hatte: Hat jedes kleine Beweisstück versteckt, damit Lover-Boy auch ja nicht auf die Idee kommt, dass sie nicht von Natur aus so aussah wie etwas, was er sich im Katalog bestellt hatte. Er ist nicht bis hierher gekommen, aber sie hatte damit gerechnet.

Ich werfe einen Blick in den Einbauschrank. Jede Menge Klamotten, hauptsächlich Kostüme und Ausgehkleider, alle im mittleren Preissegment und unifarben mit einem glitzernden Detail, die Art Klamotten, die in morgendlichen Talkshows präsentiert werden, zusammen mit Blutgruppendiäten und Hautglättungsbehandlungen. Werfe einen Blick auf das verschnörkelte weiß-goldene Bücherregal: jede Menge Liebesromane, jede Menge alte Kinderbücher, jede Menge von diesen bescheuerten Geschichten von irgendwelchen Slum-Kindern, die fliegen lernen, und der Leser soll dadurch den Sinn des Lebens erkennen, ein paar Bücher über Verbrechen in Irland – Vermisste, Bandenkriminalität, Mord; ironischerweise ein paar Urban-Fantasy-Romane, die tatsächlich einen ganz guten Eindruck machen. Ich blättere die Bücher durch: Der Erleuchtungsstuss und die wahren Kriminalfälle sind voll mit Unterstreichungen, aber es fällt kein *Der-Mörder-ist-*Zettel heraus. Ich werfe einen Blick in den Nachttisch: Kleenexbox in Gänseblümchenmuster, Laptop, Aufladegeräte, ungeöffnete Sechserpackung Kondome. Ein Blick in den Papierkorb: nichts. Ein Blick unters Bett: nicht mal Staubflöckchen.

Das Zuhause des Opfers ist deine Chance, dir eine Vorstellung von dieser Person zu machen, die du nie kennenlernen wirst. Menschen filtern und stellen dar, selbst bei ihren Freunden, und dann filtern diese Freunde selbst noch einmal: Sie wollen nicht schlecht über den Toten reden, oder sie werden rührselig, wenn sie an ihren armen toten Kumpel denken, oder sie wollen nicht, dass du seine kleine Macke falsch interpretierst. Aber hinter der Tür zu den eigenen vier Wänden des Opfers fallen diese Filter weg. Du gehst durch diese Tür, und du suchst nach dem, was nicht beabsichtigt ist: was weggeräumt worden wäre, bevor Besuch kommt, was seltsam riecht und was zwischen die Sofakissen gerutscht ist. Nach den Fehlern, die das Opfer vor allen anderen verstecken wollte.

Dieser Raum liefert mir nichts. Aislinn Murray ist ein Bild in einem Hochglanzmagazin. Hier ist alles so sorgfältig geordnet, als hätte sie damit gerechnet, dass eine Versteckte-Kamera-Crew hereinplatzt und ihr Privatleben ins Internet stellt.

Paranoid? Kontrollfreak? Tatsächlich übermenschlich langweilig?

Aber, bitte, könnten Sie nicht einfach, verstehen Sie denn nicht, wie wichtig –

In dem einen Moment zeigte sie mehr von sich und war lebendiger als in jedem Detail ihres Zuhauses. Ich hätte es damals unmöglich wissen können, schließlich trug sie kein *Zukünftiges-Opfer*-Schild, aber dennoch: Da habe ich einmal einem lebenden Mordopfer in die Augen gesehen und es abblitzen lassen.

Sobald die Spurensicherung fertig ist, werden wir hier alles gründlich durchsuchen, und vielleicht bringt uns das irgendetwas, aber mein Eindruck ist, dass Aislinns Persönlichkeit – vorausgesetzt, sie hatte irgendwo eine versteckt – keine große Rolle spielt. Falls wir es schaffen, Lover-Boy zu identifizieren und handfeste Beweise gegen ihn zu finden, kann uns völlig egal sein, wer Aislinn war. Trotzdem macht es mich kribbelig, dass ich diese helle Kleinmädchenstimme höre, wo nichts zu hören sein sollte.

»Was gefunden?«, fragt Steve von der offenen Tür her.

»Fehlanzeige. Wenn sie nicht da draußen liegen würde, könnte man glatt meinen, es hat sie nie wirklich gegeben. Was ist mit der Küche?«

»Da ist so einiges interessant. Komm mal mit.«

»Wenigstens etwas«, sage ich und gehe hinter ihm her. Ich rechne mit einer Küche aus Chrom und Granit-Imitat, Erfolgsspur-Style für kleines Geld; stattdessen sehe ich Kiefernholz mit zu vielen Schnitzereien, eine rosakarierte Wachstuchtischdecke und gerahmte Drucke mit Hühnern, die rosa Karoschürzen tragen. Alles, was ich über diese Frau erfahre, macht sie für mich diffuser. Durch das Fenster nach hinten raus schaut man auf die gleiche ummauerte Miniterrasse, die ich auch habe, aber Aislinn hat eine verschnörkelte Holzbank auf ihre gestellt, damit sie da draußen sitzen und die Aussicht auf die Mauer genießen konnte. Ich überprüfe die Hintertür: abgeschlossen.

»Erstens«, sagt Steve. Er zieht vorsichtig die Backofenklappe auf, hakt einen behandschuhten Finger in den Spalt, anstatt den Griff zu berühren.

Zwei Bräter mit zu knusprigen braunen Haufen verschrumpeltem Essen: wahrscheinlich Kartoffeln und irgendwas in Teig Gebackenes. Er zieht die halboffene Tür des Grills auf: zwei schwärzliche Klumpen, die mal gefüllte Pilze oder Frikadellen waren.

Ich sage: »Heißt?«

»Heißt, es ist alles total angebrannt, aber nicht richtig verkohlt. Weil die Knöpfe zwar noch aufgedreht sind, die Geräte aber mit dem Sicherheitsschalter an der Wand ausgestellt wurden. Und sieh dir das an.«

Ein Teller mit Gemüse – grüne Bohnen, Erbsen – auf der Arbeitsplatte. Ein halb mit Wasser gefüllter Topf auf einem Kochfeld. Der Knopf für das Kochfeld ist auf höchste Stufe gestellt.

»Soph«, rufe ich. »Hat einer den Herd ausgemacht? Ihr oder die Streifenkollegen?«

»Wir nicht«, ruft Sophie zurück. »Und euren Kollegen hab ich gesagt: Falls ihr irgendwas angefasst habt, sagt's mir jetzt. Ich bin ziemlich sicher, ich hab ihnen eine Höllenangst eingejagt. Wenn die in der Küche irgendwas abgestellt hätten, hätten sie's mir gestanden.«

»Na und?«, sage ich zu Steve. »Vielleicht hat Lover-Boy sich verspätet, und Aislinn hat alles ausgemacht.«

Steve schüttelt den Kopf. »Den Grill, kann sein. Aber würdest du den Backofen ausmachen? Würdest du ihn nicht eher auf klein stellen und das ganze Essen reinpacken, damit es warm bleibt? Und würdest du das Kochwasser fürs Gemüse kalt werden lassen oder weiter sieden lassen?«

»Ich koche nicht. Ich hab eine Mikrowelle.«

»Ich koche. Du würdest nicht einfach alles ausmachen, schon gar nicht, wenn du spät dran bist. Du würdest das Wasser auf kleiner Flamme halten, damit du das Gemüse reinwerfen kannst, sobald er kommt.«

Ich sage: »Unser Mann hat den Sicherheitsschalter betätigt.«

»Sieht ganz so aus. Er wollte nicht, dass der Rauchmelder losgeht.«

»Soph. Kannst du mal bitte feststellen, ob du an dem Hauptschalter hier an der Wand Fingerabdrücke findest?«

»Kein Problem.«

»Habt ihr die Küche schon auf Fußspuren untersucht?«

»Nee, ich lass euch beide erst mal in Ruhe da rumspazieren, damit mein Leben ein bisschen interessanter wird«, ruft Sophie zurück. »Fußspuren haben wir uns als Erstes vorgenommen. Letzte Nacht hat es immer mal wieder geregnet, also muss jeder, der reingekommen ist, nasse Schuhe gehabt haben, aber diese Spuren sind längst getrocknet – bei der Hitze hier drin –, und sie haben keine brauchbaren Rückstände hinterlassen. Wir haben ein bisschen trockenen Schmutz gefunden, hier drin und da drin. Aber der könnte auch von den Polizisten stammen, als sie hier eingedrungen sind, und er hätte sowieso nicht für identifizierbare Spuren gereicht.«

Lover-Boy verändert sich in meiner Vorstellung. Ich hatte ihn als dümmlichen Schlappschwanz eingestuft, der einmal falsch zugeschlagen hatte und jetzt wahrscheinlich in seiner Wohnung saß, sich die Hosen vollmachte und nur darauf wartete, dass wir auftauchten, damit er sich alles von der Seele reden und uns erklären konnte, dass alles ihre Schuld war. Aber dieser Typ wäre schon halb zu Hause gewesen, bevor Aislinns Körper auf den Boden aufschlug. Er wäre niemals in der Lage gewesen, ruhig zu bleiben und strategisch zu denken.

Ich sage: »Er hat einen kühlen Kopf.«

»Und ob«, sagt Steve mit Erwartung in der Stimme, wie wenn du Essen riechst und auf einmal Hunger kriegst. »Gerade hat er seine Freundin niedergeschlagen. Wahrscheinlich weiß er nicht mal, ob sie tot ist oder noch lebt, aber er ist ruhig genug, um an den Rauchmelder und das Essen im Ofen zu denken. Falls das sein erstes Mal war, ist er ein Naturtalent.«

Der Rauchmelder ist über unseren Köpfen. Ich sage: »Aber warum will er nicht, dass die Bude abbrennt? Dann würden auch viele Spuren vernichtet. Mit ein bisschen Glück könnte die Leiche sogar so stark zerstört werden, dass wir gar nicht mehr feststellen könnten, dass es Mord war.«

»Vielleicht hat das was mit seinem Alibi zu tun. Wenn der Rauchmelder losgegangen wäre, hätte das sehr viel früher Leute auf den Plan gerufen. Vielleicht hat er sich gedacht, je länger es dauert, bis sie gefunden wird, desto schlechter könnten wir den Todeszeitpunkt bestimmen – und aus irgendwelchen Gründen will er das verhindern.«

»Und wieso hat er dann heute Morgen auf der Polizeiwache angerufen? Sie hätte noch einen, vielleicht auch zwei Tage hier liegen können, bevor jemand nach ihr sucht. Und dann hätten wir einen genauen Todeszeitpunkt vergessen können. Wahrscheinlich wären wir froh gewesen, wenn wir ihn auf einen Zeitraum von zwölf Stunden hätten eingrenzen können.«

Steve massiert sich rhythmisch den Hinterkopf, verstrubbelt sich das rote Haar. »Vielleicht hat er Panik gekriegt.«

Ich stoße einen skeptischen Laut aus. Lover-Boy springt hin und her wie ein Hologramm: jämmerliches Weichei, kühler Kopf, dann wieder Weichei. »Am eigentlichen Tatort ist er eiskalt, und ein paar Stunden später dreht er durch? So schlimm, dass er bei uns anruft?«

»Menschen sind nun mal unberechenbar.« Steve streckt den Arm nach oben und drückt mit der Spitze seines Kulis auf den Testknopf des Rauchmelders. Der piepst: funktioniert. »Oder aber der Anruf war gar nicht von ihm.«

Ich spiele das durch. »Er läuft zu irgendwem: Kumpel, Bruder, vielleicht sein Dad. Erzählt ihm, was passiert ist. Der Kumpel hat ein Gewissen: Er will Aislinn nicht so da liegen lassen, wenn sie vielleicht noch am Leben ist und Ärzte sie retten könnten. Sobald er einen Moment allein ist, ruft er die Polizei an.«

»Wenn es so war«, sagt Steve, »brauchen wir den Kumpel.«

»Allerdings.« Ich habe schon mein Notizbuch aus der Jackentasche gezogen: *Verdächtiger: KPs, schnellstmöglich.* Sobald wir wissen, wer Lover-Boy ist, brauchen wir eine Liste mit seinen Kontaktpersonen. Nach einem Kumpel mit Gewissen leckt sich jeder Detective die Finger.

»Da ist noch was«, sagt Steve. »Sie hatte das Gemüse noch nicht im Topf, hatte die Weingläser noch nicht gefüllt. Wie schon gesagt, er war gerade erst zur Tür reingekommen.«

Ich stecke mein Notizbuch wieder in die Tasche und sehe mich weiter in der Küche um. Schrank voll Porzellan mit hübschen rosa Blümchen drauf, Kühlschrank leer bis auf Magerjoghurt und Karottenstifte und eine Doppelpackung Obsttörtchen von Marks & Spencer fürs Dessert. Manche Leute bewahren einen Großteil ihrer Persönlichkeit im Kühlschrank auf, nicht so Aislinn. »Stimmt. Also?«

»Also wie hatten sie dann die Zeit, in Streit zu geraten? Die beiden sind kein altes Ehepaar, das sich seit Jahren auf die Nerven geht, er vergisst die Milch, und sofort kriegen sie Riesenzoff. Die beiden sind noch in der Romantisches-Dinner-Phase, wollen sich von ihrer besten Seite zeigen. Worüber streiten sie sich, kaum dass er reinkommt?«

»Du glaubst, es war gar kein Streit? Dass er es von Anfang an geplant hatte?« Ich klappe den Mülleimer auf: Marks-&-Spencer-Verpackungen und ein leerer Joghurtbecher. »Nee. Das würde nur passen, wenn er ein eiskalter Sadist wäre, der sich ein Opfer ausguckt und nur so zum Spaß umbringt. Und so einer hört nicht nach einem einzigen Schlag auf.«

»Ich behaupte ja nicht, dass er mit dem Vorsatz hergekommen ist, sie zu töten. Nicht unbedingt. Ich sage nur …« Steve zuckt die Achseln, kneift die Augen zusammen und mustert eine Porzellankatze mit rosa karierter Schleife, die uns vom Fensterbrett aus schizoid anstarrt. »Ich sage nur, dass es seltsam ist.«

»Schön wär's.« Kleine rosa Notizzettel kleben an einem Schrank: *Reinigung, Klopapier, Kopfsalat.* »Vielleicht hatten sie sich schon vorher gestritten, bevor er kam. Wo ist das Handy?«

Ich hole Aislinns Handy in die Küche, um die Spurensicherer nicht zu stören. Steve stellt sich hinter mich und schaut mir über die Schulter, noch so etwas, was mich bei den meisten tierisch nervt. Steve schafft es, mir nicht ins Ohr zu atmen.

Es ist ein Smartphone, aber die Bildschirmsperre lässt sich mit einem Daumenwisch aufheben, ohne Passwort. Sie hat zwei ungelesene SMS, aber ich schaue mir zuerst ihre Kontakte an. Nichts unter Mum oder Dad oder Ähnlichem, aber sie hat einen Notfallkontakt: Lucy Riordan, mit Handynummer. Ich notiere sie mir für später – Glückspilz Lucy wird die offizielle Identifizierung vornehmen. Dann gehe ich ihre Textnachrichten durch und fange an, die Dinnergast-Geschichte zusammenzusetzen.

Lover-Boy heißt Rory Fallon, und er sollte um acht Uhr gestern Abend bei ihr sein. Sieben Wochen zuvor taucht er zum ersten

Mal in Aislinns Handy auf, in der zweiten Dezemberwoche. *War toll, dich kennenzulernen – hoffe, du hattest einen schönen Abend. Hättest du Freitag Zeit, dich auf einen Drink mit mir zu treffen?*

Aislinn machte es ihm nicht leicht. *Freitag geht nicht, aber vielleicht Donnerstag*, und dann, ein paar Stunden später, nachdem er sich nicht prompt wieder gemeldet hatte, *Sorry, hab mir gerade was für Donnerstag vorgenommen!* Er musste sich förmlich ein Bein ausreißen, ständig neue Tage, Uhrzeiten, Treffpunkte vorschlagen, bis sie schließlich so gnädig war, sich auf einen Drink mit ihm in der Stadt zu treffen. Er rief sie am nächsten Tag an, sie ging erst beim dritten Anruf ran. Er bekniete sie, sie gütigerweise in ein teures Restaurant einladen zu dürfen – auch da ließ sie ihn wieder zappeln, sagte am Morgen des Dates ab *(Tut mir echt leid, ist was dazwischengekommen!)* und zwang ihn, einen neuen Termin vorzuschlagen. Irgendwo in diesem Haus werden wir ein Exemplar von *The Rules – Die Kunst, den Mann fürs Leben zu finden* entdecken.

Ich halte nichts von Frauen, die Spielchen spielen, oder von Männern, die dabei mitspielen. Das ist Teenagerquatsch, nichts für Erwachsene. Und wenn es schiefgeht, geht es so richtig schief. Zuerst hast du einen Mordsspaß, bringst den Typen dazu, hinter dir herzuhecheln wie ein Welpe seinem neuen Kauspielzeug. Dann gehst du einen Tick zu weit und hast das Haus voll mit Kriminaltechnikern und Detectives.

Zwischen Aislinns kleinen Spielchen steckt der Rest ihres spannenden Lebens: Erinnerung an einen Zahnarzttermin; ein paar SMS an und von Lucy Riordan über *Game of Thrones*; eine wochenalte Sprachnachricht, anscheinend von einem Kollegen, der ausflippt, weil sein E-Mail-Account gehackt worden ist, und ob Aislinn ihm erklären kann, wie er sein Passwort ändert? Kein Wunder, dass sie ein Restaurantessen zu einem größeren Drama hochspielen musste.

Die Einladung zum Dinner bei ihr zu Hause muss bei einem

Treffen oder telefonisch erfolgt sein – in der Anrufliste sind jede Menge Anrufe von Rory, manche angenommen, manche nicht, keine von Aislinn an ihn –, aber er hat die Einladung per SMS bestätigt. Mittwochabend: *Hi Aislinn, wollte nur nachfragen, ob es bei Samstag 8 Uhr bleibt? Welchen Wein soll ich mitbringen?*

Sie ließ ihn bis zum nächsten Tag warten, ehe sie antwortete. *Ja, Samstag um 8. Brauchst nichts mitzubringen, Hauptsache, du kommst :-)*

»Wenn er nicht mindestens ein Dutzend rote Rosen dabeihatte«, sage ich, »hat er mächtig Ärger gekriegt.«

»Vielleicht war ihm das nicht klar«, sagt Steve. »Hier sind nirgends Blumen.«

Wir haben beide schon Fälle gesehen, die aus alberneren Gründen hochgekocht sind. »Das könnte erklären, warum es so schnell passiert ist. Er klingelt, sie macht auf und sieht, dass er mit leeren Händen gekommen ist …«

Steve schüttelt den Kopf. »Und dann? So wie sie sich hier darstellt, ist sie nicht der Typ, der ihm sagt, er soll wieder abziehen und mit einem Blumenstrauß zurückkommen. Sie würde sich passiv-aggressiv geben, unterkühlt tun, damit er sich das Hirn zermartert, was er falsch gemacht hat.«

Leider habe ich das Gefühl, Widerspruch ebenso souverän akzeptieren zu müssen, wie Steve das kann. Also sage ich: »Stimmt allerdings. Kein Wunder, dass sie nicht alt geworden ist.« Manchmal fürchte ich, wenn ich zu lange mit Steve zusammenarbeite, werde ich noch ein richtiger Sonnenschein.

Bei ihrer Freundin Lucy dagegen spielte Aislinn kein Theater. Gestern Abend, 18.49 Uhr:

OMG, bin total aufgeregt!!! Bin beim Stylen, singe in den Korkenzieher wie n Teenie in die Haarbürste. Voll peinlich, was??

Lucy antwortet prompt: *Kommt drauf an, was du singst*

Beyoncé :-D

Könnte schlimmer sein … Hoffentlich nicht Put a ring on it

Neee!!! Run the World!

Na dann alles paletti. Aber servier ihm kein Sellerie mit Knäckebrot. Sonst kippt er vor Hunger um, bevor du über ihn herfallen kannst :-D

Haha, sehr lustig. Mache Filet Wellington

Wow, voll Jamie Oliver

Quatsch, bloß von Marks & Spencer

Ha, erwischt. Viel Spaß. Und sei vorsichtig, ok?

Hör auf, dir Sorgen zu machen! Melde mich morgen xxx

Die letzte SMS ging um 19.13 Uhr raus. Aislinn hatte gerade noch Zeit, die letzte Schicht Make-up und die letzte Wolke Haarspray aufzutragen, ihr Marks-&-Spencer-Dinner in den Ofen zu schieben, statt Beyoncé irgendwelche Hintergrundmusik aufzulegen und die Duftkerze anzuzünden, ehe es an der Tür klingelte.

»›*Sei vorsichtig*‹«, sagt Steve.

Wenn wir mit Lucy reden, wird sie erklären, warum sie besorgt war: dass Rory einmal im Pub aggressiv wurde, weil er dachte, Aislinn würde mit einem anderen flirten, oder dass er von ihr verlangte, im Restaurant den Mantel anzubehalten, weil sie ein tiefausgeschnittenes Kleid trug, oder dass er früher mit der Bekannten von einer Bekannten zusammen gewesen war und sie angeblich geschlagen habe, obwohl Aislinn die Gerüchte für übertrieben hielt und meinte, er wäre ein netter Kerl und bräuchte nur jemanden, der ihn richtig behandelte. »Die alte Geschichte«, sage ich. »Wenn meine Ma mich das nächste Mal fragt, wieso ich noch Single bin, erzähl ich ihr von diesem Fall. Oder dem letzten. Oder dem davor.«

Glasklare Beziehungstat, genau wie die Kollegen von der Streife vermutet haben. Der gute Rory hat sich für uns praktisch auf einen Servierteller gelegt und eine Orangenscheibe in den Mund gesteckt. Ich wusste schon im Präsidium, dass es so kommen würde, aber irgendein schwachsinniger Teil von mir hat dennoch das Gefühl, als hätte er einen Schlag ins Gesicht gekriegt.

Fälle von häuslicher Gewalt sind meistens glasklar. Die Frage ist nicht, ob du den Täter oder die Täterin überführen kannst, die Frage ist, ob du genug Beweise zusammenkriegst, die vor Gericht Bestand haben. Viele mögen das – es hübscht deine Aufklärungsrate auf, macht weiter oben einen guten Eindruck –, aber ich nicht: Es bedeutet, dass Beziehungstaten dir im Dezernat null Respekt einbringen, wo ich gut welchen gebrauchen könnte, weil jeder weiß, wie leicht sie sich aufklären lassen. Was der zweite Grund ist, warum sie mich so annerven: Sie spielen in einer ganz eigenen Liga von Idiotie. Wenn du deine Frau oder deinen Mann oder deine Sexgeschichte des Tages kaltmachst, was glaubst du wohl, was passiert? Dass wir fassungslos dastehen, total baff, uns am Kopf kratzen, weil wir uns das Ganze beim besten Willen nicht erklären können: *Keine Ahnung, war bestimmt die Mafia?* Überraschung: Wir werden uns grußlos auf dich konzentrieren, haufenweise Beweise gegen dich auffahren, und du wanderst lebenslänglich in den Knast. Wenn du schon jemanden umbringen willst, hab wenigstens so viel Respekt vor meiner Zeit und such dir gefälligst jemanden aus, der nicht die mit weitem Abstand offensichtlichste Person der Welt ist.

Eine Nachricht auf dem Handy passt allerdings nicht zu dieser untersten Liga von Blödheit. Nach den Gut-drauf-SMS zwischen Lucy und Aislinn passiert fast eine Stunde lang nichts. Dann, um 20.09 Uhr, eine SMS von Rory: *Hi, Aislinn, wollte nur die Adresse checken. Ich stehe vor Viking Gardens 26, aber keiner macht auf. Bin ich hier falsch?*

Die SMS ist als ungelesen markiert.

Steve tippt auf den Zeitstempel. »Er hat sich jedenfalls nicht verspätet. Kein Grund für sie, den Herd auszumachen.«

»Mm.«

20.15 Uhr, Anruf von Rory. Aislinn ist nicht drangegangen.

Um 20.25 Uhr erneuter Anruf von ihm. Um 20.32 Uhr simste er: *Hi Aislinn, hab ich mich in der Woche vertan? Dachte, ich sollte zum Abendessen kommen, aber anscheinend bist du nicht da. Meldest du dich mal bei Gelegenheit?* Wieder ungelesen.

»Ja klar«, sage ich. »Der weiß haargenau, dass er sich nicht in der Woche vertan hat. Er hätte bloß in seine SMS gucken müssen, da stand der Termin ja.«

Steve sagt: »Er will es so klingen lassen, als wär's sein Fehler, egal, was da schiefgelaufen ist. Er will nicht, dass Aislinn sauer wird.«

»Oder aber er weiß, dass wir das hier lesen werden, und will uns laut und deutlich vermitteln, dass er ein lammfrommer, netter Kerl ist, der es nie im Leben fertigbringen würde, seiner Freundin ins Gesicht zu schlagen, selbst wenn er im Haus gewesen wäre, was er ja offensichtlich nie war, Ehrenwort, Officer, schauen Sie sich doch bloß das Handy an, sehen Sie die ganzen Nachrichten?«

Viele Beziehungstäter versuchen auf diese Tour, zu retten, was zu retten ist: Sie sehen, was sie angerichtet haben, und legen sich irgendeine Geschichte zurecht. Manchmal funktioniert das sogar – nicht bei uns, aber bei den Geschworenen. Rory Fallon hat das nicht schlecht gemacht: genug Nachrichten, um zu zeigen, dass er wirklich alles versucht hat, Aislinn zu erreichen, ehrlich, aber nach der SMS um 20.32 Uhr nichts mehr, damit er nicht wirkt wie ein Stalker. Auch das, gar nicht blöd.

»So oder so, es grenzt jedenfalls den Todeszeitpunkt ein«, sagt Steve. »Um dreizehn nach sieben hat sie Lucy gesimst. Um zehn nach acht konnte sie nicht mehr reagieren.«

»So oder so?« Ich blicke von dem Handy auf. »Was denn, glaubst du etwa, das hier könnte echt sein?«

Steve macht irgendeine vage Bewegung mit dem Kinn. »Wahrscheinlich nicht.«

»Jetzt hör aber auf. Irgendwer soll ganz zufällig hereingeschneit sein und sie umgebracht haben, genau in dem Moment, als Rory sein Filet Wellington kriegen sollte? Ernsthaft?«

»Ich sage ja, wahrscheinlich nicht. Aber ... wir haben jetzt schon ein paar Seltsamkeiten. Ich will unvoreingenommen bleiben.«

Meine Fresse. Der kleine Stevie, Gott segne ihn, will uns beiden einreden, dass wir da einen ganz, ganz komplizierten Fall an Land gezogen haben, damit wir beide uns freuen und sich meine finstere Miene aufhellt und ich nicht mehr von der Sicherheitsfirma meines Schulfreundes rede und wir alle glücklich und zufrieden bis an unser seliges Ende leben. Ich kann's kaum erwarten, diesen Fall abzuschließen.

»Komm, wir knöpfen uns Rory Fallon vor und finden es raus«, sage ich. Wenn wir Glück haben und die Jämmerliches-Weichei-Version von Rory ist die richtige, gesteht er vielleicht so schnell, dass ich noch eine Runde joggen und was essen kann, bevor ich ins Bett falle.

Das lässt Steve aufmerken. »Du willst direkt zu ihm?«

»Klar. Wieso nicht?«

»Ich dachte eher an die beste Freundin – Lucy. Falls sie uns irgendwas sagen kann, wäre es gut, wenn wir das wissen, bevor wir uns Rory vornehmen. Dann hätten wir schon was gegen ihn in der Hand.«

Was natürlich die vernünftigste Vorgehensweise wäre, wenn wir es mit einem anständigen Mordfall zu tun hätten, wo so ein richtig durchtriebener Psychopath im Dunkeln lauert und uns zwingt, unser Bestes zu geben, und nicht bloß irgendein Schwachmat, der mit den Nerven am Ende ist, sich an seiner Freundin abreagiert hat und der jede Abkürzung verdient hat, die wir finden können. Aber Steve sieht mich mit einem hoffnungsvollen Hundeblick an, und ich denke, auch egal: Es wird nicht lange dauern, dann hat er seinen eigenen Burnout, es bringt nichts, ihn mit meinem runterzuziehen. »Meinetwegen«, sage ich. Ich sperre Aislinns Handy und werfe es zurück in den Beweisbeutel. »Fahren wir zu Lucy Riordan.«

Steve knallt die Backofenklappe zu. Der Luftzug weht durch die Küche, es riecht verbrannt und nach verdorbenem Fleisch.

Sophie hockt neben dem Kamin und nimmt eine Probe von dem Blutfleck. »Wir lassen euch jetzt in Ruhe«, sage ich ihr. »Falls ihr irgendwas findet, was wir wissen sollten, ruf uns an.«

»Mach ich. Bislang keine Überraschungen. Euer Opfer hat für ihr kleines Dinnerdate richtig saubergemacht – praktisch jede Oberfläche hier wurde abgewischt. Die positive Seite: Falls euer Täter Fingerabdrücke hinterlassen hat, können wir beweisen, dass die da noch nicht lange waren. Aber bislang Fehlanzeige. Anscheinend hattest du recht, und er hat Handschuhe getragen. Drückt weiter die Daumen.«

»Klar«, sage ich. »Nur dass du's weißt: Don Breslin wird jeden Moment hier auftauchen.«

»Na toll. Ich krieg schon Herzklopfen.« Sophie schiebt einen Tupfer in ein Teströhrchen. »Was wollt ihr denn mit dem?«

»Der Boss meint, wir bräuchten jemanden, der gut mit Zeugen kann.« Prompt hebt Sophie den Kopf und sieht mich an. Ich zucke die Achseln. »Oder irgendwas Schwachsinniges in der Art, keine Ahnung. Also arbeitet Breslin mit uns an dem Fall.«

»Na, was sagt man dazu«, sagt Sophie. Sie verschließt das Röhrchen und fängt an, es zu beschriften.

Ich sage: »Er ist bloß Verstärkung. Wenn ihr irgendwas rausfindet, geht das direkt an mich oder Moran. Falls ihr uns nicht erreicht, versucht es weiter, bis ihr uns an der Strippe habt. Ja?«

Einer der Gründe, warum Steve und ich so lange gebraucht haben, um den Fall mit der Rumänin abzuschließen, der Grund, den wir O'Kelly nicht nennen werden, ist der, dass wir, als ein Zeuge endlich den Mut aufbrachte, uns im Dezernat anzurufen, nie von diesem Anruf erfuhren. Es dauerte weitere zwei Wochen, bis der Zeuge es erneut versuchte – alle Achtung übrigens, die meisten Leute hätten sich einfach gedacht: Vergiss es – und zu mir durchgestellt wurde. Er sagte, beim ersten Anruf sei er mit einem Mann verbunden worden, irischer Akzent – womit außer mir das ganze Dezernat in Frage kommt –, der versprochen habe, die Nachricht weiterzugeben. Ich glaube nicht, dass es Breslin war, aber ich bin mir längst nicht sicher genug, um mich darauf zu verlassen.

»Kein Problem.« Sophie sieht zwischen den Technikern hin und her. »Conway, Moran oder keiner. Alle verstanden?«

Die Techniker nicken. Detectives und ihre Beziehungsprobleme sind den Technikern schnurzegal – die meisten halten uns für eine Clique von Primadonnen, die zur Abwechslung mal richtig konkrete Arbeit machen sollten –, aber Sophie sind sie treu ergeben. Breslin wird von ihnen nichts erfahren.

»Das Gleiche gilt für ihr Handy oder ihren Laptop«, sage ich. »Wenn die in ihre E-Mails kommen, Facebook, egal was, will ich, dass das direkt an uns geht.«

»Versprochen. In der Computerfahndung sitzt einer, der auch wirklich zuhört, wenn man ihm was sagt. Ich sorge dafür, dass er das bearbeitet.« Sie schiebt das Teströhrchen in einen Beweisbeutel. »Wir halten euch auf dem Laufenden.«

Ehe ich gehe, werfe ich einen letzten Blick auf Aislinn. Sophie hat ihre Haare aus dem Gesicht gehoben, um Abstriche zu machen und hoffentlich DNA von dem Schlag zu bekommen. Der Tod nimmt allmählich Besitz von Aislinns Gesicht, fängt an, die Lippen von den Zähnen zurückzuziehen, gräbt Höhlen unter ihre Augen. Aber dennoch erreicht sie mich mit diesem Puls einer Erinnerung. *Bitte, ich brauche doch bloß* – Und ich, meine Genugtuung kaum verbergend: *Sorry. Kann Ihnen da leider nicht helfen.*

»Sie hat mich genervt«, sage ich. »Als ich sie schon mal gesehen habe.«

»Wieso, weil sie irgendwas gemacht hat?«, fragt Steve. »Irgendwas gesagt?«

»Weiß ich nicht mehr. Irgendwas.«

»Oder nichts. Du bist schnell genervt, wenn du in der entsprechenden Stimmung bist.«

»Leck mich doch.«

»Ich mag ihn«, ruft Sophie mir zu. »Du kannst ihn behalten.«

In Gedanken bin ich mit der Frage beschäftigt, wo ich das Opfer schon mal gesehen habe. Deshalb passe ich nicht auf.

Als ich mich unter dem Absperrband hindurchducke, knallt mir fast ein Diktiergerät ins Auge, und ein Geräusch wie von einem Kampfhund blafft mir ins Gesicht. Ich mache instinktiv einen Sprung, reiße die Fäuste hoch und höre das Stakkato künstlicher Verschlussblenden-Klicks eines Fotohandys.

»Detective Conway haben Sie schon einen Verdächtigen war das ein Serienkiller wurde das Opfer vergewaltigt –«

Journalisten sind überwiegend etwas Gutes. Wir haben alle unsere besonderen Kontakte – du gibst deinem Mann frühzeitig Hinweise, er veröffentlicht, was du veröffentlicht haben möchtest, und liefert dir alles, was du wissen solltest –, aber auch mit den übrigen kommen wir meistens prima klar: Beide Seiten kennen die Grenzen, keiner geht zu weit, alle sind zufrieden. Louis Crowley ist die Ausnahme. Crowley ist ein kleiner Wichtigtuer, der für ein sensationsgeiles Blatt namens *Courier* arbeitet, das sich auf Leser spezialisiert hat, die einen größeren Kick an Empörung oder was auch immer wollen, als normale Zeitungen ihnen verschaffen können, und das daher immer ein paar Details zu viel über Vergewaltigungsfälle druckt. Sein Look ist eine Mischung aus Poet und Perverser – weite Hemden und Regenmantel voller Schuppen, welliger dunkler Pferdeschwanz über eine dicke, fettige Kahlstelle gekämmt – und sein Gesicht ist permanent im Gerechte-Entrüstung-Modus. Ich würde mir lieber mit einer Kettensäge die Zähne putzen, als Crowley einen Tipp zu geben.

»Hat der Killer das Opfer gestalkt sollten Frauen in der Umgebung vorsichtiger sein unsere Leser haben ein Recht darauf zu erfahren –«

Diktiergerät direkt vor meinem Gesicht, klickendes Handy in der anderen Hand, ein Hauch stinkende Patschuli-Pomade aus seinem Haar – Crowley reicht mir knapp bis zur Nase. Ich schaffe es, dem kleinen Mistkerl nicht meine Schulter ins Gesicht zu rammen, als ich an ihm vorbeigehe; habe keinen Bock auf den ganzen Papierkram. Hinter mir höre ich Steve munter sagen: »Kein Kommentar. Kein Kommentar zum Kein Kommentar. Kein Kommentar zum Kein Kommentar zum Kein Kommentar.«

Die Kids flitzen wieder auseinander, staunend. Die Spitzengardinen vibrieren. Die frische Kälte der Luft nach dem überheizten Haus. Crowley reißt sein Diktiergerät im letzten Moment zurück, bevor ich die Wagentür dagegenknalle. Ich setze rückwärts auf die Straße, ohne nach hinten zu schauen.

»Dieser kleine Scheißer«, sagt Steve und streicht über seine Jackenärmel, als wären Crowleys Schuppen drauf gelandet. »Das war schnell. Genau rechtzeitig für die Nachmittagsausgabe und so.«

»›Detectives weigern sich, Stalker-Gerüchte zu dementieren. Möglicher Serienmörder stellt Detectives vor Rätsel. Detectives: Keine Beruhigung für Dubliner Frauen.‹« Ich weiß nicht mal, wo wir hinmüssen, wir haben Lucy Riordans Adresse nicht, aber ich fahre wie bei einer Verfolgungsjagd. »›Detectives schlagen beschissenem Möchtegernjournalisten die Zähne aus.‹«

In den letzten Monaten ist Crowley an zu vielen meiner Tatorte zu schnell aufgetaucht. Wir sind schon mal aneinandergeraten – letztes Jahr hat er versucht, ein junges Mädchen, das mit angesehen hatte, wie sein Drogendealer-Dad zwei Kugeln in den Hinterkopf bekam, unter Druck zu setzen, um ein sensationelles Zitat zu bekommen. Als ich ihm sagte, er solle sich verpissen, sonst würde ich ihn wegen Behinderung der Ermittlungen festnehmen, zog er beleidigt ab und laberte irgendwas von Polizeibrutalität und Pressefreiheit und Nelson Mandela – aber das heißt nicht, dass ich damit in der Minderheit wäre: Fast jeder Kollege hat Crowley schon auf die eine oder andere Art gesagt, er soll sich verpissen. Es gibt keinen Grund, warum er ausgerechnet mir gegenüber irgendwelche Rachegelüste hegen sollte, schon gar nicht, nachdem so viel Zeit vergangen ist. Und selbst wenn sein Mikrohirn beschlossen hat, sich auf mich zu fixieren, erklärt das nicht, wieso er von meinen Fällen genauso schnell erfährt wie ich selbst.

Natürlich haben Journalisten Quellen, von denen sie uns nichts erzählen. Wahrscheinlich hat Crowley einen Scanner, mit dem er den Polizeifunk abhört, wenn er Dienst hat, und den er ansonsten dafür benutzt, Paare beim Telefonsex zu belauschen. Aber dennoch: Irgendwie macht mich das stutzig.

Um es in die Mordkommission zu schaffen, musst du ein Ausnahmetalent dafür haben, anderen möglichst kreativ unter die Haut zu gehen und dann so lange in ihnen herumzukriechen, bis sie sich selbst aufreißen, um dich wieder loszuwerden; du musst bereit und willig sein, das zu machen, selbst wenn der Zeuge, den du bearbeitest, ein verzweifeltes Kind ist, das herzzerreißend um seinen Dad weint. Ich bin da keine Ausnahme – ebensowenig wie Steve, auch wenn er sich das gerne einbildet. Ich war nicht unbedingt geschockt, als ich zum ersten Mal begriff, dass nicht alle Kollegen dieses Talent ausschließlich bei Vernehmungen einsetzen. Mit der Zeit fühlt es sich richtig an, wie die Dienstpistole an deiner Hüfte, ohne die du leicht schief gehst. Manche Kollegen können es nicht ablegen. Sie setzen es ein, um zu kriegen, was sie gerade wollen, oder um an jedem vorbeizukommen, der ihnen gerade im Weg ist. Oder um jemanden zu brechen, den sie brechen wollen.

Steve hält die Klappe, was eine gute Entscheidung ist. Ohne es zu merken, habe ich uns mitten in den Phoenix Park kutschiert, wahrscheinlich, weil das so ziemlich die einzige Gegend hier ist, wo ich fahren kann, ohne in Staus oder zwischen Idioten zu geraten. Die Straßen sind schnurgerade, führen zwischen weiten, sanften Wiesen und Reihen von riesigen alten Bäumen hindurch, und ich fahre in einem Affenzahn. Der Kadett hört sich an, als würde er gleich einen Asthmaanfall kriegen.

Ich werde langsamer. Fahre links ran, blinke brav im Voraus und schaue vorsorglich in den Rückspiegel.

»Wir brauchen die Adresse von Lucy Riordan«, sage ich. »Ich hab ihre Handynummer.«

Wir holen unsere Telefone hervor. Steve ruft seinen Kontakt bei einem der Mobilfunkbetreiber an und drückt auf Lautsprecher. Wir lauschen dem gleichmäßigen Summen des Ruftons. Unter breiten, kahlen Ästen steht Damwild und beobachtet uns. Ich merke, dass ich noch meine Schuhhüllen trage – ich kann froh sein, dass ich nicht von den Pedalen abgerutscht bin und einen Unfall gebaut habe. Ich streife sie ab und werfe sie auf die Rückbank. Das Sonnenlicht ist noch immer fahl und ohne Wärme, als wäre noch immer früher Morgen.

2

STEVES KONTAKT NENNT uns Lucy Riordans Privatadresse in Rathmines, eine Arbeitsadresse beim Torch Theatre in der Stadt und ein Geburtsdatum, demzufolge sie sechsundzwanzig ist. »Kurz nach halb zehn«, sagt Steve mit Blick auf seine Uhr. »Sie müsste zu Hause sein.«

Ich rufe meine Mailbox an. Ich habe eine neue Sprachnachricht und kann's kaum erwarten, sie abzuhören. »Bestimmt hat sie gestern gefeiert und schläft sich jetzt aus. Wie jeder normale Mensch um diese Zeit an einem Sonntagmorgen.« Der Park macht mich nervös. Vor den Wagenfenstern ist der Himmel tot, kein einziger Vogel, und es kommt mir so vor, als würden die wuchtigen Bäume sich langsam über uns neigen. »Du leitest die Vernehmung.« Da ich keinen legitimen Grund habe, Crowley zu verhaften oder ihm einen Kinnhaken zu verpassen oder dem Boss zu sagen, wo er sich seine Beziehungstaten hinstecken soll, werde ich dem erstbesten Menschen, der mir auch nur den geringsten Anlass bietet, den Kopf abreißen, und ich möchte nicht, dass das unsere Hauptzeugin ist.

Früher war ich nicht so. Ich hatte schon immer ein aufbrausendes Temperament, aber ich konnte es immer unter Kontrolle halten, auch wenn ich noch so fest die Zähne zusammenbeißen musste. Schon als Kind wusste ich, wie wichtig es war, stets kampfbereit zu sein, aber auch kühl den richtigen Moment abzuwarten, ehe ich zurückschlug. Seit ich bei der Mordkommission bin, ändert sich das – langsam, ich verliere nie viel Boden auf einmal, aber ich gewinne nie welchen zurück, und allmählich merkt man es mir an. Ich weiß gar nicht, wie oft ich in den letzten Monaten eine halbe Sekunde davor war, meine Wut dermaßen rauszukotzen, dass ich den Rest meines Lebens damit beschäftigt gewesen wäre, den Schlamassel wieder aus der Welt zu schaffen. Ich hatte ernsthaft vor, dem Zeugen zu sagen, er wäre zu blöd zum Leben: Mein Mund ging schon auf, um ihm das vor den Bug zu knallen, doch da kam Steve mir mit irgendeiner beschwichtigenden Frage dazwischen. Ich weiß hundertpro, dass bald der Tag kommt, an dem weder er noch ich mich rechtzeitig bremsen werden.

Und ich weiß hundertpro, dass alle im Dezernat sich auf diesen Moment stürzen werden wie Haie auf Fischköder. Er wird zehnfach vergrößert und in sämtlichen Dezernaten rumgereicht werden, als wäre er ein Nacktfoto von mir, und den Rest meines Arbeitslebens werde ich ihn tagtäglich unter die Nase gerieben bekommen.

Das Morddezernat ist mit anderen nicht zu vergleichen. Wenn es gut funktioniert, könnte es dir den Atem verschlagen: Es ist feingeschliffen und wild, geschmeidig und wuchtig, es ist eine Raubkatze im gestreckten Sprung oder die Schönheit eines so gutgeschmierten Gewehrs, dass es sich praktisch selbst abfeuert. Als ich Sonderfahnderin im Personalpool war, gerade frisch zur Kripo gewechselt, wurden einige von uns angefordert, um die Fleißarbeit in einem Mordfall zu erledigen, Tippen und Haus-zu-Haus-Befragungen. Als ich das Dezernat zum ersten Mal so richtig in Aktion sah, konnte ich gar nicht mehr aufhören, hinzugucken. Wenn ich mich in meinem Leben überhaupt mal verliebt habe, dann da.

Als ich es dann endlich dahin schaffte, hatte sich etwas verändert. Aufgrund des Stresspegels ist das Dezernat so fein austariert, dass schon ein paar neue Gesichter genügen, um die gesamte Atmosphäre ins Kippen zu bringen: Die Raubkatze wird bösartig und nervös, das Gewehr verbiegt sich, bis es dir irgendwann ins Gesicht schießt. Ich kam zur falschen Zeit, und ich stieg mit dem falschen Fuß ein.

Ein Grund war, dass ich keinen Schwanz habe, den man anscheinend unbedingt braucht, um in Mordfällen zu ermitteln. Es hat auch früher schon Frauen in der Mordkommission gegeben, im Laufe der Jahre etwa eine Handvoll. Ich weiß nicht, ob sie abgesprungen sind oder hinausgedrängt wurden, aber als ich anfing, war keine mehr da. Manche Kollegen halten das für die natürliche Ordnung der Dinge. Sie fanden es dreist von mir, einfach aufzukreuzen, als hätte ich ein Recht darauf, bei ihnen mitzumachen, und sie beschlossen, mir einen Denkzettel zu verpassen. Nicht alle – die meisten hatten nichts gegen mich, zumindest am Anfang –, aber genügend.

Sie testeten mich in den ersten Wochen, so wie ein Schlägertyp ein potentielles Opfer in einer Bar austestet: Erst mit Kleinigkeiten – abgedroschene Witzchen nach dem Motto *Warum ist eine Frau wie …*, Bemerkungen, ich hätte meine Tage, Andeutungen, was ich wohl dafür getan hatte, um den Job zu bekommen, und dass ich es offenbar ziemlich gut getan hatte – um zu sehen, ob ich mir ein Lachen abringen würde. Sie taxierten mich, genau wie der Schlägertyp sein Opfer taxiert, ob ich zu den Wohlerzogenen gehörte, die lieber Kränkungen und Demütigungen hinnehmen, als, Gott bewahre, einen Aufstand zu machen. Die Schubser für Schubser gezwungen werden können, alles zu tun, was der Mobber will.

Im Grunde aber ging es nicht darum, dass ich eine Frau bin. Das war bloß ihr Ansatzpunkt, bloß der Umstand, von dem sie glaubten, er würde, müsste es ihnen leichtmachen, mich herumzuschubsen. Im Grunde war es einfach. Es ging um genau dasselbe wie in der Grundschule, als Irland noch schneeweiß, ich das einzige ein bisschen dunklere Kind in der Klasse und mein allererster Spitzname Kackgesicht war. Es ging um dasselbe, worum es in allen Zeiten ging, wenn Menschen einander etwas antaten: Macht. Es ging um die Entscheidung, wer die Alphatiere sind und wer ganz unten landet.

Ich hatte damit gerechnet. In jedem Dezernat werden Neulinge schikaniert – an meinem ersten Tag in der Vermisstenstelle wollten sie mich auf eine Haus-zu-Haus-Befragung schicken, um herauszufinden, ob jemand Patrick Pimmel gesehen hätte –, und das Morddezernat hatte schon den Ruf, dass es dort noch ein bisschen krasser zuging, weniger Lachen, härtere Kante. Aber bloß, weil ich damit gerechnet hatte, wollte ich es noch lange nicht hinnehmen. Wenn ich in der Schule etwas gelernt habe, dann das: Du lässt dich von keinem runtermachen, weil du dann vielleicht nie wieder hochkommst.

Ich hätte mich an die Dienstvorschriften halten und meinem Sergeant melden können, dass Kollegen mich diskriminierten und ein feindseliges Arbeitsklima schufen. Mal abgesehen von dem Offensichtlichen – dass es die beste Methode gewesen wäre, alles nur noch schlimmer zu machen –, würde ich mir lieber selbst die Finger abschießen, als zum Boss zu rennen und ihn um Hilfe anzuwinseln. Also brach ich dem kleinen Arschloch Roche fast das Handgelenk, als er mir einen Klaps auf den Hintern gab. Tagelang konnte er nicht mal eine Kaffeetasse heben, ohne das Gesicht zu verziehen, und die Botschaft war laut und deutlich: Ich würde mich nicht auf den Rücken werfen, kapitulieren und hechelnd darauf warten, was die Alphamännchen mit mir anstellen wollten.

Prompt schlossen sie die Reihen und fingen an, mich aus dem Rudel zu drängen. Zuerst ganz subtil. Irgendwie wussten auf einmal alle von meinem Cousin, der im Knast sitzt, weil er mit Heroin gedealt hat. Fingerabdruckergebnisse landeten nicht auf meinem Schreibtisch, so dass ich nichts von der Verbindung zwischen meinem Fall und einer Einbruchserie erfuhr. Einmal wurde ich bei einem lügenden Alibizeugen laut; nichts Dramatisches, nicht schlimmer, als alle anderen das auch ständig machen, aber irgendwer hatte mich wohl durch den Einwegspiegel beobachtet, denn danach konnte ich monatelang keinen Zeugen mehr vernehmen, ohne dass das ganze Dezernat sich erkundigte – bloß im Spaß, alles ein großer Witz – *Hast du es aus ihm rausgebrüllt, Conway, ich wette, der hat sich vor Schiss in die Hose gemacht, kriegt er Schadensersatz für den Hörschaden, das arme Schwein überlegt es sich demnächst zweimal, ehe er noch mal mit den Cops redet, was?* Inzwischen witterten selbst die Jungs, mit denen ich vorher gut klargekommen war, das Blut in der Luft um mich herum und traten den Rückzug an. Jedes Mal, wenn ich in unser Großraumbüro kam, empfing mich eine schlagartige dumpfe, totale Stille.

Damals hatte ich wenigstens noch Costello. Costello war der Veteran der Truppe, es war sein Job, Neulinge einzuarbeiten, und er war in Ordnung: Solange Costello ein Auge auf mich hatte, traute sich keiner, mich zu heftig zu mobben. Ein paar Monate später ging Costello in den Ruhestand.

In der Schule hatte ich meine Freunde. Wenn sich einer mit mir anlegte, legte er sich auch mit ihnen an, und keiner von uns war der Typ, mit dem du dich anlegen wolltest. Als das Gerücht aufkam, mein Dad wäre im Gefängnis, weil er ein Flugzeug entführt hatte, und die halbe Klasse nicht mehr neben mir sitzen wollte, weil ich ja eine Bombe dabeihaben könnte, kamen wir den drei Miststücken auf die Schliche, die das Gerücht in die Welt gesetzt hatten, und prügelten sie windelweich, und die Sache war erledigt. Nachdem Costello gegangen war und bevor Steve an Bord kam, war ich im Morddezernat auf mich allein gestellt.

Ehe die Tür hinter Costello ins Schloss fiel, legten die Jungs noch eins drauf. Ich vergaß, das E-Mail-Konto auf meinem Computer zu schließen, und als ich zurückkam, war alles gelöscht: Eingänge, Ausgänge, Adressen, futsch. Manche von ihnen weigerten sich, mit mir Vernehmungen durchzuführen, wenn es Zeit wurde, eine härtere Gangart einzuschlagen: *Stecken Sie mich nicht mit der zusammen, ich übernehme nicht die Verantwortung, wenn sie Mist baut*; oder sie brauchten für eine Suchaktion alles auf zwei Beinen, nur mich nicht, und ließen auf dem Weg nach draußen mit einem höhnischen Lachen gerade laut genug für meine Ohren die Bemerkung *Könnte ja nicht mal Elefantenspuren im Schnee verfolgen* vom Stapel. Auf der Weihnachtsfeier, wo ich den Teufel getan hätte, mehr als ein Bier zu trinken, machte jemand ein Foto von mir, als ich die Augen gerade halb zu hatte. Am nächsten Morgen hing es mit der Überschrift »ALCOCOP« am Schwarzen Brett, und abends wussten alle, dass ich ein Alkoholproblem hatte. Am Ende der Woche wussten alle, dass ich sternhagelvoll gewesen war, mir auf die Schuhe gekotzt und irgendwem – der Name variierte – auf dem Klo einen geblasen hatte. Keine Ahnung, wer von den Jungs dahintersteckte, ob es zwei oder fünf oder zehn waren. Selbst wenn ich bis zur Pension durchhalte, wird es immer noch Leute geben, die den ganzen Schwachsinn glauben. Normalerweise ist mir scheißegal, wer was über mich denkt, aber wenn ich meine Arbeit nicht machen kann, weil mir alle misstrauen und auf Abstand bleiben, dann macht mir das was aus.

Aus all diesen Gründen ist Steve derjenige, der seinen Kontakt wegen Lucy Riordans Adresse angerufen hat. Im Laufe der Zeit suchst du dir nützliche Bekannte für solche Momente, wenn eine offizielle Anfrage zu lange dauern würde, und noch vor ein paar Monaten verstand ich mich gut mit einem Typen bei Vodafone; bis ich ihn eines Tages anrief, um herauszufinden, wem eine bestimmte Handynummer gehörte, und er ins Stottern geriet und herumstammelte und Blödsinn redete und gar nicht schnell genug wieder auflegen konnte. Ich hab gar nicht erst gefragt, warum. Ich wusste es schon. Nicht die Details, zum Beispiel, wer ihn unter Druck gesetzt hatte oder womit sie ihm gedroht hatten, aber ich wusste genug. Also ruft Steve die Mobilfunkanbieter an, wenn wir Infos brauchen, und Steve leitet die Vernehmungen, wenn ich mir vor lauter Anspannung selbst nicht mehr traue. Und ich rede mir weiter ein, dass diese Arschlöcher mich nicht fertigmachen können.

Die Nachricht auf meiner Mailbox ist von Breslin, natürlich, ich Glückskind. »Conway. Hi.« Breslin hat eine gute Stimme – tief, sonor, die Nachrichtensprecher-Intonation, die dir verrät, dass Mummy und Daddy ordentlich Schulgebühren hingeblättert haben, damit er sich bloß nie mit Leuten wie Steve und mir abgeben muss –, und das weiß er auch. Ich glaube, er träumt davon, Kinotrailer zu sprechen, die mit »In einer Welt ...« anfangen. »Schön, dass wir mal zusammenarbeiten. Wir sollten sobald wie möglich Kontakt aufnehmen; ruf mich an, wenn du das abhörst. Ich fahr jetzt zum Tatort, schau mir kurz an, was wir haben. Falls wir uns da nicht über den Weg laufen, hoffe ich, dass wir voneinander gehört haben, ehe ich fertig bin. Dann sehen wir weiter.« Klick.

Steve zielt mit dem Zeigefinger auf mich und sagt augenzwinkernd. »O ja, Baby. Nimm Kontakt zu mir auf.«

Ich pruste los, ehe ich mich bremsen kann. »Weißt du, wie sich das anfühlt? Das fühlt sich an, als würde er dir durchs Telefon die Zunge ins Ohr schieben.«

»Und er ist ganz sicher, dass du vor Glück nicht weißt, wohin mit dir.«

Wir kichern wie zwei Schulkinder. Breslin bringt uns dazu. Er nimmt sich selbst so ernst, dass du ihm nie gerecht werden kannst, also versuchen wir es erst gar nicht. »Weil er nämlich, bevor er dich angerufen hat, das gute Eau de Cologne auf seine Zauberzunge gesprüht hat. Nur für dich.«

»Ich fühl mich jetzt total wichtig«, sagt Steve, Hand auf dem Herzen. »Du nicht auch?«

»Ich hab das Gefühl, ich hätte mein Ohrengleitmittel mitbringen sollen«, sage ich. »Wie können wir ihn uns noch 'ne Weile vom Leib halten?«

»Soko-Raum?« Eigentlich keine schlechte Idee: Jemand muss uns einen Soko-Raum besorgen, und Breslin kriegt garantiert einen von den guten, mit einem richtigen Whiteboard und genügend Telefonanschlüssen, wohingegen Steve und ich in das triste Loch mit zwei Schreibtischen gesteckt würden, das mal der Umkleideraum war und noch immer so riecht. »Aber auf Dauer können wir ihn nicht hinhalten. Die Zeugenvernehmungen sind der Grund, warum der Boss ihn an Bord haben will; es wäre fair, wenn er bei denen dabei wäre.«

»Komm mir nicht mit ›fair‹. Ich hab keine Lust, Breslin gegenüber fair zu sein.« Aber meine Laune hat sich gebessert. Das Lachen hat gutgetan. »Soko-Raum ist gut. Versuchen wir's damit.«

»Sei nicht zu grob zu ihm«, mahnt Steve mich.

»Ich bin nicht grob zu ihm. Aber wieso sollte ich eigentlich nicht, wenn mir danach ist?« Breslin ist längst nicht einer der Schlimmsten – die meiste Zeit nimmt er uns beide einfach nicht wahr –, aber das heißt nicht, dass ich ihn mögen muss.

»Weil wir ihn an der Backe haben, vielleicht? Und weil das sehr viel schwieriger sein wird, wenn er von Anfang an sauer auf uns ist?«

»Du kannst ihn ja wieder besänftigen. Ihm die Zunge ins Ohr stecken.«

Ich rufe erneut Breslins Mailbox an – wenn ich mich schon mit Breslin abgeben muss, ist dieses Aneinander-vorbei-Telefonieren noch die angenehmste Art – und hinterlasse ihm die nächste Nachricht. »Breslin, Conway hier. Freu mich drauf, mit dir zu arbeiten.« Ich sehe Steve mit hochgezogener Augenbraue an: *Na bitte, ich kann auch nett sein.* »Wir sammeln jetzt den Typen ein, den das Opfer zum Abendessen eingeladen hatte, und bringen ihn zur Vernehmung ins Präsidium. Kannst du dazukommen? Wir würden wirklich gern wissen, wie du ihn einschätzt.« Steve mimt einen Blowjob. Ich zeige ihm den Stinkefinger. »Auf dem Weg zu ihm schauen wir noch auf einen Sprung bei der besten

Freundin des Opfers vorbei, nur für den Fall, dass sie irgendwas Wichtiges weiß. Könntest du uns in der Zwischenzeit einen Soko-Raum besorgen? Du bist ja bestimmt vor uns wieder im Dezernat. Danke. Bis gleich.«

Ich lege auf. »Siehst du?«, sage ich zu Steve.

»Das war großartig. Wenn du am Ende noch einen Kuss gehaucht hättest, wäre es perfekt gewesen.«

»Witzig.« Ich will endlich weiter. Die kahlen Bäume wirken jetzt tiefer, näher, als hätten sie ihre Chance genutzt, während ich auf Breslin konzentriert war, uns weiter zu umzingeln. »Finde doch mal raus, mit welchen miesen Sonderfahndern sie uns abgespeist haben.«

Steve wählt schon. Bernadette, die Dezernatssekretärin, nennt ihm die Nummern unserer Fahnder – immerhin sechs. O'Kelly hat sich nicht lumpen lassen. Ein paar von ihnen sind ganz gut, brauchbar; mindestens einer ist es nicht. Falls wir noch mehr wollen, müssen wir unsere Anträge in dreifacher Ausfertigung einreichen, erklären, warum wir unsere Drecksarbeit nicht selbst erledigen können, und überhaupt Männchen machen und betteln wie dressierte Pudel.

Später werden wir die erste Fallbesprechung haben: Steve und ich und Breslin und die Sonderfahnder im Soko-Raum. Alle werden sich Notizen machen, während ich einen kurzen Überblick über den Fall gebe und wir Aufgaben verteilen. Aber manches muss schnell geschehen, ohne Zeit zu verlieren. Steve schickt zwei von unseren glücklichen Fahndern schon mal nach Viking Gardens, um die Anwohner zu fragen, was sie über Aislinn Murray wissen und ob sie letzte Nacht etwas gehört oder gesehen haben, und zwei weitere sollen die Bänder sämtlicher Überwachungskameras im Umkreis beschaffen, ehe jemand sie überspielen kann. Währenddessen beauftrage ich die letzten beiden damit, Rory Fallons Adresse herauszufinden und festzustellen, ob er zu Hause ist. Falls ja, sollen sie das Haus beobachten, ihm folgen, wenn er irgendwo hingeht, und das Ganze möglichst unauffällig. Sie könnten ihn einfach direkt aufs Präsidium bringen, aber ich will vermeiden, dass Breslin ihn zufällig auf dem Flur sieht und beschließt, Steve und mir einen Gefallen zu tun, indem er ihm ein Geständnis entlockt, ehe wir überhaupt wieder zurück im Dezernat sind. Breslin ruft mich zurück. Ich lasse den Anruf auf die Mailbox gehen.

Steves zerknautschter Nachtschichtlook lässt mich ahnen, wie ich aussehe, deshalb versuchen wir rasch, uns einigermaßen in Fasson zu bringen, ehe wir zu Lucy Riordans Wohnung fahren: Falten aus den Jacketts und Mitternachtssnackkrümel von den Hemden bürsten, Steve kämmt sich die Haare, ich löse das, was von meinem Haarknoten übrig ist, und binde ihn wieder schön glatt und ordentlich. Ich trage kein Make-up bei der Arbeit, aber der Ausschnitt von mir im Rückspiegel wirkt einigermaßen annehmbar. An guten Tagen sehe ich gut aus, und an schlechten Tagen falle ich immer noch auf. Ich komme nach meinem Dad, vermute ich wenigstens: Die Größe habe ich von meiner Ma, aber nicht das volle schwarze Haar oder die Wangenknochen oder den Teint, der ohne Selbstbräuner auskommt. Ich trage hochwertige, gutgeschnittene Hosenanzüge, die meine Figur betonen – groß, athletisch, mit Kurven –, und jeder, der meint, ich sollte in Sack und Asche rumlaufen, um ihn vor seinen eigenen Phantasien zu schützen, kann mich mal. Alles, was ich nach Meinung der Leute kaschieren sollte – dass ich groß bin, eine Frau bin, halb irgendwas bin –, all das trage ich deutlich sichtbar vor mir her. Falls sie damit nicht umgehen können, mach ich es mir zunutze.

»Geht das so?«, fragt Steve und zeigt auf sich selbst.

Er sieht aus, als hätte Mammy ihm vor der Sonntagsmesse mit Spuckefinger die Haare geglättet, aber das ist genau seine Absicht. Du arbeitest mit dem, was du hast, und Steve hat diese Ausstrahlung, die deine Eltern entzücken würde, wenn du ihn mit nach Hause brächtest. »Muss«, sage ich und richte den Rückspiegel. »Dann mal los.«

Ich steige aufs Gas und lass den Kadett so tun, als wäre er ein richtiges Auto, als er uns da wegbringt. Auf einmal habe ich das ungute Gefühl, als wären die Bäume hinter uns zusammengeschlagen und hätten sich mit einem lautlosen Brüllen und klatschenden Ästen auf die Stelle gestürzt, an der wir eben noch geparkt haben.

Lucy Riordan wohnt in einem von diesen hohen alten Reihenhäusern, die man in Mietwohnungen aufgeteilt hat. Viele davon sind Dreckslöcher, aber dieses Haus sieht ganz passabel aus: Der Vorgarten ist gepflegt, die Fensterrahmen sind in den letzten zehn Jahren mal gestrichen worden, und neben der Tür sind sechs Klingeln statt ein Dutzend, was bedeutet, dass der Vermieter die Leute nicht in lächerlich kleine Zimmer quetscht und sie zwingt, sich ein Klo zu teilen.

Wir müssen zweimal klingeln, ehe Lucy sich mit schlaftrunkener Stimme über die Sprechanlage meldet. »'lo?«

Steve sagt: »Lucy Riordan?«

»Wer ist denn da?«

»Detective Garda Stephen Moran. Hätten Sie einen Moment Zeit?«

Ein langer Moment. Dann sagt Lucy, und die Schläfrigkeit ist aus ihrer Stimme verschwunden: »Ich bin gleich unten.«

Sie öffnet die Tür schnell und hellwach. Sie ist klein und fit, eine natürliche Fitness, keine Sportstudio-Fitness – sie trägt sie wie etwas Eigenes, nichts Ausgeliehenes. Kurzgeschnittenes platinblondes Haar mit einem langen Pony, der ihr ins Gesicht fällt – blasses Gesicht mit klaren, aufgeweckten Augen, verschmierte Wimperntusche von letzter Nacht. Sie trägt ein schwarzes Hoodie, eine schwarze, mit Farbe bespritzte Cargohose, nichts an den Füßen und viel silbernen Ohrschmuck, und sie ist offenbar ziemlich verkatert. Sie hat absolut nichts gemeinsam mit Aislinn Murray oder mit dem, was ich erwartet habe.

Wir haben unsere Ausweise schon gezückt. »Ich bin Detective Garda Stephen Moran«, sagt Steve, »und das ist meine Kollegin, Detective Garda Antoinette Conway.« Und dann stockt er. An der Stelle lässt man immer eine kurze Pause.

Lucy würdigt unsere Ausweise keines Blicks. Sie sagt, heftig: »Geht's um Aislinn?« Und genau deshalb lässt man die Pause: Es ist unglaublich, was Leute alles hineinplappern.

Steve sagt: »Dürften wir einen Moment reinkommen?«

Erst jetzt sieht sie sich die Ausweise an, lässt sich Zeit, um sie gründlich zu studieren oder um eine Entscheidung zu fällen. Dann: »Ja gut«, sagt sie. »Okay. Kommen Sie rein.« Und sie dreht sich um und geht die Treppe hoch.

Ihre Wohnung ist im ersten Stock, und ich hatte recht, sie ist ganz passabel: kleines Wohnzimmer mit Küchenzeile auf einer Seite und zwei Türen auf der anderen, vermutlich zum Schlafzimmer und zum Bad. Sie hatte letzte Nacht Besuch – leere Bierdosen auf dem Couchtisch und darunter, kalter Rauch in der Luft –, aber schon davor war diese Wohnung völlig anders als die von Aislinn. Die Vorhänge bestehen aus alten, mit Zwirn zusammengenähten Postkarten, das Mobiliar aus einem ramponierten hölzernen Couchtisch und zwei unterschiedlichen Sofas mit mexikanisch anmutenden gewebten Überwürfen. Auf einem zusammengerollten Kabel neben dem Fernseher stehen vier Siebzigerjahre-Telefone und ein ausgestopfter Fuchs. Diese Einrichtung hat keiner per App bestellt.

Steve und ich nehmen das Sofa, das mit dem Rücken zu dem hohen Schiebefenster steht, so dass Lucy das schwächliche Tageslicht ins Gesicht fällt. Ich nehme mein Notizbuch aus der Tasche, aber ich beuge mich vor, signalisiere Steve damit, dass ich nicht völlig unbeteiligt bleiben werde. O'Kelly hat Schwachsinn erzählt, Steve kann prima mit Zeugen – nicht so auffällig wie

Breslin, aber er kann so ziemlich alle glauben machen, dass er auf ihrer Seite ist –, doch vor nicht allzu langer Zeit war ich auch mal ganz gut, und Lucy macht auf mich nicht den Eindruck, dass sie mich auf die Palme bringen wird. Das Mädchen ist nicht blöd.

»Sonst noch jemand zu Hause?«, fragt Steve. Nach diesem Gespräch wird Lucy Beistand brauchen.

Lucy setzt sich auf das andere Sofa und versucht, uns beide gleichzeitig anzusehen. »Nein. Ich bin allein. Wieso …«

Das durchschnittliche Zeugengesicht ist eine Mischung aus übertriebener Hilfsbereitschaft, brennender Neugier und O-Gott-hoffentlich-krieg-ich-keinen-Ärger. Eine Standardvariante in Gegenden, wo wir nicht gern gesehen sind, ist ein mürrischer, teenagerartig gelangweilter Starrblick, auch bei Leuten, die für so was Jahrzehnte zu alt sind. Lucy entspricht keinem von beiden. Sie sitzt kerzengerade, Füße fest auf dem Boden, als wäre sie bereit, jeden Moment aufzuspringen, und ihre Augen sind zu weit aufgerissen. Lucy hat Angst, und sie ist argwöhnisch, und was auch immer sie argwöhnisch macht, es nimmt ihre volle Konzentration in Anspruch. Auf dem Couchtisch steht ein grüner Aschenbecher, den sie besser hätte leeren sollen, bevor sie Cops hereinlässt. Steve und ich tun so, als würden wir ihn nicht sehen.

»Vorweg muss ich ein paar Dinge abklären«, sagt Steve leichthin und bedenkt sie mit seinem harmlosesten Lächeln. »Sie sind Lucy Riordan, geboren am zwölften April ’88, und sie arbeiten am Torch Theatre. Das ist alles richtig, ja?«

Lucys Rücken wird stocksteif. Niemandem gefällt es, wenn wir Sachen über ihn wissen, die er uns nicht erzählt hat, aber ihr gefällt es noch weniger als den meisten. »Ja. Ich bin die technische Leiterin.«

»Und Sie sind befreundet mit Aislinn Murray. Eng befreundet.«

»Wir kennen uns von klein auf. Was ist passiert?«

Ich sage: »Aislinn ist tot.«

Ich bin nicht bewusst taktlos. Aber nach der Art, wie sie die Tür aufgemacht hat, will ich ihre unverfälschte Reaktion.

Lucy starrt mich an. So viele verschiedene Emotionen prallen in ihrem Gesicht aufeinander, dass ich keine von ihnen lesen kann. Sie atmet nicht.

Ich sage, nicht gemein: »Tut mir leid, Sie so damit zu überfallen.«

Lucy greift nach einer Packung Marlboro Lights auf dem Couchtisch und klopft eine heraus, ohne um Erlaubnis zu fragen. Selbst ihre Hände wirken zupackend: kräftige Handgelenke, kurze Fingernägel, Kratzer und Schwielen. Für eine Sekunde zuckt und wackelt die Flamme des Feuerzeugs, dann bekommt sie sie unter Kontrolle und nimmt einen tiefen Zug.

Sie fragt: »Wie?«

Ihr Kopf ist gesenkt, der weißblonde Pony verbirgt ihr Gesicht. Ich sage: »Das können wir noch nicht mit Sicherheit beantworten, aber wir haben Ermittlungen aufgenommen.«

»Das heißt, jemand hat sie umgebracht. Richtig?«

»Sieht so aus. Ja.«

»Scheiße«, sagt Lucy leise – ich bin mir ziemlich sicher, sie weiß nicht mal, dass sie es sagt. »Ah, Scheiße. Ah, Scheiße.«

Steve sagt: »Warum haben Sie vermutet, dass wir wegen Aislinn hier sind?«

Lucy hebt den Kopf. Sie weint nicht, was eine Erleichterung ist, aber ihr Gesicht ist kreideweiß; ihre Augen wirken, als würde ihr das Sehen schwerfallen oder als würde es ihr schwerfallen, sich nicht zu übergeben. Sie sagt: »Was?«

»Gleich nachdem Sie uns aufgemacht hatten, haben Sie gesagt: ›Geht's um Aislinn?‹ Wieso dachten Sie das?«

Die Zigarette bebt. Lucy starrt darauf, schließt die Finger fester, um sie ruhig zu halten. »Ich weiß nicht. Einfach so.«

»Denken Sie nach. Sie müssen doch einen Grund dafür gehabt haben.«

»Ich weiß nicht mehr. Das war einfach das Erste, was mir eingefallen ist.«

Wir warten. In den Wänden pfeifen und stöhnen Rohre. Ein Stockwerk über uns ruft eine Männerstimme irgendwas über heißes Wasser, und jemand galoppiert über den Boden, was die Postkarten-Vorhänge erzittern lässt. Neben Lucy auf dem Sofa liegt eine Homer-Simpson-Figur aus Stoff, an deren Stirn ein Zigarettenblättchen mit der Aufschrift BUTTERCUP klebt. Letzte Nacht war lustig. Wenn Lucy die Plüschfigur das nächste Mal sieht, wird sie sie tief in die Mülltonne stopfen.

Nach einer langen Minute wird Lucys Rückgrat wieder ruhig. Sie wird nicht weinen oder kotzen, jedenfalls nicht jetzt. Sie hat andere Dinge zu tun. Ich bin ziemlich sicher, dass sie gerade beschlossen hat, uns anzulügen.

Sie klopft Asche ab, ohne die Jointstummel im Aschenbecher auch nur anzusehen. Sie sagt – vorsichtig, tastend: »Aislinn hatte gerade jemanden kennengelernt, Rory. Gestern Abend wollte sie für ihn was kochen. Es war das erste Mal, dass sie ihn zu sich nach Hause eingeladen hat. Davor hatten sie sich nur in Pubs oder Restaurants oder so getroffen. Und als Sie gesagt haben, Sie wären Detectives, ist mir als Einziges eingefallen: Irgendwas ist da passiert. Ich meine, aus welchem anderen Grund hätten Sie mit mir sprechen wollen?«

Schwachsinn. Mir fallen, ohne groß nachzudenken, zig Gründe ein – das Hasch, Nachbarn, die sich über den Lärm beschwert haben, Schlägerei draußen auf der Straße und wir suchen nach Zeugen, häusliche Gewalt in einer anderen Wohnung und wir suchen nach Zeugen, ich könnte noch jede Menge aufzählen – und Lucy genauso. Das war sie: die Lüge.

»Ja«, sage ich. »Apropos. Gestern Abend haben Sie und Aislinn über ihr Date gesimst.« Der Argwohn steigt um eine Stufe, während Lucy versucht, sich daran zu erinnern, was sie geschrieben hat. »Sie haben Aislinn gesimst« – ich tue so, als würde ich in meinem Notizbuch nachschauen – »›*Sei vorsichtig, ok?*‹ Warum?«

»Wie gesagt. Sie kannte ihn noch nicht so lange und würde allein mit ihm im Haus sein.«

Steve mimt den Verwunderten. »Ist das nicht ein bisschen paranoid?«

Lucys Augenbrauen schnellen hoch, und sie starrt Steve an, als wäre er der Feind. »Finden Sie? Ich hab ja nicht gesagt, sie soll sich einen geladenen Revolver in den BH stecken. Nur dass sie sich mit einem fremden Mann im Haus vorsehen soll. Und das finden Sie paranoid?«

»Klingt doch ganz vernünftig«, sage ich. Lucy sieht mich dankbar an und entspannt sich ein wenig nach der Attacke. »Ich würde meiner Freundin dasselbe sagen. Kennen Sie Rory?«

»Ja. Ich war sogar dabei, als die zwei sich kennengelernt haben. Ein Arbeitskollege von mir, Lar, hat ein Buch über die Geschichte der Dubliner Theater rausgebracht, und die Präsentation war in Rorys Buchladen – der Wayward Bookshop in Ranelagh. Wir sind mit ein paar Leuten vom Torch hingegangen, und ich hab Aislinn überredet, doch mitzukommen. Ich fand, sie musste mal raus.«

Sie beantwortet meine Frage ausführlicher, als sie müsste. Wieder mal funktioniert der uralte Trick – bring den Zeugen dazu, auf einen von euch sauer zu werden, dann liefert er dem anderen umso mehr –, und Steve und ich wenden ihn oft an, aber meistens umgekehrt. Ich lasse Steve die Notizen machen, während ich das Gefühl genieße, zum ersten Mal seit langem der gute Cop zu sein. »Und zwischen Aislinn und Rory hat es gefunkt.«

»Ganz schön. Lar hatte ein bisschen aus dem Buch vorgelesen und angefangen zu signieren, und wir anderen standen rum und tranken den Wein, der gereicht wurde, und Aislinn und Rory sind ins Gespräch gekommen. Sie haben sich praktisch in eine Ecke verzogen – nicht zum Knutschen oder so, sie haben sich bloß unterhalten und ein bisschen rumgeflachst. Ich glaube, Rory wäre am liebsten die ganze Nacht dageblieben, aber Ash hatte so eine Regel, nie zu lange mit einem Mann zu reden –«

Lucy bricht ab, blinzelt. Da ist der Filter – wir sollen um Gottes willen nichts Schlechtes von der armen, lieben Ash denken –, aber ich weiß, wovon sie redet: *The Rules*. »Damit der Typ nicht gleich merkt, dass sie auf ihn steht«, sage ich und nicke, als wäre das das Vernünftigste von der Welt.

»Ja. Genau. Aus irgendwelchen Gründen scheint das was Schlechtes zu sein.« Leichtes Zucken von Lucys Schulter und Mund, aber es ist liebevoll, nicht gehässig. »Also kam Ash nach rund einer Stunde zu mir rüber, und sie war hin und weg nach dem Motto, ›OmeinGott, er ist so süß und so lustig und so interessant und so *nett*, das war sooo schön …‹ Sie sagte, sie hätte ihm ihre Nummer gegeben, und jetzt müsste sie unbedingt mit anderen Leuten reden, also blieb sie bei mir und den Leuten von der Arbeit, aber den ganzen Abend fragte sie dauernd: ›Guckt er rüber? Was macht er jetzt, schaut er her?‹ Was er die ganze Zeit tat. Sie waren beide total verknallt.«

»Lar wer?«, sage ich. »Und wann war diese Buchpräsentation?«

»Lar Flannery – Laurence. Die war Anfang Dezember, das genaue Datum weiß ich nicht mehr. An einem Sonntagabend, damit die Leute vom Theater dabei sein konnten.«

»Sind Sie Rory danach noch mal begegnet?«

»Nein, nur das eine Mal. Aislinn hat sich nur ein paar Mal mit ihm getroffen. Sie wollte es langsam angehen lassen.« Lucys Kopf senkt sich zu der Zigarette. Ein tiefer Zug. Gerade haben wir das gestreift, was sie uns verschweigt. Wir lassen eine Pause entstehen, aber diesmal füllt sie sie nicht. Stattdessen fragt sie: »Sind Sie …? Ich meine, glauben Sie, es war Rory, der …?«

Die Frage ist naheliegend, aber auf einmal klingt ihre Stimme voll und ist erfüllt von Dingen, die ich nicht benennen kann, und der bohrende Blick ihrer Augen unter dem Pony ist zu schnell und zu intensiv. Das bedeutet ihr mehr, oder es bedeutet etwas Dringlicheres, als es sollte.

Steve sagt: »Was denken Sie? Würden Sie auf ihn tippen?«

»Ich muss auf niemanden tippen. Sie sind die Detectives. Ist er Ihr Hauptverdächtiger, oder wie auch immer das heißt?«

»Hatte Rory irgendetwas an sich, das Ihnen zu denken gab?«, frage ich. »Ihn wie jemand wirken ließ, vor dem man sich in Acht nehmen sollte?«

Lucy würde ihre Frage am liebsten wiederholen, aber sie verkneift es sich. Schlau, geschickt und daran gewöhnt, schnell zu reagieren: Was auch immer sie zurückhält, wir können froh sein, wenn wir es aus ihr rausholen können. Wieder zieht sie an der Zigarette. »Nein. Nichts. Er wirkte nett. Ein bisschen langweilig – fand ich jedenfalls –, aber Ash sah offensichtlich etwas in ihm, was mir entging, daher …«

»Hat sie mal irgendwas in der Richtung erwähnt, dass er ihr Angst gemacht hat? Sie unter Druck gesetzt? Versucht, sie zu kontrollieren?«

Lucy schüttelt den Kopf. »Nein. Ehrlich. Nichts in der Art, nie. Es ging immer nur darum, wie toll er war und wie entspannt sie sich fühlte, wenn sie mit ihm zusammen war, und dass sie es kaum erwarten konnte, ihn wiederzusehen. Denken Sie –«

Ich sage: »Dann muss ich jetzt mal deutlich werden, Lucy. Es ergibt keinen Sinn, dass Sie sich solche Sorgen um Aislinn gemacht haben. Ihr zu simsen, sie sollte vorsichtig sein, okay, klar, das kann ich nachvollziehen. Aber gleich im ersten Moment, als Sie uns sehen, auf den Gedanken zu kommen, dass wir ihretwegen hier sind? Wo Sie mir gerade erzählt haben, dass Sie einen guten Eindruck von Rory hatten, ihn nicht bedrohlich fanden? Nee. Als wir aufgetaucht sind, hätten Sie sich fragen müssen, ob der Nachbar von unten vielleicht dealt oder ob letzte Nacht jemand vor Ihrem Haus niedergestochen wurde oder ob jemand aus Ihrer Familie überfallen wurde oder einen Autounfall hatte. Es gibt keine vernünftige Erklärung dafür, wieso Sie sofort an Aislinn gedacht haben. Es sei denn, Sie verschweigen uns da etwas.«

Lucys Zigarette ist bis zum Filter abgebrannt. Sie drückt sie im Aschenbecher aus, lässt sich Zeit, aber sie macht nicht dicht: Sie überlegt. Das Licht durchs Fenster wird kräftiger. Es ist nicht gut zu ihr, kratzt alles ab, was apart sein könnte, lässt nichts übrig außer Tränensäcken und verschmierter Wimperntusche auf Kreideweiß.

Sie sagt: »Kann ich mir ein Glas Wasser holen? Ich hab rasende Kopfschmerzen.«

»Ja klar«, sage ich. »Wir haben's nicht eilig.«

Sie geht zur Küchenzeile und dreht den Hahn auf, lässt sich Zeit, mit dem Rücken zu uns. Sie fängt Wasser mit den Händen auf und taucht das Gesicht hinein, bleibt so, während ihre Schultern sich einmal heben und senken. Sie kommt mit einem großen Glas in der Hand zurück, wischt sich mit dem freien Handgelenk Wasser vom Gesicht und sieht zwei Grad lebendiger aus. Als sie sich hinsetzt, sagt sie: »Okay. Ich glaube, Ash hatte vielleicht was mit einem anderen. Parallel zu Rory.«

Wieder dieser bohrende Blick, der unsere Reaktionen taxiert, zu heftig und angespannt. Steve und ich sehen uns nicht an, aber du kannst förmlich hören, wie unsere Gedanken aufeinanderprallen wie Blicke. Steve denkt: *Ich hab's gewusst, ich hab gewusst, dass da was komisch ist*; ich denke: *Shit, das mit dem Joggen kann ich mir für heute abschminken.*

Steve sagt: »Wie heißt er?«

»Weiß ich nicht. Hat sie nie gesagt.«

»Nicht mal einen Vornamen?«

Lucy schüttelt so resolut den Kopf, dass ihr Pony nach vorn fällt. Sie streicht ihn nach hinten. »Nein. Sie hat auch nie richtig gesagt, dass da jemand war. Ich hatte bloß so ein Gefühl. Ich weiß nichts Genaues, okay?«

»Okay«, sage ich. »Klar. Wieso hatten Sie dieses Gefühl?«

»Einfach irgendwie. Weil, in den letzten Monaten – lange bevor Ash Rory kennenlernte –, wenn ich da vorgeschlagen hab, dass wir uns auf einen Drink treffen, hat sie oft gesagt, nein, sie könnte nicht, aber ohne irgendeinen Grund zu nennen, warum nicht – und normalerweise hätte sie gesagt: ›Geht nicht, ich hab Pilates‹, oder was auch immer. Oder aber sie hat zugesagt und mir dann kurz vorher gesimst: ›Ist was dazwischengekommen, geht's auch morgen?‹ Sie hatte alles in allem viel weniger Zeit. Und sie war viel öfter beim Friseur, und ihre Fingernägel waren immer perfekt lackiert. Und wenn eine weniger Zeit hat und sich dauernd zurechtmacht …« Lucy zuckt die Achseln. »Meistens liegt das an einer neuen Beziehung.«

Aislinn, die ihr Restaurantdate mit Rory nur wenige Stunden vorher absagt. Ich hatte gedacht, sie wollte ihm zeigen, wer das Sagen hat.

Ich spüre es wieder, dieses schwache Pulsieren, das mich in Aislinns Küche überkam, als Steve mir den Herd zeigte. Ein Pulsieren wie Hunger, wie tanzbare Musik: irgendwas Gutes, weit entfernt am Horizont, lockend. Ich kann spüren, wie der Rhythmus auch Steves Blut erfasst.

Er sagt: »Wann hat das angefangen?«

Lucy malt enge Linien auf das beschlagene Wasserglas und muss nachdenken, entweder über die richtige Antwort oder über die, die sie uns geben will. »Vor fünf oder sechs Monaten. Gegen Ende des Sommers.«

»Irgendeine Idee, wo sie sich kennengelernt haben könnten? Arbeitsplatz? Pub? Hobby?«

»Keine Ahnung.«

»Mit wem außer Ihnen hat Aislinn sonst noch ihre Freizeit verbracht?«

Lucy zuckt die Achseln. »Manchmal ist sie mit Leuten von der Arbeit was trinken gegangen. Sie hat nicht viele Freunde.«

»Was ist mit Hobbys? Hatte sie welche?«

»Keine, die sie länger betrieben hat. In den letzten Jahren hat sie einige Abendkurse belegt: Eine Zeitlang hat sie Salsa gemacht und dann irgendwas mit Beauty- und Stilberatung, und sie hat ein bisschen Spanisch gelernt … Letzten Sommer hat sie einen Kochkurs gemacht, glaube ich. Sie fand die Leute nett, aber sie hat nie einen Mann besonders erwähnt. Es war nie einer dabei, von dem sie ein bisschen zu oft erzählt hat oder so.«

Aislinn Murray hört sich ja mehr und mehr wie die totale Partykanone an. Ich sage: »Ich muss schon sagen, Lucy, das kommt mir alles ziemlich komisch vor. Sie und Ash, Sie waren von klein auf beste Freundinnen, aber sie erzählt Ihnen nichts von ihrem Typen?«

Ihre Augen heben sich, argwöhnisch. »Ich hab gesagt, dass wir uns von klein auf kennen. Ich hab nicht gesagt, dass wir beste Freundinnen waren.«

»Nein? Was waren Sie dann?«

»Freundinnen. In der Schule haben wir zusammen rumgehangen und sind in Kontakt geblieben, als wir größer wurden. Wir hatten keine vulkanische Gedankenverschmelzung à la Star Trek.«

Steve hat diese wunderbare Mischung aus besorgt und vorwurfsvoll in seinen Gesichtsausdruck gelegt. Er sagt: »Wissen Sie, wie wir auf Ihren Namen gekommen sind? Aislinn hat Sie in ihrem Handy als Notfallkontakt gespeichert. Und dafür nimmt man doch jemanden, von dem man glaubt, dass man ihm wichtig ist.«

Lucys Kopf weicht vor seinem vorwurfsvollen Stirnrunzeln zurück. »Ihre Mum ist vor drei Jahren gestorben, ihr Dad nicht mehr da, sie ist Einzelkind. Wen hätte sie denn sonst nehmen sollen?«

Wieder eine Lüge. Aus irgendwelchen Gründen will sie ihre Freundschaft wie ein Überbleibsel darstellen, das ihr am Schuh klebengeblieben ist, aber die Warmherzigkeit, als sie über Aislinns bescheuerte Regeln sprach, verriet etwas anderes. Ich sage: »Sie sind außerdem der Mensch, den Aislinn am häufigsten angerufen, dem sie am häufigsten gesimst hat. Wie Sie schon sagten, sie hatte nicht viele Freunde. Für Aislinn waren Sie ihre engste Freundin, keine Frage. Wusste sie, dass Sie das anders sehen?«

»Wir *sind* Freundinnen. Hab ich doch gesagt. Ich meine bloß, dass wir uns nicht ständig auf der Pelle hocken. Wir wissen nicht alles voneinander. Okay?«

»Und wer könnte alles von Aislinn wissen? Wer war ihre beste Freundin, wenn Sie es nicht waren?«

»Sie hatte keine, nicht so, wie Sie das meinen. Manche haben einfach keine.«

Ihre Stimme wird gepresster. Ich hake nicht weiter nach: Sie reißt sich mit aller Kraft zusammen, und ich will nicht, dass sie gerade jetzt die Fassung verliert. »Trotzdem«, sage ich. »Wenn ich mit jemandem zusammen bin, erzähle ich das meinen Freundinnen, auch wenn sie nicht meine allerliebsten Busenfreundinnen sind. Sie doch auch, oder?«

Lucy trinkt gierig einen Schluck Wasser und hat sich wieder im Griff. »Ja. Klar. Aber Aislinn eben nicht.«

»Sie haben gesagt, sie war ganz wild darauf, Ihnen von Rory zu erzählen, wie toll er war. Hat sie Ihnen auch von anderen Männern erzählt, vor ihm? Sie Ihnen vorgestellt?«

»Ja. Ich meine, es ist ein paar Jahre her, dass sie in einer Beziehung war, aber ja, ich hab ihn kennengelernt.«

»Sie wollte über ihn reden, wissen, was Sie von ihm hielten und so weiter. Richtig?«

»Ja.«

»Aber diesmal nicht.«

»Nein. Diesmal nicht.«

Lucy reibt ihr Wasserglas über einen lila Farbfleck auf dem Knie ihrer Cargohose, kratzt mit einem Fingernagel daran. Sie sagt: »Ich hab mir gedacht, der Typ ist verheiratet. Hätten Sie doch auch, oder?«

Sie sieht mich an. Ich sage: »Das wäre mein erster Gedanke gewesen, stimmt. Haben Sie sie danach gefragt?«

»Ich wollte es gar nicht wissen. Für mich sind verheiratete Männer tabu, und das weiß Ash auch. So ein Gespräch wollten wir beide vermeiden. Es hätte nur Krach gegeben.«

»Das heißt aber, dass sie keine Bedenken hatte, sich auf eine Beziehung mit einem verheirateten Mann einzulassen. Für sie war das kein Tabu.«

Lila Farbe blättert ab. Lucy verreibt sie zwischen den Fingerspitzen zu einem Schmier. »Das hört sich an, als wäre Ash ein männermordender Vamp, der gern Ehen kaputtmacht. Und das ist sie nicht. Überhaupt nicht. Sie ist bloß ... sie ist echt unsicher. In vielem. Ergibt das irgendwie Sinn?« Rascher Blick zu mir. Ich nicke. Ihr Gesicht sieht jetzt älter aus als in dem Moment, als wir ankamen, an den Rändern nach unten gezogen. Dieses Gespräch verlangt ihr viel ab. »Und wenn andere total selbstsicher sind, dann denkt sie am Ende oft, dass die wahrscheinlich recht haben. Und deshalb konnte ich mir schon vorstellen, dass sie sich mit einem verheirateten Mann einlässt. Nicht, weil sie das okay fand oder weil es ihr nichts ausmachte, sondern weil er ihr eingeredet hat, dass es nicht *nicht* okay ist.«

»Verstanden«, sage ich. Ich bin froh, dass Aislinn hier das Opfer ist und Lucy die Zeugin, nicht umgekehrt. Mittlerweile hätte ich Aislinn wahrscheinlich mit irgendwas Kariertem erwürgt.

»Dann hat es Sie doch bestimmt gefreut, dass sie so auf Rory abfuhr«, sagt Steve. »Netter Mann, Single, nichts, was zwischen Ihnen und ihr zu Spannungen führen konnte, nichts, was Aislinn in Schwierigkeiten brachte. Ja?«

»Ja.« Aber erst nach winzigem Zögern. Wieder streifen wir etwas, das Lucy uns nicht erzählen will.

Ich sage: »Hatten Sie den Eindruck, dass sie mit dem anderen

Typen Schluss gemacht hatte, bevor sie die Beziehung mit Rory anfing? Oder glauben Sie, dass sie mit beiden gleichzeitig zusammen war?«

»Woher soll ich das wissen? Ich hab doch schon gesagt –«

»War sie noch immer ausweichend, wenn Sie sich verabreden wollten? Hat sie noch immer im letzten Moment abgesagt?«

»Glaub schon. Ja, hat sie.«

Ich sage: »Haben Sie sich deshalb Sorgen um Aislinn gemacht?«

Lucy spielt noch immer mit Farbspritzern herum, Ellbogen auf die Oberschenkel gestützt und Kopf gesenkt. »Hätte doch jeder. Ich meine, zwei Typen gleichzeitig, einer davon verheiratet … das kann nicht gutgehen. Und Ash … sie ist echt naiv, in vielerlei Hinsicht. Sie kam gar nicht auf die Idee, dass das eine ziemlich brisante Situation war. Ich wollte bloß, dass sie sich dessen bewusst ist.«

Das ergibt schon mehr Sinn, aber nicht genug. »Sie sagten, bei Rory hatten Sie kein ungutes Gefühl«, sage ich. »Wie war das bei dem anderen Mann?«

»Wie soll ich bei jemandem ein ungutes Gefühl haben, den ich gar nicht kenne? Wie gesagt, mir gefiel einfach die ganze Situation nicht.«

Sie wird verkrampfter, presst die Ellbogen in die Oberschenkel. Was auch immer wir hier umkreisen, sie will auf keinen Fall näher ran. Ganz im Gegensatz zu mir. Aber Lucy ist nicht blöd. Sie muss wissen, dass das nicht der richtige Moment ist, uns irgendeinen Stuss zu erzählen. Ich sage: »Das erklärt noch immer nicht, weshalb Sie sofort an Aislinn gedacht haben, als wir vor Ihrer Tür standen. Nächster Versuch?«

Die Härte in meiner Stimme lässt sie die Ellbogen noch tiefer in die Beine pressen. »Hab ich halt. Was hätte es denn sonst sein können? Mein Leben ist ja vielleicht stinklangweilig, aber die meisten Leute, die ich kenne, tun nichts, was mir Besuch von *Detectives* bescheren würde.«

Mir vergeht zunehmend die Lust, mich verarschen zu lassen. »Schon klar«, sage ich, beuge mich dann vor und versetze dem Aschenbecher mit den Joints einen Stoß, so dass er auf Lucy zurutscht und ein Wölkchen stinkende Asche ins Licht steigt. »Wie gesagt: nächster Versuch.«

Lucys Kopf fliegt hoch, und auf einmal liegt eine ganz neue Art von Argwohn in dem Blick, mit dem sie mich ansieht.

Steve neben mir verlagert sein Gewicht. Ich kenne das Zeichen: *Lass es sein.*

Ich spiele mit dem Gedanken, ihm meinen Ellbogen in die Rippen zu rammen, aber Tatsache ist, er hat recht. Bis jetzt bin ich gut mit Lucy klargekommen, und nun bin ich kurz davor, das endgültig zu verspielen. Mit sanfterer Stimme sage ich: »Wir haben nicht vor, Sie deswegen dranzukriegen. Uns geht es nur um Aislinn.«

Der Argwohn schwindet, aber nicht ganz. Steve – wieder zurück im Guter-Cop-Modus, wo er sich am wohlsten fühlt – sagt: »Erzählen Sie uns ein bisschen von ihr. Wie haben Sie sich kennengelernt?«

Lucy zündet sich die nächste Zigarette an. Ich liebe Nikotin. Wenn's brenzlig wird, bringt es Zeugen zurück in ihre Wohlfühlzone, es verhindert, dass Freunde und Angehörige des Opfers völlig zusammenbrechen, es bedeutet, wir können Verdächtige nach Lust und Laune in die Enge treiben und ihnen dann eine sofort wirkende Beruhigungspille verpassen, wenn wir wollen, dass sie sich wieder abregen. Nichtraucher machen doppelt so viele Probleme. Du musst eine andere Möglichkeit finden, um sie dahin zu kriegen, wo du sie haben willst. Wenn es nach mir ginge, wäre jeder, der irgendwie in einen Mord verwickelt ist, Kettenraucher. Sie sagt: »Als wir auf die Secondary School kamen. Da waren wir zwölf.«

»Sie kommen also aus derselben Gegend. Von wo genau?«

»Greystones.«

In der Nähe von Dublin. Kleinstadt, aber doch so groß, dass Lucy und Aislinn sich bestimmt nicht aus Mangel an Alternativen angefreundet haben.

Steve fragt: »Und wie war Aislinn damals so? Wenn Sie sie mit einem Wort beschreiben müssten, welches wäre das?«

Lucy denkt zurück. Wieder wärmt diese Zuneigung ihr Gesicht. »Schüchtern. Unheimlich schüchtern. Ich meine, das war nicht das Wichtigste an ihr, bei weitem nicht, aber das hat damals praktisch alles andere überdeckt.«

»Gab's dafür einen besonderen Grund? Oder war sie einfach so?«

»Zum Teil war sie einfach so, gerade in dem Alter. Aber ich glaube, es lag hauptsächlich an ihrer Mutter.«

»Ach ja? Wie war die denn?« Das meine ich damit, dass Steve gut mit Zeugen kann. Die Art, wie er sich auf dem Sofa vorbeugt, der leicht geneigte Kopf, der Tonfall seiner Stimme: Selbst ich könnte ihm abnehmen, dass er ehrlich, persönlich interessiert ist.

»Sie war ziemlich kaputt«, sagt Lucy. »Mrs Murray, nicht Ash. Ich meine, echt kaputt. Sie hätte in Therapie gehört oder Medikamente bekommen müssen. Oder beides.«

Steve nickt eifrig. »Inwiefern kaputt?«

»Ash hat gesagt, früher wäre sie in Ordnung gewesen, als wir uns noch nicht kannten. Aber als Ash zehn war, ist ihr Dad abgehauen.« Jetzt, wo wir nicht mehr über den Mord reden oder über das Hasch oder das, was sie uns verschweigt, müsste Lucy sich eigentlich entspannen, aber sie hält die Finger noch immer steif um die Zigarette gekrümmt und die Füße fest auf die farbbespritzten Dielen gedrückt, als müsste sie jeden Moment losrennen. »Sie haben nie erfahren, warum genau er abgehauen ist. Er hat nichts gesagt. War einfach … weg.«

»Und das hat Mrs Murray psychisch fertiggemacht?«

»Sie ist nie drüber weggekommen. Von da an ging es mit ihr

bergab, und sie konnte nichts dagegen tun. Ash meinte, sie hat sich geschämt, hat das Gefühl gehabt, es wäre ihre Schuld.« Wieder dieses Zucken von Lucys Mund, um die Zigarette, aber diesmal fehlt die Wärme. »Typisch für diese Generation, nicht? An allem war immer irgendwie die Frau schuld, und wenn du nicht verstanden hast, wieso, dann musstest du wahrscheinlich nur noch fester beten. Ashs Mum hat sich praktisch völlig zurückgezogen. Von allen. Sie ist weiter einkaufen gegangen und in die Messe, aber mehr auch nicht. Als wir uns kennenlernten, hatte Ash seit zwei Jahren die meiste Zeit zu Hause verbracht, bloß sie und ihre Mum und die Glotze – sie ist Einzelkind. Ich wollte nie mit zu ihr, weil mir ihre Mum unheimlich war – manchmal hast du sie im Badezimmer weinen hören, oder du kamst in die Küche, und sie stand einfach da und stierte einen Löffel an, während auf dem Herd etwas qualmte, und die Vorhänge waren immer zugezogen, damit keiner sie durchs Fenster sehen konnte und, keine Ahnung, irgendwas Schlechtes von ihr dachte ... Und Aislinn musste da *leben.*«

Steve hat den Startknopf gedrückt. Lucy redet schneller; sie wird nicht aufhören, bis wir sie stoppen oder sie nicht mehr kann. »Es gab auch noch andere Kleinigkeiten. Zum Beispiel, dass Ash nie die richtigen Klamotten hatte, weil ihre Mum nicht aus dem Haus ging und sie wenig Geld hatten – nie hatte sie das, was alle anderen in der Schule trugen. Es war immer irgendein Mist aus Secondhandläden, der schon zwei Jahre aus der Mode war und ihr nicht stand. Ich hab ihr öfter Sachen geliehen, aber wir hatten unterschiedliche Größen – das war ein weiterer Grund für Aislinns Unsicherheit: Sie war immer nicht unbedingt dick, aber ein bisschen übergewichtig. Meine Mum kaufte ihr auch manchmal was, aber wir sind vier Kinder, deshalb waren ihre Möglichkeiten begrenzt, verstehen Sie? Das hört sich alles ziemlich unspektakulär an, aber wenn du zwölf bist und alle wissen, dass dein Dad die Biege gemacht hat und deine Mum total neben der Spur ist, dann willst du wirklich nicht auch noch wie der letzte Depp aussehen.«

Das ist der Stoff, den Steve mag und vor dem ich mich hüte. Steve denkt, das liefert uns Einblick in das Opfer. Ich dagegen denke an diese Filter. Ich weiß schon, dass Lucy mindestens ein Geheimnis hat, an das wir nicht rangekommen sind. Sie hat die Aislinn, die sie uns hier liefert, vollkommen in der Hand. Lucy kann mit ihr machen, was sie will.

Ich sage: »Das klingt jetzt vielleicht unsensibel, Lucy, und das tut mir auch leid. Aber ich begreife nicht, wieso Sie und Aislinn befreundet waren. Ich versuche, es nachzuvollziehen, aber ich wüsste absolut nicht, was Sie beide gemeinsam hatten. Wieso hat es trotzdem funktioniert?«

»Ich schätze, Sie hätten dabei sein müssen.« Lucy lächelt halb. Das Lächeln gilt nicht mir, sondern dem, was sie in ihrer Erinnerung sieht. »Doch, wir hatten Gemeinsamkeiten. Ich war in der Schule nämlich auch nicht gerade glücklich. Ich war keine Außenseiterin oder so, aber ich stand immer auf Werken, Holz und Elektrik und so was, und die Oberzicken haben darüber abgelästert und mich als Lesbe bezeichnet, und die Leute, die sich mit denen gutstellen wollten, haben das dann auch gemacht, und obwohl es jetzt nicht das Riesenmobbing war, war die Schule insgesamt für mich eher mies. Aber Ash, ja? Die fand mich toll – aus genau denselben Gründen, aus denen alle anderen über mich herzogen. Sie fand mich richtig super, wie so eine Art Heldin, bloß weil ich den anderen Mädchen gesagt hab, sie sollen sich verpissen, und gemacht hab, was ich wollte, obwohl die was dagegen hatten. Ash fand das total cool.«

Das Lächeln verzerrt sich und wird weinerlich. Lucy nimmt einen Zug von ihrer Zigarette und zwingt es wieder unter Kontrolle. »Und ja, zuerst hab ich Zeit mit ihr verbracht, weil mir ihre Bewunderung gefiel, aber nach einer Weile, weil ich sie *mochte*. Die Leute hielten sie für blöd, aber nur wegen dem, was ich schon gesagt habe, weil sie so unsicher war – dadurch wirkte sie, als käme sie nicht richtig mit. Sie war überhaupt nicht blöd. In Wahrheit war sie echt helle.«

Steve nickt auf Teufel komm raus, ganz fasziniert. Auch ich bin interessiert, aber nicht so. Lucy möchte, dass wir Aislinn kennenlernen oder zumindest ihre Version von Aislinn. Sie will es unbedingt. Das erleben wir manchmal: Freunde und Angehörige drängen uns das Bild einer unschuldigen Heiligen auf, damit wir nicht denken, das Opfer wäre allein schuld. Meistens tun sie das, wenn sie denken, das Opfer sei zumindest mit schuld. Dass Aislinn mit einem verheirateten Mann ins Bett gegangen ist, könnte für Lucy Grund genug sein, das zu tun, aber vielleicht ist da noch mehr.

»Und sie konnte selbst beschissene Situationen lustig finden. Zum Beispiel, wenn ich mich mit irgendeiner blöden Kuh in der Klasse gezofft hatte und hinterher stinksauer und adrenalinmäßig drauf war nach dem Motto: ›Was bildet die Zicke sich eigentlich ein, ich hätte ihr eins aufs Maul hauen sollen …‹ Dann konnte Ash anfangen zu kichern, und wenn ich dann gesagt hab: ›Was denn? Das ist nicht lustig!‹, und sie anschnauzen wollte, dann legte sie los: ›Du warst genial, wie so eine kleine wütende Katze, die eine dreckige Hyäne verjagt‹ – und ahmte mich nach, wie ich auf- und absprang und versuchte, irgendwas mit der Faust zu treffen, das viel zu hoch für mich war. Sie meinte: ›Ich dachte, gleich rennt sie in 'ne Ecke und schreit um Hilfe, und du beißt ihr in die Waden, und alle feuern dich an …‹ Und dann musste ich auch lachen, und das Ganze kam mir auf einmal nicht mehr so wichtig vor. *Ich* kam mir nicht mehr so wichtig vor.«

Lucy lacht, aber es klingt angestrengt, als stemmte es sich gegen das schwere Gewicht des Schmerzes, das sie nach unten zieht. »So war Ash. Sie machte die Dinge leichter. Vielleicht, weil sie mit ihrer Mum so viel Übung darin hatte, das Leben für sie beide erträglich zu machen. Ich weiß es nicht. Aber schon damals, als sie die Dinge für sich selbst nicht leichter machen konnte, machte sie sie für andere leichter.«

Bitte, ich weiß nicht, wohin ich sonst noch – Diese Frau war noch immer die Zwölfjährige, die Lucy beschreibt: pummelig, unsicher, Klamotten, die niemandem stehen würden und ihr definitiv nicht standen. Die tote Frau war ein ganz anderes Kaliber. Ich sage: »Aber irgendwann wurde es auch für sie leichter. Sie hat den Babyspeck verloren, sich schicker gekleidet, wurde selbstbewusster. Richtig?«

Lucy drückt ihre Zigarette aus, nimmt ihr Glas, trinkt aber nicht. Jetzt, wo wir wieder in der Gegenwart sind, kehrt die Vorsicht zurück.

Sie sagt: »Aber viel zu langsam. Als wir mit der Schule fertig waren, blieb sie zu Hause wohnen – sie meinte, sie könnte ihre Mutter nicht alleinlassen, und obwohl ich das für sie furchtbar fand, konnte ich es irgendwie nachvollziehen: Ihre Mum hätte sich wahrscheinlich nach ein paar Wochen umgebracht. Also ist Ash noch bis vor ein paar Jahren jeden Abend heimgegangen wie damals, als wir Kinder waren. Und das hat sie davon abgehalten …« Sie dreht das Glas zwischen den Händen, betrachtet die Bewegung des Lichts auf der Wasseroberfläche. »Es war, als würde es sie davon abhalten, erwachsen zu werden. Sie hatte einen Job, aber es war derselbe, den sie gleich nach der Schule angenommen hatte – als Empfangssekretärin bei einem Unternehmen, das Toilettenpapier und Flüssigseife an Firmen verkaufte, woran nichts auszusetzen gewesen wäre, wenn sie nicht lieber was anderes gemacht hätte. Sie hatte keine Ahnung, *was* sie machen wollte, hatte ja nie die Chance gehabt, darüber nachzudenken. Und ich hab mir Sorgen gemacht, wissen Sie? Ich sah uns schon mit dreißig, vierzig, und Ash würde immer noch denselben Job machen und danach schnurstracks nach Hause gehen, damit ihre Mum nicht allein ist, und ihr ganzes Leben wäre einfach …« Lucy schnippt mit den Fingern, bewegt die Hand durch einen Flecken blasses Sonnenlicht. »Futsch. Und sie sah das auch so. Sie wusste nur nicht, was sie dagegen machen sollte.«

»Und was hat sich verändert?«, fragt Steve.

»Mrs Murray ist gestorben. Vor drei Jahren. Das hört sich jetzt schlimm an, aber es war das Beste, was Ash je passiert ist.«

»Woran ist sie gestorben?«

»Sie meinen, ob sie sich schließlich doch umgebracht hat?« Lucy schüttelt den Kopf. »Nein. Sie hatte ein Hirnaneurysma. Ash kam von der Arbeit nach Hause und fand sie. Sie war am Boden zerstört, natürlich, aber nach einer Weile ließ ihre Trauer allmählich nach, und … es war, als würde ihr Leben da erst richtig anfangen. Sie verkaufte das Haus und kaufte das Cottage in Stoneybatter. Sie nahm ab, sie ließ sich die Haare färben, sie kaufte sich neue Klamotten, sie fing an auszugehen …« Ein plötzliches Grinsen. »Sogar in richtig trendige Läden. Ich meine, früher hatte ich sie förmlich zwingen müssen, mit mir auf ein Bier in irgendeinen dunklen Theaterpub zu kommen, und auf einmal wollte sie in irgendwelche Edelclubs gehen, von denen sie in der Zeitung gelesen hatte – und wenn ich dann sagte, die Türsteher würden mich da nie im Leben reinlassen, meinte sie bloß: ›Du ziehst was von mir an, ich style dich, dann kommen wir problemlos rein!‹«

Das Grinsen wird breiter. »Und das klappte tatsächlich. Es war nicht meine Szene – Idioten in Designerlabels, einer lauter als der andere –, aber es machte echt Spaß, einfach nur Ash zu beobachten. Sie war total in ihrem Element. Hat getanzt, mit irgendeinem Idioten geflirtet und ihn abblitzen lassen … Sie war wie ein Kind auf der Kirmes.«

Das Grinsen ist verschwunden. Lucy atmet tief durch und stößt ein Zischen aus, versucht, die Fassung zu bewahren.

»Sie hatte gerade erst die Chance bekommen herauszufinden, was sie machen wollte. Hatte gerade erst genug Selbstbewusstsein entwickelt, um überhaupt den Gedanken zuzulassen, dass sie das Recht hatte, das herauszufinden. Hatte gerade angefangen –«

Sie hatte die Chance bekommen, hatte entwickelt, hatte angefangen. Lucy redet jetzt in der Vergangenheitsform von Aislinn. Allmählich kommt es bei ihr an. Gleich ist es mit ihrer Fassung vorbei.

»Sie wollte ihren Job kündigen – sie hatte nie viel Gelegenheit gehabt, ihr Geld auszugeben, deshalb hatte sie jede Menge gespart, und sie wollte sich ein oder zwei Jahre Zeit lassen, um zu entscheiden, was sie mit ihrem Leben anfangen wollte. Sie hat –« Wieder ein tiefes Durchatmen. »Sie hat davon geredet, zu reisen – sie war noch nie aus Irland rausgekommen –, zu studieren … Sie war ganz aus dem Häuschen. Als hätte sie fünfzehn Jahre im Koma gelegen und wäre gerade aufgewacht und könnte gar nicht fassen, wie hell die Sonne war. Sie …«

Lucys Stimme löst sich auf. Sie lässt den Kopf hängen und drückt den Fingernagel so heftig in einen anderen Farbspritzer, dass sie ihn sich durch die Cargohose ins Bein bohrt. Welches Spiel auch immer sie mit uns treibt, es hat sie ausgelaugt.

Sie sagt nach unten, zu ihren Knien: »Wie ist sie …? Der das getan hat. Was hat er mit ihr gemacht?«

Ich sage: »Aus ermittlungstechnischen Gründen können wir dazu noch nichts Genaues sagen. Aber wie es aussieht, hat sie nicht gelitten.«

Lucy öffnet den Mund, um noch mehr zu sagen, aber sie schafft es nicht. Tränen fallen auf ihre Hose und verlaufen zu dunklen Flecken.

Es wäre taktvoll, jetzt zu gehen und sie in Ruhe zu lassen, während die erste Trauerwelle sie umreißt und grün und blau prügelt. Keiner von uns rührt sich. Sie hält fast eine Minute lang durch, bevor sie anfängt zu schluchzen.

Wir reichen ihr Taschentücher und füllen ihr Wasserglas auf, fragen, ob sie jemanden hat, der herkommen könnte, nicken mitfühlend und bleiben, wo wir sind, als sie unter Tränen sagt, sie wolle einfach nur allein sein. Als sie wieder sprechen kann, bringen wir sie dazu, uns eine Liste von Aislinns Exfreunden zu machen – von allen dreien, darunter ein zweiwöchiger Sommerflirt namens Jorge, als sie siebzehn war; das Mädchen war die reinste Femme fatale – und von allen Personen auf der Buchpräsentation, an die sie sich erinnert. Wir fragen – reine Formalität, der Vollständigkeit halber müssen wir jeden fragen –, wo Lucy gestern Abend war. Sie war im Torch: kam um halb sieben im Theater an, machte ihre Arbeit, bei der sie von anderen gesehen wurde, bis die Vorstellung kurz nach zehn zu Ende war, ging danach mit ein paar Leuten in den Pub und kam gegen ein Uhr morgens mit dem Beleuchter und zwei von den Schauspielern nach Hause, die bis gegen vier blieben und das taten, wovon die Spuren im Raum unübersehbar zeugen. Wir – das heißt, die Fahnder – werden ihr Alibi überprüfen, aber es scheint wasserdicht.

Ich will gerade die offizielle Identifizierung ansprechen, als Steve sagt: »Wir lassen Ihnen unsere Visitenkarten hier«, und mir einen Blick zuwirft. Ich krame meine Karte hervor und halte den Mund. »Sobald Sie sich in der Lage fühlen, Ihre offizielle Aussage zu machen, rufen Sie uns bitte an.«

Lucy nimmt die Karten, ohne es richtig zu merken. Ich sage: »Bis dahin sprechen Sie bitte nicht mit irgendwelchen Journalisten. Im Ernst. Selbst wenn Sie glauben, dass Sie nichts Wichtiges sagen, könnte es der Ermittlung schaden. Okay?« Mir spukt noch immer Crowley der Kriecher im Kopf rum. Falls es jemanden gibt, der ihn mir regelmäßig auf den Hals hetzt, dann wird der Jemand auch Zugang zu Lucys Kontaktdaten bekommen.

Lucy nickt, wischt sich mit dem Handrücken über die Augen – die Taschentücher sind längst alle aufgebraucht. Es nützt nichts; die Tränen laufen weiter.

Sie sagt – ihre Stimme ist jetzt vom Weinen ganz belegt: »Wer auch immer das getan hat … es ist, als hätte er ein kleines Kind getötet, ein Mädchen, das nie die Chance hatte, mit dem Leben richtig anzufangen. Er hat ihr das ganze Leben geraubt. Könnten Sie daran denken? Bei Ihren Ermittlungen?«

Ich sage: »Keine Sorge. Wir tun alles, was wir können, um den Täter zu fassen.«

Lucy gibt auf und lässt die Tränen vom Kinn tropfen. Sie sieht fürchterlich aus, Augen halb zugeschwollen, ein verschmierter Streifen lila Farbe auf einer Wange. »Klar, ich weiß. Aber … Könnten Sie bitte daran denken?«

»Okay«, sage ich. »Machen wir. Aber im Gegenzug überlegen Sie bitte, ob es noch irgendwas gibt, was Sie uns erzählen können. Egal, was es ist. Ja?«

Lucy nickt, auch wenn das nicht viel heißt. Sie sieht keinen von uns an. Als wir gehen, starrt sie ins Nichts, umgeben von den Ascheresten der vergangenen Nacht.

Während wir oben bei ihr waren, ist der Tag richtig erwacht. In Rathmines tobt das Leben: Studenten auf der Suche nach Mitteln gegen ihren Kater, Pärchen, die dafür sorgen, dass die ganze Welt sehen kann, wie verliebt sie sind, Familien mit dem festen Vorsatz, ihre gemeinsame freie Zeit zu genießen, und wenn es sie alle umbringt. Ein Blick darauf genügt, um uns beide in den Morgen-danach-Strudel zu stürzen, wenn dein Körper plötzlich merkt, dass du die ganze Nacht auf warst, und den Motor abstellt, dich vor Übermüdung schlappmachen lässt.

»Kaffee«, sagt Steve. »Gott, ich brauch einen Kaffee.«

»Schlaffi.«

»Ich? Wenn du die Augen zumachst, pennst du auf der Stelle ein. Na los. Trau dich.«

»Leck mich.«

»Kaffee. Und was zu essen.«

Ich hasse es, meine Arbeitszeit mit Essen zu vertun, hoffe inständig, dass endlich eine Ernährungspille erfunden wird, die ich zweimal täglich einwerfen kann, aber bis dahin brauchen Steve und ich beide was zwischen die Kiemen, und zwar reichlich. »Du bist dran mit Bezahlen«, sage ich. »Am besten irgendwo, wo es Kaffee literweise gibt.«

Steve macht es richtig: lässt die angesagten hippen Cafés mit ihren Chai Lattes und Cronuts links liegen, sucht den kleinsten, schäbigsten Laden aus, und als er wieder rauskommt, trägt er zwei riesige Becher mit medizinisch wirksamem Kaffee und Sandwiches, die so üppig mit Würstchen und Spiegelei und Speck gefüllt sind, dass sie uns über die längste Zeit des Tages hinweghelfen werden. Wir gehen damit zu einem kleinen Park in der Nähe, obwohl es eigentlich zu kalt dafür ist. Die Luft ist unangenehm schneidend, als würde sie nur auf den richtigen Moment warten, uns Graupel in den Nacken zu kippen, aber wir wollen raus aus dem Wagen, weil uns dann keiner über Funk nerven kann, und wir müssen ein Gespräch führen, das nicht in ein Café gehört.

Der Park sieht richtig schön aus, überall verschnörkelte schmiedeeiserne Bänke und ordentlich geschnittene Hecken und Blumenbeete, die auf den Frühling warten, bis du genauer hinschaust: In der Hecke hat sich ein gebrauchtes Kondom verheddert, über einem Geländer hängt ein blauer Plastiksack, aus dem irgendwas Beunruhigendes herausguckt. Es gibt hier offensichtlich ein Nachtleben. Bei warmem Wetter wäre hier alles voll, aber die Kälte lässt die Leute nicht zur Ruhe kommen. Auf einer Bank raucht ein Mann in einer Tesco-Kluft eine Zigarette und blickt sich nach jedem Zug hektisch um, als wollte er sich vergewissern, dass ihn keiner sieht. Ein Junge fährt verbissen auf einem Roller im Kreis, während seine Mutter mit einer Hand einen plärrenden Buggy zum Wippen bringt und mit der anderen über ihr Handy wischt. Der Junge trägt eine Mütze, die aussieht, als würde eine Art Dinosaurier seinen Kopf fressen.

Wir suchen uns eine Bank, die nicht so riecht, als wäre sie

noch vor kurzem vollgepinkelt worden. Ich klappe meinen Mantelkragen hoch und kippe die Hälfte von meinem Kaffee in mich hinein. »Du hattest recht. Hat sich gelohnt, mit Lucy zu reden.«

»Glaube ich auch. Könnte trotzdem Rory Fallon gewesen sein –«

Ich starre Steve an. »Er war's. Fast hundertprozentig.«

Steve macht eine unverbindliche Kopfbewegung. Er ist dabei, Papierservietten auseinanderzufalten, um sie sich auf den Schoß zu legen – das sind Kampfsandwiches, und Steve achtet sehr auf seine Arbeitskleidung. »Möglich. Aber immerhin haben wir so einiges Brauchbares erfahren.«

Ich fühle mich schon besser. Der Kaffee hat meine Augenlider ähnlich wie bei einer Zeichentrickfigur hochschnellen lassen. »Wenigstens wissen wir jetzt, warum es bei Aislinn zu Hause aussieht wie in einer Puppenstube für berufstätige Barbies. Und warum Aislinn aussah wie die Traumdate-Barbie. Die Frau war absolut naiv. Sie hat sich aus Illustrierten zusammengebastelt, wie sie sein wollte.«

Steve sagt: »So jemand ist labil. Extrem labil.«

»Ach nee. Rory hätte ein ausgemachter Psychopath sein können mit einer Mitgliedskarte im Jack-the-Ripper-Fanclub, solange er Designerklamotten anhatte und ihr in den Mantel half, hätte sie ihn trotzdem beim dritten Date zum Abendessen zu sich nach Hause eingeladen. Weil man das nun mal so macht.«

»Lucy dagegen ist nicht naiv«, gibt Steve zu bedenken. »Sie hätte eventuelle Warnsignale bemerkt.«

»Apropos«, sage ich. Das Sandwich ist genau richtig, schön dicke Speckscheiben, tropfendes Fett und Eigelb. Ich spüre, wie mein Energiepegel langsam wieder ansteigt. »Was hältst du von ihr?«

»Ist sehr klug. Und irgendwas macht ihr Angst.« Steve hat sich endlich sein Lätzchen zurechtgelegt. Er stellt seinen Kaffeebecher auf die Bank und beginnt, die Sandwichverpackung abzuziehen. »Sie verschweigt uns was.«

»Sie verschweigt uns jede Menge. Und das ergibt keinen Sinn. Diese ganze bescheuerte Haarspalterei von wegen Alte-Freundinnen-nicht-beste-Freundinnen-nein-schon-irgendwie-Freundinnen war Quatsch; sie hatte Aislinn gern, sehr sogar. Also was soll das? Will sie nicht, dass wir den Typen schnappen?«

»Denkst du, sie weiß mehr über Aislinns verheirateten Lover, als sie zugibt?«

»Ich denke, wir haben nur Lucys Wort, dass es diesen verheirateten Lover überhaupt gibt.« Wir reden leise. Tesco-Mann und Buggy-Mom scheinen zwar kaum registriert zu haben, dass wir da sind, aber man kann ja nie wissen. »Sie war höllisch auf der Hut, uns nichts zu liefern, das wir widerlegen können, ist dir das aufgefallen? Kein Name, keine Beschreibung, keine Daten, kein Ort, wo sie sich begegnet sein könnten, nichts.«

Steve hat sein Sandwich auf dem Schoß aufgeklappt und dekoriert es vorsichtig mit brauner Soße. »Glaubst du, sie hat ihn erfunden? Aber wieso?«

Ich sage: »Sie interessiert sich viel zu sehr dafür, ob Rory unser Hauptverdächtiger ist. Sie will nicht einfach bloß wissen, wer ihrer Freundin das angetan hat. Sie will wissen, ob wir gezielt gegen Rory ermitteln.«

»Stimmt.« Steve quetscht sich den letzten Rest braune Soße in den Mund und wirft das Päckchen in einen Mülleimer neben unserer Bank. »Aber ich konnte nicht einschätzen, ob sie auf ein Ja oder ein Nein gehofft hat. Sie hat uns anstandslos Rorys Namen genannt und erzählt, dass Aislinn ihn gestern Abend erwartet hat, aber ansonsten …«

»Genau. Uns den Namen und die Verabredung zu verraten, war keine große Sache: Sie konnte sich denken, dass wir beides schon wussten oder bald herausfinden würden. Und danach ging's nur noch darum, was für ein netter Kerl er doch war, dass sie nie ein ungutes Gefühl bei ihm hatte, wie glücklich Aislinn mit ihm war. Stimmt vielleicht alles. Vielleicht will sie uns von ihm abbringen, weil sie ehrlich glaubt, er war's nicht, und weil sie nicht will, dass wir unsere Zeit vertun, während uns der wahre Täter durch die Lappen geht. Aber ich frage mich, ob Rory ihr wirklich so gleichgültig war, wie sie behauptet hat.«

Steves Augenbrauen gehen hoch. »›Ich fand ihn ein bisschen langweilig, aber Ash sah offensichtlich etwas in ihm, das mir entging …‹«

»Ja, auch dafür haben wir nur Lucys Wort. Gut möglich, dass sie genauso sehr auf Rory stand wie Aislinn. Gut möglich, dass sie heimlich was mit ihm hatte.«

»Aber gerade haben wir gesagt: Sie hatte Aislinn gern, sehr sogar.«

»Und aus irgendeinem Grund gibt sie das nicht gerne zu. Vielleicht aus schlechtem Gewissen.« Ich schütte noch mehr Kaffee in mich hinein. »Sie hat's ja selbst gesagt, so ein Dreiecksbeziehungsmist kann verdammt schiefgehen.«

»Sie hat ein Alibi«, sagt Steve.

»Ja, außerdem war der Schock echt. Lucy ist nicht unsere Täterin. Aber ihr Alibi bedeutet auch, dass sie Rory kein Alibi geben kann. Und wenn sie ihm aus irgendeinem Grund helfen will, bleibt ihr kaum was anderes übrig, als sich einen geheimnisvollen Unbekannten einfallen zu lassen, auf den wir uns konzentrieren sollen.«

Steve kaut nachdenklich. »Wir werden Lucys und Rorys Nummern, Facebook-Accounts, E-Mails und so weiter checken, feststellen, ob sie Kontakt hatten. Falls nicht, beweist das noch gar nichts. Lucy könnte trotzdem auf ihn stehen.«

»Stimmt.« Der Dinosaurier-Junge ist langsam näher gekommen. Er balanciert auf seinem Roller und beäugt unsere Sandwiches. Ich starre ihn böse an, bis er sich verzieht. »Und wir müssen schnellstmöglich Aislinns Handy und so weiter durchgehen.

Mal sehen, ob wir irgendwelche Anhaltspunkte dafür finden, dass es diesen anderen Typen wirklich gab. Falls ja, müsste da irgendwas sein. SMS, Anrufe, E-Mails.«

Steve mustert sein Sandwich, überlegt, wo er als Nächstes zubeißen soll. »Na ja«, sagt er. »Vielleicht.«

»Was soll das heißen, ›vielleicht‹? Unsichtbar gibt's heutzutage nicht mehr. Wenn er keine Spuren hinterlassen hat, dann, weil es ihn nicht gibt.«

»Ich hatte da so einen Gedanken«, sagt Steve. »Ganz spontan. Ich hab mich gefragt: Was, wenn Aislinns anderer Lover ein Krimineller war? Ein Gangster oder so was in der Art?«

Fast kriege ich ein Stück Spiegelei in die Nase. »O Mann, Moran! Versuchst du verzweifelt, den Fall interessant zu machen? Schade, dass Al Capone schon tot ist, sonst würdest du dir noch einreden, dass er es war.«

»Ja, ja, schon gut. Aber überleg doch mal. Das würde erklären, warum Lucy nicht will, dass wir uns auf Rory konzentrieren: Sie ist sicher, dass es der andere war, will nicht, dass wir in die falsche Richtung ermitteln. Es würde erklären, warum sie sich auf Anhieb gedacht hat, dass wir wegen Aislinn kommen. Es würde erklären, warum sie ihr gestern Abend gesimst hat, sie soll vorsichtig sein: Falls Aislinn einen echten Kriminellen betrog, musste sie höllisch aufpassen, wenn sie den neuen Typen zu sich nach Hause einlud –«

Ich hab noch immer den Mund geöffnet, um Steve nach Strich und Faden runterzuputzen, als mir klar wird: der kleine Mr Optimismus hat recht. Es würde passen.

»Meine Fresse«, sage ich. Auf einmal wird aus dem Pulsieren ein Hämmern, das mir durch den ganzen Körper geht, mich praktisch von der Bank hebt. Wer braucht schon Kaffee? Dieser Job, wenn er richtig läuft, liefert dir den Kick, für den Speed-Süchtige ihr Leben wegwerfen. »Und es würde erklären, warum Lucy uns Dinge verschweigt. Sie will, dass wir ihn kriegen, aber sie will auf keinen Fall im Zeugenstand gegen einen Gangster aussagen und vor seinen Augen erklären, dass sie es war, die ihn ans Messer geliefert hat. Also gibt sie uns bloß einen ganz vagen Tipp und betont zigmal, dass sie den Namen von dem anderen Mann nicht kennt, rein gar nichts über ihn weiß, nicht mal beschwören kann, dass es ihn überhaupt gibt, weil sie und Aislinn sich ja gar nicht so nahestanden. Alle Achtung, Steve. Das haut hin.«

»Ich bin eben mehr als bloß ein hübscher Kerl«, sagt Steve mit vollem Mund und reckt einen Daumen in die Höhe. Als er geschluckt hat: »Und falls es ein Gangster war, wird er tunlichst keine Spuren hinterlassen haben. Keine SMS, keine Anrufe oder so.«

»Vor allem falls es ein verheirateter Gangster war. Die Hälfte von denen heiratet die Schwestern oder Cousinen und so weiter von anderen Gangstern. Fremdgehen kann dich da schnell die Kniescheibe kosten.« Ich bin schlagartig wieder hellwach. Falls diese Theorie stimmt, kriegt der Boss Schaum vor den Mund; dann wäre diese Beziehungstat weiß Gott alles andere als stinknormal. »Menschenskind. Das würde tatsächlich passen.«

»Es würde auch erklären, warum der Anruf bei der Polizeiwache Stoneybatter einging. Wenn ein Normalbürger einen Krankenwagen braucht, wählt er einfach den Notruf –«

»Aber ein Krimineller oder der Kumpel eines Kriminellen wird wissen, dass die Anrufe beim Notruf aufgezeichnet werden. Und er wird seine Stimme nicht auf Band haben wollen, wo wir sie identifizieren können, erst recht, falls er schon polizeibekannt ist. Also ruft er lieber die örtliche Polizeiwache an.«

»Genau«, sagt Steve. »Aber eines passt nicht richtig. Kommt Aislinn dir wie der Typ Frau vor, der sich mit einem Gangster einlässt? Ein braves Mädchen wie sie?«

»Und ob. Sie ist *genau* der Typ. Ihr Leben war Langeweile hoch drei, wenn ich bloß dran denke, möchte ich mir am liebsten mit einem Hammer ins Gesicht schlagen, nur um ein bisschen Abwechslung zu haben. Weißt du, was in ihrem Bücherregal stand? Bücher über Verbrechen in Irland, unter anderem ein dicker Schinken über Bandenkriminalität.«

Steve stößt ein schnaubendes Lachen aus. »Da schau her. Vielleicht war sie ja tatsächlich der Typ für so was.«

»Ich hab gedacht, sie hätte sich bloß ein bisschen Nervenkitzel aus zweiter Hand beschaffen wollen, aber vielleicht hat sie sich ja über die Arbeit ihres neuen Lovers schlaugemacht – oder aber sie hat das Buch einfach aus Interesse gelesen und dann die Chance gesehen, es in echt zu erleben. Und du hast ja gehört, was Lucy gesagt hat: Aislinn hatte keine ausgeprägte Haltung, nicht mal genug gesunden Menschenverstand, um sich nicht mit einem Gangster einzulassen.« Ich habe Mühe, meine Stimme ruhig zu halten. Wir sind noch ganz am Anfang, und das Ganze ist ein Haufen von Was-wäre-Wenns und Vielleichts, der sich jeden Moment in Luft auflösen könnte. »Wenn irgendein zwielichtiger Typ sie im Club anbaggert? Sofern er gut aussieht und gut gekleidet ist, wäre sie begeistert. Sie wäre total aus dem Häuschen.«

»Aber die meisten von denen kleiden sich nicht gut«, gibt Steve zu bedenken. »Die Bandentypen. Die kleiden sich beschissen. Und viele sehen auch beschissen aus.«

»Gut, das engt die Kandidatenzahl ein. Dann, nach ein paar Monaten, als die erste Begeisterung abgeflaut ist, wird Aislinn allmählich klar, dass Mr Hochspannung im Grunde bloß ein Verbrecher ist. Und genau in dem Moment lernt sie den lieben netten Rory kennen. Sie serviert den Gangster ab – oder aber sie traut sich nicht, fängt bloß heimlich was mit Rory an. So oder so, der Gangster ist ziemlich sauer.«

Steve sagt: »Denkst du, Lucy kennt seinen Namen?«

»Falls er seinen Namen genannt hat.«

»Falls, ja. Glaubst du, sie kennt ihn?«

»Wahrscheinlich nur einen Vornamen oder einen Spitznamen.

Und den wird sie uns nicht sagen. Falls der Typ da draußen rumläuft, müssen wir ihn selbst finden.«

»Ich hab keine guten Kontakte zum Dezernat für Organisierte Kriminalität. Du?«

»Nicht besonders. Vielleicht.« Ich kann nicht länger sitzen bleiben, nicht mit dieser Idee vor der Nase. Ich stopfe mir den letzten Sandwichrest in den Mund, knülle die Verpackung zusammen und werfe sie über Steve hinweg in den Mülleimer. »Damit können wir uns später befassen. Jetzt plaudern wir erst mal nett und freundlich mit Rory Fallon. Je nachdem, was dabei rauskommt, können wir entscheiden, ob es sich lohnt, dieser anderen Sache nachzugehen. Bis dahin –«

Am Rande meines Gesichtsfelds bewegt sich etwas, und ich fahre herum, aber es ist bloß der Typ in der Tesco-Montur, der seine Nikotindröhnung intus hat und zurück zur Arbeit hetzt, wo Regale auf ihn warten, die gefüllt werden müssen. Er zuckt zusammen und versucht, mich trotzig zu mustern, aber ich zeige mit dem Finger auf ihn, und er hastet weiter. Wenn ich an einem Fall arbeite, werde ich hyperwachsam – so nenne ich das jedenfalls, O'Kelly würde es wahrscheinlich hysterisch nennen. Das geht nicht nur mir so, sondern vielen Detectives. Es ist was Animalisches: Wenn du ein mörderisches Raubtier verfolgst, schaltest du auf höchste Alarmstufe, und da bleibst du auch, obwohl du nicht seine Beute bist und der Täter sich wahrscheinlich vor Angst in die Hose macht, wenn du ihm gegenüberstehst. In letzter Zeit fällt es mir schwer, von der höchsten Alarmstufe runterzukommen, selbst wenn ich nicht arbeite.

Ich sage: »Bis dahin schlage ich vor, wir sagen keinem Schwein was davon.«

»Du meinst Breslin.«

»Ich meine alle.« Falls wir danebenliegen, werden wir die Witzfiguren des ganzen Dezernats: die Idioten, die sich bei einer Schema-F-Beziehungstat total vergaloppiert haben. »Das ist alles hypothetisch; also halten wir schön die Klappe, bis wir was Konkretes haben. Vorläufig müssen die anderen bloß wissen, dass Lucy uns was über Aislinns Herkunft erzählt und gesagt hat, dass Rory einen ganz sympathischen Eindruck machte, mehr nicht.«

»Einverstanden«, sagt Steve, ein ganz klein wenig zu schnell.

»Ach nee«, sage ich, als ich ihn durchschaue. »Deshalb wolltest du nicht, dass sie aufs Präsidium kommt! Du durchtriebener kleiner Mistkerl.«

»Wie gesagt.« Steve grinst und knüllt sein Serviettenlätzchen zusammen. »Ich bin eben mehr als bloß ein hübscher Kerl.«

Der Dinosaurier-Junge ist mit seinem Roller hingefallen und sitzt jetzt auf dem Weg und versucht, überzeugend zu brüllen. Wir gehen um ihn herum in Richtung Tor, und ich will gerade unsere Fahnder anrufen, um ihnen zu sagen, dass sie Fallon jetzt ins Dezernat bringen sollen, als ich aus den Augenwinkeln registriere, was da aus dem blauen Plastiksack herausguckt: eine tote Katze, das Fell glatt an den Schädel gekleistert, die Lippen hochgezogen, so dass spitze Zähne zu sehen sind, das Maul weit aufgerissen zu einem gefrorenen Schrei.

3

IM GROSSRAUMBÜRO IST LEBEN AUSGEBROCHEN. Der Drucker läuft, irgendwo klingelt ein Telefon, die Jalousien sind hochgezogen, um wenigstens ein bisschen klägliches Sonnenlicht hereinzusaugen. Es riecht nach einem halben Dutzend verschiedenen Mittagsimbissen, nach Tee, Duschgel, Schweiß, Wärme und Hektik. O'Gorman sitzt lässig in seinem Sessel, Füße auf dem Schreibtisch, schmeißt sich Chips in den Mund und erzählt King lautstark was von einem Spiel, das er sich am Tag zuvor angeguckt hat; King liest ein Aussageformular, und jedes Mal, wenn O'Gorman Luft holt, sagt er: »Jaja.« Winters und Healy debattieren über einen Zeugen, den Healy ein bisschen in die Mangel nehmen will, was Winters aber für Zeitverschwendung hält. Quigley arbeitet sich mit genervter Miene in der Schwabbelvisage durch einen der Aktenschränke und knallt die Schubladen fester zu als nötig. Neben dem Aktenschrank sitzt McCann über seinen Schreibtisch gebeugt, sortiert irgendwelche Papiere und zuckt bei jedem Knall zusammen – er sieht aus, als hätte er einen ausgewachsenen Kater, aber mit den ewigen Tränensäcken und dem Stoppelbart sieht er ohnehin die meiste Zeit so aus. O'Neill hat seinen Telefonhörer an ein Ohr gepresst und hält sich das andere mit einem Finger zu. Neben den Schreibtischen von Steve und mir stehen zwei Typen, vermutlich unsere Fahnder, linkisch an irgendwelche Möbel gelehnt, versuchen, entspannt zu wirken, keinem in die Quere zu kommen und über einen von Roches lahmen Witzen zu lachen, damit er sich hoffentlich an sie erinnert, wenn er das nächste Mal jemanden braucht, der die Laufarbeit für ihn erledigt.

Breslin ist nirgends zu sehen, aber sein Mantel hängt über seinem Sessel. Wahrscheinlich ist er noch dabei, den Soko-Raum zu organisieren und vor sich hin zu fluchen, weil eine wie ich ihn herumkommandiert hat. Nicht schlimm: Breslin ist schon zu lange dabei, um pampig zu werden, wenn es ihm nichts bringt.

Ein paar Leute blicken auf, als Steve und ich hereinkommen, und widmen sich dann wieder dem, was sie gerade machen. Keiner sagt hallo. Wir auch nicht. Wir marschieren zu unseren Schreibtischen und den Fahndern. In unserem Großraumbüro gehe ich schnell und mit knallenden Absätzen, um nicht instinktiv vorsichtig zu trippeln, für den Fall, dass einer versucht, mir ein Bein zu stellen. Bis jetzt ist das noch nicht passiert, aber es fühlt sich an, als wäre das nur eine Frage der Zeit.

»Hey«, sage ich zu den Fahndern, die Haltung angenommen haben und aufmerksam aus der Wäsche gucken. Sie sind beide etwa in unserem Alter: ein Muskelprotz, der schon eine Halbglatze bekommt, und ein dicker Blonder, der offenbar vergeblich versucht, sich einen Schnurrbart wachsen zu lassen. »Conway, und das ist Moran. Habt ihr was für uns?«

»Stanton«, sagt der Muskelprotz und salutiert scherzhaft.

»Deasy«, sagt der Dicke. »Ja: Vor ein paar Minuten haben wir diesen Rory Fallon hergebracht.«

»Armes Schwein«, sagt Roche aus seiner Ecke, die nach Aftershave und klebriger Tastatur stinkt. Roche ist ein bulliger Stiernacken, der sich für den Job entschieden hat, weil er nur dann einen hochkriegt, wenn er Leute so lange schikanieren kann, bis sie in Tränen ausbrechen, aber er ist nicht blöd: Er weiß genau, wann er diesen Instinkt an der Kette halten muss und wann er ihn rauslassen darf, um sich so richtig auszutoben, und er liefert

Ergebnisse. »Vielleicht sag ich ihm, er kann sich viel Zeit und Ärger sparen, wenn er sich gleich selbst die Eier abschneidet.«

»Was kann ich dafür, dass meine Aufklärungsrate höher ist als deine, Roche?«, antworte ich. »Du bist nun mal ein Vollidiot. Find dich damit ab.«

Unsere Fahnder blicken erschrocken und versuchen, es zu kaschieren. Roche wirft mir einen drohenden Blick zu, den ich geflissentlich ignoriere. »Was wissen wir über Fallon?«, frage ich und werfe meine Tasche auf meinen Sessel.

»Neunundzwanzig, hat einen Buchladen in Ranelagh«, sagt der Dicke. »Wohnt über dem Laden.«

»Mit jemandem zusammen?«

»Nee. Alleinikowski.«

Was Mist ist: Ein Mitbewohner wäre nicht bloß ein prima Zeuge gewesen, sondern auch ein naheliegender Kandidat für den Typen, der die Polizeiwache angerufen hat. Steve fragt: »Ist irgendwas passiert, was wir wissen sollten, während ihr sein Haus beobachtet habt?«

Sie sehen einander an, schütteln den Kopf. »Nicht viel«, sagt der Muskelprotz. »Gegen zehn hat er die Vorhänge aufgezogen, im Schlafanzug. Ansonsten war nichts von ihm zu sehen. Als wir ihn abgeholt haben, war er angezogen, hatte aber keine Schuhe an. Schien nicht so, als hätte er vor, gleich aus dem Haus zu gehen.«

»Er hatte sich Frühstück gemacht«, sagt der Dicke. »Es roch nach Kaffee und Eiern mit Speck.«

Steve fängt meinen Blick auf. Da schlägt einer seine Freundin tot, geht nach Hause, steigt in seinen Schlafanzug, um in aller Seelenruhe auszuschlafen, und haut sich am nächsten Morgen Eier mit Speck in die Pfanne? Ausgeschlossen ist das nicht. Fallon könnte vor Schock wie auf Autopilot funktioniert haben oder ein Psychopath sein oder versucht haben, sich möglichst unauffällig zu verhalten. Oder.

Es ist heiß im Raum, eine trockene, angespannte Hitze, die mir im Nacken prickelt. Ich ziehe meinen Mantel aus. »Welche Erklärung habt ihr ihm gegeben?«

»Keine«, antwortet der Dicke. »Genau wie Sie gesagt haben. Wir haben bloß gesagt, dass wir glauben, er könnte etwas wissen, das uns möglicherweise bei einer Ermittlung hilft, und ihn gebeten, zu einem Gespräch mit aufs Präsidium zu kommen.«

»Und er war einfach so einverstanden? Kein Ärger, keine Fragen?«

Beide schütteln den Kopf. »Zuvorkommender Typ«, sagt der Muskelprotz.

»Ohne Scheiß?«, sage ich. Wenn du Zeugen aufforderst, mit aufs Präsidium zu kommen, um einige Fragen zu beantworten, verlangen die meisten wenigstens ein paar Erklärungen, ehe sie ihre gesamte Tagesplanung über den Haufen werfen und brav hinter dir herdackeln. Entweder Rory Fallon ist doch von Natur aus ein Weichei, oder er will wirklich unbedingt wie ein netter, hilfsbereiter Typ wirken, der nichts zu verbergen hat.

»Hat er unterwegs irgendwas gesagt?«, fragt Steve.

»Als wir ins Auto gestiegen sind, wollte er wissen, worum es denn geht«, sagt der Dicke.

Was ebenfalls interessant ist. Natürlich weiß Rory möglicherweise ganz genau, worum es geht, aber er glaubt, dass wir ihm das nicht beweisen können, was wiederum heißt, dass Lucy ihn nicht postwendend angerufen hat, sobald wir weg waren. Ein Punkt gegen die Lucy-und-Rory-Geschichte. »Wir haben gesagt, wir wüssten nichts Genaues und die ermittelnden Detectives würden ihn dann in Kenntnis setzen. Danach hat er den Mund gehalten.«

»Wir waren nett zu ihm«, sagt der Muskelprotz. »Haben ihm Tee gemacht und gesagt, wie dankbar wir sind, dass er uns hilft, dass wir auf verantwortungsvolle Bürger wie ihn angewiesen sind und so weiter. Wir dachten, es wäre Ihnen recht, wenn er schön entspannt ist.«

»Prima«, sagt Steve. »Wo habt ihr ihn untergebracht?«

»In dem Vernehmungsraum ganz am Ende.«

»Ist er einer, der auf die Idee kommt, einfach wieder zu gehen, wenn wir ihn ein Weilchen zappeln lassen?«

Beide lachen. »Nee«, sagt der Muskelprotz. »Wie gesagt: zuvorkommend.«

»Er ist ein braver Junge«, sagt der Dicke. »Der unartig war.«

»Danke«, sage ich. »Wir brauchen dann eine Liste mit seinen Kontaktpersonen. Könnt ihr euch darum kümmern? Mich interessieren vor allem Freunde, Brüder, Vater, Cousins, die ihm nahestehen. Irgendeiner hat bei der Polizei angerufen, und wir müssen rauskriegen, wer, falls es nicht Fallon selbst war.« Der Muskelprotz macht sich Notizen, aber so, dass ich es mitkriege. Ich sage: »Der Soko-Raum müsste inzwischen fertig sein. Fallbesprechung um vier. Sollte sich was dran ändern, sag ich Bescheid.«

Die beiden marschieren in einem flotten Tempo ab, das genau austariert ist, damit sie auf Zack, aber nicht übereifrig wirken. Ich erinnere mich an diesen Gang; ich weiß noch, dass ich ihn geübt habe, wenn ich rumlief, um für irgendeinen Detective der Mordkommission Listen anzulegen oder Aussagen zu kopieren, und dass ich dabei hoffte, irgendwann hier zu landen und nie wieder gehen zu müssen. Für einen kurzen merkwürdigen Moment empfinde ich fast so was wie Mitleid für Stanton und Deasy, bis ich mir klarmache, dass die beiden, sollten sie es je hier reinschaffen, ganz prima zurechtkommen werden.

Steve hat seinen Computer angemacht und klickt drauflos. Ich sage: »Wieso willst du Fallon zappeln lassen?«

»Nur ein Weilchen.« Steve tippt jetzt irgendwas. »Er kommt nach Hause und geht ins Bett, steht auf und macht sich Eier mit Speck? Du kannst sagen, was du willst, aber das ist ziemlich cool für einen guten, gesetzestreuen Bürger. Selbst wenn er nur versucht, unschuldig zu wirken. Ich will ihn durch den Computer laufen lassen. Vielleicht spuckt der ja irgendwas aus.«

»Gib Aislinn auch mal ein. Ich will wissen, wo ich sie schon mal gesehen habe.« Ich wähle meine Mailbox, klemme mir das Telefon zwischen Ohr und Schulter und fange an, die Aussagen von der Aso-Party von letzter Nacht durchzugehen – die Staatsanwaltschaft braucht die Akten, bevor wir die Vollpfosten wieder auf freien Fuß setzen müssen. McCann murmelt in sein Handy. Offensichtlich kriegt er wegen irgendwas, was mit der Arbeit zusammenhängt, Druck von seiner besseren Hälfte (»Ich *weiß*. Ich schwöre, heute Abend komme ich spätestens um – Ja klar, ich *weiß*, dass wir reserviert haben. Natürlich bin ich dann –«), und Roche hält grinsend eine hingekritzelte Zeichnung hoch, auf der ein kleiner Mann unter einem riesigen Pantoffel steht.

Ich hab schon wieder eine Sprachnachricht von Breslin, und in mir keimt die Hoffnung auf, dass wir den Fall komplett bearbeiten und abschließen können, ohne einander je über den Weg zu laufen. »Ja, Conway. Hi.« Noch immer lässig, für den Fall, dass Hollywood mithört, aber mit einem leisen verstimmten Unterton: Steve und ich waren böse kleine Detectives. »Anscheinend haben wir ein paar Schwierigkeiten mit der Kontaktaufnahme. Ich bin wieder im Hauptquartier und kümmere mich um unseren Soko-Raum. Ruf mich so schnell wie möglich zurück. Bis dann.« Ich lösche die Nachricht.

»Rory Fallon ist nicht im System«, sagt Steve.

»Überhaupt nicht?«

»Überhaupt nicht.«

»Ein kleiner Heiliger«, sage ich. Nicht im System aufzutauchen ist schwieriger, als man meint. Ein Knöllchen wegen zu schnellen Fahrens, und schon bist du drin. Rory hat offiziell in seinem ganzen Leben noch nie irgendwas angestellt. »Das muss nicht heißen, dass er bis letzte Nacht tatsächlich die reine Unschuld war. Er ist bloß nie erwischt worden.«

»Ich weiß. Ich sag's dir ja nur.«

»Hast du Aislinn schon durchlaufen lassen?«

»Mach ich gerade, Moment noch.«

Ich rufe Breslins Mailbox an und hinterlasse ihm die Nachricht, dass wir uns in zehn Minuten im Beobachtungsraum treffen. Steve sagt: »Nee. Da ist auch nichts. Beide komplette Fehlanzeige.«

»Sieht aus, als wären sie wie füreinander geschaffen gewesen«, sage ich. »Pech, dass nichts draus geworden ist.« Ich blättere die letzte Aso-Zeugenaussage durch. Und stutze.

Die letzte Seite fehlt. Ohne die – die Seite mit der Unterschrift – ist das ganze Ding wertlos.

Ich kann unmöglich beweisen, dass ich sie nicht auf dem Weg vom Vernehmungsraum hierher verloren habe. Theoretisch könnte mir das sogar passiert sein – es war spät, ich war müde und genervt und wollte bloß noch schnell nach Hause. Ich kann nachsehen: den Weg abgehen wie ein Vollidiot, hoffnungsvoll unter Schreibtische und in Papierkörbe gucken, während diese Ansammlung von Flachzangen sich hinter ihren Monitoren ducken und Paviangewieher unterdrücken und darauf lauern, wer zuerst losprustet. Oder ich kann Amok laufen, um rauszukriegen, wer die Seite geklaut hat, worauf derjenige wahrscheinlich hofft. Oder ich kann schön die Klappe halten, meinen Aso-Zeugen besuchen und weitere zwei Stunden damit verbringen, ihn erneut davon zu überzeugen, dass es cool ist, mit den Bullen zu reden, und ihm seine Aussage aus der Nase zu ziehen, Silbe für Silbe, das Ganze noch mal von vorn.

»Hey«, sagt Steve. »Da ist was.«

Ich brauche eine Sekunde, bis mir wieder einfällt, wovon er redet – ich bin so wütend, ich könnte mit den Zähnen Stücke aus meinem Schreibtisch reißen. Steve blickt auf. »Alles in Ordnung?«

»Ja. Was hast du gefunden? Ist Aislinn im System?«

»Sie nicht, nein. Wahrscheinlich ist es nicht wichtig, aber ihre Adresse taucht auf. Letztes Jahr am zwanzigsten Oktober hat der

Nachbar aus Nummer 28 um ein Uhr morgens die Polizeiwache Stoneybatter angerufen. Er hat draußen auf seiner Terrasse noch eine Zigarette geraucht und gesehen, wie jemand über Aislinns Mauer geklettert ist, von ihrer Terrasse raus auf die schmale Gasse. Beschreibung ist mies – am Ende der Gasse steht eine Straßenlaterne, aber der Nachbar hat den Eindringling nur ganz kurz von hinten gesehen. Männlich, mittelgroß, dunkler Mantel. Der Nachbar meinte, von den Bewegungen her könnte es ein Mann mittleren Alters gewesen sein; er meinte, die Haare waren hell, könnte aber auch an den Lichtverhältnissen gelegen haben. Stoneybatter hat ein paar Kollegen rausgeschickt, um sich die Sache anzuschauen, aber da war der Mann natürlich längst weg. Keinerlei Anzeichen für einen versuchten Einbruch, deshalb sind sie davon ausgegangen, dass der Nachbar ihn gestört hat, bevor er überhaupt anfangen konnte. Sie haben Aislinn ein paar Sicherheitsmaßnahmen empfohlen und die Sache vergessen.«

»Hm«, sage ich. Das verrät mir zwar nicht, wo ich Aislinn schon mal gesehen habe, aber es ist doch interessant genug, um die fehlende Seite nebensächlich zu machen. »Steht da irgendwas, wie sie reagiert hat? Verstört, panisch? Hat sicherheitshalber bei Lucy übernachtet?«

»Nee. Bloß: ›Bewohnerin hat Alarmanlage und Sicherheitsschlösser, dennoch wurde ihr nahegelegt, die Anschaffung einer Überwachungskamera und eines Hundes in Erwägung zu ziehen.‹«

»Was sie beides nicht getan hat.« Roche versucht zu lauschen. Ich zeige ihm den Stinkefinger und spreche leiser. »Für eine alleinlebende Frau hat Aislinn die Sache mit dem Eindringling ziemlich gut weggesteckt. Macht sie einen so abgebrühten Eindruck auf dich?«

Steve sagt: »Sie wirkt, als hätte sie gewusst, dass kein Grund bestand, Angst zu haben.«

Ich sage: »Weil es kein Einbrecher war. Es war der heimliche

Lover. Guck an. Vielleicht gab's den ja wirklich.« Wieder bäumt sich dieses aufgeregte Gefühl in mir auf. Ich klatsche es nieder. »Aber selbst wenn, damit ist Rory Fallon nicht vom Haken. Vielleicht ist er dahintergekommen, dass Aislinn ihm untreu war, und das hat ihn wütend gemacht. Komm, fragen wir ihn.«

»Sekunde noch, ich will nur eben eine Sache checken –« Steve starrt wieder auf seinen Computer.

Ich stopfe die Aussagen, die noch da sind, in meine Schreibtischschublade, die abschließbar ist und in der sie auch gewesen wären, wenn O'Kelly uns heute Morgen nicht kalt erwischt hätte. Ich stecke den Schlüssel in die Hosentasche. Dann blättere ich mein Notizbuch durch und versuche gleichzeitig, das Büro unauffällig in Augenschein zu nehmen.

Keiner lauert offensichtlich darauf, dass ich ausflippe, aber offensichtlich wäre natürlich auch blöd. Quigley hat seine Akte gefunden und bohrt sich im Ohr, während er sie liest, was wahrscheinlich bedeutet, dass er nicht damit rechnet, beobachtet zu werden, aber man weiß ja nie. Quigley ist ein Arsch, O'Gorman ist ein Trottel, Roche eine Kreuzung aus beiden: Jeder von ihnen, ja, alle fänden es zum Schreien komisch, mir den Tag zu versauen. McCann sieht zu gequält aus, um an irgendwas anderes zu denken, und O'Neill scheint eigentlich ziemlich in Ordnung zu sein, aber ausschließen kann ich keinen.

Spielt ohnehin keine Rolle. Entscheidend ist nicht, und das wissen die genauso gut wie ich, wer sich diesen Mist einfallen lässt – das ist jedes Mal ein anderer. Entscheidend ist, dass ich rein gar nichts dagegen machen kann, ganz gleich, wer von ihnen es war.

»Hoppla«, sagt Steve leise. »Da ist noch was.«

Diesmal bin ich nicht zu abgelenkt, um zu antworten. »Ja? Was?«

»Ich wollte rausfinden, ob Aislinn im Dezernat für Organisierte Kriminalität auf dem Radar aufgetaucht ist, ja? Also hab ich einfach mal gecheckt, ob jemand anders sie überprüft hat.« Ich will schon aufstehen und einen Blick über Steves Schulter auf seinen Monitor werfen, aber er sieht mich warnend an und schüttelt den Kopf. »Bleib da. Und tatsächlich: Am siebzehnten September letzten Jahres hat jemand sie durchs System laufen lassen.«

Wir sehen uns an.

Ich sage: »Da draußen laufen bestimmt zwei Dutzend Aislinn Murrays herum. Mindestens.«

»Aislinn Gwendolyn Murray? Geboren am sechsten März '88?«

Meine Gedanken überschlagen sich. »Ich will die Kollegen von der Organisierten Kriminalität nicht mit reinholen. Noch nicht. Ich hab einen Kumpel –«

Steve sagt so leise, dass ich ihn kaum verstehe: »Die Abfrage kam aus dem ›Morddezernat‹.«

Wieder sehen wir uns an. Ich spüre, dass ich denselben Gesichtsausdruck habe wie Steve: argwöhnisch. Und am Überlegen, wie groß der Argwohn sein sollte.

»Falls das Morddezernat sich für sie interessiert hat«, sage ich, »sollte der Betreffende kein Problem damit haben, uns das zu erklären.«

Steves Gesicht verfinstert sich zu einer Warnung. Er macht den Mund auf, um mir zu erklären, warum die Idee schlecht ist, und er hat recht – es wäre klüger, die Sache für uns zu behalten und über inoffizielle Kanäle zu behandeln –, aber diese fehlende Seite in meiner Zeugenaussage wurmt mich noch immer, und es steht mir bis hier, ständig die Klappe zu halten und in meinem eigenen Dezernat wie auf Eiern zu gehen. Ich drehe meinen Schreibtischsessel, so dass ich in den Raum schaue, hebe die Hände über den Kopf und schnippe mit den Fingern. »He! Alle mal herhören.« Ich rufe das schön laut: Köpfe wenden sich mir zu, Gespräche verstummen. »Aislinn Gwendolyn Murray, geboren am sechsten März '88. Erinnert sich einer von euch daran, dass er sie letzten September überprüft hat?«

Ausdruckslose Mienen. Zwei Kollegen schütteln den Kopf. Die anderen reagieren überhaupt nicht, wenden sich einfach wieder dem zu, womit sie gerade beschäftigt waren.

Ich drehe meinen Sessel wieder zurück und sehe Steve an.

Er sagt: »Vielleicht hat derjenige, der die Suchanfrage gemacht hat, gerade keinen Dienst. Oder …« Er macht eine unverbindliche Bewegung mit dem Kopf.

»Oder aber derjenige welcher würde mir nicht mal einen Schluck aus seiner Urinflasche geben, wenn ich am Verdursten wäre. Jaja, schon gut.« Ich hasse es, wenn Steve einen auf taktvoll macht. »Oder aber die Anfrage war privat, inoffiziell.«

So was kommt ziemlich oft vor. Dir gefällt die Nase des jungen Kerls nicht, mit dem deine Tochter nach Hause gekommen ist, oder das Pärchen, das sich deine Mietwohnung angesehen hat: Also lässt du sie durch den Computer laufen und schaust, ob es da einen Eintrag gibt. Haben wir alle schon gemacht – meine Ma hatte Bedenken wegen ihres neuen Nachbarn, und es stellte sich heraus, dass er ein Junkie war, aber wenigstens kein Dealer, und er zog sowieso ein paar Wochen später wieder aus, glauben Sie mir –, und jeder, der sich darüber aufregt, muss mal öfter raus ins wirkliche Leben, aber Fakt ist, es verstößt gegen die Vorschriften. Falls irgendein Cousin von irgendwem vorhatte, Aislinn eventuell einzustellen, oder falls irgendwelche Eltern von wem anders überlegten, die nette junge Frau von nebenan zu bitten, ihren Ersatzschlüssel aufzubewahren, immer wären bloß dreißig Sekunden am Computer erforderlich. Ein kleiner harmloser Gefallen, von dem keiner was wissen muss. Aber jetzt, wo sie ein Mordopfer ist, würde jeder, der sie vorschriftswidrig überprüft hat, einen Riesenanschiss vom Boss kriegen und ein paar Urlaubstage gestrichen bekommen, mindestens. Kein Wunder, dass niemand wild drauf ist, die Hand zu heben.

Steve sagt leise: »Oder aber, es war inoffiziell, aber nicht privat. Das würde zu der Gangsterversion passen. Angenommen, jemand von der Organisierten will sie überprüfen, ohne dass sein Dezernat das mitkriegt, weiß der Geier, warum, also bittet er einen Kumpel hier bei uns, das für ihn zu erledigen ...«

Ich kann beim besten Willen keine harmlose Erklärung dafür finden. Der Raum fühlt sich zwielichtig an, verzerrt: Ecken beginnen zu wabern, Schatten flimmern. Ich sage: »Und der Kumpel wird es uns nie im Leben erzählen.«

Steve sagt, sogar noch leiser: »Ich kenne einen bei der Computerfahndung. Der müsste rausfinden können, von welchem Computer die Anfrage gekommen ist.«

»Von welchem Computer, ja. Aber nicht, wer ihn benutzt hat. Wenn wir individuelle Zugangsdaten hätten und nicht diesen Ein-Dezernat-ein-Passwort-Schwachsinn –«

»Soll ich ihn trotzdem mal anrufen?«

»Nein«, sage ich. »Noch nicht.« Alle sind wieder ganz auf ihre Gespräche oder ihren Papierkram konzentriert, keiner schaut auch nur zu uns rüber. Trotzdem wünschte ich, ich hätte meine große Klappe gehalten.

Der Beobachtungsraum ist klein und schäbig. Er hat einen klebrigen Tisch, einen wackeligen Stuhl und einen Wasserspender, der meistens leer ist. Es gibt kein Fenster, und die Belüftung funktioniert schon seit Jahren nicht. Wenn es ein Vernehmungsraum wäre, würden die Anwälte rummeckern, dass ihre Mandanten ein Recht auf Atemluft haben, und sofort würde alles repariert, aber da sich kein Schwein für unser Recht auf Atemluft interessiert, bleibt die Belüftung kaputt. Der Raum riecht nach Schweiß, Jahre altem verschütteten Kaffee, Aftershave von Männern, die in Pension gegangen sind, als Steve und ich noch auf der Polizeischule waren, Zigarettenqualm aus der Zeit vor dem Rauchverbot. Im Winter ist es noch schlimmer, weil die Heizung dann das volle Bukett zur Geltung bringt.

Breslin ist noch nicht da. Ich werfe meinen Mantel auf die

Stuhllehne – mir ist nicht wohl dabei, ihn im Büro zu lassen und mich nachher fragen zu müssen, ob vielleicht irgendeiner seinen Schwanz daran gerieben hat – und gehe zum Einwegspiegel, um mir Rory Fallon anzuschauen. Steve tritt neben mich, so nah an der Scheibe, dass sie von unserem Atem beschlägt.

Fallon sieht jünger aus als neunundzwanzig. Er ist eher klein, vielleicht gut einen Meter siebzig, und schmächtig. Ich könnte ihn mit einer Hand überwältigen, aber für diese Tat war bloß ein einziger harter Schlag nötig, und den schafft selbst ein Schwächling, wenn er wütend genug ist. Er hat welliges braunes Haar, das er sich extra für sein großes Date hat schneiden lassen, eine Brille mit gefaktem Schildpattgestell, die so alt ist, dass das Plastik trüb geworden ist, ein beiges Stehkragenhemd, schön ordentlich in eine verwaschene Jeans gesteckt, und feine, spitze Gesichtszüge, die ihn entweder wie einen sensiblen Künstler wirken lassen oder wie ein Weichei, je nach Perspektive des Betrachters. Er sieht ganz okay aus, aber ich hätte ihn ebensowenig wie Lucy mit Aislinn in Verbindung gebracht. Ich hatte eher mit einem muskelbepackten Schwachkopf in Designerklamotten gerechnet, der für einen Immobilienmakler arbeitet und endlos über Rugby reden kann. Rory sieht aus wie einer, den an Videospielen vor allem die Geländegestaltung und die supermoderne Graphik begeistern und der brutale Teil, wenn du die Bösen abknallen musst, eher kaltlässt.

»Zehn Euro, dass er heult«, sage ich. Steve und ich haben angefangen, bei Beziehungstaten Wetten abzuschließen – Glücksspiel im Dienst ist natürlich streng verboten, aber ich kann damit leben. Die Hälfte der Verdächtigen muss uns nur ansehen, schon flennen sie los, und ich würde ihnen dafür am liebsten einen mächtigen Tritt in den Hintern verpassen. Ich muss mir auf die Zunge beißen, sonst würde ich ihnen sagen, sie sollen sich verdammt nochmal zusammenreißen: Du warst so tough und stark, als du deiner besseren Hälfte den Schädel eingeschlagen hast. Wo ist der große, starke Mann geblieben? Ich finde, wenn ich mich schon mit so einem Scheiß befassen muss, dann kann ich auch ein bisschen Knete damit verdienen.

»Ach, Mist«, sagt Steve. »Ich hoffe, ich hab noch zehn. Bei seinem Zustand.«

»Pech für dich. Warst eben nicht schnell genug.«

Wir beobachten, wie Rory Fallon den Kopf hektisch vor und zurück bewegt und mit den Füßen unter dem Tisch scharrt, während er versucht, den Vernehmungsraum irgendwie einzuordnen. Vernehmungsräume sind so gestaltet, dass du sie nicht einordnen kannst. Das Linoleum und der Tisch und die Stühle sind die schlichtesten, unscheinbarsten, die es gibt, und das liegt nicht nur an den Budgetkürzungen. Dein Verstand soll nichts von ihnen ablesen können, und dann beginnt er, Dinge in sie hineinzulesen. Wenn du lange genug allein in einem Vernehmungsraum bist, verwandelt er sich für dich von nichts in bedrohlich und schließlich in den reinsten Horrorfilm.

Über der Lehne seines Stuhls hängt ein dunkler Mantel, ordentlich gefaltet, und ein Paar dicke graue Kunstfaserhandschuhe liegen akkurat nebeneinander auf dem Tisch. Rorys Hände befinden sich in exakt derselben Position: Handflächen nach unten gedrückt, Daumen einander so eben berührend. Soweit ich das auf diese Entfernung erkennen kann, sind seine Fingerknöchel unversehrt: kein einziger Kratzer.

Steve sagt: »Siehst du die Hände?«

»Das muss nichts heißen. Sophie hat doch gesagt, er hat wahrscheinlich Handschuhe getragen.«

»Ruf sie an. Frag, ob sie doch noch Abdrücke gefunden haben.«

Ich wähle Sophies Nummer, lege sie auf Lautsprecher und behalte die Tür im Auge, für den Fall, dass Breslin reinkommt. »Sophie. Hey. Ich bin's, und Moran hört mit.«

»Hey. Der Stand der Dinge: Wir sind praktisch fertig damit,

die Leiche und das Wohnzimmer zu untersuchen –« Ihre Stimme bricht ab, kommt wieder. »Scheißempfang hier drin. Warte mal kurz.« Eine Tür knallt. »Hi.«

»Wie sieht's mit Fingerabdrücken aus?«

»Nicht besonders.« Wind umwirbelt Sophies Stimme: Sie ist auf die Straße gegangen. Sie macht irgendwas, legt die Hand ums Telefon, und das Rauschen verschwindet. »Wir haben viele auf dem Dinnergeschirr und -besteck gefunden, auf der Türklinke, der Weinflasche, den Weingläsern, aber vom ersten Eindruck her meint mein Mitarbeiter, die sind alle zu klein für einen Mann und scheinen alle vom Opfer zu stammen.«

»Also hat unser Mann tatsächlich Handschuhe getragen«, sage ich. Steve verzieht das Gesicht.

»Wir werden weitersuchen, aber so sieht's aus. Wahrscheinlich Leder oder Gore-Tex, irgendwas Glattes in der Art. Wir konnten keine Fasern im Gesicht des Opfers finden, wo er sie geschlagen hat, und das hätten wir, wenn die Handschuhe aus Wolle oder irgendwas Gestricktem gewesen wären. Dann wären Fasern im Blut zu finden gewesen.«

Ich sage zu Steve: »Also wahrscheinlich dicke Handschuhe. Was wiederum bedeutet, dass er sich nicht die Hand verletzt hat oder jedenfalls nicht deutlich sichtbar.«

»Was wiederum bedeutet, dass ihr euren Verdächtigen aufgegabelt habt«, sagt Sophie. »Und dass seine Hände in Ordnung sind.«

»Stimmt. Der Typ, der zum Dinner kommen sollte.«

»Wisst ihr, welche Handschuhe er gestern Abend getragen hat? Falls euer Täter nämlich welche anhatte, müsste am rechten Blut sein. Selbst wenn er ihn gewaschen hat. Das Zeug kriegst du nie ganz raus.«

»Heute hat er welche aus dickem grauem Polyamid oder so was an. Sehen sauber aus, aber wir schicken sie euch zur Untersuchung rüber, und falls wir einen Durchsuchungsbeschluss kriegen, schicken wir euch alle, die wir bei ihm zu Hause finden, aber ich wette, das wird uns auch nichts bringen. Wahrscheinlich hat er die von gestern Abend auf dem Nachhauseweg weggeschmissen.« Ich behalte Fallon im Auge. Er hat den Versuch aufgegeben, seine Umgebung irgendwie einzuordnen, und sitzt jetzt still, starrt auf seine Hände und atmet tief. Sieht aus, als würde er eine Meditationsübung machen. Ich schlage einmal kurz gegen die Scheibe, damit er mit dem Quatsch aufhört. »Gibt's sonst noch irgendwas Wichtiges, das wir wissen sollten, bevor wir mit ihm anfangen?«

Sophie schnaubt ärgerlich. »Nicht viel. Fast der ganze Morgen war reinste Zeitverschwendung. Der einzige gute Fund waren drei schwarze Wollfasern, die wir am Kleid des Opfers gefunden haben: zwei auf der linken Brustseite und eine an der linken Seite des Rocks. Die passen zu keinem ihrer Kleidungsstücke, die sie anhatte, und sie hat keinen schwarzen Mantel, den sie sich übergezogen haben könnte, um noch schnell was einkaufen zu gehen, wobei die Fasern hätten übertragen werden können. Sie hätte sich auch beim Kochen einen Pullover überziehen können, damit das Kleid nichts abbekommt, aber wir haben im Schlafzimmer nachgesehen, und da waren keine schwarzen Pullover oder Strickjacken.« Sie spricht ziemlich leise. Jemand lungert vor Aislinns Häuschen herum, vielleicht bloß die Jugendlichen, vielleicht Reporter. »Ich glaube, die Fasern stammen von eurem Täter. Vielleicht hat er sie zur Begrüßung umarmt, oder er hat sie gepackt oder was weiß ich. Stellt fest, ob er einen schwarzen Wollmantel besitzt.«

»Er hatte einen an, als er reinkam.« Ich schiele zu Steve hinüber, und der zuckt die Achseln: In Dublin trägt jeder Zweite einen schwarzen Wollmantel. »Wir schicken ihn dir rüber. Nicht schlecht, Sophie. Danke.«

»Alles klar. Ich hau dann jetzt hier ab. Da drückt sich so 'n Reporter-Azubi am Absperrband rum und versucht, irgendwas aufzuschnappen. Soll ich ihm sagen, wir tippen auf Ninja-Überfall?«

»Nur zu, mach ihn glücklich. Bis bald.«

»Moment noch«, sagt Steve und beugt sich näher ans Telefon. »Hallo, ich bin's, Moran. Könnt ihr das Schlafzimmer unter die Lupe nehmen? Und das Bad?«

»Wow, super Idee. Was dachtest du denn, was wir damit machen? Mit Graffiti besprühen?«

»Ich meine Stellen, die letzte Nacht wahrscheinlich von keinem angefasst wurden, vielleicht aber, als das Opfer das letzte Mal einen Kerl über Nacht dahatte. Also das Kopfende vom Bett, Innenseite vom Nachttisch, Unterseite der Klobrille. Und könnt ihr die Matratze auf Körperflüssigkeiten untersuchen?«

»Hm?«, sagt Sophie. »Denkt ihr an Exlover?«

»So was in der Art. Danke. Und schönen Gruß an den Reporter.«

»Ich sag ihm, dass ihr ihn wegen Schulschwänzen festnehmen werdet. Ehrlich, der ist höchstens zwölf, ich werde langsam alt –«, und weg ist sie.

Fallon versucht es schon wieder mit dieser Meditationsmasche. Breslin ist entweder dabei, den Soko-Raum aus dem Nichts aufzubauen, oder aber er bestraft uns, weil wir ihn haben warten lassen. Wo ich mein Smartphone sowieso schon in der Hand habe: »Eine Sekunde«, sage ich, wische übers Display und drehe mich von Steve weg.

Die Nachmittagsausgabe des *Courier* ist erschienen. Crowley der Kriecher hat ordentlich in die Tasten gehauen.

Die Titelseite schreit »BRUTALER MORD STELLT POLIZEI VOR RÄTSEL«. Darunter sind zwei Fotos. Aislinn, die neuere Version, in einem engen, orangen Kleid mit Glitzerlidschatten und lachend – sieht aus wie ein Schnappschuss auf einer Weihnachtsfeier, den Crowley sich von irgendeiner Facebook-Seite geholt hat. Das andere Foto zeigt mich, wie ich unter dem Absperrband hervortauche, richtig schön fotogen: Tränensäcke, Haarknoten aufgelöst, Fäuste geballt und den Mund zu einem Zähnefletschen geöffnet, das einen Rottweiler in die Flucht schlagen würde.

Ich presse die Lippen so fest aufeinander, dass es weh tut. Ich scrolle nach unten, aber der Text ist bloß eine Mischung aus Sensationsmache, Gefühlsduselei und Empörung – hinreißende junge Frau, Blüte ihres Lebens, Einzelheiten zu ihren Verletzungen, die noch gar nicht freigegeben sind; Zitat eines Nachbarn, dass Aislinn für ihn eingekauft hat, als die Bürgersteige vereist waren, Zitat von einer Nachbarin, die sich in ihrem eigenen Haus nicht mehr sicher fühlen wird, bis wir endlich unsere Arbeit tun und diesen Sch******* erwischen; ein spitzer kleiner Seitenhieb gegen »Detective Antoinette Conway, die leitende Ermittlerin in dem bis heute ungeklärten Mord an Michael Murnane in Ballymun vom letzten September«, um deutlich zu machen, dass ich inkompetent bin und / oder dass mir Opfer aus der Arbeiterschicht sonstwo vorbeigehen. Auf der Seitenleiste: *Eltern panisch wegen Spielplatz-Perversling*, eine ordentliche Portion patzige Kommentare gegen die Stadtverwaltung, die offenbar endlich was gegen das Scheißwetter unternehmen sollte, und irgendeine Promi-Tusse schwärmt von Quinoa und beteuert, dass ihre Kinder ganz normal aufwachsen.

»Was hast du da?«, fragt Steve.

Ich schaffe es, meine Lippen voneinander lösen. »Nichts.«

»Doch. Zeig mal.«

Irgendwann sieht er die Zeitung sowieso, und wenn ich ihm den Artikel jetzt vorenthalte, wirkt das, als würde ich mich darüber ärgern, dass ich auf dem Foto aussehe wie aus dem Gruselkabinett, dabei ist mir das so was von egal. »Hier«, sage ich und reiche ihm das Telefon.

Seine Augenbrauen schnellen hoch. »Meine Fresse.« Eine Sekunde später. »Ach du Hölle.«

»Genau«, sage ich.

Die Medien nennen Mordopfer nie namentlich, solange wir es nicht ausdrücklich erlauben – zum einen wegen der Angehörigen, die die Nachricht nicht an irgendeinem Zeitungsstand im Supermarkt erfahren sollen, zum anderen, weil wir manchmal gute Gründe dafür haben, den Namen ein oder zwei Tage zurückzuhalten. Meistens liefern sie genug andere Informationen, so dass die Leute am Ort erraten können, um wen es sich handelt – »der dreißigjährige Vater von zwei Kindern, der im Finanzsektor tätig war« oder was auch immer –, aber dann wussten die es ohnehin schon. Und ohne Erlaubnis bringen die Medien auch keine Fotos von den ermittelnden Detectives, nur für den Fall, dass es uns vielleicht nicht recht ist, wenn wir auf zehn Meter Entfernung sofort erkannt werden. Ich will keine Fotos von mir in der Zeitung sehen, und das aus einem sehr guten Grund, aber wenn tatsächlich mal ein Foto von Ermittlern abgedruckt wird, dann sehen wir darauf professionell und zugänglich und überhaupt aus, damit Zeugen das Gefühl haben, dass sie tatsächlich mit uns reden können, und nicht wie verkaterte Menschenfresser, vor denen sie Reißaus nehmen. Und wenn ein Journalist diese Grenze überschreitet, bezahlt er dafür: keine polizeiinternen Quellen mehr für dich, und wir sorgen dafür, dass dein Chefredakteur das auch weiß. Dieser Drecks-Crowley hat hier die Grenze gleich zigmal überschritten.

Er hat schon öfter mal vorsichtig einen Zeh rübergeschoben, aber das war alles lächerlicher Kleinkram, mit dem er sich als großer Investigativjournalist fühlen wollte, ohne richtig Ärger zu kriegen; noch nie dermaßen krass. Crowley mag keine Cops, weil er sich als rebellischen Geist sieht, der sich keinen Autoritäten beugt, aber er ist ein rebellischer Geist, der seine Miete zahlen muss, also beherrscht er sich. Entweder er hat auf einmal im fortgeschrittenen Alter festgestellt, dass er tatsächlich Eier in der Hose hat, oder er versucht, Karriereselbstmord zu begehen; oder aber jemand anders steckt dahinter. Jemand – derselbe Jemand, der Crowley gesteckt hat, wo er mich heute Morgen finden konnte – hat ihm gesagt, er soll diese Fotos abdrucken. Jemand hat ihm versichert, dass er auf keiner schwarzen Liste landet. Jemand hat ihm versprochen, dass es sein Schaden nicht sein wird.

Steve scrollt noch immer durch den Artikel. »Ich finde hier keine Insiderinformationen.«

Also nichts, was wir zu einer bestimmten Quelle zurückverfolgen könnten. »Ich weiß. Aber er hat einen Kontakt bei uns. Keine Frage. Wenn ich rauskriege, wer –«

Steve blickt auf. »Wir könnten Crowley Exklusivinfos anbieten. Ihm versprechen, dass er es als Erster erfährt, wenn wir in dem Fall einen Durchbruch haben, falls er uns verrät, wer sein Kontakt ist.«

»Wird nicht klappen. Wer auch immer mit Crowley paktiert, er hat ihm schon jede Menge versprochen. Das wird er nicht aufs Spiel setzen.« Ich nehme mein Telefon zurück und stecke es ein. »Weißt du, wer die beste Gelegenheit hatte, mit Crowley über den Fall zu reden?«

Steve sagt leise: »Breslin.«

»Genau.«

»Breslin steht gerne gut da. Und das wäre eine Möglichkeit, richtig gut auszusehen: Es so rüberkommen zu lassen, als würden wir den Fall vermasseln, bis er sich einschaltet und das Ruder rumreißt.«

Ich sage, und auch ich spreche jetzt leise: »Oder er hatte einfach bloß Lust, mir einen reinzuwürgen, die Jungs mal richtig zum Lachen zu bringen. Oder er hat eine Abmachung mit Crowley und musste ihm mal einen Knochen hinschmeißen, und wir Glückspilze waren rein zufällig der Knochen des Tages.«

»Vielleicht. Möglich.« Steve behält die Tür im Auge. Ich auch. »Hör mal: Wir müssen mit Breslin klarkommen. So oder so.«

»Ich komme mit allen klar. So bin ich einfach.«

»Ernsthaft.«

»Ich werde schon mit ihm klarkommen.« Ich möchte hin und her laufen. Ich lehne mich mit dem Hintern gegen die Tischkante, um dem Drang zu widerstehen. »Wir werden ihn bei den Vernehmungen einsetzen. Und wir werden ihn über den Burschen da drin auf dem Laufenden halten« – ich deute ruckartig mit dem Kinn auf den Einwegspiegel. »Ansonsten muss er nicht erfahren, was wir denken.«

Steve sagt unvermittelt und heftig: »Damals, als ich mir den Arsch aufgerissen habe, um hier ins Dezernat zu kommen. So hab ich mir das nicht vorgestellt.«

»Ich auch nicht«, sage ich. »Das kannst du mir glauben.« Als ich versuche, mich daran zu erinnern, wann der Tag begonnen hat, wird mir schwummerig. Ein wildes, krampfartiges Bedürfnis nach kühler Luft überfällt mich, nach Musik, die so laut ist, dass mir das Trommelfell platzt, und nach einem Dauerlauf, der erst endet, wenn mein ganzer Körper schmerzt.

Breslin sucht sich genau diesen Moment aus, um die Tür zum Beobachtungsraum aufzustoßen. Wir zucken beide zusammen. Er bleibt im Türrahmen stehen, Hände in den Hosentaschen, und mustert uns von oben bis unten. Der Zug um seinen Mund ist geschickt austariert zwischen belustigt und kalt.

»Detective Conway. Detective Moran«, sagt er. »Endlich.«

Eigentlich müsste ich Breslin mögen, weil er einer der wenigen im Dezernat ist, von denen ich lediglich die Standardration Verarsche verpasst bekommen habe, aber ich mag ihn nicht. Wenn du Breslin das erste Mal siehst, bist du beeindruckt. Er ist etwa Mitte vierzig, aber noch immer gut in Form, breite Schultern, gerader Rücken und keine Spur von dem Bierbauch, den die meisten irischen Männer ansetzen. Er ist ziemlich groß, hat helle Augen und nach hinten gegeltes helles Haar, und er sieht gut aus – wenn du genau hinschaust, sieht er ein bisschen so aus wie irgendein Schauspieler, den Namen hab ich vergessen, aber er spielt Draufgängertypen, was lächerlich ist, weil Breslin das absolute Gegenteil eines Draufgängers ist. Aber dann kommt noch die Stimme dazu, und irgendwie ergibt das Ganze ein Siegerstrahlen, das goldene Leuchten, das allen in Hörweite zuruft, dass dieser Typ etwas Besonderes ist: klüger, schneller, ausgebuffter, lässiger.

Breslin hat sich so in diese Superversion seiner selbst verliebt, dass er sie immer und überall mit sich herumträgt, und du kannst dich ihr kaum entziehen. Als Steve die ersten Wochen bei der Mordkommission war, himmelte er Breslin an wie ein Zwölfjähriger den Captain der Rugbymannschaft, nach einem Lächeln und einem Klaps auf die Schulter lechzend. Ich musste mir fast die Zunge abbeißen, um den armen kleinen Trottel nicht zusammenzufalten, aber ich schaffte es, weil ich wusste, dass sich das wieder legen würde. Ich hätte den Tag praktisch im Kalender ankreuzen können. Als ich im Dezernat anfing, hoffte ich eine ganze Weile inständig, dass Breslin und McCann sich zerstreiten würden, damit ich Breslins neue Partnerin werden könnte, auf der Überholspur zum Ruhm. Es legte sich.

Und wirklich, Steves Verknalltheit war gerade mal drei Wochen alt, als sich ein Kollege bei der Sitte mit seiner Dienstwaffe erschoss, und Breslin – mitten in unserem Großraumbüro, umgeben von Leuten, die den Toten gekannt, mit ihm gearbeitet hatten, mit ihm öfter einen trinken gegangen waren – schob seinen Schreibtischsessel zurück, drehte einen Stift zwischen den Fingern und hielt uns einen tiefsinnigen und gedankenschweren Vortrag darüber, dass der Mann noch unter uns weilen würde, hätte er nur mit dem Rauchen aufgehört, mehr Sport getrieben und sich die Zeit genommen, im Job echte Freundschaften zu knüpfen. Die Klügeren im Dezernat arbeiteten einfach weiter. Die Blöderen nickten vor sich hin und lauschten mit offenem Mund dem Genie, das sich ihnen da offenbarte. Der kleine Stevie sah aus, als hätte er gerade den Glauben an den Weihnachtsmann verloren.

Wenn du erst mal begriffen hast, dass Breslin ein Idiot ist, fängst du an, die Phrasen zu zählen, die er ständig absondert, und dir fällt auf, dass das gegelte Haar sorgsam über eine kahle Stelle frisiert ist, und irgendwie merkst du auf einmal, dass er höchstens einen Meter fünfundsiebzig groß und seine Aufklärungsrate eher mittelmäßig ist, und du beginnst dich zu fragen, ob er ein Korsett trägt. Spielt alles keine Rolle – bei Zeugen und Verdächtigen tut das Siegerstrahlen seine Wirkung, und Breslin ist schon längst wieder weg, ehe es sich abnutzen kann –, aber ich war trotzdem sauer auf mich, weil ich eine Zeitlang drauf reingefallen war, und das wiederum machte mich sauer auf Breslin und alles an ihm.

»Tagchen«, sage ich. »Blöd, dass wir unterwegs nicht länger reden konnten. War einfach überall mieser Empfang.«

Breslin steht noch immer im Türrahmen. »Klingt, als bräuchtest du ein neues Smartphone, Conway. Aber Schwamm drüber. Jetzt sind wir ja alle da.«

»Sind wir, ja«, sage ich. »Hast du dir den Tatort angesehen?«

»Ja. Klassische Beziehungstat, ganz klar. Sollten wir möglichst schnell abschließen, um uns wieder interessanteren Fällen zu widmen, einverstanden?«

»Genau das haben wir vor«, sagt Steve leichthin, ehe ich den Mund aufmachen kann. »Danke, dass du uns unterstützt. Wir wissen das zu schätzen.«

»Kein Problem.« Breslin nickt Steve gnädig zu. »Wir sind in Soko-Raum C.«

Soko-Raum C hat ein Whiteboard, das größer ist als meine Küche, Computer und Telefone satt, eine schöne Aussicht über den Park der Dubliner Burg, und PowerPoint-Möglichkeiten, bloß für den Fall, dass du Lust bekommst, Folien zu zeigen. Steve und ich durften ihn überhaupt nur mal als die Sonderfahnder von irgendwelchen Detectives betreten. »Alle Achtung«, sage ich.

»Nur das Beste.« Breslin geht rüber zur Scheibe, um sich Rory anzusehen. »Ich hoffe mal, dass die beste Freundin – wie hieß sie noch gleich? – euch was Gutes geliefert hat.«

»Lucy Riordan«, sagt Steve. »Hintergrundinformationen, hauptsächlich. Aislinns Kindheit war kein Zuckerschlecken. Ihr Dad ist abgehauen, ihre Ma hat das nicht verkraftet, Aislinn musste die Rolle der Betreuerin übernehmen. Dadurch ist sie nicht viel rausgekommen – wenig Lebenserfahrung, wenig Selbstbewusstsein. Ihre Ma ist vor ein paar Jahren gestorben, und Aislinn fing an, aus sich herauszugehen, aber sie hatte noch immer Nachholbedarf, war noch immer ziemlich naiv. Genau der Typ, der so einige Warnsignale übersehen kann.«

»Und gab es Warnsignale?«

»Keine, von denen Lucy gewusst hätte. Aislinn und Rory haben sich vor sechs oder sieben Wochen bei einer Buchpräsentation kennengelernt. Sie haben sich beide verknallt, aber Aislinn hat einen auf cool gemacht. Rory machte einen netten Eindruck, schien Aislinn gut zu behandeln. Lucy hatte nicht das Gefühl, dass er irgendwas Bedrohliches an sich hatte.«

»Ach nee«, sagt Breslin und taxiert Rory, der unter dem Tisch mit einem Knie wippt. »Kleines Weichei, was? Sieht aus, als könnte er nicht mal seine Oma zu Boden strecken. Wieso hätte Lucy Soundso auch wissen sollen, dass das die Gefährlichsten sind, wenn sie sich nicht genug respektiert fühlen? Ist ja nicht ihr Job, das zu wissen, sondern unserer. Was noch?«

Steve schüttelt den Kopf. »Das war's so ziemlich.«

Breslins Augenbrauen heben sich. »Mehr hatte die beste Freundin nicht zu bieten? Was ist mit anderen Lovern? Wütenden Expartnern? Eifersüchtigen Frauen? Feinden am Arbeitsplatz?«

Jetzt schütteln wir beide den Kopf. »Nix«, sage ich.

»Also bitte, Leute. Mädels reden gern – hab ich recht, Conway? Ich will gar nicht dran denken, was meine werte Gattin ihren Freundinnen so alles bei einem Glas Chardonnay erzählt.

Das Opfer muss eurer Lucy doch ein bisschen was Pikanteres erzählt haben.«

»Nach Aussage von Lucy standen sie sich nicht so nahe. Sie waren befreundet, weil sie sich schon aus der Schule kannten und weil Aislinn keine anderen Freunde hatte, aber es gab nicht viele Gemeinsamkeiten zwischen ihnen, und sie haben sich nicht alles gegenseitig anvertraut.«

Breslin lässt sich das durch den Kopf gehen. Er lehnt sich mit dem Rücken gegen die Scheibe, zupft an der Unterlippe. »Könnte es sein, dass sie irgendwas zurückhält?«

Steve und ich gucken ihn verblüfft an. Steve schüttelt den Kopf. »Nee.«

»Lucy ist nicht blöd«, sage ich. »Ihr ist klar, dass sie uns alles erzählen muss, was sie weiß. Ich hab mich bloß gefragt …« Ich spreche den Satz nicht zu Ende. »Ist aber wahrscheinlich Quatsch.«

»Hey, keine falsche Zurückhaltung, Conway. Dumme Fragen gibt's nicht. Wir denken im Moment einfach mal ins Blaue.«

Was für ein Kotzbrocken. »Na gut«, sage ich. »Ich hab mich gefragt, ob Lucy nicht vielleicht selbst auf Rory steht. Sie hat sich darüber ausgelassen, was für ein toller Typ er ist. Ich meine, vielleicht ist er das ja, aber wenn meine Freundin gerade ermordet worden wäre, würde ich mir zumindest ein paar Gedanken über ihren neuen Freund machen.«

»Hm«, sagt Breslin. »Hat diese Lucy ein Alibi für letzte Nacht?«

»Ja. Sie arbeitet im Torch Theatre. War gestern Abend um halb sieben da und bis vier Uhr morgens durchgängig mit anderen zusammen. Wir werden das überprüfen, aber, wie gesagt, sie ist nicht blöd, sie würde uns kein Alibi liefern, das wir so leicht knacken könnten.«

»Na denn. Wir sollten rausfinden, ob es irgendwelche Kontakte zwischen ihr und unserem Mann hier gegeben hat, für den Fall, dass sie irgendwie in das Motiv mit reinspielen. Aber falls wir nichts finden, kann ich mir nicht vorstellen, dass ihre hypothetische Verknalltheit für uns in irgendeiner Form relevant sein sollte. Ihr etwa?« Steve und ich schütteln den Kopf, schön demütig. »Trotzdem, gutes Brainstorming. Sonst noch was rausgefunden?«

»Das war's eigentlich«, sage ich.

»Tja«, sagt Breslin und unterdrückt im letzten Moment einen Seufzer. »Ich schätze, euer kleiner Abstecher war trotzdem den Versuch wert. Hintergrundinfos sind nie verkehrt. Aber jetzt würde ich vorschlagen, wir kriegen den Hintern hoch und fangen mit der richtigen Arbeit an. Was haltet ihr davon?«

»Klingt gut«, sage ich. Was auch stimmt: noch sechzig Sekunden von diesem Scheiß, und ich ramme ihm ein Knie in die Weichteile. »Ich leite die Vernehmung, und du assistierst, Breslin. Moran, du beobachtest von hier und hältst dich bereit, dazuzukommen, falls ich finde, dass wir eine andere Gangart einlegen müssen.«

Steve nickt. Breslin zupft seine Manschetten gerade. »Komm zu Papa«, sagt er zu dem Einwegspiegel.

Ich sage: »Das ist bloß eine Vorvernehmung. Im Moment geht's mir noch nicht um ein Geständnis. Das können wir anpeilen, wenn wir die Ergebnisse von Spurensicherung und Rechtsmedizin haben, gute solide Fakten, die wir ihm vorhalten können.« Und sobald Steve und ich heimlich weiterermittelt haben und wissen, womit wir es hier zu tun haben. »Vorläufig will ich das Ganze nur in groben Zügen umreißen. Wie Rory so ist, wie die Beziehung war, wie er Aislinn einschätzt, seine Version von gestern Abend. Ich will wissen, ob er zugibt, zwischen acht Uhr abends und fünf Uhr heute Morgen mit jemandem gesprochen zu haben. Falls er nicht selbst bei der Polizei angerufen hat, hat er mit jemandem geredet, der es getan hat, und denjenigen brauchen wir. Ich will seinen Mantel und seine Handschuhe – die Kriminaltechniker haben Fasern an der Leiche gefunden, und sie meinen, der Täter hat wahrscheinlich Handschuhe aus einem glatten Material getragen, was zu denen passt, die Rory bei sich hat. Ich wäre also echt froh, wenn wir ihn überreden könnten, sie uns zur Untersuchung zu überlassen, ohne dass wir uns extra um einen Durchsuchungsbeschluss kümmern müssen. Im Idealfall erlaubt er uns, sämtliche Jacken, Mäntel und Handschuhe mitzunehmen, die wir in seiner Wohnung finden können, aber ich will nicht, dass er heute nervös wird; wenn er sich also sträubt, lassen wir ihn in Ruhe und besorgen uns einen Durchsuchungsbeschluss. Okay?«

Breslin überlegt kurz. »Mm«, sagt er. »Okay. Das wäre eine Möglichkeit, die Sache anzugehen. Die andere wäre, den kleinen Scheißer so hart und schnell ranzunehmen, wie wir nur können. Ich sage nicht, dass ich irgendwelche Probleme damit habe, diesen Fall mit zu bearbeiten – alles bestens, ich helfe gern. Ich sage bloß, dass ich meine anderen Fälle dafür auf Eis gelegt habe, und ich bin nicht bereit, unbegrenzt Zeit in eine 08/15-Beziehungstat zu stecken. Der Meinung seid ihr doch bestimmt auch. Hab ich recht?«

Ich bin vor allem der Meinung, er sollte die Klappe halten und tun, was die leitende Ermittlerin ihm sagt, aber ich bemerke die Glupschaugenpanik in Steves Gesicht. Es sieht ziemlich witzig aus, und irgendwie bringt mich das vom Siedepunkt wieder auf Normaltemperatur. »Das ist ein Aspekt«, sage ich freundlich. »Wir machen es so: Erst mal lassen wir's langsam angehen, wie ich gesagt habe. Aber ich verspreche, sobald ich der Meinung bin, dass wir den Druck erhöhen können, gebe ich das Signal. In Ordnung?«

Breslin wirkt nicht erfreut, aber nach einem Moment sagt er achselzuckend. »Von mir aus. Wenn das so ist, können wir vielleicht anfangen, solange unsere Schicht noch nicht ganz vorbei ist?« Und, als ich meinen Hintern vom Tisch hebe: »Aber zuerst solltest du das da vielleicht wegmachen, Conway. Es sei denn, es gehört zu deinem raffinierten Plan.«

Bei »das da« tippt er sich an den Mundwinkel. Ich reibe mir übers Gesicht: ein Rest Eigelb, mit dem ich offensichtlich schon seit dem Frühstückssandwich rumlaufe. »Danke«, sage ich, halb zu Breslin und halb zu meinem Partner, Captain Adlerauge. Er bittet mich mimisch um Entschuldigung.

»Erster Eindruck und so weiter. Wenn wir jetzt so weit wären, würde ich sagen, auf geht's.«

Breslin hält mir die Tür auf, so dass ich als Erste aus dem Beobachtungsraum gehe und nicht noch hinter seinem Rücken ein letztes Wort mit Steve wechseln kann. Wir brauchen zwar kein vielsagendes Geflüster, aber dennoch.

Der Flur sollte mich umfangen, als wäre ich zu Hause, verschrammte matschgrüne Farbe und abgelaufener Teppich und alles. Er sollte sich anfühlen wie ein vertrauter Weg durch mein ureigenes Terrain, der mich gerade und sicher zum Feind führt, den ich zielgenau im Fadenkreuz des Vernehmungsraums sitzen habe. Doch stattdessen fühlt er sich an wie ein unmarkierter Trampelpfad durch Niemandsland, übersät mit knöchelbrechenden Schlammlöchern und über die ganze Länge gespickt mit Sprengfallen.

4

JEDER IM DEZERNAT hat eine eigene Vernehmungsmasche. Ein Kollege gibt wunderbar den Beichtvater, der ordentlich Schuldgefühle aufwühlt und dann mit der Absolution wedelt wie mit einem Hundeleckerchen. Ein anderer macht den knurrigen Oberlehrer, starrt über seine Brille und blafft Fragen. Ich bin die Kriegerin, die angriffslustig losstürmen will, um alles wiedergutzumachen, was dir an Bösem widerfahren ist, du musst ihr nur sagen, was – und ihr Gegenpart, die pampige Männerhasserin, wenn wir einen Vergewaltiger oder grobklotzigen Chauvi richtig sauer machen wollen; ich habe auch die Nette drauf, die gute Kumpelin, die sich nicht kleinkriegen lässt und gern mal lacht, mit der Männer reden können, wenn ihnen nicht wohl dabei wäre, mit einem anderen Mann zu reden. Steves Nummer ist der liebe Junge von nebenan in verschiedenen Spielarten. Bei Frauen gibt Breslin den galanten Gentleman, der ihnen den Mantel abnimmt und ganz aufmerksam zuhört, um auch ja jedes Wort mitzukriegen; bei Männern spielt er den Macker und Kumpel, mit dem du dich aber lieber nicht anlegst, sonst steckt er deinen Kopf ins Klo und drückt die Spülung. Wir taxieren die Zielperson und packen die Masche aus, von der wir glauben, dass sie am besten passt.

Rory braucht die Kriegerin nicht, jedenfalls soweit wir wissen, und bei der Männerhasserin würde er sich wahrscheinlich vor Angst unterm Tisch verkriechen, aber die Nette würde ihm wahrscheinlich helfen, sich ein bisschen zu entspannen. Mit dem lieben Jungen von nebenan käme er womöglich super klar, aber der ist im Moment keine Option. Ich hoffe bloß, der Obermacker schüchtert ihn nicht so ein oder macht mich nicht so sauer, dass das Ganze aus dem Ruder läuft.

Rory kostet mich gleich zum Auftakt unserer Beziehung einen Zehner: Er heult nicht. Er zuckt heftig zusammen, als Breslin die Tür aufreißt, doch als ich für ihn die Nette mache und ihm freundlich zunicke, bringt er so etwas wie ein Lächeln zustande. »Tagchen«, sage ich, lasse mich auf einen Stuhl ihm gegenüber plumpsen und hole mein Notizbuch raus. »Ich bin Detective Conway, und das ist Detective Breslin. Danke, dass Sie gekommen sind.«

»Kein Problem.« Rory ist unsicher, ob wir uns mit Handschlag begrüßen werden. Nichts da. »Ich bin Rory Fallon. Ist –«

»Morgen«, sagt Breslin und geht zum Videorekorder hinüber. »Können Sie reden? Nicht zu verkatert? Ich kenn das doch: junger Mann wie Sie, Sonntagmorgen …«

»Mir geht's gut.« Rorys Stimme überschlägt sich beim letzten Wort. Er räuspert sich.

Breslin grinst, drückt irgendwelche Tasten. »Eine Schande. Nächstes Wochenende müssen Sie sich aber besser schlagen.«

Ich deute mit dem Kopf auf seine halbleere Tasse Tee. »Hätten Sie gern noch einen? Oder vielleicht einen Kaffee?«

»Nein, danke. Nicht nötig.« Rory sitzt mit dem Hintern ganz vorn auf der Stuhlkante. Er sieht aus, als würde er beim ersten lauten Geräusch aufspringen und abhauen, als ob er irgendwohin abhauen könnte. »Worum geht es denn eigentlich?«

»Ah-ah«, sagt Breslin, wendet sich vom Videorekorder ab und zeigt mit einem Finger auf ihn. »Nicht so schnell, Mann. Wir können noch nicht anfangen. Heutzutage müssen wir alles auf Band und Video mitschneiden. Zum Schutz aller Beteiligten, wenn Sie verstehen, was ich meine?«

Nach kurzem Zögern nickt Rory unsicher. »Ja. Denke schon.«

»Natürlich verstehen Sie das«, sagt Breslin munter. »Ich bin gleich so weit, dann können wir uns gemütlich unterhalten.« Er hantiert wieder an dem Rekorder herum, pfeift dabei leise durch die Zähne.

Rory hat die Schultern bis zu den Ohren hochgezogen. Er sagt: »Brauche ich einen Anwalt? Oder so?«

»Keine Ahnung«, sage ich und lasse mein Notizbuch sinken, um ihm meine volle Aufmerksamkeit zu schenken. »Brauchen Sie einen?«

»Ich meine bloß – ich meine, wäre es nicht besser, ich hätte einen?«

Ich ziehe die Augenbrauen hoch. »Besteht dafür irgendein Grund?«

»Nein. Ich habe nichts zu – Sollte ich nicht einen haben?«

»Sie können einen haben, wenn Sie wollen, Mann«, sagt Breslin. »Auf jeden Fall. Suchen Sie sich einen aus, rufen Sie ihn an, wir warten gern, bis er ankommt. Überhaupt kein Problem. Aber ich kann Ihnen genau sagen, was der machen wird. Er wird sich neben Sie setzen, ab und zu sagen: Sie müssen die Frage nicht beantworten, und Ihnen dafür jede Minute berechnen. Dasselbe kann ich Ihnen für lau sagen: Sie müssen *keine* von unseren Fragen beantworten. Das sagen wir jedem als Erstes: Sie haben das Recht zu schweigen. Alles, was Sie sagen, wird schriftlich festgehalten und kann als Beweismittel gegen Sie verwendet werden. Alles klar? Oder würden Sie lieber dafür bezahlen?«

»Nein. Ich meine – Ja. Ich denke, ich komme ohne Anwalt klar.«

Und damit wäre die Rechtsbelehrung abgehakt. »Ja natürlich«, sagt Breslin und klopft einmal auf den Videorekorder. »Okay, der funktioniert. Vernehmung von Rory Fallon durch Detectives Conway und Breslin. Los geht's.«

Rory fragt – genau wie Lucy –: »Geht es um Aislinn?«

»Hey, Rory, immer mit der Ruhe«, sagt Breslin, hebt die Hände und lacht. Ich schmunzele mit. »Nicht so schnell, ja? Dazu kommen wir gleich, versprochen. Aber Detective Conway und ich, wir werden Hunderte von diesen Vernehmungen machen, deshalb müssen wir uns strikt daran halten, dieselben Fragen in derselben Reihenfolge zu stellen, sonst kommen wir durcheinander und vergessen, was wir wen bereits gefragt haben. Also seien Sie so nett: Lassen Sie uns das hier auf unsere Art machen. Okay?«

»Okay. Sorry.« Aber Rory hat die Schultern sinken lassen – kein Wunder, wo er nur einer von Hunderten ist und wir bloß zwei Bürohengste, die sich krampfhaft an ihr Skript halten müssen. Breslin ist gut. Ich habe ihn früher schon bei der Arbeit beobachtet, aber noch nie eine Vernehmung mit ihm zusammen gemacht, und ich muss widerwillig feststellen, es könnte schlimmer sein.

»Kein Problem«, sage ich leichthin. Breslin lässt sich auf den Stuhl neben meinem sinken, und wir machen es uns bequem, blättern Notizbuchseiten um, rücken unsere Hintern zurecht, testen, ob unsere Kulis funktionieren. »So«, sage ich, »erste Frage: Was haben Sie gestern gemacht? Etwa ab Mittag?«

Rory holt tief Luft und schiebt seine Brille höher auf die Nase. »Also. Am Mittag war ich im Laden – ich hab den Wayward Bookshop, in Ranelagh? Direkt unter meiner Wohnung, wo Sie – das heißt, Ihre Kollegen – mich abgeholt haben.«

»Bin schon zigmal dran vorbeigekommen, wollte immer mal reinschauen«, sage ich. »Jetzt muss ich das wirklich machen, sonst reichen Sie noch Beschwerde gegen mich ein.« Breslin und ich lachen leise darüber. Rory lächelt automatisch: ein braver Junge, der uns gibt, was wir von ihm erwarten. »Und wie lief das Geschäft gestern so?«

»Ganz gut. Samstags kommen viele Stammkunden – überwiegend Mums und Dads mit ihren Kindern, damit sie sich ein Buch aussuchen. Wir haben eine gute Kinderbuchabteilung, falls Sie – ich meine, ich meine bloß, *falls* Sie mal, das soll nicht heißen –«

Er blinzelt ängstlich. »Ich werde mit meinen Neffen vorbeischauen«, sage ich. Ich habe keine Neffen. »Sie können ihnen was mit Dinosauriern empfehlen. Und wie läuft das Geschäft insgesamt?«

»Einigermaßen. Ich meine …« Rory zuckt ruckartig mit den Schultern. »Buchläden haben es zurzeit nicht leicht. Wir haben immerhin Stammkunden.«

Will heißen, Rory steht unter Druck. Wir werden überprüfen, war für ihn »einigermaßen« bedeutet. »Dann muss ich auf jeden Fall mit den Neffen vorbeikommen, um Sie zu unterstützen«, sage ich mit einem Lächeln. »Wann haben Sie den Laden zugemacht?«

»Ich schließe um sechs.«

»Und was haben Sie dann gemacht?«

»Ich bin hoch in meine Wohnung und habe geduscht. Ich war, ähm, ich hatte ein …« Ein niedliches Rosa breitet sich auf Rorys Gesicht aus. »Ich war zum Abendessen eingeladen, bei einer Freundin zu Hause. Bei einer Frau.«

»Ich glaub's ja nicht«, sagt Breslin und kippelt grinsend mit seinem Stuhl nach hinten. »Mein Freund Rory ist ein Casanova. Onkel Don will die ganze Geschichte hören. Freundin? Affäre? Wahre Liebe?«

»Sie ist …« Das Rosa wird dunkler. Rory streicht sich mit den Handflächen über die Wangen, als ob er es wegwischen könnte. »Also. Ich weiß eigentlich nicht, ob ich sie meine Freundin nennen kann. Wir hatten bisher bloß ein paar Dates. Aber ich hoffe, dass es was Ernstes wird.«

Präsens. Aber das muss nichts heißen, er ist kein Idiot. Ich lächele über so viel herzerwärmende junge Liebe. Rory schafft es, mein Lächeln zu erwidern.

»Sie haben sich also ein bisschen schick gemacht«, sagt Breslin. »Ja? Sagen Sie mir, dass Sie sich ein bisschen schick gemacht haben, Rory. Das Hemd da taugt, um den *Grüffelo* an Helikoptermütter zu verkaufen, aber wenn Sie bei einer Frau Eindruck schinden wollen, um ihr an die – also, um bei ihr zu landen –, haut das damit nicht hin. Was haben Sie angezogen?«

»Bloß Hemd und Pullover und Hose. Ich meine, es waren ordentliche Sachen, die waren nicht –«

Skeptischer Blick von Breslin. »Welche Farbe? Welches Material?«

»Ein weißes Leinenhemd und ein hellblauer Pullover und eine dunkelblaue Hose. Ich bin normalerweise eher der Jeanstyp, aber Aislinn ist … Ich hab gewusst, dass sie was Schickeres anziehen würde, deshalb dachte ich, ich mache das besser auch.«

»Hm. Klingt halbwegs in Ordnung. Sie haben einen ganz passablen Geschmack, wenn Sie sich Mühe geben, Junge.« Breslin deutet mit dem Kinn auf den Mantel über der Rückenlehne von Rorys Stuhl. »Der Mantel?«

Rory blickt verunsichert zwischen ihm und Breslin hin und her. »Ja. Ich habe sonst keinen anständigen Wintermantel. Den hab ich bei Arnotts gekauft, er ist also nicht bloß ein … ich meine, der ist doch okay, oder?«

»Nicht schlecht«, sagt Breslin mit kritischem Blick auf den Mantel. »Der haut hin. Aber Sie haben doch wohl nicht diese Handschuhe dazu getragen. Oder? Bitte nicht.«

Rorys Kopf wendet sich jäh den Handschuhen zu. »Doch, hab ich. Wieso? Was stört Sie denn an denen?«

»Irks«, sagt Breslin mit einer Grimasse. Er greift über den Tisch und stupst die Handschuhe mit seinem Stift an, dreht sie um. Sie sehen sauber aus. »Vielleicht werd ich alt. Vielleicht ist es heutzutage cool, mit Mountainbikerhänden auf Dates zu gehen. Hatten Sie die Dinger wirklich an?«

»Es war kalt.«

»Na und? Wer Stil haben will, muss leiden, Rory. Haben Sie

keine schwarzen Handschuhe? Die wären wenigstens nicht so auffällig gewesen.«

»Ich hab nachgesehen. Ich dachte, ich hätte noch ein Paar schwarze Lederhandschuhe, irgendwo, aber ich weiß nicht, wo die abgeblieben sind. Ich hab nur die da gefunden.«

Wir werden auch nachsehen. »Hören Sie auf, dem armen Kerl so zuzusetzen«, sage ich zu Breslin. »Die Handschuhe zieht man doch ohnehin aus, sobald man durch die Tür ist, hab ich recht, Rory? Da ist doch egal, wie die aussehen.«

Breslin verdreht die Augen und lehnt sich kopfschüttelnd zurück. Rory wirft mir einen kurzen dankbaren Blick zu. Wir verwandeln den Vernehmungsraum in vertrautes Terrain – selbst die Art, wie Breslin ihn runterputzt, muss Rory an die Flachsereien erinnern, die er in der Schule regelmäßig eingesteckt hat –, und das beruhigt ihn. Er ist kein hilfloses kleines Weichei, wie ich am Anfang dachte, weil er so rumgezappelt und -gestammelt hat. Es ist komplizierter. Solange Rory in seiner Wohlfühlzone ist, kommt er gut klar. Reißt man ihn da raus, findet er sich nicht mehr zurecht.

Ich bin normalerweise eher der Jeanstyp … Aislinn war nicht seine Wohlfühlzone.

Ich sage: »Und wo wohnt Aislinn?«

»Stoneybatter.«

»Praktisch«, sage ich mit einem Nicken. »Bloß ein Katzensprung, kurze Fahrt über den Fluss, und Sie sind da. Wie sind Sie hin?«

»Mit dem Bus. Ich bin zu Fuß zur Morehampton Road – da hat es noch nicht geregnet – und dann mit dem 39A nach Stoneybatter. Der hält fast vor ihrer Haustür.«

»Langsam, langsam, langsam. Noch mal auf Anfang.« Breslins Augenbrauen sind oben. »Bus? Sie sind mit dem *Bus* zu ihr gefahren? Menschenskind, Rory, so beeindruckt man doch keine Frau. Haben Sie kein Auto, oder was?«

Rory wird wieder ganz rosa und konfus. Ich liebe es, wenn Leute rot anlaufen. »Doch, ja. Bloß, ich dachte – ich meine, wenn wir vielleicht Wein zum Essen trinken und wenn ich nach Hause müsste –«

»Sie haben ein Auto? Was für eins?«

»Einen Toyota Yaris –«

Breslin schnaubt. »Ach ja? Welches Baujahr?«

»2007.«

»O Gott«, sagt Breslin und grinst in sein Notizbuch. »Jetzt verstehe ich, warum Sie den Bus genommen haben. Reden Sie weiter.«

Rory zieht den Kopf ein und stupst seine Brille höher auf die Nase. Offenbar gehört er zu der Sorte, die sich widerstandslos triezen lässt. Wenn solche Typen irgendwann ausrasten, dann richtig. Ich frage: »Wie spät sind Sie von zu Hause los?«

Sofort setzt Rory sich aufrechter hin. Er ist so froh, wieder meine Stimme zu hören statt Breslins, dass er mir alles erzählen würde. »Viertel vor sieben.«

Was das Interessanteste ist, das er bisher gesagt hat. Er war um acht mit Aislinn verabredet. Es dauert keine eineinviertel Stunden, um mit dem Bus von Ranelagh nach Stoneybatter zu kommen, schon gar nicht an einem Samstagabend. Selbst zu Fuß hätte er nur die Hälfte der Zeit gebraucht.

»Und wann sind Sie in den Bus gestiegen?«, frage ich.

»Kurz vor sieben. Er kam, als ich gerade an der Haltestelle war.«

Wir können das überprüfen: Videoüberwachung im Bus. Ich mache mir eine Notiz. »Wann sollten Sie bei Aislinn sein?«

»Um acht, aber ich – ich meine, ich wollte nicht zu spät kommen. Ich hab mir gedacht, wenn ich zu früh bin, kann ich einfach eine Weile durch die Gegend laufen.«

»Brrr«, sage ich und verziehe das Gesicht. »Bei dem Wetter? Einfach so?«

Rory bewegt unruhig die Füße, als wüsste er nicht, wohin mit ihnen. Es macht ihn nervös, über die zusätzliche Zeit zu reden. Ich würde Rory nur zu gern den Stempel UNSCHULDIG aufdrücken und mich auf die Jagd nach Steves Gangster machen, aber ich kann es wittern, warm wie Blut: Irgendwas ist da.

Er sagt: »Na ja. Ich ... wollte die Zeit nutzen, um schon mal nach der Adresse zu suchen.«

Ich blicke verwirrt. »Aber Sie sagten doch, ihr Haus sei ganz in der Nähe von der Bushaltestelle. Das hört sich an, als hätten Sie sich schon ausgekannt.«

Rory blinzelt heftig. »Was? ... Nein – nein, gar nicht. Aber Aislinn hat mir den Weg beschrieben. Und ich hab ihn mir noch mal auf meinem Handy angeguckt. Es war nicht kompliziert. Ich wollte bloß einen kleinen Zeitpuffer haben, nur für alle Fälle.«

Ich lasse eine skeptische Pause, aber er füllt sie nicht. »Okay«, sage ich. »Sie sind also in Stoneybatter ausgestiegen – um welche Uhrzeit?«

»Um kurz vor halb acht. Es war nicht viel Verkehr.«

Also genug Zeit, um zu Aislinns Haus zu gehen, sie umzubringen und um acht Uhr wieder bei ihr vor der Tür zu stehen und zu klopfen und verwirrt aus der Wäsche zu gucken. Sogar das Abschalten des Herds ergibt einen Sinn: Rory wollte nicht, dass der Rauchmelder losging, ehe er nicht sein Spielchen mit den Anrufen und den Textnachrichten und vermutlich mit dem besorgten Auf-und-ab-Tigern, für den Fall, dass ihn irgendwer beobachtete, über die Bühne gebracht hatte. Der warme Geruch steigt mir in die Nase.

Ich schaue hinüber zum Einwegspiegel, der leer zurückstarrt. Ein Blick zu Steve würde mir verraten, ob er die gleichen Gedanken hat wie ich. Stattdessen habe ich Breslin, der auf den Hinterbeinen seines Stuhls kippelt und in seinem Notizbuch herummalt. Ich könnte ihm ganz leicht den Stuhl unterm Hintern wegkicken.

»Sie waren sehr früh da«, sage ich. »Was haben Sie gemacht?«

Rory sagt: »Ich bin bis zum Anfang von Viking Gardens gegangen – das ist Aislinns Straße. Ich wollte mich vergewissern, dass ich den Weg finde. Wie gesagt.«

»Haben Sie irgendjemanden in Viking Gardens gesehen?«

»Nein. Die Straße war leer. Ich bin aber nicht länger dageblieben. Ich wollte nicht, dass mich jemand für einen Einbrecher hält oder einen Stalker.« Wieder schubst er seine Brille hoch.

»Sind Sie in die Straße reingegangen? Haben Aislinns Haus gesucht?«

»Nein. Es ist eine gerade Straße, eine Sackgasse – ich konnte bis ans Ende schauen. Ich musste nicht im Voraus nach dem Haus suchen. Und mir war auch nicht wohl bei dem Gedanken, dass Aislinn mich eine halbe Stunde zu früh da stehen sieht, falls sie zufällig aus dem Fenster guckt. Sie hätte sich verpflichtet gefühlt, mich reinzuholen, und sie wäre noch nicht fertig gewesen, und überhaupt wäre das richtig peinlich gewesen.«

Er ist wahnsinnig nervös, aber die Antworten kommen ihm leicht über die Lippen, ohne Stocken oder Rückzieher. Das muss nichts heißen, nicht bei ihm. Er hat uns bereits verraten, dass er jemand ist, der vorausdenkt, jede Möglichkeit durchexerziert, sichergeht, dass er alles berücksichtigt hat, damit sein Plan reibungslos läuft. Falls er einen Mord geplant hatte, hätte er eine plausible Alibigeschichte parat, wäre wahrscheinlich alles ein paar Tage vorher Schritt für Schritt durchgegangen. Und falls er ihn nicht geplant hatte, wäre er durchaus fähig, sich in der Nacht eine gute Geschichte auszudenken und sie hundertmal durchzuspielen. Rorys wahre Wohlfühlzone befindet sich in seinem Kopf.

»Und sie hätte Sie für einen obsessiven Freak gehalten, der in seiner Freizeit auf ihre Fenster stiert«, wirft Breslin ein. Rory zuckt zusammen. »Das kommt nie gut. Was haben Sie stattdessen gemacht?«

»Ich wollte einfach bis acht Uhr ein bisschen rumspazieren. Aber dann ist mir eingefallen, dass ich gar nichts dabeihatte.«

»Was, Sie meinen Kondome?« Breslin setzt ein breites Grinsen auf. »Na, das nenn ich Selbstbewusstsein.«

Rory senkt jäh den Kopf und fängt wieder an, sich die Brille hochzuschieben. »Nein! Ich meine Blumen. Ich wollte nicht mit leeren Händen kommen. Aislinn hatte gesagt, ich sollte keinen Wein mitbringen, aber ich hatte fest vorgehabt, in Ranelagh Blumen für sie zu kaufen, hab's aber vergessen – ich war so damit beschäftigt, was ich anziehen soll und alles schön ordentlich zu bügeln und wann ich losgehen soll … ich hab's erst gemerkt, als ich an ihrer Straße war.«

»Pein-lich«, sagt Breslin mit Singsangstimme. Wieder kippelt er seinen Stuhl nach hinten und spielt mit seinem Stift.

»Ja, genau. Ich hab kurz Panik gekriegt. Aber auf der Prussia Street ist eine Tesco-Filiale, und –«

»Moment«, sage ich verwirrt. »Ich dachte, Sie kennen sich in der Gegend nicht aus.«

»Tu ich auch nicht. Ich – Was?«

»Woher wussten Sie, wo der Tesco ist?«

Rory blinzelt mich an. »Ich hab in meinem Handy nachgesehen. Dann bin ich dahin –«

Ich weiß, noch ehe Breslin den Mund aufmacht, dass er sich einschalten wird. Wir arbeiten gut zusammen: Ich sorge dafür, dass alles schön entspannt bleibt, damit wir an die wesentlichen Infos rankommen. Er geht dazwischen, wenn sich eine Lücke auftut, um Rory mit einem Stock zu piesacken, und ich stehe unter der Piñata, bereit, alles zu fangen, was an Süßigkeiten rausgefallen kommt. Es gefällt mir nicht, dass wir gut zusammenarbeiten. Ich habe das Gefühl, dass er mich schon wieder um den Finger wickelt, obwohl ich nicht genau sagen kann, wie.

»Blumen von Tesco?«, fragt er. Sein Gesicht ist eine Mischung aus Grinsen und Fremdschämen. »Haben Sie nicht vorhin gesagt, Aislinn wäre eher der elegante Typ?«

Rory rutscht mit dem Hintern auf dem Stuhl hin und her. »Hab ich, ja, ist sie auch. Aber um diese Uhrzeit –«

»Sie ist der elegante Typ, sie hat den ganzen Tag für Sie in der Küche gestanden, und Sie kreuzen mit einem welken Strauß knallrosa Gerbera bei ihr auf? Ich fass es nicht.«

»Nein, nein, so war das nicht geplant. Ich wollte – Aislinn hat mir erzählt, als sie klein war, ist ihr Vater öfters mit nach Powerscourt gefahren, und sie sind zusammen durch den japanischen Garten gegangen und haben sich die Azaleen angesehen, und er hat ihr Geschichten von einer tapferen Prinzessin namens Aislinn erzählt. Deshalb wollte ich ihr eine Azalee kaufen. Ich dachte …« Ein kleines wehmütiges Lächeln, nach unten auf seine Hände. »Ich dachte, da würde sie sich drüber freuen.«

»Das ist nett«, sage ich nickend. »Richtig nett. Ich würde sagen, das hätte ihr sehr gefallen.«

»Also das«, sagt Breslin anerkennend und zeigt mit seinem Kuli auf Rory, »das nenne ich hervorragend. Mit so was kommt ein Mann bei einer Frau an, wenn Sie verstehen, was ich meine. Das hätte vielleicht sogar die da wettmachen können.« Die Handschuhe. »Ein Jammer, dass Sie's verbockt haben. Ich wette, Tesco führt keine Azaleen.«

»Das weiß ich. Aber so spät an einem Samstagabend war doch kein Blumengeschäft mehr auf. Ich dachte, selbst ein Strauß hässlicher Blumen wäre besser als nichts.« Rory blickt nervös zwischen uns beiden hin und her, giert nach Bestätigung.

Breslin zieht eine Grimasse und wackelt mit einer Hand. »Kommt auf die Frau an. Wenn sie nicht so anspruchsvoll ist, klar, aber bei Aislinn … Egal, nicht mehr zu ändern. Sie sind also zu Tesco …?«

»Ja. Die hatten nicht mehr viele Blumen, und die meisten waren, wie Sie gesagt haben – Gerbera in seltsamen Farben –, aber ich hab noch einen Strauß Schwertlilien gefunden, die ganz okay waren.«

»Schwertlilien sind immer gut«, sage ich. »Wie spät waren Sie in dem Tesco?«

»Gegen Viertel vor acht. Vielleicht etwas später.«

Und auch das können wir überprüfen. Videoüberwachung im Bus, Videoüberwachung im Tesco: Der ganze Zeitrahmen, den Rory uns präsentiert, ist nachprüfbar, und ich frage mich, ob das beabsichtigt ist. Die vergessenen Blumen waren sehr praktisch. Der Tesco ist sieben oder acht Gehminuten von Viking Gardens entfernt: gerade ausreichend, um als hübsche Erklärung für die zusätzliche halbe Stunde herzuhalten.

Falls Rory den Weg zum Supermarkt oder den Rückweg im Eiltempo zurückgelegt hat – und wir müssen nach eventuellen Zeugen suchen, die gesehen haben, wie er sich abhetzte –, könnte er ein paar Minuten weniger gebraucht haben. Der Mord selbst war schnell erledigt: zwei Sekunden für den Schlag, vielleicht zehn oder zwanzig, um Aislinns Atmung und Puls zu checken, zehn, um den Herd abzudrehen, insgesamt keine Minute. Die Eskalation bis zum Mord könnte gedauert haben; falls es eine Eskalation gab.

Falls Rory unser Mann ist, dann ist er nicht der übliche, strunzdumme Waschlappen. Er ist nervös, aber er füllt jede Lücke, ehe wir hineingreifen können, ist uns immer einen Schritt voraus. Sollte er unser einziger Kandidat bleiben, wird er es uns wenigstens nicht leicht machen.

»Das wurde aber knapp«, sage ich. »Wie lange waren Sie da?«

»Nur ein paar Minuten. Ich hab mich beeilt. Wie Sie gesagt haben, ich hatte nicht mehr viel Zeit. Genau wegen so was bin ich lieber früh dran.«

»Okay«, sage ich. »Und als Sie dann im Tesco fertig waren ...?«

»Bin ich zurück zu Viking Gardens. Ich war rechtzeitig da – ich hab auf die Uhr gesehen: Es war kurz vor acht.«

»War irgendwer auf der Straße?«

Rory denkt nach, reibt sich die Nase. »Ein alter Mann, der seinen Hund Gassi geführt hat – einen kleinen weißen Hund. Er kam gerade aus Viking Gardens. Er hat mir zugenickt. Ich glaube, sonst hab ich niemanden gesehen.«

Wieder leicht zu überprüfen. »Und dann?«

»Ich bin die Straße runter und hab Aislinns Hausnummer gesucht – es ist die Nummer sechsundzwanzig. Ich hab an der Tür geklingelt ...«

Er verstummt. Ich sage: »Und?«

»Sie hat nicht aufgemacht.«

Diesmal steigt ihm die Röte heiß und schnell ins Gesicht. Ich kann Steve hinter der Scheibe spüren, wie er das Rotwerden als Bestätigung auffasst, dass er richtiggelegen hat, dass Rory die Unschuld in Person ist. Ich bin mir da nicht so sicher. Es könnte auch von der Erinnerung an eine Demütigung herrühren, oder es könnte ein Zeichen sein, dass Rory lügt.

»Hm«, sage ich. »Merkwürdig. Was haben Sie in dem Moment gedacht?«

Rorys Kopf senkt sich. »Mein erster Gedanke war, Aislinn hätte mich nicht gehört. Die Klingel funktionierte – ich konnte sie im Haus hören –, aber ich hab gedacht, Aislinn wäre vielleicht zur Toilette, oder sie wäre aus irgendeinem Grund mal kurz hinten raus.«

»Was haben Sie gemacht?«

»Ich habe einen Moment gewartet und dann geklopft. Dann habe ich wieder geklingelt. Sie hat noch immer nicht aufgemacht, deshalb hab ich ihr nach ein paar weiteren Minuten eine SMS geschickt – ich war unsicher, ob ich vielleicht die falsche Adresse hatte. Ich hab eine Ewigkeit gewartet, aber sie hat nicht zurückgesimst.«

»Uuuh«, sagt Breslin und verzieht das Gesicht. »Das tut weh.«

»Ich dachte, vielleicht hat sie den SMS-Ton nicht gehört –« Rory sieht die Mischung aus Mitleid und Belustigung in Breslins Gesicht und zieht wieder den Kopf ein. »Wäre doch möglich gewesen. Sie könnte am Herd gestanden haben oder so und ihr Handy in einem anderen Zimmer liegen gelassen haben – Nachrichtentöne sind manchmal so leise –«

»Ich überhöre meine ständig«, pflichte ich bei. »Echt ärgerlich. Haben Sie es noch mal versucht?«

»Ich hab sie angerufen. Das Haus ist ein kleines Cottage, eingeschossig, deshalb dachte ich, sie würde bestimmt ihr Handy klingeln hören, ganz gleich, wo sie war. Aber sie ist nicht drangegangen.« Rory blickt auf, bemerkt Breslins trockenes Grinsen und sieht schnell weg. »Ich hab's noch mal versucht – diesmal hab ich ein Ohr an die Tür gelegt, weil ich wissen wollte, ob das Handy drinnen klingelt. Ich hab mich gefragt, ob sie überhaupt da war oder ob … Aber ich hab nichts gehört.«

Wir werden das überprüfen. Ich sage: »Was dachten Sie, was da los war?«

»Ich war mir nicht sicher. Ich dachte, wahrscheinlich …« Rorys Stimme ist fast verschwunden.

»Sprechen Sie lauter«, sagt Breslin. »Die Kamera muss das hören.«

Rory schafft etwas mehr Lautstärke, aber er tut sich noch immer schwer, uns anzusehen. »Also. Vor ein paar Wochen hat Aislinn mal ein Date in letzter Minute abgesagt. Sie hat nicht gesagt, warum. Bloß, dass ihr was dazwischengekommen wäre. Und auch bei unseren anderen Dates war es ziemlich kompliziert, einen Termin auszumachen. Wenn ich einen Tag vorgeschlagen hab, passte der bei ihr nicht, oder er passte zuerst doch, und dann gab es ein Problem. Und manchmal geht sie nicht ans Telefon … keine Ahnung, ob das eine Art Psychospiel ist – so was würde ich Aislinn wirklich nicht zutrauen, aber anscheinend kenn ich sie noch nicht so gut. Ich weiß auch nicht, ob es da irgendwas in ihrem Leben gibt, was sie mir noch nicht erzählen will, zum Beispiel jemand mit Demenz oder ein Alkoholiker in der Familie, um den sie sich öfter kurzfristig kümmern muss?« Kein Wort darüber, dass sie noch einen anderen haben könnte, obwohl ihm der Gedanke gekommen sein muss. Vielleicht will er bloß keine spöttischen Bemerkungen von Breslin mehr hören, trotzdem interessant, dass er diese Möglichkeit unerwähnt lässt. »Deshalb dachte ich, dass ihr wieder was dazwischengekommen sein musste. Was auch immer.«

»Und Sie stehen bei ihr vor der Tür mir Ihren hübschen Schwertlilien von Tesco«, sagt Breslin, der sich sein Grienen fast verkneift. »Quasi in den Startlöchern.« Rorys Kopf senkt sich noch tiefer.

Ich sage, schön mitfühlend: »Waren Sie besorgt? Dass Aislinn irgendwas zugestoßen war?«

Rory wendet sich mir dankbar zu. »Ja. War ich, ein bisschen. Deshalb hab ich ja auch gefragt, ob's um Aislinn geht, als Sie reingekommen sind. Ich hatte Angst, sie könnte umgekippt oder in der Dusche ausgerutscht sein oder zu krank, um ans Telefon zu gehen – das meinte ich vorhin damit, dass sie mir vielleicht nicht alles erzählt hat: irgendeine Krankheit, Epilepsie oder … Aber ich wusste nicht, was ich machen sollte. Ich konnte ja schlecht die Notrufzentrale anrufen und sagen, der Notfall wäre, dass eine Frau einem Typen, den sie erst ein paar Wochen kennt, nicht die Tür aufmacht – die hätten mich ausgelacht und gesagt, dann müsste ich mir wohl eine neue Freundin suchen. War ja auch das nächstliegende Szenario. Aber trotzdem, ich hab mir alle Eventualitäten ausgemalt – das ist meine Art, selbst wenn es nicht … Ist mit Aislinn alles in Ordnung?«

Zu diesem Zeitpunkt war er definitiv aus seiner Wohlfühlzone raus und verwandelte sich in einen verpeilten, hibbeligen Idioten. Oder er will, dass wir das glauben. Ich sage: »Und was haben Sie dann gemacht?«

»Die Vorhänge waren einen Spalt offen, und ich konnte Licht im Haus sehen, also hab ich versucht, durch den Spalt zu gucken. Ich hatte ein bisschen Angst, dass die Nachbarn mich sehen und die Polizei rufen, aber ich hatte ja die SMS von Aislinn mit ihrer Einladung, und ich dachte, es wäre gar nicht schlecht, wenn die Polizei käme, dann könnte die wenigstens nachsehen, ob mit Aislinn alles in Ordnung ist –«

Der Mann könnte kein Sandwich bestellen, ohne sich einen Kopf zu machen, welche Folgen die Wahl von Mayonnaise wohl haben könnte. »Was haben Sie gesehen?«

Rory schüttelt den Kopf. »Nichts. Es war bloß ein schmaler Spalt, und ich konnte gerade mal ein Stück vom Sofa und eine Lampe sehen – die Lampe war an. Ich wollte nicht zu lange da am Fenster stehen bleiben. Ich hab nur einen kurzen Blick reingeworfen.«

»Haben Sie irgendeine Bewegung gesehen? Schatten? Irgendein Anzeichen dafür, dass jemand im Haus war?«

»Nein. Nichts dergleichen. Die Schatten haben ein bisschen geflackert, aber nicht so, als wäre da jemand durch den Raum gegangen, eher so, als hätte Feuer im Kamin gebrannt.«

Was der Fall war. Ich mache mir einen Vermerk, dass wir überprüfen müssen, ob das Flackern durch den Spalt in den Vorhängen zu sehen ist. Falls Rory unser Mann ist, kann er sich gut beherrschen. Eine Menge Leute wären der Versuchung erlegen, uns einen mysteriösen Eindringling verkaufen zu wollen. »Was haben Sie dann gemacht?«

»Ich habe ihr noch einmal gesimst, nur für den Fall, dass wir uns beim Datum missverstanden hatten, oder –« Breslin schnaubt. Rory blinzelt. »Ich hab gesagt, *nur für den Fall*. Ich weiß selbst, dass sie mich höchstwahrscheinlich versetzt hat. Das hab ich auch schon gesagt. Aber *falls* das Ganze nur ein Missverständnis war und ich beleidigt abgezogen wäre und ihre Nummer gelöscht hätte, dann würden wir beide vielleicht etwas Wunderbares verpassen. Das Risiko wollte ich nicht eingehen. Da mach ich mich lieber zum Idioten.«

»Scheint Ihnen gelungen zu sein«, sagt Breslin. »Sie hätten sofort gehen sollen, als sie die Tür nicht aufgemacht hat. Wenn sie noch was retten will, soll sie auf Sie zukommen. Bisschen schlecht behandeln, die Frauen, dann laufen sie dir hinterher.«

»So was mach ich nicht.«

»Ach nein? Scheint aber nicht so doll zu laufen, oder?«

Ich sage: »Er ist ein anständiger Mensch, Breslin. Das ist tatsächlich was Gutes. Rory: Als sie auch nicht auf diese SMS geantwortet hat, was haben Sie da gemacht?«

Rory sagt leise: »Ich hab aufgegeben. Es war halb neun durch, mir war kalt, es fing an zu regnen – und was auch immer los war, es würde nichts ändern, wenn ich die ganze Nacht da stehen würde. Also bin ich gegangen.«

»Sie müssen ganz schön sauer gewesen sein«, sagt Breslin. »Da bewegen Sie Ihren Hintern an einem lausigen Winterabend durch die halbe Stadt, rennen noch zu Tesco und wieder zurück, und sie lässt Sie nicht mal ins Haus? Ich hätte geschäumt vor Wut.«

»Ich nicht. Ich war eher … irgendwie traurig. Ich meine, ich war auch verärgert, aber –«

»Klar waren Sie das. Haben Sie gegen die Tür gehämmert? Gebrüllt? Geflucht? Gegen Laternenpfähle getreten?« Und als Rory den Mund öffnet: »Nicht vergessen, wir werden bei den Nachbarn nachfragen.«

»Nein. Ich hab nichts in der Art gemacht.« Rory hat das Gesicht abgewendet, als ob es ihn zum Schwächling machen würde, dass er Aislinn nicht die Tür eingetreten hat. »Ich bin einfach nach Hause.«

»Hut ab«, sage ich. »Andere Männer hätten sich vor den Augen der ganzen Straße zum Deppen gemacht. Das imponiert keiner Frau. Sind Sie wieder zum Bus?«

»Ich bin zu Fuß gegangen. Ich hatte keine Lust, auf den Bus zu warten oder irgendwelche Leute zu sehen. Ich bin … gelaufen.«

Was bedeutet, kein Busfahrer oder Busfahrgast wird uns sagen können, ob er irgendwie benommen wirkte oder zittrig oder ob seine Handschuhe voller Blut waren. Ich hebe besorgt die Augenbrauen. »Mensch, auf so einen Fußmarsch hätte ich keinen Bock. An einem Samstagabend mitten durch die Stadt, überall betrunkene Idioten, die auf Zoff aus sind … Hat Sie keiner angepöbelt?«

Rory zuckt kaum merklich mit den Schultern. Er versucht, wieder in seiner Brust zu verschwinden. »Ich hätt's wahrscheinlich nicht mal gemerkt. Irgendein Typ hat was hinter mir hergegrölt, auf der Aungier Street, aber ich weiß nicht, was – es war völlig unverständlich –, und ich weiß nicht mal, ob er mich gemeint hat. Ich hab …« Wieder das fast unmerkliche Zucken. »Ich hab nicht richtig hingehört.«

»Wahrscheinlich haben Sie nicht viel verpasst«, sage ich. »Was haben Sie mit den Blumen gemacht?«

»Weggeworfen.« Mit einem Mal brandet der Abend in Rorys Stimme auf, lässt sie hoffnungslos klingen, verletzt und unendlich traurig. Aislinn zu verlieren hat ihn hart getroffen, so oder so. »Zuerst hatte ich ganz vergessen, dass ich sie noch in der Hand hielt, und als ich es gemerkt hab, wollte ich sie nur noch loswerden. Ich hab überlegt, sie jemandem zu schenken, statt sie wegzuwerfen, aber dafür fehlte mir die Energie. Ich hab sie in einen Abfalleimer gestopft. Nach all dem.«

»Wo stand der Abfalleimer?«

»An den Kais. Ja: Ich bin den ganzen Weg gelatscht, quasi mit dem Wort ›VERSETZT‹ auf der Stirn, ehe mir die Blumen wieder einfielen. Zum Brüllen, was?« Das geht an Breslin.

»Wäre mir auch so gegangen«, sage ich. Ich werfe einen vielsagenden Blick Richtung Einwegspiegel: Steve muss ein paar Fahnder losschicken, die die Abfalleimer an den Kais durchstöbern, bevor sie geleert werden. An dem blöden Strauß könnte Blut sein. »Allerdings hätte ich mir unterwegs in einem Pub ein Bier gegönnt. Sie nicht, nein?«

»Nein. Ich wollte bloß noch nach Hause.« Rory reibt sich mit den Händen durchs Gesicht. Die Anspannung setzt ihm zu. »Würden Sie mir bitte sagen, worum es hier geht?«

Ich frage: »Und wann waren Sie zu Hause?«

»Weiß ich nicht genau. Kurz vor halb zehn vielleicht. Ich hab nicht auf die Uhr gesehen.«

Breslin sagt: »Wen haben Sie angerufen?«

»Was meinen Sie?«

»Als Sie nach Hause kamen. Wen haben Sie angerufen, um sich Luft zu machen, dass Ihr großes Date den Bach runtergegangen ist? Ihren besten Freund? Ihren Bruder?«

»Niemanden.«

Breslin starrt ihn an. »Das ist jetzt nicht Ihr Ernst. Ach, Rory, sagen Sie mir, dass Sie jemanden haben, den Sie anrufen konnten. Jede Menge Leute kriegen irgendwann mal den Laufpass – so was passiert –, aber wenn Sie ernsthaft an so einem Abend nach Hause gekommen sind und Ihnen kein einziger Kumpel eingefallen ist, den sie hätten anrufen können, um mal ordentlich vom Leder zu ziehen über die Weiber und die Welt … na, dann ist das das Traurigste, was ich seit Wochen gehört habe. Seit Monaten.«

Rory sagt: »Ich hab niemanden angerufen. Ich hab mir ein Sandwich gemacht, weil ich aus offensichtlichen Gründen noch nicht zu Abend gegessen hatte, und ich hab in meiner Wohnung gesessen und zum Fenster rausgeguckt und mich gefühlt wie der größte Idiot der Welt. Ich hab mir lauter absurde Möglichkeiten ausgemalt, wieso vielleicht doch noch alles in Ordnung kommt, und mir gewünscht, ich wäre jemand, der in so einer Situation in einen Pub geht und sich volllaufen lässt und eine Prügelei anfängt oder eine Wildfremde vögelt.«

Die schonungslose Demütigung in seiner Stimme durchschneidet die Luft. Sie klingt gut. Wenn wir ihn aus der Fassung bringen, dann damit: Demütigung.

Falls Aislinn ihn aus der Fassung gebracht hat, dann auf die gleiche Weise. Herauszufinden, dass sie mit einem anderen schläft, hätte wahrscheinlich genügt.

»Und als Aislinn mich bis Mitternacht noch immer nicht angerufen und mir auch keine SMS geschickt hatte, bin ich ins Bett gegangen. Ich hätte auf gar keinen Fall irgendeinen von meinen Freunden angerufen und ihm die Geschichte erzählt. Okay?«

Breslin stiert ihn noch einen Moment länger ungläubig an. Rory schaut weg und zupft an einer Manschette, hält aber den Mund.

Bislang hat Rory uns eine nette, nachprüfbare Geschichte aufgetischt, und er weiß garantiert, dass wir Telefondaten überprüfen können. Falls er mit irgendwem gesprochen hat, dann über einen Weg, den wir ihm seiner Meinung nach nicht nachweisen können. Ich frage mich, ob vielleicht ein Freund von ihm an seiner Fußmarschstrecke nach Hause wohnt.

Aber ich belasse es erst mal dabei. »Nur um jede Verwechslung auszuschließen«, sage ich, »können Sie bestätigen, dass das hier die Frau ist, mit der Sie verabredet waren? Die Frau, zu deren Wohnung Sie gestern Abend gegangen sind?«

Ich nehme ein Foto von Aislinn aus meiner Akte und schiebe es Rory über den Tisch zu. Er blickt auf, die Augen weit aufgerissen, seine Verbitterung schlagartig vergessen. »Wie kommen Sie …? Sie haben schon – ist irgendwas – Was –?«

»Wie Detective Breslin schon gesagt hat«, erkläre ich, nett, aber entschieden, »wir müssen alles schön der Reihe nach machen. Ist das die Frau, zu deren Haus Sie gestern Abend gegangen sind?«

Einen Moment lang scheint es, als würde Rory endlich Rückgrat zeigen und ein paar Antworten verlangen, aber ich lächele und schaue ihn weiter unverwandt an, und schließlich blinzelt er. »Ja. Das ist sie.«

»Mr Fallon hat Aislinn Murray auf einem Foto identifiziert«, sage ich zum Tonband.

»Darf ich mal sehen?« Breslin beugt sich vor und nimmt das Foto. Seine Augenbrauen schnellen hoch, und er stößt einen langen, leisen Pfiff aus. »Oh, Respekt, mein Freund: ein echtes Prachtweib.«

Das lenkt Rory von seinen Fragen ab. Er starrt Breslin wütend an, was der gar nicht bemerkt – er hält das Foto weiter auf Armeslänge von sich und nickt anerkennend vor sich hin. Rory sagt: »Ja, sie ist sehr schön. Aber das ist nicht der Grund, warum sie mir gefällt.«

Breslin wirft ihm einen ungläubigen Blick zu, über das Foto hinweg. »Schon klar. Sie finden ihre schillernde Persönlichkeit unwiderstehlich.«

»Ja. Genau. Sie ist interessant, sie ist intelligent, sie ist warmherzig, sie hat eine wunderbare Phantasie – es geht nicht um ihr Aussehen. Körperlich ist sie gar nicht mein Typ.«

Breslin stößt ein explosionsartiges Prusten aus. »Ich bitte Sie. Sie ist *jedermanns* Typ. Wollen Sie mir erzählen, Sie bevorzugen hässliche Frauen? Hätten Sie die Wahl gehabt, hätten Sie sich lieber für eine fette Schabracke mit einem Gesicht wie ein zermatschter Donut entschieden, aber irgendwie sind Sie stattdessen an sie geraten? Sie Ärmster, mir kommen die Tränen.«

Rory wird rot. »*Nein.* Ich meine bloß, ich hatte noch nie eine Beziehung zu einer Frau, die so … na ja, so elegant ist. Alle meine anderen Freundinnen waren eher der sportliche Typ.«

»Überrascht mich nicht«, sagt Breslin und beäugt Rorys Hemd. »Und wie haben Sie sich die geangelt? Nichts für ungut, aber seien wir ehrlich: Die Frau ist doch eine Liga zu hoch für Sie. Sie sind mir doch nicht böse, oder? Dass ich das sage?«

»Nein. Ich hab ja gesagt, dass sie schön ist.« Rory rutscht auf seinem Stuhl hin und her, will, dass Breslin das Foto hinlegt. Breslin wirft einen weiteren anzüglichen Blick darauf.

»Sie ist eine Wucht. Wohingegen Sie … na ja, an Ihnen ist nichts auszusetzen, aber Sie sind nicht gerade Brad Pitt, oder?«

»Das weiß ich.«

»Wie haben Sie das dann hingekriegt?« Breslin wedelt mit dem Foto.

»Wir sind ins Gespräch gekommen. Bei einer Buchpräsentation in meinem Laden, Anfang Dezember. So kam das.«

»Soso.« Breslin wirft ihm wieder einen skeptischen Blick zu. »Was haben Sie für eine Masche? Ernsthaft. Können Sie mir ein paar Tipps geben?«

Rory wird allmählich gereizt: Er setzt sich aufrechter hin, versucht, Breslin in ein Blickduell zu zwingen. »Ich habe keine *Masche*. Ich hab einfach mit ihr geredet. Ich bin nicht mal auf den Gedanken gekommen, dass etwas draus werden könnte. Mir ist durchaus klar, dass absolut niemand, der Aislinn und mich sieht, drauf wetten würde, dass wir zusammenkommen; ich auch nicht. Ich hab sie nur angesprochen, weil sie allein in der Kinderbuchabteilung stand, und als Besitzer des Ladens hab ich mich dafür verantwortlich gefühlt, dass jeder Gast sich wohlfühlt.«

»Und dann«, sage ich, »hat es zwischen euch gefunkt.«

Ich lächele ihn an, und das entlockt ihm ebenfalls ein Lächeln, ehe er sich erinnert. »Ja. Das hat es wirklich. Dachte ich zumindest.«

»Worüber habt ihr geredet?«

»Bücher, hauptsächlich. Aislinn hat in einer Märchensammlung von George MacDonald geblättert. Als Kind hab ich das Buch geliebt, und das hab ich ihr erzählt, und sie hat gesagt, sie hätte es auch geliebt – wir hatten sogar die gleiche Ausgabe. Und von da kamen wir auf alles Mögliche … Wir mögen beide den magischen Realismus, und wir mögen beide Spin-offs und Neu-Bearbeitungen – Aislinn liebte *Die weite Sargassosee*. Ich hab gesagt, sie muss unbedingt was von Angela Carter lesen. Und sie hat mir erzählt, dass sie mit vierzehn ein neues Ende für *Betty und ihre Schwestern* geschrieben hat, weil sie das alte so enttäuschend fand, und in ihrem Ende hat sie Jo und Laurie heiraten lassen. Sie hat die Seiten in ihre Ausgabe geklebt, damit sie jedes Mal, wenn sie das Buch noch einmal las, so tun konnte, als wäre ihre Version die wahre Geschichte. Es war richtig witzig, wie Aislinn das erzählt hat – wie wütend sie auf die Autorin war, bis ihr die Lösung einfiel … Wir haben viel gelacht.« Rory lächelt wieder, unwillkürlich.

Er plappert drauflos, als wäre ich seine beste Freundin. Ich weiß, Breslin und ich haben ihn in der Mangel, und ich weiß, dass Rorys Grübelhirn Szenarien abspult, in denen er durch eine einzige pampige Antwort in einer Zelle mit düsteren Harry-Potter-Komparsen landet, aber dennoch: Mittlerweile hätte er längst auf stur schalten sollen und Antworten verlangen, nicht bloß dasitzen und uns im Überfluss alles liefern, was wir von ihm haben wollen. Der zuvorkommende Typ, haben die Fahnder gesagt, aber was er hier macht, ist mehr als zuvorkommend. Die Einzigen, die sich nie wehren, sind diejenigen, die was zu verbergen haben.

Ich möchte zu Steve schauen. Nur der Einwegspiegel starrt mich an.

»Ihr habt also die Telefonnummern ausgetauscht«, sage ich. »Und dann …?«

»Wir haben ein paarmal gesimst, und dann haben wir uns auf ein paar Drinks in der Market Bar getroffen. Und wir haben uns wieder toll verstanden. Ich hatte das Gefühl – ich weiß, ich höre mich an wie ein Teenager, wenn ich das sage, aber ich hatte das Gefühl, dass da etwas Unglaubliches passiert. Wir haben geredet und geredet. Wir haben wahnsinnig viel gelacht. Wir waren um acht da und sind geblieben, bis sie uns rausschmeißen mussten.«

»Hört sich an nach dem Date, von dem jeder träumt«, sage ich.

Rory breitet die Hände aus. »Genauso kam es mir auch vor. Aislinn … Sie hat mir erzählt, dass sie früher ziemlich dick und unscheinbar war – das Wort hat sie benutzt, ›unscheinbar‹ –, und jedes Mal, wenn heute ein Typ versucht, sie anzubaggern, dann hat sie unweigerlich den Gedanken, dass er vor ein paar Jahren einen weiten Bogen um sie gemacht hätte. Vor so jemand könnte sie keinen Respekt haben. Sie meinte, bei mir wäre das anders, dass sie das Gefühl hat, ich hätte genauso mit ihr geredet, auch früher schon – was auch stimmt. Sie klang … verwundert darüber. Mehr als verwundert: beinahe überschwänglich. Verstehen Sie, was ich meine? Es hat wirklich bei uns beiden gefunkt. Nicht nur bei mir.«

Das klingt nicht nach der Spielchen spielenden *The Rules*-Abhängigen, die ich mir vorgestellt habe. Aislinn macht es schon wieder, wird immer unschärfer, je mehr ich über sie erfahre. Oder aber sie hat Rory einen vom Pferd erzählt, oder Rory erzählt uns einen vom Pferd.

Breslin sagt: »Und am Ende des Abends?«

»Hab ich sie zu einem Taxi gebracht.«

»Kommen Sie, Rory. Sie wissen, was ich meine. Haben Sie auf dem Weg dahin ein Küsschen bekommen?«

Rorys Kinn geht hoch. »Was spielt das für eine Rolle?« Er will entrüstet wirken, hat aber nicht genug Power, um das durchzuziehen.

Breslin kichert in sein Notizbuch. »Nicht mal geknutscht«, sagt er zu mir. »Und das nennen Sie ein Traumdate?«

Rory beißt an. »Wir haben uns geküsst. Okay?«

»Aah«, sagt Breslin. »Wie süß. Bloß ein Kuss?«

»Ja. Bloß ein Kuss.«

Breslin grinst. Ich sage: »Und nach dem Abend?«

»Haben wir uns weiter gesimst. Ich hab sie zum Essen eingeladen. Wie gesagt, es hat eine Weile gedauert, bis wir das arrangiert hatten, aber schließlich war alles klar. Wir sind ins *Pestle* gegangen.«

»Donnerwetter«, sagt Breslin anerkennend. Sogar ich hab

schon vom *Pestle* gehört, obwohl mich so was null interessiert. »Haben Sie eine von Ihren Nieren verkauft?«

Ein schwaches trauriges Lächeln von Rory. »Ich hab überlegt, was Aislinn gefallen könnte, nicht daran, dass es total in ist. Ich hab es nur deshalb ausgesucht, weil es einen Dachgarten hat, damit wir über die Stadt gucken und, keine Ahnung, über all die Leute da draußen reden könnten und was sie vielleicht gerade … Im Nachhinein war die Idee völlig daneben. Sie muss den Eindruck gehabt haben, dass ich dasselbe mache wie all die anderen Typen: sie nach ihrem Aussehen beurteilen. Glauben Sie« – sein Gesicht wendet sich mir zu, die Augen plötzlich ganz groß –, »glauben Sie, sie hat mich deshalb …«

»Wir wissen zu wenig, um das beurteilen zu können«, sage ich. »Hatten Sie den Eindruck, dass ihr der Abend gefallen hat?«

»Ja. Ich meine …« Ein Schatten huscht über Rorys Gesicht. »Ja. Ganz sicher. Aber ich hatte auch das Gefühl, dass ihr irgendwas durch den Kopf ging, dass sie sich nicht richtig entspannen konnte. Jedes Mal, wenn es gut lief – wenn wir uns angeregt unterhalten oder über irgendwas herzhaft gelacht haben –, hat Aislinn auf einmal irgendwie bedrückt gewirkt und wurde still, und ich musste das Gespräch wieder in Gang bringen. Da hab ich mich zum ersten Mal gefragt, ob es vielleicht irgendwas gibt, was sie mir noch nicht erzählen wollte, irgendein Problem in ihrer Familie oder –«

»Oder«, sagt Breslin, »vielleicht ist ihr da langsam klargeworden, dass sie doch nicht so richtig in Sie verknallt war. Und jedes Mal, wenn sie gemerkt hat, dass Sie dachten, es läuft super, hat sie Gewissensbisse gekriegt, weil das Date aus ihrer Sicht die reinste Katastrophe war und sie nicht wusste, wie sie Ihnen das beibringen soll.«

Das lässt Rory auffahren. »Das Date war keine Katastrophe. Ich weiß, klar, dass ich das sage« – Breslin will etwas einwerfen, aber Rory spricht lauter, um ihn zu übertönen; er wird mutiger –,

»aber ich war dabei, und ich lüge mir nicht in die Tasche. Die meiste Zeit haben wir uns toll verstanden.«

»Wenn Sie das sagen«, sagt Breslin mit einem angedeuteten Zucken im Mundwinkel. »Und am Ende des Abends?«

»Haben wir uns wieder geküsst. Ich nehme an, das wollen Sie wissen.«

Die Vorderbeine von Breslins Stuhl knallen auf den Boden. »Ihr habt euch *geküsst*? Sie hat Sie nicht mit zu sich nach Hause genommen? Sie verticken Ihre Organe, um sie ins *Pestle* einzuladen, und kriegen dafür gerade mal ein Küsschen unter einer Straßenlaterne wie ein blöder Teenager? Wenn das Ihre Vorstellung von einem tollen Date ist –«

Rory blafft: »Zwei Tage später hat sie mich zum Abendessen bei sich zu Hause eingeladen. Sie können mein Handy überprüfen: Ich hab die SMS noch drauf. Hätte sie das getan, wenn das Date katastrophal gewesen wäre?«

Breslin grinst, ein nasses offenes Grinsen wie Hunger. Er ist überaus zufrieden damit, wie es läuft.

Ich spüre es auch. Wir werden immer besser, wissen jetzt, wie wir Rory bearbeiten müssen; er gehört uns. Wir können ihn auf- und abhüpfen lassen, ausgefallene Würfe probieren, als wäre er unser kleines Jo-Jo.

Ich will ihn nicht zu stark hüpfen lassen, noch nicht. Ich werfe Breslin einen warnenden Blick zu und sage: »Und dieses Essen war gestern Abend.«

»Ja.« Rorys Rückgrat erschlafft. Sein kleiner angriffslustiger Augenblick ist vorbei. »Zuerst hatte sie mich für letzte Woche eingeladen, aber dann war ihr was dazwischengekommen. Deshalb haben wir es auf gestern Abend verschoben.«

Breslin nimmt Druck aus dem Kessel, aber nicht allen. »Als wir darüber sprachen, wie Sie zu Aislinn gekommen sind, haben Sie gesagt« – er blättert in seinen Notizen zurück –, »dass Sie den Bus genommen haben, für den Fall, dass Sie zum Essen Wein trinken würden und anschließend wieder nach Hause kommen mussten. Das heißt, Sie waren nicht sicher, ob Sie die Nacht bei ihr verbringen würden oder nicht. Ist das richtig?«

Rory läuft wieder rosa an. »Ich wusste es nicht. Deshalb bin ich nicht mit dem Auto gefahren. Aislinn sollte nicht denken, ich würde davon ausgehen, dass sie mich bittet zu bleiben. Oder dass ich sie unter Druck setzen wollte.«

Ich bin erstaunt, dass der Mann es schafft, morgens aufzustehen, ohne sich in eine Panikattacke hineinzusteigern, weil es ja möglich wäre, dass er auf der Badematte ausrutscht, sich mit der Zahnbürste in die Augenhöhle sticht und von da an chronische Zuckungen hat, die es ihm unmöglich machen, ein Flugzeug sicher zu landen, falls der Pilot einen Herzinfarkt bekommt, so dass Hunderte Menschen zum Flammentod verdammt wären. Normalerweise verdreh ich bei so einem Schwachsinn die Augen, aber hier könnte er nützlich für uns sein, sobald wir anfangen, Rory richtig auf den Zahn zu fühlen.

So ein Was-wäre-wenn-vielleicht-Stuss ist was für Schwächlinge. Für Leute, die nicht die Kraft haben, reale Situationen nach ihren Vorstellungen zu gestalten, und sich deshalb in Tagträume flüchten müssen, wo sie so tun können, als würden sie bestimmen, wie es weitergeht. Und das macht sie noch schwächer. Solche Was-wäre-Wenns sind ein Geschenk, für jeden, der darauf aus ist, dich in den Griff zu bekommen, also für uns. Wenn jemand mit beiden Beinen auf dem Boden der Tatsachen steht, dann sind Tatsachen unsere einzige Möglichkeit, an ihn ranzukommen. Wenn einer seinen Verstand in x verworrene hypothetische Märchen abgleiten lässt, ist jedes einzelne davon eine Sollbruchstelle, die wir nutzen können, um ihn aufzuhebeln.

Breslin sagt: »Aber Sie dachten, letzte Nacht könnte *die* Nacht werden.«

»Ich hatte keine Ahnung. Das müssen Sie mir –«

»Jetzt mal ehrlich, Rory, verscheißern Sie mich nicht: Es ist Ihr drittes Date, richtig? Bei dem davor haben Sie für Aislinn Ihr Konto leergeräumt, oder? Die Frau hat Sie zu sich nach Hause eingeladen, um Sie mit ihren Kochkünsten zu verwöhnen? Da erwartet doch jeder normale Mann –«

»Ich habe *nichts* erwartet. Das teure Restaurant hat nichts damit zu tun, dass – Aislinn ist keine –«

Rory ist lustig, wenn er sauer wird: wie eine fluffige Springmaus, die auf Krawall gebürstet ist. Breslin schlägt die Augen zur Decke. »Okay, versuchen wir's mal so: Hatten Sie Kondome dabei?«

»Ich wüsste nicht, was das –«

»Rory. Seien Sie nicht so verklemmt. Wir sind hier alle erwachsen. Als Sie gestern Abend bei Aislinn an der Tür geklingelt haben, hatten Sie da ein Kondom dabei, ja oder nein?«

Nach einem Moment sagt Rory: »Ja. Ich hatte eine Packung in der Manteltasche. Nur für alle Fälle.«

»Sie wissen, worauf's ankommt«, sagt Breslin und lehnt sich grinsend zurück. »Die Blumen vergessen Sie, aber an die Gummis haben Sie gedacht.«

»Sie sind eben schon was älter, Breslin«, sage ich glattzüngig und grinse ihm frech ins Gesicht. »Ihre Generation hatte Probleme mit Safer Sex. Leute wie ich und Rory gehen nirgendwohin ohne eine Dreierpackung, nur für den Fall der Fälle.« Breslin wirft mir einen gereizten Blick zu, der nur zum Teil gespielt ist. Ich sage: »Hab ich recht, Rory? Haben Sie sie noch immer im Mantel?«

Falls ja, bestätigt das seine Aussage, dass er diesen Mantel gestern Abend getragen hat. Aber Rory schüttelt den Kopf. »Ich hab sie rausgenommen. Als ich zu Hause den Mantel ausgezogen hab, hab ich sie in der Tasche gefühlt, und da …« Er atmet schnell. »Ich hab gedacht, mir hätte von Anfang an klar sein müssen, dass das nie was wird. Genau wie Sie gesagt haben.«

Den letzten Satz schießt er in Breslins Richtung, und der neigt bestätigend den Kopf. »Als hätte Aislinn mich nur aus einem einzigen Grund zu sich nach Hause einladen können, nämlich, um mich vorzuführen, und während ich wie ein Idiot geklopft und gesimst und angerufen habe, stand sie mit ihren Freunden hinter der Tür, und alle haben sich totgelacht über den Loser, der doch tatsächlich gedacht hat, er hätte eine Chance bei ihr.«

Die Emotion ist echt. Sie erfasst seinen ganzen Körper, als würde sie ihn jeden Moment am Genick packen und gegen die Wand knallen. Das macht die Geschichte nicht wahr. Möglich, dass ihn dieses gewaltige Gefühl der Demütigung tatsächlich erst gestern Abend zu Hause überkam. Oder aber es überkam ihn, als er zu früh bei Aislinn ankam und sie ihn nicht so willkommen hieß, wie er erwartete. Vielleicht auch schon vor Wochen, als sie ihm sagte, dass sie einen anderen hat, oder als sie das *Pestle* verließen, sie ihn nicht zu sich nach Hause einlud und er beschloss, sie zu bestrafen.

Rory ist noch immer in Fahrt. »Ich hab die Kondompackung quer durchs Wohnzimmer geschmissen. Ich bin mir albern und widerlich und schäbig vorgekommen und … Sie liegt da noch irgendwo rum. Ich hoffe, ich finde sie nie wieder.«

Ich sage sachlich, aber mitfühlend – die Nette ist super in sachlichem Mitgefühl: »Wenn sie wirklich einfach keinen Bock hatte, an die Tür zu gehen, dann war das verdammt mies von ihr.«

Rory zuckt die Achseln. Er sinkt wieder über seinen Händen zusammen. Der Wortschwall hat ihn ausgelaugt. Er wirkt sogar kleiner. »Vielleicht. Ich weiß nicht, was passiert ist.«

Breslin bewegt sich. Rory blickt auf und kriegt das Grinsen so eben noch mit. Er weicht davor zurück.

»Nein, im Ernst«, sage ich. »Sie haben allen Grund, sauer zu sein.«

Rory sagt: »Ich bin nicht mal sauer. Ich würde es nur gern

verstehen.« Er wirkt plötzlich erschöpft. Er nimmt seine Brille ab und fängt an, sie mit der Manschette von einem Ärmel zu putzen. Jetzt, da er mich nicht richtig sehen kann, fällt es ihm leichter, mich anzublicken. Nackt und halbblind wirken seine Augen so rein wie die eines Tieres. »Nur, damit ich aufhören kann, mir irgendwelche Szenarien auszudenken. Das hab ich die ganze Nacht durch gemacht. Ich konnte an nichts anderes denken. Ich glaub, ich hab höchstens zwei Stunden geschlafen.« Was ihm ein hübsches Alibi verschaffen würde, falls jemand gehört hat, wie er mitten in der Nacht rumtigerte, oder Licht bei ihm gesehen hat. »Ich will es bloß wissen. Mehr nicht.«

Ich sage: »Was glauben Sie, warum wir Sie hergeholt haben?«

»Keine Ahnung.« Rorys Rückgrat versteift sich. Er kann es spüren: Wir kommen zur Sache. »Ich schätze, es ist irgendwas passiert. Wahrscheinlich in der Nähe von Aislinns Haus, weil Sie mich ja gefragt haben, was ich … Aber ich kann nicht – es gibt zu viele – ich meine, ich hoffe, es hat nichts mit –«

Ich sage, und ich schlage keinen sanften Ton an: »Aislinn ist tot.«

Es trifft Rory wie ein Stroboskoplicht ins Gesicht. Er zuckt zurück, seine Hände verkrampfen sich – die Brille schlittert über den halben Tisch. Im ersten Moment denke ich, er hat eine Art Anfall – würde zu ihm passen, dass er einen Inhalator dabeihat –, aber er kriegt sich wieder ein. Er greift hektisch nach seiner Brille und schiebt sie sich auf die Nase. Er braucht drei linkische Versuche, fängt sie auf, als sie runterfällt, schafft es kaum, sie richtig herum zu drehen und die Gläser nicht zu verschmieren. Dann presst er die Handflächen zusammen, drückt sich die Finger gegen den Mund und atmet in sie hinein, starrt ins Leere.

Breslin und ich warten.

Rory sagt, in seine Finger hinein. »Wie? Wann?«

»Gestern Abend. Jemand hat sie umgebracht.«

Ein Ruck durchläuft seinen Körper. »O Gott. O Gott. Hat

sie deshalb nicht – war sie – als ich geklopft hab, war sie – war derjenige da noch –«

Ich sage: »Verstehen Sie jetzt, warum wir mit Ihnen reden mussten?«

»Ja. Ich – O *Gott!*« Rorys Augen werden schlagartig scharf, auf mich gerichtet, und riesengroß. Der Groschen ist gefallen, oder er hat beschlossen, es uns vorzuspielen. »Sie glauben doch nicht – Moment. Nein. Sie glauben, ich – *verdächtigen* Sie mich?«

Breslin lacht, ein kalter Ton.

»Was? Was? Was ist daran so komisch?«

»Hören Sie sich das an«, sagt Breslin zu mir. »Die ganze Zeit lässt er sich darüber aus, wie wichtig ihm Aislinn ist und was für ein toller Mensch sie ist, bis wir ihm sagen, dass die arme Frau tot ist. Und schwupps geht es nur noch um ihn. Keine Rede mehr von ihr.«

»Sie ist mir wirklich wichtig! Ich hab bloß – ich konnte doch nicht –« Rory schnappt nach Luft. Er sieht schlecht aus: blass und aufgelöst, starrt wild zwischen uns beiden hin und her. Ich hoffe, er hat seinen Inhalator dabei. »Ich dachte an einen *Einbruch*, vielleicht. Oder an einen Überfall. Ich hätte nie –«

Er hebt die Hände an den Kopf und reibt sich mit den Ballen die Schläfen. Er atmet schwer.

Es sieht alles richtig echt aus. Schock und Trauer sind plump, sie sind hässlich, sie sind keine hübschen Tränen und ein tupfendes Taschentuch. Aber Rorys Schock und Trauer hatten die ganze Nacht Zeit, um sich eine Was-wäre-wenn-Rüstung zu bauen und sie anzulegen. Und weil er es gewohnt ist, sich genauso auf das zu konzentrieren, was hätte passiert sein können, wie auf das, was tatsächlich passiert ist, konnte er in seiner erfundenen Geschichte herumspazieren, als wäre es die wahre.

Die einzige Stelle, an der seine Geschichte rissig wurde und abblätterte, ist die halbe Stunde, nachdem er aus dem Bus stieg und bevor er bei Aislinn an der Tür klingelte. Irgendetwas ist da.

Alles andere könnte sowohl unschuldig als auch schuldig bedeuten. Diese halbe Stunde, die halbe Stunde, auf die es ankommt, war nicht unschuldig.

Der Schock könnte echt sein, und er könnte trotzdem unser Mann sein, Es gibt einen offensichtlichen Grund, warum er damit gerechnet haben könnte, dass wir ihm eröffnen, Aislinn sei Opfer eines Überfalls statt eines Mordes geworden.

Ich sage: »Wieso haben Sie gedacht, es könnte einen Einbruch oder einen Überfall gegeben haben?«

»Kann ich –« Rorys Stimme klingt plötzlich belegt. Er schluckt schwer, und sein Kinn zittert. »Kann ich bitte einen Moment für mich allein haben?«

Breslin sagt: »Warum?«

»Weil ich gerade erfahren habe –« Er zuckt mit dem Kopf, als würden ihm kleine Dinge ins Gesicht fliegen. »Ich brauche bloß eine Minute.«

»Sie machen Ihre Sache prima«, sage ich. »Wir sind auch gleich fertig. Halten Sie durch.«

»Nein. Ich kann nicht. Ich brauche –«

»Wir bitten hier um Ihre Hilfe«, sagt Breslin. »Haben Sie aus irgendeinem Grund ein Problem damit?«

»Ich muss einfach nur einen klaren Kopf bekommen. Ich – Muss ich bleiben? Darf ich gehen, wenn ich will?« Rorys Stimme wird höher und lauter.

Breslin lehnt sich auf seinem Stuhl zurück, beobachtet, die Lippen gespitzt. »Rory. Reißen Sie sich zusammen.« Aber Rory bekommt den angewiderten Unterton gar nicht mehr mit. »Das ist reine Routine. Es ist nichts Persönliches. Wir werden das gleiche Gespräch mit allen Leuten führen, die etwas mit Aislinn zu tun hatten. Und ich kann Ihnen garantieren, jeder, der sie mochte, wird uns helfen wollen, so gut er kann. Sie nicht auch?«

»Doch. Ich will bloß – ich bin doch nicht verhaftet, oder?

Kann ich nicht einen kleinen Spaziergang machen? Und dann wiederkommen?«

Also doch kein totaler Schwächling. Der fluffige kleine Rory kann durchaus Widerstand leisten, wenn er wirklich will.

Er ist ganz kurz davor, zur Tür zu marschieren. Wenn er das tut, werde ich mich entscheiden müssen: gehen lassen oder festnehmen. Keines von beidem klingt gut.

»Haben Sie gesehen, was da draußen für ein Wetter ist?«, sage ich leichthin. »Es gießt in Strömen. Sie werden klatschnass. Und außerdem verlieren wir diesen Raum, und dann können wir stundenlang Däumchen drehen, ehe wir einen anderen kriegen.« Rory starrt mich an, weiß vor lauter Verwirrung nicht, was er davon halten soll. »Vorschlag zur Güte: Wir lassen Sie ein paar Minuten allein, okay? Damit Sie verschnaufen können. Ist ja wirklich schwer zu verdauen.«

Breslin macht eine kleine jähe Bewegung, aber ich schaue nicht zu ihm rüber. Ich setze für Rory ein kumpelhaftes Lächeln auf, mit genug Mitgefühl, um warm rüberzukommen, aber nicht so viel, dass es süßlich wirkt. »Wir trinken eine Tasse Tee und kommen dann wieder«, sage ich, schiebe meinen Stuhl zurück und stehe auf, ehe er eine Entscheidung treffen kann. »Soll ich Ihnen auch eine Tasse bringen, wo ich schon dabei bin?«

»Nein. Danke. Ich will bloß –«

Rorys Stimme bricht auf. Er presst sich einen Handrücken gegen den Mund.

Breslin hat sich nicht bewegt. Seine blassen Augen sind auf mich gerichtet. Sie sagen so klar wie ein harter Griff um mein Handgelenk: *Setz dich hin, verdammt.*

Ich sage, ohne die Augen von Breslin zu nehmen: »Bis gleich, Rory. Bleiben Sie tapfer.«

Dann drehe ich mich um und gehe zur Tür. Ich lasse sie hinter mir auf, aber ich schaue nicht zurück. Ich bin auf halbem Weg zum Beobachtungsraum, ehe ich das böse, ruckelnde Schaben höre, das Breslins Stuhl erzeugt, als er auf dem schmuddeligen Linoleum zurückgeschoben wird.

Steve steht am Einwegspiegel, die Hemdsärmel aufgekrempelt und das rote Haar in alle Richtungen abstehend. Er hat uns intensiv beobachtet. Als ich hinübergehe, um zu sehen, was Rory mit der Zeit ohne uns macht, werfe ich Steve einen kurzen Blick zu, der *später* besagt.

Rory hat die Ellbogen auf dem Tisch und das Gesicht in den Händen. Seine bebenden Schultern lassen vermuten, dass er weint. Ich kann nicht erkennen, ob wirklich Tränen fließen.

»Na denn«, sagt Breslin hinter mir, als er die Tür zuknallt. »Ich finde, das ist gut gelaufen, für die erste Runde. Gute Arbeit, Conway.«

Gönnerhafter Scheiß. »Du warst auch nicht schlecht«, sage ich.

»Ich bin nicht sicher, dass es die richtige Entscheidung war, den Rückzug anzutreten, wo er kurz davor ist, zusammenzubrechen. Das ist immer ein guter Moment, um auf ein Geständnis zu drängen.« Breslin lockert seinen Kragen mit einem Finger und rollt die Schultern nach hinten. »Aber hey: Wir haben ihn einmal weichgekriegt, das schaffen wir auch ein zweites Mal. Hab ich recht?«

»Kein Problem«, sage ich. »Also: Was wettest du?«

Breslins Kopf schnellt vor, als hätte er nicht richtig gehört. »Wie bitte?«

»Der Verdächtige, Breslin. Schuldig oder nicht? Ich frage dich nach deiner Meinung.«

Breslins Augenbrauen erreichen seinen sorgfältigen Haaransatz. »Ist das dein Ernst?«

»Dass ich deine Meinung hören will? Mehr oder weniger.«

Steve ist zum Wasserspender gegangen und füllt einen Plastikbecher, während er uns beobachtet. Breslin hebt eine Hand.

»Moment mal. Immer mit der Ruhe. Soll das heißen, du hast Zweifel?«

»Das soll heißen, dass ich deine Meinung hören möchte. Wenn das allerdings ein Problem ist, kann ich auch drauf verzichten.« Wieder ist mir danach, dem Blödmann eine reinzuhauen. Die hauchdünne Allianz, die wir im Vernehmungsraum geknüpft haben, hat außerhalb davon keine dreißig Sekunden gehalten.

»Red mit mir, Conway. Willst du hier supervorsichtig sein, ja? Absolut auf Nummer sicher gehen? Geht's dir darum?«

Die Methode ist nicht schlecht – wer das Gegenüber in die Defensive bringt, Erklärungen verlangt, ist sofort im Vorteil –, aber genau das meine ich damit, dass Breslin nicht so clever ist, wie er glaubt: Ich habe gerade erlebt, wie er den Trick bei Rory angewendet hat, und außerdem hätte er sich denken können, dass ich als Detective vielleicht dieselben Kniffe kenne wie er. Ich lehne mich mit einer Schulter gegen den Einwegspiegel, so dass ich Rory halbwegs im Blick behalten kann, und schiebe die Hände in die Taschen. »Denkst du, wir sollten supervorsichtig sein?«

Breslin seufzt. »Na ja. Ich schätze, wir sollten uns nichts vormachen: Es wäre ganz schlecht für deinen Ruf, wenn du vorschnell handelst. Aber es wäre *genauso* schlecht für deinen Ruf, wenn du deinen Täter aus Unentschlossenheit laufen lässt, statt klare Kante zu zeigen. Verstehst du, was ich meine?«

Steve sagt mit gespielter Verwunderung: »Moment mal. Heißt das, du glaubst hundertpro, er war's, ja?«

Breslin seufzt entnervt und streicht sich mit den Händen über seine verbliebenen Haare, vorsichtig, um sie nicht durcheinanderzubringen. »Allerdings, Moran. Irgendwie schon. Erstens: Der Typ da war der Freund des Opfers. Zweitens: Er war zur fraglichen Zeit eindeutig am Tatort, was er nicht mal abstreitet. Drittens: Er trug Handschuhe, die keine Spuren hinterlassen, genau wie unser Killer. Viertens: Er trug einen schwarzen Wollmantel, und wir haben schwarze Wollfasern an der Leiche gefunden. Und last but not least fünftens: Er hat praktisch zugegeben, dass er darauf brannte, die Frau endlich in die Kiste zu kriegen, nachdem er so viel Zeit und Geld in sie investiert hatte, und dass sie keinerlei Anstalten machte, ihn ranzulassen. Damit steht es satte fünf zu null gegen unseren kleinen Rory.«

Steve nippt sein Wasser und nickt dabei zu Breslins Auflistung. »Kein schlechtes Ergebnis, ey«, sagt er freundlich. Sein Akzent ist stärker geworden. Auch ich mime ab und zu die beschränkte Dubliner Proletin, aber nur für Verdächtige, nicht für Kollegen. Manchmal finde ich Steve einfach zum Kotzen. »Aber ich denke, ich bleibe trotzdem noch ein bisschen länger offen für alles.«

Breslin reagiert einen Tick genervter. »Offen für *was*? Hier gibt es nichts anderes, Moran. Außer Fallon, unserem Verdächtigen, und haufenweise Indizien, die alle auf ihn deuten. Für was willst du sonst noch offenbleiben? Aliens? Die CIA?«

Steve pflanzt seinen Hintern auf den wackeligen Tisch, macht es sich für den Plausch bequem. Ich halte mich raus. »Ich hätte da nur eine Frage«, sagt er. »Wie hat sich die eigentliche Tat abgespielt?«

»Was soll das? Er hat ihr eine verpasst. Sie ist mit dem Kopf aufgeschlagen. Sie ist gestorben. So hat sich die Tat abgespielt.«

Steve denkt darüber nach, runzelt die Stirn – wir Proleten sind nun mal ein bisschen schwer von Begriff. »Aber wieso?«, fragt er.

Breslin legt den Kopf in den Nacken und bleckt die Zähne Richtung Decke, irgendwas zwischen einem Lächeln und einer Grimasse. »Moran. Moran. Seh ich etwa aus wie Hercule Poirot?«

»Hä? … Nö.«

»Genau. Heute ist nämlich nicht Samstagabend, und wir hocken nicht mit Bier und Chips vor der Glotze, und deshalb interessiert mich das Motiv nicht. Nicht die Bohne. Und dich sollte es genauso wenig interessieren. Das müsstest du mittlerweile wissen.«

Steve kratzt sich an der Nase. »Wahrscheinlich hast du recht, Mann. Bestimmt sogar. Trotzdem kann ich es mir irgendwie nicht vorstellen. Und ich möchte Sachen gern im Kopf sehen können, verstehst du? So bildlich.« Er formt mit den Händen einen Rahmen vor den Augen, damit Breslin auch ja kapiert, was er mit »bildlich« meint.

Breslin holt tief Luft und pustet sie langsam aus, damit wir mitkriegen, wie viel Beherrschung wir ihn kosten. »Okay«, sagt er. »Okay. Dann wollen wir es uns mal *bildlich* vorstellen.«

»Danke«, sagt Steve und lächelt ihn unterwürfig an. »Das ist nett.«

»Rory taucht mit seinem billigen Tesco-Blumenstrauß vor Aislinns Haustür auf. Aislinn, die eindeutig nicht der Billig-Tesco-Typ war, ist alles andere als begeistert. Sie wird pampig. Rory lässt sich das nicht gefallen – er hat sie in ein überteuertes Restaurant eingeladen und sich immer wieder auf neue Termine eingelassen und ist im Regen durch Stoneybatter gerannt, um sie glücklich zu machen, und das reicht der verwöhnten Prinzessin nicht? Er haut ein Jane-Austen-Zitat raus über anstrengende Tussis, die Männer scharfmachen und dann abblitzen lassen, keine Ahnung, wie solche Frauen in Literatenkreisen genannt werden. Aislinn würgt ihm eine rein: Sie sagt ihm klipp und klar, warum er nicht gut genug für sie ist, warum sie ihn nicht rangelassen hat und warum er sich das nach diesem Auftritt endgültig abschminken kann. Sie putzt ihn einen Tick zu viel runter, und wumm.« Breslin mimt einen kleinen Faustschlag, ziemlich gelangweilt. »Und da wären wir. Ist das bildlich genug für dich? Ja?«

»Das könnte hinkommen, klar.« Steve nickt, schwer mit seiner bildlichen Vorstellung beschäftigt. »Bloß, dann wäre der Blumenstrauß doch bestimmt ein bisschen zerfleddert worden, im Eifer des Gefechts, sozusagen. Rory hätte ihn fallen lassen oder so. Wir haben aber keine Blütenblätter auf dem Boden gefunden.«

»Dann sind eben keine Blütenblätter abgefallen. Oder Rory

war so schlau und hat sie aufgehoben. Es geht ja nicht um einen schweren Kampf. Es geht um ein bisschen« – Breslin macht eine Blablabla-Geste –, »einen Schlag und ein paar Sekunden ach du Scheiße. Ein paar Blütenblätter wären toll gewesen, aber in unserem Job darfst du nicht zu viel verlangen. Du musst mit dem arbeiten, was du hast, statt über das zu jammern, was du nicht hast.« Breslin sieht Steve mit dem Ansatz eines Lächelns an, ganz auf Versöhnung gestimmt. »Hab ich recht, oder hab ich recht?«

Steve sagt munter: »Du hast hundertprozentig recht, Mann. Ich würde bloß gern noch 'n paar Bäumchen mehr schütteln; nur gucken, ob irgendwas rausfällt, mehr nicht.« Als Breslin entnervt einen Schritt nach hinten macht und die Zähne zusammenbeißt: »Ich bin schließlich neu. Ich hab noch allerhand zu lernen. Ist doch nicht schlecht, wenn ich jede Gelegenheit nutze, um Erfahrungen zu sammeln.«

»So neu bist du auch wieder nicht. Ihr beide seid lange genug dabei und solltet in der Lage sein, eure Fälle ohne Babysitter zu bearbeiten. Der Quatsch, den du da redest, das ist genau der Grund, warum der Boss meinte, ihr braucht einen.«

»Und wir sind froh darüber, dass du das übernommen hast, Mann. Ehrlich. Aber ich muss das in meinem eigenen Tempo machen, verstehst du? Sonst lern ich nie was. Schadet doch nichts, oder?«

»Komm schon, Moran. Es schadet *doch* was: Ihr zwei werdet euch nämlich lächerlich machen – und seien wir ehrlich, das könnt ihr euch nicht leisten. Wenn ihr den Burschen tatsächlich laufen lasst, während ihr loszieht, um Bäumchen zu schütteln oder was auch immer, wirkt ihr verdammt schwach. Ihr wirkt unsicher. Und nicht nur auf uns hier. Je länger ihr abwartet, desto mehr wird die Verteidigung daraus machen: *Verehrte Geschworene, nicht mal die Beamten waren von der Schuld meines Mandanten überzeugt, und Sie sollten sich deren berechtigtem Zweifel anschließen.* Kratzt euch das denn gar nicht?«

Im Vernehmungsraum hebt Rory den Kopf und wischt sich mit den Handballen übers Gesicht. Es ist rot und fleckig. Die Tränen sind da, was immer sie auch bedeuten.

Steve hebt seinen Becher in Breslins Richtung. »Keine Bange, Mann. Der Boss wird erfahren, dass du versucht hast, uns Feuer unterm Hintern zu machen, dafür sorgen wir schon.«

»Hoppla. Jetzt mal langsam. Glaubt ihr etwa, es geht hier um mich?« Breslin schaltet in eine gute Mischung aus verblüfft und gekränkt. »Ihr glaubt ernsthaft, darum mache ich mir Sorgen? Um meinen Ruf?«

»Um Gottes willen, nein«, sagt Steve und lächelt ihn strahlend und lieb an. »Dein Ruf ist großartig, um nicht zu sagen herausragend. Da müssen schon andere kommen als unsereins, um den zu ruinieren. Ich meine bloß, mach dir keinen Kopf: Wir sorgen dafür, dass deine Erfolge auch dir angerechnet werden.«

»Es geht hier nicht um *mich*. So arbeite ich nicht. Es geht hier nicht mal um euch – wenn bloß euer Ruf auf dem Spiel stände, dann würde ich in eurem eigenen Interesse versuchen zu verhindern, dass ihr die Sache verbockt, aber letzten Endes müsste ich eure Entscheidungen akzeptieren. Es geht hier ums *Dezernat*. Wenn ihr einen Monat braucht, bis ihr endlich die Eier habt, gegen Mr Offensichtlich da drin einen Haftbefehl zu erwirken, werden die Medien nicht Krawall schlagen, weil Conway und Moran einfach nicht in die Puschen kommen. Die werden rumzetern von wegen, das Morddezernat soll endlich anfangen, effektiv zu arbeiten und die Öffentlichkeit vor Verbrechern zu schützen. Ich hoffe, ihr zwei habt wenigstens so viel Loyalität, dass euch das nicht am Arsch vorbeigeht.«

Breslin schäumt derart vor selbstgerechter Empörung, dass ich nicht abschätzen kann, ob er den Blödsinn, den er da von sich gibt, tatsächlich glaubt. Ich sage: »Aber wie steht das Dezernat denn da, wenn wir den Falschen drankriegen?«

»Dann muss die Anklage zurückgezogen werden«, sagt Steve

und verzieht schmerzhaft das Gesicht. »Öffentliche Entschuldigung, höchstwahrscheinlich. Die Medien zetern von wegen, das Morddezernat ist ein Haufen inkompetenter Flachpfeifen, denen es egal ist, wen sie einbuchten, Hauptsache, der Fall ist gelöst. Zeugen melden sich nicht aus Angst, in Handschellen zu landen, weil wir vor lauter Hektik jeden verhaften, den wir zu fassen kriegen …« Er schüttelt den Kopf. »Nicht gut, Mann. Fürs Dezernat, meine ich.«

Breslin seufzt wieder. »Conway. Moran«, sagt er und schlägt jetzt einen sanfteren Ton an. »Der Typ ist so schuldig, wie man nur sein kann. Lasst euch das von jemandem gesagt sein, der schon Verbrecher in den Knast gebracht hat, als ihr zwei noch grün hinter den Ohren wart und eure Bewerbungsformulare für Templemore ausgefüllt habt: Er ist unser Mann. Die Frage ist nicht, ob er es getan hat. Die Frage ist, ob ihr zwei in der Lage seid, zu tun, was getan werden muss.«

Ich sage: »Da heißt es dann wohl Daumen drücken.«

»Okay. Jetzt hört mal.« Breslin lehnt sich mit dem Rücken gegen die Wand, sieht uns mit diesem Lächeln an, das Zeugen dahinschmelzen lässt. »Ich weiß, ihr zwei habt es hier bislang nicht leicht gehabt. Wahrscheinlich habt ihr gedacht, ich hätte das nicht mitgekriegt oder es wäre mir egal, aber ihr würdet euch wundern, wie viele von uns auf eurer Seite stehen. Ich habe immer gesagt, ihr werdet mal zwei großartige Detectives abgeben, wenn ihr erst mal richtig Fuß gefasst habt.«

»Danke, Mann«, sagt Steve. Steve hat praktisch nie Ärger, außer den, der von mir auf ihn abfärbt. Breslin will uns beide bloß paranoid machen. »Schön, das zu hören.«

»Kein Problem. Diesen üblichen Mist zu Anfang müsst ihr einfach durchstehen. Neulinge werden nun mal aufs Korn genommen, gehört zum Job. Das ist reine Routine, nichts Persönliches.«

Der schmierige Sauhund ist zu blöd, um zu merken, dass er

vor gerade mal fünf Minuten fast dieselben Worte zu Rory Fallon gesagt hat, oder aber er hält *uns* für zu blöd. Und er hält uns für blöd genug, um zu glauben, dass unser Haufen Mist bloß Routine ist, oder für verzweifelt genug, um so zu tun, als würden wir es glauben.

»Die Jungs müssen einfach sehen, dass ihr den Druck aushaltet. Und das da?« Breslin deutet auf den Einwegspiegel. »Das da ist eure Chance, es ihnen zu zeigen. Ich weiß, dieser ganze alberne Mist muss euer Selbstvertrauen angekratzt haben, aber wenn ihr wegen so einer Kinderkacke eurem eigenen Urteilsvermögen nicht mehr genug traut, um einen glasklaren Fall wie diesen vor den Haftrichter zu bringen, seid ihr im Streifendienst vielleicht doch besser aufgehoben. Ja, das klingt hart« – er hebt eine Hand, als wolle einer von uns ihn unterbrechen, was nicht der Fall war –, »aber das müsst ihr euch anhören.«

Ich hüte mich, Steve anzublicken. Aus dem Augenwinkel sehe ich, dass er noch immer friedlich die Beine baumeln lässt und sein Wasser trinkt, aber ich kann spüren, dass er sich hütet, mich anzublicken.

Breslin will, dass wir Rory Fallon drankriegen. Er will es unbedingt. Vielleicht, weil er es leid ist, in dem Kindergartenfall den Babysitter zu spielen, weil er ihn abschließen will, um zurückzukönnen zu seinem Kumpel McCann und ihren anspruchsvollen, raffinierten Verschwörungen und Schießereien unter großen Bandenbossen. Vielleicht, weil er sich vor O'Kelly aufplustern will – *Die zwei haben einen Monat gebraucht, um ihren letzten Fall von häuslicher Gewalt zu knacken, mit mir an Bord schaffen sie das an einem Tag, so, jetzt hol meinem Ego einen runter und schlag mich zur Beförderung vor*. Vielleicht auch nur, weil er so daran gewöhnt ist, andere unter Druck zu setzen, dass er ohne den Kick nicht durch den Tag kommt.

Und jetzt kommt das Aber.

Bisher hab ich angenommen, dass irgendwer mir Crowley aus

einer Laune heraus, nur so zum Spaß, auf den Hals gehetzt hat, so wie einer mein Handy in meinen Kaffeebecher geworfen hat, als ich es noch auf meinem Schreibtisch liegen ließ. Bis zu diesem Moment bin ich gar nicht auf die Idee gekommen, dass einiges mehr dahinterstecken könnte.

Crowley der Kriecher bauscht diesen Fall zu einem Riesending auf, und irgendwer stachelt ihn dazu an. Wenn ich die Sache spektakulär vergeige, zum Beispiel wenn ich Fallon in U-Haft bringe, weil irgendwelches wichtiges Entlastungsmaterial auf dem Weg zu meinem Schreibtisch spurlos verschwunden ist, und die Presse irgendwie Wind von der Sache bekommt, dann geht das ganze Land mit an die Decke. Und dann hat das Dezernat den Vorwand, nach dem es lechzt: Ich bin weg vom Fenster.

In einer Vernehmung würde ich an diesem Punkt aufspringen und das Band anhalten – *Vernehmung unterbrochen um 14.52 Uhr, Detective Conway und Detective Moran verlassen den Vernehmungsraum* – und Steve schleunigst mit nach draußen nehmen. Wir müssen miteinander reden, sofort. Ich beobachte Breslin mit ausdrucksloser Miene und warte ab, was als Nächstes kommt.

»Wir machen Folgendes«, sagt Breslin. »Moran, du guckst dir die Überwachungsbänder an, stellst fest, ob die Kameras Rory Fallon erfasst haben, wie er gestern Abend vom Haus des Opfers aus durch die Stadt gegangen ist – vielleicht finden wir raus, wo er die Handschuhe weggeworfen hat. Unterdessen nehmen Conway und ich uns noch mal Rory vor, versuchen, ein Geständnis aus ihm rauszuholen – dürfte doch kein Problem sein, hab ich recht?« Er grinst mich kumpelhaft an und gibt mir, ungelogen, einen richtigen Klaps auf die Schulter. Ich könnte dem dreisten Arsch eine reinhauen. »Selbst wenn er nicht gesteht, kein Problem: Wir haben schon genug gegen ihn in der Hand. Wir nehmen ihn fest, besorgen uns einen Haftbefehl, ich erzähle den Jungs, wenn es hart auf hart kommt, ist absolut auf euch Verlass, und ich kann euch garantieren, dass ihr im Dezernat keinen Ärger mehr habt. Alle sind glücklich und zufrieden.«

Er ist ganz kurz davor, es uns unter die Nase zu reiben: *Wenn ihr jetzt mitzieht, bring ich das mit den Jungs für euch in Ordnung.* Er macht das nicht nur, weil er zurück zu McCann oder weil er beim Boss gut dastehen will. Es geht ihm darum, Fallon dranzukriegen.

Und er ist sicher, dass wir uns begeistert auf den Deal einlassen. Er rückt schon seine Krawatte zurecht und wendet sich zur Tür.

Ich sage: »Wir machen Folgendes: Deasy und Stanton stellen eine Liste mit Rory Fallons Kontaktpersonen zusammen. Falls Rory unser Mann ist, dann wird der Typ, der auf der Polizeiwache angerufen hat, auf dieser Liste stehen. Ich will, dass du mit allen redest, versuchst, rauszukriegen, wer der Anrufer war. Fang mit den guten Freunden und Brüdern an, falls er welche hat. Wenn du bei denen nicht fündig wirst, arbeite die Liste weiter ab.«

Breslin hat sich umgedreht. Er starrt mich an, schafft es aber, schön neutral zu bleiben, bereit, weiter einen auf kumpelhaft zu machen, wenn wir ihn lassen. Als er sicher ist, dass ich fertig bin, sagt er: »Wieso?«

Ich sage: »Weil Moran und ich ab jetzt mit Fallon weitermachen.«

Breslin blickt zwischen uns hin und her – er will als der große Hund rüberkommen, der mit den frechen Welpen lange genug Geduld hatte, aber da er zu uns hochschauen muss, geht die Wirkung ein bisschen verloren. Er sagt: »Das muss ich jetzt aber erklärt haben.«

Ich öffne den Mund, um *Weil das hier verdammt nochmal unser Fall ist, und wenn du mir das nächste Mal einen Befehl erteilst, kriegst du ein Knie in die Eier* zu sagen, doch Steve ist schneller, er sagt: »Du hast völlig recht, Mann: Wir müssen uns den Respekt der anderen verdienen. Und das schaffen wir nicht, wenn *du* das Geständnis aus ihm rausholst und nicht wir. Vielen Dank für dein Angebot, aber wir müssen das selbst erledigen.«

Was, wie ich zugeben muss, besser ist als meine Version. Der verdatterte Ausdruck in Breslins Gesicht gibt mir meine Kontrolle zurück. Ich sage zu Steve: »Das weiß Detective Breslin doch selbst, du Torfnase. Oder hältst du ihn etwa für einen Anfänger? Das war ein Test. Er wollte sehen, ob wir kneifen und alles, was schwierig ist, anderen aufhalsen, sobald sich die Chance bietet, oder ob wir den Nerv haben, auch wirklich unseren Job zu machen.«

Steve klappt der Unterkiefer runter. Dann lacht er schallend auf. »O Mann! Und ich steh hier wie ein Vollidiot und erzähl dir, wir müssten uns bei den Jungs Respekt verschaffen. Alle Achtung, Mann. Du hast mich ganz schön drangekriegt.«

Breslin hat ein angedeutetes Lächeln aufgesetzt, aber seine hellen Augen, die sich noch immer zwischen uns hin und her bewegen, sind kalt und ausdruckslos. Er weiß nicht, ob er uns glauben soll oder nicht.

Ich bringe ein Halbgrinsen zustande. »Mich auch im ersten Moment. Er hat nicht ohne Grund diesen Ausnahme-Ruf. Danke, Breslin: Wir haben verstanden, klar und deutlich. Wir machen unseren Job. Und sobald wir ihn gemacht haben, sehen wir uns im Soko-Raum. Fallbesprechung um vier.«

Ich nicke ihm freundlich zu und drehe mich weg, zum Einwegspiegel. Breslins Spiegelbild, das Rory überlagert, bleibt reglos, starrt mich an. Mir kribbelt der Rücken.

Dann zuckt er die Achseln. »Ich würde nur allzu gern glauben, dass ihr wisst, was ihr tut«, sagt er. »Wir sehen uns um vier.«

Das Spiegelbild dreht sich um und verschwindet. Die Tür des Beobachtungsraums fällt ins Schloss.

Steve und ich warten, lauschen, sehen zu, wie Rory in seiner Hosentasche kramt, ein zerknülltes Papiertaschentuch hervorholt und versucht, sein verheultes Gesicht zu trocknen. Dann gehe ich zur Tür und reiße sie auf. Der Flur ist leer.

Steve sagt: »Das gefällt mir nicht.« Sein Akzent klingt wieder normal.

Ich sage: »Mir auch nicht.«

»Was hat der vor?«

»Keine Ahnung.« Ich lasse die Tür auf. Ich versuche, auf und ab zu gehen, aber der Beobachtungsraum ist zu klein. Alle zwei Schritte muss ich vor einer Wand bremsen. Der Gestank hat sich stark verdichtet, ist jetzt wie eine dritte Person, die uns beiseitedrängt. »Hast du das gehört? ›Ich kann euch garantieren, dass ihr im Dezernat keinen Ärger mehr habt …‹ Der wollte uns bestechen.«

»Wieso will er Fallon unbedingt drankriegen?«

»Keine Ahnung. Ich hätte nicht gedacht, dass er einer von denen ist, die mich fertigmachen wollen.« Steve muss sehen, was los ist, schließlich ist er nicht blind, aber ich schütte bei niemandem mein Herz aus. Es ist das erste Mal, dass ich diesen Mist offen anspreche, und es fühlt sich nicht gut an. »Aber wenn wir Fallon zu früh als unseren Tatverdächtigen präsentieren, und die Sache geht in die Hose, und Crowley verbreitet unseren Flop im ganzen Land …« Allein bei der Vorstellung – der gehässige Applaus im Büro, das Grinsen bei Roche, die pure Erleichterung in O'Kellys Stimme, wenn er erklärt, dass es so nicht weitergehen kann – zischen mir rote Zickzackblitze durchs Hirn. Ich sage: »Das wäre eine Methode, mich außer Gefecht zu setzen.«

Steve hat seinen Plastikbecher zerknüllt und faltet ihn jetzt zu Formen. Er sagt: »Vielleicht ist es nur das: Er versucht, uns fertigzumachen.« Das »uns« ist niedlich – keiner hegt die Absicht, Steve fertigzumachen –, aber ich spüre trotzdem einen kurzen, albernen Anflug von Wärme. »Aber ich hatte bei ihm auch nie das Gefühl. Ich hatte immer den Eindruck, dass er sich einen Dreck für uns interessiert, so oder so.«

»Ich auch. Aber wenn er uns wirklich loswerden will, dann sollten wir das genau so wahrnehmen. Breslin ist kein Genie, aber er ist schon lange dabei. Er hat gelernt, sich nicht in die Karten schauen zu lassen.«

»Oder«, sagt Steve. »Falls es doch ein Gangster war …«

Er spricht nicht weiter. Das laute Knacken von gefaltetem Plastik gellt mir ins Ohr.

Es gibt korrupte Cops. Im wahren Leben nicht so viele wie im Fernsehen, aber es gibt sie. Angefangen bei dem, der einem Temposünder das Bußgeld im Austausch für ein Fußballticket erlässt, bis zu dem, der einem Gangsterboss gehört, mit Haut und Haaren.

Falls Aislinn einen Gangster als Lover hatte und von ihm umgebracht wurde, dann hätte der oder einer seiner Leute als Erstes ihren Kontaktmann bei der Polizei angerufen und ihm gesagt, dass er das Problem lösen soll. Und die perfekte Lösung, gründlich, sorgenfrei, wäre die, Rory Fallon zu überführen und den Fall abzuschließen.

»Breslin«, sage ich. Ich bin stehen geblieben, halte fast den Atem an. »Breslin. Glaubst du? Ernsthaft?«

Steve hebt eine Schulter.

»Nee. Kann ich mir nicht vorstellen. Er will immer der große Held sein. Sich von Kriminellen schmieren zu lassen, passt nicht zu seinem Selbstbild. Das würden seine Hirnzellen nicht mitmachen.«

Steve sagt: »Breslin würde es irgendwie schaffen, sich als der Held zu sehen, egal, was er getan hat. Das ist seine Grundlage: die Idee, dass er einer von den Guten ist. Und deshalb muss alles, was er macht, richtig sein. Dann überlegt er sich im Umkehrschluss, wie das hinhaut.«

Er hat recht, aber ich habe noch nie so darüber nachgedacht – ich habe überhaupt noch nie so viel über Breslin nachgedacht. Es gibt mir ein ungutes Gefühl, das sich mir im Nacken festklammert. Was Steve gesagt hat, das gilt nicht nur für Breslin, das gilt für uns alle. Wenn du irgendeinem traumatisierten Zeugen so lange zusetzt, bis er eine Aussage macht, oder eine Mutter manipulierst, so dass sie ihr eigenes Kind belastet und damit in den Knast schickt, kannst du den Kick des Triumphes genießen, ohne dir wegen der tieferen moralischen Feinheiten einen Kopf zu machen, weil du in dieser Geschichte der Gute bist. Steve zerpflückt das, macht es zu etwas anderem, das verworren und dornig ist, gefährlich.

Er sagt: »Und er ist der Typ, den sie sich ausgucken würden. Frau, Kinder, Hypothek …«

Gangsterbanden geben sich nicht mit Leuten wie Steve und mir ab, Singles aus einfachen Verhältnissen auf dem Weg nach oben. Solange wir nicht spiel- oder kokssüchtig sind, haben sie kein Druckmittel gegen uns. Breslin dagegen hat eine anspruchsvolle blonde Frau und drei blonde Jungs mit Zahnklammern, wie aus einem Werbespot, und ein Haus in einem schicken Teil von Templeogue. Er hat also allerhand Verpflichtungen am Hals und allerhand zu verlieren, sollte er es sich irgendwann mal anders überlegen. Sobald er erst mal drin wäre, wenn auch nur mit einem Zeh, käme er nicht mehr raus.

Breslin und McCann bearbeiten öfter große Mordfälle im Zusammenhang mit Bandenkriminalität. Sie reden häufig und lange mit wirklich knallharten Jungs. Es wäre ein Wunder, wenn Breslin nicht irgendwann mal von irgendwem ein Angebot bekommen hätte.

Die gleiche Anspannung in der Luft, wie ich sie im Büro gespürt habe, gerade Linien, die sich an den Rändern meines Gesichtsfeldes verbiegen. Mein Herz rast.

Ich sage: »Ja. Stimmt.«

»Genau der Typ. Und für einen Detective vom Morddezernat würde ein Gangsterboss tief in die Tasche greifen.«

Breslin trägt teure Anzüge, aber wir kleiden uns alle gut. Er fährt einen zwei Jahre alten BMW, und er erzählt immer wieder gern, dass seine Kinder auf eine Privatschule gehen, weil er nicht will, dass sie von Prolls und Immigranten umgeben sind, die kaum Englisch können – also die Prolls, hahaha, nichts für ungut, Conway, Moran –, aber ich dachte immer, dass Daddy und Mummy ihm finanziell unter die Arme greifen. Er macht mit der ganzen Familie Urlaub auf den Malediven, aber wenn ich überhaupt mal darüber nachgedacht hätte, wäre ich wohl davon ausgegangen, dass er seinem Bankberater ein paar Punkte in der Verkehrssünderkartei erspart hat und der ihm dafür im Gegenzug ein ansehnliches Kreditkartenlimit ohne Rückzahlungsdruck bewilligt hat.

Steve und ich haben uns immer einen interessanten Fall gewünscht. Der hier könnte sehr viel interessanter werden, als uns lieb ist.

Steve sagt: »Und falls er derjenige ist, der Crowley mit Infos versorgt, würde das erklären, warum.«

Wenn das Wasser, in dem du fischst, trübe genug ist, tun sich jede Menge berechtigte Zweifel auf. Die Luft in den Ecken flimmert.

Und ich kann nicht aufhören zu grinsen.

Wenn Steve recht hat, steuern hochgradige Gefahren auf uns zu, aus mehreren Richtungen gleichzeitig. Banden töten keine Cops, das bringt zu viel Ärger, aber sie haben kein Problem damit, dein Auto in die Luft zu jagen, um dir zu verklickern, dass du den Rückzug antreten sollst. Und das ist noch läppisch im Vergleich zu dem, was die Kollegen mit uns machen werden, falls wir Breslin an die Interne Ermittlung verpetzen.

Sollen sie doch alle kommen! Gefahr macht mir nichts aus. Gefahr weckt meinen Appetit. Breslin, der arrogante Kotzbrocken, der versucht, mich wie ein Ballontier zu verdrehen – da fühle ich mich, als würde ich mich in einer Zwangsjacke winden, um ihm eine reinzuhauen. Aber Breslin, der korrupte Cop: Das ist eine Herausforderung, eine böse, giftige Herausforderung, die niemand, der halbwegs bei Verstand ist, annehmen sollte, und ich hatte schon immer eine Schwäche für Herausforderungen.

Steve beäugt mich, als wäre ich übergeschnappt. »Was ist? Was ist so komisch?«

»Nichts. Ich mag Herausforderungen.«

»Dann denkst du, ich hab recht? Du denkst, er …« Steve spricht den Satz nicht zu Ende.

Das ernüchtert mich ein wenig. »Ich weiß noch nicht. Wir ergehen uns hier in Hypothesen. Ich mag keine Hypothesen.« Ich beiße mir auf den Daumen, um das Grinsen loszuwerden. »Definitiv wissen wir nur, dass Breslin Rory Fallon drankriegen und den Fall abschließen will, und das schnellstmöglich. Wir müssen Zeit schinden, bis wir rausfinden, warum. Was du da vorhin gesagt hast, dass wir unsere Drecksarbeit selbst erledigen wollen: Das war gut. Das müsste uns etwas Zeit verschaffen.«

Der Zug um Steves Mund wirkt skeptisch. »Glaubst du, er hat uns das abgenommen?«

»Weiß nicht genau. Ich glaube, ja. Ich hoffe es.« Die Erinnerung an Breslins kalten Starrblick lässt mich noch fester zubeißen. »Wie auch immer, das bleibt unsere Taktik: Wir sind die beschränkten Anfänger, die nicht schnallen, wie es hier läuft, und wir wollen unseren Fall nach unseren Vorstellungen bearbeiten. Einverstanden?«

Ein Teil von mir befürchtet, dass Steve sich herauswindet. Durchaus möglich, dass es bei dem Mist hier nur um mich geht; solange er sich geschickt anstellt, kann er der Explosion ausweichen und sich problemlos ins Dezernat einfügen, sobald ich ein rauchender Krater bin. Diese Chance setzt er aufs Spiel, wenn er Breslin davon überzeugt, dass er ein Idiot ist. Aber er grinst. »Den beschränkten Anfänger krieg ich hin.«

»Die Rolle deines Lebens«, sage ich. Die Erleichterung trifft mich stärker, als ich mir eingestehen will. »Keine Schauspielerei erforderlich.«

»Hey, jeder arbeitet mit dem, was er hat.« Steve zeigt mit dem Daumen auf den Einwegspiegel. »Was machen wir mit ihm?«

Rory hat sich ausgeweint. Er wird zappelig, reckt den Kopf und schaut sich besorgt um wie ein bebrilltes Erdmännchen, fragt sich, wo wir bleiben. Er sollte eigentlich heute für uns das Wichtigste sein. Ich habe fast vergessen, dass es ihn gibt.

Ich sage: »Wir reden noch mal mit ihm. Wie wir Breslin gesagt haben.«

»Das heißt, wir überlassen es Breslin, mit Rorys Kontaktpersonen zu sprechen. Glaubst du, das ist sicher?«

Falls Breslin vorhat, entweder Rory oder mich fertigzumachen, könnten Rorys Kumpel auf vielerlei Weise ein echtes Geschenk für ihn sein. Ich sage: »Wahrscheinlich nicht, aber was soll's, lass uns gefährlich leben. Mir ist nichts anderes eingefallen, um ihn loszuwerden. Und ich will ihn nicht länger bei Rorys Vernehmung dabeihaben. Fallon verkraftet keinen Druck. Wenn Breslin ihn weiter so hart angeht, haut er ab. Und ob er nun unser Mann ist oder nicht, er soll uns auf keinen Fall für fiese Brutalos halten, die ihn in die Pfanne hauen wollen. Jedenfalls noch nicht.«

»›Ob er nun unser Mann ist oder nicht‹«, sagt Steve. »Dann bist du dir nicht mehr sicher?«

Ich hebe kurz eine Schulter. »Ich war es, als ich da rauskam. Nicht hundertprozentig, aber fast. Irgendwas ist verdächtig daran, dass er so früh nach Stoneybatter gefahren ist – die Frage war ihm unangenehm, ist dir das aufgefallen?«

»Ja. Aber seine Reaktion, als du ihm gesagt hast, dass Aislinn tot ist: Die kam mir echt vor.«

»Mir auch. Aber selbst wenn sie echt war, heißt das nicht, dass er unschuldig ist.« Rory hält sein durchweichtes Taschentuch zwischen Zeigefinger und Daumen und schaut sich offenbar nach einem Abfalleimer um. Als er nicht fündig wird, steckt er das Taschentuch ein. Ich sage: »Vielleicht hat er nicht gewusst, dass er sie umgebracht hat. Er schlägt zu, sie geht zu Boden, aber als er ihren Puls checkt oder ihre Atmung, ist sie noch am Leben. Dann stellt er den Herd ab, damit das Haus nicht um sie herum abbrennt, und haut ab. Er glaubt, sie hat bloß eine Gehirnerschütterung oder so. Die ganze Nacht betet er, dass sie sich an nichts erinnern kann, wenn sie wieder zu sich kommt. Und als er erfährt, dass sie tot ist, und ihm plötzlich eine Mordanklage droht, macht er sich fast in die Hose.«

»Das käme hin«, sagt Steve.

»Als ich vorhin da rauskam, hätte ich darauf gewettet. Aber jetzt ...« Rory steht halb auf, setzt sich dann wieder hin, als wäre Stehen vielleicht verboten. Ich sage: »Und du?«

Steve fährt mit einem Daumen über die Riffelung des Plastikbechers und betrachtet Rory, der versucht, sitzen zu bleiben. »Die Sache ist die: Selbst wenn Rory der Täter ist, heißt das nicht, dass Aislinn keinen heimlichen Gangster-Lover hatte und Breslin sauber ist.« Seine Stimme wird leiser, als er das sagt. Wir blicken beide automatisch zur Tür: Nichts. »Mal angenommen, der Freund existiert, ja? Selbst wenn er Aislinn kein Haar gekrümmt hat, wird es ihm nicht gefallen, wenn wir in seinem Gewerbe herumschnüffeln, überprüfen, wo er wann war, seiner Gattin von seinem Seitensprung erzählen ... Sobald er rausfindet, dass Aislinn tot ist – zum Beispiel falls er gestern Abend noch spät auf einen Quickie bei ihr vorbeigeschaut hat –, wird er seinen Kontakt bei der Polizei anrufen und ihm sagen, er soll die Sache regeln, schnellstens.«

»Und je langsamer wir sie regeln«, sage ich, »desto mehr Zeit haben wir, um herauszufinden, ob da noch was anderes läuft.« Mein Herzschlag beschleunigt sich schon, als ich es nur ausspreche.

»Also ziehen wir's raus«, sagt Steve.

»Das auch nicht. Breslin hat recht, wir sollten nicht in den Ruf geraten, dass wir nichts geregelt kriegen. Aber wir lassen es einfach schön ruhig angehen. Was auch immer hier läuft, ich will Rory erst wieder herholen, wenn wir wirklich alles wissen, was wir über diesen Fall rausfinden können. Wenn wir ihn uns wieder vornehmen, dann müssen wir genug Munition haben, um ihn wegzupusten.«

Steve nickt. »Und jetzt?«

Ich sehe auf die Uhr: noch knapp eine Stunde bis zur Fallbesprechung. »Jetzt gehen wir seine Geschichte noch einmal mit ihm durch, vielleicht will er uns ja was Neues erzählen, besorgen uns seinen Mantel und die Handschuhe und überreden ihn, uns seine Wohnung durchsuchen zu lassen. Dann schicken wir ihn nach Hause und bringen diese Fallbesprechung hinter uns. Danach –«

»Danach hauen wir uns endlich mal aufs Ohr. Ich bin erledigt.«

Prompt muss er kräftig gähnen. Ich unterdrücke es bei mir, aber zu spät: Ich merke, dass auch ich fix und alle bin. Ich sehe unscharf, kann nicht erkennen, wie weit die Wände entfernt sind. »Aber Breslin nicht«, sage ich. »Wenn wir nach Hause gehen, kann er schalten und walten, wie er will.«

»Und wenn wir nicht nach Hause gehen, wird er sich fragen, wieso nicht.«

Steve hat recht. Bei einem toten Kind oder einem toten Cop arbeitest du vierundzwanzig Stunden durch, falls nötig, dann springst du unter die Dusche und haust dich kurz aufs Ohr und arbeitest noch einmal vierundzwanzig Stunden. Wenn du das bei jedem Fall machst, bist du binnen drei Monaten ausgebrannt. Bei einem normalen Mord schiebst du eine Acht-Stunden-Schicht, vielleicht zwölf oder vierzehn, falls irgendwas Interessantes passiert. Wenn Steve und ich bei diesem Fall vierundzwanzig Stunden am Ball bleiben, können wir gleich zu Breslin laufen und ihm von unserem Verdacht erzählen, dass irgendwas nicht ganz koscher ist.

Ich sage: »Und? Was machen wir mit ihm?«

»Drück ihm bei der Fallbesprechung einen Berg Routinearbeit aufs Auge. Nimm ihn aus der Schusslinie.«

»Ja, klar. Er wird begeistert sein. Ein wichtiger Mann wie er –«

Steve grinst. »Es geht hier nicht um sein Ego, schon vergessen? Hat er selbst gesagt. Es geht nur ums Dezernat. Er wird nichts dagegen haben, jeden Fahrgast im Bus 39A aufzuspüren, dem Dezernat zuliebe.«

Ich muss auch grinsen. »Jeden Mülleimer zwischen Stoneybatter und Ranelagh absuchen: Breslin, dem Dezernat zuliebe. Zur Obduktion gehen: Breslin, dem Dezernat zuliebe. Zeugenaussagen tippen –«

»Pizza holen: Breslin, dem Dezernat zuliebe –«

Wir sind beide kurz davor, einen ausgewachsenen Lachkrampf zu kriegen. Wenn ich mich dermaßen entspanne, schlafe ich gleich im Stehen ein.

»Wir lassen ihn weiter Fallon unter die Lupe nehmen«, sage ich. »Wenn er mit den Kontaktpersonen fertig ist, kann er mit Fallons Exfreundinnen reden, rausfinden, ob ihm früher schon mal die Hand ausgerutscht ist –«

»Kann ich mir nicht vorstellen.« Steve hält eine Hand unter den Zapfhahn des Wasserspenders und reibt sich durchs Gesicht, um wieder wach zu werden.

»Ich auch nicht. Aber falls Breslin Fallon auf Teufel komm raus drankriegen will, wird er kein Problem damit haben, nach irgendwas Belastendem über ihn zu suchen, oder? Damit müsste er zu beschäftigt sein, um uns in die Quere zu kommen, zumindest für heute Abend. Und wir geben ihm einen Fahnder mit. Dann überlegt er es sich hoffentlich zweimal, ehe er eine Aussage verschwinden lässt, die ihm nicht passt.«

Irgendetwas muss in meiner Stimme mitgeschwungen haben.

Steve blickt jäh auf. »Ist dir noch mehr abhandengekommen? Ich meine seit der Zeugenaussage im Petrescu-Fall?«

»Nee«, sage ich – ich habe nicht vor, mich an seiner Schulter über die bösen Jungs auszuweinen, die mein schönes Aussageformular gestohlen haben. »Könnte aber wieder passieren. Wir müssen vorsichtig sein.«

Steve betrachtet mich weiter, während er sich mit der Hand Wassertropfen vom Kinn wischt, und ich habe das Gefühl, dass seine Antwort einen Sekundenbruchteil zu spät kommt. Aber er sagt ganz locker: »Ein Fahnder wird Breslin nicht davon abhalten, Crowley Infos zu liefern, falls er derjenige welcher ist.«

»Das weiß ich. Hast du einen besseren Vorschlag? Willst du ihm aufs Klo folgen und aufpassen, dass er Crowley nicht mit einer Hand simst, während er mit der anderen seinen Schniedel hält?«

»Nee, der Fahnder ist eine gute Idee. Wir können Breslin sagen, der Junge braucht einen Mentor.«

Ich pruste los. »Das schluckt er bestimmt. Vielleicht klappt es nicht – Breslin wickelt den Mann wahrscheinlich um den kleinen Finger –, aber es ist besser als nichts.«

Steve sagt: »Wir müssen Breslin von Aislinns Daten fernhalten.«

Ihr Handy, ihre E-Mails, ihre Social-Media-Accounts, alles, wo wir irgendwas finden könnten, das uns auf die Spur des Gangster-Lovers bringt, falls es ihn denn gibt. »Auf der Fallbesprechung werden wir sagen, dass wir uns darum kümmern«, sage ich. »Breslin hat wahrscheinlich schon einen Blick in ihr Handy geworfen, als er am Tatort war, aber soweit ich sehen konnte, ist da nichts Brauchbares drauf.«

»Es gibt noch was, was wir machen müssen«, sagt Steve. »Wir müssen uns mit Breslin unterhalten, sooft sich die Gelegenheit ergibt. Oder uns von ihm unterhalten lassen, besser gesagt.«

»Bitte nicht. Lieber erschieß ich mich.«

»Das müssen wir. Ihn zum Reden bringen. Er ist kein Idiot, aber …«

»Aber er hört sich gern reden«, sage ich. »Ja. Er soll uns erleuchten, so viel er will. Man kann nie wissen, was ihm dabei so rausrutscht. Mit McCann reden wir auch, wenn es sich ergibt.« McCann und Breslin sind seit zehn Jahren Partner. Sie sind dicke Kumpel. Wenn Breslin Rory Fallon in den Knast bringen will, aus welchem Grund auch immer, oder wenn er bloß will, dass mir dieser Fall um die Ohren fliegt, McCann wird eingeweiht sein. »Er ist zwar nicht gerade gesprächig, aber man kann nie wissen.«

»Was Besseres haben wir nicht. Wir können jetzt auf gar keinen Fall mit den Kollegen von der Organisierten Kriminalität reden, nicht direkt.« Steve kaut auf einem Fingernagel, während er Rory anstarrt, ohne ihn wahrzunehmen. »Du hast gesagt, du hast einen Kumpel bei denen im Dezernat. Kannst du ihn mal kontaktieren? Fragen, ob er was gehört hat?«

»Klar, aber so einfach ist das nicht.« Ich mache meine Handfläche am Wasserspender nass und reibe mir den Hals. »Ich werd sehen, was sich machen lässt.«

»Und wir schreiben nichts in den Computer.«

»Auf keinen Fall. Und lassen auch nichts auf unseren Schreibtischen liegen.« Ich denke an die Aussagen, die ich in meiner Schreibtischschublade eingeschlossen habe. An denen wird sich keiner noch mal zu schaffen machen. Sie lassen sich lieber was anderes einfallen, um mich auf Trab zu halten, aber plötzlich kommt mir das mickrige Schloss wie ein Witz vor. »Oder in den Schreibtischschubladen. Notizen behalten wir am Körper.«

Steve beißt sich auf die Lippe. Er sagt: »O Mann.«

Das ist alles eine Riesenmenge heißer Luft, Schatten, die von etwas Gewaltigem geworfen werden könnten oder von etwas so Bedeutungslosem, dass sich das Hinschauen kaum lohnt, aber das Adrenalin peitscht durch mich hindurch, und ich bin wie berauscht. Ich würde Steve am liebsten mit Wasser bespritzen. »Du müsstest dein Gesicht sehen. Kopf hoch, Mann. Das könnte die beste Ermittlung werden, die wir je hatten.«

»Mir schmeckt das alles nicht. Unserem eigenen Dezernat was verheimlichen –«

»Entspann dich mal«, sage ich. »Wahrscheinlich ist das alles ausgemachter Blödsinn. Wie gesagt: Wir sind bloß vorsichtig.«

Bewegung draußen auf dem Gang. Ich bin mit zwei Schritten an der Tür, doch es ist bloß Winters, der einen ausdruckslosen kleinen Loser im Trainingsanzug zu einem der anderen Vernehmungsräume führt. Dennoch: »Lass uns anfangen«, sage ich. »Bevor Breslin wiederkommt, um zu sehen, was wir machen.«

Steve nickt und schmeißt seinen verstümmelten Becher in den Abfalleimer. Ich werfe einen letzten Blick auf Rory, der inzwischen schlottert, als stünde sein Stuhl unter Strom. Dann gehen wir hinein, um es eine Weile schön ruhig angehen zu lassen.

Der Vernehmungsraum stinkt nach Schweiß und Tränen. »Detective Conway und Detective Moran betreten den Vernehmungsraum«, sage ich zum Videorekorder.

»Hi«, sagt Steve, nimmt Platz und grinst Rory mitfühlend an. »Detective Breslin musste weg. Ich springe für ihn ein. Detective Moran.«

Rory nickt schwach. Ich sage, als ich meinen Stuhl heranziehe: »Wie geht es Ihnen?«

»Einigermaßen.« Seine Nase ist verstopft. »Tut mir leid, dass ich …«

»Kein Problem«, sage ich. »Können Sie weitermachen?«

Rory starrt mich aus verweinten Augen vorwurfsvoll an. Er sagt: »Sie haben es die ganze Zeit gewusst. Dass ich mich mit Aislinn getroffen hab. Dass ich gestern Abend bei ihr eingeladen war. Sie haben es gewusst.«

Oha, unser kleiner Mittelschichtler ist richtig angefressen, weil

Polizeibeamte ihn reingelegt haben. Ich sage: »Ja. Stimmt. Ich weiß, das war mies Ihnen gegenüber, aber wir ermitteln hier in einem Mord, und manchmal bekommen wir die notwendigen Informationen nur, indem wir Dinge tun, die nicht optimal sind. Wenn wir Ihnen erzählt hätten, worum es geht, hätten Sie vielleicht dichtgemacht, und das Risiko konnten wir nicht eingehen. Sie wissen womöglich etwas sehr Wichtiges, auch wenn Ihnen das selbst nicht klar ist.«

»Ich habe Ihnen alles gesagt, was ich weiß.«

Er ist tatsächlich sauer auf mich. Ich lehne mich zurück und signalisiere Steve mit einem Blick, zu übernehmen.

»Das glauben Sie«, sagt Steve, »aber da wussten Sie noch nicht, was passiert ist. Meiner Erfahrung nach kann so ein Schock Erinnerungen freisetzen. Wären Sie so nett und denken noch einmal über gestern Abend nach? Nur für alle Fälle?«

Rory mustert ihn argwöhnisch, doch der liebe Junge von nebenan sieht ihn nur ernst und hoffnungsvoll an, und Rory beschließt, dass Steve ja nichts für mein schlechtes Verhalten kann. Er ist Steve ohnehin wohlgesinnt, schon allein, weil er nicht Breslin ist. »Meinetwegen. Aber ich bin mir ziemlich sicher, dass da nichts –«

»Ah, ausgezeichnet«, sagt Steve. »Schon die kleinste Kleinigkeit könnte uns weiterhelfen. Haben Sie irgendjemanden bemerkt, den Sie uns beschreiben können, während Sie in Stoneybatter waren? Irgendwas Ungewöhnliches gehört? Ist Ihnen irgendwas aufgefallen?«

»Eigentlich nicht. Ich bin sowieso kein besonders aufmerksamer Mensch, und gestern Abend hab ich mich auf … auf Aislinn konzentriert. Ich hab auf nichts anderes richtig geachtet.«

»O ja. Das kenn ich. Gerade am Anfang einer Beziehung, vor allem, wenn es so losgeht, wie das bei Ihrer der Fall war, existiert nichts anderes mehr.«

Steve lächelt, und Rory reagiert mit einem Gesichtszucken, das fast ein Lächeln ist. »Genau. Sie wissen ja, wie das Wetter gestern Abend war: Es war saumäßig, ich hab gefroren, Regenwasser ist mir von einem Baum hinten in den Kragen getropft. Trotzdem habe ich mich gefühlt wie in einer wunderbaren Geschichte. Der Geruch nach Torfrauch, und der Regen im Licht der Straßenlaternen …«

»Sehen Sie? Genau das meine ich: Sie erinnern sich an mehr, als Sie gedacht haben. Und Sie waren eine ganze Stunde in Stoneybatter, richtig? Halb acht bis halb neun. Sie müssen irgendwen gesehen haben.«

Und da ist es wieder: das plötzliche unwillkürliche Zucken an Rorys Hals, der Stups, den er seiner Brille gibt. Steve erwähnt die zusätzliche Zeit, und mit einem Mal mag Rory dieses Spiel nicht mehr. Der Blutgeruch dringt mir wieder in die Nase. Steve hebt den Kopf, was mir verrät, dass er ihn auch wittert.

Rorys Erinnerung kommt zurück: alles, um uns abzulenken. »Hab ich wirklich. Auf der Prussia Street bin ich an drei Frauen vorbeigekommen, als ich auf dem Weg zu Tesco war. Sie waren schick gemacht zum Ausgehen, und zwei von ihnen hatten die gleichen Haare wie Aislinn, lang und blond und glatt –, deshalb sind sie mir aufgefallen. Sie haben sich einen Regenschirm geteilt und gelacht. Und als ich aus dem Bus stieg, hab ich ein paar Jungs in Hoodies gesehen, die auf der Astrid Road Fußball gespielt haben, gleich um die Ecke von Aislinns Haus. Ich musste auf die Straße ausweichen, weil sie nicht aufgehört haben, als ich näher kam. Aber ich wüsste nicht, inwiefern Ihnen das …«

Steve nickt drauflos, als wären das entscheidende Infos. »Man kann nie wissen. Die könnten was gesehen haben. Das ist alles hilfreich.« Ich mache mir Notizen, als gäb's nichts Wichtigeres auf der Welt. Gut möglich, dass er die Leute bloß erfunden hat. »Sonst noch jemand? Oder irgendwas?«

Rory schüttelt den Kopf. Steve wartet, aber es kommt nichts mehr. »Okay«, sagt er. »Kommen wir zu Ihren Gesprächen mit

Aislinn. Überlegen Sie in aller Ruhe. Hat sie mal jemanden erwähnt, der sie beunruhigt hat? Jemand auf der Arbeit, der ihr vielleicht ein bisschen unheimlich war? Ein Ex, der sich nicht abweisen ließ?«

Rory schüttelt den Kopf.

»Okay. Gab es irgendwas, das bei ihr ungute Gefühle auslöste? Wurde sie beispielsweise ausweichend, wenn ein bestimmtes Thema zur Sprache kam?«

»Also …« Rory hat sich wieder entspannt, jetzt, da wir die Gefahrenzone hinter uns gelassen haben. »Ja. Wenn ich sie auf ihre Eltern angesprochen hab, war Aislinn … Irgendwas war merkwürdig. Sie hat mir erzählt, dass beide tot sind – sie hat gesagt, ihr Dad ist bei einem Autounfall ums Leben gekommen, als sie klein war, und ihre Mum hatte lange MS und ist schließlich vor einigen Jahren daran gestorben …?«

Er schaut zwischen uns hin und her, hofft, dass wir ja oder nein sagen. Wir tun es nicht.

»Aber es war ihr offenbar unangenehm, darüber zu sprechen, und sie hat immer gleich das Thema gewechselt. Vielleicht ja nur, weil wir einander noch nicht so gut kannten, aber ich habe mich gefragt, ob da vielleicht mehr dahintersteckte – zum Beispiel ob einer von beiden noch am Leben war, aber irgendein Problem hatte, wie ich bereits gesagt habe. Ich meine, ich hätte sie natürlich niemals gefragt … aber der Gedanke ging mir durch den Kopf.«

Darauf war Steve nicht gerade aus. »Verstehe«, sagt er. »Interessant. Wir werden das auf jeden Fall überprüfen. Sonst noch was?«

Rory schüttelt den Kopf. »Mehr fällt mir nicht ein.«

»Bestimmt nicht? Ernsthaft: Jede Kleinigkeit könnte wichtig sein. Egal, was.«

Einen Moment lang herrscht Schweigen. Rory holt Luft, um etwas zu sagen. Dann atmet er wieder aus. Er schaut Steve nicht mehr an.

Steve wartet, beobachtet ihn, unbefangen und interessiert wie ein Kumpel im Pub. Rory sagt, plötzlich und widerwillig: »Ich wüsste bloß gern, was Sie mir sonst noch alles nicht erzählen.«

»Das verstehe ich«, sagt Steve sachlich. »Ich kann Ihnen nur sagen, wir verschweigen Ihnen nichts aus Spaß. Wir machen das, um die Person zu schnappen, die Aislinn ermordet hat.«

Rory zwingt sich, den Blick zu heben und Steve anzusehen. Er fragt: »Stehe ich unter Verdacht?« Und er wappnet sich für die Antwort.

Steve sagt: »Im Augenblick ist jeder, der in irgendeiner Verbindung zu Aislinn stand, ein möglicher Tatverdächtiger. Ich will Ihre Intelligenz nicht beleidigen und behaupten, dass Sie die Ausnahme sind.«

Rory muss es gewusst haben, dennoch durchfährt ihn die Angst wie ein Stromstoß. »Ich hab sie gestern Abend doch noch nicht mal gesehen. Und ich hatte sie gern, ich dachte, wir würden – wieso hätte ich –«

Was immer er uns auch sagen wollte, es ist weg. »Schon klar«, sagt Steve vernünftig, »aber wir müssen davon ausgehen, dass alle, mit denen wir reden, das Gleiche sagen werden. Und eine von diesen Personen wird lügen. Wir würden Sie liebend gern ausschließen – je schneller wir den Kreis der Verdächtigen einschränken, desto besser –, aber wir können uns nicht allein auf Ihr Wort verlassen. Das sehen Sie doch ein, oder?«

»Was brauchen Sie denn, um mich auszuschließen?«

»Beweise. Wir brauchen immer Fingerabdrücke, und in diesem Fall bitten wir auch um Mäntel und Handschuhe – ich kann Ihnen natürlich nicht sagen, warum, aber die Sachen müssten erheblich dazu beitragen, Sie von der Liste streichen zu können. Sie sind doch damit einverstanden, oder? Können wir die da gleich hierbehalten?« Steve deutet mit dem Kopf auf Rorys Sachen.

Rory ist perplex, aber Steve hat ihm kaum eine andere Wahl

gelassen. »Ich denke schon – ich mein … ja, okay. Ich bekomme sie doch zurück, oder?«

»Klar«, sagt Steve und greift über den Tisch, um die Handschuhe mit seinem Kugelschreiber zu sich rüberzuziehen. »Könnte allerdings ein paar Tage dauern. Einverstanden, wenn wir uns in Ihrer Wohnung nach irgendwelchen anderen Kleidungsstücken umschauen, die wir eventuell ausschließen müssen?«

»Ich weiß nicht …« Rory blinzelt schnell. Die Anspannung und der stickige Raum setzen ihm zu. Er kommt nicht mehr richtig mit. »Reichen die hier denn nicht? Die hatte ich gestern Abend an, wenn das –«

»Schauen Sie«, unterbricht Steve ihn, »wir wollen nicht bloß diesen speziellen Mantel von unserer Liste streichen. Wir wollen *Sie* von unserer Liste streichen. Das heißt, wir brauchen alles, was Sie getragen haben könnten, nicht bloß das, was Sie tatsächlich getragen haben. Verstehen Sie, was ich meine?«

Rory schiebt seine Brille hoch und presst sich die Finger in die Augenwinkel. »Ja. Okay. Holen Sie sich, was Sie brauchen. Ich wäre aber gern dabei – wenn Sie in meiner Wohnung sind. Mir ist nicht wohl bei der Vorstellung, dass fremde Leute … Geht das in Ordnung?«

»Kein Problem«, sagt Steve leichthin. »Die Kollegen, die Sie nach Hause bringen, können sich kurz bei Ihnen umschauen, wo sie schon mal da sind. Wir erledigen das, so schnell wir können, ja? Nehmen Ihre Fingerabdrücke, und schon können Sie gehen, zurück in Ihr Leben.«

Rory schließt die Augen, ohne die Finger wegzunehmen. »Ja«, sagt er. »Das fände ich sehr gut.«

Ich stecke Rorys Handschuhe und seinen Mantel in Beweismittelbeutel und gehe aus dem Raum, um sie zu Sophie zu schicken, ehe er es sich anders überlegen kann. Dann tippe ich seine Aussage ab und ignoriere die Blödmänner im Büro, die mich ignorieren, während Steve einen Stadtplan ausdruckt, auf dem

Rory uns die Route einzeichnen kann, die er von Aislinn zu sich nach Hause gegangen ist – so genau, wie er sich erinnern kann oder will –, und mit ihm noch einmal seine Geschichte durchgeht. Ich lasse die beiden so lange allein wie möglich, für den Fall, dass Rory mir noch immer böse ist, aber als ich zurück in den Vernehmungsraum komme, wirft Steve mir einen Blick zu und schüttelt kaum merklich den Kopf: Es ist nichts Interessantes passiert.

»Bitte sehr«, sagt Rory und schiebt den Stadtplan über den Tisch. Er sieht mitgenommen aus. Seine Lippen sind ausgetrocknet, und das mattbraune Haar klebt ihm platt am Schädel, als wäre er bei heißem Wetter gejoggt. »Reicht das so?«

Eine akkurate Linie windet sich von Stoneybatter nach Ranelagh, und an den Kais steht neben einem winzigen ordentlichen X das Wort »BLUMEN«. »Perfekt«, sagt Steve. »Tausend Dank.«

»Lesen Sie sich das durch«, sage ich und halte ihm die Aussage und einen Stift hin. »Wenn alles korrekt ist, zeichnen Sie jede Seite ab und unterschreiben Sie dann am Schluss.«

Rory macht keine Anstalten, die Aussage zu nehmen. »Glauben Sie ...« Er holt tief Luft. »Wenn ich gestern Abend nicht gegangen wäre. Wenn ich weiter an die Tür geklopft hätte oder wenn ich die Polizei gerufen hätte oder wenn ich ins Haus eingebrochen wäre. Hätte ich sie dann noch retten können?«

Ich sage fast ja. Falls er nicht unser Mann ist, dann ist er ein gottverdammtes jämmerliches Weichei, der Typ, der regelmäßig einen Klaps auf den Hinterkopf braucht, nur damit er sich nicht in seinem eigenen Hintern verkriecht, außerdem haben wir einen halben Tag mit ihm verplempert, bloß weil er am falschen Ort war und so schuldig wirkt, wie man nur sein kann. Ich brauche nur ja zu sagen, und er wird sich den Rest seines Lebens mit einer immer ausgefeilteren Phantasievorstellung quälen, in der er auf den allerletzten Drücker in das Cottage stürmt und Aislinn vor einer Horde randalierender Hells Angels rettet, und dann leben sie glücklich und zufrieden bis an ihr seliges Ende und kriegen 2,4 jämmerliche Weicheier von Kindern. Es ist beinahe unwiderstehlich.

Aber falls er unser Mann ist, dann ist er kein Idiot, und er wird jede Info, die ich ihm liefere, irgendwie für sich zu nutzen wissen. »Unmöglich zu sagen«, sage ich. »Hier, bitte«, und ich klatsche die Aussage vor ihm auf den Tisch.

Er liest sie oder starrt zumindest eine Weile auf jedes Blatt. Schließlich unterschreibt er, als könnte er sich kaum erinnern, wie das geht.

Es ist kurz vor vier Uhr. Wir lassen die Fahnder kommen, die die Aufnahmen der Überwachungskameras eingesammelt haben – Kellegher und Reilly –, und sagen ihnen, was sie mit Rory und seiner Wohnung machen sollen. Steve holt ein altes Hoodie aus seinem Spind, damit unser empfindlicher kleiner Rory auf dem Weg nach Hause nicht friert. Dann sagen wir ihm, wie toll er ist, und verabschieden uns.

»Du schuldest mir zehn Euro«, sagt Steve, als wir zusehen, wie Kellegher und Reilly ihn den Flur hinunterführen. Von hinten, eingeklemmt zwischen den beiden Fahndern mit ihren breiten Schultern und ihrem Cop-Gang, wirkt Rory wie ein Streber, der hinter die Schule gebracht wird, um eine Abreibung zu kassieren.

Ich vergewissere mich, dass ich alle Seiten der Aussage habe. »Von wegen. Hast du nicht gesehen, wie er sich die Augen ausgeheult hat? Her mit der Kohle.«

»Das zählt nicht. Er hätte heulen müssen, weil er 'n Heidenschiss vor uns hat, nicht, weil er erfahren hat, dass seine Freundin umgekommen ist.«

»Seit wann denn das?« Steve hat recht, aber ich will ihn ärgern. »Nix da. Du kannst die Regeln nicht einfach ändern, wie es dir in den Kram –«

»Schon immer. Wann hab ich je versucht, mich rauszureden –«

»Wann hab ich je versucht, dich übers Ohr zu hauen, bloß weil das Timing nicht –«

Rory und die Fahnder sind weg, in einem Getrappel von Schritten, die die Marmortreppe hinunter verhallen. Ich knalle die Tür des Vernehmungsraums zu, und wir gehen zum Büro, um unsere Sachen für die Fallbesprechung zusammenzusuchen. Der Flur fühlt sich noch immer an, als wäre er gespickt mit Fallgruben und angespitzten Stöcken, aber ich empfinde das nicht als etwas Schlechtes, nicht mehr.

5

FRÜHER FAND ICH die erste Fallbesprechung aufregend, alles an ihr. Das Pulsieren des Soko-Raums, alle angespannt wie Windhunde in den Startboxen vor einem Rennen. In diesem Raum kommt auf jede Frage sofort die Antwort, schießt jeder Blick schneller umher. Das Stakkato-Tempo, in dem die Aufgaben verteilt werden: *Murphy besorgt die Überwachungsbänder; Vincent checkt goldfarbene Toyota Camrys; O'Leary spricht mit der Freundin, zack, zack, zack.* Der Moment, wenn ich mein Notizbuch zuklappe und *Los* sage und wir alle von unseren Stühlen gesprungen und schon halb zur Tür raus sind, ehe ich den Mund wieder geschlossen habe. Früher ging ich mit dem Gefühl aus der Besprechung, dass der Dreckskerl, hinter dem wir her waren, nicht den Hauch einer Chance hatte. Inzwischen macht mich schon allein der Gedanke daran – Fahnder, die mich kritisch taxieren, sich fragen, welches von den Gerüchten stimmt; ich, die ich sie ebenfalls beäuge und mich frage, wer von ihnen sich auf irgendeinen Schnitzer von mir stürzen, ihn wahnsinnig aufbauschen und für einen Lacher und einen Klaps auf den Rücken zum Besten geben wird – katermäßig empfindlich und gemein.

Aber Soko-Raum C. Da drin bin ich nicht mehr gewesen, seit ich selbst als Sonderfahnderin irgendwelchen sinnlosen Nicht-Hinweisen für die großen Jungs nachjagte. Ich hatte es vergessen. Das weiße Licht, das von der hohen Decke explodiert, auf dem Whiteboard und den großen Fenstern tanzt und blitzt.

Die glänzende Reihe von Computern, die förmlich nach Action gieren, die Luft zum Vibrieren bringen. Die Schreibtische, so blankpoliert, dass sie aussehen, als könntest du dir an den Kanten in den Daumen schneiden. Ein Schritt durch die Tür, und dieser Raum bläst die Müdigkeit von mir ab wie Staub und lädt mich wieder auf, bis ich statische Funken sprühe. Betritt den Raum, und du könntest den Jack-the-Ripper-Fall lösen. Und diesmal bin ich keine Fahnderin, die da ist, um zu springen, wenn irgendein wichtiger Mann mit den Fingern schnippt. Diesmal bin ich die wichtige Frau, und das alles hier gehört mir. Nur für eine Sekunde überrumpelt der Raum mich so, dass ich den Job liebe, eine harte, unreife, schmerzhafte Liebe, als würde sie wieder von Grund auf wachsen.

Steves erhobenes Gesicht, die Lippen zu einem halben Lächeln geteilt wie ein Kind beim Krippenspiel, verrät, dass es ihm genauso ergeht. Das bringt mich schlagartig wieder zur Raison. Steve geht allem Schönen auf den Leim, ohne sich mal zu fragen, wie oder warum es so geworden ist und was darunter liegt. Ich nicht.

Ich klatsche meinen Papierstapel auf den Boss-Schreibtisch, der doppelt so lang ist wie die anderen und am Kopfende des Raums steht. »Gentlemen«, sage ich laut. »Fangen wir an. Wem gehört die?« Ich nehme schwungvoll eine Kaffeetasse vom Schreibtisch und halte sie hoch.

Breslin lehnt am Whiteboard, hält Hof für Deasy und Stanton, die Fahnder, die Rory ins Präsidium gebracht haben, und für die zwei, die wir mit der Haus-zu-Haus-Befragung betraut haben – ein schmächtiger, zappeliger dunkler Typ namens Meehan, mit dem ich schon mal gearbeitet habe und den ich mag, und ein bravgesichtiger Neuling namens Gaffney, den ich hier und da schon mal gesehen habe und der so kerzengerade dasteht, dass sein Anzug aussieht wie eine Ausgehuniform. Breslin hat erste Vorbereitungen getroffen oder wohl eher jemanden dazu verdonnert: Am Whiteboard hängen bereits Fotos von Aislinn, vom Tatort, von Rory, ein Stadtplan von Stoneybatter, und eine dicke Kladde liegt bereit – unser Aufgabenbuch, wo wir auflisten, was alles zu erledigen ist und von wem. Wir haben sogar einen Wasserkocher.

»Das ist meine«, sagt Gaffney, kommt nach vorne gesprungen, schnappt sich die Tasse und tritt schnell wieder den Rückzug an, mit hochrotem Gesicht. »Sorry.«

»Meehan.« Ich werfe ihm die Kladde zu. »Aufgabenbuch, ja?« Er fängt sie auf und nickt. Steve deponiert seinen Kram neben meinem und fängt an, Fotokopien zu verteilen: Einsatzformular, Bericht der Streifenkollegen, Rorys Aussage. Ich gehe zum Whiteboard und skizziere rasch den zeitlichen Ablauf des gestrigen Abends. Die Fahnder suchen sich Schreibtische und setzen sich schnell: Schluss mit Smalltalk.

»Das Opfer«, sage ich und tippe mit meinem Marker auf das Foto. »Aislinn Murray, sechsundzwanzig, lebte allein in Stoneybatter, arbeitete als Empfangssekretärin in einem Unternehmen, das Sanitärbedarf an Firmen verkauft. Nicht vorbestraft, keine Anrufe an uns. Wurde gestern Abend in ihrem Haus getötet: Laut Coopers vorläufiger Untersuchung erhielt sie einen Faustschlag ins Gesicht und stürzte mit dem Kopf auf die Sockelplatte des Kamins. Textnachrichten auf ihrem Handy grenzen den Todeszeitpunkt auf irgendwann zwischen 19.13 Uhr und 20.09 Uhr ein.« Ich zeige auf Rorys Foto. »Dieser Mann, Rory Fallon, hatte in den letzten Wochen einige Dates mit ihr. Und er war gestern Abend für acht Uhr bei ihr zum Essen eingeladen.«

»Was für ein Idiot«, grinst Deasy. »Bei so einer Klassefrau hätte er wenigstens warten sollen, bis er mit ihr in der Kiste war, ehe er sie umbringt.«

Gekicher. Breslin räuspert sich, setzt ein nachsichtiges Schmunzeln auf und neigt den Kopf in meine Richtung. Das Gekicher erstirbt.

Ich sage: »Du kannst ihn ja trösten, Deasy, da dir das so wichtig ist. Wenn wir ihn das nächste Mal herholen, blas ihm doch schnell einen auf dem Herrenklo.«

Deasy zupft an seinem Schnurrbart und zieht ein saures Gesicht. Das Gekicher ertönt wieder, bissig und mehrdeutig.

Ich sage: »Moran und Breslin und ich, wir haben vorhin mit Fallon geredet. Er sagt aus, dass er um acht bei Aislinn an der Tür geklingelt hat, aber sie hat nicht aufgemacht, also hat er gedacht, sie hätte ihn versetzt, und ist nach Hause getrottet, um in sein Kopfkissen zu schluchzen.«

»Überraschenderweise«, sagt Breslin gedehnt und dreht seinen Stift zwischen den Fingern, »glauben wir ihm kein Wort.«

»Unsere Arbeitshypothese lautet«, sage ich, »dass Fallon gegen halb acht im Haus des Opfers eintraf, die Sache irgendwie aus dem Ruder lief und er zugeschlagen hat. Wir vermuten, dass er gedacht hat, sie wäre bloß bewusstlos. Er ist ab nach Hause und hat gehofft, dass sie ihm nicht die Cops auf den Hals schickt oder sich nicht mehr erinnert, was passiert ist.«

Breslin nickt zustimmend, segnet die kleine Theorie der Neulinge ab. »Eher Totschlag als Mord«, sagt er, »aber das ist nicht unser Problem.«

»Heute am frühen Morgen«, sage ich, »wurde Fallon entweder von Gewissensbissen geplagt, oder aber er hatte sich einem Freund anvertraut, der das Richtige tun wollte. Ein anonymer Anruf, männliche Stimme, ging auf der Polizeiwache Stoneybatter ein. Der Anrufer meldete eine Frau mit Kopfverletzungen in Viking Gardens 26 und bat, einen Krankenwagen hinzuschicken.«

»Ich gehe jede Wette ein, dass Fallon der Anrufer war«, sagt Breslin. »Er ist genau der Typ, der so was ein paar Stunden lang verdrängt und sich erst aufrafft, Hilfe zu holen, wenn es zu spät ist.«

»Die Telefonnummer war anonym«, sagt Steve. »Wer übernimmt das?«

Alle Hände schnellen hoch. »Nun mal langsam, Jungs«, sagt Breslin grinsend. »Es ist noch reichlich für alle da.«

»Gaffney, Sie übernehmen die Telefonnummer«, sage ich – nach der Sache mit der Kaffeetasse muss ich den Jungen tätscheln, ihn beruhigen. Meehan notiert das. »Stanton, Deasy: Ihr stellt doch die Liste mit Fallons Kontaktpersonen auf. Wie kommt ihr voran?«

»Bisher keine Überraschung«, sagt Stanton. »Mutter, Vater, zwei ältere Brüder, keine Schwestern. Einige Freunde aus der Schulzeit und vom College, ein paar ehemalige Mitbewohner, lange Liste von Arbeitskollegen und Bekannten – hauptsächlich Geschichtslehrer, Bibliothekare, so was in der Art. Ich schick sie Ihnen per Mail.«

»Okay. Breslin, du hast doch schon mit den Ersten auf der Liste gesprochen, nicht wahr?«

»Fallons Brüder klangen beide glaubhaft schockiert«, sagt Breslin. »Sie sagen, dass sie von Rorys großem Date wussten, aber mehr auch nicht. Sie hatten gespannt drauf gewartet, alle pikanten Details zu erfahren. Angeblich haben sie heute Morgen nicht auf der Wache in Stoneybatter angerufen, aber das war ja zu erwarten. Ich hab sie für später vorgeladen, um sie einzeln zu befragen.«

Breslin hat eine lange Schicht eingeplant, für einen 08/15-Fall. »Wenn sie uns nicht weiterbringen, arbeite weiter die Liste ab«, sage ich. »Fang mit allen an, die in der Nähe von Rorys Route nach Hause wohnen, wo er gestern Abend einen Überraschungsbesuch abgestattet haben könnte. Und wenn du schon dabei bist, nimm die Brüder und die besten Kumpel auf Band auf. Wir müssen ihre Stimmen und die von Fallon dem Kollegen in Stoneybatter vorspielen, der den Anruf entgegengenommen hat. Vielleicht erkennt er ja einen von denen. Kannst du das noch machen?«

Ich rechne fast damit, dass Breslin mir sagt, ich soll meine Fleißarbeit gefälligst selbst erledigen, doch er sagt: »Klar«, obwohl sein Mund dabei zuckt. »Super«, sage ich. »Wir brauchen jemanden, der die Überwachungsbänder durchsieht – wir setzen Kellegher und Reilly drauf an. Die haben alles besorgt, was sie an Aufnahmen aus der Gegend auftreiben konnten, da können sie sich die auch gleich angucken.«

Meehan nickt, während er schreibt.

»Und wir brauchen die Überwachungsbänder von der Buslinie 39A von gestern Abend: Einer muss die Busse ausfindig machen, die gegen sieben an der Morehampton Road gehalten haben, feststellen, ob Rory beim Einsteigen zu sehen ist, die Uhrzeit überprüfen und wann er in Stoneybatter ausgestiegen ist.« Der Muskelprotz hat einen Finger oben. Der Stakkato-Rhythmus, den ich früher so aufregend fand: Obwohl ich es besser weiß, haut er bei mir rein wie ein dreifacher Espresso. »Stanton macht das. Und wir brauchen jemanden, der nach Stoneybatter fährt und die Zeit stoppt, die Rory für die Strecke gebraucht hat, die er angeblich von der Bushaltestelle zu Fuß gegangen ist: die Astrid Road runter bis zu Viking Gardens, dann zu Tesco auf der Prussia Street, einen Strauß Blumen kaufen und zurück zu Viking Gardens. Meehan, Sie haben in etwa die gleiche Statur wie Fallon und sind ungefähr gleich alt. Übernehmen Sie das? Stoppen Sie die Zeit zweimal: einmal in normalem Tempo, einmal, so schnell Sie können.«

Meehan nickt. Steve blickt zwischen ihm und Gaffney hin und her. Er fragt: »Haben Sie Rorys Blumen in einem der Mülleimer an den Kais gefunden?«

»Ich hab nachgesehen«, sagt Meehan. »Gaffney hat weiter die Nachbarn befragt. Die Mülleimer sind seit gestern Abend nicht geleert worden, so voll, wie die waren, aber nirgendwo Schwertlilien. Wahrscheinlich hat irgendwer sie mitgenommen und seiner Freundin geschenkt.«

»Oder«, sagt Breslin, »sie waren in keinem Abfalleimer: Der gute Rory hat sie in den Fluss geworfen, weil er nicht wollte, dass wir Aislinns Blut oder Haare oder Teppichfasern daran sicherstellen. Wie weit sind wir mit ihren Kontaktpersonen?«

»Sie hatte keine nahen Angehörigen oder einen größeren Bekannten- beziehungsweise Freundeskreis«, sage ich, »aber ihre Freundin Lucy hat uns für den Anfang ein paar Namen und Telefonnummern gegeben. Jemand muss zu Aislinns Firma, ihren Chef herbestellen, damit er die Leiche identifiziert, und mit ihren Kolleginnen und Kollegen sprechen. Ich will wissen, ob und, wenn ja, was sie über Rory erzählt hat.«

Steve sagt: »Und wir müssen wissen, ob einer von den Kollegen auf sie stand. In dem unwahrscheinlichen Fall, dass Rory die Wahrheit sagt« – Breslin schnaubt –, »könnte irgendjemand nicht glücklich darüber gewesen sein, dass Aislinn einen Mann kennengelernt hatte. Und mit den Kollegen hat sie nun mal die meiste Zeit verbracht.« Nicht schlecht. Falls jemand mitkriegt, dass wir irgendwas machen, das nicht in Rorys Richtung geht, können wir einen potentiellen Stalker-Kollegen vorschieben. Und vielleicht bewahrheitet sich der ja sogar.

»Ihr zwei könntet euch doch um die Büro-Romanze kümmert«, sagt Breslin. »Weibliche Intuition und so weiter.«

»Meine ist gerade in der Werkstatt«, sage ich. »Getriebe im Eimer. Wir müssen uns also auf die gute alte Polizeiarbeit verlassen. Deasy, Stanton, ihr fahrt morgen als Erstes dahin.«

»Aislinn hat außerdem auch Abendkurse besucht«, sagt Steve. »Möglich, dass sie sich da einen Stalker eingehandelt hat. Jemand muss rausfinden, was für Kurse sie besucht hat, und Listen von allen anderen Teilnehmern anlegen.«

»Gaffney, Sie übernehmen das«, sage ich. »Moran und ich kümmern uns um Aislinns Telefondaten, E-Mails, Social Media, alles, was –«

»Damit kann ich heute Abend schon anfangen«, sagt Breslin. »Ich schieb gern ein paar Überstunden, wenn wir den Fall dann schneller vom Tisch haben, aber ich kann ja schlecht um neun

Uhr abends bei Rorys Kontaktpersonen zu Hause auftauchen und sie befragen. Da könnte ich mir doch schon mal die Online-Aktivitäten des Opfers vornehmen.«

Für einen Sekundenbruchteil trifft mein Blick den von Steve, ehe sein Kopf sich über sein Notizbuch senkt. Durchaus möglich, dass Breslin bloß seinen tollen Ruf weiter aufpolieren will – alle wollen immer die elektronischen Daten des Opfers, weil da meistens was Brauchbares zu finden ist –, oder aber er ist darauf aus, mich als Loser dastehen zu lassen, unfähig, in ihrem eigenen Fall die Beweise zu finden. Oder er hat vor, irgendwas zu löschen, das auf einen Gangster-Kumpel hinweist.

Meehan hat aufgehört zu schreiben und schaut zwischen uns hin und her, unsicher. »Moran und ich haben schon damit angefangen und machen gleich morgen früh damit weiter«, sage ich. »Wir sind seit gestern Abend im Dienst und brauchen ein paar Stunden Schlaf. Du hast doch mit Rory Fallon angefangen, da solltest du auch an ihm dranbleiben. Wir brauchen jemanden, der seine Exfreundinnen ausfindig macht und mit ihnen redet. Wäre interessant zu wissen, was sie über ihn zu sagen haben, vor allem, was ihn wütend macht und wie er ist, wenn etwas nicht so läuft, wie er sich das vorstellt. Wenn du heute länger bleibst, könntest du schon mal damit anfangen.«

Breslin zieht ein Gesicht wie jemand, der ein Haar in seiner Suppe gefunden hat und genau weiß, dass der Kellner zu unfähig ist, das Problem zu lösen. »Könnte ich, ja.«

»Super«, sage ich. Nach einem Moment setzt sich Meehans Stift wieder in Bewegung. »Detective Gaffney: Erster Mordfall, richtig?«

»Ja, stimmt.« Er hört sich an, als käme er aus einer Gegend mit Schafen.

»Okay«, sage ich und schicke dem Boss in Gedanken ein Dankeschön dafür, dass er uns keine Sonderfahnder mit viel Erfahrung besorgt hat. »Sie weichen Breslin fürs Erste nicht von der Seite. Er kann Ihnen zeigen, wo's langgeht, so manchen Tipp geben.« Breslin nickt Gaffney freundlich zu, kein Widerspruch, aber das hat nichts zu bedeuten. »Können Sie heute Abend länger bleiben?«

Gaffney setzt sich noch aufrechter hin. »Ja, natürlich.«

»Irgendeiner hier, der pünktlich Feierabend machen muss?« Niemand rührt sich. »Prima. Wir brauchen jemanden, der Aislinns Finanzunterlagen besorgt – Gaffney, fangen Sie damit an. Die müssen Sie ohnehin durchsehen, die Überweisungen für ihre Abendkurse raussuchen.«

Breslin seufzt, gerade laut genug, um klarzumachen, dass ich wertvolle Zeit und Mittel verschwende. Steve sagt zu allen im Raum: »Wir haben noch kein Motiv. Ein Beziehungsdesaster ist naheliegend, aber wir können auch ein finanzielles nicht ausschließen. Rory hat erwähnt, dass sein Buchladen derzeit nicht besonders gut läuft. Und Aislinns Freundin Lucy Riordan hat gesagt, Aislinn hätte einiges auf der hohen Kante gehabt. Rory könnte Aislinn gefragt haben, ob sie ein paar Riesen in den Laden steckt, und wütend geworden sein, als sie ihm eine Abfuhr erteilte.«

Breslin zuckt die Achseln. Er hat angefangen, auf dem Umschlag seines Notizbuchs herumzumalen.

»Wir brauchen auch Rorys Finanzunterlagen«, sage ich. »Gaffney, besorgen Sie die, wo Sie schon mal dabei sind. Jemand muss sich mit dem Telefonanbieter in Verbindung setzen. Die sollen rückverfolgen, wo Fallons Handy gestern Abend überall war: Deasy, haben Sie guten Draht zu wem bei Vodafone? Einer muss sich von Lucy Riordans Kollegen im Torch Theatre ihr Alibi bestätigen lässt: Stanton, das erledigen Sie. Einer muss mit dem Personal in der *Market Bar* und im *Pestle* sprechen, und die Leute nach den Dates befragen, die Aislinn und Rory in beiden Lokalen hatten: Meehan, ja? Einer von den Streifenkollegen, die am Tatort waren, sollte an der Obduktion teilnehmen. Die ist morgen in aller Frühe. Deasy, sorgen Sie dafür, dass einer dabei ist, und schärfen Sie ihm ein, dass er pünktlich sein muss, sonst kriegt Cooper einen Tobsuchtsanfall.« Prusten von allen, die mit Cooper Bekanntschaft gemacht haben. »Moran und ich bleiben bei der Kriminaltechnik am Ball. Irgendwelche Fragen?«

Kopfschütteln allerseits. Sie brennen darauf, aus den Startlöchern zu kommen.

»Okay«, sage ich. »Los geht's.« Meehan klappt das Aufgabenbuch zu. Sie stürzen zu ihren Schreibtischen, ihren Telefonen, zu Rorys Aussage, als wollten sie sich gegenseitig in ihrem Arbeitseifer übertreffen. Soko-Raum C flirrt vor all der Energie, die von den glänzenden Schreibtischreihen abprallt, an den Fenstern zersplittert.

Und unterhalb von all dem, versteckt und unermüdlich, summt nach wie vor etwas leise und eindringlich bei mir und Steve im Hinterkopf, drängt uns, es rauszulassen. Breslin hat den gegelten Kopf über sein Notizbuch gebeugt, doch als er meinen Blick spürt, schaut er auf und sieht mich mit einem breiten, strahlenden Lächeln an.

Steve tippt unseren Bericht für den Boss, während ich das Material durchsehe, das die Sonderfahnder ermittelt haben. Sie sind alle durchaus tüchtig, doch Deasys Rechtschreibung lässt zu wünschen übrig, und Gaffney hat das Bedürfnis, alles haarklein zu schildern, ob relevant oder nicht (»Zeugin gab an, sie habe mit ihrer Tochter Ava, acht Jahre alt, den Großvater der Kleinen besucht, der nach schwerem Schlaganfall im Krankenhaus St. James liegt, und dabei Murray aus einem Auto steigen sehen …«). Die Haus-zu-Haus-Befragung hat nichts besonders Interessantes ergeben: Aislinn war freundlich zu den Nachbarn – kein böses Blut wegen Lärm oder Parkplätzen, nichts dergleichen –, hatte aber keinen näheren Kontakt zu ihnen. Ein paar haben ab und an mal eine Frau, deren Beschreibung auf Lucy passt, aus Aislinns Haus kommen oder hineingehen sehen. Keiner von ihnen hat irgendwelche anderen Besucher bemerkt. Aislinn hat nie einen Beziehungspartner erwähnt. Sie haben sie relativ regelmäßig abends ausgehen sehen, richtig aufgebrezelt, aber da es praktisch nie zum Gespräch mit ihr kam, kann keiner sagen, wohin sie wollte. Das alte Ehepaar im Haus Nummer 24 ist halb taub und hat gestern Abend nichts gehört. Das junge Ehepaar im Haus Nummer 28 hat gehört, dass bei Aislinn laut Beyoncé lief, aber beide sagen, dass sie die Musik kurz vor acht entweder leise gedreht oder ausgemacht hat – sie sind sich mit der Uhrzeit deshalb so sicher, weil sie um acht das Baby ins Bett bringen wollten und froh waren, als die Musik aufhörte. Danach kein Laut mehr.

Der alte Mann in Haus Nummer 3 bestätigt Rorys Geschichte, zumindest teilweise: Er ging mit seinem Hund (ein weißer Terrierrüde namens Harold, laut Gaffney) kurz vor acht gestern Abend Gassi und sah, wie ein junger Mann, dessen Beschreibung auf Rory passt, in Viking Gardens einbog. Als er fünfzehn Minuten später zurückkam, stand der Mann weiter unten auf der Straße und hantierte mit seinem Telefon. Von den anderen Nachbarn war in den fünfzehn Minuten keiner draußen unterwegs – in Viking Gardens wohnen überwiegend alte Leute und ein paar junge Familien, niemand, der samstagsabends auf die Rolle geht –, es könnte also durchaus sein, dass Rory in der Zeit bis zehn nach acht ins Haus gelassen wurde, Aislinn umbrachte, wieder nach draußen ging und mit den SMS eine Alibigeschichte konstruierte; aber das glaube ich nicht. In der Vernehmung wurde er nervös, als es um die Zeit vorher ging, vor dem Abstecher zu Tesco. Während dieser Zeit war keiner der Nachbarn draußen auf der Straße, um ihn zu sehen oder nicht zu sehen.

Steve tippt noch immer. Breslin ist losgezogen, um mit Rorys Brüdern zu sprechen. Er hat Gaffney mitgenommen und erteilt ihm sicher kluge Ratschläge. Meehan hat seinen Mantel bis zum Hals zugeknöpft und ist nach Stoneybatter gefahren, um die Zeit für seinen kleinen Fußmarsch zu stoppen. Deasy flachst am Telefon mit seinem Bekannten bei Vodafone. Stanton telefoniert mit jemandem vom städtischen Busbetrieb und erklärt ihm die Rechtslage. Ihre Stimmen hallen bis in die hohen Ecken, zerfließen an den Rändern durch zu viel Raum. Die Fenster sind dunkel.

Mein Telefon klingelt. »Conway«, sage ich.

O'Kelly sagt: »Sie und Moran, in mein Büro. Ich will wissen, wie weit Sie sind.«

»Wir sind gleich da«, sage ich und höre, wie er auflegt. Ich blicke Steve an, der schlaff auf seinem Stuhl sitzt und seinen Bericht noch einmal überfliegt. »Wir sollen zum Boss kommen.«

Steve hebt den Kopf und blinzelt mich an. Für beides braucht er jeweils ein paar Sekunden. Er schläft schon zu zwei Dritteln. Ausnahmsweise mal sieht er so alt aus, wie er tatsächlich ist. »Warum?«

»Er will wissen, wie weit wir sind.«

»Ach du Scheiße.« Der Boss zitiert dich persönlich in sein Büro, wenn du an einem großen Fall arbeitest, was dieser nicht ist, oder wenn du zu lange brauchst, um einen Fall zu lösen, was nicht schon am ersten Tag sein sollte, selbst wenn er schlecht auf dich zu sprechen ist. Mir schwant nichts Gutes.

Einem Gerücht zufolge habe ich diesen Job bekommen, weil O'Kelly mit mir gleich zwei Quoten erfüllen konnte – Frau und eben nicht blütenweiß. Und es gibt noch andere, weniger nette Gerüchte. Alle sind totaler Quatsch. Als der Boss mich an Bord holte, fehlte ihm ein Detective – einer von seinen besten Männern hatte gerade frühzeitig das Handtuch geworfen –, und ich war der leuchtende Stern der Vermisstenstelle und hatte eine tolle Aufklärungsrate in spektakulären Fällen vorzuweisen. Gerade erst hatte ich in einem Schlagzeilen machenden Sensationsfall sämtliche Register der Polizeiarbeit gezogen: Ich hatte mittels stiller SMS Handys geortet und WLAN-Log-ins verfolgt, hatte Familienmitgliedern auf die nette Tour und Freunden auf die harte Tour Infos entlockt, um einen Dad aufzuspüren, der mit seinen zwei kleinen Jungs abgehauen war, nachdem seine Frau sich getrennt hatte, und dann hatte ich vier Stunden lang auf ihn eingeredet, bis er schließlich mit seinen Kindern aus dem Auto stieg, statt Gas zu geben und sich samt Wagen vom Pier ins Hafenbecken zu stürzen. Ich war damals überall heißbegehrt. Der Boss und ich hatten beide allen Grund zu glauben, dass das mit mir super werden würde.

O'Kelly weiß, was so alles passiert ist, ich weiß, dass er es weiß, aber er hat nie ein Wort gesagt. Kein Boss will so etwas in seinem Dezernat haben, die Verbalattacken aus dem Hinterhalt, den grauen, giftigen Smog im Großraumbüro. Jeder Dezernatschef auf der Welt würde sich inzwischen fragen, wie er mich loswerden kann.

Steve klickt auf *Drucken*; der Drucker setzt sich mit einem arroganten Surren in Gang, kein Vergleich zu dem halbtoten Röcheln der Kiste im Großraumbüro. Wir holen Kämme hervor, richten die Frisur, bürsten unsere Jacken ab. Steve hat einen blauen Fleck vorn auf dem Hemd, doch ich bringe es nicht übers Herz, ihn darauf hinzuweisen, weil er sich bestimmt überschlagen würde, um ihn irgendwie zu entfernen. Ich vermute, ich habe Whiteboardmarker im Gesicht oder so, und er sagt es mir auch nicht.

Einer der Gründe, warum ich O'Kelly nicht traue, ist sein Büro. Es ist voll mit spießigem Krimskrams – eine gerahmte Buntstiftzeichnung, auf der steht BESTER OPA DER WELT, lächerliche Trophäen von einem Golfclub, ein glänzendes Managerspielzeug, für den Fall, dass ihn der Drang überkommt, klackende Geräusche mit schwingenden Kugeln zu machen – und Stapeln von verstaubten Akten, die sich nie bewegen. Der ganze Raum sagt, dass O'Kelly ein altmodischer Beamter ist, der nur seine Zeit absitzt und den Arbeitstag damit verbringt, seinen

Golfschwung zu üben und sein Namensschild zu polieren und sich raffinierte Methoden auszudenken, wie er feststellen kann, ob jemand an seiner versteckten Flasche Single Malt war. Wäre O'Kelly wirklich so, würde er nicht seit fast zwanzig Jahren das Morddezernat leiten. Das Büro muss Augenwischerei sein, um Leute unvorsichtig zu machen. Und die einzigen Leute, die es zu sehen bekommen, sind wir Detectives.

O'Kelly sitzt zurückgelehnt in seinem schicken ergonomischen Sessel, die Arme auf den Armlehnen, wie der Diktator einer Bananenrepublik, der eine Audienz gewährt. »Conway. Moran«, sagt er. »Wie sieht's im Fall Aislinn Murray aus?«

Steve hält ihm den Bericht hin, wie man einem bissigen Hund mit einem Stück rohen Fleischs vor der Schnauze wedeln würde. O'Kelly deutet ruckartig mit dem Kinn auf seinen Schreibtisch. »Legen Sie's da hin. Ich les es später. Jetzt will ich es von Ihnen hören.«

Er hat nicht gesagt, wir sollen uns hinsetzen – was bestimmt ein gutes Zeichen ist: Das hier wird nicht den ganzen Abend dauern –, also bleiben wir stehen. »Wir warten noch auf den Obduktionsbericht«, sage ich, »aber Cooper meint nach seiner vorläufigen Untersuchung, dass sie einen Schlag ins Gesicht bekam und mit dem Kopf auf die Sockelplatte des Kamins gestürzt ist. Sie erwartete einen Mann namens Rory Fallon als Gast zum Abendessen. Er gibt zu, zur verabredeten Uhrzeit an ihrem Haus gewesen zu sein, sagt aber, sie habe die Tür nicht aufgemacht und er habe erst heute Nachmittag von uns erfahren, dass sie tot ist.«

»Hm«, sagt O'Kelly. Das harte, schräge Licht der Schreibtischlampe wirft dunkle Schatten über sein Gesicht, lässt ihn einäugig und unergründlich wirken. »Glauben Sie ihm?«

Ich zucke die Achseln. »Halb und halb. Im Moment gehen wir davon aus, dass sie ihn ins Haus gelassen hat, dass es zwischen den beiden zum Streit kam und Fallon zugeschlagen hat.

Es könnte aber sein, dass er die Wahrheit sagt und wirklich nichts von ihrem Tod gewusst hat.«

»Irgendwelche eindeutigen Beweise gegen ihn?«

Noch keine zwölf Stunden sind vergangen, und schon kriege ich eins aufs Dach, weil ich keinen DNA-Treffer vorweisen kann. Ich schiebe die Hände in meine Jackentaschen, damit ich O'Kellys alberne Grünlilie nicht vom Schreibtisch fege.

Bevor ich antworten kann, sagt Steve: »Die Kriminaltechnik untersucht den Mantel und die Handschuhe, die Fallon laut eigener Aussage gestern Abend anhatte, und wir suchen seine Fußwegstrecke nach Hause ab, falls er irgendwas weggeworfen hat. Er hat uns erlaubt, seine Wohnung zu durchsuchen und alles an sonstigen Kleidungsstücken mitzunehmen, was uns interessant erscheint. Zwei von den Kollegen sind schon da dran. Die Techniker meinen, falls er unser Mann ist, haben wir eine gute Chance auf Blut und Hautpartikel oder auf eine Faserübereinstimmung mit den Spuren, die sie am Leichnam gefunden haben.«

»Ich habe eine Freundin bei der Kriminaltechnik gebeten, die Untersuchung von Fallons Sachen vorrangig zu erledigen«, sage ich mit bemüht gelassener Stimme. »Wir müssten morgen ein vorläufiges Ergebnis haben. Wir sagen Ihnen Bescheid.«

O'Kelly legt die Fingerspitzen aneinander und betrachtet uns. Er sagt: »Breslin meint, Sie sollten nicht länger die Zeit aller Beteiligten verschwenden und den kleinen Scheißkerl verhaften.«

Ich sage: »Das ist nicht Breslins Fall.«

»Was heißt das? Dass Sie Zweifel haben? Oder wollen Sie bloß allen zeigen, dass Breslin nicht Ihr Boss ist?«

»Falls wer so blöd sein sollte, Breslin für unseren Boss zu halten, werde ich nicht meine Zeit damit vertun, ihm zu beweisen, dass er falschliegt.«

»Sie haben also Zweifel.«

In der Dunkelheit draußen vor dem Fenster frischt der Wind

auf. Es klingt wie Wind, der über freies Land fegt, ohne auf Hindernisse zu stoßen, als würde das Dezernat mitten in einem leeren Nichts aufragen. Ich sage: »Wir nehmen ihn fest, wenn wir so weit sind.«

O'Kelly sagt: »Sind das Zweifel, ob genug für eine Anklage gegen ihn vorliegt? Oder ob er überhaupt schuldig ist?«

Er sieht mich an, nicht Steve. Ich sage: »Zweifel, ob wir schon so weit sind, ihn festzunehmen.«

»Das beantwortet meine Frage nicht.«

Schweigen. O'Kellys eines Auge, metallisch im Lampenschein, blinzelt nicht.

Ich sage: »Ich glaube, er ist wahrscheinlich unser Mann. Aber ich werde ihn auf gar keinen Fall allein aufgrund meines Bauchgefühls festnehmen. Wenn das ein Problem ist, nehmen Sie uns den Fall weg und geben Sie ihn Breslin. Er kann ihn gern haben.«

O'Kelly beäugt mich noch einen Moment länger. Ich starre zurück. Dann sagt er: »Halten Sie mich weiter auf dem Laufenden. Ich will jeden Abend einen vollständigen Bericht auf meinem Schreibtisch haben. Wenn sich irgendwas Wichtiges tut, warten Sie damit nicht bis zu dem Bericht, sondern informieren mich sofort. Ist das klar?«

»Ja«, sage ich. Steve nickt.

»Gut«, sagt O'Kelly. Er dreht sich mit seinem Sessel vom Schreibtisch weg und zu einem der Aktenstapel, fängt an, Papier zu blättern. Staub wirbelt in den Lichtkegel der Schreibtischlampe. »Gehen Sie eine Runde schlafen. Sie sehen noch schlechter aus als heute Morgen.«

Steve und ich warten, bis wir zurück im Soko-Raum sind und die Tür hinter uns geschlossen haben, ehe wir einander ansehen. Er sagt: »Was war das denn?«

Ich nehme meinen Mantel mit Schwung von der Rückenlehne meines Sessels und ziehe ihn über. Die Fahnder haben ihren Rhythmus beschleunigt, als wir hereinkamen. Der Raum ist erfüllt von Tastaturgeklicker und Papiergeraschel. »Das war der Boss, der uns Feuer unterm Hintern macht. War doch eigentlich offensichtlich?«

»Schon klar, aber warum? Er hat sich noch nie besonders für unsere Fälle interessiert, es sei denn, wir haben es nicht gebracht und er wollte uns einen Anschiss geben.«

Ich werfe mir meinen Schal um den Hals und binde ihn fest: Das Dunkel am Fenster hat eine Tiefe, die verrät, dass es da draußen kalt ist. O'Kelly hat unserer leuchtenden neuen Idee den Glanz genommen. Gangster und korrupte Cops kommen mir auf einmal völlig abwegig vor – nicht abwegig ist dagegen, dass mich einfach noch mehr Leute fertigmachen wollen. »Stimmt. Und selbst nach den Anschissen bin ich noch immer hier. Vielleicht meint der Boss, er müsste noch einen draufsetzen.«

»Oder –«, sagt Steve, leiser. Er hat noch nicht angefangen, zusammenzupacken, steht an seinem Schreibtisch, klopft mit einem Finger geistesabwesend auf die Kante. »Wenn er sich das Gleiche fragt, was wir uns fragen, vielleicht schon eine ganze Weile, aber nichts sagen will, solange er sich nicht ganz sicher ist …«

Ich sage: »Ich fahr nach Hause.«

Von außen hat mein Haus große Ähnlichkeit mit dem von Aislinn Murray: ein eingeschossiges viktorianisches Reihencottage, mit dicken Wänden und niedrigen Decken. Es passt größenmäßig prima zu mir. Wenn ich jemanden bei mir übernachten lasse – was nicht häufig vorkommt –, bin ich am nächsten Morgen gereizt, habe das Gefühl, dass die Wände auf uns beide eindrängen. Laut der Volkszählung im Jahre 1901 wohnte damals in dem Haus ein Ehepaar mit acht Kindern.

Drinnen hat mein Cottage absolut nichts mit dem von Aislinn gemeinsam. Ich habe die Originalholzdielen – eigenhändig abgeschliffen und geölt, nachdem ich das Haus gekauft hatte – und den Originalkamin, also nichts von diesem Laminat- und Gasfeuer-Mist. Die Wände sind nackter Backstein – den Putz hab ich ebenfalls in Eigenarbeit abgeschlagen – und weiß getüncht. Die Raten für die Hypothek und mein Auto fressen so viel von meinem Gehalt auf, dass meine Möbel vom Oxfam-Shop und aus dem Ikea-Billigsortiment stammen, aber immerhin hab ich nichts mit Karos.

Ich werfe meine Tasche aufs Sofa, schalte die Alarmanlage aus und die Kaffeemaschine ein. Ich habe eine SMS von meiner Freundin Lisa: *Sind im Pub, komm her!* Ich simse ihr zurück *Hab Doppelschicht hinter mir, hau mich hin.* Das stimmt zwar – ich bin seit über vierundzwanzig Stunden auf den Beinen, und meine Augen können nicht mehr klar sehen –, aber ein Bier und ein bisschen Spaß mit ein paar Leuten, die mich nicht für Gift halten, hätten mir trotzdem nicht geschadet. Doch wenn du lange genug so behandelt wirst, als würdest du mit einem SCHEISS-AUF-MICH-Schild durch die Gegend laufen, glaubst du allmählich, das Schild könnte eine eigene Realität entwickeln und jeder, mit dem du redest, könnte es sehen. In den Köpfen meiner Freunde bin ich Antoinette, die Topkommissarin, die smarte, knallharte, erfolgreiche Antoinette, mit der sich lieber keiner anlegt. Ich möchte, dass das so bleibt. Ich habe in den letzten Monaten viele Einladungen auf ein Bier abgelehnt.

Außerdem könnte bei den Leuten im Pub auch mein alter Kumpel von der Sicherheitsfirma sein. Ich möchte nicht, dass er mir wieder den Job anbietet. Ich werde ihn nicht annehmen – jedenfalls nicht heute Abend, nicht, solange die Herausforderung mich noch lockt –, aber ich könnte auch nicht gut verkraften, wenn das Angebot vom Tisch wäre.

Ich sollte schnell was essen und mich hinhauen, aber Zeit mit Schlafen zu vergeuden finde ich noch schlimmer, als sie mit Essen zu vergeuden. Ich schiebe ein Pasta-Fertiggericht in die Mikrowelle. Während es aufwärmt, rufe ich meine Ma an, was ich jeden Abend tue, ohne genau zu wissen, warum. Meine Ma gehört nicht zu der Sorte, die über ihre Rückenprobleme jammert oder mir brandheiß erzählt, welche Tochter von ihren Freundinnen schwanger ist oder was sie gefunden hat, als sie den Abfalleimer von irgendeinem Typen im mittleren Management geleert hat, womit ihr nicht viel bleibt, worüber sie reden kann. Ich dagegen erzähle ihr, wenn ich guter Laune bin, in groben Zügen, wie mein Tag war. Wenn ich schlechtgelaunt bin, erzähle ich ihr alles haarklein: wie die Verletzungen ausgesehen haben, was die schluchzenden Eltern gesagt haben. Manchmal ertappe ich mich an einem Tatort dabei, dass ich mir extra die schlimmen Sachen einpräge und denke, das wird ihr endlich mal an die Nieren gehen, sogar bewirken, dass sie scharf einatmet oder mich anblafft, ihr so was zu ersparen. Bislang ist mir das mit nichts gelungen.

»Hallo«, sagt meine Ma. Ein Feuerzeug klickt. Sie raucht eine Zigarette, während wir telefonieren; wenn sie die ausmacht, legen wir auf.

Ich drücke die Taste für einen Espresso. »Hallo.«

»Gibt's was Neues?«

»Moran und ich haben einen Totschlag auf offener Straße bearbeitet. Zwei Betrunkene haben einen Dritten überfallen, sind auf seinem Kopf rumgesprungen. Sein Augapfel lag auf dem Bürgersteig.«

»Hm«, sagt meine Ma und inhaliert. »Sonst noch irgendwas Besonderes?«

Ich habe keine Lust, über Aislinn zu reden. Da wirbelt zu viel Mist drum herum, zu vieles, was ich nicht einordnen kann. Ich erzähle meiner Ma nichts, was ich nicht völlig durchblicke. »Nee. Lisa hat mir eine SMS geschickt, ich soll auf ein Bier in den Pub kommen, aber ich bin fix und alle. Ich hau mich hin.«

Meine Ma lässt die Lüge einen kurzen Moment so stehen, gerade lange genug, um mir zu verstehen zu geben, dass ich nicht damit durchkomme, dann sagt sie: »Marie Lane hat gesagt, du bist in der Zeitung.«

Hätte ich mir denken können. »Ach ja?«

»Aber nicht wegen irgendeiner Schlägerei auf der Straße. Es ging um eine junge Frau, die in ihrem Haus umgebracht worden ist. Die Zeitung hat dich als richtige Idiotin hingestellt.«

Ich wechsle das Kaffeepad und drücke wieder die Espressotaste: Ich brauche einen Doppelten. »Ist bloß ein stinknormaler Fall. Die Zeitung berichtet nur deshalb drüber, weil die Frau eine Blondine war mit einer Tonne Schminke im Gesicht. Der Journalist kann mich nicht leiden. Ende der Geschichte.«

Viele Mütter würden die Schwachstelle erschnuppern, zubeißen und jeden letzten Tropfen aussaugen. Nicht so meine Ma. Sie wollte nur klarstellen, wer bei diesem Gespräch die Oberhand hat und wer eine Schippe drauflegen muss, wenn sie einen Profi verscheißern will. Jetzt, wo sie das rübergebracht hat, lässt sie das Thema fallen. »Lenny hat mich schon wieder gefragt, ob er bei mir einziehen kann.«

Lenny und meine Ma sind seit neun Jahren zusammen, mit Unterbrechungen. Er ist in Ordnung. »Und?«

Sie stößt ein heiseres Lachen und Zigarettenrauch zugleich aus. »Und ich hab gesagt, nix da. Wenn ich seine muffeligen Unterhosen bei mir zu Hause haben wollte, dann wären sie längst da. Der redet sowieso Schwachsinn. Er will nicht mehr essen, was ich koche, holt sich lieber was unten an der Imbissbude …«

Sie bringt mich mit Geschichten über Lenny zum Lachen, bis sie ihre Zigarette aufgeraucht hat und wir auflegen. Die Mikrowelle piepst. Ich trage das Pasta-Zeug und den Espresso zum Sofa und klappe meinen Laptop auf.

Ich gehe auf die Dating-Portale. Nur über meine Leiche würde ich das bei der Arbeit machen – ein Blick über meine Schulter oder eine Durchforstung meines Computers, wenn ich nicht im Büro bin, und ich kann das höhnische Geschrei förmlich hören: *Stellt euch vor, Leute, Conway macht Online-Dating! – Ja, frigide zicken.com – Heutzutage gibt es für alles einen Markt. – Aber für die? Ernsthaft? – Hey, wir wissen doch alle, dass die gut schwanzlutschen kann, sonst wär sie ja nicht hier, damit kann sie in ihrem Profil punkten …* Aber wenn dieser unbekannte Liebhaber existiert, dann hat Aislinn ihn irgendwie kennengelernt. Unter ihren Arbeitskollegen oder den Teilnehmern ihrer Abendkurse werden wir niemanden finden, der in unser Gangster-Schema passt, und ihrem Handy nach und laut Lucy hatte sie keinen großen Freundes- und Bekanntenkreis. Falls sie nicht in einem Häkelkurs die Bekanntschaft eines Gangsters gemacht hat, setze ich am ehesten auf das Internet.

Ich melde mich bei diversen Portalen mit einer Wegwerf-E-Mail-Adresse an, erstelle ein Profil mit Aislinns Beschreibung und dem Foto von einer süßlich lächelnden Blondine aus Google Bilder, nur für den Fall, dass unser Mann einen Typ hat und sich auf die Suche nach einer Ersatzfreundin macht. Dann stöbere ich eine Weile herum. Die Portale verwenden überwiegend Nutzernamen, keine richtigen Namen – *j-wow79*, *footballguy12345* –, und Aislinns Beschreibung passt auf die Hälfte der jungen Frauen, die dort mitmachen. Ich filtere nach Alter und Typ und überfliege ein Meer von schmolllippigen Selfie-Gesichtern, bis ich Glupschaugen kriege, aber sie ist nicht dabei. *Ich glaub an positiv denken, was für uns bestimmt ist findet uns lol … ich mag Romantik, Spontaneität, Respekt, Ehrlichkeit, Natürlichkeit, gute Gespräche … will chatten und einfach gucken was draus wird, schick mir eine Nachricht, du weißt nie was passiert!!!*

Die Pasta ist kalt und schleimig geworden. Ich stopfe die letzte Gabel trotzdem in mich rein. Draußen vor dem Fenster ist meine Straße dunkel, die Straßenlaternen kämpfen gegen die Nacht und verlieren. Der Wind schubst eine Papiertüte vom Imbissladen herum, klatscht sie gegen eine Hauswand, hält sie eine Sekunde lang dort fest, ehe er sie wieder die Straße hinunterschleudert. Die Alte aus Haus Nummer 12 eilt vorbei, schiebt ihren Einkaufstrolley mit Schottenmuster vor sich her, das Kopftuch tief in die Stirn gezogen.

Ich wechsele zu den Fotos der Männer und suche nach einem Gesicht, das mir vertraut vorkommt von der Arbeit oder von Nachrichtenberichten: nichts, aber ein bekannter Gangster würde wohl kaum sein Foto auf irgendeinem Dating-Portal hochladen. *Das erste Mal bei so einem Portal, weiß nicht genau was ich sagen soll, suche jemanden der locker drauf ist ohne Drama mit gutem Sinn für Humor … ich bin ein bisschen verrückt, zu allem bereit, crazy Typ halt, wenn du denkst du wirst mit mir fertig schreib mir!!*

Solche Leute kotzen mich an. Was für eine Bedürftigkeit, wie sie alle auf und ab springen und mit den Armen wedeln und fürs Internet mit ihren total süßen kleinen Popos wackeln: *Ich, schau mich an, hab mich gern, bitte, o bitte, begehr mich!!!* Die Weil-ich-es-wert-bin-Truppe *(Suche jemanden, der groß ist, schlank, sehr fit, Nichtraucher, keine Drogen, keine Kinder, keine Haustiere, muss Fulltime-Job und Auto haben, muss Fusion-Küche mögen, mindestens drei Sprachen können, Freude an Bikram-Yoga und Acid Jazz haben …)* ist genauso schlimm: Die bestellen ihre Beziehungen online à la carte, weil du natürlich eine haben musst, genauso wie du ein topmodernes Soundsystem und ein aufgemotztes neues Auto haben musst, und du musst vor allen Dingen sichergehen, dass du genau das kriegst, was du haben willst. Die Einzigen, die ich respektieren kann, sind diejenigen mit geschäftlichen Interessen: ukrainische Superbabes, die landesweit ältere Männer zwecks Heirat suchen. Der ganze Rest könnte einen ordentlichen Tritt in den Hintern und einen doppelten Schuss Selbstachtung gebrauchen.

Kein Mensch *braucht* eine Beziehung. Du brauchst bloß genügend Grips, um das zu kapieren, obwohl die Medien nichts Besseres zu tun haben, als dir einzuhämmern, dass du allein nichts bist und dass du ein gefährlicher Freak bist, wenn du das anders siehst. Die Wahrheit ist, wenn du ohne jemand anders nicht existierst, existierst du überhaupt nicht. Und das gilt nicht bloß für Liebesbeziehungen. Ich liebe meine Ma, ich liebe meine Freunde, keine Frage. Wenn sie mich bitten würden, eine Niere zu spenden oder mich für sie zu prügeln, dann würde ich das sofort tun. Und wenn sie mir morgen alle zum Abschied winken und aus meinem Leben spazieren würden, dann wäre ich noch immer derselbe Mensch, der ich heute bin.

Ich lebe in meiner eigenen Haut. Alles, was außerhalb davon geschieht, ändert nichts daran, wer ich im Kern bin. Das ist nichts, worauf ich stolz bin. Ich betrachte es lediglich als eine minimale Grundvoraussetzung dafür, mich als erwachsenen Menschen zu bezeichnen, ungefähr auf derselben Ebene wie die Fähigkeit, meine Wäsche selbst zu waschen oder die Klopapierrolle zu wechseln. Die ganzen Idioten in den Online-Portalen, die andere Leute anflehen, für sie ihre schlaffen Marionettenfäden zu ziehen, sie real zu machen: Da krieg ich das kalte Kotzen.

Ich habe schon zwei persönliche Nachrichten. *Hi was geht ab? Guck dir mein Profil an und sag mir, ob du chatten willst.* Der Knabe ist dreiundzwanzig und arbeitet in der IT-Branche, was ihn zu einem unwahrscheinlichen Kandidaten für Aislinns supergeheimen Lover macht. *Hallo schöne Frau, ich würde gern wissen, was sich unter deinem tollen Äußeren verbirgt. Ich: spirituell, sehr kreativ, Weltenbummler, ich kriege oft zu hören, ich sollte wirklich ein Buch über mein Leben schreiben. Angefixt? Lass uns mehr teilen.* Ich erkenne das Profilfoto: Damals, als ich noch Uniform trug, hab ich den Typen festgenommen, weil er sich in einem Bus einen runtergeholt hat. Dublin ist echt eine Kleinstadt. Ich notiere mir, dass ich ihn unter die Lupe nehme, wenn ich mal einen Moment Zeit habe, aber so dringend scheint es nicht zu sein: Ich wüsste nicht, wieso Lucy wegen dieses kleinen Widerlings hätte nervös werden sollen.

Ich habe das Stadium erreicht, wo der Bildschirm sich vor meinen Augen verzieht und wegrutscht. Ich kippe den letzten Rest kalten Kaffee hinunter. Dann logge ich mich in ein sehr altes E-Mail-Konto ein und klicke auf *Verfassen.*

Hi Süßer, was macht die Kunst? Lange nicht gesehen – würde gern hören, wie's dir geht, wenn du mal Zeit hast. Sag Bescheid. Auf bald – Rach xx.

Der Absender lautet rachelvodkancoke. Ich lese die Mail erneut. Klicke nicht auf *Senden.*

Das Licht im Raum verändert sich: Die Bewegungsmelderlampen hinterm Haus sind angegangen. Ich stehe auf, schalte das Licht im Haus aus und gehe zum Küchenfenster.

Nichts: nur meine Terrasse. Das weiße Licht und die Schatten, die es wirft, verleihen ihr etwas Unheimliches: nackte Pflastersteine, hohe Mauern, die Kletterspuren, wo mal eine Efeupflanze wuchs, und die Dunkelheit, die ringsherum aufragt. Einen Moment lang meine ich zu sehen, dass sich etwas über die rückwärtige Mauer bewegt, der obere Teil eines Kopfes, der sich in die kleine Gasse dahinter duckt. Als ich blinzele, ist er verschwunden.

Mein Herz hämmert. Ich denke an Aislinn: junge Single-Frau, Cottage in Stoneybatter, hinterer Zugang über eine kleine Gasse. An den Eindringling, der über ihre Terrassenmauer abgehauen ist, als er entdeckt wurde. Ich denke an diesen Wichser Crowley, der mein Foto groß auf der ersten Seite abgedruckt hat, nur für den Fall, dass jemand Lust bekommt, mir vor der Dubliner Burg aufzulauern und nach Hause zu folgen.

Ich schalte das Terrassenlicht aus und checke meine Pistole. Dann reiße ich die Hintertür auf, stürme über die Terrasse, setze den Fuß auf die Kante eines Steins der Mauer und hieve mich hoch.

Ich bin auf alles gefasst, von einem Junkie bis zu Freddy Krueger. Stattdessen blicke ich in die schmale Gasse, trüb im schwachen gelben Licht der Laterne hinten auf der Straße, und leer. Schatten und hier und da eine Chips-Tüte, das stümperhafte

Graffiti, das irgendein Jugendlicher in Blau auf die Mauer gesprüht hat. Ich lausche: etwas, was wie schnelle Schritte klingt, hinten auf der Straße, aber auch bloß der Wind sein könnte, der Abfall über den Asphalt hüpfen lässt.

Die jähe Wut ist zur Hälfte Enttäuschung – ich habe nach einem Kampf gegiert – und richtet sich zur Hälfte gegen mich, weil ich so bescheuert bin. Selbst wenn sich dieser Fall wie durch ein Wunder als die Aufwärmübung eines Serienkillers entpuppt, heute Abend ist er zu Hause und gönnt sich eine schwerverdiente Ruhepause, anstatt nach erstklassiger Action zu suchen. Der Kopf, den ich hinter der Mauer gesehen habe, war entweder Einbildung, weil meine Augen übermüdet sind, oder er gehörte irgendeinem Besoffenen, der mal pinkeln musste. Der Bewegungsmelder wurde vom Wind ausgelöst, der Müll durch die Gegend bläst, oder von der stromernden halbwilden Katze aus der Nachbarschaft.

Ich gehe zurück zu meinem Laptop. Ich sitze lange da, einen Finger auf der Maus, lausche auf den Wind, der um mein Haus weht, und behalte mit einem Auge die Küche im Blick, falls das Terrassenlicht wieder angeht, bevor ich auf *Senden* klicke.

6

AM MONTAGMORGEN DARF ICH als Erstes meinen Zeugen von der Aso-Schlägerei aufsuchen, ihn aus dem Bett klingeln und überreden, mich aufs Präsidium zu begleiten, um noch einmal seine Aussage zu Protokoll zu geben. Diesmal bekomme ich genervte Sticheleien zu hören, von wegen, er würde schließlich mein Gehalt bezahlen – über sein Arbeitslosengeld, irgendwie –, und ich sollte gefälligst mehr Respekt zeigen, als so seine Zeit zu vergeuden. Wir wissen beide, wenn ich ihm sage, er soll die Klappe halten, wird seine Erinnerung an Samstagabend schlagartig durch eine schwere Amnesie gelöscht werden. Selbst dieser kleine Scheißer kann Schwäche an mir wittern. Ein paar Ohrfeigen würden ihm zeigen, wo's langgeht, aber ich zwinge mich, die für jemanden aufzusparen, der wichtiger ist.

Ich bin ohnehin nur halb mit den Gedanken bei ihm. Der Tag hat merkwürdig angefangen. Es war noch dunkel, als ich das Haus verließ, dichter kalter Nebel füllte die Straße, tauchte sie wieder in die geheimnisvolle viktorianische Atmosphäre von einst: Autos verblassten zu Klecksen, beleuchtete Fenster und Straßenlaternen hingen mitten im Nichts. Und ein Typ oben an der Straße stand einfach da, an einem Morgen, an dem kein normaler Mensch einfach dastehen würde. Er war zu weit weg, ich konnte nicht viel erkennen: bloß einen großen Mann, der in meine Richtung schaute, mit einem dunklen Mantel, dunklem Filzhut und einer Schulterpartie, die nicht jung wirkte. Der

Adrenalinstoß vom Vorabend traf mich wieder. Ich dachte an den Bericht über den Mann, der bei Aislinn über die Mauer geklettert war: *mittelgroß, dunkler Mantel, der Nachbar meinte, von den Bewegungen her könnte es ein Mann mittleren Alters gewesen sein …* Als ich mein Auto aus der Parklücke manövriert hatte und mit Vollgas die Straße hochfuhr, war er verschwunden.

Was noch etwas anderes in mir auslöste, was mich nervös machte und mich nicht nur auf dem ganzen Weg zum Fuhrpark ständig in den Rückspiegel schauen ließ, sondern auch noch auf dem Weg zu dem Aso nach Hause und auf der Rückfahrt zum Dezernat, während er sich auf dem Rücksitz beschwerte, war der Mantel. Steve hatte recht, viele Männer tragen dunkle Mäntel. Und dazu zählen praktisch alle Detectives, die ich kenne.

Es gibt ein paar Gründe, warum ein Detective meine Straße observieren könnte. Einige davon sind sehr viel lustiger als andere.

Nur um mir den Tag zu versüßen, versucht Crowley der Kriecher nach wie vor, Aislinn zur Story des Jahres aufzublasen. Er hat noch ein paar Fotos von ihr aufgetrieben – alle, nachdem sie ihr Image komplett geändert hatte; Crowley und seine Leser geilen sich nicht an pummeligen Brünetten in Polyester-Kostümröcken auf – und sie mit einer Flut von griffigen Klischees übergossen, und er hat die Titelseite vom *Courier* ganz für sich allein. Er ergeht sich passagenweise in Anspielungen auf die Cops, vor allem auf mich, die die Ermittlungen nicht ernsthaft betreiben, weil wir zu sehr damit beschäftigt sind, die Politiker und die Elite zu schützen, um uns für anständige arbeitende Leute einzusetzen. Crowley hat irgendwo einen unscharfen Schnappschuss von mir in Uniform aufgetrieben, bei einem Einsatz während einer Demo. Ein paar Hundert zurecht stinksaure Leute protestierten gegen die geplante Schließung einer Notaufnahme, und zwar absolut friedlich, und ich stehe da mit einer Stichschutzweste und einem Gummiknüppel, was Crowleys Einschätzung von uns natürlich hinreichend belegt. Wenn wir nicht bald jemanden verhaften, wird die Polizeiführung den Druck spüren, der Boss wird einen Anschiss kriegen, und ich werde vom Boss einen Anschiss kriegen.

Ich bringe den Aso nach draußen – er meckert noch immer über seinen ruinierten Schlaf des Gerechten – und sehe zu, wie er sich eine Zigarette ansteckt und davontrottet. Es geht auf zehn Uhr zu. Heller wird der Tag heute nicht mehr werden, bloß schwaches graues Licht, von Wolken erstickt. Ich lehne mich draußen gegen die Wand, ohne auf die Kälte zu achten, die beißend durch meinen Blazer dringt, und rufe Sophie an, solange ich einen ungestörten Moment für mich habe. Der fette Fingerabdruck eines Drogenbarons in Aislinns Schlafzimmer oder auch nur ein hübscher Blutfleck an einem von Rorys Handschuhen würde erheblich dazu beitragen, meinen Tag wieder ins Lot zu bringen.

»Hey«, sagt Sophie. »Was dagegen, wenn ich dich auf Lautsprecher lege? Ich habe hier eine Vase, die es heil zurück nach Galway schaffen muss für den O'Flaherty-Fall, und die Idioten vom Beweismitteltransport benutzen so was garantiert immer zum Fußballspielen, deshalb packe ich sie selbst ein. In einem Jahresvorrat Blisterfolie. Ich bin in meinem Büro, es kann uns also niemand hören.«

»Kein Problem«, sage ich. »Du hast die Sachen von unserm Verdächtigen bekommen, ja?«

»Ja. Die Sachen, die er getragen hat, graue Nylonhandschuhe und schwarzer Wollmantel, und die aus seiner Wohnung: eine dunkelblaue Hose, zwei weiße Leinenhemden, ein hellblauer Pullover, rote Wollhandschuhe, wollene Fair-Isle-Handschuhe – ernsthaft – und ein schwarzer Wollschal. Plus seine Fingerabdrücke.« Sophie macht ein Geräusch, das sich anhört, als würde sie ein Stück Isolierband abreißen. »Nur damit du's weißt: Breslin hat mich gestern Abend angerufen. Er wollte alle Tatortberichte haben und Aislinns Daten.«

Der raue Stein drückt mir durch den Blazer in den Rücken. »Was hast du ihm gegeben?«

»Was denkst du denn? Einen Scheiß hab ich ihm gegeben. Er hat sich aufgeführt wie ein Headhunter, was gefaselt von, wie *froh* er wäre, dass ich an diesem Fall arbeite, dass von den anderen Technikern keiner mein *Niveau* hätte – was für ein Idiot glaubt denn, er könnte sich bei mir beliebt machen, wenn er über meine Kollegen lästert?« Wieder reißt Klebeband. »Ich hab gesagt, wir hätten noch keinen Bericht fertig, schließlich wäre dieser Fall ja nicht der einzige auf der ganzen Welt, und die Computerjungs hätten mit den Daten nicht mal angefangen. Was auch stimmte, so gut wie zumindest. Breslin war nicht erfreut, aber er hat mir weiter Honig ums Maul geschmiert. Ich schwöre, am Ende hab ich gedacht, der schickt mir noch Blumen.«

»Ich werde mir Breslin mal zur Brust nehmen«, sage ich. Ich könnte Sophie küssen. »Wie weit seid ihr denn nun wirklich?«

»Die Berichte sind fertig, wenn du sie haben willst. Ich hab meinen Leuten Überstunden aufgedonnert. Hab mir gedacht, wenn du den Kram von diesem Schleimer fernhalten willst – und ich muss nicht wissen, warum, ich meine bloß –, könnte es nützlich sein, wenn du ein paar Schritte weiter bist, als er denkt.«

»Richtig«, sage ich und zeige Breslin im Geist den Stinkefinger. »Du bist ein Goldstück. Irgendwas Gutes rausgefunden?«

Sophie macht ein Geräusch wie ein Achselzucken. »Die schwarzen Fasern am Körper des Opfers könnten vom Mantel eures Verdächtigen stammen, aber das ist nicht so ungewöhnlich, wie es klingt: Die Wolle ist Massenware, die Fasern würden wahrscheinlich mit der Hälfte aller schwarzen Wollmäntel in dieser Stadt übereinstimmen. Kein Treffer bei seinem Schal. Kein Blut auf seinen anderen Sachen – das heißt, falls er euer Mann ist, hatte er die Handschuhe bei der Tat nicht an. Sorry.«

»So ist das Leben«, sage ich. Eigentlich keine Überraschung:

Selbst Rory ist clever genug, einen Mülleimer zu finden und die blutigen Handschuhe reinzuschmeißen. »Wir suchen weiter. Irgendwas Neues vom Tatort?«

»Das meiste kannst du in den Berichten lesen – jede Menge verschiedenartige, nicht identifizierte Fasern, so was eben. Wir gleichen sie mit Fasern aus der Wohnung eures Verdächtigen ab, im Falle von sekundärer Übertragung – eine Faser von seinem Teppichboden gelangt an seinen Mantel und von da auf ihr Sofa oder wohin auch immer –, und wir untersuchen die Sachen eures Verdächtigen auf Fasern aus dem Haus des Opfers, aber dafür hatten wir noch keine Zeit. Verdammt –« Geraschel und ein dumpfer Schlag: Sophie kämpft mit ihrer Rolle Blisterfolie. »Eines kommt mir ein bisschen merkwürdig vor. Das Haus ist so sauber.«

»Sie hatte ihren neuen Verehrer zum Essen eingeladen. Sie hat geputzt.«

»Nicht die Art von sauber. Ich meine, das auch. Meinem Eindruck nach hat sie auf jeden Fall Wert auf Ordnung und Sauberkeit gelegt – sogar oben auf dem Kleiderschrank lag praktisch kein Staubkörnchen, sie muss der reinste Putzteufel gewesen sein –, und dann hat sie für ihr Date mit Romeo ein Großreinemachen veranstaltet. Aber ich rede von Fingerabdrücken. Moran hat mich doch gebeten, die Stellen zu untersuchen, die ein Ex berührt haben könnte? Das Kopfteil vom Bett, Unterseite der Klobrille?«

»Ja.«

»Nichts. Keine Abdrücke am Kopfteil, nicht einmal welche vom Opfer – und das Teil ist lackiert, da müssten sich Abdrücke halten. Die Türknäufe, das Waschbecken im Bad, die Klobrille, die Kühlschranktür, die Kondompackung auf ihrem Nachttisch: alles verwischt.«

Ich sage: »Da hat einer gründlich saubergemacht.« Der geisterhafte Gangster-Lover wirft einen ersten Schatten. Kriminelle wissen, wie man Fingerabdrücke beseitigt. Rory, der das Haus nie zuvor betreten hatte, hätte sich die Putzaktion sparen können.

Sophie gibt einen unverbindlichen Laut von sich. »Vielleicht. Oder Aislinn war ein Hardcore-Putzteufel. Beides käme hin. Ich hab gedacht, es würde dich auf jeden Fall interessieren.«

»Tut es auch«, sage ich. »Irgendwelche Körperflüssigkeiten auf dem Bett?«

»Ja. Die Laken waren sauber, aber wir haben Flecken auf der Matratze gefunden. Könnte bloß ihr eigener Schweiß sein – du warst ja da; sie hatte es gern tropisch warm –, aber wenn wir Glück haben, ist auch Sperma dabei oder wenigstens der Schweiß von jemand anders.« Energisches Rascheln: Sophie wickelt eine weitere Schicht um die Vase. »Aber selbst wenn wir DNA finden, können wir nicht sagen, von wann sie stammt. Ihr müsstet rausfinden, wann sie die Matratze gekauft hat, dann habt ihr wenigstens einen frühesten Zeitpunkt, aber darüber hinaus …«

»Halt mich über die DNA auf dem Laufenden«, sage ich. Ich mache mir keine großen Hoffnungen. Die Kondompackung besagt, dass wir Glück haben müssten, wenn es je irgendwelches Sperma auf die Matratze geschafft hat. »Danke, Sophie. Was ist mit Aislinns Daten? Habt ihr da was gefunden?«

»Das meiste ist der übliche Schwachsinn. Nichts Brauchbares auf ihrem Smartphone – Suchen nach Klamottenläden und Clubs, Spiele-Apps voll mit kindischen Flatterfeen. Niemand, der auf irgendeinem ihrer Fotos interessant aussieht, aber ich schick dir Kopien, damit du's dir selbst angucken kannst. Ihr Facebook besteht nur aus Selfies und Tests wie ›Welche Figur wärst du in *Die Tribute von Panem*?‹ und ›Teile das hier, wenn du Krebs hasst‹ – was soll so ein Stuss? Denken die, wenn genügend Leute den Post liken, wird der Krebs den Wink mit dem Zaunpfahl kapieren und aussterben?«

»Besorg uns die Log-in-Daten, ja? Wir müssen ihre Facebook-Freunde überprüfen.«

»Kein Problem«, sagt Sophie. »Sieht nicht so aus, als hätte sie da irgendwelche Busenfreunde gehabt – keine privaten Nachrichten oder so. Anscheinend alles nur Kollegen und alte Klassenkameraden, die Sorte, auf deren Timeline du einmal im Jahr postest, wie toll sie auf ihrem Geburtstagsfoto aussehen – aber tu dir keinen Zwang an.«

Wenn der Gangster-Lover irgendwo da draußen ist, kriegt er es prima hin, sich unsichtbar zu machen. Aber das würde auch passen. »Wie sieht's aus mit ihren E-Mails? Irgendwelche Liebesbriefchen, Sex-Talk, Verabredungen, irgendwas in der Art? Von Rory Fallon oder sonst wem?«

»Nichts. Das Gmail-Konto, das mit ihrem Handy verlinkt ist, wimmelt hauptsächlich von Bestellbestätigungen und Sonderangeboten von Mode-Onlineshops. Die emotionalsten Mails stammen noch von einer Cousine in Australien, die immer ein paar xxxx hinten dranhängt. Sucht ihr nach Exfreunden?«

»Wir bleiben offen für alles«, sage ich. Eine Gruppe Touristen wandert vorbei. Sie starren hoch zu den Burggebäuden, Köpfe im Nacken und Münder offen. Einer von ihnen hebt seine Kamera in meine Richtung, aber ich werfe ihm einen Blick zu, der fast sein Objektiv zum Schmelzen bringt, und er tritt den Rückzug an.

»Wir sehen nur, was sie draufgelassen hat«, ruft Sophie mir in Erinnerung. »Sie könnte alles gelöscht haben, was sie an ihren Ex erinnert. E-Mails, SMS, Fotos.«

»Ich weiß.« Oder er selbst könnte es gelöscht haben, am Samstagabend. »Wir besorgen uns beim Telefonanbieter ihre Daten. Ich glaube, Steve macht das gerade. Schick mir ihre E-Mail-Kontodaten – CC Steve –, und kannst du mit ihren E-Mail-Providern sprechen? Die Protokolle besorgen, damit wir sie mit dem vergleichen können, was noch auf ihren Konten ist?«

»Mein IT-Mann hat einflussreiche Freunde. Ich setz ihn drauf an, sobald ich diese verdammte Vase verpackt habe. Du müsstest die mal sehen: einen Meter zwanzig groß, überall gucken Porzellanhunde raus, Möpse, glaub ich, bedeckt mit Blutspritzern. Was das Ding auch nicht hässlicher macht.«

»Was ist mit dem Laptop von meinem Opfer? Sag mir bitte, dass du was Gutes auf ihrem Laptop gefunden hast.« Mir ist kalt. Geschmackloser, aber heißer Instantkaffee im Soko-Raum hört sich plötzlich gut an.

»Wenn du interessante Beweise willst, verschaff mir ein interessantes Opfer. Diese Frau hatte ein langweiliges Leben. Sie war viel online, aber nicht in irgendwelchen zwielichtigen Winkeln des Internets unterwegs, soweit wir das sagen können – mein Computer-Mann hat sich ihre Chronik der letzten zwei Monate gründlich angesehen. Sie war sehr viel – wirklich *sehr* viel – auf Reise-Websites: Sie hat sich über Australien informiert, Indien, Kalifornien, Portugal, Kroatien … Sie hat nach Abendkursen in Dublin gesucht, sich über Kunstvorträge an Universitäten schlaugemacht, hat jede Menge Outlet-Klamotten gekauft, hat die ganze Berichterstattung über zwei Fälle von Bandenkriminalität gelesen. Süchtig nach Nervenkitzel; woanders hat sie nämlich keinen bekommen.«

Genau das hab ich gedacht, als ich Aislinns kleine Bibliothek über wahre Kriminalfälle entdeckte. Plötzlich denke ich gar nicht mehr an den Kaffee. »Okay«, sage ich, lasse meiner Stimme nichts anmerken. »Erinnerst du dich, was das für Fälle waren?«

»Francie Hannon und Soundso, dem sie die Zunge rausgeschnitten haben. Ich hatte ganz vergessen, wie die Zeitungen die Story ausgeschlachtet haben. Ich glaube, manche Reporter haben sich dran aufgegeilt.«

Beide Gangster waren in derselben Bande, ein gemeiner Haufen Jungs von der Dubliner Nordseite mit einem irren Anführer namens Cueball Lanigan. In beiden Fällen haben Breslin und McCann ermittelt.

»Hört sich an, als wäre es unserem Opfer ähnlich ergangen«,

sage ich. Wenn Aislinn sich tatsächlich mit Cueballs Jungs eingelassen hat, ist sie noch glimpflich davongekommen. »Sonst noch was auf dem Laptop?«

Weiteres energisches Blisterfoliengeraschel von Sophie. »Sie hat viel Fan-Fiction gelesen. Die kitschige Sorte, nix mit Erotik, da war mein IT-ler ein bisschen enttäuscht. Er meinte, er hat aufgehört zu lesen, nachdem in einer Geschichte Julia noch früh genug aufwacht und sie und Romeo glücklich bis an ihr seliges Ende leben.«

»Allerliebst«, sage ich. »Irgendwelche Dating-Portale?«

»Null.«

»Foren?«

»Fehlanzeige. Und mein Computer-Mann sagt, an der Internetchronik hat sich keiner zu schaffen gemacht.«

»Könntet ihr bei der Suche noch ein bisschen weiter zurückgehen? Wir brauchen ihre Chronik mindestens für die letzten sechs Monate. Ein Jahr wäre noch besser.«

Sophie pustet Luft aus. »Im Ernst? Wenn du meinem IT-Mann auf die Nerven gehst, schickt er dir eine Liste mit sämtlichen URLs, die sie je besucht hat. Du wirst eine Ewigkeit brauchen, bis du jede Seite von jeder Designer-Outlet-Website überprüft hast.«

»Dafür hat Gott Sonderfahnder erfunden«, sage ich. »War's das in Sachen Laptop, ja?«

»Hetz mich nicht«, sagt Sophie durch Klebeband hindurch. »Jetzt wird's nämlich spannend. Mein IT-ler ist ihre Dokumente durchgegangen – das Einzige einigermaßen Interessante darin ist, dass sie vor zwei Monaten ihren Lebenslauf auf den neusten Stand gebracht hat: Anscheinend hat sie mit dem Gedanken gespielt, sich beruflich zu verändern. Und er hat sich ihre Fotos angesehen. Die meisten sind der gleiche Kram wie auf ihrem Handy, Selfies in Clubs. Aber ein Ordner ist dabei, der passwortgeschützt ist. Er wurde letzten September erstellt, unter dem Namen *›Hypo-*

thek‹, aber wer zum Teufel macht Fotos von seiner Hypothek? Und schützt sie mit einem Passwort?«

Ich brauche keinen Kaffee mehr, ich bin hellwach. September: lange bevor Aislinn Rory kennengelernt hat und nicht lange nachdem sie sich, laut Lucy, auf ihren heimlichen Lover eingelassen hatte. »Tarnname«, sage ich. »Um jeden abzutörnen, der ihren Kram durchsucht. Wie stehen die Chancen, dass ihr da reinkommt?«

»Noch kein Glück bisher. Mein Computer-Mann hat schon ein ganzes Wörterbuch ausprobiert, um das Passwort zu knacken, verschiedene Kombinationen von Aislinns Namen und Geburtsdatum, aber umsonst.«

»Habt ihr es mit dem Passwort von ihrem Facebook-Konto versucht?«

»Das kennen wir nicht. Facebook und ihre Gmail waren auf dem Handy geöffnet. Wir haben ihre Passwörter zurückgesetzt, indem wir ihre Sicherheitsfrage beantwortet haben – der Mädchenname ihrer Mutter, Herrgott nochmal –, wir können also in andere Geräte, wenn wir wollen, aber die Originalpasswörter haben wir nicht. Und die Provider werden sie auch nicht haben; die sind verschlüsselt.«

»Arbeitet dein IT-Mann noch dran?«

»Ja, und er wird es knacken. Die Frau war nicht Jason Bourne. Nie im Leben hatte sie so viel drauf wie mein IT-ler. Aber eins ist klar: Sie hat sich echt Mühe gegeben, den Ordner dichtzumachen.«

»Ich glaube an dich und deinen IT-ler«, sage ich. Der Adrenalinpegel steigt wieder in mir. Obwohl ich versuche, dagegen anzugehen, ein Teil von mir kann nicht anders, als sich vorzustellen, wie Sophies Computer-Mann das Passwort knackt und einen Wust von Fotos enthüllt, auf denen Aislinn es mit Cueball Lanigan treibt, während Breslin im Hintergrund Geld zählt. »Sag mir Bescheid, wenn ihr drin seid, okay?«

»Gleich als Erstes.« Sophie reißt einen weiteren Streifen Klebeband ab und klatscht es auf die Folie. »Das muss reichen. Ehrlich, das Ding ist potthässlich. Ich hoffe, die zerdeppern es. Es würde die Welt besser machen.«

Ich mache mich auf die Suche nach Breslin. Bernadette sagt, er sei im Gebäude, aber im Großraumbüro ist er nicht – die Gespräche verstummen, gefolgt von ausdruckslosen Blicken, als ich die Tür öffne, und setzen mit leisem Gekicher wieder ein, als ich sie hinter mir schließe –, und er ist auch nicht in der Kantine. Ich gehe nach oben, um im Soko-Raum nachzusehen.

Ich bin auf dem Treppenabsatz, als ich die sonore Kinotrailer-Stimme durchs Treppenhaus höre, leise, irgendwo über mir.

Ich verharre auf der Stelle. Dann schleiche ich mich vorsichtig zum Geländer – die Treppe ist breit und aus weißem Marmor, Teil der alten Burg, jedes Geräusch hallt –, bis ich durch die Stäbe spähen kann. Breslin und McCann, oben an der Treppe, die Köpfe zusammengesteckt.

Eigentlich sollte ich jede Gelegenheit nutzen, um mit den beiden zu reden, aber McCann sieht nicht so aus, als wäre er in Plauderlaune. Er hängt in seinem Anzug, Hände tief in den Hosentaschen. Breslin lehnt lässig am Geländer, mit dem Rücken zu mir. Seine Schulterpartie verrät mir, dass ihn die entspannte Haltung Mühe kostet.

McCann murmelt irgendwas, in dem die Worte »so ein Miststück« vorkommen. Er klingt, als würde er es ernst meinen.

»Ich regele das«, sagt Breslin. »Du machst gar nichts und überlässt alles mir. Okay?«

McCann bewegt sich, als wäre sein Anzug klamm. »Auf Druck reagiert sie allergisch. Wenn du versuchst, sie unter Druck –«

»Ich werde sie nicht unter Druck setzen. Darum geht's nicht. Es geht darum, ihr begreiflich zu machen, dass sie nur eine einzige Wahl hat.«

McCann reibt sich mit den Fingern die Tränensäcke, lässt den Kopf in den Nacken fallen.

Breslin sagt: »Ich bring sie schon auf Linie. Bald läuft alles wieder normal.«

Als McCann den Kopf hebt, um etwas zu sagen, bemerkt er meinen schwarzen Hosenanzug vor dem Weiß der Treppe und erstarrt. »Bres«, sagt er.

Breslin dreht sich um, und sein Gesicht nimmt prompt eine ausdruckslose Miene an. »Conway«, sagt er. »Schön, dass du dich auch mal blicken lässt.«

»Ich musste mich noch um ein paar unerledigte Sachen von Samstagabend kümmern«, sage ich. »Hier geht es schließlich nicht um das Kennedy-Attentat. Dafür schmeiß ich nicht meinen ganzen Terminplan über den Haufen. Ich muss kurz mit dir reden.«

»Können wir sofort machen. Im Gehen. Mac: bis später, ja?« McCann nickt, ohne aufzublicken. Breslin gibt ihm einen Klaps auf die Schulter und geht an mir vorbei die Treppe hinunter.

Ich folge ihm. Als ich mich umdrehe, steht McCann noch immer oben am Geländer und starrt ins Leere.

»McCann hat Ärger zu Hause«, sagt Breslin vertraulich, untermalt vom Getrappel unserer Schritte. »Du hast wahrscheinlich die Telefonate mitgekriegt, nicht?«

Ich gebe einen Laut von mir, der alles bedeuten könnte. Wir alle haben die Telefonate mitgekriegt: McCann, der durch zusammengebissene Zähne murmelt, er käme heute Abend früher nach Hause, während sein Kopf sich tiefer und tiefer über den Schreibtisch beugt und die Kollegen gerade laut genug kichern.

»Sie kommt mit seinem Job nicht klar. Mit den Überstunden, damit, dass er auch noch zu Hause den Kopf voll hat mit toten kleinen Kindern, das Übliche eben – ist ja auch verständlich, was? McCann glaubt, sie ist kurz davor, ihm ein Ultimatum stellen: Entweder er lässt sich versetzen, oder sie schmeißt ihn raus.«

Ich nicke vor mich hin. Das ist Schwachsinn. In diesem Dezernat wird getratscht wie beim Friseur, aber keiner bequemt sich je dazu, mich einzuweihen. Die beiden haben über mich gesprochen: Entweder es ging darum, wie sie mich dazu kriegen, den Fall abzuschließen, oder darum, wie sie mich loswerden. Die einzige Frage lautet, warum. »Hm«, sage ich. »Und was will er machen?«

»Na ja, er ist natürlich von keiner der beiden Optionen begeistert. Ich hab gesagt, dass ich mal mit seiner Frau rede. Wir sind alle schon lange befreundet. Sie weiß, dass ich nur das Beste für sie beide will.« Breslin setzt das gütige Lächeln eines Mannes auf, der immer nur das Beste für alle will. »Du musst mir was versprechen, Conway. Das hier bleibt unter uns. McCann will auf keinen Fall, dass sein Privatleben im ganzen Dezernat breitgetreten wird. Du hättest eigentlich gar nichts davon hören sollen« – vorwurfsvolles Fingerwedeln, wie süß –, »aber da du es nun mal gehört hast, musst du es mit Respekt behandeln.«

»Ich tratsche nicht«, sage ich. »Das überlasse ich den Kollegen.« Mir juckt es in den Fingern, Breslin links und rechts eine reinzuhauen, aber ich wollte ja mit ihm reden. »Meinst du, du kannst das wieder einrenken?«

»O ja. Die zwei lieben sich, trotz allem. Es muss sie bloß jemand dran erinnern. Das regelt sich bald wieder. Aber McCann macht sich halt Sorgen.«

»Ja. Ihr zwei kamt mir vorhin wirklich ein bisschen gestresst vor.«

Breslin bleibt stehen und starrt mich an. »Ich? Was soll das heißen?«

Ich hebe die Hände. »Ich mein ja bloß.«

»Findest du, so sieht jemand aus, der gestresst ist?« Er zeigt auf sein Gesicht, das eine Mischung aus ungläubig und angewidert ist. »Du musst deinen Radar mal wieder neu einstellen, Conway. Weswegen sollte ich gestresst sein?«

Ich zucke die Achseln. »Woher soll ich das wissen?«

Breslin rührt sich nicht von der Stelle. »Nein. So was raushauen und dann zurückrudern, wenn ich nachhake, das geht gar nicht. Weswegen sollte ich gestresst sein?«

Er wirkt nicht nur gestresst, sondern auch, als fühlte er sich wahnsinnig angegriffen, was interessant ist. Ich beschließe, das für mich zu behalten. »Was weiß ich. Das Übliche eben. Arbeit. Geld. Das Leben.«

»Mein Leben ist super, besten Dank auch. Ich liebe meine Arbeit, im Gegensatz zu manch anderen – und wenn du denkst, schon ein paar Tage mit dir und Rotschopf könnten daran was ändern, dann überschätzt du dich. Finanziell geht's mir gut – besser als gut; völlig sorgenfrei. Ich bin ein glücklicher Mann. Okay?«

»Mann«, sage ich. »Ich hab doch bloß Smalltalk gemacht.«

Breslin starrt mich lange an. Dann: »Na gut.«

Er geht weiter die Treppe hinunter, so dass ich ihm folgen muss. »Bloß ein kleiner Tipp, Conway: Wir haben alle unsere Stärken. Smalltalk ist nicht unbedingt deine.«

»Vielleicht nicht«, sage ich. So viel zu meiner Aussprache mit Breslin. »Ist gestern Abend irgendwas gewesen, was du mir erzählen willst?«

»Rorys große Brüder waren zur Vernehmung da. Die Berichte liegen auf meinem Schreibtisch, falls du einen Blick reinwerfen willst, aber es steht nichts drin, was uns weiterbringt. Beide sagen, Rory wäre ein moderner Mann, der Frauen respektiert und nie im Leben eine schlagen würde. Er ist ein paarmal sitzengelassen worden – Überraschung! –, und er war deshalb stets nur deprimiert, nie wütend. Sie wissen, dass es für den Buchladen finanziell nicht rosig aussieht. Sie behaupten, wenn Rory Geld bräuchte, würde er sie fragen, nicht seine neue Schnepfe, aber sie sind selbst blank, daher ist das wahrscheinlich Quatsch. Ich habe die Aussagen von beiden auf Band, wir können sie also Soundso von der Wache in Stoneybatter vorspielen, aber ehrlich gesagt, ich wäre überrascht, wenn er sie identifizieren würde. Ich glaube sie sind so ahnungslos, wie sie sich geben.«

»Super«, sage ich. »Hast du Sophie Miller wegen Aislinns Daten angerufen?«

Breslins Gesicht wendet sich mir zu, die Augenbrauen heben sich warnend. »Ja. Ist das ein Problem?«

»Ich hab doch gesagt, Steve und ich kümmern uns darum.«

Er bleibt auf dem Treppenabsatz stehen, damit er mich richtig anstarren kann. »Ach, hör doch auf, Conway. Mir ist klar, dass du den guten Kram für dich behalten willst, aber wir sind hier nicht im Kindergarten. Du darfst dir nicht als Erste die besten Spielsachen aussuchen. Das hier ist die reale Welt. Was zählt ist, die Arbeit zu erledigen.«

»Ja. Und wir sind durchaus in der Lage dazu.«

»Gestern Abend wart ihr's nicht. Da wart ihr zu Hause, um euren Schönheitsschlaf zu halten – ich weiß, ich weiß, Doppelschicht, aber Fakt ist, ihr wart nicht hier, oder? Und ich war's. Ich habe das mit Rorys Brüdern erledigt, ich habe Termine mit seinen übrigen Kontaktpersonen vereinbart, ich habe seine Telefondaten beim Telefonanbieter angefordert, und dann hatte ich ein bisschen Leerlauf. Und habe beschlossen, die Zeit zu nutzen. Du solltest dich bei mir bedanken, statt dich aufzuregen.«

Ich sage: »Hast du irgendwas Brauchbares rausgefunden?«

Breslin beäugt mich. Er sagt: »Miller hatte noch keine Ergebnisse.«

»Genau. Deshalb bedanke ich mich auch nicht. Auch weil ich gern weiß, wer in meinen Ermittlungen was macht, damit ich mich nicht zum Affen mache, wenn ich etwas erledigen will und mir sagen lassen muss, dass das schon jemand anders getan hat.«

Breslins Kinnlade bewegt sich. »Conway. Jetzt reg dich mal ab. Behalt einfach im Hinterkopf, dass ich wesentlich mehr Erfahrung habe als du. Wenn ich etwas mache, kannst du davon ausgehen, dass es im Interesse der Ermittlungen ist, denke ich.«

»Nein«, sage ich. Ich höre förmlich, wie Steve *Wir müssen mit Breslin klarkommen* sagt, aber ich will sehen, was passiert. »Ich werde gar nichts im Hinterkopf behalten. Sofern mir deine Beförderung nicht entgangen ist, haben wir beide denselben Dienstgrad, und das hier ist meine Ermittlung. Das bedeutet, dass *du* der dreiste Macker bist, der sich was herausnimmt und der im Hinterkopf behalten muss, wer hier wer ist.«

Einen Moment lang fürchte ich, dass ich zu weit gegangen bin, aber Breslin ringt sich einen Ausdruck müder Resignation ab, wie ein Lehrer, der von einem Problemschüler nichts anderes hätte erwarten sollen. »Okay, Conway. Wenn ich das nächste Mal auf die Idee komme, zu *deiner* Ermittlung einen kleinen Beitrag zu leisten, werde ich dich auf jeden Fall vorher in Kenntnis setzen.« Augenverdrehen. »Fühlst du dich jetzt besser?«

»Ja. Tu ich.«

»Prima. Könntest du dann jetzt vielleicht wieder von deinem hohen Ross steigen?«

»Ich … O Mann.« Ich rudere wild zurück, werde ganz verlegen. »Ich wollte nicht …« Ich blicke den Flur hinunter, vergewissere mich, dass niemand mitbekommen hat, was für eine böse kleine Polizistin ich doch bin. »Es ist nicht einfach, weißt du? Jemanden wie dich an Bord zu haben. Das kann einen ganz schön einschüchtern. Ich schaff's nicht immer … äh. Ich schaff's nicht immer, damit richtig umzugehen.«

»Tja«, sagt Breslin. Er denkt lange darüber nach, lässt mich zappeln, aber er plustert sich auf vor Selbstgefälligkeit. »Das ist, glaube ich, nachvollziehbar. Trotzdem keine Entschuldigung dafür, so aggressiv zu werden. Wir sind schließlich im selben Team.«

»Ich weiß, ja. Entschuldigung.« Ich krieche Wichsern nicht in den Hintern, damit sie mich mögen, aber um Wichser dranzukriegen, kann ich kriechen, was das Zeug hält. »Und ich weiß die

Hilfe zu schätzen und die Ratschläge. Auch wenn ich das nicht so gut zeigen kann.«

Breslin nickt. »Schon gut«, sagt er, die Großherzigkeit in Person. »Schwamm drüber.«

»Danke«, sage ich. »Was hast du jetzt vor?«

»Ich habe Termine mit weiteren Kontaktpersonen von Rory. Falls du nichts dagegen hast.«

Er sagt das lächelnd, aber mit einem harten Beiklang. »Ja klar, super«, sage ich. »Tausend Dank. Bis später.«

Und ich senke demütig den Kopf und gehe wieder nach oben Richtung Soko-Raum. McCann steht nicht mehr oben am Geländer. Erst als ich die oberste Etage erreiche und in den Flur biege, höre ich, dass Breslin sich in Bewegung setzt, höre das langsame kalte Klatschen seiner Schritte durchs Treppenhaus hallen.

Im Soko-Raum läuft alles prima ohne mich, was mich eigentlich freuen sollte. Die Fahnder sind emsige Bienchen und sorgen dafür, dass man es auch sieht: Gaffney schreibt eifrig, Meehan beendet ein Telefonat; Kellegher und Reilly hocken gebeugt vor ihren Monitoren, sehen im Schnelldurchlauf ruckelige Überwachungsaufnahmen durch. Stanton und Deasy sind irgendwo anders, vermutlich in Aislinns Firma. Steve hat unseren Boss-Schreibtisch ganz für sich allein. Er hat ihn in ein Nest aus Computerausdrucken und KitKat-Riegeln verwandelt und pfeift friedlich vor sich hin, während er die Papiere durcharbeitet. Er sieht glücklich aus.

»Morgen zusammen«, sage ich und schmeiße meinen Kram auf meinen Schreibtisch. Die Fahnder werfen mir prompt ein Lächeln zu, als würden sie mich lieben. Falls irgendwer mit einem von ihnen geredet hat – und davon ist auszugehen: Was auch immer Breslin will, als Erstes wird er versuchen, mindestens einen Fahnder auf seine Seite zu ziehen –, dann können sie es gut verbergen.

»Hallo«, sagt Steve. »Erledigt?«

»Ja.« Ich habe ihm keine Einzelheiten erzählt, lediglich gesagt, ich würde mir noch mal den Aso-Zeugen vornehmen, und er hat nicht weiter gefragt. »Was Neues?«

»Sophie hat uns gerade was gemailt.« Er hält ein Blatt hoch.

»Ich hab vorhin mit ihr telefoniert, ja.« Ich hänge meinen Mantel über den Schreibtischstuhl. »Einer von ihren Leuten besorgt uns Aislinns E-Mail-Daten. Hast du die Handy-Protokolle?«

»Ja. Mein Kontakt bei Meteor hat sie rübergeschickt.« Steve inspiziert seine Papierberge, klopft auf den rechten. »Breslin hat die von Rory besorgt. Er sagt, es ist nichts Auffälliges dabei, keine Anrufe bei irgendwem außer Aislinn am Samstagabend, kein Gespräch mit der Wache in Stoneybatter gestern Morgen und keine Verbindung zu Lucy Riordan. Er versucht noch, an die eigentlichen Textnachrichten ranzukommen, ob die was hergeben.«

»Gaffney«, sage ich. »Irgendwas über die Nummer, von der aus in der Wache angerufen wurde?«

Gaffney zuckt zusammen. »Äh – ja. Das hab ich erledigt, ja. Ich hab die Nummer ermittelt. Aber sie ist nicht registriert.«

Steve sagt: »Ich wüsste nicht, wieso Rory ein zusätzliches Handy mit einer nicht registrierten Nummer haben sollte. Und bei der Durchsuchung seiner Wohnung wurde keins gefunden.«

Wohingegen die meisten Bandenjungs mehr unregistrierte Handys haben, als sie überblicken können. »Man kann nie wissen«, sage ich. »Aber wie es aussieht, war Rory wahrscheinlich nicht derjenige, der auf der Wache angerufen hat. Wir besorgen uns die vollständigen Daten für das Handy. Vielleicht finden wir ja da irgendeinen Hinweis, wem es gehört. Moran, machst du das?«

Steve nickt, während er schreibt. Gaffney blickt gekränkt, aber sein Pech: Wenn die Protokolle von diesem Handy voll mit Anrufen bei Drogendealern sind, müssen Steve und ich das als Allererste wissen.

»Meehan«, sage ich, »Sie haben doch die Zeit für die Strecke gestoppt, die Fallon in Stoneybatter rumgelaufen ist. Wie schaut's aus?«

»Laut Fallons Angaben«, sagt Meehan und dreht sich mit seinem Stuhl zu uns um, »ist er um kurz vor halb acht aus dem Bus gestiegen und hat um kurz vor acht an Aislinns Tür geklopft – den Teil hat der Zeuge bestätigt, der seinen Hund Gassi geführt hat. Das macht demnach eine halbe Stunde für die ganze Strecke – von der Bushaltestelle bis zum Anfang von Viking Gardens, dann zu Tesco die Blumen kaufen, zurück zu Aislinns Haus. In normalem Tempo habe ich siebenundzwanzig Minuten gebraucht. Als ich so schnell gegangen bin, wie ich konnte, ohne zu laufen, habe ich sechs Minuten weniger gebraucht.«

Ich sage: »Das heißt also, Rory hätte fast zehn zusätzliche Minuten haben können.«

»Mehr«, sagt Steve. »Jetzt wird's gut. Stanton hat die Aufnahmen der Kameras in der Linie 39A besorgt und sie sich als Erstes heute Morgen angesehen. Rory ist um zehn vor sieben in den Bus gestiegen, nicht um kurz vor sieben, wie er gesagt hat, und ausgestiegen ist er um Viertel nach sieben, nicht erst um kurz vor halb acht. Möglich, dass er sich falsch erinnert oder die Uhrzeiten einfach geschätzt hat, aber …«

»Aber er hatte einen Horror davor, zu spät zu kommen«, sage ich, »weil er Aislinns Gefühle nicht verletzen wollte, aus Angst, sie würde dann mit ihm Schluss machen und sein Leben wäre ruiniert oder was auch immer. Nein: Er hat die Uhrzeiten nicht geschätzt, und er hat sich auch nicht falsch erinnert. Für fast fünfundzwanzig Minuten hat er keine Erklärung, und er hat sich irgendwas aus den Fingern gesaugt, damit wir es nicht merken.« Wieder regt sich der Blutgeruch tief in meiner Nase. Er ist so verlockend, dieser Rory, fluffig und großäugig, das ideale Opfer für den Tötungsbiss. Es wäre so befriedigend, an seiner Tür zu hämmern, ihn wieder hierherzuschleppen und seine Nase auf den

Bildschirm zu drücken, um ihm die Überwachungsaufnahmen vorzuspielen. »Gut. Wenn wir ihn wieder herholen, sollte er besser eine überzeugende Erklärung dafür parat haben, was er in der Zeit gemacht hat. Haben wir schon Aufnahmen von irgendwelchen Kameras in der Gegend?«

»Ja«, sagt Kellegher und lehnt sich von seinem Monitor zurück. Kellegher ist lang, sommersprossig, entspannt und tüchtig genug, um früher oder später bei uns im Dezernat zu landen. »Die schlechte Nachricht ist, es gibt keine Kameras zwischen der Haltestelle vom 39A und Viking Gardens oder zwischen Viking Gardens und dem Tesco – wir können also weder Fallons Route überprüfen noch die Zeit, die er dafür gebraucht hat. Aber wir haben Aufnahmen im Tesco, wie er die Blumen kauft. Er hat um 19.51 Uhr bezahlt, was mit seiner Geschichte übereinstimmt.«

»Das ist keine Überraschung«, sage ich. »Er muss gewusst haben, dass er im Tesco gefilmt wird. Deshalb musste er in dem Punkt die Wahrheit sagen. Wir brauchen die Überwachungsaufnahmen für einen größeren Bereich von Stoneybatter. In der fraglichen Zeit könnte Rory durchaus von der Route abgewichen sein, die er uns genannt hat. Reilly, übernehmen Sie das.« Meehan greift nach dem Aufgabenbuch.

Reilly blickt aus dem Fenster – es sieht nach Regen aus –, dann wieder auf seinen Monitor. »Ich bin aber noch nicht mit dem durch, was wir haben.«

Reilly war auf der Polizeiakademie ein Jahr unter mir. Er ist längst nicht so tüchtig wie Kellegher, aber ich schätze, er schafft es früher ins Dezernat, schon allein deshalb, weil er wunderbar zu diesem Haufen passen würde. »Kellegher kann damit weitermachen«, sage ich. »In den zusätzlichen zwanzig Minuten könnte er gut eine halbe Meile von seiner angegebenen Route abgewichen sein. Fangen Sie mit einem Radius von einer halben Meile an. Bis später.«

Reillys Kinn bewegt sich, und er wirft mir einen schweinsäugigen Blick zu, hievt sich dann aber hoch und fängt an, seinen Mantel zu entwirren. »Kellegher«, sage ich. »Gibt's vielleicht auch noch eine gute Nachricht?«

»Eine kleine, ja. Wir haben Aufnahmen von Fallon an vier Stellen zwischen Stoneybatter und Ranelagh, auf seinem Weg nach Hause. Ich hab sie da eingezeichnet.« Kellegher deutet mit einer Kopfbewegung auf eine neue Karte am Whiteboard, samt Ixen und Pfeilen und einem Kreis aus körnigen Fotos mit Zeitstempel. »Die stimmen mit seiner Aussage überein.«

Ich sehe mir die Fotos an. Der schmächtige Mann im schwarzen Mantel hat den Kopf gesenkt, gegen den Regen und seinen mies gelaufenen Abend, aber es ist eindeutig Rory. Auf dem ersten Foto, an den Kais auf der Nordseite, lugt ein zerdrückt aussehender Blumenstrauß unter seiner Achselhöhle hervor; als er auf der anderen Seite des Flusses in Temple Bar ankommt, ist der Strauß verschwunden.

»Sind irgendwann mal seine Hände zu sehen?«, frage ich.

»Nee. Immer in den Taschen.«

»Meehan«, sage ich. »Sie müssen die Zeit von Fallons Fußweg nach Hause stoppen. Ich will sehen, ob er irgendwann auf der Strecke einen Abstecher gemacht haben könnte – um die Handschuhe loszuwerden oder um bei einem Freund vorbeizuschauen. Kellegher: In was für einem Tempo ist er auf den Überwachungsaufnahmen unterwegs?«

»Flott, würde ich sagen«, erwidert Kellegher, während er das Temple-Bar-Foto betrachtet, auf dem Rory von einer grölenden Junggesellenpartymeute, die alle falsche Brüste tragen und Bierdosen schwenken, vom Bürgersteig gerempelt wird. »Nicht im Laufschritt oder so, aber er wollte möglichst schnell nach Hause. Ja: flott.«

»Sie haben's gehört«, sage ich zu Meehan. »Viking Gardens bis zum Wayward Bookshop, schön flott, und notieren Sie jedes Mal die Uhrzeit, wenn Sie zu den Stellen kommen, wo Rory von den Kameras aufgenommen wurde.«

»Wenn das so weitergeht, werde ich noch richtig fit«, sagt Meehan und schiebt seinen Stuhl zurück.

»Wenn Sie flott genug sind, schaffen Sie's noch vor dem Regen«, sage ich. »Danke. Kellegher, wie viel Material müssen Sie noch sichten?«

»Nicht mehr viel.«

»Wenn Sie durch sind, ziehen Sie los und reden mit den Leuten, die auf der Buchpräsentation waren, wo Aislinn und Rory sich kennengelernt haben. Fragen Sie, wie es gewirkt hat: Hat einer von beiden den anderen angemacht, irgendwas Interessantes über den anderen gesagt, alles, was Sie rauskriegen können. Klar?«

Meehan notiert das auf dem Weg nach draußen ins Buch. Kellegher zeigt mir den erhobenen Daumen und spult die Überwachungsaufnahmen vor – kleine dunkle Gestalten trudeln und hüpfen die Straße hinunter wie Aufziehspielzeug. Ich gehe zurück zu unserem Schreibtisch und schaue Steve über die Schulter.

»Das sind Aislinns Handy-Protokolle«, sagt er und tippt auf einen Stapel Papier. »Und das ist der Kram, den Sophie uns gemailt hat, was auf dem Handy selbst war. Ich will das miteinander abgleichen, überprüfen, ob irgendwann was gelöscht wurde.«

»Zwei Doofe, ein Gedanke«, sage ich. »Genau das wollte ich gerade vorschlagen.« Leiser: »Ich muss mit dir reden. Nicht hier.« Es nervt, dass ich wichtige Gespräche außerhalb des Soko-Raums führen muss, aber es geht nicht anders, da wir nicht wissen, wer von den Fahndern zu Breslin gehört.

Steve nickt. »Wir müssen sowieso Aislinns Cottage durchsuchen.«

»Das haut hin. Gehen wir.«

Er wirft seine KitKat-Verpackungen in den Papierkorb, weil er anständig erzogen ist. »Wenn wir in Stoneybatter sind, hast du Lust, mir deine Stammkneipen zu zeigen?«

»Wieso?«

»Vielleicht sind die zwei ab und zu ein Bier trinken gegangen.«

Die Fahnder sehen aus, als wären sie ganz in ihre Arbeit vertieft, aber ich spreche trotzdem leise. Allmählich wird das zur Gewohnheit. »Wer? Aislinn und ihr Lover? Glaubst du, dass ein Mann, der eine heimliche Affäre hat, mit seiner Freundin im Pub rumknutscht?«

»Laut Lucy waren sie ein knappes halbes Jahr zusammen. Du kannst nicht sechs Monate nur zu Hause bleiben und vögeln.« Steve kramt auf dem Schreibtisch herum, findet ein Foto von Aislinn und steckt es in seine Manteltasche. »Die Pubs machen bald auf. Los, komm.«

Ich rühre mich nicht vom Fleck. »Selbst wenn der heimliche Lover existiert, die zwei wären bestimmt nicht in eine von meinen Stammkneipen gegangen. Lucy hat gesagt, Aislinn stand auf die schicke Club-Szene. Ein Pub in Stoneybatter wäre nicht ihr Ding gewesen, mal vorsichtig ausgedrückt.«

»Also weniger Risiko, auf Bekannte zu treffen. Und falls der Kerl verheiratet ist, haben sie's bei Aislinn zu Hause getrieben. Wenn ihnen die Decke auf den Kopf fiel und sie schnell irgendwo ein Bier trinken wollten, dann sind sie wahrscheinlich in irgendeinen Pub in der Nähe gegangen.« Steve zieht seinen Mantel an und blickt zum Fenster. »Die frische Luft wird uns guttun.«

»Wir haben in Stoneybatter keine frische Luft. Für so einen Provinz-Naturquatsch sind wir zu cool. Und du glaubst ernsthaft, ein Barmann erinnert sich an eine, die aussah wie die Hälfte aller Frauen Mitte zwanzig in Dublin?«

»*Du* hast dich an sie erinnert. Und Barmänner habe ein gutes Gedächtnis für Gesichter.« Steve hebt meinen Mantel von der

Sessellehne und hält ihn mir hin, gentlemanlike. »Tu mir einfach den Gefallen.«

»Gib her«, sage ich und reiße ihm den Mantel weg, aber ich ziehe ihn an. »Und pack die zusammen.« Ich deute mit dem Kinn auf Steves Ausdrucke und werfe ihm einen warnenden Blick zu. Er fängt an, die Blätter zu einem Stapel zusammenzuschieben.

Gaffney schaut zu uns herüber. Ich sage: »Gaffney, sagen Sie den anderen Bescheid: Fallbesprechung um halb sechs. Und gehen Sie Breslin suchen. Sie sollten ihm doch nicht von der Seite weichen, schon vergessen? Was machen Sie überhaupt hier?«

»Aber er hat gesagt –« Gaffney blickt panisch. Der arme Kerl sieht seine Karriere schon den Bach runtergehen. »Ich bin Detective Breslin wirklich nicht von der Seite gewichen, gestern den ganzen Abend und heute Morgen – ich hab Notizen für ihn gemacht, und er hat mir erklärt, wie Sie arbeiten und so … Aber als er losgezogen ist, da hat er gesagt, ich würde jetzt prima allein klarkommen und Sie würden mich wahrscheinlich dringender hier brauchen, als er mich da draußen brauchen würde, und deshalb, ich meine …«

Breslin hat recht: Gaffney ist durchaus fähig, Finanzunterlagen zu besorgen und Telefonate zu führen, ohne dass jemand ihm das Händchen hält, sonst wäre er wohl kaum bei den Sonderfahndern gelandet. Aber er ist ebenfalls durchaus fähig, bei Vernehmungen Notizen zu machen, und Breslin ist nicht der Typ, der einen folgsamen persönlichen Assistenten abweist; so was steht ihm ja zu, wie er das sieht. Es sei denn, er will niemanden dabeihaben, wenn er Zeugen in seine Richtung manipuliert.

Gaffney fällt nichts mehr ein, und er starrt mich kläglich an. Es bringt nichts, ihn Breslin hinterherzuschicken. Breslin wird irgendeinen Vorwand finden, um ihn sich vom Hals zu halten, oder er wird einfach nicht ans Telefon gehen. »Schon okay«, sage ich. »Machen Sie sich keinen Kopf. Hier gibt's jede Menge zu tun.«

Gaffney macht Anstalten, sich irgendwie zu bedanken, aber ich steuere bereits auf die Tür zu. Hinter mir höre ich das Klicken, als Steve seine Schreibtischschublade abschließt, auch wenn das vielleicht nur symbolischen Wert hat.

7

STEVE UND ICH machen uns auf den Weg zum Fuhrpark, um unsere Möhre von Kadett zu holen. In dem Gewirr aus kleinen Straßen hinter der Dubliner Burg herrscht quirliges Treiben: Studenten schleppen sich verkatert in Richtung Trinity College, Businesstypen reden zu laut in zu große Smartphones, damit wir alle von ihren bulgarischen Grundstücksdeals beeindruckt sind, schicke Mütter auf Shoppingtour und arme Schlucker auf Schnäppchenjagd. Es tut gut, endlich raus auf die Straße zu kommen, wo eventuelle Gefahren nichts mit uns persönlich zu tun haben, und ich hasse dieses Gefühl der Erleichterung.

»Also«, sage ich, sobald wir uns in sicherer Entfernung durch den Strom von Menschen bewegen. »Breslin will heute niemanden bei sich haben. Er will bei den Befragungen allein sein.«

»Bei den Befragungen«, sagt Steve und weicht einem Pärchen aus, das komplizierte Beziehungsprobleme auf Russisch erörtert, »oder bei was auch immer. Kurz bevor du reingekommen bist, hat Breslins Handy geklingelt. Er hat draufgeschaut und so ein Gesicht gemacht« – Steve beißt die Zähne fest zusammen und bläht die Nasenflügel: Breslin, der stinksauer ist und sich nichts anmerken lassen will. »Er ist zum Telefonieren rausgegangen. Aber bevor er ganz zur Tür raus war, hat er gesagt: ›Nicht auf diesem Handy anrufen.‹«

Er hat recht: vielleicht nicht bei den Befragungen. Vielleicht hat Breslin etwas anderes zu erledigen, oder er trifft sich unterwegs mit jemand anderem. Er hat irgendwas vor, bei dem er Gaffney nicht gebrauchen kann. Ich spüre einen Adrenalinstoß.

»Weißt du, was er gestern Abend gemacht hat?«, frage ich. »Er hat sich bei Sophie eingeschleimt, damit sie ihm die Tatortberichte und Aislinns Daten gibt.«

Steves Augenbrauen schnellen hoch. Ich sage: »Muss nicht unbedingt was bedeuten. Ich hab ihn drauf angesprochen. Er sagt, er hat sich gelangweilt, wollte irgendwas zu tun haben – und natürlich versucht er, sich was unter den Nagel reißen, das ihn hier zum großen Helden machen kann. Aber …«

»Aber er wollte den Kram.«

»Ja. So dringend, dass er sich über uns hinwegsetzt, obwohl er sich denken kann, dass wir es rausfinden.«

»Hat Sophie ihm irgendwas geliefert?«

»Nee. Es ist ohnehin nicht viel da. Flecken auf Aislinns Matratze, doch selbst wenn wir DNA finden, die nicht von ihr ist, könnte die Jahre alt sein, unmöglich festzustellen. Von Samstagabend stammt sie jedenfalls nicht, sonst wäre sie auch auf dem Laken gewesen, und das ist sauber.« Das Adrenalin beschleunigt meine Schritte zu einem Tempo, das sogar die Typen mit ihren dicken Smartphones vor uns ausweichen lässt. »Eines ist merkwürdig: Die Stellen, wo du Sophie gebeten hast zu suchen, das Bettgestell und die Klobrille? Die sind zu sauber. Keine Abdrücke, alle verwischt. Sophie meint, unser Mann könnte rumgelaufen sein und seine Fingerabdrücke entfernt haben –«

»Ah, Volltreffer!« Steve macht eine Siegesfaust. »Rory hätte keinen Grund gehabt, das Bettgestell abzuwischen, wenn er zum ersten Mal im Haus war –«

»Jajaja, du bist ein Genie. Oder aber Aislinn war eine Sauberkeitsfanatikerin. Sophie sagt, beides ist denkbar.«

Steve zieht weiter ein selbstzufriedenes Gesicht. »Sonst noch was?«

»Du meinst, was darauf hindeutet, dass Aislinn wirklich einen anderen hatte?«

»Ja.«

»Bisher nicht. Keine Spur von ihm auf Facebook, nicht in ihrem Handy, nicht in ihren E-Mails.« Ein Junkie schnorrt zwei verloren wirkende Backpacker-Typen um Kleingeld an. Ich schnippe mit den Fingern vor seinem Gesicht und zeige die Straße runter, ohne auch nur anzuhalten oder meinen Ausweis zu zücken, und er wirft einen Blick auf uns und trollt sich gehorsam. »*Falls* es ihn gibt, müssen sie ihre Verabredungen per Telepathie getroffen haben.«

»Oder Aislinn hat alle Nachrichten von ihm und an ihn gelöscht«, gibt Steve zu bedenken. »Oder *er* hat das gemacht. Ich habe gerade erst angefangen, die Handydaten abzugleichen, und ich warte noch auf die E-Mails.«

»Auf dem Laptop waren allerdings ein paar interessante Sachen«, sage ich. »Bleib bitte auf dem Teppich, aber Aislinn hat sich was über zwei Bandenprozesse angelesen. Francis Hannon und der Typ mit der Zunge.«

Steves Gesicht hat sich mir blitzschnell zugewandt. »Das waren Cueball Lanigans Jungs. Alle beide.« Ich spüre, wie er von dem gleichen aufregenden Schwung erfasst wird, der meine Schritte antreibt, spüre, wie diese Sache uns immer lauter im Kopf herumschwirrt. »Und beide Fälle hat Breslin bearbeitet. Wenn Lanigan ihn aus irgendwelchen Gründen in der Hand hat, und wenn Aislinn eine Affäre mit einem von der Bande hatte und die Sache ging in die Hose, würde Lanigan als Erstes –«

»Ich hab doch gesagt, du sollst auf dem Teppich bleiben. Ich hab meine Fühler ausgestreckt. Falls Aislinn was mit einem aus Lanigans Bande hatte, erfahre ich es bald.« Steve wirkt ein wenig pikiert, weil ich ihm nicht mehr verrate, aber damit muss er leben. »Und dann wäre da noch was Interessantes auf ihrem Laptop: ein passwortgeschützter Ordner mit Fotos, den sie im

September angelegt hat. Der Ordnername lautet ›Hypothek‹ –« Steve lacht laut auf, und ich kann mir ein Grinsen nicht verkneifen. »Ja, das ist offensichtlich Quatsch. Sophie und ihre Leute versuchen noch, das Passwort zu knacken. Sie sagt uns Bescheid.«

»Hat sie Breslin davon erzählt?«

»Nee. Ich auch nicht. Und das habe ich auch nicht vor.«

Steve sagt: »Aislinn hat also seit September befürchtet, jemand könnte ihren Laptop durchsuchen. Und zwar nicht Rory. Den hat sie erst im Dezember kennengelernt, und er war vorher noch nie bei ihr zu Hause.«

»Vielleicht«, sage ich. »Oder aber der Ordner ist voller Nacktselfies, und Aislinn war nicht wegen jemand Bestimmtem besorgt: Sie wollte einfach nicht, dass irgendein Junkie ihren Laptop klaut und die Nacktbilder ins Netz stellt.«

»Nacktselfies für wen?«

»Zum Spaß, für einen kleinen Nebenverdienst, Überbleibsel aus einer früheren Beziehung, für später, wenn sie alt und faltig ist und sich erinnern will, was für ein heißer Feger sie war. Woher soll ich das wissen?«

»Oder«, sagt Steve, »es sind Fotos von ihr mit ihrem heimlichen Lover. Und sie wollte auf gar keinen Fall, dass irgendwer wusste, dass sie sie hatte, auch er nicht. Noch nicht jedenfalls.«

Ich hatte denselben Gedanken. »Erpressung.«

»Oder Absicherung. Vielleicht hatte sie gerade genug Verstand, um zu wissen, dass es gefährlich werden könnte, falls sie mit einem Gangster zusammen war.«

»›Falls‹«, sage ich. »Jedes Mal, wenn du von jetzt an bei diesen Ermittlungen ›falls‹ oder ›was, wenn‹ sagst, krieg ich einen Euro von dir. Dann bin ich bis zum Wochenende reich.«

»Ich dachte, du magst Herausforderungen«, sagt Steve grinsend. »Gib's zu: Du hoffst, dass ich recht habe.«

»Ja, stimmt. Wäre mal eine schöne Abwechslung.«

»Ich hab's gewusst.«

Wir sind von zwei plappernden Alten gebremst worden. Ich sage: »Ich fänd's einfach super, wenn wir richtigliegen würden.«

Ich habe versucht, es nicht laut auszusprechen, weil ich irgendwie glaube, das bringt Unglück. Wie ein naives Kind. Wie einer von diesen Jammerlappen, die glauben, das Universum hat sich gegen sie verschworen und alles wartet nur auf einen Vorwand, um sich gegen sie zu wenden. So bin ich nie gewesen. Das hier ist neu, es ist bescheuert, es kommt daher, dass das Dezernat mich dazu abgerichtet hat, überall nach versteckten Fallen zu suchen – letzte Woche hab ich meinen Kaffee im Büro stehen lassen, weil ich aufs Klo musste, und als ich wiederkam und den Becher schon fast am Mund hatte, sah ich in letzter Sekunde noch einen dicken Klumpen Spucke drin schwimmen –, und das werde ich Steve nie im Leben verraten. Es kotzt mich an, das zu sein, wozu mich andere abgerichtet haben. Es kotzt mich echt an. Ich gehe weiter und zähle alle großen Männer in dunklen Mänteln.

Steve sagt: »Aber?«

»Kein Aber. Ich will nur nicht zu fest dran glauben, solange wir keine stichhaltigen Beweise haben, mehr nicht.«

Er will etwas erwidern, aber ich bin mit dem Thema fertig. »Ich muss dir noch was erzählen«, sage ich, überhole die beiden Alten und werde wieder schneller. »Ich hab Breslin auf seinen Anruf bei Sophie angesprochen.«

»O Gott. Wird er durchkommen?«

»Ja, ja. Das blaue Auge kann er überschminken.«

»Du warst doch hoffentlich nett zu ihm, oder? Sag mir, dass du nett zu ihm warst.«

»Entspann dich«, sage ich. »Alles im grünen Bereich mit ihm. Was allerdings seltsam ist. Ich war nämlich gar nicht nett – ich hab ihn ordentlich zusammengestaucht –, aber er war einfach weiter nett zu mir.«

»Dann hat er uns gestern Abend vielleicht doch nicht verarscht.« Steve spielt den Gedanken versuchsweise durch, auch wenn es ihm schwerfällt. »Vielleicht glaubt er ja wirklich, dass wir in Ordnung sind.«

»Ach komm. Ich hab ihn einen dreisten Macker genannt, der sich was herausnimmt, und ich hab ihm klargemacht, dass er gefälligst zu tun hat, was ich ihm sage, solange er an meinem Fall mitarbeitet.« Steve stößt ein prustendes, entsetztes Lachen aus. »Na ja, ich wollte sehen, wie er reagiert. Ich hab damit gerechnet, dass er an die Decke geht. Aber weißt du, was er gemacht hat? Er hat geseufzt und gesagt, okay, alles klar, von nun an macht er nichts, ohne es mit mir abzusprechen.«

Steve lacht nicht mehr. Ich sage: »Hört sich das für dich nach Breslin an?«

Nach einem Moment sagt er: »Das hört sich für mich an, als wollte Breslin mit uns im Gespräch bleiben. Und zwar unbedingt.«

»Genau. Und zwar, damit er immer mitkriegt, was wir machen, nicht, weil er glaubt, dass wir das Zeug dazu haben, hübsche kleine Teamplayer zu werden oder was auch immer. Weißt du, wo ich ihn gefunden hab? Er unterhielt sich im Treppenhaus mit McCann, und beide sind prompt verstummt, als sie mich sahen. Breslin hat mir irgendeinen Schwachsinn erzählt von wegen, McCann hätte Eheprobleme, aber ich bin mir ziemlich sicher, dass sie darüber gesprochen haben, wie sie mich am schnellsten loswerden können.«

Steve wirft mir einen Blick zu, den ich nicht deuten kann. »Glaubst du wirklich? Was haben sie gesagt?«

Ich hebe eine Schulter. »Hab ich mir nicht wörtlich gemerkt, weil es mir egal war. McCann war nicht glücklich, Breslin hat ihm versichert, er würde das mit irgendeiner Frau geregelt kriegen und alles wäre wieder normal, McCann wollte, dass er sich damit beeilt. Da war's im Wesentlichen.«

»Und du bist sicher, dass nicht vielleicht doch um McCanns Frau ging?«

»Man hätte es so interpretieren können. Aber es ging nicht um sie.«

Irgendein Schwachkopf mit einer Logo-Jacke und einem Klemmbrett in der Hand kommt auf uns zu getrabt, öffnet den Mund, schaut genauer hin und tritt den Rückzug an. Meine Ausstrahlung ist wieder da. Vor zwei Tagen wäre der Typ mir wahrscheinlich die ganze Straße runter gefolgt und hätte mich belatschert, doch bitte eine Spende für die Bekämpfung der Schuppenflechte in der Dritten Welt rauszurücken, und mir obendrein gesagt, ich solle mal lächeln.

»Okay«, sagt Steve. »Wir haben uns gefragt, ob Breslin korrupt sein könnte –« Selbst so weit vom Präsidium entfernt werfen wir beide automatisch einen Blick über die Schulter. »Aber was, wenn McCann korrupt ist?«

Daran habe ich noch gar nicht gedacht. Eine Sekunde lang komme ich mir blöd vor – weil ich vor lauter Paranoia den Blick für das Wesentliche verliere –, aber das Gefühl wird von der in mir hochsprudelnden Erregung gleich wieder weggefegt: die gewaltige Herausforderung, die immer größer wird.

»Das könnte hinhauen.« Ich überlege rasch, was ich über McCann weiß. Aus Drogheda. Frau und vier Kinder im Teenageralter. Nicht aus wohlhabenden Verhältnissen, nicht wie Breslin – ich erinnere mich, dass er mal ziemlich bissig gesagt hat, man könnte die Kriminalitätsrate auf null reduzieren, indem man alle verwöhnten Sprösslinge mit ihren Smartphones als Vierzehnjährige in eine Lehre steckt, wie sein Dad das mit ihm gemacht hat. Kein Finanzpolster bei Mum und Dad, auf das man zurückgreifen kann, wenn das Auto streikt, das Haus ein neues Dach braucht, das College für die Kinder bezahlt werden muss und das Detective-Gehalt nicht ausreicht. Ein Bandenboss auf der Suche nach einem käuflichen Cop würde McCann ins Auge fassen. »Oder beide.«

»Kein Wunder, dass Breslin deinen Anschiss so hingenommen

hat«, sagt Steve. »Er kann es sich nicht leisten, dass wir dem Boss sagen, wir wollen ihn loswerden.«

»Falls«, sage ich. »Falls da irgendwas dran ist.«

»Falls«, sagt Steve. »Wie bist du mit Breslin verblieben?«

»Ich hab mich entschuldigt. Gesagt, er wäre so großartig, dass ich ganz eingeschüchtert bin und nicht mehr klar denken kann. Das hat ihm gefallen.«

»Glaubst du, das hat er dir abgekauft?«

Ich zucke die Achseln. »Ist mir auch egal. Wenn nicht, hält er mich bloß für ein zickiges Miststück, und dafür hat er mich sowieso schon gehalten. Er brauchte einen Vorwand, um wieder gut Freund mit mir zu sein, und den hab ich ihm geliefert. Wir verstehen uns wieder.«

Wir sind am Fuhrpark. Allein auf diesem kurzen Weg habe ich elf große Männer in schwarzen Mänteln gesehen. Bei jedem einzelnen bin ich mir mehr wie eine paranoide Idiotin vorgekommen, und doch will das warnende Kribbeln nicht verschwinden, das mich befällt, wenn ich an den Typen oben an meiner Straße denke.

An der Toreinfahrt sagt Steve: »Was machen wir jetzt?«

Was wir machen müssten, nur für den Anfang, ist, uns Einblick in Breslins und McCanns Finanzen sowie in ihre Telefondaten zu verschaffen und ihre Computer durchforsten zu lassen, um zu sehen, ob sie auf verdächtige Daten zugegriffen haben. Nichts davon wird geschehen. »Weiter an unserem Fall arbeiten. Weiter mit ihnen reden. Weiter den Mund halten.« Ich winke dem Mann zu, der den Fuhrpark leitet. Er winkt zurück und wendet sich ab, um die Kadett-Schlüssel zu suchen. »Und ich seh zu, dass ich Breslin weiter auf Trab halte.«

Aislinns Cottage ist ohne Rücksicht auf Verluste untersucht worden. Wenn ein Tatort nach der Spurensicherung weiter bewohnt wird, bemühen wir uns, nicht allzu viel Chaos anzurichten – Fingerabdruckpulver wird weggewischt, Bücher werden zurück in die Regale geräumt –, es sei denn, wir wollen jemanden bewusst aus der Fassung bringen. Aber wenn niemand mehr nach Hause kommt, lassen wir unser Feingefühl stecken. Sophies Leute haben eine Hälfte des Hauses mit schwarzem Abdruckpulver und die andere Hälfte mit weißem bepinselt, ein grobes Rechteck Teppichboden herausgeschnitten, wo Aislinns Leiche gelegen hat, ein langes Stück aus der Sockelplatte gesägt, das Bett abgezogen und gähnende Löcher in die Matratze geschnitten. In einem gemütlichen, leicht unordentlichen Haus einer Familie wirkt so etwas schauerlich, widernatürlich, aber Aislinns Cottage sah von vornherein kaum so aus, als würde jemand drin wohnen. Jetzt wirkt es wie ein Lehrbeispiel für angehende Kriminaltechniker.

Steve übernimmt das Wohnzimmer und das Bad, ich die Küche und das Schlafzimmer. Es ist still. Steve pfeift vor sich hin, und dann und wann dringt ein Geräusch von der Straße herein – eine Gruppe alter Leute, die fröhlich lästernd vorbeidackelt, ein schreiendes Kind –, aber von den Nachbarn ist kein Knarren oder Rumpeln zu hören. Diese alten Wände sind dick. Sofern es keinen lautstarken Streit gab oder einen Schrei, können die Nachbarn unmöglich etwas gehört haben. Ein heimlicher Lover, einer, der schon öfter hier war, hätte das gewusst.

Die Durchsuchung erbringt nichts von Bedeutung. Die üblichen Verstecke – Packung Erbsen im Gefrierfach, ausgeleerte Dose im Gewürzständer, unter der Matratze, in Schuhen – sind leer. Keine Liebesbriefchen in der verschnörkelten Frisierkommode, keine frischen Ersatzboxershorts in der Wäscheschublade. Im Kleiderschrank kein Umschlag mit Bargeld, kein Päckchen Heroin, das darauf wartet, abgeholt zu werden. Das Beste, was ich zutage fördere, sind ein paar Familienfotoalben, die ganz nach hinten im obersten Schrankfach geschoben wurde, hinter die Ersatzbettdecke. Ich werfe einen Blick hinein, um zu sehen, ob die Fotos mir auf die Sprünge helfen, wo ich Aislinn schon mal gesehen habe, aber Fehlanzeige. Sie war kein hübsches Mädchen: pummelig, mit straffen Zöpfen, pickeliger Stirn und einem verlegenen Lächeln. Jemand, der so viel Zeit in Fitnessstudios und Sellerie und Haarpflege investiert, hätte reichlich Grund, die Alben zu verstecken. Im ganzen Haus sind keine Familienbilder zu sehen. Kitschige Blumen-Stoffdrucke und die Karoschürzenhühner hängen an den Wänden, aber ihre Familie wird bis ganz hinten in den Schrank verbannt. Ein Psychologe hätte seine helle Freude daran – Aislinn wollte ihre Eltern verstecken, aus Rache dafür, dass sie sie im Stich gelassen hatten, oder sie musste ihr wahres Ich verstecken, um sich selbst als Dream Date Barbie neu zu erfinden –, aber mich interessiert nur, dass mir auf keinem der Fotos jemand bekannt vorkommt. Wo immer ich Aislinn auch gesehen habe, ihr Haus wird mich da nicht weiterbringen.

Das Eigenartige ist, dass ich auch nichts Bedeutungsloses finde. Eine Durchsuchung wartet immer mit der ein oder anderen Überraschung auf, weil jeder ein paar Dinge hat, die er selbst vor seinen Liebsten versteckt. Die Frage ist nur, ob die Überraschungen irgendetwas mit dem Fall zu tun haben. Aber hier ist nichts, was Lucy uns nicht schon verraten hätte, und da ich null Hinweise auf irgendeinen heimlichen Lover gefunden habe, ist hier sogar noch weniger, als Lucy uns verraten hat. Keine dubiosen Diätpillen aus dem Internet, keine ausgefallenen Sexspielzeuge, ich habe nicht mal eine Ausgabe von *The Rules* gefunden. Die größte Sensation ist, dass Aislinn manchmal Push-up-BHs trug.

»Ihre Unterlagen sind das reinste Chaos«, sagt Steve an der Schlafzimmertür. »Sie hat alles einfach wild durcheinander in einen großen Karton unterm Beistelltisch geworfen: Kontoauszüge, Rechnungen, Quittungen, alles.«

Ich schiebe die Alben zurück in den Schrank. »Gaffney fordert die Finanzunterlagen an, die gehen wir dann durch. Nimm den Karton aber trotzdem mit. Wir müssen die Quittungen überprüfen für den Fall, dass der Sofalieferant eine Obsession für sie entwickelt hat. Irgendwas Interessantes?«

»Ihr Testament. Auf einer Vorlage, die sie aus dem Internet ausgedruckt hat. Sie hat die Hälfte von allem Lucy vermacht, die andere Hälfte geht an eine Einrichtung, die Eltern entlasten soll. Keine Ahnung, ob das rechtlich Bestand hat.«

»Lucy kann froh sein, dass sie ein Alibi hat.«

»Ja«, sagt Steve. »Laut Datum ist das Testament zwei Monate alt.«

»Also hat Aislinn vielleicht allmählich begriffen, dass sie in was Gefährliches reingerutscht war. Oder sie hat sich vielleicht bloß gedacht, es würde langsam Zeit, dass sie erwachsen wird und ein Testament macht. Sonst noch was?«

»Sie hat ein Erstantragsformular für einen Reisepass ausgefüllt. Mit Foto und allem. Musste nur noch eingereicht werden.«

»Sie wollte Urlaub in der Sonne machen. Wie wir alle.«

Steve sagt: »Oder sie hat gewusst, dass sie vielleicht bald fluchtartig das Land verlassen muss.«

»Möglich.« Ich knalle die Schranktür zu. »Sonst nichts? Kein Terminkalender für Escort-Dienste? Kein Geldbündel im Sofa? Kein Herrendeo im Badezimmerschrank?«

Er schüttelt den Kopf. »Bei dir?«

»Null.«

Wir sehen einander an, über den hübschen Teppichboden mit Gänseblümchenmuster und das aufgeschlitzte Bett hinweg. »Tja«, sagt Steve nach einem Moment. »Vielleicht haben wir in den Pubs mehr Glück.«

Unsere Ausbeute ist nicht viel mehr als der Karton mit Papierkram, den wir hinten in den Kadett packen, bevor wir die Pubs abklappern. Steve und ich sind ein gutes Durchsuchungsteam, aber ich habe das Gefühl, dass Aislinn irgendetwas direkt an uns vorbeigeschmuggelt hat, und sooft ich auch darüber nachdenke, ich komme nicht dahinter, was und wo es sein könnte.

Ich habe Barmänner und Aislinn unterschätzt, und möglicherweise ihre heimliche Affäre überschätzt. In den ersten paar Pubs, wo wir unser Glück versuchen, erntet Steve ausdruckslose Blicke und Kopfschütteln, während ich mein Notizbuch gezückt halte, um nicht vorhandene Notizen zu machen, und ihn mit hochgezogenen Hab-ich-doch-gleich-gesagt-Augenbrauen ansehe. Aber der Barmann im *Ganly's* – eine abgelegene Kaschemme, die es geschafft hat, schäbig genug zu bleiben, um die Hipster abzuschrecken, die nach Ursprünglichkeit suchen, und sich seine Kundschaft aus alten Männern in schlabbrigen Jacken zu bewahren – blickt kurz auf das Foto und tippt auf Aislinns Gesicht. »Ja. Die war hier.«

»Sind Sie ganz sicher?«, fragt Steve und wirft mir einen triumphierenden Blick zu.

Der Barmann ist um die siebzig, ein Glatzkopf mit wachen Augen und glänzenden Ärmelhaltern über dem gestärkten weißen Hemd. »Aber ja. Sie hat einen Pfirsichschnaps mit Cranberry bestellt – meinte, sie würde sämtliche verrückten Drinks ausprobieren, die ihr einfallen würden, um rauszufinden, welcher ihr am besten schmeckt. Ich hab gesagt, wenn sie was Aufregendes erleben will, wäre sie hier falsch. Sie hat dann einen Rum mit Gingerale genommen.« Er neigt das Foto in das spärliche Licht. »Ja, das ist sie, ganz bestimmt. Ich hab ihr ein paar Blicke zugeworfen. Muss jede Gelegenheit nutzen, die sich mir bietet. Frauen wie die verirren sich nicht so oft hierher.«

»Bin ich dir etwa nicht hübsch genug?«, fragt ein alter Knacker auf einem Barhocker. »Du kannst mich angucken, solange du willst, kostet nix.«

»Wie du aussiehst! Deshalb hab ich das junge Ding angeguckt: Ich brauch was, um deinen Anblick aus dem Kopf zu kriegen.«

»Wann war sie hier?«, fragt Steve.

Der Barmann überlegt. »Vor ein paar Monaten. August vielleicht.«

»Allein?«

»O nein. Eine wie die verbringt garantiert nicht viel Zeit allein.« Der alte Knabe auf dem Barhocker stößt ein anerkennendes gackerndes Lachen aus. Der Barmann sagt: »Ein Mann war bei ihr.«

Das beschert mir einen weiteren *Ha!*-Blick von Steve. »Erinnern Sie sich, wie er aussah?«

»Ich hab nicht groß auf ihn geachtet, wenn Sie verstehen, was ich meine. Er war älter als sie, das weiß ich noch. Über vierzig, vielleicht fünfzig. Nichts Besonderes: nicht dick oder dünn oder sonst was. Eher groß, glaube ich. Er hatte jedenfalls noch volles Haar, immerhin.«

Das passt einigermaßen auf den Mann, der über Aislinns Mauer geklettert ist. Der Gedanke kommt mir unwillkürlich: Es passt auch auf den Mann, der auf meiner Straße rumgestanden hat.

Steve sagt: »Würden Sie ihn wiedererkennen?«

Der Barmann zuckt die Achseln: »Vielleicht, vielleicht auch nicht. Ich kann Ihnen nichts versprechen.«

Ich frage: »Würden Sie sagen, die zwei waren ein Paar? Haben sie Händchen gehalten, sich mal geküsst? Oder könnte er bloß ein Freund gewesen sein, ein Onkel oder so?«

Der Barmann verzieht das Gesicht und wiegt den Kopf hin und her. »Sowohl als auch. Geknutscht haben sie nicht, aber ich weiß noch, dass ich gedacht habe, wenn sie kein Pärchen sind, sitzen sie aber verdammt eng zusammen. Und dass sie was Besseres hätte haben können.«

»Dich etwa?«, will der alte Knabe wissen.

»Wieso denn nicht? Ich bin immer noch gut in Form.«

»Vielleicht war er reich«, sagt Steve. »Sah er gutbetucht aus?«

»Ist mir nicht aufgefallen. Wie gesagt: nichts Besonderes.«

»Was soll denn ein Krösus in einer Kaschemme wie dieser?«, fragt der alte Knabe.

»Ein anständiges Bier trinken«, sagt der Barmann würdevoll. »Wenn er eins gekriegt hätte, wäre er wiedergekommen.«

»Hat er sich mal wieder blicken lassen?«, fragt Steve.

»Nein. Ich hab die beiden nur das eine Mal gesehen.«

Ich sage: »Was ist mit mir? War ich schon mal hier?«

Der Barmann mustert mich mit zusammengekniffenen Augen und grinst. »Ja, waren Sie. Vorletzten Sommer, nicht? Mit einer ganzen Gruppe, ihr habt da drüben in der Ecke gesessen und es lustig gehabt.«

»Alle Achtung«, sage ich. Ich bin deutlich auffälliger als Aislinn, aber mein letzter Besuch hier ist länger her als ihrer. Der Barmann erzählt keinen Mist, um uns eine Freude zu machen. Er erinnert sich wirklich an sie.

»Was gewinne ich?«

»Lesen Sie das durch, und wenn alles korrekt ist, unterschreiben Sie unten«, sage ich und halte ihm mein Notizbuch hin. »Mit ein bisschen Glück gewinnen Sie die Chance, aufs Präsidium zu kommen und uns alles noch mal auf Band zu erzählen.«

Der alte Knabe reckt den Hals, um einen Blick auf Aislinns Foto zu werfen. Er sagt: »Steckt sie in Schwierigkeiten? Hat sie was angestellt?«

»Lass gut sein, Freddy«, sagt der Barmann, ohne von meinem Notizbuch aufzublicken. »Ich will's gar nicht wissen.« Er unterschreibt, klopft am Ende einmal energisch mit dem Stift aufs Papier und gibt mir das Notizbuch zurück. Dann greift er nach seinem Gläsertuch. »Sonst noch was?«

Draußen schiebt Steve das Foto von Aislinn in seine Jackentasche. Er denkt so laut *Hab ich doch gesagt*, dass er es gar nicht mehr auszusprechen braucht. »So«, sagt er stattdessen.

»So«, sage ich. Der Gedanke, dass der Soko-Raum sich selbst überlassen ist, macht mich kribbelig. »Das waren alle Pubs im näheren Umkreis. Können wir jetzt zurück ins Dezernat?«

»Ja. Kein Problem.«

Wir gehen die mit Schlaglöchern übersäte Gasse zurück Richtung Straße. Der Regen setzt ein, unangenehme, dicke Tropfen, die allmählich in Graupel übergehen – ich hoffe, Meehan war flott genug, um rechtzeitig fertig zu werden. An der Ecke schaukelt sich ein kleiner Streit hoch – Jugendliche, die nicht nach Hause können, weil sie die Schule schwänzen –, doch ansonsten ist die Gasse leer. Ein Marker-Graffiti, ein Wesen mit gebleckten Zähnen und Glupschaugen, starrt uns vom Rollladen eines leerstehenden Geschäfts an, zwischen einem Katze-vermisst-Aushang und einem vergessenen Werbeplakat für eine Sommerkirmes mit tanzenden Flugdrachen und Eishörnchen, die irre von verblichenem Papier grinsen.

Steves Selbstbeherrschung ist zu Ende. »Sieht ganz nach dem heimlichen Lover aus.«

Er hat recht. Ich sage: »Oder aber es war ein Kollege von Aislinn –«

»Sie hat draußen in Clondalkin gearbeitet. Wieso sollten sie in Stoneybatter ein Bier trinken, es sei denn, sie waren scharf aufeinander und wollten nicht gesehen werden?«

»– oder ein Bekannter von dem Weinseminar oder was immer sie im August besucht hat.« Der Wagen parkt ein halbes Dutzend Pubs weit weg. Ich lege einen Zahn zu. »Diese schicken Clubs, in die sie gern ging, da wimmelt es von gutaussehenden, reichen jungen Typen. Aislinn hätte sich garantiert einen an Land ziehen können. Wieso sollte sie auf einen mittelalten Kerl abfahren, der nichts Besonderes ist?«

Steve zuckt die Achseln. »Manche Frauen bevorzugen ältere Männer.«

»Rory ist ungefähr in ihrem Alter.«

»Vielleicht hatte sie vor ihm einen Vaterkomplex. Denk dran, was Lucy gesagt hat: Aislinns Dad ist abgehauen, das hat ihr Leben verkorkst. Vielleicht war sie auf der Suche nach einer Vaterfigur. Und als das nicht so hinhaute, wie sie gehofft hat, ist sie zu Männern in ihrem –«

»*Das ist es!*« Ich wäre fast gegen einen Laternenpfahl gelaufen, fange mich im letzten Moment mit einer Hand ab, um den Aufprall zu verhindern. »*Daher* kenne ich sie. Da hab ich sie schon mal gesehen.«

»Was? Wo?«

»Verdammte Hacke.« Meine Handfläche pocht: Die glänzende Farbe des Laternenpfahls fühlt sich schmierig an. Ich kann die Jugendlichen an der Straßenecke über mich lachen hören, irgendwo hinter uns. »*Sie* war das.«

Vermisstenstelle, vor zweieinhalb Jahren. Ich saß in der Mittagszeit am Empfang, an einem sonnigen Tag gegen Ende meiner Zeit in dem Dezernat. Durch das offene Fenster wehte eine Brise herein, die nach Landluft roch, als hätte der Sommer sämtliche Großstadthüllen abgeworfen, um sauber und duftend hereingehopst zu kommen. Von einer Dachterrasse hallte peppiger Neunziger-Pop herüber, ich aß ein Puten-Sandwich, dachte an das Happy End, das der Vormittag beschert hatte – ein Zehnjähriger war nach einem Streit mit seinen Eltern verschwunden, wir hatten ihn Nintendo spielend im Zimmer seines besten Freundes gefunden –, und ans Morddezernat, wo ich in nur zwei Wochen anfangen würde. An dem Tag hatte ich das Gefühl, dass wir auf derselben Seite standen, ich und die Welt; es war ein gutes Gefühl.

Als die junge Frau in dem billigen Kostüm in der offenen Tür erschien und zögerte, legte ich mein Sandwich weg, setzte genau das richtige Lächeln auf und fragte: »Kann ich Ihnen helfen?«, nicht fordernd, bloß freundlich und aufmunternd. Es funktionierte: Sie lud ihre ganze Geschichte bei mir ab.

Ihr Dad, so ein toller, lieber, wunderbarer Mann, wie er ihr Schach beigebracht hatte und mit ihr in seinem Taxi zum Powerscourt-Wasserfall gefahren war und sie zum Lachen bringen konnte, bis sie Schluckauf bekam. Der Tag, an dem sie in ihrer Schuluniform nach unten kam und ihre Mutter fieberhaft zum hundertsten Mal die Handynummer ihres Dads wählte. *Er ist gestern Abend nicht nach Hause gekommen, ich kann ihn nicht finden, o Gott, o Gott, ich weiß, er ist tot …* Die Detectives, die Aussagen aufnahmen und so beruhigende Dinge sagten wie, die meisten Vermissten kommen innerhalb von ein paar Tagen wieder nach Hause, brauchen bloß mal ein bisschen Zeit für sich. Die paar Tage, aus denen Wochen wurden, in denen ihr Superdaddy weiter spurlos verschwunden blieb, die Detectives sich immer seltener blicken ließen und ihre Beruhigungen immer vager klangen. Der eine Detective, der ihr schließlich den Kopf tätschelte und sagte: *Du hast wunderbare Erinnerungen an ihn. Daran wollen wir doch nichts ändern, oder? An manchen Dingen sollte man lieber nicht rühren.*

»Das muss doch bedeuten, dass er was gewusst hat, glauben Sie nicht, es …? Oder er hatte wenigstens eine Idee, vielleicht bloß eine Idee – hört sich das für Sie nicht so an, als wüsste er, dass …?«

Sie beugte sich über meinen Schreibtisch, die Finger so fest verschränkt, dass die Knöchel weiß waren. Ich zuckte mit den Schultern, sagte mit ausdruckloser Miene: »Ich kann keine Spekulationen über den Gedankengang des Kollegen anstellen. Tut mir leid.«

Also redete sie weiter. Aus den Wochen wurden Monate und Jahre, in denen sie jedes Mal zusammenfuhr, wenn das Telefon klingelte, an jedem Geburtstag hoffnungsvoll auf eine Glückwunschkarte in der Post wartete. In denen sie ihre Mutter oft nachts stundenlang weinen hörte. In denen sie manchmal meinte, ihren Vater auf der Straße zu sehen, und ihr fast das Herz stehenblieb, bis der Mann den Kopf drehte und sich als irgendein Wildfremder entpuppte und sie keuchend und wie gelähmt nur zusehen konnte, wie sich der eine Moment, den sie sich von der Welt wünschte, in Staub auflöste und verwehte. Ein Blick in mein Gesicht hätte ihr verraten müssen, dass das nichts brachte, aber sie redete weiter.

In der Vermisstenstelle erlebst du das öfter: Leute, die glauben, wenn du ihr Gesicht siehst, wenn du sie schluchzen hörst, machst du deine Arbeit besser. Es gibt Eltern, die jedes Jahr kommen, genau an dem Datum, an dem ihr Kind verschwand, um zu fragen, ob du irgendeine neue Information für sie hast, auch wenn sie noch so klein ist. Und es wirkt: Du behältst das Datum im Kopf, machst ein paar Überstunden, wenn es sich nähert, tust dein Möglichstes, um irgendetwas zu finden, was du ihnen geben kannst. Diese junge Frau war eine ganz andere Geschichte. Ich hatte null Absicht, mich abzurackern, um ihr bei der Suche nach ihrem Daddy zu helfen.

Und das sagte ich ihr auch, auf etwas taktvollere Art, fragte mich, wie deutlich ich sie wohl würde abblitzen lassen müssen, um sie mir vom Hals zu schaffen. Akten können nicht herausgegeben werden. Das Recht auf Akteneinsicht gilt nicht für polizeiliche Ermittlungen, sorry, ich kann Ihnen nicht helfen.

Und natürlich drückte sie prompt auf die Tränendrüse. Könnte ich nicht bitte in der Akte nachsehen, Sie können sich nicht vorstellen, wie es ist, ohne Daddy aufzuwachsen, blablabla, und irgendeinen Hollywood-mäßigen Stuss von wegen, sie müsste die Wahrheit wissen, damit die Sache nicht weiter ihr Leben beherrschte – ich kann nicht schwören, ob sie sogar die Worte »verarbeiten« und »loslassen« benutzte, weil ich schon nicht mehr zuhörte, aber gepasst hätten sie. Zu dem Zeitpunkt war meine euphorische Stimmung längst den Bach runter. Ich wollte die Tussi nur noch zum Schweigen bringen und vor die Tür setzen.

Aislinn war nicht auf der Suche nach einem Daddy-Ersatz. Sie war auf der Suche nach Daddy.

Ich sage: »Aislinns Dad ist nicht einfach bloß abgehauen. Er ist verschwunden. Sie kam zur Vermisstenstelle, um zu fragen, ob es was Neues gibt. Ich war am Empfang.«

»Hm«, sagt Steve und denkt darüber nach. »›Einfach weg‹, hat Lucy gesagt, weißt du noch? Ich hab gar nicht geschnallt, dass das vermisst bedeuten könnte. Was hast du Aislinn geliefert?«

»Einen Scheiß hab ich ihr geliefert. Sie hat mir was vorgejammert, könnte ich nicht in der Akte nachsehen und ihr sagen, was drinsteht, bitte, bitte …« Ich spüre es von neuem, wie mir die Wut plötzlich aus dem Bauch nach oben steigt und unter den Rippen flackert. Ich stoße mich von dem Laternenpfahl ab und gehe weiter. »Ich hab ihr den Namen von einem älteren Kollegen gegeben, der damals im Dezernat war, hab ihr gesagt, sie soll wiederkommen, wenn er Dienst hat, und zur Tür gezeigt.«

Steve muss größere Schritte machen, um mit mir mithalten zu können. »Und? Ist sie wiedergekommen?«

»Ich hab nicht gefragt. War mir so was von egal.«

»Hast du einen Blick in die Akte von ihrem Dad geworfen?«

»Nein, hab ich nicht. Ist ›war mir so was von egal‹ nicht deutlich genug?«

Steve überhört den sarkastischen Unterton in meiner Stimme. Er weicht einem quasselnden Haufen aus Uggs und Buggys aus und sagt: »Ich würde mir die Akte gern mal anschauen.«

Das lässt mich aufmerken. »Glaubst du, da besteht eine Verbindung? Zwischen dem Verschwinden ihres Dads und ihrer Ermordung?«

»Ich finde, da ist in einer einzigen Familie ein bisschen zu viel Mist passiert, als dass es Zufall sein kann.«

»Ich hab schon Schlimmeres gesehen.« Ich bin mir nicht mehr sicher, ob ich will, dass dieser Fall sich als interessant erweist.

»Wenn wir noch mal über den Gangster-Freund nachdenken –«

Ich habe das Gefühl, ganz Stoneybatter plappert auf mich ein: WIR ZAHLEN NICHT ist auf ein notdürftig repariertes

Garagentor gesprüht, eine Frau freut sich auf einer Bushaltestellen-Werbung hysterisch über Butter, eine alte Dame aus meiner Nachbarschaft winkt mir über die Straße zu – ich winke zurück und gehe schneller, bevor sie auf ein Schwätzchen zu mir rüberkommen kann. »Wir haben keinen Beweis dafür, dass der Gangster-Freund je existiert hat. Weißt du noch? Du hast ihn erfunden.«

»Ja, aber *falls doch*. Lass dich mal kurz drauf ein. Du kriegst auch den Euro.«

Ich lache nicht. »Von mir aus.«

»Angenommen, Aislinn hat gedacht, eine kriminelle Bande hätte mit dem Verschwinden ihres Vaters zu tun. Und angenommen, die Vermisstenstelle hat ihr keine Auskunft gegeben.« Steve drückt sich taktvoll aus. Er meint, angenommen, irgendeine blöde Kuh hat ihr eine Abfuhr erteilt.

»Wieso zum Teufel soll sie das gedacht haben? Sie hat mir nichts von irgendwelchen Banden gesagt. Es ging nur darum, wie toll ihr Daddy war. Sie wäre ausgetickt, wenn ich auch nur angedeutet hätte, dass er mal ein Parkknöllchen bekommen hat. Und Banden verschwenden nicht ihre Zeit damit, normale, anständige Bürger verschwinden zu lassen.«

»Vielleicht wusste sie das nicht. Wir wissen, dass sie naiv war. Vielleicht hat sie gedacht, Banden wären wie die Schurken in irgendwelchen Büchern und würden Leute aus reiner Bosheit entführen. Oder sie hat vielleicht rausgefunden, dass ihr Dad doch nicht so ein Heiliger war, wie sie dachte. Es kommt vor, dass sich auch normale, anständige Bürger mit Banden einlassen.«

Ich sage widerwillig: »Ich glaube, er war Taxifahrer.«

Banden haben Verwendung für Taxifahrer, weil ihre eigenen Autos auf Beobachtungslisten stehen, die meiste Zeit überwacht, gelegentlich verwanzt werden. Ein Taxifahrer kann Drogen, Waffen, Geld, Menschen befördern, alles unter dem Radar.

»Na bitte«, sagt Steve triumphierend, stürzt sich drauf wie

ein Hundewelpe auf ein Leckerchen. »Er lässt sich auf die bösen Jungs ein, macht einen Fehler, endet in den Bergen mit zwei Kugeln im Hinterkopf. Die Vermisstenstelle kann es nicht beweisen, weiß aber, was passiert ist, und als Aislinn mit deinem Kollegen spricht, verplappert der sich. Sie beschließt, selber ein bisschen nachzuforschen: Ehe sie weiß, wie ihr geschieht, steckt sie bis über beide Ohren drin …«

»Ihr Bücherregal«, sage ich. Lieber würde ich die Klappe halten und hoffen, dass der ganze Wahnsinn einfach verschwindet, aber Steve hat sich noch ein besonderes Leckerchen verdient. »Bücher über vermisste Personen, gleich neben dem über Bandenkriminalität in Irland. Beide voll mit Unterstreichungen.«

Er hüpft förmlich. »Siehst du? Siehst du, was ich meine? Sie hat selbst Nachforschungen angestellt.«

»Schluss jetzt mit der Spekuliererei«, sage ich und hole mein Handy hervor. Ein Grund, warum ich weiß, dass ich keine humorlose, männerhassende Kuh bin, mit der normale Menschen nicht zusammenarbeiten können, auch wenn die Mistkerle im Morddezernat mir das einbläuen wollen: In der Vermisstenstelle bin ich nämlich prima klargekommen. Ich habe zwar keine Busenfreundschaften geschlossen, aber ich habe mit den anderen gelacht und gelegentlich ein Bier getrunken, ich habe bei einem ziemlich geschmackfreien Running Gag mitgemacht, bei dem es um einen Kollegen und einen quietschenden Gummihamster ging. Und ich kann noch immer jeden anrufen, wenn ich ihn brauche. »Der Kollege, zu dem ich Aislinn geschickt habe, war Gary O'Rourke. Ich ruf ihn an.«

Garys Handy klingelt, bis die Mailbox anspringt. »Gary, hallo. Antoinette hier. Ich geb dir ein Bier aus, wenn du mir einen Gefallen tust. Ich suche einen Mann, der irgendwann 1997, '98 herum verschwunden ist, die Sache könnte also noch nicht im Computer sein – sagen wir zwei Bier. Der Vermisste heißt Desmond Murray, Adresse in Greystones, Taxifahrer, Alter irgendwo zwischen dreißig und fünfzig. Wurde vermutlich von seiner Frau als vermisst gemeldet. Du erinnerst dich vielleicht an die Tochter, Aislinn. Sie war bei dir, weil sie Infos haben wollte, vor gut zwei Jahren. Schick mir alles, was du hast, so schnell wie möglich. Und sag bitte dem, der's bringt, er soll den Kram mir persönlich oder meinem Partner Moran aushändigen, sonst keinem, ja? Danke.«

Ich lege auf. Vor zehn Minuten hatte ich noch Spaß an diesem Fall. Zur Abwechslung mal, und das gefiel mir. Und jetzt, genau wie die weinerliche Stimme mich gewarnt hat, schafft er es irgendwie, einen Riesenmist zu werden.

»Diese hirnlose blöde Kuh«, sage ich.

Steves Augen werden groß. »Wie bitte?«

»Weißt du was? Wenn ich den Job an den Nagel hänge, werde ich Therapeutin. Eine neue Art, extra für Leute wie Aislinn. Für hundert Mäuse die Stunde hau ich dir auf den Hinterkopf und sage, du sollst zur Vernunft kommen.«

»Weil sie sich mit einer Verbrecherbande eingelassen haben könnte?«

»Das ist mir scheißegal, wenn das überhaupt passiert ist, wovon du mich noch nicht überzeugt hast.« Ich überquere die Straße so schnell, dass er ein paar Schritte laufen muss, um mitzukommen. Ein Auto zischt uns knapp am Hintern vorbei. »Nein, weil sie sechsundzwanzig Jahre alt war und heulend hinter Daddy hergelaufen ist, damit er alles für sie in Ordnung bringt. Das ist einfach erbärmlich.«

»Jetzt hör aber auf«, sagt Steve, der mich auf dem Fußweg einholt. »Es geht doch nicht um ein verwöhntes Mädchen, das seinen Daddy anruft, damit er ihr den platten Reifen wechselt. Das Verschwinden von ihrem Dad hat Aislinns Leben bestimmt, und zwar alles andere als positiv. Wir wissen nicht, was sie durchgemacht hat. Wir können nicht –«

»Und ob ich das weiß. Mein Dad ist abgehauen, da war ich noch gar nicht *geboren*. Sehe ich etwa aus, als würde ich vor Sehnsucht vergehen, mir ausmalen, wie ich ihn eines Tages finde und mich in seine Arme werfe?«

Das verschlägt Steve die Sprache. Auch mir verschlägt es die Sprache. Ich wusste nicht, was aus meinem Mund kommen würde, bis ich es gehört habe.

Nach einem Moment sagt er: »Ich hatte keine Ahnung. Du hast nie was gesagt.«

»Ich habe nichts gesagt, weil es keine Rolle spielt. So sehe ich das. Er ist weg und damit irrelevant. Schluss, aus.«

Steve sagt – vorsichtig, er weiß, er bewegt sich auf dünnem Eis: »Willst du damit sagen, du hast nie an ihn gedacht? Ernsthaft?«

Ich sage: »Doch, hab ich. Ich habe viel an ihn gedacht.« Es sollte ein Wort geben für dieses Maß an Untertreibung. Als ich klein war, dachte ich ständig an ihn. Ich schrieb ihm jede Woche einen Brief, in dem ich ihm erzählte, wie gut es mir ging, dass ich die Mathehausaufgaben alle richtig hatte und im Hundertmeterlauf die Schnellste der ganzen Klasse war, damit er, wenn ich endlich eine Adresse hätte, an die ich die Briefe schicken könnte, einsehen würde, dass ich es wert war, meinetwegen zurückzukommen. Jeden Tag, wenn ich aus der Schule kam, hielt ich nach seiner weißen Limousine Ausschau, die mich mit Vollgas wegbringen würde von dem nackten Betonpausenhof und den aggroäugigen Kids, für die bereits Plätze in der Reha und im Knast reserviert waren, irgendwohin, wo es blau und grün und leuchtend war, wo wunderbare Leben in glitzernden Mengen darauf warteten, dass ich mir eines aussuchte. Jede Nacht lag ich im Bett und stellte sie mir vor: ich im Arztkittel mit Stethoskop um den Hals, in einem Krankenhaus, das vor lauter Weiß und Chrom so blendend hell strahlte, als würde es jeden Moment abheben; ich, wie ich in einem duftigen Kleid eine breite geschwungene Treppe hinunterschreite, während ein Orchester einen Walzer spielt; ich, wie ich einen Strand entlangreite, wie ich in einem Garten exotisches Obst esse, wie ich in einem Büro im vierzigsten Stock mit schwindelerregender Aussicht in einem Lederschreibtischsessel sitze und Anweisungen erteile. »Ich hab genau dasselbe gedacht wie Aislinn: Wenn er zurückkäme, dann würde mein wahres Leben anfangen.«

Steve, der Gute, versucht, das richtige Maß an Mitgefühl zu finden. Ich sage: »Du solltest mal dein Gesicht sehen. Erspar mir bitte die großen traurigen Augen, du Blödmann. Ich war *acht*. Und dann bin ich erwachsen geworden und zur Vernunft gekommen, und ich habe kapiert, dass das hier mein wahres Leben ist und dass ich verdammt nochmal besser anfange, es selbst in die Hand zu nehmen, als auf jemanden zu warten, der das für mich erledigt. Das machen Erwachsene nun mal.«

»Und jetzt? Denkst du gar nicht mehr an ihn?«

»Hab seit Jahren nicht mehr an ihn gedacht. Die meiste Zeit vergesse ich, dass es ihn überhaupt gegeben hat. Und so wäre es Aislinn auch gegangen, wenn sie nur einen Funken Verstand gehabt hätte. Dasselbe gilt für ihre Ma.«

Steve macht eine unverbindliche Bewegung mit dem Kopf. »Das ist nicht das Gleiche. Du hast deinen Vater nicht gekannt. Aislinns Dad war jemand, den sie geliebt hat.«

Da hat er nicht ganz unrecht, irgendwie, aber es ist mir egal. »Er war jemand, der *weg* war. Aislinn und ihre Ma hätten mit ihrem Leben weitermachen können, sich erst dann mit Antworten befassen können, wenn und falls sie welche bekommen hätten. Stattdessen haben sie beschlossen, ihr ganzes Leben um jemanden kreisen zu lassen, der nicht mal da war. Wer auch immer er war, das ist erbärmlich.«

»Vielleicht.«

»Und zwar so was von erbärmlich«, sage ich. »Punkt.«

Steve erwidert nichts. Wir gehen weiter. Ein Stück vor uns kann ich den Wagen sehen, genau da, wo wir ihn geparkt haben, was schön ist.

Ich möchte, dass Steve etwas sagt. Ich achte auf mögliche Veränderungen bei ihm: den Abstand, den er zu mir einhält, die Neigung seines Kopfs, den Tonfall seiner Stimme. Der Grund, warum ich anderen nicht von meinem Vater erzähle, abgesehen davon, dass es niemanden was angeht, ist der, dass sie die Geschichte hören und mich im Kopf einordnen, entweder in die Schublade mit der Aufschrift *Ach, die Ärmste* oder in die Schublade mit der Aufschrift *Sozialfall*. Steve ist ganz ähnlich aufgewachsen wie ich – vermutlich einen Tick besser, lebte nicht in einer Sozialwohnung, sondern in einem Genossenschaftshaus, mit einem Dad, der Arbeit hatte, und einer Ma, die Spitzendeckchen auf die Rückenlehne des Sofas legte, aber in seiner Schule waren bestimmt auch eine ganze Menge Kinder, die ihren Daddy nicht kannten. Ich fürchte nicht, dass er mir gegenüber herablassend wird. Aber Steve ist ein Romantiker. Er mag verwickelte Geschichten mit viel Dramatik, einer vorhersehbaren Handlung und einem hübschen Ende, wo sich alles in Wohlgefallen auflöst. Ich traue ihm glatt zu, dass er mich als das tragische verlassene Kind sieht, das seine Dämonen besiegt und sich zu einem besseren Leben durchkämpft, und wenn er das macht, dann muss ich ihm eins aufs Dach geben.

Wenigstens wirft er mir keine einfühlsamen Blicke zu, und er rückt mir auch nicht näher auf die Pelle, um mir Trost in meinem Schmerz zu bieten. Aus den Augenwinkeln kann ich nur erkennen, dass er angestrengt nachdenkt. Nach einer Weile sagt er: »Was, wenn sie ihn gefunden hat?«

»Wovon redest du?« Vor Erleichterung klinge ich pampig.

»Der Mann, wegen dem Aislinn immer wieder Verabredungen mit Lucy abgesagt hat. Der Mann, mit dem sie im Pub war.« Steve geht auf seine Seite des Wagens und lehnt sich aufs Dach, während ich nach den Schlüsseln krame. »Was, wenn der Typ gar nicht ihr Lover war? Was, wenn er ihr Dad war? Sie macht ihn ausfindig, sie versuchen, sich wieder näherzukommen –«

»Mann, das reicht jetzt.« Ich möchte mit Vollgas zu Rory

Fallons Wohnung fahren und ihn verdammt nochmal festnehmen, ehe sich herausstellen kann, das Aislinn herzerwärmende Wiedersehenstreffen mit Daddy hatte, und ich mir alle schmalzigen Details anhören muss. »Damit schuldest du mir vier Euro. Echt« – als Steve grinst –, »ich werd wahnsinnig, wenn ich diesen *Was-wenn*-Mist noch länger ertragen muss. Ich will nicht mehr an Aislinns Dad *denken*, bis Gary zurückruft und uns sagt, was Sache ist. Und du steigst erst in dieses Auto, nachdem du mir vier Euro gegeben hast.«

Ich klimpere mit den Schlüsseln und starre ihn an, bis er in seine Tasche greift und einen Fünfer übers Autodach reicht. »Ich krieg noch einen Euro zurück«, sagt er, als ich den Schein einstecke und die Türen entriegele.

»Bis wir wieder im Präsidium sind, schuldest du mir den sowieso. Steig ein.«

»Okay«, sagt Steve und schwingt sich ins Auto. »Dann kann ich den auch jetzt schon verballern. Also *was, wenn* Daddy all die Jahre wiedergutmachen will, die er nicht da war, um Aislinn zu beschützen, und ihm Rorys Nase nicht passt –«

»Ich glaub's nicht«, sage ich, starte den Kadett und lausche, wie der Motor darüber meckert, aufgeweckt zu werden. »Wenn ich dich dafür bezahle, mit dem Stuss aufzuhören? Würde das klappen?«

»Ist auf jeden Fall einen Versuch wert. Ich nehme auch Schecks.«

»Nimmst du auch Snickers? Dann hältst du wenigstens den Mund, solange du isst.«

»Gute Idee«, sagt Steve glücklich. »Ich werde brav sein.« Ich krame das Snickers aus meiner Tasche und werfe es Steve auf den Schoß, und er lehnt sich zurück und verschlingt es.

Er sieht nicht aus, als würde er darüber nachdenken, was für ein inspirierendes Vorbild ich bin oder was für eine tragische Geschichte. Ich weiß, Steve ist alles andere als das simple sommersprossige Bürschchen, als das er sich gern gibt, aber dennoch: Er sieht aus, als würde er einfach nur an Schokolade denken.

»Was ist?«, fragt er mit vollem Mund.

»Nichts«, sage ich. »Das Schweigen steht dir gut, mehr nicht«, und ich merke, dass ich grinse, als ich den Wagen in den fließenden Verkehr einfädele.

8

WIR KOMMEN ZURÜCK in einen Soko-Raum, in dem sich rein gar nichts getan hat. Breslin ist noch unterwegs, spricht vermutlich mit Rorys Kontaktpersonen. Die Fahnder kommen und gehen, bringen noch mehr Nichts an und laden es auf unserem großen schicken Schreibtisch ab. Stanton and Deasy haben in Aislinns Firma nichts herausgefunden, keine Gerüchte über eine Affäre mit dem Chef oder irgendeinem Kollegen, niemand, der unglücklich in sie verliebt war oder umgekehrt, keine Bürofehde, keine stalkenden Kunden. Meehan, der Rorys Heimwegroute abgegangen ist, kommt zurück und meldet, dass die Zeit, die er gebraucht hat, sich mit den Überwachungsaufnahmen deckt. Rory hat also zwischen Aislinns Haus und der letzten Kamera, die ihn erfasst hat, keinen größeren Abstecher gemacht. Allerdings wissen wir nicht, um wie viel Uhr er zu Hause ankam oder was er anschließend gemacht hat, und können somit weder einen Abstecher auf dem letzten Wegstück ausschließen noch einen Ausflug später am Abend. Gaffney lässt Aislinns Kontaktpersonen durch den Computer laufen, der einen Haufen Strafzettel ausspuckt, ein paar kleinere Drogenbesitzdelikte und einen Mann, der die Windschutzscheibe seines Bruders mit einem Staubsauger eingeschlagen hat. Reilly kommt mit weiteren Überwachungsaufnahmen und einem ausdruckslosen Blick in meine Richtung hereingeschlendert, setzt sich hin, um etwas Fernsehen zu gucken, und gibt hin und wieder ein Geräusch irgendwo zwischen Husten und Stöhnen von sich, das uns daran erinnern soll, dass er da ist und sich langweilt.

Es juckt mir in den Fingern, Cueball Lanigans Jungs im Computer zu überprüfen, aber ich werde es nicht tun: Ich würde mir bescheuert vorkommen, wenn ich diese Bandensache dermaßen ernst nehmen würde, und außerdem würde die Suche protokolliert und könnte von jedem festgestellt werden, genau wie wir rausgefunden haben, dass jemand im letzten Herbst Aislinn überprüft hat. Stattdessen sehe ich noch einmal die Aussagen von der Haus-zu-Haus-Befragung durch, diesmal richtig, suche nach irgendwelchen Details, denen wir weiter nachgehen sollten. Ich finde keine. Gaffney hat sich mit seinem Textmarker ordentlich bei der Aussage einer Frau ausgetobt, die vor ein oder zwei Wochen gehört haben will, wie der Typ in Haus Nummer 15 gebrüllt hat, er würde jemanden umbringen, doch da in Nummer 15 drei Teenager wohnen, denke ich mir, dass wir die Waterboarding-Ausrüstung noch eine Weile ungenutzt lassen können. Steve gleicht Aislinns Handydaten mit ihrem Handy ab und stellt keinerlei Unstimmigkeiten fest: Niemand hat irgendwelche Textnachrichten oder Anrufprotokolle gelöscht, Aislinn nicht und auch unser Täter nicht. Es gibt auch keine Anrufe oder Textnachrichten von anonymen Nummern. Jede Nummer steht in ihrer Kontaktliste – und wir werden sicherheitshalber bei den Kontakten nachfragen, ob sie auch diejenigen sind, als die sie im Handy gespeichert sind – oder gehört zu irgendeiner Kundenservice-Abteilung. Das hat auch sein Gutes – es versetzt Steves niedlicher kleiner Phantasie vom Aislinn-Daddy-Wiedersehen einen hübschen Tiefschlag –, aber ich würde viel für eine einzige SMS von einem nicht registrierten Handy geben, die lautet: *Schnelle Nummer um 8 am Heroinversteck?*

Jede Ermittlung bringt eine Menge Nichts. Du brauchst das – nur so kannst du die Suche einengen –, und normalerweise ist es ein gutes Gefühl, das unnütze Zeug vom Whiteboard zu streichen, bis dir nur noch die richtige Spur dick und fett ins Auge springt. Aber diesmal gibt es keine Streichungen, nur kleine Fetzen nutzloses Nichts, die auf meinen Schreibtisch klatschen wie Papierkügelchen von irgendeinem Witzbold, den ich nicht erwischen kann. Die elektrisierte Stimmung verwandelt sich in Angespanntheit, so dass ich unruhig hin und her rutsche und mit dem Knie wippe und mich an der Rückenlehne reibe, um einen eingebildeten Juckreiz loszuwerden. Ich brauche etwas, egal was, das Steves riesengroße fluffige Wolke aus Was-wenn-Geschwätz abschießt und mir etwas Solides dalässt, mit dem man weitermachen kann. Soko-Raum C wirkt geradezu lächerlich leer, wir halbes Dutzend Leutchen in einem Raum verteilt, in dem locker Platz für dreißig wäre, und die hohe Decke und die glänzenden Schreibtischreihen schrumpfen uns auf Puppenstubengröße. Allmählich frage ich mich, ob Breslin uns verarschen wollte, indem er uns die Luxussuite für einen mickrigen Fall besorgt, der dicke in das Loch von ehemaliger Umkleide gepasst hätte.

Um zwei Uhr schicken wir Gaffney Pizza holen, und zur gepflegten Mittagsentspannung lässt Stanton über sein Handy eine von diesen Betroffenheits-Radiosendungen laufen. Klar, dass sie einen großen Beitrag über Aislinn bringen, der zu einem Rundumschlag der Entrüstung gerät, weil das Land für gesetzestreue Bürger immer gefährlicher wird und die Polizei nichts dagegen tut. Anrufe von älteren Hörern, die auf der Straße überfallen und hilflos in ihrem eigenen Blut liegen gelassen wurden, während Polizisten über sie hinwegstiegen, um nach einem Politiker zu suchen, dem sie in den Hintern kriechen können, runden das Ganze ab. Sie lassen sogar Crowley zu Wort kommen, der sich tiefsinnig darüber auslässt, dass unsere lässige Einstellung zu dem Mord an Aislinn und unsere repressive Einschüchterungstaktik gegenüber Genies wie ihm die Krankheit unserer Gesellschaft »auf einer fast mythischen Ebene« abbilden, was immer er damit auch sagen will. Während wir uns schlapplachen, vergessen wir für einen Moment, was wir voneinander halten.

»Meine Cousine war mal eine Zeitlang mit dem zusammen«, sagt Meehan.

»Deine Cousine leidet an Geschmacksverirrung«, sagt Reilly zu ihm.

»Stimmt. Sie hat ihn in die Wüste geschickt, weil er keine Gummis benutzen wollte. Er meinte, die Dinger wären eine feministische Verschwörung zur Unterdrückung männlicher Energie.«

Wieder prusten alle los. »Wie geil«, sagt Stanton und schnappt sich noch ein Stück Pizza. »Den Spruch merk ich mir, mal sehen, ob ich damit durchkomme.«

»Vergiss es«, sage ich. »Wenn sogar eine, die so blöd war, mit Crowley in die Kiste zu steigen, nicht drauf reingefallen ist – nichts gegen deine Cousine, Meehan –«

»Schon gut. Sie ist wirklich blöd. Sie hat dem Arsch drei Riesen geliehen, damit er seine Autobiographie im Selbstverlag rausbringen kann.« Erneut bricht allgemeines Gelächter aus. »Hat nie einen Penny davon wiedergesehen.«

»Wie hat er das Ding genannt?«, fragt Kellegher. *»Nur die Harten komm'n in den Garten?«*

»Gummilos durch die Nacht«, sage ich. In dem Gelächter, das ich ernte, schwingt Erstaunen mit, als hätte die Hälfte der Fahnder mir so was nicht zugetraut.

»Ich hab's«, sagt Steve, der über sein Handy wischt. »*Märtyrer der Wahrheit* von Louis Crowley – ha, hört mal, da steht eine Kritik. Fünf Sterne. ›Die eindringliche, herausragende Analyse der Odyssee eines Mannes, der die verborgenen Schattenseiten der irischen Justiz enthüllt. Wem die Wahrheit am Herzen liegt …‹ Mann, die ist länger als das Buch.«

»Will einer darauf wetten, wer das geschrieben hat?«, sagt Stanton.

»Wie enthüllt man denn verborgene Schattenseiten?«, will Kellegher wissen.

»Ihr seid doch alle bloß Teil der Verschwörung«, sagt Meehan zu uns. »Ich wette, ihr lauft rum und versucht, armen arglosen Typen Gummis überzuziehen.«

Reilly winkt ihm. »Komm her, und ich zieh dir eins über.«

»Ich brauch aber dreimal so große wie deine.«

»Da«, sagt Stanton und wirft mit einer fettigen Papierserviette nach Meehan. »Unterdrück damit deine männliche Energie.« Meehan schlägt die Serviette weg, und sie landet in Kelleghers Kaffee, und alle fangen an, auf mich einzureden, ich müsste die anderen wegen Belästigung verwarnen und weil sie ein feindseliges Arbeitsklima schaffen und abartige Krawatten tragen und bei Observationen im Auto furzen. Für diesen kurzen Moment fühlt sich der Soko-Raum einfach gut an.

»Ich bin sicher, viele bei der Polizei sind prima Kerle«, erzählt Crowley uns von Stantons Handy. »Aber wenn eine – oder einer – von ihnen mich praktisch angreift, nur weil ich Sie, liebe Hörer und Hörerinnen, darüber informieren möchte, wie sich die Ermittlungen im Mordfall dieser schönen jungen Frau gestalten, dann müssen wir uns, glaube ich, alle fragen, warum sie – beziehungsweise er – unbedingt kontrollieren will, was wir hören dürfen. Schließlich –«

Seine Stimme klingt ernst und besorgt, dabei geht ihm wahrscheinlich gerade einer ab vor Begeisterung: Seine Geschichte entfaltet ein Eigenleben, parallel zur Realität, und gewinnt deutlich an Zugkraft. Reilly grinst. »Das reicht«, sage ich. Das Lachen ist schal geworden; von Crowley wird mir speiübel. »Ihr seid kein Haufen Schulkinder. Los, geht wieder an die Arbeit.« Stanton stellt das Radio aus, und sie wenden sich wieder ihren Computern zu, werfen einander Seitenblicke zu und ziehen die Augenbrauen hoch, weil ich so ein Biest bin, und im Soko-Raum läuft wieder alles normal.

Das einzige wirklich Brauchbare, das hereinkommt, ist der Bericht des Rechtsmediziners. Cooper kann die meisten Leute nicht ausstehen, aber mich mag er – vermutlich aus purem Eigensinn, aber man nimmt, was man kriegen kann –, und deshalb ruft er mich an, als er den Obduktionsbericht fertig hat, statt mich darauf warten zu lassen.

»Detective Conway«, sagt er. »Bedauerlicherweise habe ich Sie gestern am Tatort verpasst.«

Was mein Stichwort ist, mich dafür zu entschuldigen, es nicht rechtzeitig geschafft zu haben. »Uns hat es auch leidgetan, dass Sie schon weg waren«, sage ich und schnippe dabei mit den Fingern, um Steve auf mich aufmerksam zu machen. »Wir standen im Stau vor einer Baustelle. Schön, dass Sie anrufen, Dr. Cooper.«

»Das Vergnügen ist ganz meinerseits. Ich hoffe, die Ermittlungen gehen gut voran?«

»Einigermaßen. Wir haben einen guten Verdächtigen. Ich könnte aber ein bisschen mehr eindeutige Beweise und ein bisschen weniger Wenn-dann-vielleicht gebrauchen.« Steve schneidet mir eine Grimasse. »Besteht die Möglichkeit, dass Sie mir da weiterhelfen können?«

»Ich denke, ich kann Ihnen ein Minimum an *Wenn-dann-vielleicht* versprechen«, sagt Cooper leicht verächtlich, als hätte ich mich unanständig ausgedrückt. »Dergleichen gehört nicht zu meinem Aufgabenbereich.«

»Das wäre mal eine wahre Wohltat«, sage ich und schneide prompt Steve eine Grimasse. Cooper gibt einen kurzen, knirschenden Laut von sich, der ein Lachen sein könnte.

»Was eindeutige Beweise betrifft, so hat die Obduktion größtenteils keine überraschenden Erkenntnisse geliefert. Das Opfer war bei guter Gesundheit, wies keinerlei Anzeichen für Verletzungen auf, die älter als Samstagabend waren, hatte kurz vor Eintritt des Todes keinen Geschlechtsverkehr gehabt, war nicht schwanger und hatte nie ein Kind geboren.« Cooper legt eine

Pause ein und räuspert sich: Das wäre erledigt, also kommen wir jetzt zu den guten Sachen. »Wie ich bereits am Tatort vermutet habe, erlitt sie sowohl Verletzungen im Gesicht als auch im hinteren Schädelbereich. Das Muster der Gesichtsverletzungen deutet auf einen Faustschlag als Ursache hin. Das Ungewöhnliche an diesem Faustschlag ist das Ausmaß des Schadens, den er verursachte: Fraktur des Unterkiefers und zwei fast vollständig herausgebrochene untere linke Schneidezähne. Dazu war eine beträchtliche Gewalteinwirkung erforderlich. Ich denke, wir können mit ziemlicher Sicherheit sagen, dass der Schlag von einem Mann mit überdurchschnittlicher Körperkraft ausgeführt wurde.«

Ich forme lautlos mit den Lippen *Kräftiger Typ.* Steve zieht die Augenbrauen hoch: *Hört sich das für dich nach Rory an?*

»Besagte Verletzungen«, sagt Cooper, »waren allerdings nicht lebensbedrohlich. Zum Tode führte die Verletzung rechts hinten am Schädel. Diese Verletzung ist geradlinig, zirka sechseinhalb Zentimeter lang, und wurde von einem Gegenstand mit einer scharfen rechtwinkligen Kante verursacht, entsprechend der Kaminsockelplatte, auf der das Opfer gefunden wurde. Der Aufprall verursachte eine Schädelfraktur, die zu einem extraduralen Hämatom führte. In Ermangelung von unverzüglicher ärztlicher Hilfe hatte der wachsende Druck auf das Gehirn den Tod zur Folge.«

»Das Opfer wurde von dem Schlag getroffen, fiel rückwärts zu Boden und schlug auf der Kaminsockelplatte auf«, sage ich. »Wie lange wird es gedauert haben, bis sie starb?«

»Das ist unmöglich zu sagen. Ein extradurales Hämatom kann binnen Minuten oder binnen Stunden zum Tod führen. Angesichts der Schwere der Verletzung würde ich annehmen, dass der Tod recht schnell eintrat. Wie schnell genau lässt sich allerdings nicht sagen. Einen möglichen Hinweis könnte allerdings die zweite Verletzung liefern, die das Opfer hinten rechts am Schädel erlitten hat.«

»Moment mal«, sage ich. »Zweite Verletzung?« Steves Augenbrauen gehen hoch. Ich rolle mit meinem Sessel näher zu ihm rüber, schalte auf Lautsprecher und lege einen Finger an die Lippen. Cooper ist sich noch nicht schlüssig, was er von Steve halten soll, und ein falsches Wort von ihm könnte das Gespräch auf der Stelle beenden. Ich spüre eine seltsame, idiotische Anwandlung von Triumphgefühl, wie das böse Mädchen, das sieht, wie der brave kleine Bruder ausgeschimpft wird, aber ausnahmsweise selbst mal den Kopf getätschelt bekommt. Ich drücke es weg.

»Kein Grund zur Begeisterung, Detective«, sagt Cooper. »Diese zweite Verletzung ist geringfügig – eine leichte Prellung. Davon abgesehen ist sie praktisch identisch mit der ersten: geradlinig, fünf Zentimeter lang, verursacht von einem Gegenstand mit einer rechtwinkligen Kante. Die zwei Verletzungen verlaufen parallel in etwa einem halben Zentimeter Abstand, was erklärt, warum die zweite am Tatort nicht auf Anhieb zu erkennen war.« Er klingt, als wäre er darüber angesäuert, dass sich die Verletzung vor ihm versteckt hat.

Ich sage: »Nachdem das Opfer zu Boden gegangen war, hat es also entweder selbst den Kopf angehoben und wieder fallen lassen, oder aber der Mörder hat das getan.«

»Mmm«, sagt Cooper. Steve kritzelt irgendwas in sein Notizbuch. »Beides ist möglich. Der Mörder könnte in der Tat den Kopf der Frau angehoben haben, um nach Lebenszeichen zu suchen, oder sie könnte versucht haben, aufzustehen, war aber nur noch imstande, den Kopf anzuheben. Ich gehe davon aus, dass die erste Verletzung zu Bewusstlosigkeit geführt hat – es ist zu einer intrazerebralen Blutung gekommen, was für gewöhnlich unmittelbare neurologische Folgen hat –, aber es ist denkbar, dass sie vor Eintritt des Todes kurz das Bewusstsein wiedererlangt hat.«

Steve reicht mir sein Notizbuch. Steve ist so ziemlich der einzige Cop, der eine lesbare Handschrift hat – eine hübsche Handschrift, mit klaren, altmodischen Schlaufen und Strichen. Ich glaube, er übt in seiner Freizeit. Auf der Seite steht: *Oder: erst ein Stoß – dann der Schlag, als sie schon auf dem Boden lag?*

Ich frage: »Könnten die Verletzungen auch andersherum erfolgt sein? Der Mörder versetzt unserem Opfer zuerst einen Stoß, nicht einen Faustschlag; die Frau fällt hintenüber, schlägt mit dem Kopf auf der Kaminsockelplatte auf, aber nicht fest. Als sie dann benommen daliegt, geht er zu ihr und schlägt ihr mit der Faust ins Gesicht?«

»Ah«, sagt Cooper, der das sichtlich genießt. »Ah-ha. Interessant. Und möglich, durchaus möglich. Beeindruckend, Detective Conway.«

»Deshalb werde ich auch so fürstlich bezahlt«, sage ich. Steve formt mit den Lippen *Hey!* und zeigt auf sich. Ich drehe die Handfläche nach oben und grinse ihn an: *Ich kann da nichts machen, Mann, sorry.*

»Hm«, sagt Cooper, und ich höre, wie er Seiten umblättert. »Angesichts dieser neuen Theorie muss ich meine Einschätzung der Körperkraft des Täters korrigieren. *Falls* der Schlag erfolgte, als das Opfer bereits mit dem Kopf auf der Steinplatte lag – und nicht, als es aufrecht stand –, wäre erheblich weniger Kraft erforderlich gewesen, um diese Verletzungen beizubringen. Es hätte immer noch einer gewissen Kraft bedurft, aber jeder gesunde Erwachsene mit einer normal entwickelten Muskulatur wäre dazu in der Lage gewesen.«

Diesmal blicke ich Steve mit hochgezogenen Augenbrauen an: Das hört sich schon eher nach Rory Fallon an. »Tut mir leid, dass Sie meinetwegen Ihren Bericht neu schreiben müssen«, sage ich. Cooper schreibt mit der Hand; keiner von uns traut sich, ihn ins einundzwanzigste Jahrhundert einzuladen, deshalb lassen wir seine Berichte von den Sonderfahndern abtippen.

»Für das Vergnügen, eine anderslautende Theorie zu hören, die den Fakten so perfekt entspricht, würde ich schlimmere Sünden verzeihen«, sagt Cooper. »Der überarbeitete Bericht geht Ihnen so bald wie möglich zu. Ich wünsche Ihnen viel Glück bei der Suche nach eindeutigen Beweisen«, und er legt auf.

Steve und ich sehen einander an.

»Das ist kein Totschlag«, sagt er.

»Nein. Nicht, wenn es so abgelaufen ist.« Es kommt dauernd vor, dass Leute niedergeschlagen werden, aufstehen und zurückschlagen. Kein Mensch rechnet damit, dass dabei einer zu Tode kommt. Aber wenn du mit voller Wucht einer Frau ins Gesicht schlägst, deren Hinterkopf auf einer scharfen Steinkante liegt, musst du schon verdammt dreist sein, um zu behaupten, dass du gedacht hast, sie würde wieder aufstehen, als wäre nichts passiert.

»Und Breslin hätte gern, dass es Totschlag ist.«

Seine Stimme ist leise geworden. Er hat recht: Breslin hat sich auf das Totschlagszenario geradezu gestürzt. Vielleicht, weil das besser auf Rory Fallon passt, und Breslin will, dass Rory es war, bloß um allen das Leben leichter zu machen. Vielleicht aber auch, weil er genau weiß, dass Rory es nicht war, und glaubt, dass wir die Totschlaggeschichte eher schlucken. »Ja«, sage ich. »Sehen wir mal, was er von der Mordversion hält.«

»Traust du Rory Fallon so was zu?«, fragt Steve. »Ein Schlag im Affekt, okay. Aber dass er so auf sie losgeht?«

»Der Täter war außer sich«, sage ich. »Er ist ausgerastet. Das wussten wir bereits. Und wir suchen nicht nach King Kong. Rory könnte es getan haben, problemlos.«

»Könnte. Aber wir haben nach wie vor keinen triftigen Grund, warum er ausgerastet sein soll, und nach dem, was wir bislang wissen, neigt er nicht zu Gewalt. Etwas so Brutales wie dieser Faustschlag ist nicht einfach; jedenfalls nicht für jemanden, der keiner Fliege was zuleide getan hat, seit er als Neunjähriger seinem Bruder einen Rippenstoß versetzt hat. Jemandem, der mit so was Übung hat, würde das sehr viel leichter fallen.«

»Nee, nee, nee.« Ich schiebe meinen Sessel schwungvoll zurück zu meiner Seite des Schreibtisches – selbst die Rollen an den Sesseln von Soko-Raum C funktionieren besser. »Du hast Rory gehört. Das Intensivste, was der Typ so erlebt, spielt sich in seinem Kopf ab. Bei solchen Leuten kannst du nicht nach dem gehen, was du siehst. Wir wissen nicht, was er sich zusammenphantasiert. Möglicherweise hat er sich über Jahre ein ganzes Zweitleben zurechtgesponnen, in dem er ein Cage-Fighter ist. Als der Druck zu groß wurde, ist der Kämpfer aus ihm rausgesprungen, und zack.«

Der Gedanke an den Faustschlag, Knochen, der knirschend auf Stein trifft, schießt uns beiden durch den Kopf. Steve hat recht, es ist schwer, Rory so etwas zuzutrauen, aber vielleicht ja nur, weil keiner von uns das will. »Deshalb sag ich dir ja dauernd, du sollst mit dem ›Was-wenn‹-Bullshit aufhören«, sage ich. »Schädlich für deine Gesundheit.«

»Keine Sorge«, sagt Steve und widmet sich wieder seinem Papierkram. »In meinem Phantasieleben bin ich der Super-Cop, der jeden Fall löst.«

»Genial. Jetzt müssen wir dich bloß noch so unter Druck setzen, dass der aus dir rausspringt.«

Steve schaut zu mir rüber und sieht plötzlich so bissig aus, dass ich erschrecke. Einen Moment lang denke ich, er will etwas sagen, doch dann schüttelt er den Kopf und fängt an, mit seinem Kuli an einer Spalte mit Telefonnummern entlangzufahren.

Nur damit das klar ist: Wir sollten auf Knien darum beten, dass es sich bei dem Fall um eine simple Beziehungstat handelt und Rory Fallon unser Täter ist, das weiß ich, und da Steve kein Schwachkopf ist, weiß er es vermutlich auch. Wenn wir nämlich irgendwelche Beweise dafür finden, dass Breslin korrupt ist, stecken wir richtig in der Scheiße.

Wenn du mitkriegst, dass ein anderer Cop gegen die Vorschriften oder gegen das Gesetz verstößt oder beides, ist deine erste Option, den Mund zu halten. Bei Kleinigkeiten macht das praktisch jeder, zum Beispiel wenn ein Kollege bei Verkehrsdelikten ein Auge zudrückt oder private Personenüberprüfungen am Polizeicomputer macht: Du lässt fünfe gerade sein, weil sich der Ärger nicht lohnt und weil du früher oder später vielleicht selbst mal froh bist, wenn einer nicht so genau hinsieht. Aber selbst wenn wir uns für diese Option entscheiden – und ich bin mir längst nicht sicher, ob ich das will –, wird das diesmal nicht so einfach, jedenfalls nicht, wenn das, was wir rausfinden, mit unserem Mordfall zu tun hat.

Deine zweite Option, diejenige, die du ergreifen solltest, ist ein Besuch bei den Kollegen von der Internen Ermittlung. Ich habe das noch nie gemacht. Ich höre, dass es manchmal was bringt. Vielleicht bringt es sogar hin und wieder was, ohne dass alle davon erfahren und du ab sofort wie radioaktiver Abfall behandelt wirst und ohne dass du dich für den Rest deines Lebens wie ein Verräter fühlst.

Deine dritte Option ist die, mit dem betreffenden Kollegen ein Gespräch zu führen, ihm zu sagen, er soll mit dem Mist aufhören, seinem Gewissen oder seiner Karriere oder seiner Familie oder was auch immer zuliebe. Vielleicht funktioniert das ja auch manchmal. Ich sehe förmlich schon Breslins Gesichtsausdruck, wenn ich ihm mit erhobenem Zeigefinger Vorhaltungen mache, weil er so ein böser Junge gewesen ist. Falls ich nicht im Ölteppich seiner selbstgerechten Empörung absaufe, werde ich wohl den Rest meines Berufslebens gezwungen sein, meine Augen ständig überall zu haben.

Deine vierte Option ist die, zu deinem Boss zu gehen, der dir vermutlich weise und väterlich auf die Schulter klopft, dir sagt, dass es richtig war, zu ihm zu kommen, und dir dann entweder Option 2 oder Option 3 abnimmt. Wenn ich mir angucke, wie mein Verhältnis zu O'Kelly ist und wie sein Verhältnis zu Breslin ist, denke ich mir, dass – selbst wenn ich zu Big Daddy laufen wollte, damit er mir hilft – diese Option vom Tisch ist.

Deine fünfte Option ist die, ein paar Andeutungen fallenzulassen und mitzumachen. Vielleicht willst du selbst gern die Hand aufhalten; oder vielleicht willst du für dein Schweigen bloß ein bisschen vom Schmiergeld des Kollegen abbekommen. Mir ist Geld nicht so wichtig, dass ich mich dafür verkaufen würde, und mir ist auch sonst nichts so wichtig, dass ich mich mit irgendeinem Klappspaten zusammentun würde, der bereits bewiesen hat, dass man ihm nicht trauen kann.

Deine sechste Option ist die, einen auf Edward Snowden zu machen und einem Journalisten Informationen zuzuspielen. Der Mann sollte allerdings ein stählernes Rückgrat haben und sich darauf einstellen, dass er für den Rest seines Lebens alle zwei Tage mit dem Auto angehalten wird und ins Röhrchen pusten muss.

Keine dieser Optionen finde ich reizvoll. Ich liebe diese Jagd, durch und durch. Mir ist völlig egal, ob mich das zu einem schlechten Menschen macht. Aber ich weiß, wenn wir das, was wir jagen, auch tatsächlich fangen, dann wird es uns wahrscheinlich zerfleischen.

Es fällt mir schwer, still zu sitzen. Alle paar Minuten drehe ich den Kopf, um Steve anzuschauen, der sich über seinem Schreibtisch lümmelt wie ein Student, die Finger im roten Haar vergraben, während er stirnrunzelnd auf seinen Wust von Papieren blickt. Ich kann nicht sagen, was in ihm vorgeht. Ein paarmal habe ich sogar schon den Mund geöffnet, um ihn zu fragen. *Falls ja. Was machen wir, falls ja?* Jedes Mal schließe ich den Mund wieder und arbeite weiter.

Normalerweise sinkt die Energie im Soko-Raum nachmittags auf einen Tiefpunkt, wie die Energie in jedem anderen Büro auch, aber heute bleibt sie auf einem hohen Niveau. Das liegt teilweise an dem Raum selbst, der in uns allen den Ehrgeiz weckt, zu beweisen, dass wir seinen Maßstäben gewachsen sind, aber teilweise auch an mir. Die Stimmung hängt von dem ab, der das Sagen hat, und diese Herausforderung wirbelt mir durch den Kopf wie ein wilder, rebellischer Liebhaber, beschleunigt meinen Herzschlag jedes Mal, wenn sie an die Oberfläche springt, lockend und drohend. Ihr lässiges Grinsen hält mich auf Hochtouren, und wenn ich damit fertig bin, Berichte zu studieren, hält sie mich auf den Beinen. Ich laufe durch den Raum, schreibe was ans Whiteboard, schaue auf die Blätter mit Notizen von der Zeugenhotline – ein anonymer Anrufer ist sicher, Aislinn auf einer sehr speziellen Website gesehen zu haben, wie sie Käfer tottrat, was unwahrscheinlich klingt, aber trotzdem werden die Glückspilze vom Dezernat für Computerkriminalität der Sache nachgehen müssen. Ich erkundige mich, womit die Fahnder gerade befasst sind, sage gut gemacht oder probieren Sie das mal – ich kriege diesen Personalführungsmist ganz gut hin, wenn ich Lust dazu habe. Ich witzele mit Kellegher rum, lobe Stanton und Deasy für ihre ausgezeichneten Befragungen von Aislinns Kollegen. Breslin wäre stolz auf mich. Der Gedanke an ihn – er müsste bald zurück sein – bringt mich wieder auf Touren.

Auch Steve hat es gepackt: Er hängt am Telefon und versucht, seinem Kontakt bei Meteor Feuer unterm Hintern zu machen, damit der endlich mit den vollständigen Daten von dem nicht registrierten Handy rausrückt. Wir könnten losziehen, diesen Schwung nutzen, um Zeugen zu befragen, aber ich will nirgendwohin. Ich will Breslin nicht verpassen.

Gaffney hat seine Liste mit Aislinns Abendkursen fertig – wenn ich nicht gute Laune hätte, fände ich sie total deprimierend: Aislinn hat ernsthaft echtes Geld für einen Kurs namens *ReStyle You!* mit Ausrufungszeichen bezahlt, ebenso für ein Weinseminar und ein Fitnesstraining namens *Busy Babes Boot Camp* –, und er telefoniert rum, um die Teilnehmerlisten zu kriegen. Ich nehme ihm die Finanzunterlagen ab und sehe sie auf Unregelmäßigkeiten durch, solange Breslin nicht da ist, um mir über die Schulter zu schauen.

Keine unerklärlichen Abbuchungen von oder Einzahlungen auf Aislinns Girokonto. Das einzig Auffällige ist, dass Aislinn tatsächlich einiges auf der hohen Kante hatte, genau wie Lucy gesagt hat. 2006, in demselben Monat, als sie ihre Arbeitsstelle antrat, hat sie ein Sparkonto eröffnet, auf das regelmäßig ein Großteil ihres Gehalts ging. In den letzten zwei Jahren sparte sie weniger und gab das Geld für Online-Einkäufe von Schicki-Klamotten aus, aber sie hatte noch immer über dreißig Riesen auf dem Konto. Schulden hatte sie keine – das Cottage in Stoneybatter und ihren popeligen gebrauchten Polo hatte sie mit dem Geld aus dem Verkauf ihres Elternhauses in Greystones bezahlt, und ihr Kreditkartenkonto wurde direkt durch Abbuchungen von ihrem Girokonto ausgeglichen. Sie wäre durchaus in der Lage gewesen, auf Reisen zu gehen oder ein Studium anzufangen. Sie wäre auch in der Lage gewesen, jemandem ein paar tausend Euro zu leihen.

Rorys Finanzen sind aufgrund seines Buchladens komplizierter als Aislinns und längst nicht so solide. Nichts dabei, was irgendwie zwielichtig aussieht – wenn in diesem Fall Gangster ihre Hand im Spiel haben, dann waschen sie ihr Bargeld nicht über den Wayward Bookshop, bloß um unser Leben interessanter zu machen –, aber der Laden hält sich nur mit Mühe über Wasser: In den letzten fünf Jahren ist der Umsatz um ein Drittel zurückgegangen, und Rory musste seine Teilzeitkraft entlassen. Das Gehalt, das er sich auszahlt, fände selbst ein Pommesverkäufer mickrig. Breslin hatte recht: Das Dinner im *Pestle* überstieg Rorys Budget bei weitem.

Wir haben bereits erlebt, wie schlecht Rory mit Demütigungen klarkommt. Falls er Aislinn um Geld gebeten hat und von ihr eine Abfuhr bekam, kann es gut sein, dass der Hulk in ihm seinen guten Ausgehpullover zum Platzen gebracht hat.

Ich will Steve gerade zu mir rufen, um ihm was zu zeigen – er steht vor dem Whiteboard –, als ein dürrer junger Kerl mit abstehenden blonden Haaren und in einem billigen Anzug den Kopf in den Soko-Raum steckt. »Ähm«, sagt er. »Detective Conway?«

»Ja?«

Er schiebt sich zwischen den Schreibtischen hindurch auf mich zu, als würde er damit rechnen, auf halbem Weg in den Schwitzkasten genommen zu werden. »Ich soll Ihnen was von Detective O'Rourke bringen, von der Vermisstenstelle. Tut mir leid, dass es so lange gedauert hat. Ich war schon eine Weile unten, aber ein Typ – ähm, ich meine, ein anderer Detective –, der hat gesagt, Sie wären nicht da. Er hat gesagt, ich könnte es ihm geben, aber Detective O'Rourke meinte, nur an Sie persönlich, also hab ich gewartet. Und dann hab ich gedacht, ich schau vielleicht selbst mal nach, nur für alle Fälle –«

»Und da bin ich«, sage ich. »Bringen Sie's rein.«

Er verschwindet wieder. Ich fange Steves Blick auf, als er sich vom Whiteboard umdreht, mache eine Kopfbewegung, die *Komm her* besagt. Von den Fahndern scheint keiner auf uns zu achten, aber darauf will ich mich nicht verlassen.

»Was gibt's?«, fragt Steve.

»Die Akte zu Aislinns Dad. Mach keine große Sache draus.«

Der Junge schleppt einen Pappkarton herein, der wahrscheinlich mehr wiegt als er. Steve beugt sich über seine Hälfte des Schreibtischs und kramt in irgendwelchen Unterlagen, achtet gar nicht auf ihn.

»Uff«, sagt der Junge, lässt den Karton neben meinem Stuhl auf den Boden plumpsen und taumelt rückwärts. »Und das hier.« Er zieht einen Briefumschlag aus der Tasche und reicht ihn mir.

»Danke«, sage ich. »Der Kollege, der gedacht hat, ich wäre nicht da: Wie hat der ausgesehen?«

Der Junge versucht, in seinem Anzug zu verschwinden. Ich warte. »Ähm«, sagt er schließlich. »Ende vierzig? Knapp eins achtzig, normale Statur? Dunkles Haar, leicht lockig, etwas grau? Dreitagebart?«

Was sich ganz nach McCann anhört.

Ich wüsste keinen triftigen Grund, wieso McCann sich dafür interessieren sollte, was irgendwer mir schickt.

»Schön«, sage ich. »Ich werde ihm Bescheid geben müssen, dass ich diese Woche hier bin. Danke.«

Der Junge bleibt hoffnungsvoll stehen, wartet darauf, dass ich ihm den Kopf tätschele. »Ich sage Detective O'Rourke, dass Sie gute Arbeit geleistet haben«, sage ich. »Auf Wiedersehen.«

Er zieht ab. Steve sagt: »Wer hat gedacht, du wärst nicht da?«

»Irgendjemand hat versucht, den Kram da abzufangen.« Ich weiß, ich höre mich paranoid an. Ist mir egal. »McCann, der Beschreibung nach.«

Ich sehe Steve an, dass er die gleichen Überlegungen anstellt wie ich. »Breslin weiß nicht, dass wir uns für Aislinns Dad interessieren.«

»Genau. McCann war nicht speziell hinter dieser Akte her. Er wollte sie bloß haben, weil sie was mit unserer Ermittlung zu tun hat.«

Steve sagt: »Breslin müsste bald zurückkommen. Willst du mit dem Zeug nicht lieber woandershin?«

»Ach, vergiss es.« Es würde sowieso nichts bringen – wenn Breslin hereinkommt, während wir weg sind, wird jemand ihm erzählen, dass wir einen Riesenkarton mit Unterlagen hier rausgeschleppt haben. Und außerdem ist das mein Soko-Raum. Ich werde den Teufel tun und mich in irgendeinen Abstellraum verdrücken. »Wir lesen schnell.«

Ich bin schon dabei, den Briefumschlag aufzureißen. Steve zieht seinen Stuhl neben meinen – beiläufig, checkt gleichzeitig sein Handy auf Nachrichten, nach dem Motto, hier passiert nichts Wichtiges.

In dem Umschlag steckt ein Zettel: *Hi, Conway, hier die Akte über deinen Vermissten. Ein guter Rat als Kumpel, halt dich zurück, okay? Wenn dir was nicht passt, halt deine große Klappe. Ich hab ein bisschen an dem Fall mitgearbeitet, also ruf mich an, wenn du Fragen hast. GO'R*

»Hä?«, sagt Steve. »Was sollte dir denn nicht passen?«

»Keine Ahnung.« Ich stecke den Brief in die Tasche, für den Schredder. »Erklärt sich vielleicht, wenn wir das Zeug durchgesehen haben.«

Wir lesen gemeinsam den Erstbericht, und ich behalte dabei den Raum im Auge, um zu sehen, ob einer von den Fahndern interessiert guckt. Der leitende Detective war ein Mann namens Feeney. Ich habe seinen Namen auf alten Akten gesehen, als ich in der Vermisstenstelle war, aber er war schon längst im Ruhestand, als ich an Bord kam. Wahrscheinlich ist er inzwischen tot. Wenn wir interne Infos brauchen, werden wir darauf hoffen müssen, dass Gary sie hat.

1998 war Desmond Joseph Murray dreiunddreißig Jahre alt, lebte in Greystones und arbeitete als Taxifahrer in der Innenstadt von Dublin. Die Fotos in der Akte zeigen einen schmächtigen, mittelgroßen Mann mit glattem braunen Haar und einem freundlichen, schiefen Lächeln. Ich habe ihn in Aislinns Fotoalben kaum wahrgenommen. Habe so konzentriert auf sie gestarrt und gehofft, ihr Gesicht würde bei mir eine Erinnerung wecken, dass ich übersehen habe, was ich direkt vor der Nase hatte.

In der Akte ist ein Familienfoto. Die Ehefrau war klein, dunkel, gepflegt und attraktiv; sehr attraktiv, auf diese großäugige, schmolllippige, hilflose Art, die bei mir stets einen Brechreiz auslöst. Und da ist Aislinn, mit ihren zu straffen Zöpfen und einem breiten Grinsen, fest im Arm ihres Vaters.

»Weißt du, an wen er mich erinnert?«, sagt Steve. »An unseren kleinen Rory.«

Ich neige das Foto in meine Richtung. Er hat recht. Sie sehen sich nicht wirklich ähnlich, aber sie sind eindeutig derselbe Typ. »Ich fass es nicht«, sage ich. »Was für ein verdammtes Klischee.

Die blöde Kuh hätte es echt nötig gehabt, sich in den Griff zu bekommen.«

»Sie hat's ja versucht. Wenigstens das solltest du anerkennen.«

Wolken ziehen auf, lassen das Licht in den Fenstern mal heller, mal dunkler werden. Der Soko-Raum wirkt unsicher und bedroht, ein Schiff auf unruhiger See oder ein Haus auf einer Insel, über der sich ein Unwetter zusammenbraut. Irgendetwas – das Licht vielleicht oder Steves leise Stimme, die sich in diesem weiten, leeren Raum verliert, völlig verklingt, ehe sie die Wände erreicht – lässt die Worte plötzlich unsäglich traurig klingen. Ich habe keine Lust, Aislinn für irgendwas Anerkennung zu zollen oder mich überhaupt für sie zu interessieren, außer im Sinne eines grundsätzlichen Berufsstolzes, aber nur für diesen einen Moment scheint alles, was sie betrifft, dermaßen von Traurigkeit erfüllt, dass es dich umhaut.

Ich sage: »Was ich von ihr halte, spielt keine Rolle. Lies.«

Kurz nach drei Uhr am Nachmittag des fünften Februar machte Desmond sich mit seinem Taxi auf den Weg, um wie jeden Donnerstag seine neunjährige Tochter Aislinn von der Schule abzuholen, sie nach Hause zu bringen und dann gleich weiter nach Dublin zu fahren, wo er bis gegen ein Uhr morgens arbeiten würde, wenn auch die letzten Kneipengänger nach Hause wollten. Er holte Aislinn ab und fuhr sie nach Hause. Das war das letzte Mal, dass seine Familie ihn sah.

Gegen vier Uhr morgens wurde seine Frau Evelyn wach, sah, dass er nicht nach Hause gekommen war, und begann, sich Sorgen zu machen. Desmond hatte ein Handy, aber er ging nicht ran. Um sechs rief sie das Taxiunternehmen an, bei dem er arbeitete, doch er meldete sich auch nicht auf den Funkruf der Zentrale. Um zehn Uhr morgens rief sie die nächstgelegene Polizeiwache an. Der Vermerk im Erstbericht lautete »Anruferin klang aufgewühlt«, eine beschönigende Umschreibung für »total panisch«. Die Kollegen von der Wache überprüften Krankenhäuser und

Bahnhöfe, fanden nichts und beruhigten Desmonds Frau damit, dass er wahrscheinlich nur ein bisschen Zeit für sich bräuchte und am Abend wieder zu Hause wäre. Als das nicht der Fall war und die Anruferin so aufgewühlt wurde, dass der Arzt kommen und ihr eine Beruhigungsspritze geben musste, verständigten die Kollegen die Vermisstenstelle.

»Stimmt mit Lucys Geschichte überein«, sagt Steve. Er nimmt einen dicken Stoß verstaubtes Papier aus dem Karton, reicht mir die Hälfte und rollt rüber zu seiner Seite des Schreibtischs.

»So weit«, sage ich. »Denk dran: mach schnell.«

Steve fängt an, die Seiten zu überfliegen. Ich schwinge die Füße auf den Schreibtisch und lasse den Blick rasch und unauffällig durch den Raum gleiten, über Papier hinweg, aber keiner schaut in unsere Richtung. Alle arbeiten vor sich hin, fleißig wie brave kleine Schulkinder, in dem unruhigen Licht.

In ihrer Aussage schwor Evelyn, dass die Ehe wunderbar gewesen sei, zwei, die sich als Jugendliche verliebt hatten und für immer zusammenbleiben wollten. Das Blatt trieft nur so vor Schmalz, denn angeblich schenkte er ihr noch immer rote Rosen und sagte jeden Tag, sie sei seine große Liebe. Für mich hört sich das nach Schwachsinn an, aber die Nachbarn widersprachen ihr nicht – keiner hatte die zwei je streiten hören, nichts dergleichen. Die Finanzunterlagen brachten auch nichts Verdächtiges zutage: Desmond und Evelyn waren nicht reich, aber sie waren auch nicht pleite. Ihre und seine Eltern hatten ihnen zusammen genug hinterlassen, um den Großteil der Hypothek für das Haus und Desmonds Taxilizenz abzubezahlen – und so eine Lizenz kostete damals bis zu hundert Riesen. Andere Schulden hatten sie nicht. Die Auszüge vom Girokonto zeigten keine verdächtig hohen Einzahlungen und keine seltsamen Abhebungen, um auf die Idee zu kommen, dass jemand regelmäßig Kokain gekauft hatte oder Stammkunde in den Wettbüros war. Desmond war nie wegen einer psychischen Erkrankung in Behandlung gewesen. Er war nicht vorbestraft – ein paar Strafzettel wegen zu schnellen Fahrens, ein paar Parkknöllchen, wie man es von einem Taxifahrer erwarten würde. Seinen Freunden zufolge war er ein fröhlicher Typ, extrovertiert, arbeitete hart und gern, hatte keine Feinde und gehörte auch nicht zu der Sorte, die sich welche macht. Ihre Version von der Ehe der beiden stimmte nicht mit der von Evelyn überein – nach dem, was sie erzählten, hielt Evelyn Des regelrecht gefangen, wollte nie was unternehmen, weinte aber tagelang, wenn er mal was allein machte, drehte durch, wenn er nicht schnell genug ans Handy ging –, aber keiner von ihnen hatte Des je sagen hören, dass er sie verlassen wolle, obwohl die meisten vermuteten, dass er nur wegen der Tochter blieb und die Biege machen würde, sobald sie aus dem Haus wäre.

Dieser Fall hört sich für mich nicht nach einem gigantischen Rätsel an. Unten auf einem Blatt sehe ich Garys Unterschrift, säuberlicher und jünger als die, an die ich gewöhnt bin.

»Aussage von Aislinn«, sagt Steve. »Guck mal.«

Sie ist in einer sorgfältigen, runden Kinderschrift unterschrieben. An dem Tag, als Desmond verschwand, sprachen er und Aislinn auf der Fahrt von der Schule nach Hause nicht viel miteinander. Sie hatte eine Hausaufgabe aufbekommen, die sie nicht verstand, und sie hatte Angst, ausgeschimpft zu werden, wenn sie sie nicht machen konnte, deshalb war sie in Gedanken überwiegend damit beschäftigt. Sie bemerkte nichts Ungewöhnliches an ihrem Dad, aber es klang so, als hätte sie ohnehin nichts bemerkt. Das Einzige, was ihr auffiel, war sein Abschied, nachdem er zu Hause vor dem Tor gehalten hatte und sie schon aussteigen wollte. Er sagte ihr, dass er sie liebhabe und sie ein braves Mädchen sein solle, genau wie immer. Doch dann zog er sie zu sich herüber, umarmte sie ganz fest – was ungewöhnlich war – und sagte, sie solle auf ihre Mammy aufpassen. Er sah ihr nach, wie sie zum Haus ging, und er war immer noch da und winkte, als sie die Tür schloss.

»Da hast du deine Antwort«, sagt Steve. »Der Typ ist abgehauen.«

»Ja, seh ich auch so. Aber was soll dann der ganze Rest da?« Ich deute mit dem Kinn auf den Pappkarton, der noch immer etwa ein Drittel voll ist. Eigentlich würde ich erwarten, dass die Akte hier endet. Erwachsener Mann, kein Grund, sich umzubringen, keine psychische Erkrankung, keine Feinde, ein ziemlich offensichtlicher Abschied von der Tochter: Normalerweise würde man eine letzte Presseerklärung an die Medien schicken und davon ausgehen, dass er aus freien Stücken gegangen ist und wieder nach Hause kommen wird, wann er es will, oder gar nicht.

Bloß dass die Kollegen von der Vermisstenstelle da nicht aufhörten. Sie forderten die Handydaten an – was einige Wochen dauerte: Handys waren damals noch nicht so verbreitet, Detectives hatten keine Kontakte bei den Telefonanbietern, weshalb sie den Dienstweg gehen mussten – und machten jeden ausfindig, den er oder der ihn in den letzten Monaten angerufen hatte. Die meisten Nummern gehörten entweder seinen Kumpeln oder seinen Taxistammkunden, die Desmond direkt anriefen, statt bei der Zentrale ein Taxi zu bestellen, und sie konnten alle nachweisen, wo sie zu der Zeit waren, als Desmond verschwand.

Aber wieso waren sie überhaupt gefragt worden? Die Vermisstenstelle leidet an chronischem Personalmangel, genau wie jede andere Abteilung. Normalerweise setzen sie ihre Leute ein, um das Scheidungskind zu suchen, das vom frustrierten Vater entführt wurde, oder die weggelaufene Alzheimer-Oma, nicht für einen verschwundenen Mann in der Midlife-Crisis. Ich sage: »Die viele Arbeit, die die in den Fall gesteckt haben. Kommt dir das nicht seltsam vor?«

Steve sagt: »Sie waren verdammt gründlich.«

»Kann man wohl sagen. Alibis von den Taxikunden? Die haben die Sache bearbeitet, als wären sie von Mord ausgegangen.«

»Wenn sie Des Murray wegen möglicher Bandenkriminalität

auf dem Radar hatten, selbst wenn es um kleinere Delikte ging, hätten sie in dem Fall natürlich alle Register gezogen. Könnte ja sein, dass er zum Risiko geworden war und einer ihm zwei Kugeln in den Hinterkopf verpasst und die Leiche in den Bergen verscharrt hat.«

»Ich hab keinen Hinweis auf Banden gefunden. Du?«

Steve schüttelt den Kopf. »Nein. Aber vielleicht haben sie das extra nicht dokumentiert.«

Was durchaus denkbar ist. Wenn Feeney keine Lust hatte, den Fall ans Dezernat für Organisierte Kriminalität zu übergeben, hätte er den Verdacht, dass die Sache einen Bandenbezug haben könnte, für sich behalten, genau wie wir das tun. Ich sage: »Lies weiter.«

Des Murrays Taxi wurde in einer Seitenstraße in Dún Laoghaire entdeckt, weshalb Selbstmord auf der Liste ein paar Stufen höher rückte – Dún Laoghaire hat hübsche, lange, praktische Piers –, nur dass im Wagen kein Abschiedsbrief gefunden wurde. Auch keine Anzeichen für einen Kampf oder einen Raubüberfall: Neben dem Schalthebel steckten vierunddreißig Euro, was den auf dem Taxameter angegebenen Nachmittagseinnahmen entsprach. Falls Des abgehauen war, hatte er Frau und Tochter jeden Cent hinterlassen, den er besaß.

Die Zeugenhotline klingelt. Stanton hechtet hin, hört zu und erklärt, dass Aislinn Murray unserer Ansicht nach nicht gestern Abend in einem Club in Waterford einen Wodka mit Cola light bestellt haben kann, und zwar aufgrund der Tatsache, dass sie da schon tot war, aber danke für den Anruf. Ein paar von den anderen Fahndern schnauben an ihren Schreibtischen. Keiner blickt auf.

»Hoppla«, sagt Steve leise, aber der Ton in seiner Stimme lässt meinen Kopf hochfahren. »Da schau her.«

Ich nehme die Füße vom Schreibtisch, rolle mit meinem Stuhl neben ihn. »Lass sehen.«

Es ist ein Bericht über einen weiteren Kontakt aus Murrays Handy. Die Nummer gehörte zu einem Mobiltelefon, das auf eine gewisse Vanessa O'Shaughnessy registriert war, aber die zuständigen Kollegen brauchten eine Weile, um sie ausfindig zu machen. Der Grund dafür war, dass sie das Land verlassen hatte. Sie war mit der Fähre nach England gefahren, am sechsten Februar.

»Oha«, sage ich. »Na, da werden alle aufgemerkt haben.« Genau wie ich auch. Die Fähren nach England legen in Dún Laoghaire ab.

Steve blättert Seiten um: Bericht über Vanessa O'Shaughnessy. Wir überfliegen rasch, was da steht. Sie war achtundzwanzig, Zahnarzthelferin, teilte sich mit zwei anderen Frauen ein Haus in Dublin. Das Foto zeigt eine sommersprossige Rothaarige mit einem verschmitzten, lebensfrohen Grinsen – längst nicht so attraktiv, wie Evelyn war, aber ich wette, man konnte mit Vanessa weitaus mehr Spaß haben. Fast zwei Jahre bevor Desmond Murray verschwand, hatte sie angefangen, ihn jeden Sonntagnachmittag anzurufen oder ihm zu simsen. Laut ihren Mitbewohnerinnen hatte er sie mal zu ihrer Ma gefahren, die Parkinson hatte und irgendwo im Westen von Dublin in einem Pflegeheim lebte, zu dem es keine Busverbindung gab, und sie hatten danach vereinbart, dass er sie regelmäßig fahren würde. Die eigentlichen Textnachrichten, sobald der Telefonanbieter sie rausrückte, bestätigten das: *hi des, wollte nur nachfragen, ob es bei 3 bleibt … hi vanessa, ja, bin pünktlich da, bis dann.*

Nach einigen Monaten wurden die Anrufe und Textnachrichten häufiger – zweimal die Woche, dreimal, dann fast jeden Tag. Die Mitbewohnerinnen sagten aus, der Zustand von Vanessas Ma habe sich zunehmend verschlechtert, deshalb sei Vanessa häufiger zu ihr gefahren. Die Textnachrichten enthielten nach wie vor nichts Belastendes. *Hi, bleibt es bei morgen Abend?* und *Ja, bitte, bin um 7 abfahrbereit.* Ab und an ein Smiley war das höchste der Gefühle an Vertraulichkeit.

»Alles geschäftlich«, sagt Steve.

»Wundert mich nicht. Seiner Frau würde ich glatt zutrauen, dass sie heimlich sein Handy kontrolliert hat.«

Am zweiten Januar, fünf Wochen bevor Des Murray verschwand, starb Vanessas Ma. Nach der Beerdigung teilte sie ihren Mitbewohnerinnen und ihrem Chef mit, dass sie ihren Job kündigen und nach England ziehen würde, um neu anzufangen. Am sechsten Februar war sie weg und Des auch.

Laut Bericht vom Pflegeheim war Vanessas Ma unerwartet gestorben, ihr Gesundheitszustand hatte sich nicht schon über einen längeren Zeitraum verschlechtert, und Vanessa hatte sie nie häufiger als zweimal die Woche besucht. Ein Kollege von der Vermisstenstelle hatte noch einen Gefallen bei einem Kumpel in England gut und erfuhr von ihm, dass Desmond Murray eine Taxilizenz in Liverpool beantragt hatte. Ein anderer Kollege hatte noch einen Gefallen bei einem Kumpel in Liverpool gut, der zu Murrays Adresse fuhr und feststellte, dass Desmond quicklebendig war und mit Vanessa O'Shaughnessy zusammenwohnte. Und das ist das Ende der Akte.

»Überraschung«, sage ich. »Ein Typ hat seine Frau satt und tauscht sie gegen ein neueres Modell aus. Von Banden keine Spur. Und kein Zusammenhang zu unserem Fall, soweit ich das sehen kann.«

Steve sagt: »Aber wieso hat die Vermisstenstelle die Familie nicht informiert? Aislinn hatte keine Ahnung von all dem. Wieso haben sie Evelyn Murray nichts gesagt?«

Wenn du einen Vermissten ausfindig machst, der nicht will, dass du die Angehörigen informierst – und viele wollen das nicht –, dann bist du verpflichtet, den Mund zu halten. Aber normalerweise sorgst du dafür, dass die Angehörigen es trotzdem irgendwie erfahren, und wenn nur, weil du dich nicht dafür verantwortlich fühlen willst, wenn die Ma eines Strichjungen eine Überdosis Valium schluckt, weil sie überzeugt ist, dass ihn ein

Serienkiller umgebracht hat. Bei einem Fall wie diesem wäre ein vorsichtig formulierter Hinweis zu erwarten gewesen – *Wir dürfen natürlich keine Ermittlungsdetails preisgeben, Mrs Murray, aber ich kann Ihnen sagen, dass wir nicht damit rechnen, Sie um die Identifizierung einer Leiche bitten zu müssen …* Aus irgendeinem Grund haben Feeney und seine Leute beschlossen, das nicht zu tun.

»Es sei denn«, sagt Steve. »Es sei denn, da war irgendwas Undurchsichtiges im Gange, und die Kollegen wollten die Familie schützen.«

»Oder aber, sie haben es der Ehefrau gesagt, und die hat es der Tochter verschwiegen.«

»Fünfzehn Jahre lang? Nicht mal, als die Tochter erwachsen war? Als sie unbedingt rausfinden wollte, was mit ihrem Dad passiert ist?«

Ich zucke die Achseln. »Menschen sind seltsam. Du hast ja gehört, was Lucy gesagt hat: Die Ma hat sich dafür geschämt, dass ihr Mann weg war. Vielleicht hat sie sich zu sehr geschämt, um ihrer Tochter den Grund zu verraten.«

Steve leckt einen Finger an und blättert in seinem Stapel zurück, zieht hin und wieder ein oder zwei Blätter heraus und packt sie zu einem Stapel auf seinem Schreibtisch. »Nee. Der Zettel von deinem Kumpel, dass du dich zurückhalten sollst? Genau das hat er gemeint: Die Detectives haben es der Familie nicht erzählt, und wenn du findest, sie hätten es tun sollen, behalt das für dich.«

»Ich finde wirklich, die Detectives hätten es der Familie erzählen sollen, das hätte uns wahnsinnig viel Zeit und Ärger erspart.«

Steve blickt auf. »Sie hätten es der Familie erzählen sollen, Punkt. Selbst wenn da irgendwas Krummes im Hintergrund lief, hätten sie einen dezenten Hinweis geben sollen, dass er noch am Leben war.«

»Vielleicht.« Ich fange an, meine Hälfte der Unterlagen zu

einem bündigen Stapel zu klopfen. »Ich werde Gary anrufen und fragen, was da los war.«

»Findest du nicht, sie hätten es erzählen sollen?«

»Keine Ahnung. Bin ich der Papst? Komplizierte moralische Entscheidungen sind nicht meine Aufgabe.«

»Was hättest du getan, wenn es dein Fall gewesen wäre? Hättest du den Mund gehalten? Ernsthaft?«

»Ich hätte mich in die Mordkommission versetzen lassen. Wo man mit so einem Mist nichts zu tun hat.«

»Ich hätte sie informiert«, sagt Steve. Ich will meinen Stapel zurück in den Karton werfen. Er nimmt ihn mir ab, legt ihn auf seinen und blättert weiter. »Keine Frage. Aislinns Dad? Der eigene Ehemann? Frau und Tochter hatten ein Recht darauf, es zu erfahren. Wenn sie gewusst hätten, was Sache ist, wäre ihr Leben vielleicht besser verlaufen, jedenfalls nicht so schlimm.«

Ich habe schon nach meinem Handy gegriffen, aber jetzt blicke ich Steve an. »Ach ja? *Wieso?* Weil ihnen, solange sie nicht wissen, wo Daddylein ist, nichts anderes übrigbleibt, als sich zu Hause zu verkriechen und immerzu nur an ihn zu denken? Weil sie unmöglich damit abschließen und nach vorne schauen können, ja?« Ich höre mich schneidender an, als ich wollte.

Steve hört auf, in Papieren zu blättern. »Ach, komm. Das hab ich nicht gesagt. Bloß … wenn sie die eine Hälfte ihrer Zeit darauf warten, dass Dad wieder zur Tür hereinspaziert kommt, und sich die andere Hälfte vorstellen, dass er irgendwo in den Bergen verscharrt ist, dann, ja, dann wundert es mich nicht, wenn sie einen Knacks kriegen.«

Ich wähle Garys Nummer und behalte die Tür im Auge, falls Breslin hereingeschneit kommt. »Dann hätten sie ihre Zeit eben nicht so verbringen sollen. Die Detectives haben sie nicht dazu gezwungen. Leg dir ein Hobby zu. Fang an zu stricken.«

Steve sagt vorsichtig: »Ich halte das nicht für –«, aber ich hebe einen Finger: Es klingelt am anderen Ende.

Wieder die Mailbox. Ich weigere mich, mir Gedanken darüber zu machen, warum Gary nicht mit mir sprechen will. »Hey, Gary, Antoinette noch mal. Wir haben die Sachen bekommen, danke. Wir haben sie durchgesehen. Dein Bote kann sie jederzeit wieder abholen.« Ich habe nicht vor, den Karton einem unserer Fahnder zu übergeben. »Und ruf mich an, wenn du Zeit hast, ja? Ich hab noch paar Fragen zu der Sache, und ich würde sie lieber dir stellen, als sonst wem hinterherzurennen. Bis dahin.«

Ich lege auf. »Wenn er nicht will, dass ich die Detectives von damals belästige, müsste er sich melden. Und wenn da wirklich irgendwelche krummen Dinger gelaufen sind, wird er mir das sagen, damit ich nicht weiter rumschnüffle.«

»Das hier sind die wichtigsten Aussagen«, sagt Steve und hält Seiten hoch, die er aus der Akte gezogen hat. »Ich mache mir Fotokopien. Nur für alle Fälle.« Er nimmt wahllos eine Handvoll Blätter von seinem Schreibtisch, schiebt die Aussagen dazwischen und schlendert lässig davon, ohne Eile, nichts, weshalb sich ein Blick in unsere Richtung lohnen würde.

Ich schiebe den Aktenkarton mit dem Fuß unter unseren Schreibtisch. Da kann er bleiben, bis Gary den Laufburschen schickt, um ihn wieder abzuholen. Es gibt keinen Grund, weshalb Breslin ihn nicht sehen sollte – es gibt nichts zu sehen, soweit wir das sagen können –, aber ich will es trotzdem nicht. Ich sage mir, es ist in jedem Fall vernünftiger: Wenn die Akte nichts Interessantes enthält, will ich mir nicht von Breslin anhören müssen, wir würden unsere Zeit vergeuden. Dann breite ich wieder Rorys Finanzunterlagen aus und tue so, als würde ich sie fasziniert studieren, damit Breslins Schoßhündchen, wer auch immer es ist, seinem Herrn und Meister das berichten kann.

Ich habe gute Instinkte – das ist keine Angeberei: Jeder Detective hat gute Instinkte, vor allem jeder Detective, der es ins Morddezernat schafft –, und ich weiß, wie ich sie am besten einsetze. Sie waren mir eine Hilfe, wenn mich die gründlichste

Ermittlungsarbeit der Welt nicht weitergebracht hätte. Aber diesmal nützen sie mir verdammt wenig. Sie sind nicht außer Betrieb – alle Sensoren feuern auf Höchststufe, rote Lämpchen blinken, überall piepst es –, aber sie tasten bloß herum, können nichts festnageln. Rory verschweigt irgendwas, aber ich kann nicht sagen, ob es dabei um den Mord geht oder nicht. Breslin verarscht uns, aber ich kann mir nicht erklären, warum. Ich habe das Gefühl, das Offensichtliche zu übersehen, doch je mehr ich mich konzentriere, desto mehr verwandeln sich sämtliche Signale in weißes Rauschen. Irgendwas funkt dazwischen und bringt alles völlig durcheinander.

Ein anderer Detective, einer mit mehr Erfahrung als ich, wäre dazu imstande. Detectives sind nämlich nicht nur gut darin, ihre eigenen Instinkte einzusetzen, sie sind auch gut darin, die von anderen Leuten zu stören. Verdächtige machen nicht aus Blödheit Fehler, zumindest nicht alle; sie machen Fehler, weil wir sie verwirren.

Irgendjemand will, dass ich einen Fehler mache. Und ich bin Hunderte von Meilen draußen auf hoher See, und alle meine Systeme spielen verrückt.

Die Gefahr selbst macht mir dabei gar nicht so viel aus; nicht sie stört meine Signale. Im Gegenteil, sie ist das Einzige, das mich weiterhin klar genug denken lässt, um überhaupt eine Chance zu haben, mich aus dieser Situation herauszumanövrieren. Ich betrachte Steve, wie er mit einer nagelneuen blauen Mappe, die aus seinem wahllosen Papierstapel ragt, zwischen den Schreibtischen hindurch zurückkommt, und ich kann nur hoffen, dass er genauso funktioniert.

9

WENIG SPÄTER REISST BRESLIN polternd die Tür auf, kommt rein und verkündet der Welt: »Meine Fresse, was hat unser Verdächtiger für Freunde. Lauter Geschichtslehrer! Will hier jemand Genaueres über die Entwicklung der Mordrate seit Gründung des Freistaates wissen?«

Ich komme mir vor wie als Teenager, wenn man jemanden sieht, auf den man steht: dieser Stromstoß, der dir durchs Brustbein knallt und dann tief in dich hinein. »Hallo«, sage ich.

Die Sonderfahnder tun Breslin den Gefallen und lachen brav, doch er scheint es gar nicht wahrzunehmen. Seine Augen sind auf Steve und mich gerichtet. »Irgendwas Neues?«

»Cooper hat angerufen«, sage ich.

»Und?«

»Und zwei Möglichkeiten. Entweder ein großer starker Bodybuilder hat Aislinn einen Mordsfaustschlag verpasst, sie ist hintenübergekippt und mit dem Kopf auf den Kaminsockel gestürzt. Oder jemand – muss nicht unbedingt ein Bodybuilder gewesen sein – hat sie gestoßen, sie ist auf den Kaminsockel gefallen, ohne sich ernsthaft zu verletzen, er ist hinterher und hat ihr einen Schlag verpasst, als sie auf dem Boden lag.«

Breslin bleibt abrupt stehen, und für einen kurzen Moment wird sein Gesicht ausdruckslos. Hinter der ausdruckslosen Miene überschlagen sich seine Gedanken. Genau wie Steve und ich kann er sich schlecht vorstellen, dass Rory so brutal werden kann, und das gefällt ihm gar nicht.

Er überspielt es aber rasch. »Bodybuilder«, sagt er mit einem sarkastischen Schnauben. »Nichts gegen Cooper, aber so was kann auch nur einem Laborfuzzi einfallen. Wenn er mal an vorderster Front gewesen wäre, wüsste er, dass selbst ein Schlappschwanz wie Rory einen kräftigen Schlag landen kann, wenn er richtig wütend ist.«

Dasselbe habe ich auch gedacht, aber aus seinem Mund klingt es wie etwas, das ich ihm nicht abnehmen sollte. »Vielleicht«, sage ich.

Breslin schlängelt sich zwischen den Schreibtischen hindurch auf uns zu und gibt Stanton im Vorbeigehen einen Klaps auf die Schulter. »Da werden wir wohl Rory fragen müssen. Wir machen uns einen Spaß draus, wenn wir ihn das nächste Mal herholen.«

»Der wird aus allen Wolken fallen«, sagt Steve hilfreich. Die blaue Mappe ist in dem Wust Papieren auf seinem Schreibtisch verschwunden.

»Das Gefühl hatte sie bestimmt auch«, sagt Breslin, aber er ist mit den Gedanken schon woanders. »Wie ich höre, habt ihr eine Lieferung bekommen. Irgendwas, was auch für uns interessant wäre?«

Steve und ich blicken einander an, sind ganz verdutzt. Steve sagt: »Die Handydaten vom Opfer, ja?«

»Dann hat sie aber verdammt viel telefoniert. McCann hat gesagt, in dem großen Karton, den ihr bekommen habt, muss was ganz Besonderes sein, weil der Laufbursche ihn gar nicht aus den kleinen Patscherchen geben wollte.« Er tritt leicht mit der Spitze seines glänzend polierten Schuhs gegen die Ecke des Pappkartons, die unter dem Schreibtisch hervorlugt. »Ist er das vielleicht?«

Seine Augen sind schmal und beobachten mich, fast einen Tick zu beiläufig. Es bringt nichts, irgendwelche Ausflüchte zu machen, ich müsste ihn schon k.o. schlagen, um ihn von dem Pappkarton fernzuhalten, und überhaupt bin ich es auf einmal leid, um Breslin, den Bösen herumzuschleichen und meine eigenen Ermittlungen hinterm Rücken zu verstecken wie ein Teenager eine Kippe, wenn der Lehrer vorbeikommt. »Ach das? Aislinns Dad ist verschwunden, als sie noch ein Kind war«, sage ich und beobachte sein Gesicht. »Moran hat gedacht, da könnte eine Verbindung bestehen. Vielleicht eine Bandensache oder ein Wiedersehen mit tödlichem Ausgang.«

Breslin reißt die Augen weit auf. »Eine *Banden*sache? Moran. Conway. Ist das euer Ernst? Ihr denkt, eine *Bande* hat Aislinns Dad gekidnappt und es zwanzig Jahre später auf die Tochter abgesehen? Das ist großartig. Erzählt mir mehr.«

Er schafft es so gerade eben, das Lachen zu unterdrücken. Steve zieht den Kopf ein und wird rot. »Äh, nein, wir haben eigentlich nicht ernsthaft … ich meine, ich hab mich bloß gefragt.« Er macht wieder einen auf unbedarften Anfänger, aber der hochrote Kopf ist echt.

Ein Teil von mir ist in dieser Frage ausnahmsweise mal mit Breslin einer Meinung, aber mich beschäftigt etwas anderes. Sein Gesicht, als ich ihm erzählt habe, was in dem Karton ist: Für eine Zehntelsekunde wurde sein Mund ganz schlaff vor Erleichterung. Wovon auch immer er uns wegdirigieren will, Aislinns Dad ist es jedenfalls nicht.

»Jetzt spannt mich nicht länger auf die Folter«, sagt Breslin. Er grinst noch immer. »Wer war's? Drogenbarone? Waffenschmuggler? Die Mafia?«

»Der Dad war's selbst«, sage ich. »Er ist nach England abgehauen, um mit einer jungen Frau zusammenzuziehen. Und es hat kein Wiedersehen mit tödlichem Ausgang gegeben: In Aislinns Elektronikdaten gibt es keinen ungeklärten Kontakt.«

Wieder meine ich, die winzige Explosion von Erleichterung in Breslins Gesicht zu sehen, doch ehe ich mir sicher sein kann, verschwindet sie schlagartig unter gespieltem, übermäßigem Staunen. »Nein!« Er weicht zurück, hebt eine Hand an die Brust. »Ist nicht wahr. Wer hätte das gedacht?«

Er übertreibt es, und eigentlich ist Breslin dafür ein zu alter Hase. Er will unbedingt, dass wir die Finger von der Bandenidee lassen, und treibt die Peinlichkeit deswegen auf die Spitze.

»Ich weiß«, sagt Steve mit einer kleinlauten Kombination aus Nicken und Schulterzucken. »Ehrlich, ich weiß. Ich wollte bloß nichts übersehen, weißt du?«

»Wie hast du das noch mal genannt?«, sagt Breslin ironisch. Das Grinsen ist verschwunden. »Bäumchen schütteln, was? Ich vermute, die Steuerzahler wollen nicht unbedingt, dass ihr Geld so ausgegeben wird, aber hey, ich hab hier nicht das Sagen. Schüttelt schön weiter. Sagt mir Bescheid, wenn irgendwas rausfällt.«

»Machen wir«, sagt Steve. »Ich hatte es gehofft …« Er verwuschelt sich das Haar und blickt zerknirscht.

Breslin zieht seine Jacke aus und hängt sie über die Rückenlehne seines Stuhls – er hat sich einen Schreibtisch ganz in der Nähe von unserem ausgesucht, was mir richtig schmeichelt. »Hoffnung und Verzweiflung liegen oft nah beieinander. Man muss rechtzeitig loslassen können.«

»Haben wir schon«, sage ich. »Will McCann sich die Akte noch ansehen, ja? Bevor wir sie zurück zur Vermisstenstelle schicken?«

Ich ernte einen Starrblick. »McCann wollte euch nur helfen, Conway. Aus reiner Nettigkeit. Du solltest lernen, so was anzunehmen, statt gleich sauer zu werden.«

Steve rutscht auf seinem Stuhl hin und her, versucht, mir friedliche Gedankenwellen in den Kopf zu beamen. »Ich schick ihm eine Dankeskarte«, sage ich. »Wie hat Gaffney sich gemacht, gestern Abend?«

»Gut. Er ist nicht die hellste Kerze auf der Torte, aber lernfähig.«

Ich sage: »Wieso hast du ihn dann heute abgewimmelt?«

Breslin ist dabei, seine Jacke glattzustreichen und ein bisschen zurechtzuzupfen, damit sie nicht knittert – und damit wir auch ja das Armani-Logo zu sehen bekommen –, doch die Frage lässt ihn aufblicken und mich anstarren. »Wie bitte?«

»Er sollte dich begleiten. Er sagt, du hast ihm erklärt, für die Befragungen der Kontaktpersonen bräuchtest du ihn nicht.«

»Stimmt auch. Ich kann gleichzeitig schreiben und zuhören. Multitasking, Conway: Das ist keine reine Frauendomäne mehr.«

»Schön zu hören. Aber Gaffney hat *dich* gebraucht. Deshalb hab ich ihm gesagt, er soll bei dir bleiben: Ich will nicht, dass ein Neuling Murks macht, nur weil keiner ihn eingearbeitet hat. Wieso hast du ihn nicht mitgenommen?«

Ich bin auf die verkrampfte falsche Kumpeltour gefasst, mit der er mir heute Morgen gekommen ist. Das ist mit ein Grund, warum ich ihn anraunze: Ich will, dass Steve sich das ansieht. Stattdessen beugt Breslin sich verschwörerisch näher, mit einem Grinsen, bei dem sich nur ein Mundwinkel hebt. »Conway. Komm schon. Jetzt sei mal locker. Ab und an hat ein Mann auch mal einen Termin, den er ganz allein wahrnehmen muss. Verstehst du, was ich meine?« Und er zwinkert mir doch tatsächlich zu.

Will heißen, er hat unterwegs Station gemacht, um seinen Schniedel irgendwo hinzustecken, wo er nicht hingehört. Was nicht nur erklären würde, dass er Gaffney abgewimmelt hat, sondern auch die Person, die ihn heute Morgen nicht auf seinem Handy anrufen sollte.

Ich kaufe ihm das nicht ab. In einem Dezernat, wo die Kollegen in der Kaffeepause ungeniert über Strategien für geschicktes Fremdgehen plaudern, werden Breslin und McCann *Die Mönche* genannt. Angeblich hat keiner von beiden je eine hübsche Kollegin in Uniform angebaggert oder es bei der sexy Kriminaltechnikerin versucht, bei der es alle versuchen. Breslin glaubt wahrscheinlich, Steve und ich wüssten das nicht, weil wir zu weit außen vor sind. Er hat vergessen, dass wir nicht schon immer die ewigen Außenseiter der Mordkommission waren, und er hat vergessen, dass junge Cops, die sich nach der Mordkommission sehnen, jeden Tropfen Klatsch und Tratsch über die großen glänzenden Gestalten aufsaugen, zu denen sie vielleicht eines Tages gehören werden.

»Schon gut«, sagt Steve rasch und hebt die Hände. Sein Grinsen ist irgendwas zwischen verlegen und beeindruckt, aber ich bin sicher, dass er das Gleiche denkt wie ich. »Ein Gentleman genießt und schweigt.«

»Ganz genau, Moran. Vielen herzlichen Dank.«

»Okay«, sage ich und setze ein ähnliches Grinsen auf wie Steve. »Gaffney hat hier ein bisschen mit Papier rumgespielt, da konnte er ja nicht viel Schaden anrichten. Wie sind deine Gespräche mit Rorys Kontaktpersonen gelaufen?«

»Super, durch die Bank.« Breslin lässt sich auf seinen Stuhl fallen, schaltet den Computer ein und reckt sich, während der hochfährt. »Ein Haufen Langweiler, ihr wisst schon, korrigieren deine Grammatikfehler und glauben, drei Bier sind eine durchzechte Nacht, aber ich würde sagen, die haben viel zu viel Schiss vor uns, um richtig zu lügen. Alle sagen dasselbe über Rory: ein lieber Kerl, könnte keiner Fliege was zuleide tun – einer von seinen Freunden meinte, er würde nicht mal Boxen in der Glotze gucken, weil er das zu brutal findet. Was für ein Warmduscher.«

Klingt stimmig: Rory mag es nicht, wenn ihm die Realität zu nahe kommt. »Sogar Warmduscher können ausrasten«, sage ich.

Breslin schnippt mit den Fingern und zeigt auf mich. »Exakt, Conway. Sehr richtig. Das wollte ich auch gerade sagen. Und alle Kontaktpersonen sind sich einig, dass Rory bis über beide Ohren in Aislinn verknallt war: Er hat ständig von ihr geredet, seit sie sich kennengelernt hatten. Sie sagen das so, als wäre das was Gutes: Er war so verschossen, ooooch, er hätte seiner Angebeteten nie im Leben was antun können! Ich glaube, denen ist gar nicht klar, dass es von verschossen zu besessen nur ein kleiner Schritt ist.« Er blickt auf, während er sein Notizbuch aus der Tasche kramt. »Freut mich, wenn jetzt wenigstens einer von euch mal zugibt, dass der besessene Freund am Tatort tatsächlich als Täter in Frage kommt. Conway, täusch ich mich oder bist du die Bäumchenschüttelei ein kleines bisschen leid?«

»Überhaupt nicht«, sage ich. »Das ist gut für die Fitness. Aber solange nichts Großes rausfällt, konzentrieren wir uns auf Rory. Ein paar handfeste Beweise mehr, und wir haben ihn. Hast du dem Kollegen in Stoneybatter, der den Anruf entgegengenommen hat, die Stimmen vorgespielt?«

»Ähm, dazu wollte ich noch was sagen. Kleiner Tipp im Vertrauen, Conway …« Breslin schaut zu den Fahndern rüber und senkt die Stimme. »Du musst lernen, Personal ökonomisch einzusetzen. Ich weiß, das klingt nach langweiligem Managerquark, aber du leitest jetzt Ermittlungen. Du bist eine Managerin, ob's dir passt oder nicht. Und um ein halbes Dutzend Mal auf Play zu drücken, ist kein Detective vom Morddezernat mit zwanzig Jahren Berufserfahrung erforderlich.«

Aha, da passt das Ego von jemandem nicht durch die Tür der Polizeiwache Stoneybatter. Steve macht wieder eine Bewegung. »Alles klar«, sage ich kleinlaut. »Sollen wir Gaffney hinschicken? Nur damit er weiß, dass du nichts gegen ihn hast?«

»Jetzt denkst du wie ein leitender Detective. Genauso machen wir's. Sag du es ihm, damit er weiß, wer hier der Boss ist, einverstanden?« Breslin bedenkt mich mit seinem Weiser-Lehrer-Lächeln, das freundlich ist und mit Lachfältchen durchzogen und das in mir ein ganz warmes Gefühl auslösen würde, wenn ich dumm wie Brot wäre.

»Ja, danke«, sage ich voll erleichtert. »Das wäre super.« Ich drehe mich mit meinem Stuhl herum – ohne Steve anzusehen, damit keiner von uns einen Lachkrampf bekommt – und rufe: »Gaffney. Hierher. Es gibt Arbeit.«

Gaffney fällt beinahe über seinen eigenen Stuhl, so eilig hat er es, zu uns rüberzukommen. »Bitte sehr«, sagt Breslin und wirft ihm ein Diktaphon zu. »Da sind Stimmenproben drauf: Rory Fallon, seine Brüder und alle seine Kumpel.« Er hebt eine Augenbraue in meine Richtung und deutet mit dem Kopf auf Gaffney, damit auch jeder mitkriegt, dass er mir ein Zeichen gibt.

Ich sage: »Spielen Sie die dem Kollegen in Stoneybatter vor. Mal sehen, ob ihm eine bekannt vorkommt. Wenn er unsicher ist, organisieren Sie eine Stimmengegenüberstellung. Kriegen Sie das hin?«

Gaffney drückt sich das Diktaphon an die Brust, als wäre es kostbar. »Ja klar. Kein Problem. Mach ich.« Er ist so damit beschäftigt, den Kopf zwischen mir und Breslin hin und her zu schwenken, um rauszufinden, wer hier der Boss ist, dass er kaum einen vollständigen Satz auf die Reihe kriegt.

»Danke«, sagt Breslin und haut sein Lächeln raus. »Tun Sie mir einen Gefallen: Bringen Sie mir auf dem Rückweg ein Sandwich mit. Brown Bread mit Schinken, Käse und Salat, keine Zwiebeln. Ich bin nicht zum Mittagessen gekommen, und mir hängt der Magen in den Kniekehlen.« Er zwinkert mir und Steve wieder zu, während er für Gaffney Bargeld hervorholt. »Sorry, kleiner hab ich's nicht.«

Es ist ein Fünfziger. Ich bin nah genug, um zu sehen, woher er den Schein genommen hat: aus einem dicken Bündel, verstaut in einem zerknitterten weißen Briefumschlag in seiner Hemdtasche.

Ich hatte recht damit, dass meine Mailboxnachricht Gary Beine macht: Fünf Minuten später leuchtet mein Handy mit seinem Namen im Display auf. Ich werde den Anruf auf keinen Fall annehmen, wo Breslin nur drei Schritte entfernt sitzt, und ich werde auch kein Tamtam machen und zum Telefonieren nach draußen gehen. Ich knurre: »Verdammt, Ma, ich bin auf der *Arbeit*«, vor mich hin, drücke den Anruf weg und stopfe das Handy vehement zurück in die Tasche. Ich schaue scheinbar verlegen zu Breslin rüber, ob er es mitbekommen hat. Seine Augen sind auf die Aussage gerichtet, die er gerade tippt, aber in seinem Gesicht zuckt ein Grinsen.

Ich warte fünfzehn Minuten – ich würde es gern länger hinauszögern, aber es ist fünf Uhr, und um halb sechs haben wir Fallbesprechung –, ehe ich den Soko-Raum verlasse, ohne Mantel und Umhängetasche mitzunehmen. Mit ein bisschen Glück wird Breslin denken, dass ich meine Mammy zurückrufe. Ich sehe Steve nicht an. Ich hoffe, dass ich das nicht muss.

Draußen ist es dunkel. Die weißlichen Flutlichtstrahler, die feuchte Kälte und die vereinzelten Büromenschen, die mit hochgeschlagenem Kragen nach Hause hasten, verleihen dem weitläufigen Hof eine beklemmende, unheimliche Atmosphäre, als wäre ich in eine düstere Zukunftslandschaft geraten, aus der ich nicht mehr herausfinde. Ich suche mir ein dunkles Eckchen, ziehe meinen Blazer enger um mich und behalte die Uhr auf meinem Handy im Auge.

Vier Minuten später öffnet sich die Tür, und Steve kommt rausgehuscht, bemüht, einen dicken Papierstapel unter Kontrolle zu halten und die Tür nicht zuknallen zu lassen. »Na endlich«, sage ich und fange ein Blatt auf, das herausgerutscht ist.

»Nix wie weg hier. Ich hab gesagt, ich würde den Mist hier fotokopieren. Wenn Breslin nach mir sucht –«

»Was Besseres ist dir nicht eingefallen? Na los, schnell –« Wir verdrücken uns um die Ecke des Gebäudes, lachen über unsere eigene Verwegenheit wie schwänzende Schulkinder, was wahrscheinlich besser ist, als allzu sehr darüber nachzudenken, dass Soko-Raum C ja angeblich mir untersteht und ich mir trotzdem hier draußen den Hintern abfriere.

Von unseren Fenstern aus ist der Park zu sehen, und im Hof

könnten wir Gaffney in die Arme laufen, wenn er aus Stoneybatter zurückkommt. Deshalb gehen wir zum Platz vor den Hauptgebäuden der Burg, wohin sich nur Touristen verirren – allerdings nicht bei so einem Wetter wie jetzt –, und suchen uns eine windgeschützte Ecke. Die Gebäude um uns herum wirken unwahrscheinlich hoch. Die Flutlichtstrahler nehmen ihnen Farbe und Textur, bis sie aus allem bestehen könnten, Blech oder glattem Kunststoff oder Luft.

Steve legt seinen Papierstapel auf die Erde und stellt einen Fuß darauf, damit die Blätter nicht weggeweht werden. Er ist in Hemdsärmeln; er wird frieren. Ich halte das Handy zwischen uns, wähle und schalte auf Lautsprecher.

»Hey«, sagt Gary. »Du hast alles bekommen, ja?«

Gary ist zehn Jahre älter als ich und perfekt für seinen Job. Ein wichtiger Teil der Arbeit in der Vermisstenstelle besteht darin, Leute, die nichts mit Cops zu tun haben wollen, zum Reden zu bringen, damit Straßennutten dir von dem neuen Mädchen erzählen, das aussieht wie der Teenager in den Nachrichten, damit obdachlose Junkies vorbeikommen und den Typen erwähnen, der letzte Nacht auf ihrem Schlafplatz übernachten wollte und so aussah wie das Gesicht auf dem Plakat, und gibt's auch eine Belohnung? Alle reden mit Gary, und er redet mit allen, was ein Grund dafür ist, warum ich Aislinn damals an ihn verwiesen habe. Ein weiterer wichtiger Teil des Jobs besteht darin, mit den Freunden und Angehörigen umzugehen, und Gary kann einen Raum schon allein dadurch beruhigen, dass er ihn betritt. Ich habe mal erlebt, wie er eine bescheuerte Ausreißerin in nur zehn Minuten ausfindig machte, indem er es schaffte, ihre hysterische, bescheuerte beste Freundin so weit zu beruhigen, dass ihr der Namen des Internet-Freundes einfiel. Er ist ein Schrank von einem Mann, er sieht aus, als könnte er dir einen Schuppen bauen, wenn du einen bräuchtest, und er hat so eine Stimme – ruhig, tief, mit einem Einschlag vom Lande –, bei deren Klang du am liebsten die Augen schließen und einschlafen würdest. Allein die Stimme zu hören entspannt mich ein bisschen.

»Hey«, sage ich. Gary ist im Großraumbüro der Vermisstenstelle: Im Hintergrund höre ich Stimmengewirr, jemand ruft was, ein anderer lacht, ein Handy klingelt. »Hab alles bekommen, du bist ein Engel. Nur ein paar Fragen, okay? Und tu mir einen Gefallen: Kannst du irgendwo hingehen, wo du ungestört bist?«

»Kein Problem. Einen kleinen Mo–« Sein Stuhl knarrt, irgendeine Bemerkung, in der ein Grinsen mitschwingt, von einem seiner Kollegen: »Jajaja«, von Gary. »Fragt mich der kleine Klugscheißer doch, ob meine Prostata mir Probleme macht«, erklärt er mir. »Die jungen Leute heutzutage, keinen Respekt.«

»Ooooch, Gary, mach dir nichts draus. Ich respektiere dich.«

»Zumindest machst du dich nicht über meine Prostata lustig. Mach dich nie über die Prostata eines Mannes lustig. Das ist gemein.«

»Unter der Gürtellinie, ja?«

»Geht das bei euch da drüben etwa als Humor durch?« Eine Tür schließt sich, und die Stimmen verschwinden: Er ist draußen auf dem Flur. »Also. Was willst du wissen?«

Steve hat den Kopf gehoben, behält die Zugänge zum Platz im Auge, aber er hört zu. »Erstens«, sage ich. »Ihr habt euch im Fall Desmond Murray mächtig ins Zeug gelegt. Alles sah danach aus, dass er einfach nur abgehauen ist, und es stellte sich heraus, dass er tatsächlich einfach nur abgehauen ist, aber ihr habt die Sache wie einen Mordfall behandelt. Wieso?«

Gary schnaubt. »Das ist leicht zu beantworten. Wegen seiner Frau, hauptsächlich. Hast du das Foto gesehen?«

»Ja. Sie sah gut aus.«

»Das Foto wird ihr nicht gerecht. Sie war umwerfend. Aber nicht die Sorte Frau, die man sich in Dessous vorstellt und durchvögeln möchte, sondern die Sorte, zu der man galant sein will.

Ihr die Tür aufmachen. Den Regenschirm halten.« Garys Stimme wird schwächer, Wasser läuft, Geschirr klappert. Er spült in der Küche eine Tasse aus, das Handy unters Kinn geklemmt. »Und sie hat das gekonnt eingesetzt. Hat uns anguckt, als wären wir Superhelden, hat ständig gesagt, sie wäre ganz sicher, dass wir ihren Mann finden, und was für ein Glück sie hat, uns zu haben, dass sie nicht weiß, *was* sie getan hätte, wenn ihre ganze Welt in den Händen von Leuten gelegen hätte, denen sie nicht so vertrauen könnte wie uns – jede Menge in dem Tenor. Hat immer genau im richtigen Moment Tränen abgedrückt und dafür gesorgt, dass sie dabei trotzdem gut aussah – ihr Mann war gerade erst verschwunden, aber sie hat sich nach wie vor die Haare gemacht und geschminkt und ein hübsches Kleid angezogen. Sie wusste, was sie wollte, keine Frage.«

Klingt, als wäre Aislinn ganz nach Mammy geschlagen. »Du glaubst, es war alles Show? Der Göttergatte war ihr schnurzegal, sie wollte bloß Aufmerksamkeit?«

Gary schnalzt mit der Zunge. »Nee, überhaupt nicht. Eher das Gegenteil. Ich glaube, sie wollte ihren Mann wirklich unbedingt zurückhaben – sie war kein kontaktfreudiger Typ, hatte keine Freundinnen, hatte keinen Job, hatte nichts außer ihm und der Tochter. Ohne ihn war ihr Leben im Eimer. Und sie wusste, wenn sie Männer dazu bringen wollte, Himmel und Hölle für sie in Bewegung zu setzen, musste sie so hübsch wie möglich sein und in ihnen den Wunsch wecken, sich um sie zu kümmern.«

»Allerliebst«, sage ich. Ich kann die Kaffeemaschine brummen hören – statt pausenlos über den lausigen Kaffee zu meckern, wie wir das im Morddezernat tun, haben die Kollegen von der Vermisstenstelle zusammengeschmissen und eine anständige Maschine gekauft. »Und es hat funktioniert.«

»Kann man wohl sagen. Ich fahre auf den Typ Frau nicht ab, aber ein paar von den Kollegen hätten die Armee mobilisiert, um das ganze Land nach ihrem Mann durchkämmen zu lassen, wenn sie gekonnt hätten. Ein paar Handys orten, ein paar Zeugen mehr befragen … das war nichts.«

Er kann sich verdammt gut an die Frau erinnern, dafür, dass er nicht auf sie stand. Ich halte den Mund – Gary bringt meine nette Seite zum Vorschein. »Dann habt ihr euch also nicht so abgerackert, weil ihr den Verdacht hattet, Murray könnte was mit Banden zu tun haben?«

Gary lacht. »Gott, nein. Überhaupt nicht. Murray war unschuldig wie ein Lamm. Zumindest was das Gesetz betrifft.«

Ich werfe Steve einen Blick zu. Er schneidet eine Grimasse: noch nicht überzeugt. Er hat die Hände unter die Achseln geschoben, um sie zu wärmen.

Ich verdrehe die Augen und sage ins Telefon: »Bist du sicher, du hättest es erfahren?«

»Tausend Dank auch, Antoinette.«

»Ach, komm schon, Gary, du weißt, ich mein das nicht gehässig. Aber du warst damals doch höchstens sechsundzwanzig, siebenundzwanzig, so um den Dreh? Frisch vom Streifendienst in die Vermisstenstelle versetzt? Die leitenden Detectives haben dir bestimmt nicht alles erzählt, was ihnen so durch den Kopf ging.«

Es klimpert leise, als Gary seinen Kaffee umrührt. Er sagt: »War das so, als du hier warst? Glaubst du, ich hätte dir Sachen vorenthalten, nur um dir Neuling zu zeigen, wo du hingehörst?«

Ich sage: »Nein. Du hättest es mir gesagt.«

Die Vermisstenstelle ist mit dem Morddezernat nicht zu vergleichen. An den Fällen in der Vermisstenstelle arbeitest du nicht, um Verbrecher zu schnappen; du arbeitest auf ein Happy End hin. Selbst wenn es so aussieht, als wäre ein Verbrechen geschehen, ist das nicht dein Problem – wenn zum Beispiel eine Leiche mit verdächtigen Todesumständen auftaucht, geht die Sache schnurstracks ans Morddezernat. Du kannst dein ganzes Berufsleben in der Vermisstenstelle verbringen, ohne je eine Verhaftung vorzunehmen. Einerseits lockt das einen völlig anderen Typ Mensch an als die Mordkommission oder das Dezernat für Sexualdelikte, wo es nur darum geht, Verbrecher zur Strecke zu bringen, und wo es naturgemäß kein Happy End geben kann, und andererseits sorgt das für eine völlig andere Atmosphäre. Die Vermisstenstelle war nie das richtige Dezernat für mich, und doch überkommt mich für einen kurzen Moment die geradezu unbändige Sehnsucht, wieder dort zu arbeiten. Ich kann den guten Kaffee riechen, kann hören, wie Gary nach einem Happy End lauthals »Bring Him Home« schmettert und alle anderen schreien, er soll sie damit verschonen und lieber in einer Castingshow auftreten, lasse mir neue Verstecke für den Gummihamster einfallen. Wie ein kleines Kind will ich nach Hause zu Mammy laufen, sobald es hart auf hart kommt. Ich kotz mich selber an.

»Ja, hätte ich auch«, sagt Gary. »Und damals war es genauso: Hätten die leitenden Detectives eine Bandenverbindung für möglich gehalten, hätten sie es mir gesagt. Wie kommst du auf die Idee?«

Ich halte den Kopf von Steve weggedreht, für den Fall, dass mir meine plötzliche Gefühlsduselei am Gesicht anzusehen ist. »Murrays Tochter, die Frau, die ich zu dir geschickt habe, als sie sich nach dem Fall erkundigt hat. Sie ist ermordet worden.«

»Was?«, sagt Gary, überrascht, aber nicht geschockt. »Das tut mir leid. Sie war ein liebes Mädchen, damals, und eine nette junge Frau, als sie dann später bei mir war. Du glaubst, sie hatte Verbindungen zu einer Gang?«

»Eigentlich nicht. Sieht eher so aus, als wäre ihr Freund ausgerastet, aber es gibt ein paar offene Fragen, die wir noch klären wollen, sicherheitshalber. Wir haben uns gefragt, ob sie vielleicht nach Daddy gesucht hat und irgendwem dabei auf die Füße getreten ist.«

»Kann ich mir nicht vorstellen. An dem Fall war nichts Verdächtiges.«

Ich wollte von Gary hören, dass an der Sache irgendwas verdächtig war, egal was. Ich kann spüren, wie es mich zusammen mit der Kälte durchdringt, wie unbedingt ich mir das gewünscht habe. Ich bin nicht sicher, ob ich die ganze Zeit wusste, dass er es nicht tun würde.

Steve flüstert: »Und wieso haben die den Mund gehalten?«

»Zweitens«, sage ich. »Gibt es irgendeinen Grund, warum ihr Mutter und Tochter damals nicht einfach gesagt habt, wohin Daddy verschwunden ist?«

Gary, der gerade einen Schluck Kaffee im Mund hat, gibt einen genervten Laut von sich. »Antoinette. Ich hab das ernst gemeint, dass du dich zurückhalten sollst. Es war nicht dein Fall. Wie die Detectives den gehandhabt haben, geht dich nichts an. Wenn du anfängst, rumzutönen, was du alles anders gemacht hättest, machst du die Leute bloß sauer. Glaubst du, das kannst du dir leisten?«

Was bedeutet, dass es sich rumgesprochen hat. In der Vermisstenstelle ist angekommen, dass ich Gift bin. Selbst wenn ich mich dorthin zurückversetzen lassen wollte, würde ihr Boss mich wahrscheinlich nicht nehmen. Er weiß, dass ich gut bin, aber keiner will eine Kollegin, die Probleme mitbringt. Ob sie die macht oder die anderen ist dabei unerheblich.

Ich sage: »Du kannst dafür sorgen, dass ich die Klappe halte. Hör mit der Heimlichtuerei auf und sag mir, was da los war, dann muss ich auch nicht mit den anderen Detectives reden.«

»Das ist keine Heimlichtuerei. Als sie Murray gefunden haben, war ich schon nicht mehr an dem Fall dran – ich war nur ganz am Anfang mit an Bord –, deshalb kenne ich nicht alle Einzelheiten. Ich hab bloß gehört, dass sie ihn in England gefunden haben, in seinem kuscheligen Liebesnest mit der Geliebten. Einer von unseren Leuten hat ihn angerufen: Er war quietschfidel, hatte nicht die Absicht, zurückzukommen, und er wollte auf keinen Fall, dass seine Frau und seine Tochter irgendwas erfahren. Und daran haben sie sich gehalten.«

Gary fasst das Schweigen als Missbilligung auf – was nicht stimmt: Ich hätte mich auch nicht in das Fiasko reinziehen lassen. Aber irgendein sturer Teil von mir hofft noch immer, dass das nicht die ganze Geschichte ist. Er sagt: »Wir sind hier keine Familientherapeuten. Das weißt du. Es ist nicht unsere Aufgabe, das Dreiecksverhältnis von so einem Kerl zu klären. Es ist unsere Aufgabe, den Kerl zu finden, und das haben die Kollegen damals getan. Damit war der Fall für sie abgeschlossen, Ende der Geschichte.«

Steve zieht ein langes Gesicht, schaut hoch zu den mattdunklen Fenstern, die zurückstarren: Er findet das nach wie vor nicht gut. Ich frage: »Ohne der Frau auch nur zu sagen, dass Desmond am Leben war? Du hast gesagt, sie hätte alle Detectives um den Finger gewickelt, sie hätten sich förmlich überschlagen, um ihr Antworten zu liefern, aber als sie dann wirklich eine fanden, haben sie ihr die vorenthalten?«

»Ich kann dir nur sagen, was ich gehört habe. Und ich rate dir, deshalb keinem an die Karre zu fahren. Was hat das überhaupt mit deinem Fall zu tun?«

»Wahrscheinlich nichts. Wie gesagt: Ich will nur ein paar offene Frage klären. Bäumchen schütteln.« Ich hebe eine Augenbraue in Steves Richtung, und er kneift die Augen zusammen: *Sehr witzig.* »Eines noch: Ich weiß, es ist ein paar Jahre her, aber kannst du dich noch erinnern, was du Aislinn gesagt hast, als sie zu dir kam?«

Gary schlürft einen Schluck Kaffee und überlegt. »Sie war ziemlich sicher, dass wir mehr wussten, als wir ihr und ihrer Ma erzählt hatten. Sie hat gesagt, ihre Ma wäre gestorben und sie wollte unbedingt ihren Dad finden. Sie meinte, sein spurloses Verschwinden hätte ihr ganzes Leben ruiniert. Sie wollte ihn ausfindig machen, ihm in die Augen sehen und eine Erklärung von ihm verlangen, warum er das getan hat. Sie war unsicher, was danach passieren würde – sie meinte, wenn er sie sehen würde,

würde er sich daran erinnern, wie eng ihr Verhältnis früher war … Aber selbst wenn es nicht so laufen würde, sie meinte, wenn sie endlich Bescheid wüsste, könnte sie nach vorne schauen. Sich ein eigenes Leben aufbauen.«

Nicht zu fassen. Ich bin voll auf Des Murrays Seite. Wahrscheinlich hat er die Fliege gemacht, weil er sonst seine ganze dämliche Familie mit dem Schürhaken erschlagen hätte. »Was hast du ihr erzählt?«

»Ich hab gesagt, ich dürfte keine Informationen aus der Ermittlungsakte verraten. Aber … klar, du hast sie ja erlebt. Sie war ein Häufchen Elend. Sie hat versucht, nicht zu weinen, aber sie war kurz davor. Sie hat mich angefleht. Ich hab schon befürchtet, sie fällt im Vernehmungsraum vor mir auf die Knie. Am Ende habe ich einen Bekannten angerufen, ihn gebeten, Desmond Murray durchs britische Computersystem laufen zu lassen, nur um zu sehen, ob er überhaupt noch lebt. Wäre ja Blödsinn gewesen, sie auf der ganzen Welt weiter nach ihm suchen zu lassen, wenn er längst unter der Erde liegt.«

Aislinn war wirklich Mammys Tochter. Sie mochte ja hilflos gewirkt haben, aber sie wusste, wie sie von den Leuten kriegen konnte, was sie wollte. Selbst ich habe ihr schließlich Garys Namen und Dienstplan genannt. Ich mag sie immer weniger.

Gary sagt: »Und ich hab gedacht, falls er noch lebt, geb ich ihr vielleicht den kleinen Tipp, einen Privatdetektiv in England zu engagieren. Wieso auch nicht?«

Die Vermisstenstelle: Happy-End-Junkies, alle, wie sie da sind. »Und?«

»Und er war tot. Seit einigen Jahren. Nichts Verdächtiges, er ist einfach gestorben – Herzinfarkt, glaube ich.«

Und damit ist Daddy aus dem Rennen. Ich lache beinahe laut auf vor Erleichterung. Stattdessen stupse ich Steve an und sage lautlos: *Siehst du?* Er zuckt die Achseln: *War den Versuch wert.* Ich verdrehe die Augen.

Gary sagt: »Hat eine Frau hinterlassen – na ja, mehr oder weniger: Er hat die Geliebte, mit der er durchgebrannt ist, nie geheiratet, schließlich war er ja nicht von Aislinns Ma geschieden, aber sie waren noch immer zusammen – und drei Kinder.«

»Wie viel hast du Aislinn erzählt?«

Er pustet Luft aus. »Tja, das war nicht einfach. Ich hab mir gedacht, dass es bestimmt ein ganz schöner Schock für die Partnerin und die Halbgeschwister wäre, wenn Daddys Vergangenheit plötzlich vor der Tür steht – und da der Dad ja nicht mehr da war, um mit Aislinn zu reden, hätte sie auch dann nicht bekommen, was sie wollte, wenn sie die ganze Geschichte gekannt hätte. Aber ich wollte das arme Mädel nicht einfach wieder wegschicken nach dem Motto: ›Ab mit dir, und such schön weiter nach deinem Dad, viel Glück!‹ Sie hatte ein Recht darauf zu erfahren, dass ihr Vater tot war.«

Steve dreht die Handflächen in einer überschwänglichen Geste nach oben: *Sag ich doch*. Ich strecke ihm die Zunge raus. »Du hast es ihr also gesagt.«

»Ja. Nur, dass er im Computersystem als verstorben geführt wird. Und dass ich keine weiteren Informationen habe.«

»Wie hat sie es aufgenommen?«

»Nicht gut.« Ich kann die Grimasse in Garys Stimme hören. »Um ehrlich zu sein, sie ist ausgetickt – was wohl auch verständlich war. Sie hat hyperventiliert, ich hab schon gedacht, ich müsste einen Krankenwagen rufen, aber dann hab ich ihr gesagt, sie soll die Luft anhalten, und sie hat sich wieder beruhigt.«

»Gut gemacht«, sage ich.

»Na ja, geht so. Sie war noch immer durch den Wind – hat gezittert, gewimmert, das volle Programm. Sie wollte wissen, warum ihr das keiner gesagt hat – ob die Kollegen ihre Ma angelogen hatten oder ob sie wirklich so inkompetent waren, wie hatten sie etwas übersehen können, das ich in gerade mal zehn Minuten rausgefunden hatte? … Ich hab gesagt, meine Kollegen wären gute Detectives, aber manchmal käme man mit einer Ermittlung nicht weiter, auch wenn man noch so gut ist, und es könnte eine Weile dauern, bis Infos von anderen Quellen im System ankommen …«

Das ist instinktiv, wie Blinzeln, wenn du Sand in die Augen kriegst: Sobald eine Zivilperson einen anderen Cop beschuldigt, Mist gebaut zu haben, streitest du es ab. Ob sie recht hat, ist unerheblich. Du öffnest den Mund, und es kommt ein hübsches Märchen heraus, ganz wie von selbst. Das hat mich vorher noch nie gestört, und eine unterwürfige Entschuldigung hätte Aislinn auch nichts genützt, wäre für alle Beteiligten höchstens Zeitverschwendung gewesen, aber heute kommt mir alles suspekt vor, als könnte es mir bei einer falschen Bewegung um die Ohren fliegen. Nichts scheint auf meiner Seite zu stehen.

Ich sage: »Hat sie dir geglaubt?«

Gary macht ein unverbindliches Geräusch. »Keine Ahnung. Ich hab einfach immer weiter geredet, hab versucht, sie zu beruhigen. Ich hab irgendwas gefaselt von wegen, jetzt könnte sie endlich damit abschließen und nach vorne schauen, sie hätte alles Recht der Welt, sich ein wunderbares Leben zu gestalten, und dann hab ich noch gesagt, ihr Dad sei bestimmt ein toller Mann gewesen, und er hätte sie offenbar sehr geliebt, und was immer auch passiert wäre, es hätte ihm bestimmt das Herz gebrochen, sie zu verlassen … so was eben. Sie hat nicht überzeugt gewirkt – ehrlich gesagt, ich bin nicht mal sicher, ob sie das meiste überhaupt gehört hat –, aber am Ende hat sie sich beruhigt.« Die Wirkung seiner Stimme. Er hätte das Gleiche erreicht, wenn er ihr den Dienstplan vorgelesen hätte. »Als sie wieder fahrtauglich war, hab ich sie nach Hause geschickt. Das war's. Siehst du? Da war nichts, was sie auf die Idee bringen konnte, irgendwelche Banden hätten dahintergesteckt.«

»Hört sich nicht so an«, sage ich, zu Steve, der wieder die Achseln zuckt. Er beobachtet einen Mann, der Richtung Haupttor hastet, zu weit weg, um ihn bei diesem Licht zu erkennen, aber der Mann kämpft mit dem Wind um seinen Schal und schaut nicht mal in unsere Richtung. »Danke, Gary. Du hast mir sehr geholfen.«

»Lässt du dann jetzt bitte die anderen Detectives in Ruhe? Wenn schon nicht deinetwegen, dann wenigstens meinetwegen. Ich kann gut darauf verzichten, dass sie mir aufs Dach steigen, weil ich dir ihre Akten gegeben habe.«

Mit anderen Worten, Gary will nicht, dass ich ihn mit meinem schlechten Karma anstecke. Ein Teil von mir versteht das voll und ganz: Keiner will sich die Pest einfangen. Der Rest von mir will zu ihm rübergehen, ihm eine reinhauen und ihm sagen, er soll mal Rückgrat zeigen.

»In Ordnung«, sage ich. »Kannst du den Jungen rüberschicken, damit er deine Akte wieder abholt?«

»Kein Problem. Er ist gleich bei dir.«

»Schön. Danke noch mal. Und nächste Woche geb ich dir die versprochenen Bierchen aus, ja?«

»Nächste Woche ist ziemlich hektisch. Ich ruf dich an, wenn ich wieder mehr Zeit hab, okay? Viel Glück bei dem Fall. Tut mir leid, dass ich dir nicht mehr helfen konnte.«

Und weg ist er, auf dem Weg zurück ins Großraumbüro mit seiner Tasse echtem Kaffee, um Frotzeleien über seine Prostata einzustecken und Musicals zu singen und Happy Ends nachzujagen.

Er wird mich nicht anrufen, und das schmerzt mich mehr, als ich gedacht hätte. Ich tue so, als würde es meine ganze Konzentration erfordern, das Handy wieder in die Tasche zu stecken. Steve bückt sich, um seinen Stapel Alibipapier aufzuheben. Ich kann nicht sagen, ob er das macht, weil er taktvoll sein will, aber wenn ja, muss ich ihn wohl umbringen.

»So«, sage ich energisch, »damit ist die Bandentheorie vom Tisch, zumindest, was Des Murray angeht. Wenn die Detectives damals Verdachtsmomente gehabt hätten, die sie nicht in der Akte haben wollten, hätte Gary das gewusst. Des Murray ist mit seiner Geliebten abgehauen. Ende der Geschichte.«

»Klar«, sagt Steve und richtet sich auf. »Aber das hat Aislinn nicht gewusst.«

»Na und? Gary hat recht: Es gibt keinen Grund, warum sie auf die Idee gekommen sein sollte, dass irgendwelche Banden dahintersteckten. Keinen einzigen. Null.«

»Nicht, wenn sie logisch gedacht hat, nein. Aber sie hat nicht logisch gedacht – nein, Antoinette, *hör zu.*« Er beugt sich zu mir, redet schnell. »Aislinn hatte eine wilde Phantasie. Weißt du nicht mehr, was Lucy gesagt hat, über damals, als sie Kinder waren? Wenn es ihr schlechtging, ließ Ash sich verrückte Geschichten einfallen, damit es ihr wieder besserging. Das musste sie, oder? Im wahren Leben wurde sie immer nur von den Entscheidungen anderer Leute herumgeschubst. Der einzige Ort, wo sie etwas Macht hatte, wo sie selbst die Entscheidungen treffen konnte, war ihre Vorstellungskraft.«

Er hat ganz vergessen, dass ihm kalt ist. »Deshalb hat sie sich diese ganze Phantasiegeschichte ausgedacht: Sie würde sich auf die Suche nach ihrem Daddy machen und ihn finden und sich in seine Arme werfen, und dann wäre ihr Leben wieder in Ordnung. Diese Phantasie hat ihr Auftrieb gegeben. Und dann hat dein Freund Gary sie zunichtegemacht.«

Ich sage: »Das hört sich an, als hätte er die Lieblingspuppe eines armen, hilflosen Mädchens abgefackelt. Aislinn war eine erwachsene Frau – und zu der Zeit war ihre Ma schon tot. Sie konnte mit ihrem Leben machen, was sie wollte. Sie brauchte die Daddy-Phantasie nicht mehr, die hat sie doch nur blockiert. Gary hat ihr einen Gefallen getan.«

Steve schüttelt den Kopf. »Aislinn hatte keine Ahnung, wie sie das, was sie im wahren Leben wollte, umsetzen sollte. Sie hatte keine Übung darin. Du hast doch gehört, was Lucy gesagt hat: Sie hat erst in den letzten ein oder zwei Jahren angefangen, Neues auszuprobieren – und selbst da waren es noch Phantasien, zum Beispiel sich aufbrezeln wie ein Model und in Trendclubs gehen ... Als Gary dann ihre Wiedersehensphantasie zerstört hat, da brauchte sie eine neue, und zwar schnellstens. Und eine Geschichte, die sich um irgendwelche Banden rankt, wäre perfekt gewesen.«

Sein Gesicht strahlt förmlich: Er kann das alles vor seinem geistigen Auge sehen. Man muss den Mann einfach lieben. Wenn ich das dunkle Ende einer Sackgasse sehe, sieht er eine glänzende neue Wendung in seiner verblüffenden Geschichte. Ich wünschte, ich könnte in Steves Kopf Urlaub machen.

»Vielleicht hat sie sich eingeredet, dass ihr Dad Zeuge bei einem Bandenmord war und deshalb schnell aus der Stadt verschwinden musste, bevor die Bande ihn aufgespürt hätte – so was in der Art. Jede Menge Dramatik, jede Menge Nervenkitzel, ein toller Grund, warum ihr Dad abgehauen ist und sich nie wieder bei ihr hat blicken lassen –«

»Das erklärt nicht, warum er sie nicht irgendwann über Facebook kontaktiert hat«, gebe ich zu bedenken. »Hallo, Schätzchen, Daddy lebt, hab dich lieb, alles Gute.«

»Er hat sich nicht getraut, aus Angst, dass die Bande ihren Facebook-Account beobachtet und es dann auf sie abgesehen hätte. Ja, *ich* weiß, das ist Quatsch« – als ich lospruste –, »aber Aislinn wusste das vielleicht nicht. Es gibt zig Möglichkeiten, wie sie sich das hätte erklären können. Und weißt du, was im nächsten Kapitel der Phantasie passiert? Im nächsten Kapitel ist Aislinn die tapfere Tochter, die sich in die Unterwelt wagt, um das Geheimnis um ihren Dad zu lüften. Garantiert.«

»Und wie stellt sie das an? Geht sie in irgendeine Gangster-Spelunke und fragt rum, ob da jemand was über Desmond Murray weiß?«

Steve nickt schnell. Wieder trottet ein Büromensch vorbei,

aber Steve registriert ihn gar nicht, ist zu hypnotisiert von seiner prickelnden Geschichte. »Gar nicht mal so abwegig. Jeder, der Zeitung liest, stößt irgendwann auf die Namen von ein paar Bandenpubs. Aislinn geht in einen, um was zu trinken –«

»Glaubst du wirklich, dass sie den Mumm dazu hatte? *Mir* wäre da schon ziemlich mulmig zumute, und ich kann mich erheblich besser behaupten, als sie das konnte.« Was wir hier treiben, nervt mich: Zwei ausgewachsene Proficops, die sich in durchgeknallten Abenteuerphantasien ergehen. Mein Job ist es, mich mit Geschichten zu befassen, die wirklich passieren, sie am Schlafittchen zu packen und sie, auch wenn sie sich mit Händen und Füßen wehren, zum richtigen Ende zu schleifen. Geschichten, die nur in irgendeinem hübschen kleinen Kopf passiert sind, schwebende weiße Flöckchen, die ich nicht packen kann: Mit so was sollte ich mich nun wirklich nicht abgeben müssen.

»Es geht nicht darum, ob sie Mumm hatte. Es geht darum, wie tief sie in ihrer Phantasie drinsteckte. Wenn das ihr Raum ist, in dem sie die Kontrolle hat, dann wird sie nicht glauben, dass es schiefgehen könnte. Wie ein kleines Kind – das hat Lucy gesagt, erinnerst du dich? In Aislinns Kopf ist sie die Heldin. Die Heldin könnte in Schwierigkeiten geraten, aber sie schafft es immer, sich wieder daraus zu befreien.«

»Und was dann? Sie hockt einfach in dem Pub und hofft, dass der richtige Typ sie anquatscht?«

»Bei ihrem Aussehen wird irgendwer sie auf jeden Fall anquatschen. Keine Frage. Sie flirtet, was das Zeug hält, kommt an einem anderen Abend wieder, lernt seine Kumpel kennen. Sobald sie einen Typen vielversprechend findet, nimmt sie ihn ins Visier. Eigentlich –« Steves Hand schnellt hoch, Finger schnippen. »Weißt du, was? Vielleicht ist das der Grund, warum sie so aussah. Wir haben gedacht, sie hat nur deshalb abgenommen und sich neue Klamotten gekauft, weil sie einen Neuanfang wollte, aber was, wenn das nur Teil eines größeren Plans war?«

»Hm«, sage ich und denke darüber nach. Zum ersten Mal empfinde ich so etwas wie einen Funken Respekt vor Aislinn. Wenn eine junge Frau sich in Barbie verwandelt, weil sie glaubt, dass sie nur so etwas wert ist, braucht sie einen Tritt in den Hintern, aber wenn sie es für einen Rachefeldzug macht, hat sie ein paar Punkte für Entschlossenheit verdient.

»Zeitlich würde es hinhauen«, sagt Steve. »Laut Lucy hat Aislinn vor knapp zwei Jahren damit angefangen, ihren Typ zu verändern. Also nicht lange, nachdem sie mit Gary gesprochen hatte und ihren Plan ändern musste –« Wieder das Fingerschnippen. Er hüpft förmlich auf der Stelle. »Menschenskind: ihr Haus. Sie hatte nirgendwo Familienfotos, weißt du noch? Das könnte der Grund sein. Sie wollte nicht, dass ihr Freund ihren Dad auf einem Foto erkennt.« Steves Augen leuchten. Ich fange ernsthaft an zu hoffen, dass wir nie einen richtig guten Fall an Land ziehen. Er würde mir vor Aufregung ans Bein pinkeln. »Und deshalb hat sie den Gangster für Rory abserviert, weil sie endlich begriffen hatte, dass er ihr nichts erzählen konnte. Das passt alles, Antoinette. Wie die Faust aufs Auge.«

»Oder aber«, sage ich, »die ganze Bandensache ist ausgemachter Schwachsinn. Nachdem sie von Gary erfahren hatte, dass sie ihren Traum vom rührseligen Wiedersehen mit Daddy begraben musste, hat sie die Familienfotos abgehängt, weil der Anblick sie frustrierte, und beschlossen, nur noch *eine* hübsche Phantasie vom Glück bis an ihr seliges Ende zu leben: eine, in der das hässliche Entlein sich völlig neu stylt und in einen wunderschönen Schwan verwandelt und den attraktiven Prinzen kriegt. Bloß dass sich der Prinz als mieser Unhold entpuppt hat. Auch das passt.«

Aber gegen Steves Euphorie ist nichts mehr zu machen. Lange bevor ich zu Ende geredet habe, schüttelt er schon den Kopf. »Und was ist dann mit Lucy? Glaubst du, dass sie sich die Geschichte mit dem heimlichen Lover bloß ausgedacht hat? Dass ihr dauerndes Ausweichen nur Show war?«

»Vielleicht«, sage ich. Der Funken Respekt vor Aislinn verglimmt. Diese ganze Theorie geht mir zunehmend auf den Zeiger. Ich trete fester mit dem Absatz auf, um das Zittern im Knie zu stoppen. »Ich hab meine Fühler ausgestreckt. Falls Aislinn Kontakt zu Gangstern hatte, werde ich es erfahren. Und wenn Lucy sich irgendwann durchringt, herzukommen, um eine Aussage zu machen, nehmen wir sie härter ins Gebet, mal sehen, was dabei rauskommt. Sie tut sich garantiert schwerer damit, uns Informationen vorzuenthalten, wenn alles offiziell ist und protokolliert wird. Bis dahin –«

Steve trommelt mit zwei Fingern an der Wand. Auch er ist frustriert, aber meinetwegen, weil ich es nicht kapiere. »Bis wann? Was ist, wenn sie nicht kommt?«

»Wir geben ihr noch ein paar Tage, bis sie nervlich richtig schön unter Druck ist, und dann holen wir sie her. Bis dahin halten wir uns an das, was wir haben. Nicht an das, was deiner Meinung nach nur vielleicht irgendwo da draußen sein könnte.«

Er wirkt unzufrieden. Ich sage: »Was willst du denn sonst machen? Auf eigene Faust sämtliche Bandenpubs abklappern und alle Jungs fragen, ob sie unser Opfer flachgelegt haben?«

»Ich will dem Barmann vom *Ganly's* Polizeifotos von Cueball Lanigans Leuten zeigen. Vielleicht erinnert er sich ja doch an mehr, als er glaubt.«

Ich zucke die Achseln. »Mach doch. Ich konzentriere mich jetzt jedenfalls darauf, wie sich Aislinns Schwachsinn doch noch als nützlich erweisen könnte.« Ich habe mein Handy hervorgeholt, wähle bereits Sophies Nummer.

»Was? Wen rufst du –?«

Sophie Mailbox meldet sich. »Hey, Antoinette hier. Wenn dein Computer-Mann das Passwort für den Ordner noch nicht knacken konnte, hätte ich ein paar Ideen für ihn. Er soll mal Variationen von ›Desmond Murray‹ oder ›Des Murray‹ ausprobieren und irgendwas mit ›Dad‹ oder ›Daddy‹ – Dad finden, Dad suchen, vermisster Dad. Der Vater unserer Toten ist abgehauen, als sie ein Kind war, und es sieht so aus, als hätte sie nach ihm gesucht. Ist jedenfalls einen Versuch wert. Danke.«

Ich lege auf. »Nicht schlecht«, sagt Steve. Er sieht aus, als wäre er wieder zufriedener mit mir. »Wenn der Ordner voll ist mit Fotos von suspekten Typen, dann *musst* du aber –«

»OmeinGott«, sage ich mit weit aufgerissenen Augen. »Was, wenn Aislinn gedacht hat, dass ihr Dad ein echter Gangster geworden ist? Was, wenn sie gedacht hat, er hätte der Leiche von irgendeinem armen Trottel seinen eigenen Ausweis in die Tasche gesteckt und sie dann irgendwo abgeladen? Was, wenn sie gedacht hat, dass er irgendwo quietschfidel mit einer ganz neuen bösen Identität lebt?« Und als Steve den Mund öffnet und nichts sagt, weil er krampfhaft überlegt, ob ich das ernst meine: »Du Knalltüte. Na los, bringen wir die Fallbesprechung hinter uns.«

Wir müssen einzeln zurück in den Soko-Raum und lassen vorher die Kälte und den Frische-Luft-Duft aus unseren Kleidern verfliegen. Ich gehe zu den Toiletten und wasche mir mit viel Seife die Hände, bis ich nach künstlicher Kräuterfrische rieche. Steve geht in die Kantine, um eine Tasse Kaffee zu trinken. Als wir zurück zu unseren Schreibtischen schlendern, ganz entspannt, schleimt Breslin gerade am Telefon eine von Rorys Verflossenen an und nimmt uns kaum zur Kenntnis.

Bloß: Die Sachen auf meinem Schreibtisch liegen anders. Ich bin sicher, dass ich Rorys Kontoauszug ganz oben hatte, aber jetzt wird er von meinem Notizbuch überlappt, und das Notizbuch ist auf der Seite mit meinen Notizen über Coopers Anruf aufgeschlagen, obwohl ich mich vage erinnere, es zugeklappt zu haben. Ich schaue zu Breslin hinüber, doch der sülzt noch immer rum, überredet Rorys Ex, dass er am Abend zu ihr kommen darf, um mit ihr zu reden, und guckt nicht in meine Richtung. Je mehr ich überlege, was wo wie gelegen hat, desto unsicherer werde ich.

Gaffney kommt auf den letzten Drücker zur Fallbesprechung hereingerauscht, mit fleckigem Gesicht und tränenden Augen von der Kälte, und erzählt uns, wie es auf der Wache von Stoneybatter gelaufen ist: Er hat die Stimmaufnahmen von Rory, dessen beiden Brüdern und allen dessen guten Freunden dem dortigen Kollegen vorgespielt, und der war sich zu neunundneunzig Prozent sicher, dass keiner von ihnen der anonyme Anrufer war.

»Na gut«, sagt Breslin. »Trotzdem danke. Gute Arbeit. Und auch danke hierfür.« Er fängt an, sein Sandwich auszupacken. »Herrlich.«

»Ich würde sagen, es hat mehr geschadet als genützt«, sagt Gaffney besorgt. Er gibt Breslin sein Wechselgeld, eine große Handvoll Scheine und Münzen. »Am Ende, nachdem er sich all die verschiedenen Stimmen angehört hatte, fiel es ihm sogar noch schwerer, sich zu erinnern, wie die eigentliche Anruferstimme geklungen hatte. Wissen Sie, was ich meine? Wenn wir ihm noch mehr Stimmen vorspielen, wird er gar nicht mehr –«

»So ist das leider mit Gegenüberstellungen«, sagt Breslin und beehrt Gaffney mit einem Lächeln. »Nicht Ihre Schuld, mein Junge, nicht zu ändern. Sie haben Ihre Sache prima gemacht.«

»Ja«, sage ich. »Danke.« Es kommt wie ein schroffes Knurren heraus, was aber keine Rolle spielt: Gaffney ist so sehr damit beschäftigt, Breslin mit großen Kulleraugen anzuhimmeln, dass er mich gar nicht mehr wahrnimmt. Ich habe nur einen Gedanken: *Natürlich* hat die Stimmengegenüberstellung unsere Chancen ruiniert, den Anrufer zu identifizieren. Selbst wenn wir etwas haben, löst es sich bei Berührung in Nichts auf. Noch mehr Nichts rieselt herab wie feiner Staub, häuft sich zu klebrigen Halden auf den glänzenden Schreibtischen, verstopft die schicken Computer.

Bevor wir nach Hause fahren, bringen Steve und ich den Boss auf den neusten Stand. O'Kelly steht mit dem Rücken zu uns an dem hohen Schiebefenster. Er hat die Hände in den Taschen seines Tweedanzugs und wippt auf den Fersen. Er sieht aus, als würde er nur mit einem Ohr zuhören, während er hinaus in den dunklen Park starrt, aber ich kann in der Scheibe sehen, dass seine Augen zwischen meinem und Steves Spiegelbild hin und her huschen.

Als wir zu Ende geredet haben, lässt er eine Stille entstehen, die besagt, dass er mehr hören will. Steves Spiegelbild schielt zu meinem herüber. Ich erwidere den Blick nicht.

O'Kelly sagt, ohne sich umzudrehen: »Ich hab gegen Mittag kurz in Ihren Soko-Raum geschaut. Sie waren nicht da. Wo waren Sie?«

Es ist lange her, seit ich einem Dezernatsleiter zuletzt Rechenschaft darüber ablegen musste, wie ich meine Arbeitszeit gestalte. Als wäre ich ein dummes Kind. Bevor ich den Mund aufmachen kann, sagt Steve leichthin: »Wir haben Aislinns Cottage durchsucht. Dann haben wir mit einem Foto von ihr in Stoneybatter die Pubs und andere Lokale abgeklappert und gefragt, ob jemand sie wiedererkennt. Vielleicht gesehen hat, wie sie irgendwas Ungewöhnliches gemacht hat.«

»Und?«

Steve hebt eine Schulter. »Nichts Konkretes.«

O'Kelly lässt diese Lüge ein paar Sekunden im Raum stehen. Dann sagt er: »Heute Nachmittag haben Sie einen Karton von einem jungen Burschen geliefert bekommen, der ihn nicht aus der Hand geben wollte. Was war drin?«

Bernadette hatte schon immer eine Schwäche für den Boss. Alle wissen, dass sie jede Gelegenheit nutzt, ihm irgendwas zu stecken. Gut möglich, dass sie uns verpetzt hat, oder auch nicht. »Aislinns Vater ist spurlos verschwunden, als sie noch ein Kind war«, sagt Steve. »Wir haben uns gefragt, ob es da irgendeinen Zusammenhang gibt, und deshalb einen Blick in die alte Akte geworfen.«

»Und?«

»Nichts. Er ist mit einer jüngeren Frau durchgebrannt. Ist vor ein paar Jahren gestorben.«

O'Kelly dreht sich um. Er lehnt den Rücken gegen das Fenster und mustert uns. Er hat sich heute Morgen beim Rasieren ungeschickt angestellt. Sein Gesicht ist rau und schuppig, als würde er langsam erodieren. »Wissen Sie, wie Sie sich verhalten?«, fragt er.

Wir warten.

»Sie verhalten sich, als hätten Sie keinen Verdächtigen. Sie rudern herum, rennen hinter allem her, was Sie sehen. So verhalten sich Detectives, die nichts haben.« Seine Augen gleiten von Steve zu mir. »Aber Sie haben einen astreinen Verdächtigen direkt vor der Nase. Also was entgeht mir da? Was passt Ihnen an Rory Fallon nicht?«

Ich sage: »Wir haben bloß Indizien gegen Fallon in der Hand. Es gibt keinen stichhaltigen Beweis dafür, dass er den Mord begangen hat: kein Blut an seiner Kleidung, weder Blut noch ein einziges Haar von ihm an dem Opfer, keine Verletzungen an seinen Fingerknöcheln. Wir können ihm nicht mal nachweisen, dass er im Haus war. Wir haben kein Motiv. Wir arbeiten noch an all dem, und wenn die KTU mir sagt, dass sie Fasern von Aislinns Teppichboden an Rorys Hose gefunden haben, dann ja, dann werde ich anderen Möglichkeiten weit weniger Beachtung schenken. Aber solange ich nichts als Indizien habe, werde ich auch andere Szenarien in Erwägung ziehen und gegebenenfalls ausschließen. Ich will Fallon nicht vor Gericht bringen, um dann zu erleben, wie die Verteidigung einen Zeugen aus dem Hut zaubert, der gesehen hat, wie Aislinn sich heftig mit einem Mann stritt, der keinerlei Ähnlichkeit mit ihm hatte.«

O'Kelly hat eine Handvoll Kram aus der Hosentasche geholt – Büroklammer, zerknülltes Taschentuch, Kieselstein – und sortiert ihn langsam, ohne mich anzusehen. Er fragt: »Warum haben Sie ihn heute nicht wieder ins Präsidium geholt?«

Es ist auch lange her, seit ich zuletzt einem Dezernatsleiter gegenüber meine Entscheidungen rechtfertigen musste, noch dazu in einem Fall, der keineswegs droht, uns um die Ohren zu fliegen. Wenn ich mir sicher wäre, dass O'Kelly mir bloß Druck macht, damit ich irgendwann die Brocken hinschmeiße, würde ich toben. Aber ich bin mir nicht sicher. Ich denke an Breslins Bündel Fünfziger und an O'Kelly, wie er am Dienstplan stand und sagte: *Breslin hat gleich Dienst. Nehmen Sie den.* Die Atmosphäre im Gebäude fühlt sich an, als würde sie sich in etwas anderes verwandeln, etwas, das Fahrt aufnimmt und jede Sekunde eine Kehrtwende machen kann; etwas, das zu lieben mir mein Verstand verbieten müsste.

Ich sage einigermaßen pampig: »Weil ich nicht wollte. Wenn wir alle Ergebnisse von der KTU haben, holen wir ihn her und nehmen ihn ordentlich in die Mangel. Er ist der nervöse Typ. Nichts spricht dagegen, ihn ein paar Tage schmoren zu lassen.«

O'Kellys Augen verharren einen Moment lang auf meinem Gesicht, stechend und hellwach, dann huschen sie wieder weg. Er fischt ein verklebtes Hustenbonbon aus den Sachen in seiner Hand und beäugt es leicht angewidert. »Ich weiß nicht, worüber Sie so froh sind, Conway.«

Wie gesagt: O'Kelly ist um einiges schlauer, als er vorgibt. Ich setze flugs eine andere Miene auf. »Boss?«

»Schon gut.« Er hält die Hand über den Papierkorb und öffnet sie. Der Kram fällt mit einem trockenen Rasseln hinein. »Weitermachen. Wir sehen uns morgen. Ich hoffe, Sie kommen endlich voran.«

Kaum etwas entspannt mich so wie Autofahren, aber heute Abend funktioniert das nicht. Der Wind spielt mir böse Streiche, flaut gerade so lange ab, bis ich relaxe, wirft sich dann wieder mit voller Wucht gegen den Wagen und schleudert graupeligen Regen gegen die Scheiben. Er macht den Verkehr unruhig – die Leute drücken zu schnell auf die Hupe und fahren an Ampeln zu früh los –, und bringt den Rhythmus der Fußgänger durcheinander, so dass sie im falschen Moment zwischen Autos über die Straße laufen.

Ich werde von einer Verkehrsstreife angehalten, noch ehe ich den Fluss überqueren kann. Ich habe gerade eine gelbe Ampel überfahren und denke zuerst, der Kollege in Uniform hat auch einen angespannten Tag, doch seine schreckhafte Reaktion, als ich meinen Dienstausweis zücke, verrät mir, dass hier mehr im Busch ist. Er rückt prompt mit der Sprache raus: Jemand hat mein Kennzeichen angegeben und sich wegen gefährlichen Fahrverhaltens beschwert, wahrscheinlich sei Alkohol am Steuer im Spiel. Er könnte das Kennzeichen falsch gelesen haben, bei dem Regen und dem Verkehr, aber er hat meinen Wagen auch noch beschrieben: schwarzer Audi TT, Baujahr '08. Da hat sich keiner verguckt.

Der Kollege in Uniform will prompt die Flucht ergreifen, aber ich bestehe darauf, dass er mich ins Röhrchen pusten lässt und alles schriftlich festhält, bevor irgendwer Crowley den Kriecher anruft und ihm erzählt, ich hätte meinen Dienstausweis benutzt, um einer Alkoholkontrolle zu entgehen. Ich könnte versuchen, die Nummer des Anrufers feststellen zu lassen, aber ich weiß, dass sie nicht registriert sein wird – viele Cops haben Wegwerfhandys, aus unterschiedlichen Gründen. Den Rest meiner schönen, entspannenden Fahrt verbringe ich damit, ständig im Rückspiegel Ausschau nach einem weiteren Blaulicht zu halten. Es kommt keins, was bedeutet, dass ich am nächsten Morgen mit einem rechnen kann.

Diesmal lungert keiner am Ende meiner Straße herum, immerhin etwas. Ich schließe die Haustür auf, schalte das Licht ein, lasse meine Tasche auf den Boden fallen, knalle die Tür hinter mir zu, und als ich mich wieder zum Wohnzimmer umdrehe, nehme ich drei Dinge nacheinander wahr, schneller als ein Wimpernschlag.

Kaffeegeruch. Stille, obwohl meine Alarmanlage piepsen müsste. Bewegung, kaum merklich, in der dunklen Küche.

Ich ziehe meine Pistole – es kommt mir langsam vor, als würde ich mich in der Schwerelosigkeit bewegen, obwohl ich weiß, dass ich blitzschnell bin – und ziele auf die offene Küchentür. »Polizei, ich bin bewaffnet. Lassen Sie die Waffe fallen, wenn Sie eine haben, und kommen Sie langsam mit erhobenen Händen raus.«

Im ersten Moment sehe ich bloß einen mageren kleinen Typen im Türrahmen, glänzender blauer Trainingsanzug, Hände über dem Kopf, und ich glaube, irgendein Armleuchter von Junkie hat sich das falsche Haus zum Ausrauben gesucht, und der kühle Abzug meiner Pistole schmiegt sich genau an meinen Finger, und mir will kein einziger Grund einfallen, warum ich nicht abdrücken sollte. Dann sagt der Typ: »Du brauchst eine bessere Alarmanlage.«

»Fleas«, sage ich. Ich lache laut auf. Wenn ich jemand wäre, der gern Körpernähe hat, würde ich ihn umarmen. »Du kleines Arschloch. Ich hätte fast 'nen Herzinfarkt gekriegt. Du hättest mir nicht einfach auf meine Mail antworten können, nein?«

»So ist es sicherer. Und überhaupt, wir haben uns schon ewig nicht gesehen.« Fleas hat ein Grinsen so groß wie ein Essteller im Gesicht. Ich kann das Pendant dazu in meinem spüren.

»Wieso ist das sicherer? Ich hätte dich fast erschossen.« Ich stecke die Pistole zurück ins Holster. Vom Adrenalinstoß ist mir schwindelig. »Mann, echt.«

»Ich hatte keine Angst. Ich hab Vertrauen zu dir.« Fleas geht zurück in die Küche. »Soll ich dir einen Kaffee machen?«

»Ja. Bitte.« Ich folge ihm und gebe ihm einen Klaps auf den Hinterkopf, nicht zu fest. »Mach das nie wieder. Wenn ich jemanden erschieße, möchte ich nicht, dass du das bist.«

»Aua!« Fleas reibt sich den Kopf, blickt gekränkt. »Ich wollte dir keinen Schreck einjagen. Ich hätte ja im Wohnzimmer gewartet, aber ich hab mir gedacht, du bringst vielleicht einen Kerl mit nach Hause.«

»Ja klar. Schön wär's.« Ich habe noch immer das Grinsen im Gesicht; ich werde es gar nicht mehr los. »Hast du Hunger?«

»Dein Kühlschrank ist leer. Ich hab nachgesehen.«

»Ganz schön frech. Im Gefrierfach sind noch Fischstäbchen. Willst du ein Fischstäbchensandwich?«

»Unbedingt«, sagt Fleas glücklich und fängt an, Tasten an der Kaffeemaschine zu drücken. »Super Teil. Muss ich mir auch mal anschaffen.«

»Wenn meine verschwindet, komm ich dich holen.« Ich schalte den Herd ein und öffne das Gefrierfach. Fleas stützt sich mit den Ellbogen auf die Arbeitsplatte und sieht zu, wie die Maschine Kaffee ausspeit, als wäre er fasziniert davon.

Fleas ist ein kleiner Wicht, der aussieht, als hätte seine Mutter nicht genug Milch getrunken, als sie mit ihm schwanger war, was angesichts der Mietskaserne, aus der er kommt, wahrscheinlich auch stimmt. Den Spitznamen hat er auf der Polizeischule verpasst bekommen – er war in meinem Jahrgang –, weil er nicht still stehen kann. Selbst jetzt, wo er darauf wartet, dass die Kaffeemaschine fertig wird, tritt er von einem Bein aufs andere, als hätte er Flöhe im Hintern. Wir zwei haben uns gut verstanden, damals in der Ausbildung. Ich war nicht da, um dicke Freundschaften zu schließen, und ich konnte auch gut auf Idioten verzichten, die behauptet hätten, ich würde mit einem Typen rumvögeln, damit er mich unter seine Fittiche nimmt. Aber wenn das alles nicht gewesen wäre, wären wir Freunde geworden.

Wir waren mitten im zweiten Jahr, als Fleas verschwand. Man erklärte uns, dass er rausgeschmissen worden war, weil man ihn mit Hasch erwischt hatte – prompt wurden Witze gerissen nach dem Motto, einen Homie in eine Uniform zu stecken, macht noch lange keinen Polizisten aus ihm –, aber ich fiel nicht darauf rein: dafür war Fleas zu intelligent. Als ich einige Jahre später von meinem Schreibtisch abgezogen wurde, um ein paar Wochen lang Fleas Cousine Rachel zu spielen, die gern bereit war, einen Koffer voll Drogengeld zu einem Freund seines Bosses in Marbella zu bringen, stellte sich heraus, dass ich die ganze Zeit richtiggelegen hatte. Der Undercover-Einsatz lief wie am Schnürchen, ein paar böse Jungs wurden einkassiert, und Fleas und ich hatten eine tolle Zeit. Ehe ich zurück an meinen Schreibtisch ging, machten wir aus Rachel eine E-Mail-Adresse, um Kontakt aufnehmen zu können, falls es mal erforderlich werden würde. Bis gestern war es das nie.

Wir gehen mit dem Kaffee und den Sandwiches ins Wohnzimmer und machen es uns jeder an einem Ende des Sofas bequem, die Füße hochgelegt und unsere Teller auf dem Schoß. Ich habe den Kamin angemacht. Der Wind heult noch immer, aber dank der dicken Wände hört er sich leise und fast gemütlich an. »Aaah«, sagt Fleas und drückt die Schultern wohlig in die Kissen. »Das ist herrlich, echt. Irgendwann lege ich mir auch so ein Haus zu. Du kannst mir Tipps für die Renovierung geben.«

Dabei kommt mir eine Frage. »Woher wusstest du, wo ich bin?«

»Ich bitte dich. Wo kämen wir denn hin, wenn ich das nicht wüsste?« Er grinst mich verschmitzt an. »Mordkommission, ja? Die ganz große Nummer. Wie läuft das so?«

Das heißt, er erkundigt sich nach mir, wenn sich ihm eine Gelegenheit bietet. »Ganz gut. Besser als Strafzettel schreiben.«

»Wie geht's den Jungs? Habt ihr Spaß?«

Ich weiß nicht genau, was er meint. Sein Gesicht mit dem kauenden Mund gibt nichts preis. »Einigermaßen, ja«, sage ich. »Was treibst du so?«

»Kennst du doch selbst. Hier ein bisschen, da ein bisschen. Erinnerst du dich an Goggles? Den kleinen Fettsack ohne Hals?«

»Ja klar, und ob.« Ich muss lachen. »Er hat übrigens ständig versucht, mich anzubaggern. Jedes Mal, wenn du mich allein gelassen hast, kam er angeschlichen und meinte, er stände auf große Mädels und die kleinsten Jockeys hätten die größten Peitschen. Er war immer völlig zugedröhnt mit Ecstasy, und beim nächsten Mal hatte er schon wieder vergessen, dass er bei mir nicht landen konnte.«

Fleas grinst. »Genau den meine ich. Wir haben ihn schließlich einkassiert – wir wollten das eigentlich gar nicht, er war noch immer nützlich, aber der fette Idiot … Er und sein Kumpel Fonzie hatten sich in einem B&B in Cork einquartiert, ja? Haben da eine Ladung Ecstasypillen verpackt, die frisch mit dem Boot angekommen war.« Er kriegt einen Lachanfall, steckt mich an, noch ehe ich weiß, worüber wir eigentlich lachen. »Und Goggles hat die Ware getestet, aber er hat's übertrieben. Um drei Uhr morgens hockt er in der Unterhose im Vorgarten und *singt* – soll angeblich ›I Kissed a Girl‹ gewesen sein.«

Inzwischen liege ich flach auf dem Sofa und lache aus vollem Halse. Es tut gut.

»Als der Besitzer von dem B&B nachsehen geht, was da draußen los ist, umarmt Goggles ihn, sagt, er wäre einfach fabelhaft, läuft zurück ins Haus, hüpft zu der Frau des Mannes ins Bett, um ›Guckguck!‹ zu spielen. Die Polizei kommt, schafft ihn zurück in sein Zimmer, damit er seinen Rausch ausschläft, und da pennt Fronzie in einem Sessel, und auf dem Bett verteilt liegt Ecstasy im Wert von hundert Riesen.«

»Ich glaub's ja nicht«, sage ich und wische mir die Augen. »Zum Brüllen, echt. Hättet ihr die Ware nicht einfach beschlagnahmen und die Jungs laufen lassen können?«

»Wir haben's versucht. Der Boss hat das halbe Dezernat dazu verdonnert, nach irgendeinem Fehler zu suchen, den man den Streifenkollegen hätte vorwerfen können, illegale Durchsuchung oder so, ja? Aber denen war nichts anzuhängen. Der arme alte Goggles wandert also in den Knast. Hör mal« – Fleas zeigt mit seinem Sandwich auf mich, – »du solltest ihn besuchen. Ihn ein bisschen aufheitern.«

Er macht Spaß, aber ich höre trotzdem einen Funken Ernst heraus. »Ich bring ihn dazu, mir seine Katy-Perry-Nummer vorzuführen«, sage ich. »Das wird uns beide aufheitern.«

»Nicht nach dem, was ich gehört habe.«

»Übrigens«, sage ich. »Apropos Kollegen. Der *Courier* hat ein Foto von mir abgedruckt. Bringt dich das in Schwierigkeiten?«

Fleas ist der Grund, warum ich mein Foto nicht in der Zeitung sehen will. Ich wurde zwar für den Undercover-Einsatz nach allen Regeln der Kunst verkleidet – Locken, große Kreolen, jede Menge Make-up, pinke, bauchfreie Tops mit Aufdrucken wie KESS und DEIN FREUND WILL MICH vorne drauf –, aber dennoch: Ich bin lieber vorsichtig. Er zuckt die Achseln. »Bisher nicht. Mal sehen, was passiert.« Ein verdeckter Ermittler gerät nicht so leicht in Panik. »Ich glaube kaum, dass dich jemand wiedererkannt hat. Du bist ja mittlerweile total schick« – er deutet mit einem Nicken auf meinen Hosenanzug, halb beeindruckt, halb belustigt – »und, mal ehrlich, es ist ja auch schon ein paar Jährchen her.«

»Ja, ja, reib's mir nur ordentlich unter die Nase.«

Fleas mustert mich kritisch, während er kaut. »Du siehst gut aus. Aber nicht toll. Du siehst aus, als könntest du Urlaub gebrauchen. Oder eine Frischzellenkur.«

»Mir geht's gut. Ein bisschen Sonne würde mir guttun. Aber wem nicht?«

»Oder ein Tapetenwechsel.«

Ich schaue rasch von meinem Sandwich auf, aber er beugt sich zum Couchtisch vor, um nach seiner Tasse zu greifen. Ich kann seine Augen nicht sehen. Verdeckte Ermittler sind so – die können nie Klartext reden –, aber ich bin mir ziemlich sicher, dass ich verstehe, was er meint. Fleas weiß, dass es im Morddezernat für mich nicht gut läuft. Er denkt, ich habe ihm gemailt, weil ich will, dass er in der Undercoverabteilung ein gutes Wort für mich einlegt.

Für einen Sekundenbruchteil überlege ich, ein Bein auszustrecken und ihm den Fuß in den Bauch zu rammen. Stattdessen sage ich: »Ich bin ganz zufrieden mit den Tapeten, die ich habe. Aber ich wüsste gern deine Meinung zu einer Sache, an der ich gerade dran bin.«

»Ach ja?« Fleas' Tonfall hat sich nicht verändert, aber irgendetwas huscht über sein Gesicht, ein Ausdruck, der fast wie Bedauern aussieht. »Worum geht's?«

»Sieh dir das mal an.« Ich setze mich auf und angele nach meiner Tasche, hole ein Foto von Aislinn Version 2.0 heraus und reiche es ihm. »Aislinn Murray. Sechsundzwanzig, eins siebzig, Mittelschicht, vermutlich leichter Greystones-Akzent. Schon mal gesehen?«

Fleas kaut, wippt mit einem Knie und sieht sich das Foto in Ruhe an. »Schwer zu sagen, viele junge Frauen sehen so aus. Ich glaube aber nicht. Was ist mit ihr?«

»Mordopfer.«

Sein Knie hört jäh auf zu wippen. »Das ist sie? Die auf den Titelseiten?«

»Ja. Ihre beste Freundin sagt, dass sie die letzten sechs Monate oder so einen heimlichen Lover hatte. Wir glauben, es könnte ein Gangster gewesen sein. Einer von Cueball Lanigans Leuten vielleicht.«

Er sieht sich das Foto noch länger an. Schüttelt den Kopf. »Nee. Die war jedenfalls mit keinem von Lanigans Leuten zusammen.«

»Bist du sicher?«, sage ich. Aber seine Stimme verrät es mir bereits: Er ist sich seiner Sache sicher. Das warme, behagliche Gefühl lässt rasch nach. Ich könnte mir in den Hintern treten, dass ich ihn deswegen hergelotst habe.

»Hundertprozentig. Ich wäre ihr garantiert begegnet. Wahrscheinlich auch, wenn sie mit einem von den Crumlin- oder Drimnagh-Leuten zusammen gewesen wäre.«

»Vielleicht ja nicht. Wenn sie die Beziehung geheim gehalten hat, dann er vielleicht auch.«

Fleas lacht. »Nee, nee, nee. Wenn einer eine Frau vögelt, die so aussieht, will er auch, dass das alle Welt mitkriegt. Er hätte sie überall stolz rumgezeigt, im Pub, auf Partys, bei jeder sich bietenden Gelegenheit.«

»Auch wenn er verheiratet ist?«

»Überhaupt kein Problem. Von diesen Jungs erwartet keiner, dass sie wie Mönche leben. Nicht mal ihre Gattinnen. Wenn einer mit der Schwester von einem anderen von den Jungs verheiratet ist, okay, dann wird er seine Geliebte nicht gerade gegenüber seinem Schwager zur Schau stellen, aber vor uns Übrigen wird er mit ihr angeben. Und diese Jungs tratschen wie die Waschweiber. Jeder weiß, wer nebenbei was laufen hat.« Er betrachtet noch immer das Foto, aber sein Knie wippt wieder: Er verliert das Interesse. »Hatte sie irgendwelchen teuren Klunker ungeklärter Herkunft? Rolex, Schmuck? Designerklamotten?«

»Ist mir nicht aufgefallen«, sage ich. »Alles im mittleren Preissegment, Sachen, die sie sich selbst leisten konnte, nichts dabei, was so aussieht, als hätte es jemand anders für sie gekauft. Aber vielleicht stand sie ja einfach nicht auf die Sugardaddynummer.«

Fleas schnaubt. »Irgendwelche Extraeinkünfte?«

»Wir haben jedenfalls nichts gefunden. Ihre Finanzen scheinen sauber zu sein.«

»Irgendwelche Auslandsreisen? Bei so einem Unschuldsengel hätte der Lover nicht widerstehen können, von ihr irgendwas schmuggeln zu lassen. Und wenn sie auf Gangster stand, hätte sie bestimmt nicht nein gesagt.«

Ich schüttele den Kopf. »Ihre beste Freundin hat gesagt, sie wäre nie aus Irland raus gewesen. Wir haben ein Antragsformular für einen Reisepass gefunden – Erstantrag, keine Verlängerung. Keinen Reisepass.«

»Na bitte«, sagt Fleas. Er gibt mir das Foto zurück. »Ich würde nicht bei meinem Leben schwören oder so, aber ich würde wetten, dass sie nichts mit der Szene zu tun hat.«

Und das war's. Das behagliche Gefühl verbrennt zu schmutziger Asche.

Ich sage: »Du kannst aber nicht drauf schwören. Sie könnte trotzdem Kontakte gehabt haben.«

Er zuckt die Achseln. »Könnte sie, ja. Meine Ma auch.«

Fleas ist nicht wie Steve. Er saugt sich nicht zum Spaß Wenns und Vielleichts aus den Fingern. Wenn Fleas etwas sagt, ist darauf Verlass. Und schon wird unsere schöne Bandentheorie mit einem langen saugenden Geräusch im Klo weggespült. Ich dachte, ich wäre darauf gefasst.

Die letzten anderthalb Tage habe ich mich für eine knallharte Sniperin tief im feindlichen Dschungel gehalten, habe mein Zielfernrohr von Breslin zu McCann geschwenkt, während mein Blut sich zu reinem Adrenalin klärte und ich darauf lauerte, welchen von beiden ich ausschalten sollte. Ich Oberidiotin, Fünf-Sterne-Vollkanister. Nicht besser als Goggles, der sich mit seiner eigenen Lieferung zudröhnt und sich dadurch zu einer lebenslangen Pointe macht. Seit ich diesen Fall bearbeite, habe ich nur eines richtig gemacht, nämlich, mir gerade so viel Verstand zu bewahren, die Klappe zu halten. Jeder andere Gedanke, den ich hatte, war ein Witz.

Ich stecke das Foto zurück in meine Tasche – ich will es nicht mehr sehen. »Kannst du trotzdem die Augen offen halten? Drauf achten, ob jemand diese Woche ein bisschen neben der Spur ist oder mehr Zeit im Pub verbringt, mehr trinkt als sonst?« Der flehende Unterton in meiner Stimme ist armselig. »Sie wurde erst Samstagabend umgebracht; es müsste den Täter also noch emotional belasten.«

Fleas hat sich wieder seinem Sandwich gewidmet. »Vielleicht, vielleicht aber auch nicht. Viele von denen sind echte Psychopathen. Die könnten ihrer Oma das Gehirn wegpusten, ohne mit der Wimper zu zucken.«

»Aber von dem Mord weiß jemand, der kein totaler Psycho ist. Ein Mann hat auf der Wache in Stoneybatter angerufen und gesagt, sie sollen einen Krankenwagen hinschicken. Wenn das nicht unser Täter war, dann war es ein Kumpel, mit dem er geredet hat.«

»Na schön. Ich passe auf, ob irgendwer nicht in Form ist.«

Er will nur nett sein, aber er wird es machen. »Falls dir irgendwas auffällt«, sage ich, »schickst du mir eine Mail, bevor du hier aufkreuzt. Ich schwöre bei Gott, wenn ich dich morgen Abend unter meinem Bett entdecke, schieß ich dir eine Kugel in den knochigen Hintern.«

»Aber hör mal«, sagt Fleas und wischt sich mit dem Handrücken Mayo von der Wange. »Das war vorhin mein Ernst, dass du bessere Sicherheitsvorkehrungen brauchst. Die Alarmanlage hatte ich in höchstens zwanzig Sekunden deaktiviert, die Schlösser aufzukriegen hat vielleicht eine Minute gedauert. Und wahrscheinlich weißt du das schon, aber da draußen beobachtet ein Typ deine Straße.«

Die Luft im Raum verhärtet sich, kratzt an mir wie Sandpapier. »Ja«, sage ich. »Ist mir auch schon aufgefallen. Wo hast du ihn gesehen?«

»Ich bin oben an der Straße ein bisschen rumspaziert, um ein Gefühl für die Gegend zu bekommen, bevor ich zu dir rein bin. Er hat da rumgestanden. Als würde er auf jemanden warten, aber ich hab gemerkt, dass da was nicht stimmt – du kennst das Gefühl.«

»Ja.« Das Gefühl kennen wir alle. »Hast du ihn gut zu Gesicht bekommen?«

»Hab's versucht. Ich bin auf ihn zu, wollte ihn um eine Zigarette anschnorren« – Fleas sinkt in sich zusammen, lässt das Gesicht junkie-leer werden und näselt: »›Hey, Kumpel, haste mal 'ne Kippe?‹« Wieder normal: »Aber als er mich kommen sah, ist er abgehauen. Schön, vielleicht hatte er bloß keine Lust, sich von einem wie mir anquatschen zu lassen, jedenfalls …« Fleas zuckt die Achseln. »Mittleres Alter, groß, durchschnittliche Statur, teurer Mantel, großer Zinken. Mehr konnte ich nicht sehen. Er war dick eingepackt, Filzhut, Schal hoch ins Gesicht gezogen. Auch das nicht ungewöhnlich bei diesem Wetter. Aber dennoch.«

»Genau. Aber dennoch.« Crowley der Kriecher, diese halbe Portion im schmierigen Regenmantel, wäre damit aus dem Rennen, was jammerschade ist. Ich hätte mich tierisch über einen guten Vorwand gefreut, ihn mit einem Stalker zu verwechseln. »Ich glaube, er beobachtet mein Haus.«

Fleas nickt, nicht überrascht. »Würd ich auch sagen. Hast du eine Ahnung, wer er ist?«

Ich schüttele den Kopf. »Ich hatte gedacht, es könnte vielleicht irgendein Gangster sein, der mich abschrecken will. Nach dem Foto im *Courier* hätte jeder mir vor der Burg auflauern und nach Hause folgen können. Aber wenn du meinst, mit der Bandensache sind wir auf dem Holzweg …« Jedes Mal, wenn ich das Wort »Bande« ausspreche, hört es sich bescheuerter an. Ich strecke die Beine weiter auf dem Sofa aus und versuche, ein wenig von dem entspannten Gefühl zurückzubekommen. Es ist völlig verschwunden. Ich kann das Wohnzimmerfenster hinter meiner Schulter spüren, den dunklen Wind, der dagegendrückt.

»Die vom *Courier* sind ein Haufen Dumpfbacken«, sagt Fleas. »Und nur, weil der Kerl kein Gangster ist, bedeutet das noch lange nicht, dass er nicht vielleicht der Mörder von eurem Opfer ist.«

»Das hab ich auch schon gedacht. Hältst du mich für blöd?«

»Ich sag's ja bloß. Du solltest das mit der Alarmanlage zügig regeln. Am besten wäre eine mit Weiterleitung an einen Wachdienst.«

»Nein, danke.« Diese Wachdienste verständigen die Polizei, wenn sie dich nach Eingang eines Alarms nicht erreichen. Ich würde mich lieber von einem Serienkiller zerstückeln lassen, als zu erleben, wie das Dezernat spitzkriegt, dass ich nach einer Streife gekreischt habe wie eine Zivilistin. »Ich komm schon klar. Dich hab ich doch schließlich auch erwischt, oder?«

»Ich wollte dich ja auch nicht umbringen«, hält Fleas entgegen. »Das ist was anderes. Ich weiß, du wirst mit jedem fertig, und ich bedaure den armen Trottel, der es mit dir aufnehmen will, aber irgendwann musst du auch mal schlafen, nicht?«

»Ich lasse die Schlösser morgen früh nachsehen.«

»Und die Alarmanlage.«

»Und die Alarmanlage. Mammy.«

Fleas beobachtet mich über den Rand seiner Tasse hinweg. Ausnahmsweise bewegt er sich mal nicht. Er sagt: »Soll ich über Nacht bleiben?«

Es gibt verschiedene Möglichkeiten, wie er das meinen könnte. Heute Abend klingen sie alle gut. Wenn der Typ oben an der Straße nicht wäre, wenn der Mist, den ich im Dezernat erlebe, nicht wäre, würde ich ja sagen, so oder so.

Ich komme nicht damit klar, dass wir beide denken, ich brauche ihn hier. »Nett von dir«, sage ich. »Aber danke.«

»Auf mich wartet niemand.«

»Du Ärmster.«

»Ganz sicher, ja?«

»Absolut sicher. Bloß: Wenn du den Kerl beim Weggehen wieder da stehen siehst, schick mir eine SMS, ja?«

»Kein Problem«, sagt Fleas. Er rutscht vom Sofa, zieht seine Trainingsanzughose ein Stück höher und nimmt seinen Teller und seine Tasse. »Ich mach mich dann mal vom Acker.«

»Lass alles stehen. Ich erledige das.« Ich wollte eigentlich noch eine Runde Kaffee machen, aber jetzt ist es zu spät, das zu sagen.

»Nein, nein. Meine Mammy hat mir beigebracht, immer alles schön aufzuräumen.« Er geht in die Küche. »Danke für Speis und Trank. Dein Fischstäbchen-Sandwich ist der Hammer, ehrlich.«

Ich folge ihm. Er steht über den Spülmaschinenkorb gebeugt, stellt seinen Teller in die Halterung. »Komm«, sagt er und streckt mir eine Hand entgegen. »Gib her.«

Ich reiche ihm meinen Teller. »Ich bin froh, dass du gekommen bist«, sage ich. »War schön, dich zu sehen.«

»Finde ich auch. Ja.« Fleas knallt die Spülmaschinenklappe zu und richtet sich auf. »Wenn ich merke, dass sich einer von den Jungs ein bisschen gestresst verhält, sag ich Bescheid. Und diesmal schicke ich vorher eine Mail, Ehrenwort. Ansonsten …«

Ich sage: »Ansonsten bis irgendwann mal.«

Fleas grinst mich an und umfasst mich kurz mit einem Arm. Sein kräftiger dünner Arm und sein Geruch – billiges Körperspray, wie aus der Zeit, als ich fünfzehn war – lösen unverhofft ein solches Gefühl der Schwäche in mir aus, dass ich froh bin, als er geht. Dann schaltet er das Bewegungsmelderlicht aus, schließt die Hintertür auf und weg ist er, über die Mauer, geschmeidig und leise wie ein Fuchs. Ich schließe die Tür wieder ab und warte, doch er simst mir nicht.

10

AM NÄCHSTEN MORGEN liege ich im Bett und überlege ernsthaft, nicht aufzustehen. Ich habe nicht viel geschlafen. Nachdem ich meine Ma angerufen und ihr von Aislinns blutverklebtem Mund und zertrümmerten Zähnen erzählt hatte (»Aha«), habe ich die eine Hälfte der Nacht damit verbracht, bei irgendwelchen undefinierbaren Geräuschen – und bei dem Wetter gab's davon reichlich – aufzuspringen und nachzuschauen, wo sie herkamen, und die andere Hälfte mit dem Versuch, möglichst ruhig liegen zu bleiben und mir zu überlegen, wer eher eins aufs Maul verdient hat, Steve, weil er sich diese Bandentheorie hat einfallen lassen, oder ich, weil ich tatsächlich drauf reingefallen bin. Gegen sechs Uhr morgens ist mein Körper ein einziger verspannter Knoten. Seit der Schule hab ich nicht mehr blaugemacht, aber heute fällt mir kein Grund ein, warum ich es nicht tun sollte. Zweierlei hält mich dennoch davon ab: Wenn ich nicht zur Arbeit fahre, werde ich joggen, bis meine Beine streiken, und dann zu Hause rumhocken und mich verrückt machen; und wenn ich nicht zur Arbeit fahre, heißt das, dass ich mich noch einen Tag länger mit diesem gottverdammten Fall befassen muss.

Ich ziehe meine Laufsachen an, ohne Licht zu machen. Dann schalte ich den Bewegungsmelder aus, schlüpfe auf meine kleine Terrasse und klettere über die Mauer. Die Gasse ist dunkel, auf diese matte, leere Art kurz vorm Morgengrauen, wenn sogar die Nachtgestalten – Füchse, Fledermäuse, Betrunkene und Gefahren – zur Ruhe kommen und einschlafen. Selbst der Wind ist zu einem unangenehmen, schwachen Flattern abgeklungen. Ich bewege mich geräuschlos die Gasse entlang und drücke mich in den Schatten, ehe ich um die Ecke spähe. Niemand lungert am Anfang meiner Straße herum; es ist überhaupt niemand da, nirgendwo, soweit ich in dem kränklich gelben Licht erkennen kann. Ich schleiche mich ein Stück weiter und schaue meine Straße die andere Richtung hinunter: auch da kein Mensch.

Normalerweise fühle ich mich nach dem Joggen, als würde ich nur noch aus langen, kraftstrotzenden Muskeln bestehen, gesund und bereit für noch mehr, für alles, egal was. Dieses Gefühl hilft mir, meine Schicht zu überstehen. Aber heute ist keine Kraft da. Ich schleppe mich dahin wie eine schwabbelige Anfängerin. Meine Beine sind so schwer, als steckten sie in nassen Sandsäcken, meine Arme rudern, und meine Atmung findet keinen Rhythmus. Ich strenge mich noch mehr an, bis ich das Gefühl habe, dass mir gleich die Lunge platzt und ein dunkles Rot in meinem Gesichtsfeld hochbrodelt. Ich halte mich an einem Laternenpfahl fest, Oberkörper vorgebeugt, und warte, bis ich wieder klar sehen kann.

Ich trabe nach Hause – irgendwo im Hinterkopf weiß ich, wenn ich langsamer werde und ins Gehen verfalle, bin ich geliefert. Als ich schließlich in meine Straße biege, hat das Zittern in meinen Beinen aufgehört. Die ersten Schichten Dunkelheit lösen sich allmählich auf, und in manchen Fenstern geht das Licht an. Noch immer ist keine Menschenseele zu sehen.

Ich habe Fleas gesagt, ich würde meine Türschlösser und die Alarmanlage überprüfen lassen. Das war mein Ernst, aber irgendwann im Laufe der Nacht habe ich meine Meinung geändert. Der Kerl, der mein Haus beobachtet, ist das Einzige in dieser Woche, das noch irgendwie Potential hat. Wenn der einen Schlüsseldienst und Techniker für Alarmanlagen bei mir rumschwirren sieht, weiß er, dass er entdeckt worden ist. Dann sucht er sich jemand anderen, den er stalken kann, oder ein anderes Hobby, oder er verschwindet erst mal und wartet ein paar Wochen oder Monate, ehe er sich wieder bei mir blicken lässt. Ich brauche ihn jetzt.

Ich dusche, schaufele Cornflakes in mich rein und mache mich auf den Weg zur Arbeit. Noch immer ist es draußen menschenleer.

Ich schaffe es zum Präsidium, ohne angehalten zu werden – selbst Flachwichser brauchen morgens eine Weile, um in die Gänge zu kommen. Vor unserem Gebäude, in der seltsam diffusen Mischung aus frühem Morgenlicht und hartem Kunstlicht, lehnt McCann mit dem Rücken an der Wand und raucht eine.

»Tach«, sage ich, ohne stehen zu bleiben. McCann hebt das Kinn, ohne sich eine Begrüßung abzuringen, die ich auch gar nicht erwartet habe.

Er sieht beschissen aus. McCann ist ohnehin kein so glatter Typ wie Breslin. Er ist einer von diesen Männern, die immer so aussehen, als führten sie einen Dauerkrieg gegen ihren natürlichen Zustand von Verwahrlosung – mittags schon dunkler Bartschatten, graumelierte, dunkle Locken, die einfach nicht zu bändigen sind. Normalerweise gewinnt er die tägliche Schlacht, weil er offensichtlich vor nicht allzu langer Zeit noch gut aussah, bevor sich Hängebacken und Plauze anbahnten, und weil alles, was er trägt, stets makellos und so glattgebügelt ist, dass du drauf Schlittschuh laufen könntest. Heute Morgen jedoch kämpft er auf verlorenem Posten. Aus dem Bartschatten ist ein veritabler Stoppelbart geworden, sein Hemd ist zerknittert, er hat irgendwas Braunes und Klebriges auf dem Jackettärmel, und seine Tränensäcke sind auf dem besten Wege, sich wie Blutergüsse auszunehmen.

Während Steve und ich an unseren tollen ausgefeilten Verschwörungstheorien herumgebastelt haben wie zwei Dumpfbacken in ihrer Hackerhöhle, hat Breslin die ganze Zeit die Wahrheit gesagt: McCann hat Ärger mit seiner besseren Hälfte. Er schläft auf dem Sofa und bügelt seine Hemden selbst. Ich könnte lachen, wenn der Riesenwitz nicht auf meine Kosten ginge.

Ich habe schon die Hand an der Tür, als er mich anspricht. »Conway.«

Unwillkürlich bleibe ich stehen. Obwohl ich schon weiß, was er sagen wird, will ich es hören, nur der Vollständigkeit halber. McCann wird mir einen schönen fetten Fingerzeig liefern, dass er und Breslin sich schmieren lassen.

»Ja?«, sage ich.

McCann hat den Kopf nach hinten an die Mauer gelehnt. Er sieht mich nicht an, sondern starrt auf den winterkahlen Park. Er fragt: »Wie kommt ihr mit Breslin klar?«

»Bestens.«

»Er scheint eine ziemlich gute Meinung von euch zu haben.«

Von wegen. »Das hör ich gern«, sage ich.

»Breslin ist ein guter Detective, ehrlich. Der Beste. Und ein guter Kollege: Er steht zu seinen Leuten, bedingungslos. Vorausgesetzt, du pinkelst ihm nicht ans Bein.«

»McCann«, sage ich. »Ich mache nur meinen Job. Ich habe nicht vor, deinem Kumpel ans Bein zu pinkeln. Okay?«

Das wird mit einem freudlosen Zucken des Mundes quittiert. »Ist auch nicht ratsam. Er hat sowieso schon genug um die Ohren.«

Aha, jetzt kommt's. Hat gerade mal zwanzig Sekunden gedauert. »Ach ja? Was denn so?«

McCann schüttelt den Kopf, eine kurze, ruckartige Bewegung. »Schon gut. Frag lieber nicht.«

Gestern hätte ich mir an diesem Punkt vor lauter Gier die Bluse vollgesabbert. Jetzt spüre ich bloß noch ein kleines, verbittertes Aufflackern von Groll, zu schwach, um anzudauern. Was auch immer Breslin treibt, er hat beschlossen, dass seine Methode nicht funktioniert. Deshalb hat er McCann vorgeschickt, um eine andere Taktik zu probieren, genau wie er das mit einem ahnungslosen Tatverdächtigen machen würde. Die Kippen um McCanns Füße verraten, dass er schon Gott weiß wie lange hier draußen gewartet hat, nur um mir ein paar Sprüche aus einem drittklassigen Krimi aufzutischen. »Wie auch immer«, sage ich. »Ich sorge dafür, dass er möglichst bald wieder gesund und munter mit dir zusammenarbeitet. Versprochen.«

Ich wende mich schon ab, als McCann durch seine Zigarette sagt: »Moment noch.«

Ich sage: »Was ist?«

Er sieht zu, wie Asche über das Kopfsteinpflaster davonweht. Er sagt: »Roche hat dein Aussageformular geklaut.«

»Wovon redest du?«

»Eure Straßenschlägerei von Samstagnacht. Da ist dir die letzte Seite einer Zeugenaussage abhandengekommen.«

Ich sage: »Ich wüsste nicht, dass ich dir das erzählt habe.«

»Hast du auch nicht. Roche hat gestern im Büro damit angegeben.« McCann greift in seine Jackentasche, zieht ein zusammengefaltetes Blatt Papier heraus und reicht es mir. Ich falte es auseinander: Es ist die fehlende Seite. »Und Roche bittet um Entschuldigung. Quasi.«

Ich halte ihm das Blatt hin. »Der Zeuge war so nett, seine Aussage zu wiederholen.«

McCann nimmt es nicht. »Das weiß ich. Es geht nicht darum« – er schnippt mit dem Finger gegen die Seite. »Zerreiß es, stopf es Roche in den Arsch, mir egal.«

»Worum geht's denn dann?«

»Es geht darum, dass nicht alle im Dezernat wie Roche sind. Bres und ich, wir haben nichts gegen dich. Du bist keine Lusche wie manche von den anderen. Du hast alles, was ein guter Detective braucht. Wir würden uns freuen, wenn du dich hier durchsetzt.«

»Super«, sage ich. Es klingt richtig echt, nüchtern, mit einem klitzekleinen Hauch Warmherzigkeit, der barsche alte Haudegen, der nur das Beste für die Schülerin will, die sich seinen Respekt verdient hat. Wenn ich nicht erlebt hätte, wie McCann diese Masche bei Dutzenden Vernehmungen abgezogen hat, und wenn ich es nicht tausendmal besser wüsste, könnte ich glatt drauf reinfallen. »Danke.«

»Also, wenn Breslin sagt, du solltest irgendwas machen, ist das in deinem eigenen Interesse; selbst wenn du glaubst, dass er falschliegt. Wenn du vernünftig bist, hör auf ihn. Verstehst du, was ich meine?«

McCanns Augen blicken mich jetzt an, blutunterlaufen von Wind und Übermüdung. Seine Stimme hat sich gebündelt, konzentriert. Das war der wichtige Teil. Deshalb hat er in der Kälte darauf gewartet, dass ich aus dem verschwommenen, trügerischen Licht trete und dahin komme, wo er mich haben will.

»Ich verstehe genau, was du meinst«, sage ich. »Mir ist nichts entgangen.« Ich knülle das Aussageblatt in der Faust zusammen und stopfe es in meine Jackentasche. »Bis später.«

»Ja«, sagt McCann. »Bis später.« Er wendet sich wieder ab, ein dunkles, müdes Profil vor dem zunehmenden Licht. Der miese Gestank seiner Zigarette verfolgt mich ins Gebäude.

McCann und ich sind beide früh dran. Im Flur ist die Putzkraft noch mit dem Staubsauger zugange. Als ich an der Tür zum Großraumbüro vorbeikomme, höre ich von drinnen bloß Fetzen einer Zweimann-Unterhaltung und das gutgelaunte Gedudel einer Morningshow im Radio. Soko-Raum C ist leer bis auf Steve, der an unserem Schreibtisch auf einem Stuhl rumhängt, sich an einem Kaffeebecher festhält und ziemlich zerknittert aussieht.

»Du bist früh«, sage ich.

»Konnte nicht schlafen.«

»Ich auch nicht. Breslin schon da?«

»Nee.«

»Gut.« Ich habe keine Lust auf Breslin. Auf Steves Schreibtisch liegt ein Stapel mit kleinen Fotoalben aus Plastik: Auszüge aus unserer Täterkartei. Ich deute mit einem Nicken darauf. »Wofür sind die?«

»Das sind Jungs aus Lanigans Bande«, sagt Steve gähnend. »Hauptsächlich jedenfalls. Der Barmann im *Ganly's* soll sie sich mal anschauen. Und dann zeige ich sie Aislinns Nachbarn, könnte ja sein, dass sie einen schon mal gesehen –«

Ich sage: »Die Bandentheorie ist vom Tisch.« Es fühlt sich an wie ein Schlag auf einen Bluterguss.

Steve sieht mich an, als hätte ich ihn geohrfeigt. Er sagt: »Was? Wieso?«

»Erledigt. Aus, vorbei. Ich will nie wieder was davon hören. Ist das deutlich genug?«

»Moment mal«, sagt Steve. Er hat die Hände gehoben und sie mitten in der Luft vergessen, versucht, einen klaren Gedanken zu fassen. »Moment mal. Nein. Was sollte das dann gestern, dass Breslin Gaffney abgeschüttelt hat? Du glaubst doch wohl nicht ernsthaft, dass er zwischendurch mal schnell eine Nummer geschoben hat?«

Ich lasse meine Tasche auf den Boden fallen und schmeiße mich in meinen Sessel. Steves Fassungslosigkeit tut gut. »Vielleicht war er zur Maniküre. Vielleicht hat er überhaupt nichts Besonderes gemacht und wollte uns bloß zeigen, dass er sich von Leuten wie uns nichts sagen lässt. So oder so, interessiert mich nicht.«

»Du hast doch gesehen, wie er Gaffney Geld für sein Sandwich gegeben hat, oder? Die Rolle Fünfziger? Wo hatte er die her?«

»Hast du nicht gehört, was ich gesagt hab? Es *interessiert mich nicht*. Es interessiert mich nicht, ob er seine gesamten Ersparnisse mit sich rumschleppt, damit die Illuminaten nicht drankommen. Sein Problem. Nicht unseres.«

»Okay«, sagt Steve bedächtig. Er sieht mich an, als hätte ich vielleicht die Tollwut. »Okay. Was zum Teufel ist gestern Abend passiert?«

»Gestern Abend«, sage ich, »hab ich mit einem Bekannten geredet. Der kennt die Bandenszene in- und auswendig, und er sagt, diese Möglichkeit können wir ausschließen. Aislinn hatte rein gar nichts mit irgendwelchen Banden am Hut. Ende der Geschichte. Für den absolut unwahrscheinlichen Fall, dass er irgendwas erfährt, was dem widerspricht, sagt er uns Bescheid, aber wir sollten nicht damit rechnen. Und wir sollten verdammt nochmal dankbar sein, dass wir das rausgefunden haben, bevor wir uns vor dem gesamten Dezernat bis auf die Knochen blamiert hätten.«

Steve sieht aus, als hätte ein Lkw seinen Hamster plattgefahren. Er sagt: »Wie gut kennst du den Mann?«

»Gut genug. Schon ewig.«

»Bist du sicher, dass du ihm vertrauen kannst?«

Mein Gott, wie er guckt; als dürfte das alles nicht wahr sein, wo es doch seine ganz eigene Lieblingsidee war. »Verdammt nochmal, wenn ich ihm nicht vertrauen würde, hätte ich ihn dann nach seiner Meinung gefragt?«

»Nein. Ich bin bloß –«

»*Nein.* Hältst du mich für bescheuert?«

»Nein –«

»*Nein.* Also, wenn ich sage, wir können ihm vertrauen, dann heißt das höchstwahrscheinlich, dass wir ihm vertrauen können.«

»Na gut«, sagt Steve. Sein Gesicht ist ausdruckslos geworden. Er hat sich in sich selbst zurückgezogen, das macht er immer, wenn er sauer ist. »Dann tun wir das.«

Ich lasse ihn vor sich hin schmollen und fange an zu arbeiten, versuche es wenigstens. Aber es haut nicht hin. Ich muss jeden Satz dreimal lesen, ehe ich ihn kapiere. Normalerweise kann ich mich überall konzentrieren – das lernt man in Großraumbüros, besonders in dem Großraumbüro, in dem ich arbeite –, aber Steves Fragen nagen an mir.

Für jemanden, der seit Jahren undercover agiert, weiß Fleas verdammt viel über mich und meine Karriere. Ich hatte es nett gefunden, dass er sich über mich auf dem Laufenden gehalten hatte. Was es ja vielleicht auch war; vielleicht aber auch nicht.

Plötzlich fange ich an, jeden Satz unseres netten, vertraulichen Gesprächs zu hinterfragen, suche nach kleinen Rissen, nach einem möglichen versteckten Motiv: Fleas will, dass ich mich zurückhalte, damit ich keine großangelegte Operation des Drogendezernats gefährde, oder einfach nur, weil er sich nicht meine soziale Krätze einfangen will; Fleas erzählt mir irgendeinen Quark, weil er die Seiten gewechselt hat und seinen neuen Boss deckt. Ich hinterfrage auch mich selbst, überlege, ob ich wirklich aus Ermittlungsgründen mit Fleas sprechen musste oder ob ich im Grunde nur einen Vorwand gesucht habe, um mal mit jemandem zu reden und einen Happen zu essen, der nicht weiß, dass ich unberührbar bin. Ich halte nichts von nachgeschobenen Zweifeln, und ich halte auch nichts von weinerlicher Selbstreflexion, und es gefällt mir überhaupt nicht, dass ich mich bei beidem ertappe. Ich wünschte, ich hätte Steve eben noch heftiger zusammengefaltet. Ich hoffe, er fühlt sich mies.

Ich überfliege meine Nachrichten, zumindest diejenigen, die es bis auf meinen Schreibtisch oder in meinen Posteingang geschafft haben. Falls jemand die interessanten gelöscht hat, war er gründlich. Coopers überarbeiteter Obduktionsbericht; zwei Hinweise, denen wir nachgehen werden – jemand hat eine Frau, bei der es sich um Aislinn gehandelt haben könnte, vor ein paar Wochen in einem Club gesehen, wie sie sich im angetrunkenen Zustand mit einem Mann stritt, der wie ein Rugbyspieler aussah; ein anderer hat am Samstagnachmittag drei verdächtig wirkende Jugendliche am Anfang von Viking Gardens rumlungern sehen, wobei »verdächtig« Gott weiß was heißen kann. KTU-Berichte: die Flecken auf Aislinns Matratze sind kein Sperma, was heißt, dass es vermutlich Schweißflecken sind. Die Kriminaltechniker versuchen, DNA zu gewinnen, sind aber nicht sehr zuversichtlich: Aislinn hat immer gut geheizt, Matratzen sind nicht steril, Wärme und Bakterien können die DNA so zersetzt haben, dass sie nicht mehr zu gebrauchen ist. Ich kann mir ohnehin kaum vorstellen, dass sie viel bringen würde.

Ein dicker Packen Papier erweist sich als Aislinns E-Mail-Daten des letzten Jahres. Wir werden sie mit ihrem Account abgleichen müssen, um festzustellen, ob irgendwas gelöscht wurde. Das müsste jemanden in Anspruch nehmen, bis ihm – oder ihr – der Kopf qualmt. Genau für solche nervtötenden Arbeiten hat Gott Sonderfahnder erschaffen, aber falls es in diesem Fall überhaupt irgendeine winzige lohnenswerte Kleinigkeit zu finden gibt, dann wahrscheinlich in Aislinns Daten. Ich teile den Stapel in zwei Hälften und schiebe eine zu Steve rüber. Er sagt: »Danke«, ohne aufzublicken, und verfrachtet ihn mit dem Ellbogen zur Seite. Ich hätte große Lust, der beleidigten Leberwurst unter dem Tisch einen Tritt zu verpassen. Stattdessen breite ich Aislinns E-Mail-Daten und den Ausdruck ihrer Mailbox auf meinem Schreibtisch aus und fange an, sie chronologisch rückwärts miteinander zu vergleichen, kontrolliere, ob auch wirklich jede E-Mail zugeordnet werden kann. 3.18 Uhr am Sonntag: Werbung von einer Make-up-Website, noch ungeöffnet. 3.02 Uhr am Sonntag: Spam von irgendeiner imaginären heißen russischen Braut, die sich ein bisschen Abwechslung wünscht, noch ungeöffnet. Ich möchte den Kopf auf den Schreibtisch legen und schlafen.

Die Fahnder trudeln allmählich ein, erwachen schlagartig aus ihrem Morgentran, als sie Steve und mich sehen, und stürzen sich auf die Arbeiten, die ihnen gestern bei der Fallbesprechung zugeteilt wurden. Ich gebe Gaffney Coopers Bericht zum Abtippen – ich bin noch immer sauer, weil er von dem Kollegen auf der Wache in Stoneybatter keine Stimmenidentifizierung bekommen hat. Breslin kommt leise trällernd hereingefegt, ruft ein fröhliches »Hi-diddly-hi, Polizinos!« und sagt zu Steve und mir: »Hab gestern Abend zwei von Rorys glücklichen Verflossenen abgehakt, zwei muss ich noch. Bin ich gut, oder was?«

»Du bist gut«, sagt Steve automatisch und blättert eine Seite um. »Irgendwas Nützliches rausgekriegt?«

»Nichts Überraschendes. Rory ist ein vorhersehbarer kleiner Scheißer. Mal sehen, ob die anderen beiden mehr für mich haben.« Breslin lehnt sich gegen unseren Schreibtisch und versucht, verkehrtherum zu lesen, was ich mache. »Was ist das für Zeug?«

»Aislinns E-Mail-Daten«, sage ich.

»Aha«, sagt Breslin. »Und?«

»Und falls du siebzig Prozent Rabatt auf ein traumhaft schönes Abendkleid kriegen willst, kann ich dir verraten, wo's die gibt.«

»Klingt nach einem Heidenspaß.« Breslin setzt extra für mich sein schönstes Filmstargrinsen auf, schnappt sich Aislinns gesendete E-Mails und blättert sie durch. »Meine Fresse, ich verstehe, was du meinst. Das dauert ja ewig. Soll ich das übernehmen? Du kannst Rorys Exfreundinnen haben.«

»Nee.« Ich tu nicht mal so, als würde ich total misstrauisch. Er strengt sich mächtig an, aber ich bin mit Breslins Spielchen durch. »Ich hab damit angefangen, jetzt bring ich das auch zu Ende.«

»Conway.« Breslin gibt seinem Lächeln einen kleinen bekümmerten Touch. »Ich will dir doch bloß demonstrieren, dass mir klar ist, wer hier die Ermittlungen leitet. Das war mein Angebot, auch langweilige Fleißarbeit zu machen.«

»Danke«, sage ich. »Ich komm klar.«

Nach einem Moment zuckt Breslin die Achseln. »Ganz wie du willst.« Er sieht die E-Mails ein weiteres Mal durch, diesmal langsamer, und wirft sie dann wieder auf meinen Schreibtisch. »Moran? Hast du Lust, mal ein Weilchen aus dem Büro zu kommen?« Er dreht die Unterlagen vor Steve um, so dass er sie lesen kann, und schaut sie sich gründlich an. Soweit ich das sehen kann, ist es der andere Teil von Aislinns E-Mails, obwohl ich hätte schwören können, dass Steve sie ignoriert hat, bis Breslin hereinkam.

»Nee, lass mal«, sagt Steve. »Ich bin schon fast durch. Und wenn ich bis jetzt nicht vor Langeweile gestorben bin …«

Breslin schiebt Steve den Packen mit einem Achselzucken wieder hin. »Denk dran«, sagt er und zeigt mit dem Finger auf mich. »Ich hab's angeboten.«

»Mach ich«, sage ich. »Viel Spaß mit den Verflossenen.«

»Na ja, ich mach mir da keine großen Hoffnungen. Ihr hättet die ersten beiden sehen sollen.« Breslin wirft sich in seinen Sessel, führt ölige Telefonate, um Termine zu machen, und rauscht wieder ab. Auf dem Weg nach draußen zwinkert er Steve und mir zu: »Und ich brauche heute auch keine Unterstützung, falls ihr versteht, was ich meine.« Wir lächeln beide reflexartig.

Kaum ist er weg, wundert Steve sich: »Wozu ist er überhaupt reingekommen? Die Anrufe hätte er doch von irgendwo machen können.«

Seine Stimme klingt noch immer etwas tonlos, aber er redet, und vermutlich sollte mir davon warm ums Herz werden. Ich sage: »Er kriegt einfach nicht genug von deinem hübschen Gesicht.«

»Mal ernsthaft. Der wollte doch bloß sehen, was wir machen. Und die E-Mail-Daten übernehmen. Schon wieder. Hat er Angst, dass wir da irgendwas finden?«

Ich sage: »Mir doch egal.« Und als er weiterreden will: *»Mir doch egal.«*

Steve schlägt die Augen zur Decke, schiebt die E-Mails beiseite und widmet sich wieder dem, was er wirklich tut. Ich versuche, da weiterzumachen, wo ich aufgehört habe, aber meine Konzentration ist hinüber. Die ganzen Spam-Nachrichten verschwimmen zu einer endlosen Viagra-Werbung. Meine Beine brennen darauf, sich zu bewegen.

Das Einzige, was mir noch immer schwach durch den Kopf geistert: Lucys Geschichte über Aislinns heimlichen Lover. Damit hat der ganze Bandenquatsch angefangen, und jetzt, wo wir den Quatsch ausgeräumt haben, ist die Geschichte immer noch da und muss erklärt werden. Mir kommt der Gedanke, den ich schon vor zwei Tagen hätte haben sollen, dass es andere mögliche Gründe gibt, warum Lucy nicht so richtig mit der Sprache rausrücken wollte. Vielleicht ist der Lover ein verheirateter Kollege von ihr – immerhin hat Aislinn Rory über Lucy kennengelernt; auf dieselbe Art könnte sie auch den geheimnisvollen Unbekannten kennengelernt haben –, und Lucy will kein Drama am Arbeitsplatz, falls er dahinterkommt, dass sie ihn verpfiffen hat. Oder vielleicht war mein erster Gedanke richtig, und es gibt ihn gar nicht. Ich überlege, Lucy aus ihrer Wohnung zu holen, aufs Präsidium zu verfrachten und richtig in die Mangel zu nehmen, bis sie mir beichtet, dass sie den Lover erfunden hat, um sich an einem Ex von Aislinn zu rächen oder um dafür zu sorgen, dass wir auch ja jede Möglichkeit unter die Lupe nehmen. Dann könnte ich dieses ganze lästige, nervige Nebengleis in die Tonne kloppen und von seinen Qualen erlösen.

In dem Moment schnellt Steves Kopf hoch. *»Antoinette«*, sagt er. Er hat total vergessen, dass er ja sauer ist.

»Was ist?«

Er schiebt ein Aussageformular über den Schreibtisch. Seine Augenbrauen sind knapp unter dem Haaransatz.

Er zeigt auf das Blatt, und ich blicke nach unten. Die Aussage ist eine von den Kopien, die er am Vortag gemacht hat, ein Alibi von einem von Desmond Murrays Taxikunden. Die Unterschrift des Beamten, der sie aufgenommen hat, ist bloß ein Gekrakel, aber darunter steht der Name in Schreibmaschinenschrift: Detective Joseph McCann.

Ich sehe Steve an. Er sagt sehr leise: »Was sagt man dazu?«

Irland ist klein, es gibt relativ wenige Detectives, und es wäre eigenartig, wenn nicht wenigstens einer der Leute, die den Fall Desmond Murray bearbeitet haben, heute im Morddezernat wäre. Das erklärt jedenfalls, warum Gary unbedingt wollte, dass ich die Klappe halte: Wenn ich anfange, in der Sache Ärger zu machen, dann in meiner engsten Umgebung. Abgesehen davon kann ich nach den letzten paar Monaten und der Dauerdämmerung da draußen beim besten Willen nicht sagen, ob das auch nur wieder eine Belanglosigkeit ist oder alle meine Alarmglocken losschrillen sollten.

Ich sage: »Wir müssen den Rest durchsehen, den du aus der Akte kopiert hast. Gib mir eine Hälfte.«

Wir blättern schnell und behalten dabei die Tür im Auge. Die krakelige Unterschrift ist überall. Wenn wir gestern nicht so in Eile gewesen wären, hätten wir den Namen gar nicht übersehen können: McCann, McCann, McCann. Er wurde nicht nur am Anfang hinzugezogen wie Gary. Er war einer der Hauptermittler in dem Fall.

Aislinn, die sich über meinen Schreibtisch beugt, großäugig und händeringend, von dem Detective redet, der ihr den Kopf getätschelt und gesagt hat: *Du hast wunderbare Erinnerungen an ihn. Daran wollen wir doch nichts ändern, oder? An manchen Dingen sollte man lieber nicht rühren …* Das könnte McCann gewesen sein.

Steve hält einen dicken Packen hoch, gut und gern ein Drittel von denen, die er durchgesehen hat. Er sagt leise: »Hier überall.«

»Ja«, sage ich. Ich hebe meinen eigenen, ebenso dicken Packen. »Hier auch.«

Steve nimmt ihn mir aus der Hand, schiebt ihn zurück in die Akte und verschließt sie in seiner Schreibtischschublade, locker, wie ganz nebenbei. Ich weiß nicht, ob ich ihm Paranoia vorhalten oder ihn drängen soll, schneller zu machen.

»Die große Frage ist«, sagt er, »haben McCann und Breslin geschnallt, dass Aislinns verschwundener Dad McCanns Vermisstenfall war?«

Ich verschränke die Hände im Nacken, um sie still zu halten. Keiner von den Fahndern schaut zu uns rüber. »Ich weiß nicht. Ich hab Breslin beobachtet, als ich ihm gesagt hab, dass die Vermisstenakte in dem Karton war. Ich könnte schwören, er war erleichtert. *Falls* es was gibt, von dem er nicht will, dass wir es finden, dann ist das irgendwas anderes.«

»Du hast ihm gesagt, wir hätten die Akte durchgesehen und nichts Wichtiges gefunden. Vielleicht war er erleichtert, weil wir McCanns Namen übersehen hatten.«

»Warum? Wie hätten sie überhaupt den Zusammenhang herstellen sollen?«

»Breslin erzählt McCann von unserem Fall, erwähnt den Namen des Opfers ...«

»Wie gesagt: Es gibt garantiert Dutzende Aislinn Murrays da draußen. Glaubst du ernsthaft, McCann würde sich an einen so häufigen Namen erinnern? Nach siebzehn Jahren? Und sie war weder die vermisste Person noch die Angehörige, mit der er am meisten zu tun hatte: Sie war bloß ein kleines Kind irgendwo im Hintergrund.«

»Er hat sich mächtig in den Fall reingehängt«, sagt Steve. »Könnte sein, dass er ihn nie vergessen hat.«

»Und wenn schon. An dem Verschwinden war nichts Verdächtiges; nicht mal annähernd. Wieso sollten sie was dagegen haben, wenn wir die Verbindung zu unserem Fall herstellen?«

Steve schüttelt den Kopf. »Nichts Verdächtiges außer, dass die Detectives der Familie nicht sagen, was Sache ist. Angenommen, Breslin und McCann wissen, dass McCann damals Mist gebaut hat, ja? Vielleicht denken sie, das könnte irgendwie eine Rolle bei Aislinns Ermordung gespielt haben. Oder vielleicht nicht mal das: Sie wollen bloß nicht, dass der Fehler von damals rauskommt. Also versuchen sie, uns Rory Fallon schmackhaft zu machen, und hoffen, dass wir anbeißen.«

Vielleicht liegt es an der Müdigkeit, der Hitze und zu wenig Kaffee, dass mein Hirn sich anfühlt, wie in flaumige Schichten gewickelt. Ich kann nicht entscheiden, ob diese Version wahr klingt oder ob sie sich bloß gut anhört, weil Steve sie hübsch verpackt. Er sagt: »Und es hätte wahrscheinlich auch funktioniert – wenn du damals nicht in der Vermisstenstelle am Empfang gesessen hättest oder wenn du nicht so ein super Gedächtnis hättest. Wir hätten nie erfahren, dass Desmond verschwunden ist oder dass Aislinn versucht hat, ihn zu finden.«

Wie gern würde ich es glauben. Falls Breslin die Arbeit an dem Fall behindert und nicht uns – also mich – persönlich schikaniert; falls es keine Verbindung zur Bandenkriminalität gibt, keine korrupten Cops, bloß einen blöden Fehler, den McCann vor siebzehn Jahren gemacht hat und von dem er nicht will, dass er heute rauskommt. Falls das alles so ist, dann haben wir die zwei im Schwitzkasten und könnten höchstwahrscheinlich einen Deal aushandeln, mit dem alle zufrieden sind. Eine Sekunde lang kann ich es fühlen, durch meinen ganzen Körper hindurch: Die Schwere des Raums hebt sich, Kraft durchströmt jede Zelle wie Sauerstoff: *Jetzt versucht doch noch mal, mich fertigzumachen, ihr Wichser.* Endlich hab ich die Trümpfe in der Hand, kann sie Roche so tief in den Hintern rammen, dass er monatelang Kreuzbuben spucken wird, und das Morddezernat wird endlich, endlich zu dem Ort, von dem ich jeden Morgen geträumt habe.

Aber ich glaube es nicht, ganz gleich, wie sehr ich es mir wünsche. Der Raum senkt sich wieder um mich herab – dicke, warme Luft, Reilly tippt, als wollte er die Tastatur besiegen. Alles quetscht diese Kraft sofort wieder aus mir heraus, drückt sie zu einem kleinen Knubbel zusammen und schmeißt sie weg.

Ich sage: »Klar, das wäre toll. Aber wieso sollte McCann und Breslin so viel daran liegen? Vielleicht war es nicht nett, Evelyn Murray im Unklaren zu lassen, aber sie haben sich an die Vorschriften gehalten. Was würde ihnen denn schlimmstenfalls passieren, wenn die Sache rauskommt? ›Lesen Sie gefälligst mal unsere Empfehlungen zum sensiblen Umgang mit Angehörigen‹? Sie werden ja wohl kaum wieder zur Streife versetzt, schon gar nicht nach so langer Zeit.«

»Kommt ganz drauf an, *warum* sie Evelyn im Unklaren gelassen haben. Da kann dieser Gary sagen, was er will: Das ist eigenartig, Antoinette. Jawohl. Als du noch bei der Vermisstenstelle warst, bist du da je mit einer Familie so umgegangen? Hast den Gesuchten ausfindig gemacht und den Angehörigen nicht mal einen Tipp gegeben? Hast du das je gemacht?«

Steves Kopf ganz nah an meinem und die gepresste Dringlichkeit in seiner Stimme: Ich komme mir plötzlich idiotisch vor, wie ein Kind, das Polizist spielt, mit einer Dienstmarke aus Pappe und aus Fernsehkrimis aufgeschnapptem Kauderwelsch. »Na und? McCann war nicht mal der leitende Ermittler. Selbst wenn es dubiose Gründe gab, warum sie sich so entschieden haben, es war nicht allein seine Verantwortung.«

Steve sagt: »Wie lange ist McCann schon verheiratet?«

»Bernadette hat letztes Jahr eine Glückwunschkarte für irgendein Ehejubiläum rumgehen lassen. Silberne Hochzeit, glaub ich, wieso?«

»Also war er schon verheiratet, als er mit dem Fall betraut war. Gary hat gesagt, viele Detectives waren damals ganz hingerissen von Evelyn. Vielleicht ist es bei McCann ja weiter gegangen? Vielleicht hat er den Fall in die Länge gezogen, damit er einen Vorwand hatte, sich weiter mit ihr zu treffen?«

Die Hitze und die klickernden Tastaturen häufen noch mehr Flaum auf mein Gehirn, dick wie Dämmstoff. Ich stelle mir vor, wie ich Reillys Tastatur nehme und sie über dem Knie zerbreche.

»Aber der Fall wurde nicht in die Länge gezogen. Sie haben ihn geschlossen, sobald sie Desmond gefunden hatten.«

»Stimmt, offiziell zumindest – und wir haben sogar gesagt, es war seltsam, dass sie das nicht schon früher gemacht haben, weißt du noch? Aber vielleicht hat McCann Evelyn erzählt, er würde in seiner Freizeit weiter ermitteln, in Kontakt bleiben, sie auf dem Laufenden halten. Vielleicht lief ja sogar was zwischen ihnen, vielleicht auch nicht; aber so oder so, McCann könnte was dagegen haben, dass es rauskommt. In seiner Ehe kriselt's gerade, nicht? Und er hat Kinder. Wenn seine Frau erfährt, dass er seinen Job dazu benutzt hat, Evelyn Murray anzubaggern, könnte sie im Gegenzug –«

Ich sage, noch ehe ich weiß, dass ich es sagen werde: »Hör auf. Hör einfach auf.«

Es kommt laut heraus. Der eine oder andere Fahnder guckt hoch. Ein zorniger Blick von mir, und sie senken die Köpfe gleich wieder.

Steve starrt mich an. Er sagt: »Was soll das?«

Ich muss mich mit aller Kraft beherrschen, um meine Stimme ruhig zu halten. »Dieser ganze Mist ist *Spekulation*. Kapierst du das denn nicht? So ziemlich alles, was du gesagt hast, seit wir den Fall haben, ist an den Haaren herbeigezogen. Profigangster und Affären und weiß der Geier, was sonst noch –«

»Ich stelle Theorien auf«, sagt Steve. Er starrt mich noch immer an. »Das ist unser *Job*.«

»Theorien, ja. Aber keine bescheuerten *Ammen*märchen.«

»Das sind keine –«

»Doch, das sind sie, Moran. Mehr nicht. Ja klar, das ist alles denkbar und möglich, aber es gibt nicht den klitzekleinsten Beweis für irgendwas davon. Du hast mir wunders was über Aislinn erzählt, dass sie eine Phantastin war, die sich irgendwelche Geschichten ausgedacht hat, damit sie ihr beschissenes Leben besser ertragen konnte. Und du machst *genau dasselbe*.«

Steve nagt an der Unterlippe, schüttelt den Kopf. Ich beuge mich noch näher, bis mir die Schreibtischkante gegen die Rippen drückt, quetsche ihm die Worte förmlich ins Gesicht. »Rory Fallon hat Aislinn Murray getötet, weil sie irgendeinen blöden Streit hatten und er die Beherrschung verloren hat. Breslin und McCann verscheißern mich, weil sie mich loswerden wollen. Desmond Murray hat damit nichts zu tun. Es gibt keine spannende Geschichte hinter der Geschichte, Moran. Es gibt nichts, was aus dir Sherlock Holmes machen wird, der den genialen Verbrecher zur Strecke bringt. Du bist eine kleine Nummer, die in einer billigen Beziehungstat ermittelt, und dein beschissenes Dezernat verarscht dich nach Strich und Faden, weil sie alle Arschlöcher sind. Ende, aus.«

Steve ist weiß um die Sommersprossen und atmet geräuschvoll durch die Nase. Für einen kurzen Moment denke ich, dass er aufsteht und geht, doch dann begreife ich, dass es nicht Demütigung ist, sondern Zorn. Steve ist wütend.

Er will etwas sagen, aber ich zeige mit dem Finger direkt in sein Gesicht. »Halt die Klappe. Und ich hätte es von Anfang an wissen müssen – ich *hab* es von Anfang an gewusst, aber ich Vollidiotin hab mich von dir und deiner hübschen kleinen Geschichte mitreißen lassen. Wenn an dem Fall auch nur ein Hauch von irgendwas Besonderem gewesen wäre, hätten wir ihn im Leben nicht –«

Steve wirft sich in seinem Sessel nach hinten. »Ach Herrgott nochmal, nicht das schon wieder. ›Alle wollen mir was, die ganze Welt ist gegen mich –‹«

»Wag es ja nicht –«

»Als ob ich mit einem Emo-Teenie zusammenarbeite! Keiner versteht dich, du Arme. Willst du jetzt die Tür zum Kinderzimmer zuknallen und schmollen?«

Mir ist unerklärlich, wie er es bis hierhin geschafft hat, ob er sich jeden Abend Bleichmittel ins Ohr spritzt, um den Tag aus seinem Kopf zu brennen und seine Unschuld zu bewahren. Ich sage: »Du mieser kleiner verwöhnter Rotzlöffel.« Das lässt Steves Augen groß werden. »Du hast doch so eine lebhafte Phantasie und kannst dir beim besten Willen nicht vorstellen, dass andere Leute es nicht ganz so leicht haben wie du.«

»Ich *weiß*, dass du es nicht leicht hast. Ich bin hier, klar? Ich sehe es jeden Tag. Es gibt Leute, die dich schikanieren. Aber das heißt nicht, dass alles, was dir je passiert, bloß ein Vorwand ist, dich über die Klinge springen zu lassen. So scheißwichtig bist du nämlich nicht.«

Wir zwingen unsere Stimmen, halbwegs ruhig zu bleiben. Schon ein paar Meter weiter, wo die Fahnder sitzen, hört sich das alles wahrscheinlich wie eine normale, sachliche Diskussion an. Dadurch wird es nur noch bösartiger.

»Ich weiß, du willst, dass ich fröhlich rumflöte, Moran. Schon kapiert. Es würde dein Leben ein ganzes Stück einfacher machen, wenn –«

»Ich will bloß nicht mehr wie auf Eiern rumlaufen müssen. Ich will nicht mehr den Pausenclown abgeben müssen, damit du bessere Laune kriegst und nicht gleich jedem den Kopf abreißt, der in unsere Nähe kommt –«

Steve, der blöde Witzchen reißt, wenn ich mies drauf bin, bis er schließlich erreicht, was er will, und ich lachen muss. Ich hab gedacht, er würde das machen, weil er es gern harmonisch hat, vielleicht sogar, weil er mich gernhat und aufheitern will. Es trifft mich wie ein Mundvoll Abwasser: Er hat mich manipuliert und in bessere Stimmung gebracht, damit ich ihm nicht seine Chancen auf Kumpanei mit den Jungs im Dezernat versaue. Und ich bin drauf reingefallen, wieder und wieder, hab mit ihm gelacht und die Welt ein bisschen heiterer gesehen. Steve hat seine kleinen Tanz- und Komikeinlagen geliefert, und ich hab ihn dümmlich grinsend beklatscht.

Ich sage: »Jetzt kommen wir der Sache schon näher. Du bildest dir gern ein, du rettest mich vor mir selber, aber im Grunde geht's nur darum, dass du von allen gemocht werden willst.«

Er wirft entnervt den Kopf in den Nacken. »Es geht darum, nicht alles zehnmal schwerer zu machen, als es sein muss. Für mich oder für dich. Ist das so schrecklich, ja? Macht mich das zu einem schlechten Menschen?«

»Tu mir bloß keinen Gefallen. Dir schwebt eine große Gruppenumarmung und so was wie Glück und Zufriedenheit bis an dein seliges Ende vor, und vielleicht kriegst du das ja alles, aber wir wissen beide, dass ich es nie kriegen werde.«

»Stimmt«, sagt Steve trocken, »wirst du auch nicht.« Die Wut presst seine Worte zu harten Splittern zusammen, die auf den Schreibtisch zwischen uns prallen. »Weil du so wild darauf bist, spektakulär unterzugehen, dass du sogar dann dafür sorgen würdest, wenn die ganze Dubliner Polizei dich lieben würde. Notfalls würdest du dich selbst in den Abgrund stürzen. Und dann kannst du dir auf die Schulter klopfen und sagen, du hast es ja von Anfang an gewusst. Herzlichen Glückwunsch.«

Er versucht, seinen Sessel ganz ans Ende des Schreibtisches zu schieben, um sich in Ruhe darüber zu ärgern, was für ein destruktives Miststück ich bin, aber damit lass ich ihn nicht davonkommen. Ich packe sein Handgelenk unterhalb der Schreibtischplatte. »Jetzt hör mir mal zu«, sage ich, kaum lauter als im Flüsterton, und ich drücke so fest zu, dass es weh tun muss, und ich muss mich zwingen, nicht noch fester zuzudrücken. Reilly hat aufgehört, seine Tastatur zu malträtieren, und die Stille drängt sich mir in Ohren und Nase, erschwert mir das Atmen. »Du blöder kleiner Arschkriecher. Du hörst mir zu.«

Steve verzieht keine Miene, und er reißt sich nicht los. Er starrt mich an, Auge in Auge. Nur sein zusammengepresster Mund verrät, dass ich ihm weh tue.

Ich sage: »Du hast keine Ahnung, wie sehr ich mir gewünscht habe, dass das ein Bandenfall ist. Du kannst es dir nicht mal ansatzweise vorstellen. Weil, wenn der Fall was mit Bandenkriminalität zu tun hätte, dann würde das alles erklären, was da bisher gelaufen ist: Dass Breslin uns Rory geradezu aufdrängt, dass der Boss uns Druck macht, dass McCann versucht, sich die Akte von dem alten Fall unter den Nagel zu reißen, dass Gary nicht mit mir in Verbindung gebracht werden will. Ob das bedeuten würde, dass sie eine größere Ermittlung schützen wollen oder einen korrupten Cop oder dass sie sich allesamt von der Bande schmieren lassen, ist mir shitegal. Aber mein Kumpel in der Undercover-Abteilung sagt, dass es nicht den kleinsten Hinweis auf irgendeine Verbindung zur Bandenkriminalität gibt. Nichts.«

Mir tut der Hals weh davon, meine Stimme leise zu halten, als hätte ich was Falsches geschluckt, das jetzt immer mehr anschwillt. »Kapierst du, was ich meine? Breslin und McCann ziehen diesen Scheiß *gezielt, absichtlich* ab, um mich fertigzumachen. Es gibt keinen anderen Grund. Der ganze Schwachsinn mit der Rolle Fünfziger und den heimlichen Verabredungen, willst du wirklich wissen, was das sollte? Breslin und McCann sind genauso wenig korrupt wie du und ich. Die wollen, dass ich gegen sie ermittele, bis ich zu tief drinstecke, um den Rückzug anzutreten, und dann hätten sie mich zum Boss geschleppt – *Bitte sehr, Boss, die hat unsere Finanzen überprüft, unsere Telefone abgehört, die Frau ist irre, eine Gefahr fürs Dezernat …* Und voilà: Ich wäre weg vom Fenster.« Als ich es ausspreche, wird mir fast schlecht. Ich habe diesen Schwachsinn echt geschluckt, ihn gierig in mich reingefressen. »Und wenn es schon so weit gekommen ist, wenn Leute wie Breslin und McCann, denen ich nie was getan habe, wenn die sich solche Mühe geben, mich loszuwerden, dann bin ich erledigt, Moran. Ich bin erledigt. Es gibt keinen Weg zurück. Es gibt nur eine Möglichkeit, das zu beenden.«

Steve sagt leise und sehr deutlich: »Lass mich los.«

Nach einem Moment lasse ich sein Handgelenk los. Meine

Finger sind ganz verkrampft, so fest habe ich zugepackt. Sie hinterlassen weiße Abdrücke auf seiner Haut.

Steve zieht seinen Ärmel runter. Dann nimmt er seinen Mantel und seine Täterfotos und geht aus dem Raum.

Ein paar Fahnder blicken auf und schauen ihm nach, schielen dann halb neugierig zu mir rüber. Ich starre ausdruckslos zurück und lausche dem Blut, das auf meine Trommelfelle hämmert. Ich vermute, dass ich keinen Partner mehr habe. Der ganze Raum scheint zu hüpfen und zu schnattern und mich zu verhöhnen, schrille, blecherne Chöre, die *hahaha* singen, weil ich es hätte kommen sehen müssen.

Ich senke den Kopf und blättere blind Seiten um. Wörter tauchen wahllos aus dem Nebel auf – *unvereinbar, Probe, zwischen* – und versinken wieder darin, ehe ich mir erklären kann, was sie bedeuten. Der Raum stinkt nach Putzmittel, schalem Zigarettenrauch, den der Mantel von irgendwem verströmt, einem angebissenen Apfel, der über Nacht vor sich hin gefault hat.

Die Erkenntnis kommt nicht mit einem Schlag. Sie kommt wie die langsame Kühle einer Infusion, die eine Vene hinaufkriecht.

Steve, der von Anfang an darauf drängte, dass wir mit Volldampf eine nicht vorhandene Bandenspur verfolgen, die mich den Fall hätte kosten können und mich zur Lachnummer gemacht hätte. Steve, der so gern gemocht wird und sich danach sehnt, im Morddezernat dazuzugehören, und der beides von jetzt auf gleich haben könnte, wenn ich aus dem Weg wäre. Steve im Auto auf der Fahrt zum Tatort, der mich fragt, ob ich das Angebot meines Schulfreunds, für dessen Sicherheitsdienst zu arbeiten, annehmen will.

Steve, der allein in Aislinn Murrays Küche geht, wo er Crowley dem Kriecher alles hätte simsen können, was er nur wollte.

Es gibt Geschichten über Steve. Kleinigkeiten, die Jahre her sind, aber so was bleibt in Erinnerung. Damals, als wir noch auf der Polizeischule waren, ist mir so einiges zu Ohren gekommen: dass er halbe Aufsätze für den Sprössling von irgendeinem Inspector schrieb, sich einschleimte, um hoffentlich später irgendwann gute Posten zu ergattern. Ich hab mir das meiste damit erklärt, dass die Jungs von außerhalb sauer waren, weil so ein Dubliner Unterschichtler besser war als sie, und überhaupt kannte ich Steve damals nicht gut genug, um mich dafür zu interessieren. Aber später dann, als wir den ersten Fall gemeinsam bearbeiteten, hörte ich noch mehr: dass er den leitenden Detective in einem Fall beschissen hat, damit er selbst ein paar hübsche Pluspunkte in seinen Lebenslauf schreiben, den einen oder anderen zukünftigen Gefallen sichern und sich aus dem Pool der Sonderfahnder in ein Dezernat katapultieren konnte. Der Typ, der mir das erzählte, verfolgte eigene Absichten; ich ging das Risiko ein, hörte nicht auf ihn und vertraute Steve. Und ich lag richtig, damals.

Damals hatte Steve viel zu gewinnen, indem er zu mir hielt. Er suchte nach einem Weg in die Mordkommission und bekam allmählich Angst, dass er nie einen finden würde. Nachdem wir nur einen einzigen Tag zusammengearbeitet hatten, fand ich den Weg für ihn.

Es fühlte sich richtig an, mit ihm zu arbeiten, dachte ich. Immer wenn einer von uns die Theorie des anderen widerlegte, kam am Ende eine neue dabei heraus, keine Sackgasse. Mir gefiel auch, dass wir uns allmählich, ohne nachzudenken, gegenseitig ausbalancierten: wussten, welchen Ansatz der andere bei einer Vernehmung verfolgen würde, wann ich mich zurücklehnen und Steve die Arbeit überlassen, wann ich mich einschalten und einen anderen Ton anschlagen musste. Mir gefiel, dass er mich drauf ansprach, wenn ich Mist baute, nicht, weil er auf dicke Hose machen wollte, sondern, weil der Mist unsere Arbeit behinderte. Ich mochte den Humor. Ein- oder zweimal – öfter – ertappte ich mich dabei, dass ich wie ein naiver Teenager von unserer gemeinsamen Zukunft träumte: von dem Tag, an dem wir große Fälle bekommen würden, von den genialen Strategien, die wir uns einfallen lassen würden, um die durchtriebenen Psychopathen zu fangen, von den Vernehmungen, die in die Geschichte des Dezernats eingehen würden. Die coole, toughe Conway ganz sentimental; die Jungs hätten sich weggeschrien vor Lachen.

Ich war leicht rumzukriegen. Als ich Steve begegnete, hatte das Dezernat mich schon kräftig durch den Wolf gedreht; da genügte schon ein Happen Trost, ein Hauch Loyalität, dass ich vor Erleichterung vertrauensselig wurde und mich schier überschlug, um Steve in die Mordkommission zu holen. Natürlich tat es gut, mit ihm zu arbeiten; er hatte ja auch allen Grund, dafür zu sorgen. Ich wusste, dass Steve es wie kein anderer verstand, sich genau dem Bild anzupassen, das du sehen willst, ich konnte ihn ja jeden Tag dabei beobachten, aber irgendwie redete ich mir ein, dass es mit mir anders war. Ich könnte kotzen.

Er kann nichts gewinnen, wenn er zu mir hält, nicht mehr, aber er kann viel verlieren. Tastaturen klackern, Wind lässt das Fenster im Rahmen klappern. Jede Pore meines Körpers kribbelt. Als ich mir mit den Händen über den Kopf streiche, fühlen sich meine Haare an, als wären sie nicht meine.

Ich kann nicht denken. Ich weiß nicht, ob das völlig bescheuerte Paranoia ist oder die verdammt offensichtliche Realität, die mir ins Gesicht schlägt. Zwei Jahre lang habe ich ständig über die Schulter geschaut, mich bei jedem Schritt und jedem Wort in Acht genommen, jeden Tag von morgens bis abends im Kampfmodus verbracht: Meine Instinkte sind zu qualmenden Fetzen verbrannt. Eine Sekunde lang überlege ich tatsächlich, wen ich anrufen, nach seiner Meinung fragen könnte. Aber selbst wenn ich das tun wollte, was ich nicht will, die Option besteht nicht. Sophie, Gary, Fleas: Jeder, der mir einfällt, kommt mir aalglatt und zwielichtig vor, ein Bild, das schneller flimmert, als meine Augen es fassen können.

Reilly sagt irgendwas, und Stanton und er lachen los, laute, raue Brüller, wie das Vorspiel zu einem Angriff. Ich kann nicht länger in diesem Raum bleiben. Ich wähle Lucys Handynummer: ausgeschaltet. Ich gehe die Unterlagen durch, bis ich die Kontaktdaten von zwei von Aislinns Exfreunden finde – den spanischen Sommerflirt hat bislang noch keiner aufgespürt –, und stopfe sie mir in die Tasche. Dann ziehe ich meinen Mantel an und gehe.

11

BEI MÄNNERN HATTE AISLINN echt ein Händchen. Im Vergleich zu ihren Exfreunden wirkt Rory wie ein ganzer Vergnügungspark voller Spaß und Nervenkitzel. Der erste ist Buchhalter in einer Softwarefirma. Der abgelaufene Teppich und die Wasserflecken an der Decke lassen vermuten, dass sie in der Wirtschaftskrise schwer gelitten hat, aber der Hektik im Büro nach zu schließen, geht es allmählich wieder aufwärts. Er hat Aislinn in der Warteschlange vor einem Imbiss kennengelernt, als sie neunzehn waren, und war sechs Monate mit ihr zusammen, aber beide machten von Anfang an klar, dass ihnen keine feste Beziehung vorschwebte. Als sie anfingen, sich miteinander zu langweilen, lebten sie sich einfach auseinander, ohne Drama und ohne den Vorsatz, Freunde zu bleiben. Er erinnert sich vage an Lucy, aber sie hatten nie irgendwelche Probleme miteinander, und er kann sich keinen Grund vorstellen, warum sie irgendwas gegen ihn haben sollte. Er sieht ganz nett aus, wenn auch beliebig, und scheint ganz nett zu sein; er sagt, Aislinn war ein nettes Mädchen, die Zeit mit ihr war nett, jetzt hat er eine nette Verlobte, mit der er Samstagabend in einem netten Restaurant war, und er hat Aislinn nie bei Facebook gesucht.

Der zweite Verflossene ist vielleicht einen Tick weniger langweilig. Er arbeitet in einem Callcenter, in einem wuchtigen Bürogebäude, das man auf einer Wiese mitten in der Pampa hochgezogen hat: Entweder irgendein Schlaumeier wollte ein

Gewerbegebiet entwickeln, das in der Krise auf der Strecke geblieben ist, oder aber jemand brauchte dringend ein Abschreibungsobjekt. Von den fünf Stockwerken stehen vier leer. Im fünften sitzen ein paar Dutzend Arbeitssklaven in einer Ecke. Sie reden zu laut, weil niemand da ist, den sie stören könnten. Für das Gespräch mit mir führt mich der Typ in ein geräumiges Managerbüro. Es ist kahl, und ein Staubfilm bedeckt den bettgroßen Schreibtisch. Er hat Aislinn über Lucy kennengelernt, vor fünf Jahren, als er noch versuchte, es als Beleuchter zu schaffen. Sie waren acht Monate zusammen, und als er sich langsam vorstellen konnte, das zwischen ihnen könnte was Dauerhaftes werden, machte sie mit ihm Schluss. Als Grund gab sie an, und er glaubte ihr: Sie habe das Gefühl, die Beziehung würde langsam ernst, aber sie müsse sich doch um ihre kranke Mutter kümmern und habe deshalb weder die Zeit noch die Energie für etwas Ernstes. Seitdem keinerlei Kontakt mehr, bis er sie vor zwei Abenden in den Nachrichten gesehen hatte. Auch Lucy hatte er aus den Augen verloren, seit er vom Theater weg war. Sie hatten keinen Streit gehabt, waren bloß ohnehin nicht sonderlich eng befreundet gewesen. Am Samstagabend war er bei einem Konzert – wir werden die Alibis überprüfen, aber ich erwarte keine Überraschungen. Der Schock und die Trauer und der wehmütige Anflug von verpasster Gelegenheit wirken authentisch, aber dasselbe gilt für die Distanziertheit: Aislinn gehört seiner Vergangenheit an. Er hat ihr nicht nachgestellt in der Hoffnung, das Feuer wieder entfachen zu können, und er ist nicht sauer geworden, als er sah, wie sie sich für ein Date ohne ihn vorbereitete.

Genau das hatte ich erwartet. Die Vernehmungen sind gut gelaufen: Ich habe den beiden Exfreunden in meiner Rolle als die Nette Dinge entlockt, die sie eigentlich für sich behalten wollten. Nichts davon bringt mich irgendwie weiter.

Ich gehe durch die weite, kalte Stille zurück zu meinem Wagen. Das Geräusch von Wind in hohem Gras baut sich von ferne auf, ferner, als ich sehen kann, rauscht über die leeren Wiesen heran, über mich hinweg und weiter. Normalerweise würde mich das nervös machen – zu viel Natur ist mir nicht geheuer –, aber in meinem Kopf ist endlich eine saubergefegte Klarheit, auf die ich heute Morgen beim Laufen gewartet habe. Zum ersten Mal seit Tagen, vielleicht Monaten, kann ich denken.

Ich werde das Gefühl nicht los, dass es daran liegt, dass ich Steve aus meinem Kopf verbannt habe. Ohne ihn direkt neben mir – ohne dass er zerrt und quasselt und in alle Richtungen zeigt, mich mit seinem Geschwätz bombardiert, von dem ich nicht weiß, ob es sinnvoll ist oder auch nicht – habe ich endlich den Raum, klarzusehen. Hinter allem, hinter den vielen Möglichkeiten und den Trugbildern, gibt es nur zweierlei, das es wirklich wert ist, gesehen zu werden.

Rory Fallon, das jämmerliche kleine Weichei. Er war's; mehr ist an dem Fall nicht dran. Deshalb spuckt er immer wieder große Klumpen Nichts aus: weil es sonst nichts zu finden gibt.

Und das zweite: Das ist mein letzter Fall im Morddezernat. Ich kann Breslin und McCann und Roche und den ganzen schäumenden Mob noch einen Tag, eine Woche, einen Monat länger ausbremsen. Aber früher oder später werde ich einen Fehler machen, und dann haben sie mich. Ich denke an einen Boxer, der den Gegner umtänzelt und jedem Schlag ausweicht, schneller und schneller, bis er einmal blinzelt und zack, alles schwarz wird.

Ich werde nicht auf den K.-o.-Schlag warten und Breslin oder Roche oder sonst wem die Genugtuung geben, grinsend um mich herum eine Ehrenrunde zu drehen. Ich gehe zu meinen eigenen Bedingungen. Ich werde diesen Fall abschließen, und zwar richtig abschließen. Ich werde Rory Fallon so festnageln, dass selbst der beste Verteidiger im ganzen Land ihn nicht raushauen kann, werde erhobenen Hauptes gehen. Und dann rufe ich meinen Kumpel bei dem Sicherheitsdienst an, frage ihn, ob das Jobangebot noch steht. Und irgendwann zwischendurch werde ich O'Kelly sagen, er kann mich mal kreuzweise, und Roche die Zähne einschlagen.

Ich frage mich kurz, ob ich Steve vielleicht falsch einschätze, wenn ich schon bei allem anderen schiefgelegen habe. Ich frage mich – obwohl es keine Rolle mehr spielt –, ob er mich die ganze Zeit genau davon ablenken wollte, damit ich nicht merke, dass ich erledigt bin. Ob der arme optimistische Spinner tatsächlich so gern mit mir zusammengearbeitet hat, wie ich dachte. Ob er die gleichen peinlichen Tagträume hatte, dass wir gemeinsam ganz cool einen Hannibal-Lecter-Typ einkassieren, kurz die Manschetten aufblitzen lassen und uns dann mit einem knappen Nicken dem nächsten unlösbaren Fall zuwenden, der die Besten der Besten braucht. Der Stich, den ich bei dem Gedanken empfinde, tut so weh, dass ich hoffe, ich irre mich.

Im Wagen ist es kalt. Selbst nachdem ich die Tür zugeknallt habe, kann ich noch immer das beharrliche Rauschen des Windes durch zu viel Gras hören. Ein Teil von mir will mit Vollgas hier weg, aber mir fällt nichts ein, wo ich möglichst bald ankommen möchte.

Als ich wieder in den Soko-Raum komme, ist Steve noch nicht zurück. Die Fahnder essen ihren Lunch und meckern über irgendeinen Fernsehbericht, der über Cops gemeckert hat. Breslin sitzt an seinem Schreibtisch, Stuhl nach hinten gekippelt, Füße hoch, mampft ein Sandwich und blättert den *Courier* durch.

»Ah«, sagt er, als er mich sieht, lässt die vorderen Stuhlbeine auf den Boden knallen und wirft die Zeitung auf den Tisch. »Die Frau, auf die ich gewartet habe. Irgendwas Interessantes gemacht?«

»Aislinns Exfreunde«, sage ich, während ich mich aus meinem Mantel schäle. »Hat nix ergeben. Wir überprüfen die Alibis und streichen sie von der Liste.« Die Schlagzeile auf der Titelseite des *Courier* lautet WER KAM ZUM DINNER? Irgendwer hat Crowley von Aislinns Verabredung erzählt.

Breslin schwingt die Füße vom Schreibtisch: »Ich muss mir ein bisschen die Beine vertreten«, sagt er und tätschelt sich den Bauch. »Machen wir einen kleinen Spaziergang.«

»Ich muss meine Notizen tippen.«

»Das kann warten.« Leiser: »Ich hab was, das nicht warten kann.«

Vielleicht will er mir eine Beteiligung an seinem imaginären Nebenverdienst anbieten. Ich mache mir keinen großen Kopf, ob ich mitspielen soll, weil es ja ohnehin keine Rolle spielt und ich auf diese Tour wieder aus dem Soko-Raum komme. »Na gut«, sage ich und genieße die jähe Überraschung in seinem Gesicht, als ich mich umdrehe und wieder Richtung Tür marschiere.

»Also, ich hab mit Rorys Verflossenen geredet«, sagt Breslin auf unserem Weg den Flur hinunter. Ich frage mich, wo er seine kleine Unterhaltung führen will. In dieser Woche ist mir zum ersten Mal aufgefallen, wie wenig Privatsphäre wir alle haben. Überall herrscht ein ständiges Kommen und Gehen, in der Teeküche, im Großraumbüro des Dezernats, in der Umkleide; die Vernehmungsräume haben Beobachtungsfenster und Tonübertragung. Bis jetzt war mir gar nicht klar, wie sehr man das Dezernat als Teil von sich braucht, nah und verlässlich wie der eigene Körper, um es überleben zu können.

»Und?«, sage ich.

Breslin grinst. »Wie hat er es noch mal formuliert? Eigentlich steht er auf ›sportlichere‹ Typen als Aislinn? Das sind bestimmt alles sehr nette junge Frauen, aber mein Gott, am liebsten hätte ich sie alle in eine Vorher-Nachher-Show geschleppt und den Stylisten gesagt, sie sollen schweres Geschütz auffahren.« Er trabt locker die Treppe runter. »Weißt du noch, diese grottenhässlichen filzigen Folklorepullis, die Studenten in den Neunzigern trugen, um zu zeigen, dass sie irgendwann mal nach Goa traveln wollen? Ich schwöre, die letzte von denen hatte genau so ein Teil an.«

»Haben sie irgendwas gebracht?«

»Ja und nein. Alle behaupten, Rory war der perfekte kleine Gentleman: hat sie nie geschlagen, nie angeschrien, hatte kein Kontrollverhalten, keine Eifersuchtsanfälle, wurde nie gemein, wenn ihm was gegen den Strich ging, nichts dergleichen.« Er biegt ab und öffnet die Tür zu Soko-Raum E, der miesen ehemaligen Umkleide. Leer.

Er hält mir die Tür auf. Die Botschaft kommt an: Hier drin, wo ich längst wäre, wenn Breslin mir nicht geholfen hätte. Der Raum ist heiß und stinkt noch immer nach verschwitzter Sportkleidung. Das winzige Whiteboard hat Flecken, weil irgendwer den falschen Marker benutzt hat, und sämtliche Stühle sehen klebrig aus. Ich setze mich nicht hin.

»Aber jetzt wird's interessant«, sagt Breslin und schließt die Tür hinter uns. »Zwei von ihnen, einschließlich der letzten Ex, sagen, dass sie mit Rory Schluss gemacht haben, weil er übereifrig war. Die genauen Worte von einer waren ›zu voll dabei‹; die andere meinte, er ›ist alles viel zu schnell angegangen‹. Ich dachte, sie macht einen auf moralisch, aber dann stellte sich raus, dass sie gar nicht von Sex redete. Die Gute hatte kein Problem damit, gleich beim zweiten Date loszuvögeln. Die jungen Leute von heute wissen gar nicht, wie gut sie's haben.«

»Und wovon hat sie geredet?«

»Davon dass Rory, nachdem sie ein paar Monate zusammen waren, das Ganze mehr und mehr für eine große, wunderbare Liebesgeschichte hielt, während die Frau noch gar nicht wusste, ob sie überhaupt eine feste Beziehung wollte. Sie sagt, sie hatte ihn wirklich gern, aber sie war erst vierundzwanzig. Sie wollte ein bisschen Spaß und ein paar intellektuelle Gespräche – sie macht ihren Doktor in Slawistik – mit viel Sex als Zugabe. Sie war nicht darauf eingestellt, dass der andere davon anfing, wie toll es wäre, gemeinsam um die Welt zu reisen.« Breslin inspiziert die Wand neben der Tür, schnippt einen ominösen Fleck weg und lehnt sich dagegen. »Also hat sie Schluss gemacht. Die andere hat so ziemlich dasselbe gesagt. Ich höre ständig, Frauen sehnen sich nach einem Mann ohne Bindungsängste, aber Rory ist anscheinend ein bisschen zu viel des Guten.«

Laut Aislinns zweitem Ex zog sie die Reißleine, als es mit der Beziehung ernst wurde – obwohl sie das mit ihrer kranken Mutter begründete. »Rory hat uns erzählt, bei Aislinn und ihm wäre es Liebe auf den ersten Blick gewesen«, sage ich, »aber offensichtlich könnte Aislinn das auch anders empfunden haben.«

»Genau. Was hat er noch mal über ihr Date im *Pestle* gesagt? Jedes Mal, wenn er dachte, es würde so richtig gut zwischen ihnen laufen, wurde sie auf einmal still und er musste das Gespräch wieder neu in Gang bringen? Das klingt für mich so, als würde die Geschichte aus ihrer Sicht, wenn wir sie noch hören könnten, ungefähr so gehen: ›Er war übereifrig, aber hey, er ist ein netter Kerl, deshalb hab ich versucht, ihm eine Chance zu geben …‹«

»Der einzige Haken dabei ist«, sage ich, »dass das nicht zur Aussage ihrer besten Freundin passt. Die hat beteuert, dass Aislinn bis über beide Ohren verknallt war. Und die SMS auf Aislinns Handy, wie aufgeregt sie war, während sie sich auf Rorys Besuch vorbereitete? Da findet sich keinerlei Hinweis darauf, dass sie auf dem Absprung war. Wenn Rory voll dabei war, dann hatte Aislinn absolut nichts dagegen.«

Breslin zückt sein Smartphone, so groß wie sein Kopf und mit einem protzigen Edelstahlgehäuse, und dreht es in der Hand. Er sagt: »Ich muss jetzt was beichten. Hab den ganzen Vormittag hin- und herüberlegt, ob ich es für mich behalte oder nicht.«

Gestern hätte ich vielleicht noch angebissen. Heute halte ich den Mund und warte.

Als er merkt, dass ich nicht betteln werde, seufzt er und dreht sein Telefon erneut. Es reflektiert das Licht in ölig grauen Streifen. »Im Grunde bin ich ein Teamplayer. Viele Leute sehen mich als den reinen Leistungsmenschen, aber in Wahrheit halte ich viel von Teamarbeit. Die funktioniert jedoch nur, wenn die anderen im Team genauso denken. Begreifst du, worauf ich hinauswill, Conway?«

Ich sage: »Ich bin blöd. Also los, erklär's mir.«

Breslin tut so, als ließe er sich das durch den Kopf gehen. Die Hitze und der Gestank pumpen sich zu etwas Greifbarem auf, das immer stärker auf uns eindrückt. »Bist du sicher, dass du das hören willst?«

»Du hast doch davon angefangen, dass du mir irgendwas zu sagen hast. Und ja, ich bin ganz sicher, dass ich es lieber hören will, als dass du hier rumeierst und dich in Andeutungen ergehst.«

Wieder seufzt Breslin. »Okay«, sagt er, als täte er mir einen Riesengefallen. »Wie du willst: Du behandelst dein Gegenüber immer wie einen Feind. Wir wissen beide, dass du in manchen Fällen gute Gründe dafür hast, aber auch wenn du überhaupt keinen Grund hast, gehst du immer gleich in Angriffsmodus. Das schafft eine Atmosphäre, in der selbst der engagierteste Teamplayer erst mal zögert, ehe er dir irgendwas erzählt.«

Anders ausgedrückt, es ist meine Schuld, dass er der leitenden Ermittlerin Beweise vorenthalten hat. Selbst wenn es noch einen Grund gäbe, mitzuspielen, ich hab nicht mehr die Energie dazu. »Spuck's aus oder nicht«, sage ich. »Falls nicht, würde ich dann jetzt gern endlich meine Notizen tippen.«

Er starrt mich an. Ich kann mich nicht mal mehr dazu aufraffen zurückzustarren. Er wird's mir erzählen; er brennt förmlich darauf. Er versucht nur, im Gegenzug irgendwas aus mir rauszuholen.

»Conway«, sagt er mit so viel grimmiger Geduld, wie er aufbringen kann. »Verstehst du, was ich sagen will? Sag mir wenigstens, dass du verstehst, was ich sagen will.«

»Klar. Ich bin ein Biest. Das wusste ich schon.« Ich wende mich zur Tür.

»Na schön«, sagt Breslin, lässig, aber schnell. »Ich denke, ich hab dich diese Woche gut genug kennengelernt, so dass ich den Rest voraussetzen kann.«

»Von mir aus.«

»Der gute Reilly. Der hat sich doch die Aufnahmen der Überwachungskameras in Stoneybatter angesehen, nicht?«

Nach einem Moment trete ich einen Schritt zurück, weg von der Tür.

»Tja«, sagt Breslin mit einem leichten Lächeln, um zu zeigen, dass wir wieder Freunde sind. »Wie sich herausgestellt hat, ist Reilly ein richtig schlaues Kerlchen. Er hat sich nämlich gleich die Bänder der letzten vier Wochen organisiert – oder zumindest alle, die er kriegen konnte; manche waren schon überspielt worden. Und er ist bis fünf Uhr morgens drangeblieben, immer einen Finger auf dem Schnellvorlauf.«

Der hinterhältige Arsch. Ich sage: »Ich hoffe, es gibt einen sehr guten Grund dafür, dass ich das von dir und nicht von ihm erfahre.«

»Ach, na ja. Nun sei mal nicht zu hart zu dem Jungen. Ich hab das Gefühl, er wollte mich beeindrucken.« Breslin schafft es fast, das breite, selbstzufriedene Grinsen zu unterdrücken. »Ist doch nicht weiter schlimm. Wenn du noch ein paar Jährchen länger im Dezernat bist, erlebst du auch, dass die Neulinge für dich die Muskeln spielen lassen.«

Die Botschaft ist deutlich: *Falls* du noch ein paar Jahre durchhältst. Ich sage: »Was hat er gefunden?«

»Das hier ist eine Kostprobe«, sagt Breslin. »Bloß ein kleiner Clip, den ich vom Monitor abgefilmt habe. Davon gibt's noch mehr.«

Er wischt, tippt und hält mir das Telefon hin. Ich nehme es.

Unscharfe Farbaufnahmen, aber ich bin oft genug in dem Laden, um ihn sofort zu erkennen: der Tesco auf der Prussia Street. Und ich erkenne den schmächtigen Typen, der einen Energydrink aus dem Kühlfach nimmt und damit zur Kasse geht. Das feine Profil, die Kopfhaltung, die leicht hochgezogenen Schultern, die vagen Bewegungen der Hände: Ich habe Stunden damit verbracht, mir jedes Detail von ihm einzuprägen, vor gerade mal zwei Tagen.

Ich sage: »Das ist Rory Fallon.«

»Er oder sein Klon. Und schau dir das an.«

Breslin beugt sich näher, vergrößert das Bild und holt die Zeitangabe nah heran: 21.08 Uhr, 14.01.2015. Vor zwei Wochen.

Ich sage: »Rory hat uns erzählt, dass er Samstagabend in seinem Smartphone nachgucken musste, wo die nächste Tesco-Filiale ist.«

»Ja, genau. Er hat uns auch ganz eindeutig vermittelt, dass er vorher noch nie in Stoneybatter war.« Auf dem Bildschirm nimmt Rory sein Wechselgeld und schaut sich um. Eine Sekunde lang blickt er direkt in die Kamera. Seine Augen, verschwommen und groß und aufmerksam, starren hinein, als könnte er mich zurückstarren sehen. »Aber wie gesagt, das ist bloß die Spitze des Eisbergs. Wir haben ihn für diesen Monat noch mindestens drei weitere Male nur ein paar Gehminuten von Aislinns Haus entfernt auf Video. Letzten Donnerstagabend wurde sein Wagen von einer Kamera auf der Manor Street erfasst, am elften Januar hat er sich in einem kleinen Laden die Sonntagszeitung gekauft, und am fünften hat er im Hanlon's ein Bier getrunken.«

Rory, der sich wand, als wir über seinen Abstecher zu Tesco sprachen. Ich dachte, er wäre nur wegen des zeitlichen Ablaufs nervös, aber es war sehr viel mehr. Rory musste die Geschäfte im Umkreis nicht in seinem Smartphone raussuchen. Er kannte sie schon in- und auswendig.

»Hinzu kommen natürlich noch die Male, die Reilly übersehen hat oder die von keiner Kamera erfasst wurden, und die von vor über vier Wochen.« Breslin nimmt sein Telefon zurück. »Wie war das? ›Zu voll dabei‹«, sagt er. »Rory hat Aislinn gestalkt.«

Ich sage: »Sieht so aus.«

»Er hat den Senioren von Stoneybatter kein Essen auf Rädern gebracht. Wenn es irgendeine harmlose Erklärung gäbe, hätte er uns die längst geliefert.« Er steckt sein Telefon wieder ein. »Na? Hat es sich nicht gelohnt, das hier abzuwarten?«

»Ich werde mich mal mit Reilly unterhalten«, sage ich. »Und ich will die übrigen Aufnahmen sehen. Dann lass ich Rory wieder herkommen und hör mir an, was er dazu zu sagen hat.«

»Wir wär's mit *wir*? Du und ich, wir hören uns an, was er dazu zu sagen hat.«

»Ich komm allein klar. Danke.«

Prompt heben sich Breslins Augenbrauen. »Allein? Was ist mit Moran?«

»Der ist unterwegs.«

»Aha«, sagt Breslin. »Lässt du ihn jetzt allein rumlaufen und Bäumchen schütteln, ja? Hab mir schon gedacht, dass du allmählich die Geduld verlierst.«

»Moran ist durchaus in der Lage, seine Arbeit allein zu machen. Ich muss bei ihm nicht ständig Händchen halten.«

Breslin mustert mich amüsiert. Er sagt: »Ich hätte dir gleich sagen können, dass das mit dir und Moran nicht hinhaut.«

Ich sage: »Ich hab dich aber nicht gefragt.«

»Wenn der Junge ein Dutzend Zeugen und eine übereinstimmende DNA und ein Video vom Mord hätte, würde er das ganze nächste Jahr mit der Suche nach hundertprozentigen Beweisen dafür verbringen, dass der Bösewicht auch wirklich keinen verschollenen Zwillingsbruder hat und die Zeugen sich nicht irren und keiner in die DNA gespuckt hat, nur für alle Fälle. Ich will das nicht runtermachen, manchmal ist so eine Methode sinnvoll. Aber du dagegen, du willst nicht lange rumfackeln.«

»Stimmt genau, ja. Deshalb knöpfe ich mir jetzt Reilly vor und schau mir die Aufnahmen an, anstatt hier drin über das Leben und so weiter zu quatschen. Bis dann.«

»Meine Güte, Conway, kannst du nicht mal für eine Minute runterdrehen? Ich bin nämlich *auf deiner Seite*. Du tust die ganze Zeit, als wäre ich der Feind. Keine Ahnung, wie du auf die Idee gekommen bist, aber bitte, begrab sie endlich.«

»Breslin«, sage ich. »Ich bin dir dankbar, dass du mir die Aufnahmen gezeigt hast und so weiter. Aber ich gehe mal davon aus, dass jeder hier im Dezernat der Feind ist, es sei denn, ich habe unwiderlegbare Beweise, dass er das nicht ist. Und ich bin ziemlich sicher, du verstehst, warum.«

»Allerdings«, sagt Breslin. Er öffnet die Tür einen Spalt und späht hinaus auf den Gang: Keiner da. »Ich verstehe sehr gut, warum. Ich glaube sogar, ich verstehe es sehr viel besser als du selbst. Willst du wissen, welche Geschichte ich über dich gehört hab?«

Er denkt, er klingt verlockend. Ich sage: »Geh einfach davon aus, dass alles Quatsch war, und dann sehen wir weiter.«

»Ich gehe davon aus, dass alles Quatsch war. Aber du solltest es trotzdem hören.«

»Ich hab mich zweiunddreißig Jahre lang einen Scheiß dafür interessiert, was andere zu lästern haben. Ich denke, damit komme ich auch noch länger klar.«

»Nein, tust du nicht. Jedes Mal, wenn du ins Dezernat kommst, wenn du glaubst, du checkst nur mal deine Mails und trinkst Kaffee, geht den Jungs diese Geschichte durch den Kopf. Ihrer Meinung nach macht diese Geschichte dich aus. Und wie läuft das so für dich?«

Er will sie mir erzählen, unbedingt. Er und McCann haben viel dafür getan, mich glauben zu machen, dass er bloß ein großherziger Kerl ist, aber so ein Angebot – komm, ich nehme ein Stück von deinem Leben und schreibe es auf meine Art um –

entspringt nie aus reiner Herzensgüte. Ich sage: »Falls ich Hilfe brauche, sag ich dir Bescheid.«

»Es wird weh tun. Ich will dir nichts vormachen.« Breslin hat sein mitfühlendes Gesicht aufgesetzt, aber das habe ich schon öfter gesehen, in Vernehmungsräumen. »Ich kann mir vorstellen, warum du dich nicht damit auseinandersetzen willst.«

»Will ich auch nicht. Ich will mich nur und ausschließlich mit meinen Fällen auseinandersetzen. Und ich will mit Reilly reden.«

Ich mache einen Schritt Richtung Tür, doch Breslin streckt den Arm aus, um mir den Weg zu versperren. »In deiner ersten Woche hier bist du mit Roche aneinandergeraten«, sagt er. »Erinnerst du dich?«

»Kaum. Schnee von gestern.«

»Eben nicht. Du hast Roche unterschätzt. Kurz danach hat er uns erzählt, dass du, als du noch bei der Streife warst, einen Riesenbock gebaut hast. Du solltest einen Drogendealer bewachen, während dein Partner das Haus durchsuchte. Du hast dem Verdächtigen die Handschellen abgenommen, damit er hinter eine Hecke gehen und pinkeln konnte, und er ist abgehauen. Dann hast du zu deinem Partner gesagt – Roche hat keine Namen genannt, dafür ist er zu clever –, wenn er irgendwas davon in den Einsatzbericht schreiben würde, würdest du ihn wegen sexueller Belästigung drankriegen, behaupten, er hätte dich im Streifenwagen begrapscht.«

Breslin lässt den Arm sinken und tritt bewusst einen Schritt zur Seite, macht mir den Weg frei. Genau wie er gewusst hat, rühre ich mich nicht vom Fleck.

»Als dein Partner dich trotzdem gemeldet hat«, sagt er, »hast du deine Drohung wahrgemacht und bist zum Boss gegangen. Die Kacke war am Dampfen, der Bericht wurde in deinem Sinne umgeschrieben, dein Partner fährt bis in alle Ewigkeit Streife, und du hast drei Wochen bezahlten Urlaub gekriegt, um dich von dem traumatischen Erlebnis zu erholen. Kommt dir das irgendwie bekannt vor?«

Die drei Wochen, die ich als Fleas Cousine verbracht habe. Und die Sache davor: Es gab einen Verdächtigen, irgendeinen mit Speed zugeknallten Idioten – ich kann mich nicht mal mehr an seinen Namen erinnern, so einen großen Eindruck hat der ganze Vorfall hinterlassen –, der meinem Partner und mir entwischt ist. Mein Partner war ein guter Mann, ein braver Polizist, bei dem vom ersten Tag an klar war, dass er keine größeren Ambitionen hatte. Roche hat sich umgehört und die Geschichte so gerade wahr genug klingen lassen, dass die Leute sie als Ganzes geschluckt haben.

Breslin sagt: »Ungefähr das halbe Dezernat glaubt das. Und die wollen dich schnellstmöglich loswerden, ehe du mit einem von ihnen dasselbe veranstalten kannst. Das meinen die sehr, sehr ernst.«

Er beobachtet mich unter den Augenlidern hinweg, lauert auf eine Träne, ein Zittern, ein Zeichen dafür, dass ich Roche am liebsten die Zähne hinten aus dem Schädel treten möchte. »Ich hatte recht«, sage ich. »Ich wäre bestens klargekommen, ohne das zu wissen. Trotzdem danke. Ich werd's mir merken.«

Er reißt die Augen auf. »Du nimmst das ziemlich auf die leichte Schulter, Conway.«

»Roche ist ein Kotzbrocken. Das weiß doch jeder. Was soll ich jetzt machen? In Ohnmacht fallen? Heulen?«

»Es ist mir nicht leichtgefallen, dir das zu erzählen. Ich bin ein sehr loyaler Mensch. Viele Leute würden vielleicht sagen, ich hab das Dezernat verraten – und das Dezernat ist mir sehr wichtig. Du könntest *wenigstens* etwas Wertschätzung dafür zeigen, was ich für dich getan habe.«

Noch eine Minute länger, und er kriegt vor lauter Entrüstung Schaum vor den Mund, und ich muss die Schweinerei dann aufwischen, bevor ich mich wieder dem Fall widmen kann. »Ich weiß das zu schätzen«, sage ich. »Ehrlich. Ich verstehe bloß nicht, warum du mir das erzählst.«

»Weil es endlich mal einer tun muss. Dein Partner hätte schon vor Monaten den Mund aufmachen sollen – komm schon, Conway, natürlich weiß Moran Bescheid. Denkst du etwa, Roche hätte ihn die erste Woche überstehen lassen, ohne ihn mal abzufangen und ihm zu erzählen, mit wem er sich da eingelassen hat?« Er sucht nach einer Reaktion bei mir, kalte, gierige Cop-Augen über der Andeutung eines Grinsens. Breslin möchte, dass ich am Ende dieses Gesprächs Rotz und Wasser heule oder auf die Wände einschlage oder beides. Er hat so viel Energie da reingesteckt; alles vergeblich. »Dein Partner soll dir eigentlich Rückendeckung geben. Wir müssten diese Unterhaltung gar nicht führen, wenn er seinen Job gemacht hätte.«

Ich sage: »Vielleicht hat er keinen Grund gesehen, warum ich das wissen müsste.«

»Ach, hör doch auf! Natürlich musst du das wissen. Du musst es *jetzt* wissen – nee, Quatsch: Du hättest es vor Monaten wissen müssen. Du pfeifst hier auf dem letzten Loch. Begreifst du das, Conway?« Breslin beugt sich näher, zu nah, strahlt die massige Intensität aus, die er bei Verdächtigen kurz vor dem Geständnis einsetzt. »Du hast noch immer eine Chance, aber es ist deine letzte. Falls du endlich vernünftig wirst und aufhörst, mich wie den Feind zu behandeln, haben wir den Fall bis Ende der Woche gelöst. Ich kann mich im Dezernat für dich starkmachen, und mein Wort hat hier tatsächlich einiges Gewicht. Und wenn du es dann noch schaffst, dich den anderen gegenüber einigermaßen zivilisiert zu verhalten, bist du akzeptiert und wirst ein echter Gewinn fürs Dezernat – und das ist mir, wie gesagt, sehr wichtig. Aber wenn du weiter gegen mich mauerst, weil du unter einer Art Märtyrerkomplex leidest, geht der Fall den Bach runter, und dann bin ich nicht mehr auf deiner Seite, weil ich nicht gern mit Fällen in Verbindung gebracht werde, die den Bach runtergegangen sind. Und dann, um es mal ganz deutlich zu sagen, bist du am Arsch.«

Er lehnt sich mit dem Rücken gegen die Wand und schiebt die Hände in die Taschen. »Deine Entscheidung.« Der edle Ritter, bereit, mich zur erretten, wenn ich ihn nur ließe.

Ich lasse mich nicht retten. Ich habe kein Problem damit, Hilfe anzunehmen, so wie ich sie von Gary und Fleas angenommen habe. Aber gerettet werden – wenn du zum dritten Mal untergehst, nachdem du wirklich alles versucht hast und es einfach nicht gereicht hat –, das ist was anderes.

Wenn dich jemand rettet, gehörst du ihm. Nicht, weil du ihm was schuldig bist – das lässt sich regeln, mit genug Gefälligkeiten oder Hochprozentigem in Flaschen mit Schleifchen drum. Du gehörst deinem Retter, weil du in deiner eigenen Geschichte nicht mehr die Hauptrolle spielst. Du bist der arme notleidende Loser / die hilflose Jungfer / der tapfere Neuling und wurdest von dem genialen, mutigen, mitfühlenden Helden vor Gefahr / Entehrung / Demütigung bewahrt, und der hat ab jetzt das Sagen, weil du deine eigene Geschichte nicht selbst bestimmst, nicht mehr.

Ich hatte Breslin die ganze Zeit falsch eingeschätzt. Er will mich nicht absägen, nicht unbedingt. Er will, dass ich ihm gehöre.

Dafür wollte McCann mich milde stimmen, mit dem zurückgegebenen Aussageblatt und seinem Herz-aus-Gold-Gerede. Vielleicht hat Breslin vor, sich mit Roche anzulegen, und will ein Team um sich scharen. Vielleicht hat er gehört, dass der Boss vorzeitig in Ruhestand geht – ein Musterknabe wie er würde das irgendwie mitbekommen –, und er will seine Chancen für die Nachfolge erhöhen, indem er das unartige Mädchen auf Linie bringt. Vielleicht hat er aber auch gar keine besonderen Absichten und denkt sich nur, ich bin eine günstige Gelegenheit, und irgendwann kann ich für ihn von Nutzen sein.

Ich würde lachen, wenn ich die Energie dafür hätte. Ich werde für keinen mehr von Nutzen sein, nicht in diesem Dezernat.

Breslin klopft auf seine Tasche mit dem Telefon. »Conway«, sagt er etwas sanfter. »Ich hätte dir das nicht zeigen müssen, klar? Ich hätte Rory einfach selbst einkassieren und allein verhören können. Ich hab's dir gezeigt, weil ich glaube, dass es besser für alle ist, wenn du und ich zusammenarbeiten. Besser für den Fall, besser fürs Dezernat, für dich – und ja, auch besser für mich.« Er lächelt, findet genau die richtige Mischung von väterlicher Wärme und professioneller Achtung. »Seien wir ehrlich, Conway: Du und ich, wir sind ein gutes Team. Sonntagnachmittag, bei Rory, haben wir prima zusammengearbeitet. Hiermit« – wieder das Klopfen auf die Tasche mit dem Telefon – »können wir noch viel besser werden.«

Ich will ihm gerade sagen, wo er sich seine Bemühungen hinstecken soll, als mir klar wird, dass es keine Rolle mehr spielt. Ich muss mir keine Sorgen machen, dass Breslin mich besitzt, mich absägt oder sonst was; was immer er vorhat, ich werde es nicht erleben, weil ich nicht mehr hier sein werde. Er hat recht, wir sind ein gutes Team, und auf einmal habe ich die Freiheit, das zu nutzen, ohne mich wegen der möglichen Konsequenzen verrückt zu machen, wie Rory Fallon. Es macht Spaß, den Dienst zu quittieren; ich wünschte, ich hätte schon vor Monaten daran gedacht.

»Okay«, sage ich. »Machen wir's zusammen. Aber die Aufnahmen erwähnen wir erst, wenn ich es sage. Das will ich mir aufheben.«

»Kein Problem. Du entscheidest.« Breslin grinst mich an. »Das wird ein Mordsspaß, Conway. Wenn wir Rory die zeigen, macht er sich glatt ins Spitzenhöschen.«

»Es wird sogar noch besser«, sage ich. Breslin hebt fragend eine Augenbraue. »Wir haben doch nach einem Motiv gesucht oder zumindest nach irgendwas, das der Auslöser für die Tat gewesen sein könnte, nicht?«

Breslin pustet Luft aus einem Mundwinkel. »Na ja. Ihr habt das. Mir ist immer noch ziemlich egal, warum er's getan hat, solange wir beweisen können, dass er's getan hat.«

»Rory kommt zu Aislinn«, sage ich, »total aufgekratzt wegen des großen Dates. Er ist ein bisschen früh dran, aber das macht nichts; sie lässt ihn rein, beide freuen sich. Und dann kommt irgendwie sein Stalking raus. Vielleicht verplappert er sich, und Aislinn schnallt, dass er sich in Stoneybatter auskennt. Oder aber sie erwähnt, dass sie ihn irgendwo in der Gegend gesehen hat, und ihm fällt nicht schnell genug eine Ausrede ein.«

Es tut gut, sich eine Geschichte auszudenken. Ich kann verstehen, warum alle so begeistert davon sind. Die ganze Szene läuft vor meinen Augen ab wie ein Videoclip, aber einer, an dem ich herumfeilen und den ich abändern kann, bis er mir bis aufs i-Tüpfelchen in den Kram passt. »Aislinn ist auf jeden Fall sauer. Sie hatte schon so ihre Zweifel, weil Rory ihr zu eifrig ist. Die hat sie bislang ausgeblendet, aber das jetzt macht ihn eindeutig zum Spinner. Sie will ihn rausschmeißen, und er dreht durch.«

Breslin hat die Lippen gespitzt und nickt heftig. »Gefällt mir«, sagt er. »Gefällt mir sehr. Conway, ich glaube, du hast da den richtigen Riecher. Hab doch gewusst, warum ich große Stücke auf dich halte.«

Ich sage: »Mal sehen, was Rory dazu sagt.«

Breslin lächelt mich an, ein schönes großes, warmes Lächeln, als wäre ich das Beste, was ihm seit Monaten vor Augen gekommen ist. »Also los«, sagt er. »Nix wie raus hier. Die Bude stinkt.«

Nach dem Rotz, den wir geatmet haben, könnte ich die Luft auf dem Gang mit einem gierigen Schluck trinken. Breslin schließt die Tür hinter uns mit einem satten, verächtlichen Knall nach dem Motto: *Diesen Soko-Raum wirst du nie wieder brauchen.*

Zurück in unserem Soko-Raum rufe ich Rory an und frage ihn ganz freundlich und unaufgeregt, ob er vielleicht so nett wäre, noch mal auf ein kurzes Gespräch bei uns vorbeizuschauen. Ich bin darauf gefasst, eine ganze Reihe von Entschuldigungen entkräften zu müssen, dass er den Laden nicht alleinlassen kann, dass er einen Termin hat, dass er sich nicht gut fühlt, aber er überschlägt sich fast vor Bereitwilligkeit und sagt, er wird sich umgehend auf den Weg machen. Er will unbedingt beweisen, dass er uns unterstützt, aber ich bin so an Widerstände gewöhnt, dass mir diese Mühelosigkeit unnatürlich vorkommt, fast unheimlich, als ob sich die Welt leicht verschoben hätte und nicht wieder zurück in der Realität einrasten würde. Ich sehne mich nach Schlaf, jeder Menge Schlaf.

Steve ist noch immer unterwegs. Ein Teil von mir hofft tatsächlich automatisch, dass er zurückkommt, bevor Rory da ist – ich muss die Vernehmung mit Breslin anfangen, weil er mir die Aufnahmen gezeigt hat, aber ich kann ihn gegen Steve austauschen, bevor wir zum finalen Schlag ausholen; wir bringen Rory dazu, ein Geständnis abzulegen, Steve wird kleinlaut zugeben, dass ich von Anfang an recht hatte, und sich entschuldigen, und dann gehen wir ein Bier trinken, und alles wird wieder, wie es war – An dem Punkt springt mein Gehirn wieder an und erinnert sich, dass nichts wieder so wird, wie es war, nie wieder. Der Soko-Raum schwankt, das Licht zuckt und flackert, das Summen der Computer erreicht Sirenenlautstärke.

Als ich Reilly zu mir rüber an meinen Schreibtisch winke, tut er nicht mal so, als hätte er ein schlechtes Gewissen, er setzt einfach ein ausdrucksloses Gesicht auf, starrt über meine Schulter und wartet, bis ich fertig bin. Ich hatte fest vor, ihm den Kopf abzureißen, aber als ich ihm ansehe, dass er nur mit Mühe ein Grinsen unterdrücken kann, muss ich plötzlich an Steve denken: Steve, der bei dem alten Fall vor Jahren die entscheidende Information bekam und sie sich selbst ans Revers heftete, anstatt sie dem leitenden Detective zu unterbreiten. Reilly widert mich an. Ich will ihn nicht mehr in der Luft zerreißen. Ich will ihn einfach nicht mehr sehen. Als ich ihm sage, er kann verschwinden, zurück in den Pool für Sonderfahnder, liefert mir sein Gesicht – das Grinsen wie weggewischt, stattdessen plötzlich dunkle Wut und Kränkung – keinen Funken Befriedigung. Die anderen Fahnder tun so, als würden sie sich auf ihre Arbeit konzentrieren, während er seine Sachen zusammensucht und geht, die Tür laut hinter sich zuknallt. Breslin lümmelt sich hinter seinem Schreibtisch und beobachtet mich, Augen halb geschlossen, Stift zwischen den Zähnen, bereit, mir zu erklären, ob ich das Richtige getan habe oder nicht. Ich frage ihn nicht.

Die Aufnahmen zeigen genau das, was Breslin gesagt hat: Rory, der in Stoneybatter herumläuft, als er angeblich noch nie in dem Stadtteil gewesen war. Ich schicke Meehan los, um sämtliche Dezemberaufnahmen von Überwachungskameras zu besorgen, die er kriegen kann – viele werden es nicht mehr sein –, und sie sich anzuschauen. Dann suche ich die besten Aufnahmen von Rory heraus, mit Zeitangaben, und drucke sie aus.

Das Telefon auf meinem Schreibtisch klingelt: Bernadette, um mir zu sagen, dass Rory Fallon unten wartet. »Er ist da«, sage ich zu Breslin.

»Dann mal los«, sagt er und schiebt seinen Sessel zurück. »Bis später, Jungs. Wir bringen euch einen hübschen Skalp mit.«

Die Fahnder schauen auf und nicken, zu schnell. Sie haben Angst, ich gehe jedem an die Gurgel, der zufällig Blickkontakt herstellt. Auf meinem Monitor bewegt sich sprungartig ein körniges schwarzweißes Straßenbild aus Stoneybatter. Jogger, in einer Ecke des Bildschirms erstarrt, dann blitzschnell auf die andere Seite gebeamt; ein Schäferhund beim Pinkeln aufgenommen, dann verschwunden – bis ich Stopp drücke. Die Computer und das Whiteboard und die Fahnder wabern und schwinden an den Rändern wie dünner Stoff unter Wasser, treiben unaufhörlich weiter davon.

12

RORY IST SOGAR IN NOCH SCHLECHTERER VERFASSUNG als am Sonntag. Sein Haar sieht noch immer so angeklatscht aus, seine Augen sind blutunterlaufen, und seine trockene Haut ist weiß wie ein Tuch. Er riecht nach Kleidung, die zu lange in der Waschmaschine gelegen hat. Ein ruckartiges Lächeln erscheint auf seinem Gesicht, als er uns sieht, aber es ist ein Reflex, nervös und mechanisch. Wird lustig werden, ihn so ruhig zu bekommen, dass er uns von Nutzen ist.

Als Erstes bringen wir ihn in den freundlichen Vernehmungsraum, den für verstörte Zeugen und Angehörige von Opfern. Alles sehr nett dort: pastellgelbe Wände, Stühle, die einen nicht quälen, ein Wasserkocher und ein hotelmäßiger Korb mit Teebeuteln und klitzekleinen Tütchen Instantkaffee. »Mein erster Vernehmungsraum« nennen wir ihn. Bei aller Nervosität spürt Rory doch den Unterschied und entspannt sich so weit, dass er seinen zweitbesten Mantel auszieht und ordentlich über seine Stuhllehne hängt. Darunter trägt er Jeans und einen schlabberigen beigen Pullover, gestrickte Tristesse für zwanzig Euro.

»Bringen wir zuerst die Formalitäten hinter uns«, sagt Breslin und schiebt ein Blatt mit dem Aussageverweigerungsrecht und einen Stift über den Tisch. Da er als der Obermacker einschüchternd wirken soll, ist er mit einer dicken Akte bewaffnet, die alles enthält, was nützlich sein könnte, sowie irgendwelche Blätter zum Ausfüttern. Die Nette ist im Grunde auf Rorys Seite, deshalb habe ich lediglich mein Notizheft und einen Stift. »Tut mir leid. Ich weiß, das haben Sie schon mal gemacht, aber wir müssen das jedes Mal neu durchexerzieren. Sie haben das Recht zu schweigen. Alles, was Sie sagen, wird schriftlich festgehalten und kann als Beweismittel verwendet werden. Genau wie letztes Mal. Ist das alles so weit okay?«

Rory unterschreibt blind. »Danke«, sagt Breslin mit einem Gähnen und reckt sich ausgiebig. »Ich brauch richtigen Kaffee, nicht diese Instantplörre. Rory? Antoinette? Was soll ich euch mitbringen?«

Normalerweise würde ich ihm diesen Antoinette-Mist um die Ohren hauen, aber ich weiß, was er vorhat. »O Gott, ja, echter Kaffee«, sage ich. »Schwarz, ohne Zucker. Und wenn's geht, bring doch ein paar Kekse mit, ja? Ich hab Hunger.«

»Ich klau welche aus O'Gormans Geheimversteck«, sagt Breslin grinsend. »Der bunkert die guten Sachen, kein trockenes Billigzeug. Rory, was möchten Sie?«

»Ähm, ich –« Ein verblüfftes Blinzeln, während Rory versucht, die möglichen Implikationen von Heißgetränken zu durchdenken. »Tee wäre – nein, Kaffee. Mit etwas Milch, bitte.«

»Ihr Wunsch ist mir Befehl«, sagt Breslin und stemmt sich mit einem Ächzen von seinem Stuhl hoch. »Ich könnte eine Woche durchschlafen. Das liegt an dem verdammten Wetter. Wenn nur mal ein bisschen die Sonne rauskäme, wäre ich wie neugeboren.«

»Dann schau doch in O'Gormans Schreibtisch gleich mal nach«, sage ich, »ob da vielleicht ein paar Flugtickets nach Barbados rumliegen.«

»Falls ja, nix wie weg. Rory, haben Sie Ihren Pass dabei?« Rory schafft es, halbwegs mitzukommen, und ringt sich ein Lachen ab, ein paar Sekunden zu spät. Breslin grinst uns beide noch mal kurz an, ehe er zur Tür hinausgeht.

Ich lehne mich zurück, strecke die Beine lang aus und ziehe mein Haargummi heraus, um meinen Knoten neu zu binden, während wir warten. »Uff«, sage ich. »Die letzten paar Tage waren lang. Wie geht's Ihnen so?«

»Einigermaßen. Ist alles schwer zu verkraften.« Rory ist auf der Hut. Er hat nicht vergessen, dass ich so gemein war und ihm nicht erzählt habe, dass Aislinn tot ist. Steve hätte ihn im Handumdrehen entspannt und in Plauderlaune gebracht.

Steve ist nicht der Einzige, der einen auf sympathisch machen kann. »Das ist wahr«, sage ich. »Soll ich mich für Sie an die Opferhilfe wenden und Ihnen jemanden besorgen, mit dem Sie reden können? Die Leute da helfen auch Angehörigen von Opfern nach solchen traumatischen Ereignissen. Die sind gut.«

»Nein. Danke.«

»Sind Sie sicher?«

»Ja. Ich schaff das schon. Ich will bloß … Ich will unbedingt wissen, was passiert ist. Ich muss es wissen.«

»Ja natürlich«, sage ich mit einem wehmütigen Lächeln. »Das wollen wir alle.«

Rory riskiert einen kurzen Blick in meine Richtung. »Haben Sie …? Haben Sie noch nichts herausgefunden?«

Ich seufze und massiere mir die Kopfhaut, während mein Haar noch offen ist. »Ehrlich gesagt, nein. Wir haben in etliche Richtungen ermittelt, ich kann nicht ins Detail gehen, aber im Grunde sind wir noch keinen Schritt weiter. Deshalb wenden wir uns auch erneut an die Leute, die Aislinn am nächsten standen: Wir hoffen, dass uns jemand einen neuen Ansatz liefert, der die Sache wieder ankurbelt.«

Rory, noch immer misstrauisch, sagt: »Ich hab sie noch nicht lange gekannt.«

»Weiß ich, ja. Aber so eine Verbindung, wie Sie und Aislinn hatten, zählt mehr, als jahrelang mit ihr in einem Büro zu sitzen und über Katzenbilder im Internet zu quatschen.« Ich finde den richtigen Ton: nicht zuckerig, sondern direkt und klar und sachlich. »Sie haben sie verstanden. Das hab ich klar aus unserem Gespräch herausgehört. Sie haben nicht irgendein überschminktes Blondchen in ihr gesehen, sondern hinter die Fassade geschaut. Sie haben gesehen, wer sie wirklich war.«

Rory sagt leise: »So hat es sich angefühlt.«

»Und so was ist kostbar, Mann. Ich werde Aislinn nie kennenlernen können. Ich brauche Menschen wie Sie, um mir zu vermitteln, wer sie war. Und so werden wir herausfinden, was ihr zugestoßen ist.« Ich habe völlig vergessen, mir die Haare wieder hochzubinden, dafür liegt mir diese Unterhaltung zu sehr am Herzen, bin ganz im außerdienstlichen Gesprächsmodus. »Und ich würde behaupten, dass Sie in den letzten Tagen über nichts anderes nachgedacht haben. Hab ich recht?«

Rory nagt an der Unterlippe. Nach einem Moment: »Mehr oder weniger. Ja.«

»Und die letzten Nächte.«

Ein Nicken.

»Bleiben Sie stark«, sage ich sanft. »Ich weiß, wie das ist. Zuerst fühlt es sich an, als würde das Leben nur noch daraus bestehen, nicht wahr? Als würden Sie nie darüber hinwegkommen.«

Rorys Misstrauen verlässt ihn zusammen mit der Atemluft. Seine Schultern sacken nach vorne. Er hebt die Hände und schiebt die Finger unter seine Brille, um sich die Augen zu reiben. »Ich hab nicht geschlafen. Ich vertrage Schlafmangel schlecht, aber ich kann einfach nicht … Ich laufe immer bloß in meinem Wohnzimmer auf und ab, stundenlang – meine Beine tun schon richtig weh. Letzte Nacht ist draußen auf der Straße irgendwas passiert, ein Mann hat rumgebrüllt, und ich dachte, ich krieg einen Herzinfarkt. Ich hab ehrlich gedacht, ich sterbe, einfach so, bei mir zu Hause an die Wand gelehnt. Ich hab's nicht geschafft, den Laden aufzumachen, hab's nicht mal geschafft, die Wohnung zu verlassen, weil ich Angst hab, mich lächerlich zu machen, wenn ich in Ohnmacht falle, bloß weil jemand eine

Autotür zuknallt.« Er wirft mir einen Blick zu, der trotzig sein soll. »Sie finden das bestimmt jämmerlich.«

Stimmt, aber vor allem halte ich es für nützlich. »Ich?«, sage ich verblüfft. »Bestimmt nicht, nein. Ich kenne einige, die so etwas durchgemacht haben. Und das, was Sie empfinden, ist ganz normal.«

»Als Sie angerufen haben … Da war ich richtig erleichtert, können Sie sich das vorstellen? Natürlich ist das lächerlich, aber ich hab bloß gedacht, dass ich jetzt nicht den ganzen Tag …« Seine Stimme bebt. Er presst die Fingerspitzen an den Mund.

»Sie tun mir auch einen Gefallen«, sage ich mit genau dem richtigen Maß an Mitgefühl in meinem Lächeln. »Bei dem Wetter bin ich viel lieber hier drin, als draußen Häuser abzuklappern, um Zeugen zu suchen.«

»Ich grübele ständig darüber nach. Wie es passiert sein könnte. Ich hab mir schon *Dutzende* von Szenarien überlegt. Deshalb kann ich nicht schlafen. Sobald ich die Augen schließe, sehe ich sie vor mir.«

»Ach, Gott sei Dank«, sage ich aus tiefstem Herzen. Und als Rory die Augen aufreißt und mich ansieht: »Das ist genau unser Job, verstehen Sie? Wir stellen Theorien auf, wie es passiert sein könnte, und dann versuchen wir, sie mit den Fakten abzugleichen. Aber diesmal passt einfach keine, und ich muss zugeben, mir sind die Theorien ausgegangen. Ich dreh langsam durch, weil mir keine mehr einfallen. Falls Sie irgendwelche neuen Ideen haben, dann bitte, lassen Sie hören.«

Steve würde sich kaputtlachen, weil ich um den Wenn-dann-vielleicht-Quatsch bettele, den der Typ zu bieten hat. Der Gedanke an Steve trifft mich so hart in die Rippen, dass mir der Atem stockt.

Rory bringt ein kleines, gedämpftes Lächeln zustande. »Wie viel Zeit haben Sie?«

»Wissen Sie was? Fangen Sie einfach mit der Version an, die

Ihnen am überzeugendsten erscheint. Von der Sie im Grunde Ihres Herzens glauben, dass es so gewesen ist. Falls sie was taugt … Mensch, dann haben Sie echt was gut bei mir. Und falls sie nicht hinhaut und der Kollege noch immer nicht mit dem Kaffee zurück ist, dann lassen Sie die nächste hören.«

Er sieht mich an, als wollte ich einen Witz auf seine Kosten machen. »Im Ernst?«

»Natürlich im Ernst«, sage ich. »Wie gesagt: Wir haben Sie angerufen, weil wir mit unserem Latein am Ende sind. Alles, was Sie zu bieten haben, ist besser als ein Haufen Nichts. Es sei denn, sie glauben, dass es vielleicht Aliens waren.«

Diesmal ist sein Lächeln fast echt. »Keine Aliens«, sagt Rory. »Versprochen.« Ich setze mich auf und zücke mein Notizbuch, bereit, seine weisen Erkenntnisse aufzusaugen. »Also. Ich komme immer wieder auf diese eine zurück. Das Besondere an Aislinn …« Als er ihren Namen ausspricht, verzieht er das Gesicht. Er nimmt die Brille ab und putzt sie, so dass ich und der Raum verschwommen und weich für ihn werden, weniger bedrohlich. »Sie müssen wissen«, sagt er, »das Besondere an Aislinn war, dass sie zu den Menschen gehörte, die einen mit offenen Augen träumen lassen. Wenn ich mit ihr zusammen war, fielen mir ständig irgendwelche Geschichten ein.« Sein Rücken wird schon gerader; ich habe ihn auf sicheres Terrain geführt. »Vielleicht lag es daran, dass sie selbst gern irgendwelchen Träumen nachhing – das hab ich ihr angemerkt; Tagträumer erkennen einander –, aber es war nicht nur das. Es lag auch daran, dass sie gern in deinen Tagtraum mit einstieg. Sich mitnehmen ließ. Das gefiel ihr.«

Was sich für mich wie eine geballte Ladung Schwachsinn anhört: Keiner lässt sich gern zum Komparsen in der Phantasie eines anderen machen. Falls sich das auf meinem Gesicht widerspiegelt, kann Rory es nicht sehen, nicht ohne seine Brille. Aber als hätte er meine Gedanken gehört, sagt er: »Das gefiel ihr wirklich. Nur mal als Beispiel: Als wir essen waren, hab ich ihr gesagt, ich hätte das Gefühl, wir würden uns schon jahrelang kennen. Aislinn hat gesagt, ja, sie habe das gleiche Gefühl – sie hat so was gesagt wie ›Vielleicht sind wir uns ja wirklich früher schon mal begegnet. Irland ist klein …‹ Und ich hab gesagt: ›Vielleicht haben wir zusammen gespielt, als wir Kinder waren. Sechs, vielleicht. Auf einem Spielplatz, im Herbst. Vielleicht hattest du deine Puppe dabei …‹ Aislinn hat gelächelt und gesagt, dass sie immer ihre Puppe mit zum Spielplatz genommen hat, eine ramponierte alte Puppe namens Caramel. Und ich hab gesagt: ›Vielleicht hast du Caramel auf eine Bank gesetzt, damit sie dir beim Schaukeln zusehen konnte, und ich war auf der Schaukel neben deiner. Und dann kam ein anderes kleines Mädchen und hat gedacht, Caramel wäre vergessen worden, und hat sie auf den Arm genommen …‹«

Sich an den Namen der Puppe zu erinnern wäre bei der Hochzeitsansprache eines Bräutigams bezaubernd. In diesem Zusammenhang aber ist es vor allem eines: gruselig. Rory lächelt schwach, sieht Aislinn in seiner Erinnerung. »Ich hab eine richtige Geschichte ausgesponnen: Wir zwei haben gesehen, wie das andere Mädchen Caramel mitgenommen hat, also sind wir vom Spielplatz weggelaufen und dem Mädchen und seiner Mutter in einen Bus gefolgt, der in die Stadt fuhr. Wir sind ihnen nachgelaufen, als sie an der O'Connell Street ausgestiegen und in ein großes Kaufhaus gegangen sind – ich hab gesagt, ein Polizist ist uns gefolgt, aber wir sind ihm entwischt und haben uns in einem riesengroßen Schirm versteckt, und dann haben wir einen Taschendieb geschnappt, indem wir ihm mit der Spitze von dem Schirm ein Bein gestellt haben … Der Dieb hatte der Mutter von dem kleinen Mädchen gerade das Portemonnaie geklaut, und die beiden waren uns so dankbar, dass das kleine Mädchen Caramel bereitwillig an Aislinn zurückgegeben hat. Und sie und ihre Mutter haben uns in einer Kutsche zurück nach Hause gefahren.«

Ein Wahnsinn. Mittlerweile wäre ich längst raus aus dem Restaurant und auf halbem Weg nach Hause gewesen, hätte meine Freundin Lisa angerufen und ihr lachend den ganzen Quatsch erzählt und Beziehungen für immer abgeschworen. »Das Date ist offenbar wirklich super gelaufen«, sage ich und lächele, so breit ich kann. »Ich verstehe, was Sie gemeint haben. Das muss sehr nett gewesen sein.«

»War es auch. Das hört sich bestimmt albern an, aber damals war es –« Er hebt trotzig das Kinn. »Damals hat es sich zauberhaft angefühlt. Als wäre das alles wirklich passiert und wir hätten es nur irgendwie vergessen und durch das Erzählen würde die Geschichte wieder lebendig. Aislinn hat gelacht und mitgemacht. Sie hat zum Beispiel gesagt: ›Wir hatten bestimmt einen Bärenhunger, vielleicht hat uns der Mann in dem Donut-Kiosk auf der O'Connell Street Donuts geschenkt‹, oder: ›Vielleicht hat ein Hund uns unter dem Schirm erschnuppert, und wir haben ihm ein Stück Donut zugeworfen, damit er weggeht …‹ Wie gesagt: Es hat ihr Spaß gemacht, dass ich mir Geschichten um sie herum ausgedacht habe. Sie mochte das. Sie hat einen dazu ermuntert.«

Er stellt es so dar, als wäre das Ganze so unbekümmert und niedlich gewesen wie ein Lächeln, als wäre Aislinn bloß trällernd über Gänseblümchen gehüpft und hätte allüberall fröhliche Tagträume verstreut. Ich bin da skeptisch. Ich sehe sie vor mir, damals in der Vermisstenstelle, als sie mich mit allem bombardierte, was meine Phantasie befeuern sollte: das Geheimnis, die Tränen, die kurzen Beschreibungen, wie ihr Dad war, die bruchstückhaften Kindheitserinnerungen. Wenn ich angebissen hätte – und das hätte ich vielleicht, wenn mir der Daddy-Scheiß nicht gegen den Strich gegangen wäre –, hätte ich ihr sehr viel wahrscheinlicher das geliefert, was sie wollte: *Und dann löste die schlaue Polizistin das Problem des kleinen Waisenmädchens, und sie lebten alle glücklich und zufrieden bis an ihr seliges Ende.* Bei Gary hatte es funktioniert. Aislinn verstand es, ihr Talent zu nutzen.

Mich hatte sie nicht rumgekriegt. Ich sage zu Rory: »Und Sie glauben, das könnte irgendwas damit zu haben, was mit ihr passiert ist.«

Rory nickt heftig. »Ja. Ja. Tagträume sind nun mal nicht von Dauer. Ein Zusammenstoß mit der Wirklichkeit, und sie fallen in sich zusammen. Ich weiß, dass ich mich für jemanden wie Sie lächerlich abgedreht anhören muss, aber das ist selbst mir klar.«

Eine plötzliche Schärfe in seiner Stimme und ein jähes Blitzen in seinen Augen; schnell wieder vorbei und leicht zu übersehen, aber ich habe aufgepasst. Rory besteht nicht bloß aus Schäfchenwolken und Happy Ends; es steckt auch etwas Robustes und Scharfkantiges in ihm. Genau wie in Aislinn. Diese Kombination machte sie ideal füreinander und richtete sich dann gegen sie.

»Für jemanden wie mich«, sagt Rory, »ist das kein Problem. Ich verbringe sowieso die Hälfte der Zeit in meiner eigenen Gedankenwelt, hab ich schon immer. Und ich weiß es auch.« Wieder diese Schärfe in seiner Stimme. »Deshalb kann ich damit umgehen, wenn ich gegen die Wirklichkeit knalle und meine Seifenblase zerplatzt. Ich bin dran gewöhnt. Im tiefsten Innern hab ich die ganze Zeit damit gerechnet.«

Was nach einer indirekten Erklärung dafür klingt, warum ich es nicht gewesen sein kann, ehrlich, Detective. So was kriegst du oft zu hören. Meistens von Mördern. Ich nicke eifrig, voll konzentriert auf alle seine wertvollen Einsichten.

Rory sagt: »Aber bei vielen ist das anders. Als ich jünger war, hab ich eine Weile gebraucht, um das zu begreifen: Manche Menschen nehmen ihr Leben lang ausschließlich das wahr, was tatsächlich passiert.«

»Ich weiß, was Sie meinen«, sage ich. Vertraulich: »Viele Cops sind so. Keine Phantasie.«

Das wird mit einem reflexartigen Halblächeln quittiert, aber Rory ist zu tief in seine Geschichte versunken, um groß auf mich zu achten. »Wenn so ein Mann nun Aislinn kennenlernt, wäre er nicht in der Lage, sich darauf einzustellen, dass seine Seifenblase mit hoher Wahrscheinlichkeit platzen wird. Und als es dann passierte …«

»Verstehe«, sage ich mit einem konzentrierten kleinen Stirnrunzeln. »Glaube ich zumindest. Erzählen Sie mir, was sie sich vorstellen. Genauer.«

Rory malt mit einer Fingerspitze Muster auf den Tisch. Er sagt bedächtig: »Ich denke, es muss jemand gewesen sein, der noch nicht mal auf Ihrem Radar aufgetaucht ist, weil er Aislinn erst ganz kurz kannte. Vielleicht begegnen sie sich in einem Club oder durch ihre Arbeit, und sie kommen ins Gespräch. Vielleicht gibt sie ihm ihre Telefonnummer, und sie treffen sich auf einen Drink, vielleicht kommt es aber auch gar nicht bis dahin. Aber in seinem Kopf denkt er sich schon die wildesten Geschichten aus, und er ist berauscht von dem Gefühl – vor allem, weil es für ihn völlig neu ist.«

Mittlerweile wartet Breslin im Beobachtungsraum, verdreht die Augen und murmelt halblaut, ich soll zu Potte kommen, während unser Kaffee kalt wird. Von mir aus soll er ein paar Atemübungen machen. Wenn Rory den ganzen Tag braucht, um sich in diese Stimmung hineinzureden, dann bekommt er den ganzen Tag.

»Und dann beschließt Aislinn aus welchen Gründen auch immer, diese Beziehung nicht weiterzuführen.« Rory sieht mich an. Seine Finger drücken fest auf die Tischplatte. »Wenn du nicht daran gewöhnt bist, so von der Realität überrumpelt zu werden, ist das verheerend. So ähnlich, wie ich mir einen kalten Entzug für einen Heroinabhängigen vorstelle: echtes physisches und psychisches Leiden. Körper und Geist in der Krise.«

»Also geht er auf sie los?«, frage ich.

Rory schüttelt vehement den Kopf. »Nein. Nicht direkt. Wer so was macht, eine Frau anzugreifen, bloß weil sie nach einem oder zwei gemeinsamen Abenden mit ihm Schluss macht, ist ein Monster. Ein Psychopath. Und Aislinn hätte sich niemals auf so jemanden eingelassen. Sie war eine Tagträumerin, ja, aber deshalb hat sie nicht den Sinn für die Realität verloren. Dieser Mann muss ein anständiger Kerl gewesen sein. Die Dinge sind einfach aus dem Ruder gelaufen.«

Der Durchschnittsunschuldige, dessen Freundin ermordet wurde, wird den Täter als geifernde Bestie darstellen, die den elektrischen Stuhl siebenmal hintereinander verdient hat. Rory kann sich das nicht leisten. »Das ergibt Sinn, ja«, sage ich, mache mir Notizen und nicke. »Also? Was macht er?«

»Wenn er nicht mit Aislinn zusammen sein kann, braucht er wenigstens mehr Material für seine Phantasievorstellungen. Um sie zu füttern. Sie hat erwähnt, wo sie arbeitet, also lauert er ihr vor der Firma auf, um sie zu sehen, wenn sie herauskommt. Eines Abends folgt er ihr bis nach Hause.« Eine neue Energie wächst in Rorys Stimme, gibt ihr Kraft, lässt sie anschwellen. Ich muss ihm nicht auf die Sprünge helfen, nicht mehr. »Und sobald er weiß, wo sie wohnt, wird es zur Sucht. Er kann nicht wegbleiben. Er versucht es, aber alle paar Tage treibt es ihn nach Stoneybatter, ehe er selbst überhaupt merkt, dass er schon wieder auf dem Weg dorthin ist. Er ertappt sich dabei, dass er durch die Straßen geht und daran denkt, wie ihre Füße dieselben Bürgersteige berühren, er kauft Schokoriegel, die er gar nicht will, nur um in demselben Laden wie sie einzukaufen. Er landet vor ihrem Haus und beobachtet sie, wie sie sich Kräutertee kocht und bügelt.«

Er hält sich nah an der Wahrheit, schrammt an ihr entlang, berührt sie fast. Clever: Dadurch klingt die Geschichte beinahe wahr.

»Er gewöhnt sich daran, da draußen im Dunkeln in der Kälte zu stehen, die Zehen zu bewegen, damit sie nicht abfrieren. Das Licht in ihren Fenstern zu betrachten. Sich vorzustellen, wie er den Schlüssel im Schloss dreht und in diese Wärme tritt, wie sie ihn mit einem Kuss begrüßt. Sich vorzustellen, wie sie beide gemeinsam in dieser hellen Küche Abendessen machen. Er entwickelt eine Routine, findet eine Art Gleichgewicht, eine Art Zufriedenheit. So könnte er in alle Ewigkeit leben.«

Rory hat sich verändert. Keine Spur mehr von der ängstlichen kleinen Springmaus. Er sitzt vorgebeugt, seine Hände bewegen sich mit schnellen, klaren, selbstbewussten Gesten. Diese Energie in seiner Stimme hat sich weiter aufgebaut und vibriert jetzt in jedem Winkel des Raumes. Zum ersten Mal kann ich nachvollziehen, warum Aislinn sich in ihn verguckt hat. So was ist so ziemlich das Letzte, was ich mir von einem Mann wünsche, aber es hat Kraft. Rory hat sich aus dem beigen Häufchen Elend erhoben und ist zu jemandem geworden, nach dem du dich umdrehen würdest, wenn er durch eine Tür käme, und dem du hinterherschauen würdest.

»Und dann«, sagt er. »Samstagabend. Dieser Mann hat Aislinn wie üblich beobachtet, aber was er da sah, war anders als sonst. Sie hatte sich schick gemacht und geschminkt, glühte förmlich von innen. Er sah, dass sie Essen machte, nicht bloß für sich allein, sondern für zwei Personen; dass sie zwei Weingläser aus dem Schrank nahm und ins Wohnzimmer brachte. Er sah, dass sie in den Korkenzieher sang, tanzte, die Haare schüttelte und über sich selbst lachte. Er sah, wie glücklich sie war. Sah ihre Vorfreude.«

Bin beim Stylen, singe in den Korkenzieher wie n Teenie in die Haarbürste. Wieder tränkt dieser Blutgeruch die Luft, durchdringend wie in einer Metzgerei. Rorys Phantasie ist gut, aber er ist kein Hellseher. Er hat Aislinn Samstagabend beobachtet.

»Das muss ihm den Atem verschlagen haben. Er muss das Gefühl gehabt haben, als würde die Welt ins Taumeln geraten, er muss gedacht haben, seine Phantasievorstellung wäre in die Realität eingebrochen, weil er so fest an sie geglaubt hat … Er wird nicht gewusst haben, dass das Leben so nicht läuft.« Ein bitterer Zug um einen von Rorys Mundwinkeln. »Er wird irgendwie überzeugt davon gewesen sein, dass Aislinn dieses Kleid für ihn getragen und das Essen für ihn gekocht hat. Und als er wieder atmen konnte, wird er aus der Dunkelheit getreten sein, er wird sich die schlimmste Regennässe vom Mantel gewischt und an ihre Tür geklopft haben.«

Guter Schluss. Rory faltet die Hände, atmet tief durch und sieht mich erwartungsvoll an. Er will es dabei belassen.

Ich liebe diese Vernehmung. Nicht bloß, weil sie gut läuft. Ich liebe diese Vernehmung, weil sie klar ist. Kein Wenn, kein Vielleicht, das in den Ecken zuckt, die Luft verklebt, in meiner Kleidung juckt. Keine zahllosen Schichten von möglichen Zufällen und Hypothesen, die jedes Mal berücksichtigt werden müssen, wenn ich den Mund aufmache oder eine Antwort höre. Bloß ich und der Mann mir gegenüber und das, was er getan hat, wie wir beide wissen. Es liegt zwischen uns auf dem Tisch, etwas Greifbares mit dem blanken dunklen Glanz eines Meteoriten, das der Sieger einfordern kann.

Ich sage: »Und dann?«

Rorys Hals zuckt. Als ich ihn weiter betrachte, Augenbrauen fragend hochgezogen, sagt er: »Na ja. Und Aislinn hat offensichtlich nicht ihn erwartet; sie hat mich erwartet. Sie hatte seit Monaten nicht mal mehr an ihn gedacht. Also wird sie erstaunt gewesen sein, als sie ihn sah. Vermutlich hat sie ihn aufgefordert, zu gehen. Und in dem Moment ist er durchgedreht.«

Ich sehe ihn weiter fragend an. »Und …?«

Kopf runter, Richtung Tisch: »Und er hat sie angegriffen.« Die Energie ebbt ab, entweicht aus dem Raum, aus Rorys Stimme und seinem Gesicht, lässt ihn erneut zerbrechlich und beige zurück. Seine schöne Geschichte ist zerplatzt, genau wie er es beschrieben hat, an der scharfkantigen Realität der toten Aislinn. Als die Stille anhält, noch leiser: »Sie getötet.«

»Wie wird er es getan haben?«

Rory schüttelt den Kopf.

»Rory. Ich brauche Ihre Hilfe.«

»Wissen Sie das nicht schon?«

»Ich bitte Sie um einen Gefallen«, sage ich sanft und beuge mich vor, um Blickkontakt herzustellen. »Tun Sie so, als wäre es bloß eine erfundene Geschichte, okay? Wie eine von denen, die Sie Aislinn erzählt haben. Erzählen Sie sie einfach für mich zu Ende. Bitte.«

»Ich weiß nicht … Ich weiß bloß, dass er keine Waffe dabeigehabt haben wird. Kein Messer oder so. Er hätte niemals geplant, sie … Vielleicht mit einer … einer Lampe oder so, mit irgendwas, das schon da war …« Er streicht sich mit zittriger Hand übers Gesicht. »Ich kann nicht –«

Ihm wird nicht rausrutschen, dass er weiß, wie sie gestorben ist. Nicht weiter schlimm; war ohnehin unwahrscheinlich. »Wow«, sage ich. Ich lehne mich auf meinem Stuhl zurück, stoße einen langen Seufzer aus und fahre mir mit beiden Händen durchs Haar. »Mann. Das ist echt heftig.«

»Ähm …« Rory holt tief Luft. Er setzt seine Brille wieder auf und sieht mich blinzelnd an, versucht, sich zu sammeln. »Könnte Ihnen das helfen? Was meinen Sie?«

»Durchaus«, sage ich. »Durchaus möglich. Ich werde natürlich nicht im Detail erläutern, was ich denke, aber es ist nicht unwahrscheinlich, dass Sie mir tatsächlich etwas Sachdienliches geliefert haben. Danke dafür. Ehrlich, vielen Dank.«

»Kein Problem. Glauben Sie –«

»Hallo-hallo-hallo«, dröhnt Breslin munter, als er die Tür mit dem Hintern aufdrückt und schwungvoll hereinkommt, Tassen in beiden Händen. »Sorry, dass es so lange gedauert hat. Diese egoistische Bande. Von denen hält es keiner für angebracht, seine Tasse zurück in die Teeküche zu bringen, geschweige denn, sie mal auszuspülen. Die hier hab ich mir erst zusammensuchen müssen. Als Entschädigung dafür –« Er verteilt die Tassen und zieht triumphierend eine Packung Kekse aus der Jacketttasche. »O'Gormans Geheimvorrat hat mich nicht enttäuscht. Ladys und Gentlemen, ich präsentiere Ihnen stolz: Oreos mit Schokoüberzug. Bin ich gut, oder bin ich gut?«

»Ah, supergut«, sage ich. »Ich bin am Verhungern.«

»Stets zu Diensten.« Breslin wirft erst mir einen Oreo-Keks zu und dann Rory, der natürlich danebengreift, ihn auf den Teppichboden fallen lässt und aufheben muss. Er starrt ihn an, als wüsste er nicht, was er damit machen soll. »Essen Sie schnell«, sagt Breslin. »Bevor O'Gorman kommt und Terz macht.«

»Hör mal«, sage ich und tunke meinen Keks in den Kaffee. »Rory hat eine Theorie.«

»Gott sei Dank«, sagt Breslin. »Wenigstens einer. Taugt sie was?«

»Könnte sein«, sage ich den Mund voll Keks. »Die Kurzfassung: Er glaubt, Aislinn war die Sorte Frau, die einen Mann dazu bringen konnte, sehr viel schneller als üblich von einem Leben in glücklicher Zweisamkeit zu träumen. Es muss also jemanden gegeben haben, mit dem Aislinn nur so kurz etwas zu tun gehabt hat, dass er nicht auf unserem Radar aufgetaucht ist. Und als sie ihn abserviert hat, konnte er nicht aufhören, an sie zu denken. Er fing an, sie zu beobachten. Als er sah, wie sie sich für ihr Dinner mit Rory hübsch gemacht hat, hat er sich eingeredet, sie würde auf ihn warten. Er hat an ihre Tür geklopft, eine üble Überraschung erlebt, als sie gar nicht erfreut war, ihn zu sehen, und ist ausgetickt.«

»Interessant«, sagt Breslin. Er stopft sich seinen Keks in den Mund und kaut nachdenklich, abwägend. »Gefällt mir. Könnte zu dem passen, was wir wissen.«

Rory sieht nicht aus, als würde ihn das ermutigen. Er hockt auf seinem Stuhl und zupft Teppichflusen von seinem Keks. In der Sekunde, als Breslin hereinkam, ist er verblasst und geschrumpft wie ein zu heiß gewaschener Pullover.

»Genau«, sage ich. »Es gibt uns dieses spezielle Gefühl, wissen Sie? In unserem Job entwickelt man ein Gespür dafür, wann sich etwas richtig anfühlt. Praktisch und psychologisch.«

»Wir lieben dieses Gefühl«, sagt Breslin zu Rory. »Wir haben die ganze Zeit danach gesucht. Und ich muss zugeben, Ihre Theorie bringt uns dem bislang am nächsten. Wir werden Leute darauf ansetzen, Aislinns flüchtige Bekanntschaften genauer unter die Lupe zu nehmen – Nachtclubs, berufliche Kontakte. Falls wir diesen Kerl finden, Rory, dann haben Sie sich das Flugticket nach Barbados ehrlich verdient.«

Er lehnt sich zurück und schlürft genüsslich einen Schluck Kaffee, während er seine Akte durchsieht. »Bis dahin«, sagt er, »könnten wir vielleicht ein paar Kleinigkeiten abklären, wo Sie schon mal hier sind? Nur, damit wir Sie von unserer Liste streichen können?«

»Ach Mensch, du und deine Listen«, sage ich und verdrehe die Augen. »Hören Sie nicht auf ihn, Rory. Der Mann macht Listen von den Sachen, die er in seinen *Hosentaschen* hat, damit er nachprüfen kann, ob er auch wirklich nichts verloren hat. Lassen Sie sich bloß nicht drauf ein. Fliehen Sie, solange es noch geht.«

»Mach meine Listen nicht mies, du«, sagt Breslin und zeigt auf mich. »Wie oft haben die uns schon den Hintern gerettet?«

»Ja, ja, ja.«

»Rory? Wäre das okay für Sie? Dauert nur ein paar Minuten.«

Wir wissen alle, dass Rory nicht gehen wird, weil er sich sonst ja doch nur in seiner Wohnung und in seinem Kopf im Kreis drehen wird. Er sagt: »Ich glaub schon.«

»Siehst du?«, sagt Breslin zu mir. »Rory hat nichts dagegen. Hab ich recht, Rory?«

»Ja. Ich meine –«

»*Ich* hab was dagegen«, sage ich. »Wenn ich noch eine einzige von deinen –«

»Super«, sagt Breslin. »Pech für dich, Conway.« Er beginnt zu blättern. Ich seufze geräuschvoll, binde mein Haar wieder nach hinten zu einem Knoten: Jetzt geht's zur Sache.

Breslin hat recht, bei Vernehmungen sind wir ein gutes Team.

Was wieder mal beweist: Gute Zusammenarbeit hat ansonsten überhaupt nichts zu bedeuten. Aus den Augenwinkeln sehe ich die glatte, kühle Fläche des Einwegspiegels und frage mich, ob Steve dahinter ist.

»Großartig«, sagt Breslin. »Los geht's: Schöne Liste. Frage Nummer eins. Rory: Aislinn hat sich Samstagabend mit einer Freundin unterhalten, und dabei ging es darum, dass du zum Abendessen kommen würdest. Sie scheint sich darauf gefreut zu haben.« Er sieht Rory so lange mit einem Lächeln an, bis der mehr oder weniger zurücklächelt. »Schön. Und die Freundin hat Aislinn gewarnt« – er tut so, als würde er in seinen Notizen nachschauen –, »›sei vorsichtig, okay?‹ Warum sollte sie das tun?«

Rory starrt ihn verwirrt an. »Wer hat das gesagt?«

»Was meinen Sie, wer würde so was sagen?«

»Ich hab keine – Ich weiß nicht. Ich kenne doch kaum eine von Aislinns Freundinnen. Wer –?«

»Moment«, sagt Breslin und hebt eine Hand. »Soll das heißen, wenn Aislinns Freundinnen Sie gekannt hätten, hätten sie Grund gehabt, sie zu ermahnen, vorsichtig zu sein? Welchen Grund?«

»*Nein*. Das hab ich nicht gesagt. Sie hätten keinen –«

»Eine von ihnen hat das aber geglaubt.«

»Bestimmt nicht. Keine von ihnen hätte einen Grund gehabt. Überhaupt keinen.«

»War bestimmt ein Missverständnis«, sage ich. »Gab's irgendwas, was die Freundin falsch verstanden haben könnte? Wenn ein neuer Typ auftaucht, meldet sich bei Freundinnen schon mal der Beschützerinstinkt, und sie sehen auf einmal überall Warnsignale –«

»Oder sie werden neidisch«, wirft Breslin ein. »Vielleicht ist die Freundin potthässlich und kriegt keinen ab. Sie ärgert sich und beschließt, sich irgendwas aus den Fingern zu saugen, um Sie Aislinn madigzumachen. Was hätte sie sich da einfallen lassen können?«

Rory streicht sich mit der Hand über die Augen und versucht, nachzudenken. Sein Keks bleibt unberührt. Er hat gemerkt, dass wir kein Spiel mehr spielen. Breslin und ich lächeln noch immer, was das Zeug hält, aber die Atmosphäre im Raum hat sich verändert; der Rhythmus ist schneller und härter, und jetzt gibt Breslin ihn vor, nicht Rory.

»Ich könnte mir höchstens denken …« Wir warten aufmunternd. »Ich hab Ihnen ja schon erzählt, dass es schwierig war, sich mit Aislinn zu verabreden. Aber ich hab's immer wieder versucht, auch wenn sie abgesagt hat. Ich schätze, das könnte vielleicht irgendwie … ich weiß auch nicht, aufdringlich gewirkt haben. Ich meine, ich weiß, dass *Aislinn* mich nicht für zu aufdringlich gehalten hat, sonst hätte sie es gleich beendet, aber vielleicht ja eine von ihren Freundinnen.«

»Langsam«, sagt Breslin. »Immer schön der Reihe nach. Sie erzählen uns, dass Sie immer wieder versucht haben, sich mit Aislinn zu verabreden, auch wenn sie abgesagt hat. Und dann behaupten Sie, wenn sie gesagt hätte, Sie sollen sich verziehen, hätten Sie das getan. Ja, was denn nun?«

»Aber – Das ist doch nicht dasselbe. Sie hat nie gesagt, dass sie mich nicht mehr sehen will. Wenn sie das getan hätte, wäre ich *natürlich* sofort weg gewesen. Zu sagen: ›Donnerstag hab ich schon was vor‹, ist doch nicht dasselbe, das ist etwas völlig –«

Rory verschlingt sich zu einem Knäuel aus Empörung und Trotz. »Hey, uns müssen Sie nicht überzeugen«, sage ich. »Die Freundin ist es, die sich Sorgen gemacht hat. Wir wollen bloß herausfinden, wieso.«

»Das ist die einzige Erklärung, die mir einfällt. Mehr nicht.«

Breslin steht vom Tisch auf und schlendert herum, so dass Rory nicht weiß, wo er hingucken soll. Er sagt: »Klingt ein bisschen dünn, finde ich.«

»Ich auch«, pflichte ich bei. »Diese Freundin ist nicht der hysterische Typ, wenn Sie verstehen, was ich meine. Wenn sie gedacht hat, Aislinn sollte vorsichtig sein, dann hatte sie einen Grund dafür.«

»Vielleicht ...« Rory räuspert sich. »Ähm, wenn ich recht habe und wirklich jemand Aislinn beobachtet hat ... Vielleicht hat sie ihn bemerkt und ihrer Freundin gegenüber erwähnt. Und ihre Freundin hat befürchtet, dass er wütend werden würde, wenn er mitbekommt, dass Aislinn mich eingeladen hat.«

Breslin bleibt stehen und mustert Rory mit einem langen, fragenden Blick – Rory hält ihm blinzelnd stand. Er sagt: »Hat Aislinn mal irgendwelche Verflossenen erwähnt, die ihr irgendwie unheimlich waren?«

Rory schüttelt den Kopf.

»Laut bitte, für die Tonbandaufzeichnung.«

»Nein. Nie.«

»Die meisten Frauen reden mit dem neuen Partner nicht gleich über seine Vorgänger«, stelle ich fest. »Man will ja nicht rüberkommen wie eine Typen-Verschleißerin.«

Breslin zuckt die Achseln. »Na gut. Hat sie erwähnt, dass sie gestalkt wurde?«

Bei dem Wort zuckt Rory zusammen. »Nein.«

»Kein einziges Mal?«

»Nein. Aber vielleicht wollte sie mich ja nicht – keine Ahnung, abschrecken oder so.«

»Wie, hat sie gedacht, Sie wären gleich ab durch die Mitte, bloß weil irgendein Blödmann bei ihr in der Nähe rumlungert? Und hätte Sie das abgeschreckt?«

»Nein! Ich –«

»Natürlich nicht. Und da Aislinn nicht blöd war, wusste sie das auch. Meinen Sie, Aislinn hätte sich nur die Bohne für Sie interessiert, wenn sie gedacht hätte, Sie wären so ein Weichei? Conway: Würden Sie einen Typen wollen, der so schnell Schiss kriegt?«

»Nee«, sage ich. »Ein bisschen Mumm sollten Männer schon haben.«

»Genau. Und ich würde wetten, Aislinn sah das auch so.«

Rory rutscht unruhig hin und her. »Okay. Vielleicht wusste sie ja gar nicht, dass der Mann sie beobachtet hat –«

»Vielleicht«, sagt Breslin. Er beugt sich so abrupt über den Tisch, dass Rory zusammenfährt, greift aber nur nach seiner Kaffeetasse. »Vielleicht. Womit wir wieder am Anfang wären: Als die Freundin meinte, Aislinn sollte vorsichtig sein, kann sie nicht den stalkenden Ex gemeint haben. An den außer Ihnen keiner je gedacht hat.«

Aber das stimmt nicht. Mir ist, als würde ein entzündeter Zahn, von dem ich gedacht habe, er wäre wieder in Ordnung, geheilt, weg, sich plötzlich melden: Lucy hat an einen Ex gedacht. Laut ihrer Geschichte war er ein Grund, warum sie die SMS geschickt hat.

Breslin stellt seine Tasse mit einem lauten, harten Knall ab. »Also«, sagt er, »was hat die Freundin gemeint?«

Rory schüttelt den Kopf. Er ist wieder zu einem Häufchen Elend zusammengesunken.

»Laut bitte, für die Tonbandaufzeichnung.«

»Ich weiß nicht, was sie gemeint hat.«

»Schade«, sagt Breslin. »Eine Erklärung wäre wirklich wichtig gewesen. Aber wenn Sie sicher sind, dass Sie uns da nicht weiterhelfen können …« Kurze Pause, um Rory noch eine Gelegenheit zu geben, die er aber nicht ergreift. »Dann können wir es wohl vorläufig dabei belassen. Werfen wir wieder einen Blick auf meine Liste, ja?«

Er beugt sich über seine Notizen und überfliegt sie. »Ah«, sagt er. »Richtig. Frage Nummer zwei.«

Er zieht ein Blatt Papier aus der Jacketttasche und entfaltet es so zackig, dass Rorys Schultern hochschnellen. Er schlendert wieder eine Runde durch den Raum, während er die Seite liest, sich Zeit lässt und dabei hinter Rory vorbeigeht, damit er sich auf seinem Stuhl umdrehen muss.

»Bitte sag mir, dass das nicht noch eine Liste ist«, sage ich, sehe Rory an und verdrehe die Augen. Keine Reaktion.

»Hier«, sagt Breslin und tippt auf das Blatt, »hier ist genau aufgeführt, wann Rory am Samstagabend wo gewesen ist.«

Rorys Schultern verkrampfen sich. »Ach so«, sage ich. »Klar. Also eine Kleinigkeit, und du machst so ein Tamtam.«

»Möglicherweise. Wir werden sehen.«

»Wo ...?« Rorys Stimme bebt. Er räuspert sich und setzt neu an. »Wo ist das Problem?«

»Ah«, sagt Breslin. »Das wird jetzt ein bisschen kompliziert, Rory, also bitte unterbrechen Sie mich, wenn Sie nicht mitkommen. Sie haben gesagt, Sie sind kurz vor sieben in den 39A eingestiegen und kurz vor halb acht in Stoneybatter wieder ausgestiegen. Dann sind Sie zu Viking Gardens gegangen, um sicherzugehen, dass Sie den Weg finden – damit wären wir bei ungefähr 19.32 Uhr. Zum Tesco, um Blumen zu kaufen: Wir haben festgestellt, dass man dafür zu Fuß sieben Minuten braucht, so dass Sie etwa um 19.40 Uhr dort gewesen sein müssten.«

Rory hat es aufgegeben, Breslins Schlendergang zu folgen. Er sitzt stocksteif da, Füße fest auf dem Boden, starrt geradeaus.

»In Ihrer Aussage steht, dass Sie ›ein paar Minuten‹ im Tesco verbracht haben; sagen wir also, dass sie um 19.43 Uhr wieder raus sind. Noch mal sieben oder acht Minuten zurück zu Viking Gardens, vielleicht auch weniger, weil Sie gesagt haben, Sie hätten sich beeilt. Somit müssten sie gegen 19.50 Uhr vor Aislinns Haustür gewesen sein. Können Sie mir folgen?«

»Falls nicht«, sage ich, »soll Bres es für Sie aufschreiben. Der kann ruhig mal was für sein Geld tun.«

Rory sagt, ohne mich anzusehen: »Ich komme bestens mit.«

»Dachte ich mir«, sagt Breslin jovial. »Aber Sie haben uns gesagt, dass Sie kurz vor acht bei Aislinn angekommen sind. Also was haben Sie mit den zusätzlichen acht oder neun Minuten gemacht?«

Und seine Schultern sacken wieder nach unten. Rory denkt, er ist aus dem Schneider. Er entspannt sich vor Erleichterung, körperlich und psychisch. »Ich hab keine Ahnung. Ich meine, herrje, vielleicht bin ich etwas später aus dem Bus gestiegen, als ich dachte, oder ich hab ein bisschen länger gebraucht, um die Blumen auszusuchen. Oder vielleicht war ich ein paar Minuten früher bei Aislinn, als ich dachte. Oder alles zusammen. Ich achte nicht besonders auf exakte Uhrzeiten. Ich bin nicht so darauf geeicht, wie Sie das sind. Ich könnte Ihnen auch nicht auf acht Minuten genau sagen, wie viel Uhr wir jetzt haben oder wie lange wir schon hier sind.«

Breslin reibt sich die Nase, verlegen. »Wenn Sie es so ausdrücken …«

»Na bitte«, sage ich zu beiden. »Eine Kleinigkeit.«

»Berufskrankheit«, sagt Breslin mit einem kleinlauten Lachen. Ich lache auch, Rory stößt ein leicht hysterisches Halblachen aus, wir lachen alle drei. »Ehrlich, manchmal denke ich, ich hab vergessen, wie ein normaler Mensch so tickt. Ich meine, ein normaler Mensch könnte sich doch wohl kaum um *Stunden* vertun, was? Oder auch nur um eine halbe Stunde? Sie könnten nicht erst um halb neun bei Aislinn gewesen sein und gedacht haben, es wäre acht? Zehn Minuten wären so ziemlich das Limit?«

»Ich denke schon«, sagt Rory. Er erinnert sich an seinen Kaffee und trinkt einen kleinen, dezenten Schluck. »Wahrscheinlich.«

»Aha«, sagt Breslin und dreht das Blatt in seiner Hand um. »Ich hab hier noch einen anderen zeitlichen Ablauf – trinken Sie lieber noch einen Schluck Kaffee, Sie werden ihn brauchen.«

»Ich auch«, sage ich, hebe meine Tasse, als wollte ich Rory zuprosten, und zwinkere ihn an. »Halten Sie durch, Mann. Irgendwann ist er mit seiner Liste durch.«

»Jaja. Je eher ihr zwei aufhört, rumzumeckern, desto schneller sind wir durch.« Breslin kommt um den Tisch herum auf meine Seite, geht in Schussposition. »Also. Das hier beruht auf Bildern von Überwachungskameras. Demzufolge haben Sie um zehn vor sieben den Bus genommen, Rory, und sind um Viertel nach in Stoneybatter ausgestiegen. Das passt nicht genau zu dem, was Sie uns erzählt haben, aber egal, wie gesagt: Ein paar Minuten hier und da spielen für normale Menschen keine Rolle …« Er lächelt Rory an, der noch immer locker genug ist, um zurückzulächeln. »Das Problem ist nur, unser nächster Beleg für Ihren Aufenthaltsort sind die Videoaufnahmen vom Tesco, auf denen zu sehen ist, wie Sie um 19.51 Uhr die Blumen bezahlen.«

Rorys Lächeln ist verschwunden. Allmählich begreift er.

Breslins Stimme wird gewichtiger, Sätze fallen mit dicken, kalten Schlägen auf den Tisch. »Wie ich schon sagte, von Aislinns Cottage zum Tesco braucht man zu Fuß etwa sieben Minuten. Wenn Sie also um 19.51 Uhr die Blumen bezahlt haben, müssen Sie Viking Gardens gegen zwanzig vor acht verlassen haben. Damit ist ungeklärt, wo Sie sich in der Zeit von Viertel nach sieben, als Sie aus dem Bus gestiegen sind, bis zwanzig vor acht aufgehalten haben. Fünfundzwanzig Minuten, Rory. Wir haben gerade festgestellt, dass selbst ein normaler Mensch sich nicht um *fünfundzwanzig Minuten* vertun würde. Wollen Sie mir vielleicht verraten, was Sie in diesen *fünfundzwanzig Minuten* gemacht haben?«

Rory starrt in den Raum zwischen Breslin und mir. Er hat sich zu einem festen Knoten verspannt. Sein Mund bewegt sich kaum, als er sagt: »Das hab ich Ihnen doch schon gesagt.«

»Ich dachte, das hätten Sie«, sage ich angesäuert. Bei dem Gedanken, dass er seine nette Verbündete verliert, beginnt er, schneller zu atmen, dennoch blickt er mich nicht an. »Aber jetzt sieht es so aus, als hätten Sie uns einen großen Haufen Mist erzählt. Haben Sie irgendwas hinzuzufügen, bevor wir zu dem Schluss kommen, dass Sie uns vielleicht aus gutem Grund verschweigen, was Sie an dem Abend in dem fraglichen Zeitraum gemacht haben?«

»Ich hab Ihnen erzählt, was ich gemacht habe. Ich kann nichts dafür, wenn das nicht zu Ihrem zeitlichen Ablauf passt.«

Keine schlechte Strategie: Entscheide dich für eine Geschichte, verbeiß dich darin und bleib dabei, komme, was da wolle. Sobald du eine Bewegung machst, können wir dich aus dem Gleichgewicht schubsen, dich Stückchen für Stückchen dahin schieben, wo wir dich haben wollen. Wir müssen Rory dazu bringen, dass er sich bewegt.

Breslin zieht mit raschem Schwung seinen Stuhl an den Tisch und setzt sich. Ich lehne mich zurück: Erst mal soll er weitermachen, während Rory sich fragt, ob ich noch seine Freundin bin. Er sagt: »Woher wussten Sie, dass Aislinn Gardinen in der Küche hatte?«

Das wirkt: Rory schreckt auf und starrt ihn an: »Was?«

»Und die schmale Gasse hinter dem Haus. Woher haben Sie davon gewusst?«

»Die – Hab ich nicht. Ich meine, tu ich nicht. Welche Gasse –«

»Sie haben den theoretischen Stalker beschrieben, der Aislinn dabei beobachtet, wie sie Essen kocht und Weingläser aus dem Schrank nimmt. Sie haben ihn nicht beobachten lassen, wie sie den Tisch deckt, der im Wohnzimmer nach vorne raus ist. Anders ausgedrückt, Sie wussten, dass der Stalker sie von der Gasse auf der Rückseite des Hauses hätte beobachten können.«

Rory blinzelt hektisch, konfus. Breslin sagt grinsend: »Junge, sehen Sie den Spiegel da? Ich war direkt dahinter und habe mir euer ganzes Gespräch angehört. Antoinette ist super in ihrem Job, aber sie ist … Wie drück ich das jetzt aus, ohne mir einen Kinnhaken einzufangen?«

»Vorsicht«, sage ich.

»Immer mit der Ruhe«, sagt Breslin, lehnt sich von mir weg und hebt schützend eine Hand. »Sagen wir einfach, sie neigt eher als ich zu der Annahme, dass Sie auf unserer Seite sind. Sie ist

Optimistin: Sie hat von Anfang an gehofft, dass hinter diesem Fall ein ganz großes, faszinierendes Geheimnis steckt.« Ein Seitenblick zu mir, ein hauchdünnes Schmunzeln, das alles bedeuten könnte. »Ich dagegen bin schon länger in diesem Geschäft. Ich bin misstrauisch – noch so eine Berufskrankheit. Deshalb pass ich immer ganz genau auf. Ich hab so ziemlich jedes Wort gehört, das Sie gesagt haben. Und ich frage Sie: Wie konnten Sie wissen, dass der Stalker Aislinn in ihrer Küche beobachtet haben müsste, es sei denn, Sie waren der Stalker?«

»Ich hab *spekuliert.* Das ist – ich meine, das ist doch bloß, das ist simple – simple Logik, wenn er nicht von den Nachbarn gesehen werden wollte, dass er –« Rorys Atmung funktioniert nicht richtig. »Und die Küche, weil sie da ja wohl das Essen zubereiten wird, falls ich komme – ich meine *wenn*, nicht falls –«

Er verliert seine Geschichte aus dem Griff. Ich sage – eine Spur besorgt, unzufrieden mit der Richtung, in der das Gespräch läuft: »Da ist noch was. Sie haben gesagt, der Stalker würde sehen, wie Aislinn in den Korkenzieher singt. Und wir wissen aus den Textnachrichten, dass sie genau das an dem Abend getan hat. Woher wussten Sie das, wenn Sie sie nicht dabei beobachtet haben?«

Ehe Rory auch nur Luft holen kann, um zu antworten, sagt Breslin: »Tun Sie mir einen Gefallen. Versuchen Sie nicht, uns zu erzählen, das hätten Sie sich bloß so vorgestellt. Darauf konnten Sie unmöglich kommen, es sei denn, Sie wären Hellseher. Sind Sie das, Rory?«

»Was? Nein! Wie soll – ich weiß nicht –«

»Na, da bin ich aber erleichtert. Jetzt erklären Sie uns mal, wie Sie das mit dem Korkenzieher wissen konnten?«

Rory schüttelt den Kopf, atemlos und stumm. Ich sage: »Dann will ich es Ihnen erklären. Sie haben Aislinn an dem Abend von der Gasse hinter ihrem Haus beobachtet. Hab ich recht?«

Nach einem langen Moment wackelt sein Kopf hilflos auf dem Hals: Ja.

»So haben Sie die fehlenden fünfundzwanzig Minuten verbracht.«

Erneutes Nicken. Wieder streut mir der Einwegspiegel Licht in den Augenwinkel. Ich hoffe, Steve ist dahinter. Ich hoffe, er ist jetzt tiefrot bis in die Haarwurzeln.

»Laut bitte, für die Tonbandaufzeichnung«, sagt Breslin.

Rory findet seine Stimme wieder, sie klingt gepresst. »Ich wollte bloß … es war nur ein Moment. Um zu begreifen, dass es Wirklichkeit war, nicht bloß ein Traum. Mehr nicht.«

»Und das konnten Sie nur«, sagt Breslin, »indem Sie sich hinter Aislinns Haus schleichen und sie wie ein Spanner durchs Fenster beobachten.«

Er formuliert es bewusst anzüglich. Rory verzieht das Gesicht. »Ich hab nicht – Ich hab bloß da gestanden und war glücklich. Ich weiß nicht, wie ich das erklären –«

»Ich glaube, ich versteh das«, sage ich skeptisch. »Irgendwie. Sie haben sie ja schließlich nicht beim Duschen beobachtet – oder doch?«

»Nein! Selbst wenn ich das gewollt hätte – und das wollte ich wirklich nicht –, wäre ich sofort gegangen, wenn …« Breslin stößt ein belustigtes Schnauben aus. Rory schafft es, ihn zu ignorieren, indem er sich auf mich fokussiert. Die Wahrheit zu erzählen oder die Geschichte zu erzählen, lässt ihn wieder ruhiger atmen. »Jedenfalls, das wäre gar nicht gegangen: Das Badezimmerfenster ist aus Milchglas. Aislinn war in der Küche. Sie hatte Musik laufen – es war windig, deshalb konnte ich nicht hören, welche Musik, aber es muss was Flottes gewesen sein, weil sie so durch die Küche getanzt ist und in den … ja. In den Korkenzieher gesungen hat.« Kurzer Blick zu mir, zu traurig, um trotzig sein. »Sie hatte einen rosa Pullover und Jeans an, und sie hat Sachen aus dem Kühlschrank genommen und aufgemacht, in Töpfe getan, und dabei hat sie getanzt. Dann ist sie raus aus der Küche – ich hab gewartet, und als sie wiederkam, hatte sie so ein blaues Kleid an … Sie sah aus – lauter Blau und Gold – wie eine Erscheinung, wie eine von diesen Heiligenvisionen, die die Leute vor Jahrhunderten hatten. Und ich konnte es nicht glauben, dass ich in ein paar Minuten mit ihr da drin sein würde. Dass sie mich anlächeln würde.«

Die Trauer reicht tief, bis ins Innerste seiner Stimme. Aber das hat nichts zu bedeuten. »Und dann sind mir die Blumen eingefallen, und ich bin zum Tesco gelaufen. Und wenn ich nicht …« Rory saugt rasch Luft durch die Nase ein, als hätte er sich weh getan. »Wenn ich nicht an die Azalee gedacht hätte, wenn ich noch geblieben wäre und sie weiter beobachtet hätte – dann wäre ich da gewesen. Als er kam. Und ich hätte, ich hätte …«

Sein Mund beginnt zu beben. Er presst die Faust dagegen. Ich spüre förmlich, dass Breslin bei der Vorstellung, wie Rory in sein Supermankostüm springt und den Schurken zusammenschlägt, ein höhnisches Grinsen unterdrückt. Wahrscheinlich hat Rory die Szene schon in hundert Variationen durchgespielt.

Er sagt durch seine Finger: »Aber ich hab nichts davon getan. Ich bin wie ein Idiot zu Tesco gerannt, und während ich weg war, ist irgendwer gekommen und hat Aislinn getötet. Vielleicht hab ich ihn sogar gesehen, aber gar nicht registriert, weil ich außerhalb von meiner glücklichen Seifenblase nichts und niemanden wahrgenommen habe. Und als sie dann nicht aufgemacht hat, hab ich gewartet und gewartet, weil ich einfach nicht glauben konnte, dass sie es sich anders überlegt hat, wo sie doch noch ein paar Minuten zuvor so aussah, als würde sie sich wahnsinnig auf mich freuen. Ich hab in der Kälte rumgestanden und nach einer Erklärung gesucht, während sie drinnen lag, tot oder im Sterben. Und anstatt zu kapieren, dass irgendwas passiert sein musste, und die Tür einzutreten, bin ich nach Hause und hab mich in Selbstmitleid gesuhlt. So war's. So ist das abgelaufen.«

»Menschenskind, Rory«, sage ich vorwurfsvoll. »Warum haben Sie uns das nicht gleich erzählt?«

»Weil ich weiß, wie es sich anhört! Ich weiß, ich wirke jetzt wie irgend so ein … Ich erwarte gar nicht, dass Sie verstehen, wie es in Wirklichkeit war.«

»Ich gebe mir alle Mühe. Aber es wäre sehr viel einfacher, wenn Sie uns von Anfang an die Wahrheit gesagt hätten.«

»Das tue ich jetzt.«

Unter dem Tisch tippe ich mit dem Fuß gegen Breslins Knöchel. Prompt sagt er: »Nun ja. Wenigstens einen Teil der Wahrheit. Das war nämlich nicht das erste Mal, dass Sie Aislinn beobachtet haben. Stimmt's?«

Rorys Augen huschen zu ihm und zu mir und dann in eine Ecke. Er entscheidet sich schnell. »Doch. Das war das erste Mal.«

»Nein, war es nicht.«

Ich sage: »Deshalb brauchten Sie auch diesen Moment hinter dem Haus, um zu begreifen, dass es endlich wahr wurde. Weil Sie sie schon so oft in der Küche beobachtet und davon geträumt hatten hineinzugehen. Richtig?«

»Genau wie der Mann in Ihrem Szenario«, sagt Breslin. »Ihrem *hypothetischen* Szenario.«

»Es *war* hypothetisch. Sie hatten mich gebeten, mir vorzustellen –«

»Dieser Moment muss sich wunderbar angefühlt haben, was?«, frage ich. »So oft schon hatten Sie sich abwenden und nach Hause gehen müssen, in der Kälte …«

»Er … ja, er hat sich wundervoll angefühlt. Aber nicht, weil ich schon – Ich habe Aislinn nicht gestalkt, ich hab nur –« Rory fängt wieder an, zu stammeln.

»Schsch«, sagt Breslin.

»Was?«

»Schsch.« Breslin greift nach seiner Akte. »Ich möchte Ihnen was zeigen.«

Er lehnt sich zurück und beginnt, seelenruhig zu blättern, leckt sich zwischendurch immer wieder den Daumen an. Rory beobachtet ihn, hält die Tischkante umklammert, als wollte er jeden Moment aufspringen, sagt aber nichts. Seine Selbstbeherrschung ist noch nicht völlig weg.

»Hier.« Breslin wirft lässig eine Handvoll Fotos, große Achtzehn-mal-vierundzwanzig-Abzüge, auf den Tisch. Rory greift hektisch danach, und sie rutschen auseinander. Er bekommt eines zu fassen, wirft einen Blick darauf und stößt ein helles, erschrockenes Wimmern aus.

Breslin sagt: »Nehmen Sie auch die anderen.«

Rory rührt sich nicht. Er hält den Kopf über das Foto gesenkt, aber seine Augen sind blicklos.

»Nehmen Sie sie.«

Rory bewegt sich automatisch, er schiebt die Fotos zu einem Packen zusammen. Seine Finger zittern.

»Gucken Sie sie an.«

Er sammelt sich innerlich, ehe er die Fotos durchgeht, muss aber dennoch bei jedem einzelnen Bild heftig blinzeln. Breslin sagt Richtung Videokamera: »Ich habe Mr Fallon soeben Bilder aus Filmmaterial gezeigt, das im Verlauf des letzten Monats von Überwachungskameras in Stoneybatter aufgezeichnet wurde.«

Darauf folgt Schweigen.

»Rory. Das sind Sie auf den Bildern. Das ist doch wohl unbestritten, ja?«

Noch mehr Schweigen. Dann bewegt sich Rorys Kopf, nur ein Zucken: Ja.

»Für das Tonband.«

»Ja.«

Breslin beugt sich vor – Rory zuckt zusammen – und drückt einen Finger auf das oberste Foto, auf das Gesicht, das direkt in die Tesco-Kamera blickt. »Das sind Sie. Am vierzehnten dieses Monats.«

»Ja. Ich hab bloß was eingekauft, ich bin da rein, weil ich –«

Sein Verstand sucht fieberhaft nach einer neuen Geschichte.

Ich sage: »Sie haben uns erzählt, vor Samstagabend wären Sie noch nie in Stoneybatter gewesen. Dass Sie in Ihrem Smartphone nachsehen mussten, wo der nächste Tesco ist.«

Sein Mund bewegt sich, als er versucht zu schlucken.

Breslin quetscht seinen Finger noch immer auf Rorys Fotogesicht. »Also«, sagt er freundlich. »Ihre hübsche Geschichte über den Mann, der Aislinn wie besessen beobachtet hat. Die beruhte auf Tatsachen, wie es so schön heißt. Richtig?«

»Nicht da – Nein. Nein. Nicht das, wo –« Wieder bekommt er seinen Atem nicht mehr unter Kontrolle. »Ich habe nie, ich –«

Falls er hyperventiliert und uns aus den Latschen kippt, dauert der Papierkram die ganze Nacht. Ich sage, ruhig, aber bestimmt: »Rory. Das mit dem Mann, der durch Stoneybatter läuft, um sich Aislinn näher zu fühlen. Das haben Sie gemacht. Stimmt's?«

»Ja. Aber –«

»Moment. Eins nach dem anderen. Das mit dem Mann, der Aislinn von der Gasse aus beobachtet: Das haben Sie auch gemacht. Stimmt's?«

»Ich hab bloß –« Rory reibt sich mit dem Handrücken über den Mund, so fest, dass rote Streifen zurückbleiben. »Nein. Ich –«

»Rory«, sage ich. »Kommen Sie. Wollen Sie uns wirklich weismachen, dass sie wochenlang in Stoneybatter rumgehangen haben, aber nie auch nur in die Nähe von Aislinns Haus gegangen sind, bis exakt zu dem Abend, an dem sie getötet wurde? Das klingt für mich nämlich ganz schön unwahrscheinlich.«

»Nein. Warten Sie.« Seine Hände schießen hoch. Es ist so leicht, ihn Schritt für Schritt in die Ecke zu drängen, aus der er nie wieder rauskommt. »Ich hab sie bloß, vielleicht, ein paar Mal beobachtet. Nur, um zu –«

Breslin – er hat das Foto auf seine Seite des Tisches gezogen und betrachtet es – sagt: »Aber Samstagabend hat Aislinn Sie dabei ertappt.«

Diese Stimme. Locker, fast gelangweilt, fast freundlich. Aber sie erfüllt die Luft, lässt für nichts anderes mehr Raum. »Wie ist es passiert? Ist sie aus irgendeinem Grund auf die Terrasse gekommen und hat sie über die Mauer gaffen sehen? Oder vielleicht haben Sie irgendwas über den Abstecher zu Tesco erzählt, und sie hat gemerkt, dass Sie sich in Stoneybatter auskennen? Vielleicht haben Sie auch gesagt, die neuen Bilder in der Küche sähen hübsch aus, oder ihr versichert, Sie mögen Filet Wellington. Und, zack« – Breslin hebt die Hand und lässt sie mit einem trockenen Knall flach auf das Foto fallen –, »auf einmal war Ihr kleines dreckiges Geheimnis kein Geheimnis mehr.«

Rorys Gesicht ist mit einem dünnen, kränklichen Schweißfilm überzogen. »Ich war nie – Nein. Ich war nie in ihrem Haus.«

Breslin übergeht das. »Sie betreten das Haus und glauben, Sie betreten das Paradies, und keine fünf Minuten später ist die Kacke am Dampfen. Meine Fresse. Aua. Ich werde schon rot, wenn ich bloß dran denke.« Das sadistische Zucken in seinem Mundwinkel verwandelt das in einen Scherz. »Wie hat Aislinn es aufgenommen?«

»Sie, *nein* – überhaupt nicht. Es war nicht so, überhaupt nicht – es –«

»Ich wette, Sie können sich noch haargenau an ihren Gesichtsausdruck erinnern. War sie angewidert von Ihnen? Hatte sie Angst? Hat sie gedacht, Sie wären ein Perverser? Oder ein Irrer? Oder ein erbärmlicher Loser? Was hat sie gesagt, Rory?«

Rory will es weiter abstreiten, doch Breslin lässt ihm keine Gelegenheit dazu. Er hat sich über den Tisch gebeugt, so nah, dass Rory seinen Atem riechen kann, sein Aftershave, die Wärme seiner Haut. »Was? Hat Aislinn Sie ausgelacht? Gesagt, Sie sollen verschwinden? Gedroht, uns anzurufen? Was hat sie gemacht? Was war der Auslöser für Sie?«

»Ich hab *nichts* getan!«

Es kommt als wildes Jaulen heraus. Breslin starrt ihn an. »Was reden Sie da für einen Scheiß? Sie haben sie gestalkt, sie heimlich beobachtet, und das nennen Sie ›nichts‹?«

»Nein –«

»Hat Aislinn gedacht, dass das nichts war?«

»Sie *wusste* es nicht! Ich –«

»Das ist totaler Schwachsinn. Sie faseln hier was von wegen, sie hätten ›einen Moment‹ gebraucht, aber fünfundzwanzig Minuten sind kein *Moment*. Fünfundzwanzig Minuten sind mehr als genug Zeit, um Ihren *Moment* hinten in der Gasse zu haben, vor Aislinns Tür aufzutauchen, sich zu verplappern, durchzudrehen, Aislinn zu töten, Spuren zu beseitigen, zu begreifen, dass Sie für die Zeit irgendeine Erklärung brauchen, und zu Tesco zu laufen. Und genau das haben Sie getan.«

Rorys Gesicht ist eine seltsame Mischung aus Entsetzen und fast so etwas wie Erleichterung. Er ist diese Szene schon hundertmal im Kopf durchgegangen. Jetzt, wo sie Gestalt angenommen hat und ihn heimsucht, fühlt sie sich wie etwas an, das er schon kennt, dessen scharfe Kanten vom vielen Anfassen schon abgerundet sind. Diesmal ist es sogar leichter, weil wir ihm die Arbeit abnehmen. Er muss nur seinen Text sprechen.

Er sagt: »Ich hab ihr nie was getan.«

Nach Breslins Stimme klingt seine schwerelos, etwas Federleichtes, das in der warmen Luft treibt.

»Aber Sie waren im Haus.«

»Nein. Ich schwöre.«

»Unsere Kriminaltechnik untersucht die Kleidung, die Sie an dem Abend getragen haben. Was werden Sie sagen, wenn wir Fasern von Aislinns Teppich an Ihrer Hose finden?«

»Können Sie nicht. Werden Sie nicht. Weil ich nicht im Haus war.«

Breslin sagt: »Da war sonst niemand.«

»Aber der Mann, der Stalker –«

»Ach, ich bitte Sie. Glauben Sie ernsthaft, Sie wären der Einzige gewesen, den wir im Zusammenhang mit Aislinns Privatleben unter die Lupe genommen haben? Wir haben uns jeden Kerl vorgeknöpft, der sie auch nur mal angelächelt hat. Jeder Einzelne von ihnen wurde ausgeschlossen. Können Sie mir einen einzigen Grund nennen, bloß einen klitzekleinen Grund, warum ich Ihre Stalkergeschichte glauben soll?«

Ein Ruck durchläuft Rory, seine Hände kommen hoch. »Moment. Ja. Da war ein Mann. Samstag hab ich auf der Straße einen Mann gesehen –«

Unser ureigener PEZ-Spender: Drück den Mund auf, und schon flutscht eine funkelnagelneue Geschichte heraus. Ich verdrehe die Augen. Breslin lacht, einen lauten, dröhnenden Brüller, der Rory auf seinem Stuhl zurückschleudert. »Klar. Aber dann haben Aliens Sie entführt und Ihre Erinnerung gelöscht, und die kommt praktischerweise gerade jetzt wieder.«

»Nein –«

»Ihnen ist ein Klavier auf den Kopf gefallen, und Sie haben das Gedächtnis verloren.«

»Ich hab nicht –«

»Sonntag haben Sie klipp und klar gesagt, Sie könnten sich nicht erinnern, jemanden in Stoneybatter gesehen zu haben, abgesehen von ein paar kickenden Teenagern und einer Gruppe Frauen, die offenbar ausgehen wollten. Keine Rede von einem Mann, Rory.«

Rory will etwas sagen, doch diese Stimme durchstößt seine eigene, als wäre sie ein Spinnennetz, zerfetzt sie. »Da sind immer nur Sie. Egal, welchen Stein wir umdrehen, überall ist Ihr Gesicht drauf. Der Stalker waren Sie, Rory. Das wissen wir alle. Jede Einzelheit, die Sie uns über ihn erzählt haben, passt haargenau auf Sie. Das Einzige, was noch fehlt, ist der Teil, wo er an Aislinns Tür klopft und alles aus dem Ruder läuft – und wissen Sie, was? Es wird sich herausstellen, dass das auch Sie waren.«

»*Nein, wird es nicht.* Ich war nie in ihrem Haus. Niemals.«

Mittlerweile wirkt er zehnmal so klein wie Breslin, aber sein Blick ist hart geworden und sein Kinn trotzig gereckt. Nicht mehr so leicht, ihn in die Ecke zu drängen. Wir haben den Punkt gefunden, von dem Rory sich nicht abbringen lässt.

Ich setze mich auf. »Da wäre noch etwas, das ich für wichtig halte«, sage ich zu Breslin.

»Wir brauchen nicht noch mehr, Conway. Wir haben mehr als genug.« Breslin greift über den Tisch, schnappt sich die Fotos und knallt sie auf Kante. »Das reicht für eine Festnahme. Ich würde sagen, wir beide gehen jetzt erst mal was essen und machen später weiter.«

Bei dem Wort *Festnahme* klappt Rorys Mund auf, aber heraus kommt nur ein Keuchen. Seine Augen, vor Entsetzen weiß umringt, gleiten zu mir. Der Horror wird auf einmal real.

»Moment«, sage ich zu Breslin. »Lass mich ausreden.«

»Du bist der Boss«, seufzt er. Er legt die Fotos hin und kippelt mit seinem Stuhl nach hinten, ganz Ohr.

»Okay«, sage ich. »Aislinn hatte den Herd an, nicht? Weil sie für Rory ein tolles Abendessen kochen wollte.«

»Klar. Und?«

»Und ehe Rory das Haus verließ, hat er ihn abgestellt.«

Rory setzt an: »Ich war nicht –«, aber Breslin unterbricht ihn mit einer Handbewegung. »Richtig. Inwiefern ist das wichtig?«

»Es ist wichtig, weil er offenbar nicht wollte, dass das Haus abbrennt«, sage ich, »das wäre nämlich der einzige Grund, den Herd abzustellen. Also, falls Rory wusste, dass Aislinn tot war, oder falls ihm egal war, ob sie überlebt oder nicht – Momentchen noch« – Rory will wieder etwas einwerfen –, »dann wäre es für ihn besser gewesen, wenn die Bude abbrennt. Das Haus geht in Flammen auf und mit ihm alle Beweise dafür, dass er je dort war: Fasern, Fingerabdrücke, DNA, alles. Jeder, der schon mal einen Krimi im Fernsehen gesehen hat, weiß das. Hab ich recht?«

»Ich höre«, sagt Breslin. Und zu Rory, der schon halb von seinem Stuhl ist: »Sie sollten sich hinsetzen und genau aufpassen, was sie sagt, Freundchen. Mir scheint, es könnte Ihnen tatsächlich nützen, und mal ehrlich, Sie können es sich nicht leisten, irgendwas zu verpassen, das für Sie spricht.«

Nach einer Sekunde lässt Rory sich zurücksinken. Seine Brust hebt und senkt sich, als wäre er gerannt.

Breslin sagt: »Lassen Sie Detective Conway jetzt in Ruhe ausreden?«

»Ja. Sicher.« Als Breslins hochgezogene Augenbraue ihn auffordert: »Entschuldigung, dass ich Sie unterbrochen habe.«

»Ich will auf Folgendes hinaus«, sage ich. »Die einzige Erklärung, warum Rory *nicht* wollte, dass die Bude abbrennt, wäre die, dass er Aislinn nicht für tot hielt und auch nicht wollte, dass sie stirbt. Das heißt, er hatte gar nicht vor, sie zu töten.«

»Ahaaa«, sagt Breslin und nickt gemächlich. »Jetzt verstehe ich, worauf das hinausläuft. Du hast recht: Das ist wichtig. Alles, was wir sonst noch haben, sieht nach Mord aus, noch dazu nach einem ziemlich üblen. Aber falls deine Erklärung dafür, warum der Herd abgestellt wurde, stimmt, dann war es gar kein Mord. Dann war es Totschlag.«

»Genau«, sage ich, »*falls* ich recht habe.«

»*Falls*. Es gibt eine ganze Reihe von möglichen Gründen, warum der Herd abgestellt wurde. Vielleicht hat Aislinn das selbst gemacht. Oder vielleicht hat Rory eine kleine Zwangsneurose und muss immer und überall alle Geräte abstellen. Aber *falls* du recht hast …«

Wir sehen beide Rory an. Seine Augen sind glasig geworden. Zu viele Geschichten, die sich in seinem Kopf gegenseitig blockieren: Er verliert allmählich den Überblick. Bis zu einem gewissen Punkt ist das gut für uns: Wenn er nicht mehr weiß, was er wann worüber gesagt hat, verwickelt er sich in Widersprüche. Wird dieser Punkt aber zu weit überschritten, gibt er überhaupt nichts Sinnvolles mehr von sich. Wenn wir irgendwas aus Rory rauskriegen wollen, muss das bald geschehen.

»Ich bin fertig, Rory«, sage ich. »Sie können jetzt reden.«

Breslin wartet, bis Rory den Mund aufmacht, dann sagt er: »Oder besser nicht. Sie wollen uns schon wieder erzählen, dass Sie nie in dem Haus waren, und Sie sollten sehr, sehr gut nachdenken, bevor Sie das tun. Mord bedeutet automatisch lebenslänglich, Rory. Totschlag bringt Ihnen vielleicht sechs Jahre, Entlassung nach vier. Und wenn Sie uns nicht erklären, warum Sie den Herd abgestellt haben, dann haben wir nichts, absolut nichts, das auf Totschlag hindeutet, und jede Menge, das auf Mord schließen lässt. Deshalb rate ich Ihnen, Rory, in Ihrem eigenen Interesse: Nehmen Sie sich fünf Minuten Zeit, ehe Sie auch nur ein weiteres Wort sagen.« Und als Rory erneut versucht, etwas zu sagen: »Stopp. Fünf Minuten. Ich sage Ihnen, wenn die um sind.« Er sieht auf seine Armbanduhr. »Zeit läuft.«

Rory gibt auf. Er starrt ins Leere, schwankt ein wenig vor Erschöpfung.

»Eine.«

Allmählich festigen sich die Konturen in Rorys Gesicht. Er hört auf zu schwanken. In seinem Kopf sind Dinge in Bewegung.

Breslin hat die falsche Entscheidung getroffen. Ich weiß, worauf er aus ist – er hofft, das erzwungene Schweigen und die Angst werden Rory so stark zermürben, dass er aufgibt –, dabei hat das Trommelfeuer aus Worten und Fragen ihn schon fast so weit gebracht. Den Mann mit seinen Gedanken in Ruhe zu lassen, gibt ihm bloß Gelegenheit, sich neu zu konzentrieren und seine Geschichten zu sortieren. Er entgleitet uns.

»Zwei.«

»Schluss jetzt«, sage ich und lasse beide Hände flach auf den Tisch klatschen. »Mehr Zeit kriegt er nicht. Rory: Sehen Sie mich an.« Ich schnippe dicht vor seinem Gesicht mit den Fingern. Er blinzelt. »Warum haben Sie den Herd abgestellt?«

Zu spät. Rory sagt: »Das habe ich nicht. Ich habe Aislinns Haus nie betreten. Ich habe Aislinn nie ein Haar gekrümmt. Und ich will jetzt nach Hause.« Er erhebt sich mit wackeligen Beinen und will seinen Mantel von der Stuhllehne ziehen. Seine Hände zittern; er muss immer wieder zugreifen.

»Hey«, sagt Breslin. »Wir sind noch nicht fertig. Hinsetzen.«

»Ich bin fertig. Bin ich festgenommen?«

Breslin liegen die Worte auf der Zunge, das sehe ich ihm an. »Nein«, sage ich und ignoriere den Kopf, der zu mir herumfährt. »Vorläufig nicht. Aber wenn Sie wollen, dass wir Ihnen glauben, ist abhauen keine empfehlenswerte Option. Sie sollten hierbleiben und mit uns kooperieren.«

»Nein. Wenn ich nicht festgenommen bin, gehe ich jetzt nach Hause.« Rory schafft es, seinen Mantel von der Lehne zu bekommen, und lässt ihn fallen.

»Vorschlag zur Güte«, sage ich und schließe mein Notizbuch. »Sie gehen nach Hause. Schlafen sich aus. Wir reden mit Aislinns Nachbarn und finden heraus, ob einer von ihnen Samstagabend zufällig aus dem Fenster geschaut und Sie in der Gasse gesehen hat, sagen wir zwischen halb acht und zwanzig vor acht. Falls ja, sind Sie aus dem Schneider, dann hätten Sie für das andere gar keine Zeit gehabt.« Natürlich haben wir längst mit den Nachbarn geredet, und ich wette, die hätten erwähnt, wenn sich irgendein Spinner in der Gasse rumgedrückt hätte, aber der Gedanke scheint Rory gar nicht zu kommen. »Sie erscheinen morgen wieder hier, um Ihre Aussage zu unterschreiben, und wir bringen Sie auf den neusten Stand. Einverstanden?«

Rory hängt sich den Mantel um die Schultern, versucht gar nicht erst, in die Ärmel zu kommen. »Ja. Okay.«

»Wir holen Sie ab«, sagt Breslin mit genau der richtigen Prise Drohung in der Stimme. Er steht auf und reckt sich. »Sie haben ja wohl nicht vor, irgendwo anders zu sein als in Ihrer Wohnung oder dem Buchladen?«

»Nein. Ich hab keine Pläne.«

»Gut so«, sagt Breslin. Er zieht die Tür auf und zeigt mit der freien Hand schwungvoll in Richtung Flur, wobei er eine spöttische Verbeugung andeutet. »Nach Ihnen.«

Steve steht in der offenen Tür zum Beobachtungsraum, Jackett über dem Arm, Ärmel hochgekrempelt, wegen der Hitze. Unsere Augen treffen sich für eine lange, ruhige Sekunde. Dann sind wir an ihm vorbei und den Gang hinunter. Rory beschleunigt seine Schritte, als er auf den kühlen, frischen Luftzug zugeht, der die Treppe heraufweht, Breslin summt leise und gutgelaunt vor sich hin.

Breslin und ich beobachten von der Eingangstür aus, wie Rory sich über das Kopfsteinpflaster entfernt. Er sieht klein und mitgenommen aus, Windböen zerren an seinem Mantel und zerzausen ihm das Haar, lassen ihn vom Kurs abweichen. Es ist praktisch dunkel. Bloß ein paar Monate Arbeit als Bodyguard, dann habe ich genug zusammengespart für einen Urlaub irgendwo sehr weit weg, mit glühender Hitze und Farben, die in die Augen knallen.

»Klär mich auf«, sagt Breslin munter. »Wieso geht der Kerl nach Hause?«

Ich sage: »Wir haben ihn fast. Er war ganz kurz davor, bis er durch die Pause Gelegenheit hatte, seine Gedanken zu ordnen – und wenn wir ihn einmal an den Punkt gebracht haben, schaffen wir das auch wieder. Aber sobald wir ihn festnehmen, verlangt er einen Anwalt, und dann ist die Chance auf ein Geständnis dahin.«

»Wir *brauchen* kein Geständnis, Conway. Wir können ihn mit Indizien zuschütten.«

Was wahrscheinlich stimmt. Mir egal. Mein letzter Fall: Der wird nicht mit Indizien und logischen Schlussfolgerungen zusammengetackert. Ich werde ihm einen Pfahl mitten durchs Herz rammen und ihn mausetot hinterlassen.

»Ich will eins«, sage ich. »Wir können es uns leisten, Rory bis morgen in Ruhe zu lassen.«

»Es sei denn, er springt in die Liffey.«

»Wird er nicht. Er denkt noch immer, dass ich ihm am Ende glauben werde. Er will das.«

Breslin mustert mich. »Hat er recht?«

»Nein«, sage ich. Der Adrenalinrausch ebbt rasch ab. Ich spüre, wie sich der Absturz anbahnt, zu dem es nach jeder Vernehmung kommt. Er hinterlässt ein gähnendes Vakuum, das sich anfühlen kann wie Verlust, wenn du nicht aufpasst. Ich brauche Koffein, Zucker und einen dicken, fettigen Burger. »Er ist unser Mann, keine Frage.«

»Hundertpro. Und ich hoffe, du weißt, dass wir es hier wegen der Sache mit dem Herd nicht automatisch nur mit Totschlag zu tun haben. Nie im Leben war dieser kleine Warmduscher, nachdem er jemanden umgebracht hat, noch ausreichend klar bei Verstand, um ganz bewusst zu verhindern, dass das Haus abfackelt. Der stand völlig neben sich. Wahrscheinlich hat er den Herd abgedreht, weil das Essen anbrannte und ihn der Geruch gestört hat. Coopers Bericht ist eindeutig: Es könnte Totschlag gewesen sein, falls Rory die Kraft für einen einzigen harten Fausthieb aufgebracht hat, oder er könnte ihr gezielt den Schädel zertrümmert haben, als sie schon am Boden lag. Und je länger ich mir diese mickrigen Möchtegernmuskeln anschaue …«

»Nicht mein Problem«, sage ich. »Damit sollen sich die Anwälte und Geschworenen befassen. Ich will bloß unwiderlegbar beweisen, dass er sie umgebracht hat.«

»Tja«, sagt Breslin so herzlich, dass ich schon fast glaube, er wird mir auf die Schulter klopfen, »dürfte kein Problem sein. Wir schicken jeden, den wir haben, los, um noch mehr Beweise zu sammeln, und wenn wir die Rory unter die Nase reiben, klappt er zusammen wie ein Liegestuhl. Und falls nicht, reichen die Indizien noch immer dicke, um unseren Fall wasserdicht zu machen. Stimmt's?«

»Stimmt«, sage ich. Rory ist verschwunden, um die Ecke, Richtung Tor. Die gelben Lichtpfützen lassen das leere Kopfsteinpflaster regennass und glitschig aussehen, tückisch.

In Breslins Verstand arbeitet ein Räderwerk, so schwer, dass ich es praktisch hören kann. Ich halte den Blick auf die Stelle gerichtet, wo Rory verschwunden ist, bis ich endlich spüre, dass Breslin sich abwendet, und die Tür hinter ihm zufallen höre.

Ich rufe Lucy vom Damenklo aus an. Diesmal geht sie ran, aber ihre Stimme ist kaum lauter als ein Flüstern, und sie klingt gehetzt. Im Hintergrund bellt jemand Befehle, plötzlich dröhnt laute Countrymusik und verstummt nach einem genervten Ruf wieder. Heute Abend sei Premiere eines neuen Stücks, sie hätten technische Probleme, und sie müsse jetzt wirklich Schluss machen (im Hintergrund: »Luce! Was ist denn nun mit den Schweinwerfern?«). Lucy schwört hoch und heilig, dass sie morgen den ganzen Tag zu Hause ist, aber ich höre nicht heraus, ob das stimmt oder ob sie es bloß sagt, um mich loszuwerden.

Ich werde morgen an ihre Tür klopfen, lange bevor sie so weit ist, sich verkatert aus dem Bett zu quälen. Ich hoffe, sie erzählt mir, dass sie Aislinns heimlichen Lover erfunden hat, um dafür zu sorgen, dass wir gründlich ermitteln. Ich hoffe, dass mich Sophie anrufen wird, wenn ich gerade Lucys Wohnung verlasse, um mir zu sagen, dass Aislinns passwortgeschützter Computerordner bloß lauter Bilder von ihrem Daddy enthält, die sie eingescannt hat, um noch besser um ihn weinen zu können.

Ich bete tatsächlich, dass meine interessantesten Spuren verpuffen. Es fühlt sich widernatürlich an, als wäre ein Parasit in meinen Schädel eingedrungen und würde Teile meines Gehirns fressen. Aber Lucy und dieser Ordner: Das sind die letzten beiden hartnäckig widerspenstigen Strähnen, die mich daran hindern, alles mit einer hübschen Schleife zusammenzubinden, es mit meiner Dienstmarke obendrauf vor O'Kellys Bürotür abzulegen und zu gehen.

Steve ist an unserem Schreibtisch und liest E-Mails. Ich setze mich neben ihn und fange an, die Papierstapel durchzusehen, die aufgetaucht sind, während ich weg war. Die Fahnder versuchen, sich nicht erwischen zu lassen, wenn sie zu mir rüberschielen und sich fragen, wann die irre Tusse das nächste Mal ausrastet.

Die dicke Platte aus Schweigen zwischen Steve und mir wird scharfkantig wie aufgerissenes Blech. Ich sage: »Du hast Rory da drin gesehen.«

»So einiges davon«, sagt Steve, ohne aufzuschauen. »Gute Vernehmung.«

Es klingt nicht nach einem Kompliment. »Danke«, sage ich. Ich fange Breslins vielsagenden Blick in unsere Richtung auf: *Ich hätte dir gleich sagen können, dass das mit dir und Moran nicht hinhaut.* »Wo bist du gewesen?«

»Ich hab dem Barmann und Aislinns Nachbarn die Fotos aus unserer Täterkartei gezeigt. Kein Treffer.« Er wartet auf mein: *Hab ich doch gleich gesagt.* Als das nicht kommt: »Dann hab ich mich mit ein paar Kollegen unterhalten, die damals den Vermisstenfall Des Murray bearbeitet haben – keine Sorge, ich war sehr diskret.«

»Ich mach mir keine Sorgen.«

Steve wirft mir einen Seitenblick zu, unsicher, wie ich das gemeint habe. »Jedenfalls«, sagt er nach einem Moment. Der Ton seiner Stimme, sachlich, präzise, distanziert: Ich habe ihn schon öfter gehört, gegenüber Anwälten der Gegenseite und schmierigen Journalisten, aber nie an mich gerichtet. »Sie sagen, dass McCann tatsächlich ein bisschen für Evelyn Murray geschwärmt hat. Er war es auch, der sich dafür eingesetzt hat, die Ermittlung fortzusetzen. Er hat sich sehr wortgewaltig für diese arme, zerbrechliche Frau starkgemacht, deren Leben ruiniert war – und McCann ist nicht gerade der wortgewaltige Typ, deshalb ist es den anderen in Erinnerung geblieben. Er hat ihr sogar einen Käufer für Des' Taxilizenz besorgt und für sie eine anständige Summe rausgeschlagen, damit sie und Aislinn keine Geldsorgen hatten. Aber er hatte nie eine Affäre mit ihr, da sind sich die Kollegen alle ganz sicher. Schon damals galt McCann als der ›heilige Joe‹. Ausgeschlossen, dass er mit der Frau eines Gesuchten ins Bett gegangen wäre. Die haben mich ausgelacht, weil ich es bloß in Erwägung gezogen habe.«

Wieder eine Lücke für mein *Hab ich doch gleich gesagt*. Ich halte es nicht mehr aus, neben ihm zu sitzen und unter Breslins amüsierter Beobachtung höflich miteinander umzugehen. Ich sage: »Hast du irgendeinen Grund für die Annahme gefunden, dass das irgendwas mit unserem Fall zu tun hat?«

»Nein.«

»Gut. Dann fangen wir jetzt mit der Besprechung an.«

Ich stehe auf. Noch bevor ich vor meinem Schreibtisch bin, haben die Fahnder alles fallenlassen, sitzen kerzengerade da und schaffen es, gebannte Aufmerksamkeit zu vermitteln, ohne, Gott bewahre, Blickkontakt zu dem tollwütigen Tier herzustellen.

»Okay«, sage ich, »gute Neuigkeiten. Es sieht ziemlich eindeutig danach aus, dass Rory Fallon unser Mann ist. Er gibt zu, und die Überwachungskameras bestätigen das, dass er Aislinn mindestens einen Monat lang gestalkt hat. Damit wäre auch geklärt, was er Samstagabend in dem fraglichen Zeitraum gemacht hat, nämlich sie durch ihr Küchenfenster beobachtet.«

»Was ein Perversling«, sagt Stanton grinsend. »Wir sollten ihre Hauswände auf DNA untersuchen.«

Hier und da ein kurzes nervöses Lachen. »Veranlassen Sie das«, sage ich. Rorys Überbleibsel beweisen vielleicht keinen Mord, aber sie würden unsere Erfolgschancen im Prozess erhöhen. Geschworene hassen Wichser. »Er sagt, er hat in dem Gässchen hinter ihrer Terrasse gestanden, also soll sich die KTU gerade diese Mauer gut vornehmen – und auch die Wand unter dem Küchenfenster, nur für den Fall, dass er sich ein bisschen näher rangetraut hat.«

Stanton nickt. Meehan notiert es im Aufgabenbuch. Ich sage: »Unsere neue Arbeitshypothese lautet: Rory erscheint bei Aislinn zum Abendessen, und sie findet das mit dem Stalking irgendwie heraus. Sie will ihn rausschmeißen, und er rastet aus.«

»Rory hat noch nicht gestanden«, sagt Breslin, »aber er war dicht davor. Wir hoffen, dass es morgen so weit ist.«

»Bevor wir ihn wieder herholen«, sage ich, »sollten wir rausfinden, wie oft er sie gestalkt hat und wie intensiv. Zwei von euch werden also mit Rorys Bild durch Stoneybatter laufen und sich umhören, ob irgendwer ihn in den letzten zwei Monaten gesehen hat. Er muss in der Woche tagsüber im Buchladen sein, also geht es hauptsächlich um die Abende und die Sonntage. Versucht es überall: Häuser, Geschäfte, Pubs, Büros, deren Mitarbeiter ihm auf dem Nachhauseweg begegnet sein könnten. Fragt die Mitglieder von irgendwelchen Vereinen oder Bingoclubs oder dergleichen.« Kellegher hebt einen Finger. »Kellegher, Sie und Gaffney übernehmen das. Und ich will wissen, was Rorys Smartphone in den letzten zwei Monaten so getrieben hat: Wann es von Handymasten in und um Stoneybatter erfasst wurde, ob es sich in irgendwelche Funknetze in der Gegend eingeloggt hat. Stanton, klären Sie das ab.«

Der Fall hat sich verändert. Bislang haben wir mit dem Schleppnetz gefischt, untersucht, was wir zutage gefördert hatten, und gehofft, dass irgendwas Gutes dabei war. Jetzt sind wir auf Jagd. Wir haben die Beute im Visier, wir kommen näher, und alles, was wir tun, zielt auf den Moment ab, wenn wir Rory für den Fangschuss vor uns auf dem Boden haben.

Dieses Gefühl, das ist keine unsinnige Redensart. Es lebt irgendwo in dir, tiefer und älter und realer als alles andere außer

Sex, und wenn es in dir aufsteigt, ergreift es von deinem ganzen Körper Besitz. Es ist ein Blutgeruch, der ganz hinten in deiner Nase tobt, es ist der pulsierende Muskel in deinem Arm, der darauf wartet, die Bogensehne loszulassen, es ist ein Trommeln in deinen Ohren, das immer schneller wird, und ein Siegesgebrüll, das sich in deinem Innersten aufbaut. Ich schlürfe es auf, stopfe jede Sekunde davon in mich hinein, lege mir einen Vorrat an, der für den Rest meines Lebens halten muss.

»Ich will wissen, wo Rory was trinken geht«, sage ich, »und was der Barmann und die Stammgäste von ihm halten – ob er den Ruf hat, sich auf eine Frau zu fixieren, kein Nein akzeptiert, ob er jähzornig ist, alles, was irgendwie relevant sein könnte.« Meehan hat die Hand gehoben. »Meehan, machen Sie das; dann sehen Sie mal was anderes als immer nur Stoneybatter. Und ich will wissen, was man in den anderen Geschäften in Ranelagh von Rory hält. Ob man sich erzählt, dass er eine Kundin im Laden zu heftig angemacht hat oder dass er vor der Bäckerei darauf gewartet hat, dass die hübsche Verkäuferin Feierabend macht.«

»Das übernehme ich«, sagt Breslin. »Moran, wollen Sie mitkommen?«

Steve schaut verblüfft auf, aber Breslin lächelt ihn bloß unverbindlich an, und nach einem Moment sagt er: »Ja. Klar.«

»Prima«, sagt Breslin mit einem Augenzwinkern. »Machen wir den bösen Jungen fertig.«

Ich habe keine Lust, meine Pläne für den nächsten Tag genauer darzulegen. »Ich frage morgen als Erstes bei der KTU nach«, sage ich, »ob der Fasern- und DNA-Abgleich was gebracht hat.« Und ob Aislinns Computerordner geknackt worden ist, was ich lieber auch nicht erwähne. »Unterdessen muss jemand Rorys Wohnung beobachten – bloß heute Nacht und morgen noch eine Weile, bis wir so weit sind, ihn zu holen.« Breslin wirft mir einen amüsierten Blick zu. Ich glaube nicht wirklich, dass Rory sich in die Liffey stürzen oder abhauen oder Beweise verschwinden lassen wird, die wir übersehen haben, dennoch will ich kein Risiko eingehen, um ein paar Stunden Observation einzusparen. »Deasy, machen Sie das, oder setzen Sie zwei Kollegen von der Streife drauf an, wenn Sie wollen, aber sagen Sie denen, sie sollen Zivil tragen und ein Zivilfahrzeug nehmen.«

Deasy nickt. »Okay«, sage ich. »Falls wir kein Geständnis kriegen, werden wir diese Indizienbeweise brauchen. Also tut euer Bestes. Danke und bis morgen.«

In der Sekunde, bevor ich mich zu Steve umdrehe, damit wir so tun können, als wären wir noch Partner, und zum Boss Bericht erstatten gehen, packt mich der Soko-Raum tief drinnen. Für diese eine Sekunde leuchtet er warm und ruhig aus jeder Ecke mit allem, was zwanzig Jahre lang hätte sein können. Jedes Mal, das ich lachend mit Steve hier hätte reinkommen können, jeder begeisterte Aufschrei, wenn ich den Telefonnachweis oder den DNA-Abgleich, auf den wir gewartet haben, hochgehalten hätte, jede Dankesrede, die ich am Ende eines großen Falls hätte halten können: Das alles steigt auf und sucht mich heim, jetzt, wo es unerreichbar geworden ist.

Ich glaube nicht an so einen Scheiß. Ich habe ein halbes Dutzend Entschuldigungen parat – zu wenig Schlaf, zu wenig gegessen, Druck, große Entscheidung, bla, bla, bla –, aber dennoch, dieses unnatürliche Gefühl kribbelt mir auf der Haut wie Brennnesseln.

»Gehen wir«, sage ich zu Steve. »Der Boss.« Ich haste aus der Tür, ohne auf ihn zu warten, damit wir nicht gemeinsam den Flur hinuntergehen müssen.

O'Kelly wischt gerade mit einem von diesen fisseligen Tüchern, mit denen Leute sich die Brille putzen, den Staub von seiner Grünlilie. »Conway. Moran«, sagt er, fast ohne uns eines Blickes zu würdigen. »Sagen Sie mir, dass Sie vorankommen.«

»Ja«, sage ich. »Sieht ganz danach aus.«

»Wurde aber auch verdammt nochmal Zeit. Lassen Sie hören.«

Ich fasse für ihn zusammen. Er hört zu, hält die Pflanze ins Licht, um sicherzugehen, dass er jeden Winkel sauber bekommt. »Aha«, sagt er, als ich fertig bin. »Und da sind Sie sicher?«

Ein Auge schielt seitlich zu mir rüber. Ich sage: »Wir versuchen morgen noch mal, ein Geständnis aus ihm rauszuholen. Keine Sorge: Die Akte geht erst an die Staatsanwaltschaft, wenn alles niet- und nagelfest ist.«

»Ich wollte nicht wissen, ob Sie sicher genug sind, um der Staatsanwaltschaft den Fall zu übergeben. Ich wollte wissen, ob Sie sicher sind, dass Fallon es war.«

»Ja«, sage ich. Dieses Auge, nass und rot gerändert, wo das Lid immer tiefer sinkt wie bei einem alten Mann. Ich weiß nicht, was er denkt, und ich kann mich nicht dazu aufraffen, mich darum zu scheren, ob er Breslins Spiel mitmacht. »Er war es.« Ich spüre, dass Steve neben mir das Gewicht verlagert, aber er sagt nichts.

Der Boss beäugt mich noch einen weiteren langen Moment, ehe er sich wieder seiner Pflanze zuwendet. Er hebt ein Blatt, um es zu inspizieren, betupft eine Stelle erneut. »Ich dachte, Sie wollten abwarten, bis Sie mehr als bloß Indizien haben.«

Das hab ich gestern Abend gesagt, als der Fall noch etwas Wildes war, mit Trieben, die in alle Richtungen wucherten. Es kommt mir vor, als wäre es Jahre her. »Oder aber, bis wir jede andere Möglichkeit ausgeschlossen haben. Und das haben wir.«

»Wirklich?«

Ich sage: »Es gibt keinen Grund anzunehmen, dass jemand anderes als Rory Fallon beteiligt war.«

O'Kelly mustert eine Blattspitze auf seiner Daumenkuppe. »Nun gut«, sagt er. »Nun gut.«

Er sieht aus, als hätte er uns vergessen. Ich weiß nicht, ob das heißt, dass wir gehen sollen. »Wir könnten noch einen Fahnder gebrauchen«, sage ich. »Ich hab Reilly zurückgeschickt.«

Das lässt den Boss aufmerken. »Warum?«

»Er hat Beweise gefunden. Und anstatt sie mir oder Moran vorzulegen, ist er damit zu Breslin.«

»Das geht natürlich nicht«, sagt O'Kelly. Er versucht nicht, den langen Blick zu verbergen, den er Steve zuwirft. »Okay, ich besorge Ihnen einen neuen. Halten Sie mich auf dem Laufenden.«

Er wendet uns die Schulter zu und schiebt die Finger behutsam in die Pflanze, biegt die Blätter auseinander, um das Tuch bis ganz nach unten zu drücken.

Auf dem Flur sagt Steve: »Kein Grund anzunehmen, dass außer Rory jemand beteiligt war.«

Seine Stimme hat noch immer diesen distanzierten Klang. »Genau«, sage ich. »Absolut kein Grund.«

»Was ist mit Lucys großem Unbekannten? Dem Ordner auf Aislinns Computer?«

»Ich rede morgen noch mal mit Lucy. Und vorher rufe ich Sophie an und frage nach dem Ordner. Falls eine der beiden uns irgendwas Reelles liefert, schätzen wir die Lage neu ein.« Ich kann hören, dass die Drohsignale in meiner Stimme lauter werden. »Aber im Moment: kein Grund. Absolut keiner.«

»Die DNA auf Aislinns Matratze.«

»Die ist nicht Samstagabend da gelandet, sonst wäre sie auch auf dem Laken gewesen. Die hat nichts mit unserem Fall zu tun.«

Steve ist stehen geblieben. Er blickt geradeaus den Flur hinunter zum Fenster – dunkler Himmel, überlagert von einem zähen, gelblichen Dunst aus Lichtverschmutzung –, sieht mich nicht an.

Ich sage: »Du hast Rory doch gesehen. Du hast ihn gehört. Erzähl mir jetzt bloß nicht, du hast noch Zweifel.«

Er braucht zu lange, bis er antwortet. Ich lasse ihn stehen.

Ich ziehe gerade meinen Mantel an, als es mir auffällt: Breslin hat den ganzen Nachmittag kein einziges Mal versucht, mir weiszumachen, dass er sich schmieren lässt.

Das sollte eine Erleichterung sein, doch stattdessen sticht es wie eine Nadel unterm Fingernagel. Ich sehe keinen Grund, warum Breslin während der wenigen Stunden, die ich unterwegs war, um mit Aislinns Exfreunden zu reden, plötzlich beschlossen haben sollte, seinen ganzen kunstvollen, raffinierten Plan in die Tonne zu hauen. Er war so geschickt dabei, mir eine Falle zu stellen – wenn Fleas nicht gewesen wäre, hätten ein paar kleine Schubser genügt, um mich in die passende Position für den Fangschuss zu bringen –, und dann lässt er das ganze Projekt aus heiterem Himmel fallen und wendet sich ab. Ich lasse den Tag im Schnelldurchgang Revue passieren, mein Gespräch mit McCann, die Berichte der Fahnder, suche nach irgendwas, was ihn zu dieser Kursänderung bewegt haben mag: irgendetwas, was ihm verraten haben könnte, dass ich ihn durchschaut habe, oder irgendetwas, was ihm gezeigt hat, dass es sich doch nicht lohnen würde, wenn ich ihm gehöre. Vergeblich.

Die einzige Möglichkeit, die noch bleibt, trifft noch tiefer: Breslin weiß irgendwie, dass es diesen Mist nicht mehr braucht. Die Worte, die ich dem Boss sagen werde, verbreiten den Gestank von versengten Haaren um mich herum, verdunkeln mein Gesicht mit ihrem wachsenden Schatten. Ein Blick auf mich genügte Breslin, um dank seiner in zwanzig Jahren geschärften Detective-Instinkte zu wissen, was Sache ist, dass der Fangschuss schon abgefeuert wurde. Er wusste, dass ich jetzt wertlos bin.

13

DEN GANZEN NACHHAUSEWEG über warte ich auf etwas oder jemanden: dass mich wieder eine Verkehrsstreife anhält, dass der Laternenpfahlmann mir vor den Kühler springt, als ich in meine Straße einbiege, dass Fleas den Kopf aus der Dunkelheit in meiner Küche reckt. Nichts passiert. Meine Straße ist leer. Sobald ich ins Haus trete, weiß ich, dass auch das leer ist. Ich checke dennoch alle Räume.

Ich sehne mich nach Schlaf, viel Schlaf, idealerweise mit jemandem vor meiner Zimmertür, der bewaffnet und vertrauenswürdig ist, aber ich will erst ins Bett gehen, wenn ich auch wirklich so kaputt bin, dass ich garantiert in Tiefschlaf falle, sobald ich mich ausstrecke. Es gibt eine ganze Liste von Dingen, über die ich heute Nacht nicht nachdenken werde, aber da sie so viel abdeckt und ich hundemüde bin, gerät mein Verstand durcheinander und lässt immer wieder Stückchen durchrutschen. Eine halbe Sekunde lang, ehe ich mich jäh zusammenreiße, frage ich mich, was Steve jetzt wohl macht.

In meinem Kühlschrank herrscht gähnende Leere, und Fleas und ich haben meinen Notfallfischstäbchen den Garaus gemacht. Ich rufe meine Ma an und erzähle ihr von Sophies Vase, auf der Blutspritzer sind, weil zwei Drecksäcke in die Wohnung einer alten Frau eingebrochen sind und ihr in den Magen geschlagen haben, bis sie Blut kotzte, worauf meine Ma sagt: »Aha.« Sie lässt Aislinn unerwähnt, ich ebenfalls. Während sie raucht, mache ich mir Kaffee und einen Stapel Toast, schneide die grünen Kanten von einem alten Stück Käse ab und trage alles ins Wohnzimmer.

Heute rüttelt kein Wind an den Fenstern; er hat sich gelegt, eine schwere, stille Kälte hinterlassen. Ich starre hinaus in die Dunkelheit und denke: *Komm schon, du Arschloch. Komm und hol mich.* Ich lasse die Vorhänge weit offen.

Ich hab eine E-Mail von Fleas. *Grüß dich, Rach! Schön, von dir zu hören. Hier alles wie immer, den anderen geht's gut, keiner macht irgendwas Besonderes. Im Moment ziemlich viel zu tun, aber hoffentlich können wir uns demnächst mal treffen, wenn wir beide Zeit haben. Bis bald, Süße xx.* Das heißt, dass in seiner Ecke der Unterwelt keiner plötzlich seinen Kummer ertränkt oder unruhig wirkt oder sich an Fleas Schulter über seine tote Freundin ausweint. Das heißt auch, tschüss, bis irgendwann mal.

Sophies Team hat keine Datingwebsites auf Aislinns Laptop gefunden, aber sie haben noch nichts über ihren Arbeitscomputer gemeldet. Ich werfe einen Blick auf die Accounts der Blondine aus Google Images. Sie hält sich gut: Dutzende von Nachrichten. Etwa ein Viertel von ihnen sind Schwanzpics, die sie wahrscheinlich nach ihrem Riechsalzfläschchen greifen lassen sollen und nicht als Beginn einer ernsthaften Beziehung gedacht sind, aber man weiß ja nie. Die meisten anderen sind nichtssagende Einzeiler, Männer, die sämtliche neuangemeldeten hübschen Frauen anbaggern und hoffen, dass eine anbeißt. Zwei davon sind es wert, genauer hinzuschauen. Keine Fotos, vorsichtige Formulierungen über Unverbindlichkeit und Diskretion: Verheiratete Männer auf der Suche nach etwas Spaß nebenbei – und auf der Suche nach einer Frau, die Aislinns Beschreibung entspricht.

Ich setze gerade eine Antwort auf, als ich aus dem Augenwinkel eine Bewegung wahrnehme. Ich fahre herum, nicht schnell genug. Eine dunkle Gestalt weicht von meinem Fenster zurück, ehe ich sie richtig sehen kann.

Ich greife mir meine Schlüssel und hechte zur Tür. Als ich sie aufbekomme, ist die Straße schon leer.

Ich gehe zu meinem Auto, zwinge mich, ein normales Tempo beizubehalten: Hab bloß was vergessen, keine große Sache. Mein Atem pustet Wolken in die Luft, aber ich spüre die Kälte nicht. Ich rieche Torfrauch, höre Autos am Ende der Straße vorbeizischen, und ich spüre, dass meine Beinmuskeln darauf brennen, loszulaufen.

Ich öffne gerade die Autotür, als das Licht sich verändert. Jemand steht unter der Lampe am Ende der Straße: ein großer Kerl, lauernd. Ich knalle die Tür zu und mache einen Schritt in die Richtung, und er verschwindet um die Ecke in der Dunkelheit, legt ein ganz schönes Tempo vor.

Ich bin ziemlich sicher, dass ich ihn einholen könnte, aber Stoneybatter hat viele Winkel und Gässchen, und falls er sich hier auskennt, finde ich ihn nie. Und selbst wenn nicht, er könnte einfach in einen Pub abtauchen und sich mit allen anderen umdrehen und fragend gucken, wenn ich hereingestürmt komme. Was soll ich dann machen? Ich muss ihn bei mir zu Hause erwischen.

Ich gehe wieder rein, ziehe die Vorhänge im Wohnzimmer fast zu, und beobachte die Straße durch den Spalt auf einer Seite.

Falls ich noch eine Chance bekomme, wird das meine letzte sein. Wenn der Typ das nächste Mal fast erwischt wird, weiß er mit Sicherheit, dass ich ihn bemerkt habe.

Allein schaffe ich das unmöglich. Ich gehe sämtliche Optionen durch, die mir einfallen – Fleas, Sophie, Gary, meine Freundin Lisa, alle meine anderen Freunde, die Nachbarn. Ich ziehe sogar meine Ma in Erwägung. Ehrlich, eine Viertelsekunde lang denke ich an Breslin.

Ich kann es nicht. Ich kann mich bei keinem auf der ganzen Liste dazu überwinden, anzurufen und zu sagen *Hi, ich komme allein nicht klar, bitte hilf mir.* Für jeden Einzelnen von ihnen wäre ich danach ein anderer Mensch. Die Leere in meinem Haus fühlt sich so schwer an, als könnte das Fundament darunter zusammenbrechen.

Der Kerl hat Geduld, immerhin: Fünfundzwanzig Minuten vergehen, ehe sich in der Dunkelheit außerhalb des Lichtkreises von der Straßenlaterne eine kompaktere Dunkelheit bewegt. In der Sekunde, in der ich spüre, wie mein Herzschlag sich beschleunigt, wird mir klar, dass ich die ganze Zeit wusste, was ich tun werde.

Die kompaktere Dunkelheit verharrt auf einer Stelle. Ich nehme mein Telefon, hole tief Luft und rufe Steve an.

Es klingelt einige Male, bis er abhebt. »Hi«, sagt er.

»Hi. Machst du gerade irgendwas Wichtiges?«

»Eigentlich nicht.«

Er belässt es dabei. Diese betont neutrale Stimme, während er versucht, herauszufinden oder zu beschließen, ob wir noch Partner sind.

Ich habe keine Zeit für Höflichkeiten. »Steve«, sage ich. »Hör mal. Ich brauche Hilfe.« Es fühlt sich rau im Hals an, aber als ich aus dem Fenster schaue, ist der Kerl noch immer da, reglos am Rande des Lichtkreises.

Eine endlose Sekunde Schweigen am anderen Ende. Ich schließe die Augen.

Dann sagt Steve: »Okay. Was ist los?«

Seine Stimme klingt zwei Grad wärmer, vielleicht drei. Es ist lächerlich, wie erleichtert ich bin, aber ich habe keine Zeit, mich damit zu befassen. »Seit ein paar Tagen beobachtet jemand mein Haus. Ich hab die Schnauze voll. Ich kann nicht rausgehen und ihn selbst schnappen. Er hat freie Sicht aufs Haus. Und wenn er mich kommen sieht, haut er ab.«

Steve sagt, und er schiebt alles andere beiseite, um sich auf die Situation zu konzentrieren. »Aber mit mir rechnet er nicht.«

»Das hoffe ich.«

»Wo ist er jetzt?«

»Am Ende von meiner Straße.« Steve kennt mein Haus. Er war noch nie drin, aber wir haben ein- oder zweimal davor gehalten, um irgendwas zu holen. »Vorhin hat er durch mein Vorderfenster geguckt, und ich hab ihn schon in der hinteren Gasse gesehen, aber die meiste Zeit lungert er an der Ecke rum. Ziemlich groß, kräftig gebaut, mittleres Alter, dunkler Mantel, Filzhut.«

Ich spüre es, Steve denkt an die Beschreibung des Mannes, der über Aislinns Mauer geklettert ist. »Okay«, sagt er. »Was soll ich mit ihm machen?«

»Bring ihn zu mir. Ich will mit ihm reden.«

»Ich bin in fünfzehn Minuten da, höchstens.« Ich kann hören, dass er schon in Bewegung ist: sich Schuhe anzieht oder eine Jacke.

»Ruf mich an, wenn du fast da bist. Lass einmal klingen und leg dann auf.«

»Alles klar.« Schlüssel klimpern, Steve ist bereit. »Pass auf dich auf.«

»Danke«, sage ich. »Bis gleich.«

Ich stecke mein Telefon ein, setze mich wieder aufs Sofa und klicke irgendwelchen Quatsch auf meinem Laptop an. Das Fenster fühlt sich an wie Fingernägel, die mir gegen die Schläfe trommeln. Ich sehe nicht hin. Als mein Telefon eine gefühlte Stunde später einmal klingelt, schaffe ich es, nicht aufzuschrecken.

Ich recke mich, stehe auf und gehe gemächlich zur Haustür, wo ich vom Fenster aus nicht zu sehen bin. Ich nehme meine Dienstwaffe und drücke ein Auge an den Türspion.

Die Dunkelheit und die gelbe Tür auf der anderen Straßenseite erscheinen unsinnig verzerrt in der Fischaugenlinse. Der kläffende kleine Hund nebenan regt sich auf. Mädchen kreischen irgendwo weit weg. Dann ein Wirrwarr von Schritten auf Kopfsteinpflaster, das schnell näher kommt.

Ich umfasse den Türknauf und zwinge mich zu warten, bis ein

schwarzer Wust vor dem Spion aufragt. Dann reiße ich die Tür auf; zwei Männer, eng aneinandergepresst, stolpern herein, und ich knalle die Tür wieder zu.

Sie stolpern über den Teppich, finden das Gleichgewicht wieder und kommen mitten in meinem Wohnzimmer schwankend zum Stehen. Steve hält den Mantelkragen des Mannes in einer Faust und hat ihm mit der anderen den Arm auf den Rücken gedreht. Großer Kerl, schwarzes, angegrautes Haar – den Hut hat er irgendwo unterwegs verloren –, langer schwarzer Mantel. »Lassen Sie mich los –«

»Ich hab ihn«, sage ich und richte meine Pistole auf den Kopf des Mannes. Steve lässt los und springt zurück.

»Herrgott nochmal«, sagt der Mann, und dann dreht er sich zu mir um, und wir erstarren alle drei.

Er hat nicht mit der Pistole gerechnet. Ich habe nicht mit ihm gerechnet. Ich war auf alles gefasst, vom Serienkiller bis zu einem von unseren Leuten, aber nicht auf ihn.

Ich habe ihn noch nie gesehen, aber seine Gesichtszüge sehe ich tagtäglich: die kräftig geschwungene Nase, die schwerlidrigen Augen, die langen schwarzen Bögen der Augenbrauen. Eine Sekunde lang fühlt es sich an wie ein mieser Dummerjungenstreich. Mein Verstand schlingert, tastet verzweifelt nach Halt und fragt sich, ob die Dezernatssäcke das irgendwie organisiert haben, um mich kirre zu machen. Er ist mir wie aus dem Gesicht geschnitten.

Steve stiert zwischen uns beiden hin und her. Seine Hände hängen herab, er weiß nicht, was er mit ihnen machen soll.

Ich sage: »Steve, du kannst gehen.« Meine Lippen sind taub.

Der Mann sagt: »Antoinette –«

»Halt's Maul, oder ich erschieße dich.« Ich fasse meine Pistole fester. Er verstummt. »Steve, geh nach Hause.«

Steve setzt an: »Bist du –«

»Geh. Sofort.«

Nach einem Moment geht er, praktisch auf Zehenspitzen. Die Tür schließt sich leise hinter ihm. Ich und der Mann bleiben zurück und sehen uns an.

Er streicht seinen Mantelkragen glatt, den Steve zerknautscht hat. »Danke«, sagt er. »Ich weiß ja nicht, wer das war –«

»Ich hab ihn gebeten, dich herzubringen«, sage ich. »Ich hatte die Nase voll davon, dass du in meiner Straße rumlungerst.«

Er ist unbeeindruckt. »In dem Fall habt ihr beide mir vielleicht einen Gefallen getan. Ich weiß nicht, wann ich die Courage aufgebracht hätte, an deine Tür zu klopfen.«

Er spricht ein gepflegtes Englisch mit einem leicht nordirischen Einschlag, Belfast vielleicht. Er hat die letzten zweiunddreißig Jahre nicht in einem ägyptischen Palast oder einem brasilianischen Nachtclub verbracht. Er hat sie nur eine Zugfahrt von hier entfernt verbracht.

»Schau dich um«, sage ich. »Möchtest du eine Hausführung?«

Er betrachtet mein Gesicht so eindringlich, dass ich zucke, ihm am liebsten mit dem Pistolenknauf die Nase einschlagen würde, damit er aufhört. Er sagt: »Du siehst mir sehr ähnlich. Ist dir das klar?«

»Ich bin nicht blind«, sage ich. »Und ich bin nicht blöd.«

Das entlockt ihm ein kleines zufriedenes Lächeln, als wäre es ihm zu verdanken, dass ich keine Idiotin bin. »Das hab ich auch nie geglaubt.«

Die vielen Mathehausaufgaben, die ich verwahrt habe, um sie ihm vor die Füße zu werfen. Stille tritt ein, während er darauf wartet, dass ich etwas sage oder mich vielleicht in seine Arme werfe. Ich tue beides nicht.

»Das ist ein sehr seltsamer Augenblick für mich«, sagt er. »Ich habe dich fast ein Jahr lang gesucht.«

»Wow. Ein ganzes Jahr, tatsächlich?«

»Damals, ganz zu Anfang, habe ich überlegt, mich zu melden. Ehrenwort, das habe ich. Aber ich wusste nicht, wie du heißt, und deine Mutter war wirklich wie vom Erdboden verschluckt. Und damals lief in meinem Leben so vieles schief, dass ich aus verschiedenen Gründen dachte, du kämest ohne mich besser –«

»Und jetzt was? Brauchst du eine Niere?«

Ein dünnes Lächeln. »Vorletztes Jahr sind meine Mutter und mein Vater gestorben, im Abstand von wenigen Monaten.« Eine kürzere Pause, damit ich ihm mein Beileid aussprechen oder so was wie Trauer empfinden kann oder weiß der Geier was. »Die Eltern zu verlieren führt zu einer immensen Verschiebung der eigenen Perspektive. Mir ist klargeworden, was für eine Bedeutung sie in meinem Leben hatten, in einem sehr viel umfassenderen Sinne, als mir das vorher bewusst war: Wie bedeutsam es ist, in einer größeren Geschichte als nur der eigenen verwurzelt zu sein. Mir wurde zum ersten Mal schmerzlich klar, was ich dir eigentlich vorenthalten hatte. Sobald ich zu dieser Erkenntnis gelangt war, habe ich mich auf die Suche nach dir gemacht.«

Diese dunklen Augen, so intensiv und beschwörend und vielsagend. Kein Wunder, dass meine Ma darauf reingefallen ist. Sie war erst zwanzig. Ich bin keine zwanzig mehr. In Wahrheit hat er sich plötzlich verletzlich gefühlt, von wegen, er ist als Nächster dran, und er brauchte jemanden, der ihm das Gefühl geben konnte, dass er nicht spurlos verschwinden würde. »Irgendwann habe ich sogar einen Privatdetektiv engagiert«, sagt er, »aber ich konnte ihm nur den Namen deiner Mutter nennen und –«

»Jetzt hast du mich gefunden.«

»Sobald ich wusste, wo du bist, bin ich hergekommen. Ich habe ein Zimmer in einem Dubliner Hotel gebucht und mich noch am selben Tag ins Auto gesetzt.«

Sein Gesichtsausdruck verrät, dass er tiefe Rührung von mir erwartet. »Schade, dass du es nicht schon ein paar Wochen früher erfahren hast«, sage ich. »Dann hättest du gleich auch noch deine Weihnachtseinkäufe hier erledigen können.«

»Ist die wirklich nötig?« Er deutet mit dem Kinn auf meine

Pistole. »Du musst doch wissen, dass ich nicht die Absicht habe, dir etwas zu tun. Und sie belastet das Gespräch ein wenig.«

Ein Lächeln spielt in seinem Mundwinkel, ein Lächeln, von dem er erwartet, dass es funktioniert. Der Charmeur. Pech, dass dieses Gen eine Generation übersprungen hat.

»Es gibt kein Gespräch«, sage ich. Wenn Steve vernünftig war und getan hat, was ich ihm gesagt habe, ist er jetzt schon wieder in seinem Auto auf dem Heimweg, zu weit weg, als dass dieser Kerl ihn einholen und aushorchen könnte. »Du gehst jetzt.«

Das wischt das Lächeln weg. Er sagt vorsichtig: »Ich verstehe, dass du wütend auf mich bist –«

»Ich bin nicht wütend. Ich bin fertig mit dir. Na los.« Ich deute mit der Waffe Richtung Tür.

»Nein«, sagt er. Seine Hände strecken sich mir entgegen. »Lass mich bleiben. Bitte. Nur ein Weilchen. Eine Stunde. Eine halbe Stunde. Wenn du dann immer noch willst, dass ich gehe, verschwinde ich.«

Ich sage: »Raus. Sofort.«

»Warte.« Er hat sich nicht bewegt, aber seine Stimme klingt wie ein Sprung, um die Tür zu blockieren. »Bitte. Ich werde dich nicht ausfragen. Du kannst mir so viel erzählen, wie du willst, oder gar nichts – das liegt ganz bei dir. Und ich erzähle dir alles, was du wissen willst. Du hast doch bestimmt Fragen. Egal was. Frag einfach.«

Jetzt kommt's: mein tiefstes und dunkelstes Geheimnis, das niemand, keine beste Freundin, kein Partner oder Lover je erfahren wird. In dieser Sekunde sehe ich das, was Aislinn sah. Ich sehe den Moment, den sie über Hindernisse und durch den Dreck und bis in alle Ewigkeit gejagt hat; er kracht in mein Haus wie ein Kugelblitz, und er flimmert vor mir, in Reichweite. *Wie heißt du, wie hast du meine Ma kennengelernt, warum bist du weggegangen, wo warst du, was machst du, erzähl mir alles, alles …* Ich sehe mich wie einen Habicht hoch in der warmen Luft schweben, während er unter mir alles ausbreitet, was hätte sein können, so dass ich gemächlich kreisen kann, bis jede Gabelung und jeder Nebenfluss in mein Gedächtnis eingeprägt ist, endlich wieder mir gehört. Ich sehe, wie er seinen Umhang öffnet, um mir all die verlorenen Kapitel meiner Geschichte zu zeigen, die in Silber auf dem nachtschwarzen Futter geschrieben stehen.

»Okay«, sage ich. Ich senke die Pistole. »Stimmt, ich hab so einige Fragen.« Ich kann kaum atmen.

»Und ich darf bleiben? Eine halbe Stunde?«

»Klar. Warum nicht.«

Er nickt. Er wartet, betrachtet mich zu aufmerksam, um zu blinzeln, giert nach den Fragen, als wären sie das schönste Geschenk, das ich ihm je machen könnte.

Das wären sie auch. Genau das hat meine Ma mir mit all ihren blödsinnigen Märchengeschichten klargemacht. Wenn ich mir von ihm die Antworten geben lasse, gehöre ich ihm. Alles in meinem Leben, Vergangenheit und Zukunft, wird ihm gehören, wird zu dem werden, was er daraus machen will.

Ich sage: »Wie hast du mich gefunden?«

Jetzt blinzelt er.

»Du hast gesagt, alles, was ich wissen will.«

Er sieht zum Sofa hinüber. »Darf ich mich setzen?«

»Nein. Erst will ich Antworten hören. Dann sehen wir weiter.«

Sarkastisches Heben einer Augenbraue, als hätte er beschlossen, einem weinerlichen Kind seinen Willen zu lassen. Ich setze diesen Blick manchmal bei Zeugen ein. »Also schön. Sonntagnachmittag bin ich zu meinem Stammladen gegangen, um mir die Zeitung zu kaufen. Während ich in der Schlange wartete, habe ich die anderen Zeitungen auf dem Ständer überflogen. Dein Foto war auf dem Titelblatt. Ich wusste sofort, dass du es bist.«

Rote Wut schießt durch mich hindurch: Er hat kein Recht, mich zu erkennen. »Und?«, sage ich. »Was hast du gemacht?«

»Ich habe dich im Telefonbuch gesucht, aber du stehst nicht drin. Ich war sicher, dass deine Kollegen mir keine Auskunft geben würden. Also habe ich die Zeitung angerufen und nach dem Journalisten gefragt, der den Artikel geschrieben hat. Ich habe ihm gesagt, wer ich bin – schließlich hätte er mir sonst wohl kaum irgendwelche Informationen gegeben –, und dass ich mich mit dir in Verbindung setzen möchte, aber unsicher wäre, wie du reagieren würdest.« Ein schiefer Blick auf die Pistole. »Anscheinend mit gutem Grund.«

»Und er hat einfach so meine Adresse rausgerückt?« Selbst für Crowley klingt das unwahrscheinlich. Crowley tut nichts für nichts. »Was hast du ihm dafür gegeben?«

»Ich habe ihm gar nichts gegeben.«

Ich kenne auch dieses prompte, spröde Verleugnen, kenne es zu gut, um drauf reinzufallen. »Noch nicht«, sage ich. »Was hast du ihm versprochen?«

Er überlegt, ob er lügen soll, ist aber zu klug, um das Risiko einzugehen. »Der Journalist hat gesagt, er könnte mir deine Adresse nennen. Als Gegenleistung wollte er ein Interview nach unserem Treffen.«

Ich sehe es praktisch schon vor mir. *Das Kindheitstrauma der Kommissarin,* mit Fotos von unserer runtergekommenen Mietskaserne und seinem Einfamilienhaus in einem grünen Vorort. *»Immer wenn sie in ihrem Job nach der Wahrheit gesucht hat, hat sie in Wirklichkeit nach mir gesucht«, schluchzt der jahrelang verschollene Dad.* Nicht auf der Titelseite oder so, sondern in einem gefühlsduseligen Dossier über vaterlose Frauen. Schon bei dem Gedanken daran könnte ich kotzen. Crowley müsste es nicht mal veröffentlichen. Er könnte es mir einfach vor die Nase halten und verlangen, dass ich ihn ab jetzt mit Exklusivinfos versorge, wohl wissend, dass ich es tun würde.

Ich sage: »Und du hast gesagt, ja klar, kein Problem.«

»Die Aussicht hat mich nicht gerade begeistert. Ich hätte nie gedacht, dass ich mal einer Boulevardzeitung meine Seele verkaufen würde. Aber ich hätte noch sehr viel mehr getan, um dich zu finden.«

Er wirkt nicht wie ein Idiot, aber man kann nie wissen. Ich sage: »Du hättest einfach im Dezernat anrufen und nach mir fragen können. Oder mir einen Brief schreiben.«

»Hätte ich, ja.« Er streicht sich mit der flachen Hand über eine Wange und seufzt. »Ich will ehrlich sein. Ich wollte die Gelegenheit haben, dich eine Zeitlang zu beobachten, ehe ich auf dich zugehe.«

Will heißen, er wollte die Gelegenheit haben, zu entscheiden, ob ich gut genug bin, um Kontakt zu mir aufzunehmen. Hätte ich einen Mann im glänzenden Trainingsanzug gehabt, ein halbes Dutzend brüllende Blagen und ständig eine Fluppe zwischen den Lippen, hätte er sich abwenden und nach Hause fahren können: Nix passiert, Geschichte zu Ende, ehe sie überhaupt begonnen hat.

Vielleicht glaubt er sogar, dass er es deshalb so gemacht hat, aber ich glaube das nicht. Ich weiß genau, worum es ihm ging. Hätte er es auf die übliche Weise gemacht – die Neuigkeit sachte und behutsam aus der Ferne beibringen, ein paar vorsichtige Telefonate zum ersten Kennenlernen, Begegnung auf neutralem Boden, wenn beide Seiten dafür bereit sind, und so weiter –, hätte ich entscheiden können, wann und ob überhaupt. Nichts lag diesem Mann ferner. Er wollte diese Situation – wollte mich – genau nach seinen Bedingungen, von Anfang bis Ende. Pech für ihn, dass dieses Gen keine Generation übersprungen hat.

Ich sage: »Also hast du die nächsten drei Tage damit verbracht, dich vor meinem Haus rumzudrücken wie ein Spanner.«

Prompt weiten sich seine Nasenflügel. »Ich gebe das nicht gerne zu. Aber ich habe gesagt, ich werde dir alles erzählen, was du wissen willst. Ich hoffe, jetzt ist dir klar, dass das ehrlich gemeint war.«

»Du wirst deinem Journalistenfreund nichts liefern. Gleich morgen früh rufst du ihn an und sagst, dass du dich geirrt hast, dass ich die Falsche bin. Und sei gefälligst überzeugend.«

Sein Kopf hebt sich. Stolz steht ihm gut, und das weiß er. »Ich habe ihm mein Wort gegeben.«

Er will, dass ich bettele oder mit dem Fuß aufstampfe und ihn daran erinnere, dass er mir mehr schuldet als irgendeinem Zeitungsfritzen. Ich lache, einmal kurz – mehr werde ich ihm nicht geben. »Was will er denn machen, dich verklagen?«

»Natürlich nicht. Aber ich ziehe es vor, meinen Verpflichtungen nachzukommen.« Als sich meine Mundwinkel heben: »Und ich glaube, wir legen beide keinen Wert darauf, ihn zum Feind zu haben.«

»Glaub mir, es ist besser für dich, ihn zum Feind zu haben statt mich. Denkst du, ich hätte keine Bekannten bei der Polizei in deiner Gegend? Willst du bis ans Ende deiner Tage bei jeder Autofahrt angehalten werden und ins Röhrchen pusten? Oder zur Vernehmung abgeholt werden, sobald ein Kind sagt, der böse Onkel hatte braune Haut?«

Sein Mund – breite, scharf konturierte Schwünge, wie meiner – hat sich verkrampft. Er sagt: »Das scheint dir sehr wichtig zu sein.«

Er lässt mir Raum, um den Köder zu schlucken. Ich tu's nicht.

»Also gut. Ich werde dem Journalisten sagen, ich hätte mich geirrt.« Er nickt Richtung Sofa. »Darf ich mich jetzt setzen?«

Der dreiste Arsch geht schon auf mein Sofa zu. »Prima«, sage ich. Ich hebe die Pistole und richte sie wieder auf ihn. »Du kannst jetzt gehen.«

Das überrascht ihn. »Aber deine Fragen. Willst du denn nicht wissen –«

»Nee. Zisch ab.«

Er rührt sich nicht. »Wir hatten uns auf eine halbe Stunde geeinigt.«

»Ich bin früher fertig.«

»Eine halbe Stunde. Das war die Abmachung.«

Ich lache laut auf. »Du hättest sie dir schriftlich geben lassen sollen. Verpiss dich. Und komm nicht wieder.«

Seine Kiefermuskeln spannen sich. »Wenn du mir damit weh tun willst –«

»Ich will dich damit aus meinem Haus schmeißen. Wenn ich dir weh tun wollte, würde ich die hier benutzen.« Ich deute mit dem Kinn auf die Pistole. »Raus.« Für eine Sekunde denke ich, dass ich es tun muss. Er ist nicht daran gewöhnt, klein beizugeben. Komisch: ich auch nicht.

Ich erkenne den Moment, als er begreift, dass ich es tun werde. Seine Augen weiten sich, und er weicht einen Schritt zurück, Richtung Tür, aber er ist noch nicht fertig. »Mir ist klar, dass das ein Schock für dich war. Glaub mir, anders wäre es mir lieber gewesen. Ich lasse dir meine Karte hier. Wenn du es dir anders überlegst –«

Seine Hand hebt sich Richtung Brusttasche. »Nein«, sage ich und ziele auf die Hand, bis sie in der Bewegung erstarrt. »Wir sind fertig. Falls du dich je wieder blicken lässt, erschieße ich dich. Dann werde ich aussagen, dass ich panische Angst vor einem Stalker hatte, mein Freund Steve wird das bestätigen. Und anschließend verkaufe ich die Story von unserem tragischen Missverständnis für viel Geld an deinen Journalistenfreund.«

Langsam sinkt die Hand weg von seiner Tasche. Er sagt: »Du entsprichst nicht dem Bild, das ich mir von dir gemacht habe.«

»Ach nee«, sage ich. »Und tschüss.«

Er steht mitten in meinem Wohnzimmer und starrt mein Sofa an, ohne es zu sehen, als könnte er nicht fassen, was als Nächstes kommt oder wie er es anstellen soll. Er sieht nicht aus wie mein Ebenbild, nicht mehr. Er sieht aus wie irgendein Mann mittleren Alters, der in den letzten Tagen zu viel Zeit damit zugebracht hat, in der Kälte zu stehen und sich Dinge auszumalen.

Schließlich setzt er sich in Bewegung. In der offenen Tür dreht er sich um, und ich denke schon, dass er etwas sagen wird, aber er nickt bloß und tritt hinaus in die Nacht.

Ich gehe zur Tür und sehe ihm nach, wie er die Straße hinaufgeht. Sein Hut liegt unter der Straßenlaterne, rollt im aufkommenden Wind sachte hin und her. Er bückt sich, als hätte er Rückenschmerzen, hebt ihn auf, klopft ihn ab und geht weiter, aus dem Licht und um die Ecke. Er dreht sich nicht noch einmal um.

Ich warte fünf Minuten, dann noch mal fünf Minuten, um ganz sicher zu sein, dass er weg ist. Mir zittern die Hände – die Kälte setzt mir zu –, und ich achte darauf, dass meine Pistole nach hinten zeigt, ins Haus. Als ich überzeugt bin, dass er nicht versuchen wird, zurückzukommen, stecke ich sie weg und rufe Steve an.

Er meldet sich auf Anhieb: »Alles okay?«

»Bestens. Wo bist du?«

»In dem Pub um die Ecke – wie heißt der noch mal, *Soundso Inn*. Ich hab gedacht, nur für alle Fälle – ich meine, ich weiß, du kannst das händeln und so, aber … Ist er, äh, noch da? Oder …?«

Er will wissen, ob ich eine Leiche im Wohnzimmer liegen habe. »Er ist weg. Kannst du herkommen?«

»Klar«, sagt Steve, zu prompt – jetzt denkt der kleine Spinner, ich will mich an seiner Schulter ausweinen. »Bin in fünf Minuten da.«

Nach drei Minuten kommt er mit im Wind wehenden Schal die Straße runtergelaufen. »Entspann dich«, sage ich, als ich ihm die Tür aufmache. »Hier brennt's nicht.«

»Alles okay?«

»Wie schon gesagt. Mir geht's bestens. Hast du dein Bier stehen lassen?«

»Hab ich, ja. Ich dachte –«

Seine Haare stehen kreuz und quer, ganz karottig und aufgeregt. »Du alter Hysteriker«, sage ich. »Trinkst du einen Schluck, als Wiedergutmachung?«

»Klar. Danke.«

Ich gehe in die Küche und zu dem Schrank mit den harten Sachen. »Whiskey okay?«

»Ja, prima.« Steve bleibt in der Tür stehen und lässt den Blick durch den Raum wandern, damit er mich nicht ansehen muss. Er sagt zum Küchenfenster. »Ich hab ihn gesehen. Sein Gesicht, meine ich.«

»Ja«, sage ich. »Ich auch.«

Steve wartet, dass ich noch mehr sage. Ich frage: »Eis?«

»Ja, bitte.« Er sieht zu, wie ich Gläser hinstelle und eingieße – meine Hände sind wieder völlig ruhig. »Hast du …? Ich meine, wirst du ihn wiedersehen?«

Ich reiche ihm ein Glas. »Wohl eher nicht. Ich hab ihm gesagt, wenn er wieder auftaucht, erschieße ich ihn.«

Das laute, verblüffte Prusten, das Steve rausrutscht, macht mir klar, wie sich das anhört, und plötzlich lache ich auch. »Meine Fresse«, sagt Steve durch seinen Lachkrampf. »Ich schätze, es ist anders gelaufen, als er dachte.«

Ich könnte wiehern vor Lachen. »Der arme alte Sack. Er könnte mir fast leidtun, weißt du?«

»Ehrlich?«

»Nein. Ich hoffe, er hat sich in die Hose gemacht.« Jetzt kriegen wir uns erst recht nicht mehr ein, lehnen hilflos an den Wänden. Ich wische mir die Augen, kippe meinen Whiskey hinunter und gieße mir noch einen ein. »Gib her«, sage ich und lasse mir Steves Glas geben. »Hast du dir verdient. Du hast gedacht, du müsstest mir helfen, eine Leiche verschwinden zu lassen, stimmt's?«

Steve verschluckt sich an seinem Whiskey und krümmt sich vor Lachen, was mich auch wieder losprusten lässt. Er verschüttet die Hälfte, und mein Whiskey ist eigentlich zu gut für so was, aber es ist mir egal. So gut hab ich mich schon lange nicht mehr gefühlt. »Jetzt reiß dich mal zusammen«, sage ich und nehme ihm das Glas weg. »Du verträgst ja so gut wie nichts. Hier.« Ich gieße ihm nach und gehe zum Sofa.

»Geht's dir wirklich gut?«, fragt Steve. Er wird wieder ernst und mustert mich von oben bis unten. »Ehrlich?«

»Hab ich doch gesagt.« Ich lehne mich nach hinten und trinke einen Schluck von meinem Whiskey, schmecke ihn zum ersten Mal richtig. Ich spüre, wie sich Dinge verschieben, in den hintersten Winkeln meines Kopfes: eine Veränderung des Lichteinfalls, ein Verlagern von Gewichten. Vielleicht werde ich meiner Ma morgen, wenn ich sie anrufe, erzählen, wie ich meinen Abend verbracht habe. Das müsste ihr doch nun wirklich eine Reaktion entlocken.

Steve sagt: »Und was …?« Heißt: *Was mach ich dann hier?*

Ich setze mich auf. Ich sage, und auch ich bin jetzt wieder ernst: »Mir ist ein Gedanke gekommen. Zu dem Fall.«

Dieser Moment, als mein Gesichtsfeld verrutschte und flimmerte und ich in all seiner wundersamen, quälenden Strahlkraft das sehen konnte, was Aislinn gejagt hat. In diesem Moment sah ich das, was Steve und ich schon vor gut vierundzwanzig Stunden hätten sehen müssen: was Aislinn sah, als das Gespräch mit Gary ihren Daddytraum auf dem Boden zerplatzen ließ. Als mitten in der Katastrophe diese tröstende Notrufstimme von Gary zu ihr durchdrang. Da sah sie die offensichtliche nächste Stelle, an die sie sich wenden konnte.

Steve setzt sich ans andere Ende des Sofas. Er balanciert sein Glas zwischen den Fingern, ohne zu trinken, und sieht mich an.

Ich sage: »Weißt du noch, was Gary am Telefon gesagt hat? Er hat Aislinn eröffnet, dass ihr Dad tot ist, und sie ist zusammengebrochen. Also hat er weitergeredet, um sie zu beruhigen, hat sich darüber ausgelassen, wie sehr ihr Dad sie geliebt hat, dass er offensichtlich ein großartiger Mann war und so weiter. Hört sich das für dich so an, als hätte sie deswegen aufgehört, ihren Dad zu vermissen? Als hätte sie gesagt, *Ach, was soll's, dann belass ich es dabei*?«

»Nee. Jemand wie sie würde eher das Gefühl kriegen, dass sie nicht loslassen kann, dass sie doch noch irgendwas Kostbares finden kann. Sag ich doch die ganze Zeit.«

»Weißt du noch, was Gary ihr sonst noch gesagt hat? Er hat sie beruhigt, dass die Männer, die für den Fall zuständig waren, gute Detectives waren, dass sie gründlich gearbeitet haben. Und wenn es irgendwas zu finden gegeben hätte, dann hätten sie das auch gefunden.«

Steve zieht die Augenbrauen zusammen: *Und?*

»Wenn ich Aislinn wäre«, sage ich. Mir hämmert das Herz. »Wenn ich jemand wie sie wäre. Dann würde ich nicht ohne guten Grund irgendeiner unausgegorenen Bandenidee nachspüren. Ich würde mich an jemanden wenden, von dem ich wüsste, dass er mir echte Fakten liefern kann. Ich würde mich auf die Suche nach einem von diesen Detectives machen.«

Stille tritt ein. Schwacher Wind rackert sich im Kamin ab.

Steve sagt: »Wie würdest du die finden?«

»Ich wette, Gary hat Namen genannt. ›Ich kenne Feeney und McCann, das sind großartige Detectives, ich bin sicher, die haben getan, was sie konnten …‹«

Steve sagt, als würde er nicht richtig atmen: »McCann.«

Wieder Stille und der Wind.

Ich sage: »Aislinn ruft also in der Vermisstenstelle an und fragt nach Feeney oder McCann. Sie erfährt, dass Feeney im Ruhestand ist und McCann jetzt im Morddezernat arbeitet. Sie hat keine Möglichkeit, Feeney ausfindig zu machen, aber es ist ein Kinderspiel, rauszufinden, wo das Morddezernat ist und bei Schichtwechsel draußen zu warten. Sie hätte nicht mal rumfragen müssen, um den Mann zu finden. Bei der vielen Zeit, die sie darüber nachgedacht hat, wird sie ihn wiedererkannt haben. Selbst nach fünfzehn Jahren.«

»Und was dann? Angenommen, sie hat ihn gefunden. Was dann?«

Ich schüttele den Kopf. »Ich weiß es nicht.«

Steve streicht sich mit der Hand über den Kopf, versucht automatisch, seine Haare zu glätten. »Meinst du, er war der heimliche Lover?«

»Ich hab dran gedacht, aber ich kann mir nicht erklären, wieso sie ihn gewollt haben könnte. Wir sind wieder bei derselben alten Frage: Eine Frau wie sie, warum fängt die was mit einem deutlich älteren Cop an, der allmählich Bierbauch ansetzt? Mit ihm flirten, um etwas über ihren Dad zu erfahren, das ja. Aber sechs Monate lang seine heimliche Geliebte? Wieso?«

»Sie versucht, näher an ihren Dad ranzukommen, McCann ist die einzige Verbindung, die sie hat –«

»Ih.« Ich verziehe das Gesicht. »Das nenne ich verkorkst. Und es genügt mir nicht als Erklärung. Gary war auch eine Verbindung zu ihrem Dad, und bei ihm hat sie nichts dergleichen probiert. Das hätte er mir gesagt.«

»Vielleicht stand sie ja auf Cops.« Steve streicht sich noch immer mit der Hand übers Haar, wieder und wieder. »Sie kommt rein, um mit dir und Gary zu reden, schaut sich um, merkt, dass ihr die Atmosphäre gefällt …«

So was gibt es. Hauptsächlich bei Frauen, aber ich bin auch schon ein paar Typen begegnet, die diese Neigung haben. Du könntest ein Gesicht wie ein Warzenschwein haben, und es wäre ihnen egal. Sie nehmen dich kaum wahr. Ihnen geht es um den Adrenalinrausch aus zweiter Hand, die Macht aus zweiter Hand, um die Geschichte, die nicht mit dem Satz endet *Und dann arbeitete er bis an sein Lebensende im Callcenter.* Erzähl mir, wen du heute festgenommen hast, behalt im Bett die Uniform an und hol die Handschellen raus. Man erkennt sie leicht, aber es gibt auch Cops, die so etwas mögen, weil sie sich dann vorkommen wie Rockstars und in einer höheren Liga spielen können.

Aber mit Aislinn hätte McCann gleich mehrere Ligen übersprungen. »Wenn es ihr nur darum gegangen wäre«, sage ich, »hätte sie einfach bloß ins *Copper Face Jack's* gehen und sich irgendeinen gutaussehenden jungen Kerl aussuchen können. Warum er?«

»Weil sie keinen Streifenpolizisten wollte, der den lieben langen Tag nicht viel anderes macht, als Leuten wegen eines defekten Bremslichts einen Strafzettel zu verpassen. Wir haben doch schon festgestellt: Nach dem Leben, das sie hatte, wollte sie Aufregung und Nervenkitzel. Sie wollte einen Detective, der Morde aufklärt.«

Das leuchtet mir ein. Wir im Morddezernat sind die Großwildjäger; wir verbringen unsere Zeit damit, die gefährlichsten Raubtiere zu verfolgen. Für solche Leute macht uns das zur begehrtesten Beute.

Falls es Aislinn darum ging, könnte Steve recht haben, denn dann hatte sie nicht viele Optionen. Die Mordkommission ist klein, wir sind nur etwa zwei Dutzend. Die Hälfte davon in McCanns Alter oder älter. Und keiner ist ein Brad Pitt.

Trotzdem glaube ich nicht, dass sie sich McCann ausgesucht hätte. Rory und ihren Verflossenen nach zu urteilen, war raubeinig und schweigsam nicht ihr Stil. Sie hätte McCann glatt übersehen und weitergesucht, nach einem mit glatteren Kanten, einem, der sie mit lockerem Geplauder interessiert hätte. Nach einem wie –

Einem wie Breslin.

Breslin, mit seinem hübschen Frauchen und seinen drei hübschen Kinderlein. Breslin, der viel zu verlieren hätte, falls die anschmiegsame Bewunderin zum Glenn-Close-Verschnitt mutiert wäre. Breslin, der uns gedrängt hat, Rory Fallon dranzukriegen und den Fall abzuschließen.

Ich sage: »Ach du Hölle.«

»Aber das Timing haut nicht hin«, sagt Steve. »Wenn du recht hast und Aislinn hat McCanns Namen von Gary erfahren, dann war das vor zweieinhalb Jahren. Laut Lucy hat sie ihren heimlichen Lover aber erst seit sechs Monaten. Wieso diese Lücke?«

»Was hältst du hiervon?«, sage ich. »Aislinn wendet sich an McCann, weil sie Informationen will, aber der lässt sie abblitzen. Sie gibt nicht auf. Alle paar Monate kommt sie zurück und bestürmt ihn mit Fragen. Eines Tages taucht sie mal wieder im Dezernat auf, er hat keinen Bock, sich mit ihr abzugeben, und schickt seinen Partner vor, um sie abzuwimmeln. Und der gefällt Aislinn.«

Steves Gesicht ist regungslos geworden. Das verändert ihn, lässt das studentisch Unbekümmerte an ihm verschwinden, so dass ich endlich einmal deutlich sehen kann, was darunterliegt. Er wirkt erwachsen, kantig, ein ernstzunehmender Gegner.

Ich sage: »Weißt du noch, der Nachbar, der gesehen hat, wie ein Mann über Aislinns Terrassenmauer geklettert ist? Mittelgroß, dunkler Mantel, wahrscheinlich im mittleren Alter – und wahrscheinlich helles Haar.«

Steve sagt: »Breslin, der Mönch soll eine ausgewachsene Affäre gehabt haben? Meinst du wirklich?«

»Alle sagen, Aislinn hätte ein besonderes Geschick dafür gehabt, andere in ihre Phantasiewelten mit hineinzuziehen. Die Frau hatte also Talent, und sie hatte Erfahrung. Breslin dagegen überschätzt sich selbst und unterschätzt andere. Die besten Voraussetzungen, um auf jemanden wie Aislinn reinzufallen. Falls sie beschlossen hatte, ihn für sich zu gewinnen …«

»Okay, aber sich auf etwas so Riskantes einlassen? Breslin ist extrem vorsichtig.«

»Er war vorsichtig. Keine Anrufe, keine SMS, keine E-Mails, nichts. Und vergiss nicht: Jemand hat Aislinn durch den Computer laufen lassen. Letzten September, kurz nachdem sie sich ihren heimlichen Lover zugelegt hatte. Er wollte sich vergewissern, dass sie nie angezeigt worden war wegen Stalking, wegen Belästigung,

Erpressung oder irgendwas, das ihr den Stempel ›irre‹ verpasst hätte.«

Etwas Hartes blitzt in Steves Gesicht auf. Er sagt: »Weißt du noch, als du Breslin gesagt hast, er soll mit den Tonbandaufnahmen von Rorys männlichen Kontaktpersonen auf die Wache von Stoneybatter fahren und feststellen, ob der Kollege dort den Mann identifizieren kann, der in der Polizeiwache angerufen hat?«

»Ja klar. Der arrogante Depp hat's stattdessen Gaffney aufgedrückt und –« Ich verstumme.

Steve sagt: »Ich hab gedacht, er wäre sich für so was Schnödes zu fein.«

»Ja«, sage ich. »Dachte ich auch.«

»Er wollte, dass wir das denken. Aber es hatte nichts damit zu tun. Er konnte nicht riskieren, dass der Kollege seine Stimme hört.«

Diese Kinotrailerstimme. *In einer Welt …* Selbst der dämlichste Polizist hätte sich an diese Stimme erinnert. Es sei denn, vielleicht, jemand würde dafür sorgen, dass er mit zig Möglichkeiten bombardiert wird, bis seine Erinnerung unwiederbringlich verschüttet ist.

Breslin hat auf der Wache angerufen. Mein Verstand bleibt daran hängen wie eine Nadel, die in der Schallplattenrille hängen bleibt, wieder und wieder zurückspringt. Wir spielen hier nicht bloß Phantasiespielchen. So ist es gewesen. Breslin war der Anrufer.

Ich sage: »Kein Wunder, dass er nicht den Notruf gewählt hat. Dann wäre seine Stimme auf Band gewesen.«

»Und kein Wunder, dass der heimliche Lover unsichtbar ist. Breslin hätte keine Liebesbriefchen rumliegen lassen oder Facebooknachrichten verschickt. Falls dieser Computerordner nichts Konkretes liefert, haben wir nichts in der Hand.«

»Wir haben Lucy. Sie könnte die Beziehung bestätigen. Ob sie das auch tut, ist eine ganz andere Frage.«

»Lucy.« Steves Kopf geht ruckartig nach hinten, als er begreift. »Verdammt. Und wir haben uns gefragt, warum sie so zugeknöpft war. Sie wollte rausfinden, ob wir dicke Freunde von Breslin sind.«

Der Whiskey in meinem Mund schmeckt ätzend, gefährlich. Ich sage: »Weil sie glaubt, dass er Aislinn umgebracht hat.«

Schweigen, diesmal nur kurz. Das Herz pocht mir stark und langsam in den Ohren.

Steve sagt: »Das muss nicht bedeuten, dass sie recht hat.«

»Sie hatte Angst vor uns«, sage ich. »›Ich weiß nichts über Ashs heimlichen Freund, sie hat mir nichts erzählt, wir stehen uns nicht so nahe …‹ Sie hatte Panik, weil sie dachte, wir sollten eventuelle Spuren beseitigen, und wenn wir zu dem Schluss gekommen wären, dass sie irgendwas weiß …«

»Aber trotzdem hat sie den unbekannten Freund erwähnt. Falls wir doch zu den Guten zählten, wollte sie, dass wir unsere Ermittlungen ausweiten und uns nicht auf Rory fixieren.«

»Genau«, sage ich. »Alle Achtung. Lucy hat Mumm.«

Steve trinkt einen Schluck von seinem Drink, als könnte er ihn brauchen. »Ja, aber hat sie auch Mumm genug, um offen zu sagen, was sie weiß? Es sind schon zwei Tage, sie hat sich nicht gemeldet, um eine Aussage zu machen … Sie will nichts mit uns zu tun haben.«

»Wir brauchen sie aber. Ohne sie haben wir nichts, um eine Verbindung zwischen Aislinn und Breslin oder McCann zu beweisen. Wir können ja schlecht ihr Foto im Präsidium rumzeigen und fragen, ob irgendwer sie schon mal mit einem der beiden gesehen hat.«

»Der Barmann im *Ganly's*? Der hat Aislinn mit ihrem Typen gesehen.«

»Er hat nicht *die beiden* gesehen. Er hat Aislinn gesehen und irgendeinen Kerl mittleren Alters vage im Hintergrund. Das reicht nie im Leben für eine Identifizierung.«

»Da wäre noch Rory«, sagt Steve. »Er verbirgt was. Die halbe Stunde, die er zu früh bei Aislinn war, da ist irgendwas passiert. Vielleicht hat er was gesehen, oder sie hat was gesagt …«

»Scheiße«, sage ich und richte mich schnell auf. »Warst du im Beobachtungsraum, als Breslin ihn nach Beweisen dafür gefragt hat, dass Aislinn einen Stalker hatte?«

»Ach du Schande.« Steve zieht zischend die Luft ein. »Ja, das hab ich gesehen. Rory hat davon angefangen, dass er Samstagabend einen Mann gesehen hat, und Breslin hat ihm das Wort abgeschnitten.«

»Breslin und ich, wir beide«, sage ich. »Ich Idiot war dabei und hab mitgemacht. Aber hör mal: Der Mann, den Rory gesehen hat, das kann nicht Breslin gewesen sein, weil Rory ihn sonst am Sonntag wiedererkannt hätte – oder spätestens heute, als er sich daran erinnert hat. Und du und ich hätten das gemerkt, falls er Breslin erkannt hätte; das wäre uns nicht entgangen. Breslin kann nicht der Mann gewesen sein, der Samstagabend in Stoneybatter war.«

»Hm«, sagt Steve. Er ist wieder regungslos geworden, nur sein Verstand bewegt sich, dreht und wendet den Fall wie einen Zauberwürfel. »Wie wär's damit: Breslin ist Aislinns Liebhaber. Seit ein paar Wochen hat er den Verdacht, dass sie noch wen hat. Vielleicht schaut er in ihr Smartphone – das war ja nicht passwortgesichert – und findet die SMS zwischen ihr und Rory. Und dann, irgendwann letzte Woche, entdeckt er Rorys SMS über die Einladung zum Abendessen.«

»Breslin hätte was dagegen, betrogen zu werden«, sage ich. »Dafür ist sein Ego zu groß. Er könnte es nicht ertragen.«

»Aber er wäre zu schlau, um selbst die Drecksarbeit zu erledigen.« Steves Augen heben sich und sehen mich an. »Du weißt, an wen er sich gewendet hätte.«

Ich sage: »McCann.« Die Vorstellung, sich seinem Partner dermaßen auszuliefern, löst etwas Seltsames in meinem Kopf aus.

Ich blicke Steve an, und er sieht anders aus, als ich ihn je wahrgenommen habe: Die Sommersprossen treten deutlicher hervor, die Konturen seines Mundes sind klarer umrissen, ich kann geradezu die Wärme spüren, die seiner Haut entströmt. Er sieht realer aus.

»Genau«, sagt er. »McCann.«

Ich sage: »Breslin arrangiert ein tadelloses Alibi, nur für alle Fälle – was würdest du wetten, dass er und die werte Gattin Samstagabend Besuch hatten oder in einem hübschen, vollbesetzten Restaurant waren? Und McCann kümmert sich derweil in Stoneybatter um das betrügerische Miststück.«

»Aber was dann passiert ist«, sagt Steve, »das kann nicht der Plan gewesen sein.«

In seiner Stimme schwingt eine Frage mit. Er meint: Hatten sie vor, Aislinn zu töten?

»Nee«, sage ich. »Bloß, weil sie fremdgegangen ist? Mag sein, dass Breslin außer sich war, aber ganz gleich, wie sehr er und McCann zusammenhalten, McCann hätte sich nie im Leben auf so was eingelassen, bloß weil Breslin seine Tussi nicht im Griff hat.«

»Also hatte McCann bloß vor, mit ihr zu reden. Leise anzudeuten, warum es eine schlechte Idee ist, einen Cop zu hintergehen. Vielleicht wollte er auch mit Rory reden, ihm abraten. Bloß reden.«

Er möchte das unbedingt glauben. Ein erstaunlich großer Teil von mir möchte das auch. »Vielleicht«, sage ich. »Wahrscheinlich. Aber dann ist irgendwas falsch gelaufen. Vielleicht hat Aislinn angefangen zu schreien, und McCann ist in Panik geraten. So was in der Art.«

»Und er schlägt sie. Oder stößt sie zu Boden und schlägt sie dann.« Steves Hand ist fest um sein Glas geschlossen. Es fällt uns schwer, diesen Wahnsinn auszusprechen, körperlich schwer. Es geht uns gegen den Strich. Unsere Kehlen möchten es nicht herauslassen.

»Als er begreift, was passiert ist«, sage ich, »verwischt er seine Spuren, haut ab und wendet sich an Breslin. Breslin tobt, doch sobald er sich beruhigt hat und wieder klar denken kann, ruft er die Wache in Stoneybatter an. Er timt es so, dass Aislinn gefunden wird, wenn er Dienst hat und dabei sein kann, um die Ermittlung zu steuern. Und an dem Punkt kommen wir ins Spiel.«

Eine ganze Weile fühlt es sich an, als gäbe es sonst nichts mehr zu sagen. Als würde es nie mehr irgendwas zu sagen geben. Als könnten wir nur eines tun: auf meinem Sofa sitzen und Whiskey trinken, während draußen weit weg ein Mann rumschreit und der schwache Wind im Kamin noch immer nicht aufgibt.

Es wird immer kälter im Haus, und schließlich muss ich aufstehen, um die Heizung anzudrehen. »Du übernimmst Rory«, sage ich, als ich zurückkomme. »Sonntag bist du super mit ihm zurechtgekommen. Ich übernehme Lucy.«

Steve kratzt nachdenklich mit dem Daumennagel an seinem Glas. »Rory zuerst. Gleich morgen früh.«

»Okay. Falls er uns was liefert, können wir das nutzen, um Lucy zum Reden zu bringen.«

»Breslin«, sagt Steve. Er sieht mich an. »Was machen wir mit dem?«

Ich darf gar nicht dran denken, was ich in Wirklichkeit mit Breslin machen möchte. Ich sage: »Ihr wollt euch doch gemeinsam in Rorys Umfeld umhören. Wenn ihr damit fertig seid, muss jemand die restlichen Leute auftreiben, die mit Aislinn in diesen Abendkursen waren. Das könnte doch jetzt Breslin übernehmen.«

»Falls Lucy oder Rory ihn oder McCann identifizieren …«

»Ja«, sage ich. »Dann wird's richtig spannend.«

»Verdammt«, sagt Steve. Er begreift allmählich: Das ist real, und wir stecken mittendrin. *»Verdammt, verdammt, verdammt.«*

Ich muss lachen. Sein Gesichtsausdruck ist unbezahlbar: wie ein braver Bürger, der beim Nachhausekommen eine tote Nutte und ein Kilo Koks in seinem Bett findet.

»Meine Güte, Antoinette. Was ist denn daran lustig? Das ist ein *Albtraum*. Wir reden von einem Kollegen in *unserem Dezernat*. Der jemanden getötet hat, vielleicht sogar *ermordet*.« Ich muss noch heftiger lachen. »Hast du überhaupt – Falls das stimmt, was sollen wir dann machen, um Gottes willen –«

»Du müsstest dich selbst sehen. Wie du guckst. Untersteh dich, in meinem Wohnzimmer einen Herzinfarkt zu kriegen. Was sollen die Leute denken –«

»*Antoinette*. Was sollen wir *machen*?«

Natürlich weiß ich das auch nicht. Und ich kann auch nicht sagen, dass es sich schon irgendwie ergeben wird, weil ich das für höchst unwahrscheinlich halte. »Kopf hoch«, sage ich. »Vielleicht stellt sich ja raus, dass wir falschliegen. Vielleicht braucht Rory morgen nur einen kleinen Schubs, dann weint er sich an deiner Schulter aus und gesteht. Bring genug Taschentücher mit.«

Steve atmet tief durch und streicht sich mit der Hand durchs Gesicht. »Könnte sein, dass wir falschliegen. Oder? Könnte wirklich sein. Breslin hat Aislinn gevögelt, ist Samstagabend auf einen Quickie zu ihr und hat sie tot aufgefunden. Dann hat er die Nerven verloren. Wie jeder normale Mensch. Der ganze Rest ist Zufall und Blödsinn. Könnte sein.«

»Könnte, ja.« Ist es aber nicht.

»Könnte. Das ist alles Spekulation. Es gibt keine konkreten Beweise, alles bloß ›vielleicht‹ und ›möglicherweise‹.«

Er grinst mich an, aber das Grinsen ist vielschichtig. Steve weiß mindestens so einiges von dem, was mir in den letzten Stunden durch den Kopf gegangen ist. Er ist trotzdem hier.

»Jajaja«, sage ich. Es kommt locker heraus, aber er hat recht, und das verhakt sich bei mir an Stellen, die ich nicht sehen kann. »Du glaubst noch immer an den großen bösen Drogenboss, was?«

»Mann«, sagt Steve. Sein Grinsen erstirbt. »Ich wünschte wirklich, das wär's gewesen. Dann wäre unser Leben jetzt wesentlich einfacher.«

»Nee. Wenn unser Leben einfach wäre, würde ich noch immer drüber meckern, und du würdest über mich meckern, weil ich meckere. So ist viel besser.«

Er gibt einen hilflosen Laut von sich, irgendwas zwischen Lachen und Stöhnen. »Gott. Was für ein Scheiß, mit den Fünfzigeuroscheinen und allem …«

»Ja«, sage ich. »Was für ein Scheiß.« Breslins raffinierte Fingerzeige, dass er sich schmieren lässt: Alles bloß um Steve und mir eine hübsche falsche Fährte zu liefern, der wir nachgehen sollten. Gleich am ersten Tag, als ich das ganze Büro gefragt habe, wer Aislinn im System abgefragt hatte, muss McCann sich fast in die Hose gemacht haben. Bei der erstbesten Gelegenheit hat er sich Breslin geschnappt, und die beiden haben sich was einfallen lassen, das Aislinns Überprüfung erklären würde, alles erklären würde, was auf eine Verbindung zwischen ihr und ihnen hindeutete. Etwas, mit dem wir beschäftigt wären, bis Breslin Rory weichgekocht hätte, das aber zu nichts führen würde. Breslin muss einen Heidenspaß gehabt haben, wenn er verstohlen in sein Handy murmelte, irgendeinen offensichtlich erfundenen Mist andeutete wie, er hätte zwischendurch eine kurze Nummer geschoben, nur um uns dazu zu bringen, den weniger offensichtlichen Mist darunter auszugraben, zusehen konnte, wie wir drauf reinfielen.

Und jetzt weiß ich auch, warum Breslin dieses Täuschungsmanöver heute Morgen über Bord geworfen hat. Nicht, weil er gemerkt hat, dass ich bereit zum Absprung war. Sondern weil ihm, als er von den Gesprächen mit Rorys Exfreundinnen zurückkam, sein Schleimerfahnder – und wenn es nicht Reilly war, werde ich rausfinden, wer – gesteckt hat, dass Steve und ich uns gezofft hatten und Steve wütend abgezogen war. Breslin wusste von vornherein, dass ich es war, der er Rory würde leichter schmackhaft machen können, er konnte sich denken, dass das einen großen Anteil an dem Streit gehabt hatte, und er wusste, dass ich darauf brannte, Steve gegenüber recht zu behalten. Und um mir genau dabei zu helfen, lieferte er mir die Bilder der Überwachungskameras, die bewiesen, dass Rory Aislinn gestalkt hatte. Er hörte mit dem Korrupter-Cop-Blödsinn auf und setzte alles daran, Rory möglichst schnell festzunehmen und Steve und mich so lange getrennt zu halten, bis der Fall an die Staatsanwaltschaft gegangen wäre.

Und ich? Ich war so damit beschäftigt, jedem den Krieg zu erklären, der darauf aus war, mich abzusägen oder in seine Schuld zu bekommen oder ganz allgemein für seine ureigenen Zwecke zu benutzen, dass ich gar nicht auf den Gedanken gekommen bin, es könnte vielleicht gar nicht um mich gehen. Ich bin ahnungslos dem lieben Onkel mit den Süßigkeiten hinterhergelaufen – Steve übrigens auch, auf seine eigene Weise –, und wenn dieser eingebildete Arsch nicht vor meinem Haus rumgelungert hätte oder wenn ich mich nicht dazu durchgerungen hätte, Steve anzurufen, oder wenn Steve nicht so wäre, wie er nun mal ist, dann säßen wir beide jetzt nicht hier.

»Danke«, sage ich. »Dass du hergekommen bist.«

»Kein Problem. Im Fernsehen lief eh nichts Anständiges.«

Irgendwie möchte ich ihm sagen, dass es mir leidtut, aber ihm zu erklären, wofür ich mich entschuldige und wofür nicht, wäre viel zu kompliziert und peinlich und überhaupt ätzend. Möglicherweise denkt Steve ja dasselbe, keine Ahnung. Stattdessen hole ich die Whiskeyflasche und gieße uns beiden nach. Wir sitzen da und trinken, während alles, was wir wahrscheinlich laut aussprechen sollten, sich im Stillen erledigt.

»Verdammt«, sage ich, als mir etwas klar wird. »Ich bin Halbengländerin.«

»Und noch dazu aus der Mittelschicht«, sagt Steve. »Wenn du das nächste Mal nach Hause kommst, wirst du ordentlich vermöbelt.«

»Psst. Das muss keiner erfahren.«

»Die werden es wittern.«

»Ernsthaft«, sage ich und sehe ihn an. »Das muss keiner erfahren.«

Steve blickt mir in die Augen. »Wird auch keiner.«

»Gut.«

»Es sei denn, ein anderer kann den Mund nicht halten. Weißt du, wie er dich gefunden hat?«

»Crowley hat ihm meine Adresse gegeben«, sage ich. Das hinterlässt einen so bitteren Nachgeschmack, dass ich meinen Whiskey austrinke. »Ich muss mir diesen kleinen Wichser vorknöpfen, ehe er das rumerzählt.«

»Kein Problem. Das erledigen wir morgen.«

Das *Wir* klingt gut. »Wird ein langer Tag.«

»Jepp.« Steve holt tief Luft, kippt den Rest von seinem Drink in sich hinein und schüttelt sich kurz gegen den Brand in der Kehle. »Ich geh dann mal. Damit ich morgen einigermaßen ausgeruht bin.«

»Du bist über dem Limit. Nimm dir ein Taxi. Dein Auto kannst du morgen abholen.«

»Ich geh erst mal ein Stück und halte unterwegs eins an. Muss einen klaren Kopf kriegen.« Er steht auf und zieht seinen Mantel an. »Kommst du mit mir zu Rory?«

»Ja, ich komme mit. Er glaubt noch immer, dass ich in Ordnung bin. Früh, gegen sieben? Du musst rechtzeitig für deine Verabredung mit Breslin wieder zurück sein.«

Er nickt. Breslins Name entlockt ihm nicht mal den Hauch eines angewiderten Gesichtsausdrucks. Das haben wir hinter uns. »Sieben ist okay.«

Er fragt nicht – selbst nachdem ich ihn angerufen und um Hilfe gebeten habe, weil ein böser Mann vor meinem Haus steht, fragt er nicht –, ob ich allein zurechtkomme, ob ich möchte, dass er bleibt. Wenn ich ein völlig anderer Mensch wäre, könnte ich ihn dafür umarmen oder so was Ähnliches.

»Schick mir eine SMS, wenn du zu Hause bist«, sage ich stattdessen. »Damit ich weiß, dass du gut angekommen bist.«

Steve verdreht die Augen: »Bei *mir* lauert keiner, der mich anspringen will.«

»Das weiß ich, du Idiot. Aber ich hab dich schließlich hergerufen. Ich fühle mich verantwortlich. Wenn du dich ein anderes Mal anspringen lassen willst, nur zu, das wär mir dann egal.«

»Na, herzlichen Dank.« Er grinst mich an, während er sich den Schal um den Hals wickelt. »Ich simse dir.«

Als er weg ist, nehme ich meinen Laptop mit ins Bett und ballere ein paar Nazis ab. Ich muss mich nicht mal bewusst davon abhalten, an den Mist auf meiner immer länger werdenden Liste von Mist zu denken, an den ich nicht denken will. Mein Verstand ist für heute durch, hat Stromausfall; übriggeblieben ist nur ein Freiton.

Nach einer halben Stunde piepst mein Handy. *Bin zu Hause. Bis morgen.*

Ich simse zurück *Alles klar, bis dann.* Ich bin praktisch schon eingeschlafen, noch bevor ich das Handy weglege.

14

DAS AUFWACHEN AM NÄCHSTEN MORGEN fühlt sich an wie das Aufwachen nach einem Umzug, einer Versetzung, dem Ende einer Beziehung: Du weißt, dass die Welt sich verändert hat, noch bevor dir wieder einfällt, wie. Die Luft schmeckt anders, säuerlich und fremd und harzig, mit einem frostigen Biss an den Rändern. Noch bevor es dir wieder einfällt, weißt du, dass du den Tag vorsichtig angehen musst.

Ich laufe wie eine Maschine durch die Dunkelheit und den feinen Schleier aus Regen. Heute Morgen funktioniert mein Körper wie losgelöst von mir, befeuert sich selbst perfekt ohne irgendwelche Vorgaben. Ich pusche ihn, schneller und weiter als sonst, und ich bin nicht mal erschöpft. Mein Verstand kann nur einen Schritt voraussehen: den Besuch bei Rory. Dahinter gibt es nichts.

Steve kommt zu früh, Viertel vor sieben, aber ich bin startklar: Kaffee und Frühstück intus, geduscht und angezogen. Ich glaube kaum, dass jemand mein Haus beobachtet, aber als Steve anklopft, zerre ich ihn trotzdem förmlich durch die Tür, nur für alle Fälle.

»Geht's gut?«, frage ich.

Er nickt. Er ist noch blasser als sonst, aber er hat einen Zu-allem-entschlossen-Zug um den Mund. »Und dir?«

»Okay. Willst du irgendwas? Kaffee, was essen?«

»Nee, bin versorgt. Danke. Wie sollen wir vorgehen?«

Ich sage: »Deasy sollte sich um die Observation von Rorys Wohnung kümmern. Ich schätze mal, er hat das selbst übernommen. Müsste ein Riesenschwein gehabt haben, wenn er dafür Streifenkollegen bewilligt bekommen hätte. Außerdem will er selbst die Streicheleinheiten kassieren, falls irgendwas Gutes passiert. Und Deasy soll nicht unbedingt wissen, dass wir beide Rory zusammen befragen. Kann sein, dass er Breslins Marionette ist.«

Steve nickt. »Dann tauchen wir getrennt auf.«

»Okay. Und wir sind nicht gut aufeinander zu sprechen.«

»Ich hab eine Fotoserie gemacht«, sagt Steve. Er zieht ein paar dünne Karten aus seiner Tasche. Acht glattrasierte Männer mittleren Alters mit graumeliertem Haar, alle von vorn oder fast von vorn aufgenommen. Standfotos aus Videos vor neutralem Hintergrund. Steve muss die halbe Nacht auf gewesen sein, um eine passende Aufnahme von McCann zu finden und dann das Internet nach guten Vergleichsfotos zu durchforsten, damit keiner sagen kann, die Serie wäre verzerrend und manipulativ. McCann ist der dritte unten links. Er scheint seinen Gerichtsanzug zu tragen und starrt vor einem dichtbewölkten Himmel finster zur Seite. »Hab einige Kopien ausgedruckt, nur für alle Fälle.«

»Gut«, sage ich. Es durchzuckt mein Gehirn wie ein Stromschlag, als ich einen aus unserem Dezernat da sehe, wo ein Verbrecher hingehört, wie auf einer Juxkarte zum Geburtstag. »Hast du so was auch mit Breslin? Könnte ich für Lucy gebrauchen.«

»Ja.« Er hält mir eine andere Karte hin, auf der etliche gutaussehende Männer mittleren Alters mit hellem Haar zu sehen sind. Breslin grinst oben rechts.

Wenn ich anfange, darüber nachzudenken, wie krass das alles ist, bin ich erledigt. Wir dürfen nicht ins Grübeln geraten.

Ich sehe Steve an, dass er dasselbe denkt. »Sehr schön«, sage ich. »Los jetzt.« Und ich öffne die Tür, um ihn nach draußen zu lassen.

Ein schwarzer Mitsubishi Pajero mit dunkelgetönten Scheiben parkt gegenüber vom Wayward Bookshop im Dämmerlicht zwischen zwei Straßenlaternen. Es fängt gerade erst an, hell zu werden, und durch die Windschutzscheibe kann ich lediglich eine breite Silhouette im Fahrersitz ausmachen, aber als ich ans Fenster klopfe – mit gesenktem Kopf und auf der vom Buchladen abgewandten Seite des Wagens –, setzt sich Deasy auf und öffnet es einen Spalt.

»Morgen«, sage ich. »Irgendwas Neues?«

»Wenig.« So ramponiert, wie Deasy aussieht, glaube ich, dass er wirklich die meiste Zeit wach war. Die Luft im Auto riecht nach Pommes und zu viel Atmen, und wahrscheinlich hat er eine Pinkelflasche unterm Sitz. »Die da, die graue Tür neben dem Laden, die führt nach oben in seine Wohnung, und das da sind seine Wohnzimmerfenster. Gestern Abend ist er gegen neun in den Supermarkt um die Ecke gegangen, kam mit einer Packung Milch und einem Sandwich zurück. Sah total verängstigt aus, der kleine Scheißer. Hat sich dauernd umgesehen, als könnte jemand ihn jeden Moment anspringen. Ich hätte am liebsten mal kurz auf die Hupe gedrückt, als er vorbeikam, nur um zu sehen, wie er aus den Latschen kippt.«

Wir müssen beide herzlich lachen. »Sehr schön«, sage ich. »Genau so wollen wir ihn haben. Sonst irgendwas beobachtet?«

»Als er wieder reinging, hat er die Vorhänge zugezogen, aber das Licht war die ganze Nacht an. Um zwanzig nach fünf ist er runtergekommen und in den Laden gegangen. Seitdem hat er sich nicht mehr blicken lassen. Holen Sie ihn jetzt ab?«

»Nee. Später. Ich will ihn nur ein bisschen aufschrecken, auf Trab halten. Wieso soll er sich ausschlafen, wenn ich das nicht kann?«

Der Gedanke entlockt Deasy ein Gähnen. »Apropos«, sage ich. »Lassen Sie sich von jemandem ablösen. Und sehen Sie zu, dass Sie ein bisschen Schlaf kriegen.«

Er sieht mich verblüfft an. Mir kommt der Gedanke, dass ich vielleicht ziemlich mies mit den Sonderfahndern umgegangen bin, zumindest phasenweise. Ich habe Breslin die Suche nach einem Sündenbock leichtgemacht.

»Danke«, sage ich, »dass Sie das übernommen haben.«

Ehe Deasy eine Antwort einfällt, kommt Steve angetrottet, Hände in den Manteltaschen, und sein Gesichtsausdruck ist alles andere als freundlich. »Morgen«, sagt er. »Was liegt an?«

»Gar nichts«, sage ich. »Was willst du hier?«

»Nur mal vorbeischauen. Ich wollte wissen, ob Rory irgendwas Interessantes gemacht hat.«

»Hat er nicht.«

Steve zieht die Augenbrauen hoch und sieht Deasy an, der das Ganze genüsslich verfolgt. »Was hat er so getrieben?«

Deasy öffnet den Mund, fängt meinen Blick auf und schließt ihn wieder. »Och. Nicht viel.«

»Hab ich dir doch gesagt«, gifte ich. »Dann bis später im Präsidium.«

Steve rührt sich nicht. »Hast du vor, mit ihm zu reden?«

»Möglicherweise.«

»Möglicherweise komme ich dann mit.«

Ich recke das Kinn zum dunklen Himmel, aber ich schaffe es gerade noch, mich zu beherrschen, wo Deasy doch dabei ist und so. »Ich dachte, du hättest andere Bäumchen zu schütteln.«

»Haha«, sagt Steve. »Gehen wir jetzt rein, oder was?«

Nach einem Moment stoße ich einen gepressten Seufzer aus. »Von mir aus.« Zu Deasy: »Bis morgen.« Und dann überquere ich die Straße, ohne auf Steve zu warten.

Er holt mich vor dem Buchladen ein. Das Fenster ist halbdunkel, nur ein schwacher Lichtschein von irgendwo weiter hinten. Die Auslage ist mit einer Perfektion dekoriert, die Verzweiflung ahnen lässt: Verführerisch überlappen Bestseller knallbunte Kinderbücher, lauter verrückte Comiczeichnungen und geheimnisvolle Heldinnen, die benebelt in die Dunkelheit starren. Ich trete von Steve weg und lehne mich auf die Klingel.

Rory hat sich jedenfalls nicht die Pulsadern aufgeschlitzt. Er öffnet rasch die Tür, und wir können förmlich sehen, wie sein Herzschlag in die Höhe schnellt, als er uns sieht. Er trägt dieselben Klamotten, die er gestern anhatte, Jeans und den depressiven beigen Pullover, und er hat einen kümmerlichen Stoppelbart. Verdächtigt zu werden hat die Pausentaste seines Lebens gedrückt. Der arme Hund ist wie gelähmt.

Er sagt atemlos: »Ich kann jetzt noch nicht. Ich hab nicht damit gerechnet –« Er deutet hilflos auf seine schäbigen grauen Pantoffel. »Ich hab auch noch nicht gefrühstückt und …«

»Kein Problem«, sagt Steve sanft. »Sie müssen nicht mitkommen. Wir haben nur noch ein paar offene Fragen. Dürfen wir vielleicht reinkommen? Es dauert nur ein paar Minuten.«

Rorys Panik konkretisiert sich zu Angst. »Ich denke, ich sollte nicht ohne einen Anwalt mit Ihnen reden. Jetzt nicht mehr, wo ich als …«

»Wie werden Ihnen keine Fragen zu Aislinn stellen«, sagt Steve und hebt beide Hände. »Darum geht's nicht, okay? Bloß, ich hatte gestern keine Gelegenheit, mit Ihnen zu reden, und Sie haben in der Vernehmung etwas gesagt, das ich interessant fand.«

Rory blinzelt heftig, versucht, sich zu konzentrieren. Übermüdung und Angst nehmen ihn fast völlig in Anspruch, und sein Verstand ist auf Kriechtempo verlangsamt.

Steve sagt – leise, leicht vorgebeugt, als könnte jemand lauschen – »Und ich denke, wir sollten darüber reden, ohne dass Detective Breslin dabei ist.«

Das lässt Rory aufmerken; alles, was Breslin missfallen würde, muss gut sein. Und Steve sieht so zerknittert und aufrichtig aus, so harmlos und vertrauenerweckend. »Wenn Sie meinen …«, sagt er schließlich, macht einen Schritt zurück und zieht die Tür weiter auf. »Also gut. Kommen Sie rein.«

Der Buchladen besteht aus zwei zusammenhängenden, nicht besonders großen Räumen. Der vordere ist mit Regalen fast zugestellt – dicke Kunden hätten es bei Rory schwer. Handbeschriftete Schilder verkünden THRILLER und LIEBESROMANE in die Dunkelheit. Plakate mit alten Bucheinbänden und Illustrationen hängen von der Decke und schwanken rastlos in dem kalten Luftzug, den wir mit hereingebracht haben. Das Licht kommt aus dem hinteren Raum. Durch die Tür sieht er noch vollgestellter aus als der vordere. Die Bücher in den Regalen sind nicht aufgereiht, sondern übereinandergelegt, wackelige Stapel auf dem Fußboden, wellige Umschläge.

»Das ist die antiquarische Abteilung«, sagt Rory und macht eine vage Handbewegung nach hinten. »Ich war dabei, sie zu sortieren. Ich konnte nicht schlafen und hab's nicht mehr ausgehalten, mein Wohnzimmer anzustarren, deshalb wollte ich irgendwas Nützliches tun.«

»Schöner Laden«, sagt Steve und schaut sich um. »Hier haben Sie und Aislinn sich kennengelernt, nicht?«

»Ja. Gleich da drüben in der Kinderbuchabteilung. Sie hat gesagt, dass Sie eine Schwäche für Buchläden hat. Magisch, hat sie gesagt, besonders die kleinen, wie der hier. Dass man immer das Gefühl hat, vielleicht das Buch zu finden, nach dem man schon sein ganzes Leben gesucht hat, ganz hinten in irgendeinem Regal …« Rory reibt sich die Augenwinkel. »Wenn Samstagabend gut gelaufen wäre, hätte ich sie das nächste Mal hierher eingeladen.« Dann hätte sie ihm helfen können, die Feng-Shui-Abteilung nach Alphabet zu ordnen. Wie romantisch. »Ich wollte mit ihr ein Picknick machen«, sagt Rory. »Auf dem Boden – ich wollte Regale verrücken, damit wir Platz haben. In den antiquarischen Büchern herumstöbern, und vielleicht wirklich das Buch finden, nach dem sie ihr ganzes Leben gesucht hat …« Wieder reibt er sich die Augen, fester. »Sorry. Ich rede zu viel. Hab überhaupt nicht geschlafen.«

»Alles okay«, sagt Steve. Ich hole mein Notizbuch aus der Tasche und verziehe mich ein paar Schritte nach hinten, zwischen ein Regal voller sepiafarbener Männer mit Helmen und einem anderen voll lachender Frauen mit schönem Haar, die liebevoll Babys anschauen. Das Dämmerlicht lässt sie am Rande meines Gesichtsfeldes wabern und zucken. »Könnten wir vielleicht Licht machen?«

»Ach so. Ja.« Rory betätigt einen Schalter neben der Tür, und die Lampen gehen flackernd an. Bei Licht betrachtet sieht er sogar noch schlechter aus, zusammengesunken und rotäugig, als hätte er sich jahrelang hier drin verbarrikadiert, während draußen die Zombie-Apokalypse tobt.

»Danke«, sagt Steve. »Geht's so einigermaßen?«

Rory macht eine Bewegung, die alles bedeuten könnte.

»Wir werden Ihre Zeit nicht lange in Anspruch nehmen. Ich wollte Sie bloß nach Ihrer Theorie fragen. Die mit dem abservierten Mann, der Aislinn beobachtet und wütend wird, als er sieht, dass sie sich auf das Abendessen mit Ihnen vorbereitet.« Rory zuckt zusammen, erinnert sich daran, wie Breslin und ich diese Theorie runtergemacht haben. »Gestern haben Sie etwas erwähnt, das diese Theorie unterstützen könnte. Wissen Sie noch?«

Rory schielt unwillkürlich zu mir rüber, ob ich wieder abwinken und ihn auslachen werde, aber ich bin ganz Ohr. »Sie haben einen Mann erwähnt«, sagt Steve, um Rorys Aufmerksamkeit zurückzugewinnen. »Einen Mann, den Sie Samstagabend auf der Straße gesehen haben. Wissen Sie noch?«

»Ja klar. Da war ein Mann. Den hab ich mir nicht ausgedacht. Ich hab ihn gesehen.«

Steve nickt, lehnt sich gegen ein Regal. »Okay. Wann genau war das?«

»Als ich von Viking Gardens weggegangen bin. Als ich eingesehen hatte, dass Aislinn nicht aufmachen würde. Ich bin in die Astrid Road gebogen, Richtung Hauptstraße, und am Eingang zu der Gasse vorbeigekommen, die hinter Viking Gardens verläuft. Die Gasse, wo …«

Wieder der unwillkürliche Blick zu mir. »Wo sie öfter waren, um Aislinn zu beobachten«, sagt Steve sachlich. »Und?«

»Und da kam ein Mann aus der Gasse. Wir haben uns gegenseitig erschreckt – sind beide zusammengezuckt.«

Steve nickt. »Wie sah er aus?«

»Mittelalt. Ein bisschen größer als ich, aber wahrscheinlich kleiner als Sie. Er hatte lockige, dunkle Haare mit grauen Stellen. Durchschnittliche Statur, würde ich sagen.«

McCann, der von Aislinns Haus kam.

Er ist hinten raus und wahrscheinlich auch rein. Die Hintertür war abgeschlossen, als wir ankamen. Breslin muss einen Schlüssel gehabt haben, den er ihm mitgegeben hat.

»Können Sie beschreiben, was er anhatte?«, fragt Steve. Leichthin, als wäre das keine große Sache, belanglos.

Rory schüttelt den Kopf. »Nicht richtig. Dunkler Mantel. Heller Schal, glaube ich. Das Auffälligste an ihm war, dass er irgendwie … Ich hab gedacht, dass er irgendwas genommen hatte. Kokain vielleicht oder … ich meine, ich verstehe nicht viel von Drogen und weiß nicht, welche was bewirkt, aber er ist sehr viel stärker erschrocken als ich, und seine Augen waren …« Er reißt die Augen zu einem wilden, konfusen Starrblick auf. »Ich hab gedacht, falls er nicht irgendwas genommen hat, ist er bestimmt … psychisch krank. So oder so, in dem Moment hatte ich wirklich keine Lust, mich mit ihm zu befassen. Ich bin schneller gegangen und hab gemacht, dass ich wegkam.«

»Wie nah waren Sie ihm?«

»Etwa von hier bis zu der Tür da.« Rory zeigt auf die Tür zum hinteren Raum. Anderthalb Meter, höchsten zwei. So nah, dass es für eine Identifizierung reicht; so weit entfernt und nur im Licht der Straßenlaterne, dass ein Verteidiger diese Identifizierung vom Tisch fegen kann.

»Hat er irgendwas gesagt oder getan?«

»Dafür war gar keine Zeit. Ich hab ihn nur ganz kurz angesehen und bin abgehauen. An der Ecke der Astrid Road hab ich mich noch einmal umgesehen, ob er mir vielleicht folgt, aber er ist in die entgegengesetzte Richtung gegangen, schnell und mit gesenktem Kopf.«

»Und das alles war so um halb neun?«, fragt Steve.

»Kurz danach. Ich hab Aislinn um halb neun das letzte Mal gesimst und noch mal fünf Minuten gewartet, ob sie antwortet. Dann bin ich gegangen. Als ich den Mann gesehen habe, muss das also zwischen fünf nach halb und zwanzig vor neun gewesen sein.«

Damit hätte McCann irgendwas zwischen fünfunddreißig und fünfundfünfzig Minuten im Haus gehabt. Rory war gegen 19.40 Uhr von der Gasse zu Tesco gelaufen. Vielleicht hatte McCann ihn gesehen, wie er seinen Moment genoss, hatte ihn beobachtet und abgewartet, bis er ging. Vielleicht war er aber auch erst aufgetaucht, als Rory schon weg war. Aber um acht Uhr, als Rory an die Tür klopfte und Aislinn nicht aufmachte, war McCann im Haus.

Er wird keine Zeit damit verloren haben, in Panik zu geraten, als er begriff, was er getan hatte. Detectives sind darauf gedrillt, ihre Emotionen erst mal wegzudrücken, für später, wenn wir sie uns leisten können. Sobald er wusste, dass Aislinn tot war oder es bald sein würde, wird er seine Schuhe ausgezogen haben, um keine Abdrücke zu hinterlassen. Er wird sich eine Handvoll Küchenpapier geschnappt haben, um alles abzuwischen, wo Breslin Fingerabdrücke hinterlassen haben könnte. Er hat den Herd abgestellt, damit, Gott bewahre, kein Rauchmelder losging, bevor er fertig und weit weg war. Er hat auf die Türglocke und das Klopfen gelauscht, auf das Summen und Klingeln von Aislinns Smartphone, während Rory versuchte, sie zu erreichen, und er ist außerhalb des Sichtfelds der Fenster geblieben. Als er fertig war, hat er eventuelle Schuhabdrücke verwischt, die er beim Reinkommen hinterlassen hatte, das Küchenpapier eingesteckt, um es irgendwo auf dem Nachhauseweg in einen Mülleimer zu werfen, und ist durch die Hintertür wieder raus. Fünfunddreißig bis fünfundfünfzig Minuten: jede Menge Zeit.

»Wieso haben Sie uns das nicht schon am Sonntag erzählt?«, fragt Steve.

»Weil …« Rory reibt sich den Mund. »Okay. Wissen Sie, ich hatte ihn vorher schon gesehen. Zweimal. In Stoneybatter. Das erste Mal an einem Abend vor etwa drei Wochen – ich wollte in die Gasse, aber er stand da direkt am Anfang und steckte sich eine Zigarette an, deshalb musste ich eine Runde um den Block gehen und es erneut versuchen. Ich war auf der gegenüberliegenden Straßenseite, also hat er mich vielleicht nicht bemerkt. Ich hab ihn nur bemerkt, weil er mir im Weg war. Aber das zweite Mal – ich glaube, das war vor rund zehn Tagen – war ich auf dem Weg nach Hause, und er kam mir auf der Astrid Road entgegen, und wir haben uns angesehen. Wenn er auch nur ein halbwegs gutes Gedächtnis für Gesichter hat, erinnert er sich wahrscheinlich auch an mich. Mir war klar, wenn ich Ihnen erzähle, dass ich ihn Samstag gesehen habe, würden Sie versuchen, ihn zu finden – und dann würde er Ihnen erzählen, dass er mich früher schon mal gesehen hat, und dann würden Sie erfahren, dass ich … Ich hatte absolut nicht vor, Ihnen von ihm zu erzählen. Ich hab gebetet, dass Sie ihn nicht finden.«

Was zum Geier?, hängt in der Luft zwischen Steve und mir. Wieso hat McCann sich über Wochen hinweg in der Nähe von Aislinns Haus herumgetrieben?

Rory deutet unser kurzes Schweigen als Skepsis. »Ich hatte Angst! ›Ach übrigens, Detective, ich hab fast jeden zweiten Abend damit verbracht, in Stoneybatter rumzulaufen und bei einer Frau ins Fenster zu gucken, und dabei ist mir zufällig ein Mann aufgefallen, der vielleicht das Gleiche gemacht hat, deshalb sollten

Sie den mal unter die Lupe nehmen …‹ Ich wäre doch *verrückt* gewesen, Ihnen das zu erzählen. Sie sehen ja, was passiert ist, als Sie es dann doch herausgefunden haben.«

»Ich versteh das«, sagt Steve. »Wirklich. Und als wir es herausgefunden hatten und Sie versucht haben, diesen Mann zu erwähnen …«

»Hat Ihnen keiner geglaubt«, beende ich den Satz für ihn. »Stimmt. Dafür muss ich mich bei Ihnen entschuldigen.« Rory blinzelt verblüfft und bringt dann ein linkisches Nicken zustande. »Zum Glück für uns alle hat Detective Moran ja nachgehakt.«

»Meinen Sie, Sie würden den Mann erkennen?«, fragt Steve.

»Ja. Mit ziemlicher Sicherheit, ja. Ich hab ständig an ihn gedacht, seit ich das mit Aislinn weiß.« Rory beugt sich eifrig vor; er ist wieder unser Freund. »Je mehr ich darüber nachdenke, desto mehr glaube ich, dass er … Ich meine, sein Gesicht, Samstagabend: Da stimmte was nicht.«

Steve zieht die Fotos aus der Tasche. »Okay«, sagt er. »Ich möchte Sie bitten, sich das hier anzuschauen und mir zu sagen, ob der Mann, den Sie gesehen haben, dabei ist. Wenn nicht, sagen Sie es. Wenn Sie sich nicht sicher sind, sagen Sie es. Klar?«

Rory nickt, blickt schon ganz konzentriert. Steve reicht ihm die Fotos.

Rory braucht bloß zwei Sekunden. »Der da. Das ist er.«

Sein Finger zeigt auf McCann.

»Lassen Sie sich Zeit«, sagt Steve. »Schauen Sie sich bitte alle Gesichter an.«

Rory überfliegt die Fotos noch einmal, weil er ein braver Junge ist, aber sein Finger bleibt, wo er ist. »Das ist der Mann.«

»Ganz sicher?«

»Ja. Absolut. Da sieht er ein bisschen jünger aus, aber er ist es.«

Und da ist sie: eine konkrete Verbindung. Kein Wenn-dann-Vielleicht, das hier ist etwas Handfestes, endlich. Es erschüttert die Luft, als es zwischen Steve und mir niederknallt, kompakt und schattenschwarz und zu schwer, um bewegt zu werden. Das werden wir nicht mehr los.

Rory spürt, dass wir ihm glauben. »Meinen Sie, er …? Wer ist das?«

»Irgendein Mann«, sagt Steve. »Im Augenblick können wir noch nicht ins Detail gehen. Würden Sie bitte aufschreiben, wo Sie den Mann gesehen haben, da unten am Rand? Unterschreiben und datieren Sie es, und setzen Sie Ihre Initialen neben das Foto, das Sie erkannt haben.«

Rory legt die Karte auf ein Regal und schreibt säuberlich. »Hier«, sagt er und gibt sie Steve zurück. »Okay so?«

Steve liest. »Sehr gut. Sie müssen noch aufs Präsidium kommen und eine offizielle Aussage machen, aber nicht sofort. Sie können sich entspannen.«

»Sie meinen …? Muss ich trotzdem heute noch zu Ihnen kommen?«

»Das weiß ich noch nicht. Wir müssen abwarten, was der Tag bringt. Vorläufig sollten Sie sich einfach ein bisschen erholen. Frühstücken Sie, versuchen Sie zu schlafen. Ich weiß, das sagt sich so einfach.«

»Bin ich denn noch immer …?« Rorys Adamsapfel hüpft, er bekommt das Wort nicht über die Lippen. »Haben Sie mit Aislinns Nachbarn geredet? Hat einer von denen mich in der … hinter ihrem Haus gesehen?«

»Noch nicht. Also, wir melden uns wieder bei Ihnen. Wie gesagt: Versuchen Sie erst mal, sich zu entspannen.«

»Glauben Sie … Sie wissen schon. Glauben Sie noch immer, dass ich es war?«

Steve sagt: »Ich muss Sie das jetzt fragen: Gibt es noch irgendetwas anderes, das Sie uns verschweigen? Irgendein Detail?«

Rory schüttelt heftig den Kopf. »Nein. Das war alles. Ich schwöre: Da ist nichts mehr.«

»Okay«, sagt Steve. »Falls Ihnen doch noch etwas einfällt, das wir wissen sollten, rufen Sie mich unverzüglich an. Vorerst kann ich nur sagen, wir glauben Ihnen, dass Sie diesen Mann gesehen haben« – ich nicke –, »und wir werden dem sehr gründlich nachgehen. Okay?«

»Danke«, sagt Rory verwirrt mit einem langen tiefen Ausatmen. »Ich danke Ihnen.«

Ich stecke mein Notizbuch ein. Steve rückt die Bücher zurecht, die verrutscht sind, als er sich dagegengelehnt hat. »Ähm«, sagt Rory und verdreht den Saum dieses furchtbaren Pullovers. »Darf ich noch etwas sagen?«

»Klar«, sagt Steve.

»Dass ich Aislinn beobachtet habe. Ich weiß, wie sich das anhört … Aber, wissen Sie noch, ich hab gesagt, dass Aislinn sich gern in die Tagträume anderer hineinziehen ließ? Und Sie haben mir nicht geglaubt?«

Er redet mit mir. »Ich erinnere mich, dass Sie das gesagt haben, ja«, sage ich.

»Wenn ich sie beobachtet habe, wollte ich das genaue Gegenteil tun. Ich wollte fühlen, wie es ist, dort zu leben, sie zu sein. Wollte dort hineinschlüpfen. Anstatt es umgekehrt zu machen wie alle anderen.«

Er hat sich in einem Pulloverknoten verheddert. »Ist das …? Ist das irgendwie nachvollziehbar?«

Für mich klingt das nach schönrednerischem Rechtfertigungsschwachsinn, aber wir brauchen ihn auf unserer Seite, also nicke ich. »Ja, durchaus«, sagt Steve sanft. »Wir werden das im Hinterkopf behalten.«

Als wir gehen, steht Rory noch immer zwischen seinen Regalen und blickt benommen über die Reihen von schemenhaften Bösewichten, gruseligen Bäumen und tanzenden Frauen in Sommerkleidern, als würden sie sich, bis wir in ein paar Stunden zurückkommen, über ihm schließen und ihn verschwinden lassen.

Kaum sind wir draußen, sage ich: »Was hat McCann gewollt? Wieso hat er sich vor Wochen in Stoneybatter rumgetrieben?«

»Vielleicht hat er die Gegend ausgekundschaftet?«, sagt Steve. »Die Lage gepeilt, damit er, wenn der Moment gekommen war, ins Haus und wieder rauskommen konnte, ohne sich zu verlaufen oder entdeckt zu werden.«

»Aber er wurde entdeckt. Sogar mehrmals. Und für so was gibt's Google Earth: Damit du eine Gegend auskundschaften kannst, ohne dir die Hacken abzulaufen.«

»Stimmt, aber wir könnten nachprüfen, was er bei Google Earth gemacht hat. Wir könnten es ihm nachweisen. Und Internetdaten sind schwer zu widerlegen.«

Deasys schwarzer Pajero ist weg; zwei Straßenlaternen weiter steht ein weißer Nissan Qashqai, der vorher nicht da war. Das ging schnell. Ich frage mich kurz, ob Breslin drinsitzt, aber ich werde nicht nachsehen, nicht, während Rory hinter seinem Buchladenfenster blinzelt. »Hör mal«, sage ich, drehe mich abrupt zu Steve um und zeige mit dem Finger auf ihn, »wir treffen uns in zwanzig Minuten in dem Park, wo wir Sonntag gefrühstückt haben. Pass auf, dass dir keiner folgt.« Ich versetze ihm einen Stoß gegen die Schulter. »Klar?«

»Von mir aus«, sagt Steve und verdreht die Augen. »Mann, ey«, und als ich mich abwende, um zu meinem Wagen zu gehen, sehe ich, wie er entnervt die Hände in die Luft wirft. Keine Ahnung, ob Breslin darauf reinfällt oder seine Augen und Ohren in dem Qashqai. Ich steige ins Auto und gebe Vollgas, als wäre ich stinksauer.

Ich bin als Erste im Park, und ich bin ziemlich sicher, dass mir niemand gefolgt ist. Der Park ist feucht und wieder fast menschenleer, bloß ein elasthanverpackter Radsportler, der irgendwas Deprimierendes aus einer Tupperdose mampft, und zwei Kindermädchen, die auf Portugiesisch offenbar mächtig ablästern, während ein paar Kleinkinder ein Blumenbeet umbuddeln. Ich setze mich auf die Bank, die am weitesten von allen entfernt ist, und gehe meine Notizen zu Rorys Vernehmung durch, während ich auf Steve warte.

Die Beschreibung, die auf McCann passt. Die Uhrzeiten, die ihm nahezu eine Stunde Zeit in Aislinns Haus lassen. Alles in meiner Handschrift, in einem den Vorschriften entsprechenden Notizbuch, das genauso aussieht wie die, in denen ich mir Notizen über die Asos gemacht habe, die auf dem Kopf des anderen Asos rumgetanzt sind, oder über den Vergewaltiger, der sein Opfer mit dessen eigenem Gürtel stranguliert hat, und über alle anderen.

Zeuge identifiziert Det. Joseph McCann.

Ich schlage eine neue Seite auf und rufe Sophie an. Es ist gerade erst halb neun, aber sie meldet sich beim zweiten Klingeln. »Hey. Ich wollte dich anrufen, sobald ich im Labor bin.«

»Hey«, sage ich. »Heißt das, ihr habt was für uns?«

»Das heißt, du stehst auf meiner Hassliste.« Sie kaut und läuft gleichzeitig hin und her: Frühstück im Stehen, während sie ihre Sachen zusammenpackt. Sophie ist spät dran. »Um vier Uhr heute Morgen flippt mein Handy aus: SMS, E-Mails, noch mehr SMS, alle von meinem Computertypen. Als ich nicht reagiert habe, weil ich nämlich *normal* bin, hat er angefangen, mich anzurufen. Der Mann ist toll in seinem Job, aber als Mensch ein totaler Versager. Irgendwann hab ich mein Handy ausgemacht. Und deshalb ist natürlich mein Wecker nicht gegangen, und ich bin erst vor circa zehn Sekunden aufgewacht.« Eine Schranktür knallt.

»Oh, no«, sage ich. »Sorry. Gib mir doch die Nummer von dem Computertypen, dann ruf ich ihn ein, zwei Wochen lang alle halbe Stunde an, okay?«

Sophie reagiert mit einem schnaubenden Lachen. »Wenn ich glauben würde, dass er das überhaupt mitkriegt, würde ich ja sagen. Aber hör mal: Er ist in den doppeltsupergeheimen Bilderordner von eurem Opfer reingekommen. Da hat er nämlich bis was weiß ich wann dran gearbeitet. Du hattest den richtigen Riecher: Das Passwort war ›vermissemeinenvermisstendaddy‹, plus ein paar Vertauschungen nur so zum Spaß.«

Der Widerwillen, der in mir aufsteigt, kommt plötzlich und überraschend. Er ist das Erste, was ich heute empfinde. »Genial«, sage ich. »Immer schön, wenn sie vorhersehbar sind. Was ist drin?«

Sophie schlürft irgendwas. »Ich schick dir den Kram, sobald ich im Auto sitze. Im Wesentlichen sind es ein paar Dutzend Fotos von Post-it-Zetteln mit Zahlen und Buchstaben und ein Foto von einem Blatt Papier mit einer Art Kindermärchen drauf. Keine Ahnung, was du dir erhofft hast, aber wehe, wenn mir das den Tag für nichts und wieder nichts versaut hat.«

»Kann ich nicht sagen, bevor ich es sehe«, sage ich. »Aber es muss irgendwie wichtig sein, sonst hätte sie es ja nicht so gesichert, oder? Tausend Dank, Sophie. Schick mir das Zeug, wenn's geht, mit Daten und Uhrzeiten, wann die Bilder gemacht wurden, sobald du Zeit hast. Ich verspreche auch, ich werd sagen, dass das die entscheidende Wendung gebracht hat.«

»Das will ich auch hoffen. Ich muss Schluss machen, weil ich meinen anderen Stiefel nicht finde und gleich anfange, irgendwas zu zerdeppern. Bis dann.« Und sie legt auf.

Ich rufe den *Courier* online auf und sehe nach, ob ich mir ein Zeitfenster offenhalten muss, um Crowley die Nase zu brechen, aber da steht nichts über mein Privatleben. Anscheinend weiß selbst ein arroganter Arsch wie der von gestern Abend, wann er besser den Schwanz einzieht. Es gibt einen weiteren Tränendrüsenmist über Aislinn – Crowley hat ein paar alte Klassenkameradinnen von ihr aufgetrieben, die sich rührselig darüber auslassen, was für ein liebes Mädchen Aislinn doch war. Lucy – gute Frau –, hat ihm anscheinend gesagt, er soll sich verziehen. Und es gibt einen Kasten mit ungelösten Mordfällen der letzten Jahre – für einen kurzen Moment denke ich: *Na toll, der Boss wird begeistert sein*, bis mir einfällt, dass dieser Artikel heute Abend noch das kleinste von O'Kellys Problemen sein wird. Ich kann mir nicht mal ansatzweise vorstellen, was er dann von mir halten wird. Mich wurmt, dass ich mir die Frage überhaupt stelle. O'Kellys Meinung wird in meiner Zukunft keine große Rolle mehr spielen, aber irgendein Schädelbasisteil meines Gehirns hat das noch nicht richtig kapiert.

Nur zum Spaß überlege ich mir, was der selbstgefällige Saftsack von gestern Abend wohl denken wird, wenn – falls – er meinen Namen auf jedem Titelblatt im Zentrum der Geschichte sieht. Ich probiere es erst vorsichtig, wie wenn du auf einen kranken Zahn beißt, den du lange geschont hast. Ich brauche eine Minute, bis ich feststelle, dass ich nichts empfinde. Ich beiße fester zu, frage mich, ob er stolz sein wird, weil ich den Bösewicht zur Strecke gebracht habe, oder beeindruckt von der Arbeit, die ich geleistet habe, oder enttäuscht, weil meine Karriere darunter leiden könnte, oder abgestoßen, weil ich einen Kollegen ans Messer geliefert habe: Ich stelle fest, es ist mir egal. Ich gehe auf die Metaebene, versuche, mich aufzuregen, weil er so lange gewartet hat, dass ich nicht mal mehr eine Reaktion habe: nichts. Ich komme mir bloß blöd vor, weil ich überhaupt Gehirnleistung für den Idioten verschwende. Wenn ich meine Ma heute Abend anrufe, werde ich irgendeine alte Gummihamstergeschichte aus der Vermisstenstelle ausgraben, sie zum Lachen bringen und kein Wort über gestern Abend verlieren.

Steve kommt durch das Parktor. Er redet in sein Handy und schaut sich nach mir um – die Kindermädchen mustern ihn und widmen sich wieder ihrem Gespräch, als sie sehen, dass ich ihm winke. Er lässt sich neben mir auf die Bank fallen, steckt das Handy weg.

»Was war?«, sage ich.

»Ich hab meinem Kontakt bei der Telefongesellschaft eine Nachricht hinterlassen; das ist der Typ, der uns die Daten zu dem Telefon liefern soll, von dem aus auf der Polizeiwache in Stoneybatter angerufen wurde. Ich hoffe, irgendwas dabei kann beweisen, dass es Breslins Handy war. Schön wär's, aber ...« Seine Mundwinkel wandern nach unten. »Irgendwas Neues?«

»Sophies IT-ler hat Aislinns passwortgeschützten Ordner geknackt. Sie sagt, es sind überwiegend Fotos von Post-its mit Zahlen drauf. Sie schickt mir die Bilder jeden Moment.«

Steves Gesicht verzieht sich kurz zu einer Grimasse. »Ach verdammt. Verdammt. Wir hätten dringend was Gutes gebraucht.«

»Könnte doch immer noch sein. Wer ist denn jetzt der Pessimist von uns beiden?«

»Dass Rory McCann identifiziert hat, bringt uns nämlich nicht viel. Jeder Verteidiger wird argumentieren, dass Rory McCann irgendwann mal im Präsidium auf dem Flur gesehen haben wird, dass er das Gesicht also von dort kannte und deshalb durcheinandergeraten ist.«

»Stimmt«, sage ich. »Oder er ist nicht einfach bloß durcheinandergeraten. Er wollte unter allen Umständen einen vermeintlichen Täter erfinden, deshalb hat er sich jemanden vorgestellt, den er kürzlich gesehen hatte, damit die Beschreibung auch realistisch klingt.«

»Ja.« Steve hat sich nicht bewegt, seit er auf der Bank sitzt, nicht mal, um seinen Hintern auf dem feuchten Holz bequemer zurechtzurücken. Er denkt angestrengt nach. »Wir müssen versuchen, von dem Beamten, der den Anruf entgegengenommen hat, eine Stimmenidentifizierung zu bekommen.«

»Wenn du heute Morgen mit Breslin unterwegs bist, versuch doch mal, eine Stimmprobe von ihm zu kriegen. Nimm einfach was mit deinem Handy auf. Falls du nicht von ihm wegkommen kannst, schick sie mir, dann fahre ich damit nach Stoneybatter.«

Er nickt. Mein Handy piepst. »Jetzt kommt's«, sage ich. »Drück die Daumen.«

»Tu ich schon. So fest ich kann.«

Die E-Mail lautet *Da*, gefolgt von einer Liste aus Daten und Uhrzeiten. Im Anhang sind neunundzwanzig Fotos. Ich gehe sie rasch durch: gelbes Post-it: *8Mi*, umkringelt. Post-it: *1030*, umkringelt. Post-it: 7, umkringelt, im Hintergrund ein lila Streifen, der aussieht wie Aislinns Wohnzimmervorhang. Post-it: *7Do*, umkringelt, in einer Ecke ein Stück von einem Daumen.

Ich sage: »Uhrzeiten und Tage.«

»Sieht so aus.«

»Wir haben uns doch gefragt, wie der heimliche Lover sich mit Aislinn verabredet haben kann, weißt du noch?«

Steve schnippt mit einem Fingernagel gegen mein Handy. »So simpel. Die sicherste Methode.«

»Und wir haben keins von diesen Post-its bei ihr im Haus gefunden.« Ich wische weiter übers Display: *11*, *6Mo*, *745*. »Wenn Breslin weiß, dass er ein Zeitfenster hat, schiebt er einen Zettel durch Aislinns Briefschlitz, damit sie weiß, wann sie zu Hause in ihrer Reizwäsche auf ihn zu warten hat. Und wenn er dann ankommt, lässt er sich den Zettel geben und vernichtet ihn. Genau wie wir gesagt haben: Er ist vorsichtig.«

Steve streckt die Hand aus und vergrößert das *745* auf meinem Display. »Meinst du, das ist Breslins Handschrift?«

»Schwer zu sagen. Ich seh jedenfalls nichts, was nicht passt. Und ich hab schon gesehen, dass er Uhrzeiten so notiert, ohne den Punkt.«

»Viele Cops machen das so.«

»Ja, aber nur wenige Normalbürger. Das engt den Personenkreis ein.«

»Trotzdem …« Steve schüttelt den Kopf. »Mit so wenig Material kann ein Schriftsachverständiger wenig anfangen.«

»Besser gesagt, gar nichts«, sage ich. Ich gehe die Fotos weiter durch: *9Fr*, *630Mi*, *7*. »Und Breslin weiß das auch. Er ist wirklich kein Risiko eingegangen.«

»Ich glaube einfach nicht, dass er von Anfang an vorhatte, Aislinn zu töten.«

»Nein, aber er hatte auch nicht vor, seine Frau zu verlassen. Breslin mag sein Leben so, wie es ist. Er hängt an seinen Kindern, seinem Haus, seinem Auto und den schicken Sommerurlauben. Wahrscheinlich hängt er sogar an seiner Frau, irgendwie. Er hat auch an Aislinn gehangen, aber nicht genug, um das alles für sie aufzugeben. Für den Fall, dass sie irgendwann Druck gemacht hätte, wollte er nicht, dass sie irgendwelche Beweise hatte, die sie seiner Frau zeigen konnte.«

»Und das ist ihm gelungen.« Steve wirkt ziemlich enttäuscht darüber.

7, *745Do*, *8*, und dann: ein einfaches, unliniertes Blatt Papier. Sorgfältige, gleichmäßige Schrift – nicht Breslins. Die hier sieht aus wie die Unterschriften und Notizen auf Aislinns Papierkram. Jede Schlaufe schön gerundet, jede Zeile so gerade, dass sie zur Orientierung ein liniertes Blatt darunter gelegt haben muss, damit es auch wirklich perfekt wird. Ich vergrößere es mit Daumen und Zeigefinger, und wir lesen gemeinsam, wobei ich immer, wenn ich so weit bin, auf ein Nicken von Steve warte, dass ich nach unten scrollen kann.

Es waren einmal zwei Mädchen, die lebten in einer Hütte mitten in einem tiefen, dunklen Wald. Sie hießen Carabossa und Meladina.

Carabossa lief den ganzen Tag und die ganze Nacht barfuß im Wald herum. Sie kletterte auf die höchsten Bäume. Sie schwamm in Flüssen. Sie richtete Wolfsjungen dazu ab, ihr aus der Hand zu fressen. Sie erlegte Bären mit Pfeil und Bogen.

Meladina blieb immerzu in der Hütte, weil ein Zauberer sie mit einem Bann belegt hatte. Carabossa konnte den Bann nicht brechen. Kein Prinz konnte ihn brechen. Keine guten Hexen oder Zauberer konnten ihn brechen. Meladina glaubte, sie würde für alle Zeit dort gefangen sein. Sie blickte aus dem Fenster der Hütte und weinte.

Eines Tages dann fand Meladina unter dem Fußboden der Hütte ein Buch mit Zaubersprüchen. Sie fing an, sich selbst das Zaubern beizubringen. Carabossa warnte sie, dass der Zauberer gefährlich sei und sie sich nicht mit ihm einlassen sollte, aber Meladina hatte keine andere Wahl, weil sie sonst nie aus der Hütte herausgekommen wäre.

Als sie genug gelernt hatte, wirkte Meladina ihren Zauber, und der Bann ging von ihr auf den Zauberer über. Nun war er für alle Zeiten in der Hütte gefangen, und Meladina lief frei herum und kletterte mit Carabossa auf Bäume, schwamm mit ihr in Flüssen. Und sie lebten glücklich und zufrieden bis an ihr seliges Ende.

Wenn mein Schluss nicht hinhaut, musst du es ihnen erzählen. Alles, alles Liebe.

»Was soll das?«, fragt Steve.

Ich sage: »Das ist für Lucy gedacht.«

»Jaja, das ist mir klar. Aber was soll es bedeuten? Dass Aislinn sich in Breslin verliebt hat – das wäre dann der Bann, der sie gefangen gehalten hat. Und dann? Hat sie Breslin dazu gebracht, sich auch in sie zu verlieben? Oder was?«

»Keine Ahnung. Lucy soll mir diesen Märchenquatsch erklären. Das bedeutet nämlich der Schluss: Wenn was schiefgeht, muss Lucy uns – oder wem auch immer – die ganze Geschichte erzählen. Und er bedeutet, dass Aislinn Angst hatte. Schon am« – ich tippe aufs Display, gehe zurück zu Sophies E-Mail – »schon am zwölften November hatte Aislinn Angst, dass die Sache genau so enden könnte. Um diese Zeit hat sie ja auch ihr Testament gemacht.«

»Zu große Angst, um ihn zu verlassen«, sagt Steve versuchsweise. »Und das ist der Bann?«

»Jedenfalls Angst davor, dass er in ihren Laptop schaut, sonst hätte sie sich nicht die Mühe mit dem Passwort gemacht. Sie wollte auf keinen Fall, dass er es findet. Klingt wirklich nach einer ganz wunderbaren Liebesgeschichte.« Wo ich schon mal dabei bin, schaue ich mir die Daten auf den Post-it-Fotos an: *09. September, 17.51 Uhr. 15. September, 18.08 Uhr. 18. September, 18.14 Uhr.* Aislinn kommt von der Arbeit nach Hause, findet einen Zettel, fotografiert ihn, lädt das Bild auf ihren Computer und löscht es auf ihrem Handy. Plant irgendwas.

»Und dass sie den Bann gegen ihn richtet, heißt, dass sie ihm irgendwie eine Falle stellt. Ihn vielleicht in den Knast bringt?« Steve hat die Augenbrauen zusammengezogen und die Hände auf dem Kopf verschränkt, verfolgt diesen Gedanken. »Diese ganze Rory-Geschichte hatte nur den Zweck, Breslin so zu provozieren, dass er sie zusammenschlägt und dann ins Gefängnis kommt, weil sie keine andere Möglichkeit sah, ihn loszuwerden? Und weil sie sich nicht vorstellen konnte, dass die Dinge so weit gehen würden?«

Ich lasse mir das durch den Kopf gehen. Es würde zu dem passen, was wir über Aislinn wissen: naiv genug, um zu glauben, dass so ein bescheuerter Plan tatsächlich funktionieren kann, bloß weil er in ihrer Vorstellung so wunderbar glattläuft. Nachdem die Bedürfnisse eines anderen Menschen einen so großen Teil ihres Lebens beherrscht hatten, könnte sie in Panik geraten sein, als es wieder passierte. »Das würde erklären, warum Aislinn die Zettel fotografiert hat. Als Beweise für die Affäre, falls Breslin behauptet hätte, sie nie im Leben gesehen zu haben.«

»Aber warum bloß die Zettel? Warum hat sie nicht, ich weiß auch nicht, mal ein Gespräch mit ihrem Handy aufgenommen? Oder ihn nackt in ihrem Bett fotografiert, nachdem er eingeschlafen war?«

Ohne dieses Bild im Kopf würde ich mich besser fühlen. Was einem dieser Job so alles zumutet … »Aus Angst, dass er sie dabei erwischt«, sage ich. »Oder ihr Handy kontrolliert, bevor sie die Aufnahme hochladen und löschen kann.«

»Verdammt«, sagt Steve. »Selbst ein Nacktfoto wäre kein hundertprozentiger Beweis gewesen. Das ganze Zeug hier …« Er atmet geräuschvoll aus. »Falls Lucy nicht irgendwas Supertolles in petto hat, können wir froh sein, wenn wir je genug für eine Anklage zusammenbringen. Ganz zu schweigen von einer Verurteilung.«

Er hat die Hände zwischen den Knien gefaltet und beobachtet die Kinder, die sich Sand in die Haare schmieren. Die Spannung in seinem gebeugten Rücken verrät, dass er alles andere als zufrieden ist.

Ich sage: »Du musst das nicht machen.«

Das muss gesagt werden. Letzte Nacht, als Steve und ich nach der Jagd und dem Begreifen in einem regelrechten Adrenalinwirbelsturm steckten, bin ich selbstverständlich davon ausgegangen, dass wir das zusammen machen, bis zur Ziellinie. Heute verbreitet Steve Untergangsstimmung, und der Morgen besteht aus graukaltem Himmel und Deasys wachsamen Augen und tropfenden Parkhecken nach dem Regen von letzter Nacht, und auf einmal habe ich das Gefühl, dass er die Chance haben sollte, es sich anders zu überlegen.

Sein Gesicht wendet sich mir zu. Nicht verständnislos; er versucht gar nicht erst, so zu tun, als wäre ihm der Gedanke nicht gekommen. Kompliziert.

Er sagt: »Du auch nicht.«

»Ich hab dabei nicht viel zu verlieren. Du schon. Und es ist mein Fall.« So etwas Ähnliches wie Schmerz durchfährt mich, weil ein Teil von mir nicht aufhören kann, wie ein Detective zu denken: mein Fall, meine Verantwortung. Das wird sich legen, irgendwann mal. »Du kannst krankfeiern. Mit Lebensmittelvergiftung oder so. Nach Hause fahren, und in ein paar Tagen wiederkommen, wenn sich der Staub gelegt hat.«

»Wir könnten beide noch da rauskommen. Breslin erzählen, dass Rory den Mann, den er in der Nähe des Tatorts gesehen hat, als McCann identifiziert hat, und wir wüssten ja, dass McCann nichts damit zu tun hat, aber wir wollten nicht zulassen, dass er sozusagen als Alternativtheorie für die Tat vor Gericht gezerrt wird, deshalb würden wir Rory laufenlassen und den Fall als ungelöst zu den Akten legen. Rory erzählen wir, dass die Identifizierung nichts gebracht hat. Der Boss wird uns kurz zusammenstauchen, weil wir den Fall nicht gelöst haben, aber Breslin wird ein gutes Wort für uns einlegen. Zack, das war's. Als wäre das alles nie passiert.«

Steve beobachtet mich, und sein Gesicht zeigt die gleiche Regungslosigkeit wie letzte Nacht. Das erbarmungslose Licht entblößt Krähenfüße und Lachfalten, die mir noch nie aufgefallen sind. Ich weiß nicht, ob er will, dass ich ja sage, ja, lass uns dieses ganze verseuchte Desaster unter den Teppich kehren und so tun, als wäre nichts gewesen.

Er hat recht: So könnten wir es machen. Wir könnten es sogar mit unserem Gewissen vereinbaren, so einigermaßen. Weil eine Verurteilung bei der Beweislage nämlich ungefähr so wahrscheinlich ist wie ein Lottogewinn. Und selbst wenn tatsächlich jemand verurteilt werden sollte, Gerechtigkeit nützt den Opfern nichts mehr. Nichts, was wir tun, kann für Aislinn irgendetwas ändern. Es gibt keine Angehörigen, die Gewissheit brauchen. Und McCann und Breslin werden sich auch nicht in ein Amok laufendes Killerteam verwandeln, wenn wir sie nicht drankriegen. Sie werden wieder die werden, die sie immer waren, und Breslin wird sich nie wieder eine Affäre leisten. Alles in allem nicht die schlechteste Lösung.

Bloß, wenn man's sich richtig überlegt, bin ich in genau der gleichen Position, in der ich mich gesehen habe, als wir dachten,

Breslin und McCann wären korrupt. Wenn ich den Mund halte, dann haben sie mich in die Finger bekommen und zu jemand anderem verdreht, der ein völlig anderes Leben lebt, selbst wenn es von außen genauso aussieht wie das alte. Breslin und McCann würden mich und meinen Alltag letztlich doch bestimmen, ganz gleich, ob sie das so gewollt haben oder nicht.

Ich bin diesem Fall was schuldig. Ich hab eine Rechnung mit ihm offen. Ich muss ihn mitten zwischen die Augen treffen, ihn häuten und ausstopfen und mir an die Wand hängen, für später, wenn meine Enkelkinder mich bitten, ihnen Geschichten aus der grauen Vorzeit zu erzählen, als ich noch Detective war.

Ich bringe es nicht über mich, Steve zu erzählen, dass ich aufhöre, noch nicht. »Nee«, sage ich. »Jetzt hab ich schon mal angefangen, dann bring ich es auch zu Ende.«

Die jähe Entspannung in seinem Gesicht könnte alles Mögliche sein, Erleichterung oder Enttäuschung, bis sie sich in einem schwachen, sehr liebenswerten Lächeln auflöst. »Ich denke, ich bleibe mit von der Partie«, sagt er. »Ich hatte noch nie 'ne Lebensmittelvergiftung. Ich würd's gar nicht hinkriegen, eine vorzutäuschen.«

Aus irgendeinem Grund geht mir das unheimlich nahe. Nicht, dass mir die Tränen kommen oder so ein Mist, aber irgendetwas weitet sich jäh in meinem Brustkorb. Als mir klar wurde, dass ich aufhören werde, habe ich seltsamerweise mit keinem Gedanken daran gedacht, dass ich mich damit auch von Steve verabschiede. Im Laufe der Zeit muss ich irgendwann angefangen haben, den kleinen Spinner einfach als selbstverständlich zu betrachten, mir einzubilden, er würde immer da sein, wie ein Bruder. So was sieht mir gar nicht ähnlich. Tatsache ist nämlich, dass Steve nicht immer da sein wird. Wenn ich aufgehört habe, werden wir noch eine Weile Kontakt halten. Uns hin und wieder auf ein Bier treffen, zu laut über die Geschichten des jeweils anderen lachen und Gespräche mit peinlichen Verlegenheitspausen führen, weil er versucht, nicht über die Arbeit und seinen neuen Partner zu reden, und ich versuche, ihn dazu zu bringen, den Quatsch sein zu lassen. Dann werden diese Treffen immer seltener werden, und dann wird einer von uns eine Beziehung anfangen und nicht mehr so viel Zeit haben. Die SMS werden anfangen mit »Hey, ewig nicht gesehen«, und plötzlich werden wir merken, dass die letzte Begegnung schon ein Jahr her ist. Und das ist dann das Ende von allem, das irgendwie wichtig ist.

Ich kann es mir nicht leisten, jetzt rührselig zu werden. »Du kleiner Musterknabe«, sage ich. »Ich wette, du hast nie mal die Schule geschwänzt, was?«

»Doch, hab ich. Um meine todkranke Großmutter zu besuchen.«

Ich konzentriere mich auf die Kinder, die jetzt Blumenerde essen, und den Radsportler, der unwahrscheinliche Dehnübungen macht, um den Kindermädchen seinen durchtrainierten Hintern zu präsentieren, bis ich wieder klar denken kann. »Okay«, sage ich. »Gut. Wenn das so ist, werde ich Lucy Aislinns Märchen zeigen. Du gehst mit Breslin spielen. Sag ihm, dass wir beide bei Rory waren – er wird's sowieso erfahren. Sag ihm, ich hätte Rory in die Mangel genommen, weil seine Verflossenen ihn als zu eifrig beschrieben hätten. Ich hätte ihn gefragt, ob er die auch gestalkt hätte, er hätte es abgestritten, der Ärmste hätte sich wahnsinnig aufgeregt. Tu so, als wärst du noch immer nicht ganz davon überzeugt, dass es Rory war, und als ob ich immer noch sauer auf dich wäre, weil du Zweifel hast, und du immer noch sauer auf mich, weil ich deine Zweifel einfach so abtue. Dann wird Breslin dich in seiner Nähe halten wollen und nicht zu misstrauisch werden, wenn ich für eine Stunde abtauche.«

Steve nickt, denkt nach. »Klingt gut. Und wenn er fragt, wo du steckst …?«

»Du hast keine Ahnung. Ich hätte gesagt, das ginge dich nichts an.«

Nach einem Moment fragt Steve: »Wann lassen wir die Bombe platzen?«

»Heute«, sage ich. »Muss sein. Breslin geht davon aus, dass wir Rory später aufs Präsidium schleppen, ihn festnehmen und anfangen, die Akte für die Staatsanwaltschaft vorzubereiten. Wenn ich das nicht tue, wird er sich fragen, wieso nicht, und dann sind die beiden gewarnt.«

Er nickt. »Wen schnappen wir uns? Breslin oder McCann?«

»Ich bin für McCann. Es sei denn, Lucy liefert uns noch irgendwas Erstklassiges, das wir gegen Breslin verwenden können. Breslin hat uns jetzt tagelang genau beobachtet. Der weiß sehr viel besser als McCann, wie wir ticken. Außerdem, wenn wir Breslin gegenüber auch nur irgendwas davon durchblicken lassen, kriegt er die Mutter aller selbstgerechten Anfälle, und von denen hab ich diese Woche schon genug erlebt. Wir lassen uns was einfallen, um ihn uns eine Weile vom Leib zu halten, und nehmen uns McCann vor.«

»Okay«, sagt Steve am Ende eines langen Ausatmens. »Okay. McCann.«

»Und du musst jetzt wirklich los, ehe Breslin sich fragt, wo du bleibst.«

»Stimmt.« Er holt die Fotoserien aus seiner Tasche und gibt mir von beiden Versionen je zwei. »Viel Glück.«

»Ja«, sage ich. »Dir auch.«

Aus irgendeinem Grund klatschen Steve und ich uns ab, als wir uns trennen. Normalerweise machen wir so einen Quatsch nicht, wir sind ja keine sechzehn mehr, aber irgendwie brauchen wir das jetzt, bevor es richtig losgeht.

15

DIESMAL REAGIERT LUCY schnell auf mein Klingeln. Als sie die Haustür aufmacht, ist sie angezogen – wieder schwarze Cargohose und Hoodie, aber sauber, und sie hat Doc Martens an den Füßen. Sie sieht mich ausdruckslos an und wartet.

»Morgen«, sage ich. »Könnten wir uns ein bisschen unterhalten, oder bin ich zu früh?«

Sie sagt: »Ich hatte gedacht, Sie kommen noch früher.« Dann dreht sie sich um und geht die Treppe hoch.

Ihr Wohnzimmer ist kalt, die schonungslose feuchte Kälte nach einer Nacht mit abgestellter Heizung. Es riecht nach Toast, Rauch – diesmal die legale Sorte – und Kaffee. Der ausgestopfte Fuchs, die alten Telefone und das zusammengerollte Kabel sind weg; stattdessen sehe ich einen Plattenspieler und einen Stapel uralte Platten, einen voluminösen Pappkarton mit Blümchengeschirr und eine große Leinwand, die entrollt von der Decke hängt und eine gemalte, in der Ferne verschwindende Landstraße zeigt. Es fühlt sich an, als wäre das Zimmer mit zu vielen Geschichten aufgeladen; sie drängeln sich in den Ecken, verlangen nach Raum.

Lucy nimmt diesmal als Erste Platz, und zwar auf der Couch mit dem Rücken zum Fenster, so dass ich die nehmen muss, auf die das Licht fällt – sie lernt schnell. Sie hat ihr Waffenarsenal vor sich auf dem Couchtisch aufgereiht: Packung Zigaretten, Feuerzeug, Aschenbecher, Kaffee. Sie bietet mir keinen an.

Sie sitzt still da und beobachtet mich, bereit für meinen ersten Zug.

Ich setze mich auf das blöde Sofa. »Ich werde Ihnen einige Dinge erzählen, die ich mir überlegt habe«, sage ich. »Bitte sagen Sie mir nicht, ob ich richtig- oder falschliege, ehe ich fertig bin. Bitte sagen Sie gar nichts. Hören Sie einfach nur zu. Okay?«

»Ich hab Ihnen alles gesagt, was ich zu sagen habe.«

»Einfach nur zuhören. Okay?«

Sie zuckt die Achseln. »Wenn Sie wollen.« Sie macht es sich übertrieben langsam auf ihrem Sofa gemütlich, im Schneidersitz, Kaffeebecher auf dem Schoß, bereit, mir den Gefallen zu tun.

Auch ich beherrsche dieses Spiel. Ich verteile die Kissen um, rücke den Hintern auf dem wackeligen Sofa zurecht, suche den besten Sitzwinkel, um die Beine auszustrecken. Lucy wird angespannter, will, dass ich endlich loslege.

»Also«, sage ich, als ich es mir schön bequem gemacht habe. »Fangen wir mit Ihrer Freundschaft zu Aislinn an. Sie beide standen sich sehr viel näher, als Sie uns weismachen wollten. Aislinns Telefondaten belegen, dass Sie praktisch täglich telefoniert oder gesimst haben. Sie waren enge Freundinnen, beste Freundinnen.«

Lucy tunkt eine Fingerspitze in ihren Kaffee, fischt irgendwas heraus und inspiziert es. Durch ihr Tiefschwarz auf den blaurostrot gestreiften mexikanischen Decken und den weißblonden Pony, der ihr ins blasse Gesicht fällt, ist sie nur schwer zu sehen, wie ein blinder Fleck mitten in meinem Gesichtsfeld.

»Es muss also einen Grund geben, warum Sie am Sonntag nicht wollten, dass wir das wissen. Und der Punkt, an dem Sie anfingen zu behaupten, Sie und Aislinn hätten sich gar nicht so nahe gestanden, war der, als Sie uns von ihrem heimlichen Lover erzählt haben. Was dreierlei bedeuten muss: A, Sie wissen mehr über ihn, als Sie behaupten. B, Sie haben Angst vor ihm, und er soll nicht erfahren, dass Sie irgendwas wissen. Und C, Sie denken, er könnte es von uns erfahren.«

Ein Blinzeln, bei dem Wort *Angst*. Sie reibt ihre Fingerspitze am Rand des Bechers sauber.

Ich sage: »Mein Partner und ich, wir haben uns zuerst gefragt, ob Aislinn vielleicht was mit einem Kriminellen hatte.« Wenn ich es nicht schon wüsste, würde mir die Art, wie Lucys Gesicht sich verschließt, verraten, wie grottenfalsch das war. »Wir haben es erst letzte Nacht geschnallt. Aislinns verheirateter Lover war kein Gangster. Er war ein Cop.«

Die Stille zieht sich in die Länge. Ich kann sie besser aushalten als Lucy; mehr Übung. Schließlich sagt sie: »Ist das alles?«

»Ja. Sie sind dran.«

»Womit? Ich hab nichts zu sagen.«

»Doch, haben Sie. Ich kann gut verstehen, warum Sie Angst haben« – wieder das Blinzeln –, »aber wenn Sie wirklich den Mund halten wollten, dann hätten Sie gar nichts gesagt. Sie haben uns erzählt, dass Aislinn nebenher noch jemanden hatte, weil Sie wollten, dass wir ihn finden. Sie wollten sich nicht zu weit aus dem Fenster lehnen. Sie haben gehofft, wenn Sie uns den richtigen Tipp geben, würden wir von allein drauf kommen. Und das sind wir.«

Lucys Blick ist noch immer auf ihren Kaffee gerichtet. Sie sagt: »Dann brauchen Sie mich ja nicht.«

»Wenn wir Sie nicht bräuchten, wäre ich nicht hier. Ich bin ziemlich sicher, dass ich weiß, mit wem Aislinn die Affäre hatte. Ich bin ziemlich sicher, dass ich weiß, wer sie getötet hat. Aber ich kann nichts davon beweisen.«

»Oder Sie sagen das, weil Sie rausfinden wollen, wie viel ich weiß.«

Ich sage: »Wollen Sie was hören, was ich noch keinem erzählt habe? Wir haben Spindschränke auf der Arbeit. Vor ein paar Monaten hat einer meinen aufgebrochen und reingepinkelt. Meine Laufklamotten und die Notizen von einem halben Dutzend Vernehmungen vollgesaut.«

Lucy blickt nicht auf, aber ich sehe das Flattern ihrer Wimpern: Sie hört zu. Ich sage: »Jetzt kommt der wichtige Teil. Das Morddezernat arbeitet getrennt von den anderen; wir sind die einzige Abteilung in dem Gebäude. Und der Umkleideraum hat ein Kombinationsschloss an der Tür. Es war also einer aus meinem eigenen Dezernat.«

Jetzt blickt sie auf. »Warum?«

»Weil sie mich nicht leiden können. Mich loswerden wollen. Unwichtig. Was ich sagen will, wir sind hier nicht im Fernsehen, wo alle Cops Blutsbrüder sind und jeder, der es sich mit einem Cop verscherzt, tot in irgendeinem Graben landet, während wir anderen die Beweise verschwinden lassen. Ich würde nicht alles für mein Dezernat tun. Ich bin nicht hier, um die Sauerei von einem anderen in Ordnung zu bringen. Ich arbeite bloß an meinen Fall. Wenn sich mir da einer in den Weg stellt, Cop oder nicht, hab ich keine Bedenken, ihn plattzumachen.«

»Und das soll mich beruhigen?«

»Wenn ich bloß hier wäre, um Sie zum Schweigen zu bringen, hätte ich das mittlerweile getan. So oder so. Ich weiß schon, dass Sie etwas wissen. Wenn ich nicht wollte, dass irgendwas rauskommt, bräuchte ich keine Details.«

Für eine Sekunde sieht es so aus, als wäre ich zu ihr durchgedrungen, doch dann verschließt sich Lucys Gesicht wieder. Sie sagt tonlos: »Sie sind in so was besser als ich. Das weiß ich. Ich habe keine Chance, rauszufinden, ob Sie mir die Wahrheit erzählen.«

Ich hole mein Smartphone hervor, rufe Aislinns Märchen auf und reiche es Lucy über den Tisch hinweg. »Hier«, sage ich. »Ich denke, das ist für Sie.«

Ich hoffe inständig, dass sie mir jetzt nicht wieder zusammenbricht, weil ich heute keine Zeit habe, sie wieder aufzubauen, aber Lucy ist kein Jammerlappen. Sie muss sich einmal auf die Lippen beißen, und als sie zu mir hochsieht, glänzen ihre Augen zwar, aber das Schluchzen erledigt sie mittlerweile im stillen Kämmerlein.

Ich sage: »Das ist Aislinns Handschrift, nicht wahr?«

»Ja.«

»Und es ist für Sie gedacht.«

»Ja. Richtig.«

Ich sage: »Ich verstehe nicht alles, aber eins ist wohl klar: Falls die Geschichte kein gutes Ende hat, sollen Sie mir den Rest erzählen. Und ich denke, das Ende kann als ziemlich beschissen gewertet werden.«

Das entlockt ihr so etwas wie ein Lachen, hilflos und rau. »Carabossa und Meladina«, sagt Lucy. »Als wir Kinder waren, hat Aislinn sich oft irgendwelche Geschichten ausgedacht, in denen wir verrückte Abenteuer erlebten, und das waren unsere Namen. Ich weiß gar nicht mehr, wie sie darauf gekommen ist. Ich hätte sie fragen sollen.«

Ich sage: »Wenn ich gewollt hätte, dass die Sache unter den Teppich gekehrt wird, hätte ich Ihnen das nicht gezeigt. Sie haben recht, es gibt Detectives, die das alles vertuschen wollen. Aber an die sind Sie nicht geraten. Sie sind an mich geraten.«

Lucy berührt das Handydisplay, nur ganz leicht, zwei Fingerspitzen. »Kann ich das haben?«, fragt sie. »Könnten Sie es mir schicken oder für mich ausdrucken?«

»Im Moment ist es ein Beweismittel. Das kann ich nicht rumreichen. Sobald der Fall abgeschlossen ist, klar, bekommen Sie eine Kopie. Versprochen.«

Lucy nickt. »Okay. Danke.«

Ich strecke die Hand aus. Sie betrachtet diese Botschaft an sie noch einen Moment, dann atmet sie einmal zittrig durch und setzt sich auf. »Ja«, sagt sie und reicht mir das Telefon. »Der Typ, mit dem Aislinn was hatte, war Polizist. Detective.«

Kurzer Blick zu mir, um meine Reaktion einzuschätzen. Ich frage: »Sind Sie ihm mal begegnet?«

»Ja. An dem Abend, an dem Aislinn ihn zuerst getroffen hat. Ich wollte sie nicht allein –«

»Moment«, sage ich. »Eins nach dem anderen. Meinen Sie, Sie könnten ihn identifizieren?«

»Ja. Auf jeden Fall.«

Ich öffne meine Umhängetasche und nehme die Breslin-Fotoserie heraus. »Okay«, sage ich. »Wenn Sie hierauf den Mann erkennen, mit dem Aislinn zusammen war, sagen Sie es mir. Wenn er nicht dabei ist oder wenn Sie nicht sicher sind, sagen Sie es mir ebenfalls. Bereit?«

Lucy nickt. Sie macht sich darauf gefasst, sein Gesicht zu sehen.

Ich reiche ihr die Karte. Sie sucht sie ab; dann wird ihr Gesicht ausdruckslos vor Verblüffung. »Nein. Er ist nicht dabei.«

Das kann doch nicht sein. »Lassen Sie sich Zeit«, sage ich. »Sind Sie sicher?«

»Absolut. Keiner von denen sieht ihm auch nur ähnlich. Nicht mal annähernd.« Lucy schleudert mir die Karte fast entgegen. Sie ist wieder misstrauisch geworden, fragt sich, welches Spiel ich spiele. Ich bin sicher, sie macht mir nichts vor.

In dem Augenblick, als ich mich bücke, um die Karte zurück in die Tasche zu stecken – hektisch überlege, was ich jetzt machen soll, mir wünsche, Steve wäre hier –, begreife ich.

Ich hole die anderen Fotos heraus, die mit McCann. »Wie ist es mit denen?«, sage ich. »Erkennen Sie einen davon?«

Es dauert nicht mal eine Sekunde: der Blick, das rasche Schnauben durch die Nase, die verkrampfte Anspannung, die ihren ganzen Körper erfasst. »Der«, sagt Lucy leise, und ihr Finger landet auf McCann. »Das ist er.«

»Der Mann, mit dem Aislinn zusammen war.«

»Ja.«

»Wie sicher sind Sie?«

»Hundertprozentig. Das ist er.«

»Schreiben Sie es auf«, sage ich und reiche ihr einen Stift. »Unten auf die Karte. Welche Nummer Sie erkannt haben und wo Sie den Mann schon mal gesehen haben. Unterschreiben und datieren Sie es. Und dann setzen Sie Ihre Initialen neben das Foto, das Sie identifiziert haben.«

Sie schreibt ordentlich, gleichmäßig. Nur das rasche Heben und Senken ihres Brustkorbs und ihr leiser, schnaufender Atem verraten, dass ihr Adrenalinpegel himmelhoch ist. Meiner auch. Das große Rätsel, wieso McCann sich wochenlang bei Viking Gardens rumgetrieben hat, ist keins mehr. Aislinns Nachbar dachte, der Mann, der über die Mauer kletterte, hätte helles Haar gehabt, aber im gelblichen Dämmerlicht von einer Straßenlaterne müssen McCanns graue Strähnen blond gewirkt haben. Die wütenden Anrufe von McCanns Frau, weil er schon wieder nicht zum Abendessen zu Hause war, sein gebeugter Rücken, als Breslin versprach, mich loszuwerden, überhaupt, sein Zustand in den letzten Tagen, es passt alles.

Das Einzige, was ich mir noch immer nicht erklären kann, ist, wieso zum Teufel Aislinn sich auf McCann eingelassen hat, was zum Teufel Steve und ich die ganze Zeit übersehen haben.

Lucy gibt mir die Fotoserie zurück. »Gut so?«

»Ja«, sage ich, nachdem ich einen raschen Blick darauf geworfen habe. »Danke. Jetzt können Sie mir die Geschichte erzählen.«

Sie holt tief Luft. »Was wollen Sie wissen?«

»Alles. Von Anfang an.«

»Okay.« Lucy streicht mit den Händen über die Oberschenkel – will Schweiß abwischen oder das Gefühl, dieses Foto berührt zu haben, eins von beidem. »Okay. Okay. Ich glaube, es hat etwa sieben oder acht Monate nach dem Tod von Aislinns Mutter angefangen – also vor rund zweieinhalb Jahren. Ash und ich waren ein Bier trinken, und sie hat gesagt: ›Rate mal, was ich vorhabe.‹ Sie hat den Kopf gesenkt und mich so angesehen, aus dem Augenwinkel, mit so einem verschämten kleinen Lächeln.

Ich dachte schon, sie wollte sich ein Nippelpiercing machen lassen oder so …« Lucy lacht, ein leiser, trockener Klang. »Schön wär's. Aber dann hat sie gesagt: ›Ich werde rausfinden, was mit meinem Dad passiert ist.‹ Und damit hatte ich nun wirklich nicht gerechnet. Sie hat sich andauernd irgendwelche Geschichten ausgedacht, wo er lebte oder wie er zurückkommen würde, aber sie hat nie davon gesprochen, sich richtig auf die Suche nach ihm zu machen.«

Ich sage – ja, auch ich kann einfühlsam sein: »Vielleicht konnte sie das nicht, solange ihr Ma noch lebte. Es muss sie viel Kraft gekostet haben, sich um ihre Mutter zu kümmern. Wundert mich nicht, dass sie für ihren Dad keine Energie mehr hatte.«

Lucy nickt schnell. »Das hab ich mir auch gedacht. Und ich hielt es eigentlich für eine gute Idee. Also, nicht unbedingt, ihn zu finden; es gab zu viele Gründe, warum das schiefgehen könnte. Aber es war wirklich das erste Mal, dass sie sich überlegt hat, etwas konkret zu verfolgen, was sie wollte. Ich hab gedacht, es ist bestimmt gut, dass sie das endlich lernt. Oder? Das macht doch Sinn, oder?«

»Absolut«, sage ich, ehrlich gemeint, und sehe, wie die Erleichterung Lucy durchströmt. »Sie hätte nicht viel vom Leben gehabt, wenn sie das nicht gelernt hätte.«

»Genau. Also hab ich gesagt, super Idee, find ich gut. Aislinn hat auf der Arbeit gesagt, sie müsste zum Zahnarzt, hat sich was Seriöses angezogen und ist zur Vermisstenstelle. Zuerst haben sie sie auflaufen lassen, aber schließlich hat ein Detective ihren Dad in irgendeinem Computersystem gesucht und gesagt, er wäre tot. Aislinn war …«, Lucy nagt an der Lippe, erinnert sich. »Gott. Sie war am Boden zerstört. Sie hat auf der Arbeit angerufen und gesagt, dass sie nicht mehr reinkommen könnte, weil ihr von der Betäubungsspritze schwummrig wäre, und dann ist sie nach Hause und hat den ganzen Tag geheult. Ich bin nach Feierabend zu ihr, und sie sah fürchterlich aus. Als hätte sie nichts mehr in sich; sie war einfach … verloren.«

Das ist der Teil, bei dem ich wahrscheinlich ein schlechtes Gewissen haben sollte, weil Aislinns Geschichte durch meine Hartherzigkeit erst Richtung Tragik abgebogen ist, bla, bla, bla. Gestern hätte ich rein gar nichts empfunden. Wie ich zu Steve gesagt habe: Ihr Problem, wenn sie ihr Leben unbedingt an einen Kerl hängen wollte, der nicht mal da war. Aber heute, ich weiß auch nicht. Heute habe ich plötzlich das Gefühl, dass so viele Menschen Aislinn in alle möglichen Richtungen gedrängt haben: ich, Gary, ihre Ma, ihr Dad und so weiter, so viele stoßende Finger, rempelnde Schultern, alle bemüht, ihr Leben auf den Kurs zu bugsieren, der ihnen gerade passte. Es lässt meine Haut kribbeln, als würden Fliegen darüberlaufen. Und am Ende war einer nicht mehr damit zufrieden, sie zu schubsen: Ihr Leben passte ihm nicht, und er hat es mit einem Schlag beendet.

Lucy sagt: »Ich hab befürchtet, dass sie wieder anfängt, sich treiben zu lassen, verstehen Sie? Dass das für sie die einmalige Chance gewesen war, ihr Leben in den Griff zu bekommen, und dass sie es jetzt, wo diese Chance zerplatzt war, nie wieder versuchen würde. Deshalb hab ich dämliche Kuh gesagt: ›Vielleicht kann dir einer, der an dem Fall gearbeitet hat, sagen, was mit deinem Vater passiert ist.‹ Ich wollte Ash doch nur ein bisschen aufbauen. Wollte ihr nur etwas vorschlagen, woran sie sich festhalten konnte.«

Wieder blicken ihre Augen flehend. »Klingt vernünftig«, sage ich. »Wahrscheinlich hätte ich genau dasselbe gesagt.«

»Ich hätte meine blöde Klappe halten sollen. Aber damals dachte ich wirklich, ich hätte das Richtige getan. Aislinn hörte prompt auf zu weinen und griff nach ihrem Smartphone. Ich hab gefragt: ›Was denn jetzt?‹, und sie hat gesagt, ich hätte sie gerade an was erinnert, was der Mann auf der Vermisstenstelle gesagt hatte. Er hatte die Namen der Detectives erwähnt, die für den Fall damals zuständig gewesen waren. Detective Feeney und Detective McCann.«

Zu hören, wie sie den Namen ausspricht, ist wie eine Berührung im Nacken, ein eiskalter Tropfen. Ich sage: »Und?«

Lucy sagt: »Sie hat sie gegoogelt. Sie hat Detective Feeneys Todesanzeige gefunden. Das Foto kam ihr nur vage bekannt vor, aber da stand, dass er dreiundzwanzig Jahre auf der Vermisstenstelle gearbeitet hatte, deshalb wusste sie, dass er das sein musste. Bei ihm kam sie also nicht weiter. Aber Detective McCann … Ash hat eine Weile gebraucht, um was über ihn rauszufinden, aber irgendwann ist sie auf einen Nachrichtenclip gestoßen, in dem er zu sehen war, wie er nach irgendeinem Mordfall aus dem Gericht kam. Damit wusste sie, dass er mittlerweile im Morddezernat war. Und ihn erkannte sie auf Anhieb. Sie hatte seinen Namen vergessen – wusste nur noch McSoundso –, aber sie konnte sich erinnern, dass er oft bei ihnen zu Hause war und versucht hat, ihre Mum zu beruhigen. Und sie konnte sich erinnern, dass er ihr den Kopf getätschelt und gesagt hatte: ›An manchen Dingen sollte man lieber nicht rühren. Du hast schöne Erinnerungen an deinen Daddy. Daran wollen wir doch nichts ändern.‹ Aislinn hat immer wieder gesagt: ›Das muss bedeuten, dass er was weiß, oder? Er weiß ganz bestimmt irgendwas.‹ Ich hab gesagt, kann sein, kann nicht sein, vielleicht wollte er dir bloß schonend beibringen, dass sie eben nichts wissen, verstehst du? Aber sie ließ nicht locker. Wochenlang haben wir über nichts anderes geredet. Und irgendwann hab ich gesagt: ›Verdammt nochmal, dann geh doch einfach zu ihm und frag ihn.‹«

»Und? Hat sie das gemacht?«

Lucy schüttelt den Kopf. »Nein. Sie meinte, wenn er ihr damals nichts erzählt hat, wieso sollte er es dann jetzt tun? Und sie konnte ihn ja nicht zwingen – die Leute von der Vermisstenstelle hatten ihr erklärt, dass die Informationsfreiheit nicht für polizeiliche Ermittlungen gilt. Also beschloss Aislinn, die Sache anders anzugehen. Sie wollte ihn ›zufällig‹ kennenlernen, ihm verschweigen, wer sie war, und ihn zum Reden bringen.«

Ich hebe eine Augenbraue. Lucy sagt: »Jaja, ich weiß. Aber Aislinn hatte nicht vor, ihn am nächsten Tag irgendwo abzufangen und zu hoffen, dass er alles ausplaudert. Sie war *gründlich*. Das war ihre letzte Chance, und die würde sie nicht versieben. Sie hat alles aufgeschrieben, was sie noch über Detective McCann in Erinnerung hatte – sie hatte so ein Notizbuch. Sie hatte nicht sonderlich auf ihn persönlich geachtet, weil er für sie nicht wichtig war. Aber sie hat oft im Dunkeln unten auf der Treppe gesessen und gelauscht, während er und ihre Mutter sich im Wohnzimmer unterhielten, weil sie hoffte, vielleicht einen Hinweis zu bekommen, wohin ihr Dad verschwunden war. Deshalb konnte sie sich an das ein oder andere von ihm erinnern. Ihr fiel wieder ein, dass er aus Drogheda war und dass er seinen Tee mit einem kleinen Schuss Milch und ohne Zucker trank.«

Das macht McCann immer noch. Aus irgendeinem Grund läuft es mir bei diesem Detail eiskalt über den Rücken. Das ist der Moment, in dem es mich richtig durchfährt: Dieser Mann ist derselbe McCann, der gestern Morgen vor dem Dezernat auf mich gewartet hat, unrasiert und rastlos. Dieser Vermisstenfall hat ihn verfolgt, von dem dämmrigen Haus mit dem stillen, lauschenden Kind über alle gewundenen Wege bis mitten hinein in unser helles, lärmendes Büro. Das ist der Moment, in dem ich begreife, dass McCann unser Täter ist.

»Sie erinnerte sich, dass er verheiratet war, zwei kleine Söhne hatte – ihre Mum hat ihn wieder und wieder gefragt: ›Und Sie würden sie nicht verlassen, nicht wahr? Sie würden Ihre Frau und Ihre Kinder nie im Stich lassen?‹, und er hat immer gesagt, nein, das würde er niemals tun. Ash erinnerte sich an seinen Mantel, einen grauen Tweedmantel, den er meistens über das Geländer hängte, und sie hat Flusen davon abgezupft, während sie lauschte, und sie in die Tasche gesteckt. Sie hatte ihn nicht gern im Haus. Aber das Wichtigste, woran sie sich erinnerte – sie hat's im Notizbuch mit Sternchen umkringelt –, war, dass er auf ihre Mum stand.«

»Inwiefern?«, frage ich. »Hat er sie angebaggert? Hatten sie was miteinander?«

»O Gott, nein!« Der prompte angewiderte Ausdruck in Lucys Gesicht spricht dafür, dass es wahr ist. »Das war keine griechische Tragödie. Ash ist nicht mit dem Ex ihrer Mum ins Bett gegangen. Sie war im Nachhinein einfach nur ziemlich sicher, dass er ihre Mum mochte. Sie glaubte, dass er deshalb so viel Zeit in den Fall investiert hat. Obwohl er verheiratet war und Kinder hatte, obwohl er professionell arbeiten sollte, obwohl Ashs Mum allmählich durchdrehte, weil ihr Mann verschwunden war; er stand auf sie, und das trieb ihn an.«

»Und Aislinn hielt das für wichtig.«

»Allerdings. Sie wusste, dass sie das ausnutzen konnte. Sie meinte: ›Wenn er so ein Typ ist, wenn er für hübsche Frauen Dummheiten macht, dann muss ich eine werden. Ich müsste mein Aussehen sowieso verändern. Er darf mich nicht wiedererkennen und misstrauisch werden; er hat mich damals zwar nie sonderlich beachtet, eigentlich kaum zur Kenntnis genommen, aber das ist die einzige Chance, die ich kriegen werde, und da will ich alles richtig machen.‹ Und das hat sie auch.« Lucy lacht, ein freudloses kleines Ausatmen. »O Mann. Sie hat praktisch nichts mehr gegessen und ist täglich ins Fitnessstudio gegangen. Als sie dann so schlank war, wie sie sein wollte – zu dünn, wenn Sie mich fragen, aber egal –, ist sie zu einer Imageberatung gegangen, unfassbar, hat sich zeigen lassen, welche Klamotten sie kaufen, wie sie sich schminken und die Haare färben soll. Hinterher sah sie aus, als wäre sie in irgendeiner gruseligen Fabrik geklont worden. Ich hab gesagt: ›Trag doch einfach, was dir gefällt‹, aber Ash meinte, nein. Sie hat gesagt: ›Ich weiß nicht, auf welchen Typ er steht – außer eben auf den Typ von meiner Mum, und ich darf nicht so aussehen wie sie, sonst durchschaut er mich. Also muss ich standardmäßig gut aussehen. Ich muss eine Frau sein, die jeder auf der Welt für hübsch hält. Selbst wenn er sich dann eigentlich gar nicht so angezogen fühlt, ist es einfach zu gut für sein Ego, da kann er nicht widerstehen. Später hab ich noch genug Zeit, rauszufinden, was *mir* gefällt.‹ Ich meine …« Lucy wirft frustriert die Hände in die Luft. »Was hätte ich denn dazu sagen sollen?«

Ein Teil von mir entwickelt tatsächlich einen gewissen Respekt vor Aislinn Murray. Im Grund ist die Idee Schwachsinn, aber die Art, wie sie sie umgesetzt hat: alle Achtung. Sie war nicht die jämmerliche Dumpfbacke, die ich mir am ersten Tag in ihrem Haus vorgestellt habe, und auch nicht das herumgeschubste Mädchen, das mir eben noch leidtat. Sie hat sich vorbereitet, in aller Ruhe, und alles getan, was nötig war, um endlich selbst zurückzuschubsen.

»Das hört sich alles ziemlich obsessiv an«, sage ich. »Haben Sie sich keine Sorgen um sie gemacht? Dass sie zu fanatisch an die Sache ranging?«

»Doch, n*atürlich* hab ich das. Das hatte ich nicht gemeint, als ich gesagt hab, sie sollte verfolgen, was sie wirklich wollte. Sie hat ungefähr *anderthalb* Jahre damit verbracht, sich in die Frau zu verwandeln, auf die ein völlig Fremder scharf sein sollte. Es war *Wahnsinn*.«

»Haben Sie ihr das gesagt?«

»Tja …« Lucy zieht eine Grimasse, reibt sich mit beiden Händen durchs Gesicht. »Ja und nein. Ich wollte auf keinen Fall anfangen, Ash zu bevormunden, verstehen Sie? Es war ihr schon schwer genug gefallen, überhaupt zu erkennen, was sie wollte, da wollte ich ihr nicht sagen, dass sie total falschlag. Nach dieser Imageberatung musste ich aber was sagen. Ich hab nicht direkt gesagt: ›Das ist total irre‹, aber ich hab ziemlich deutlich gemacht, dass ich das alles übertrieben fand und dass es sehr viel vernünftiger wäre, entweder offen mit Detective McCann zu reden oder aber die ganze Sache zu vergessen. Aislinn hat mich glatt ausgelacht. Sie meinte: ›Mach dir keine Sorgen, du Dussel! Ich weiß, was ich tue. Ich hab einen Plan, schon vergessen? Ich muss das irgendwie geregelt kriegen, und dann ist es endlich vorbei, und ich kann mit meinem richtigen Leben anfangen! Hast du Lust, mit mir nach Peru zu fahren?‹ Ich hab gesagt: ›Lass uns doch jetzt schon nach Peru fahren, und du vergisst den Typen.‹«

»Aber sie wollte nicht«, sage ich.

»Nein. Sie meinte, sie müsste das tun. Sie hat immer wieder gesagt – mit ihrer neuen Aussprache, früher hat man ihr angehört, dass sie aus Greystones kam, genau wie mir, aber sie hatte Angst, Detective McCann würde dann eine Verbindung herstellen, deshalb hatte sie angefangen, so zu reden wie diese Nachrichtensprecherin, die immer den komischen Schmollmund zieht –, also sie hat immer wieder gesagt: ›Du machst dir zu viele Sorgen! Schau mich doch an. Seh ich nicht glücklich aus?‹« Lucy hat ein kleines gequältes Lächeln im Gesicht, als sie daran zurückdenkt. »Und ja, sie sah wirklich glücklich aus. So glücklich hatte ich sie noch nie erlebt. Aufgedreht wie ein Kind, das zu viele Süßigkeiten gegessen hat, aber trotzdem: glücklich. Und sie hat Pläne für hinterher geschmiedet – sie hatte noch nie irgendwelche Pläne gemacht. Peru war nicht bloß ein Spaß – ich meine, dass ich mitkommen würde, schon, weil ich nicht die Knete dafür habe und nie so lange Urlaub machen kann, aber Ash wollte reisen, auf jeden Fall. Sie hat sich über die ganzen Ländern informiert, wo sie hinwollte, und über Collegekurse, die sie dann nach ihrer Rückkehr belegen wollte … Ihr Plan hat sie voll in Aktion versetzt. Deshalb …« Lucys Schulter bewegt sich zu einem angedeuteten Zucken. »Dagegen war schwer was zu sagen.«

»Der Plan«, sage ich. »Wie sah der genau aus?«

»Sie wollte mit diesem Detective nur eine Weile flirten, sich ein paarmal mit ihm verabreden. Sie hatte nicht vor, ihn zu verführen oder so, und sie hat nicht befürchtet, dass er gleich versuchen würde, sie ins Bett zu kriegen – sie hat gesagt, sie wäre absolut sicher, dass er ihre Mum nie angemacht hat, deshalb wäre er nicht der Typ für eine richtige Affäre. Er wäre bloß der Typ, der die Aufmerksamkeit von attraktiven Frauen mehr genießt, als er sollte. Sie meinte, er würde wahrscheinlich die Flucht ergreifen, wenn sie nur versuchen würde, ihn zu küssen.« Der Hauch eines Lächelns umspielt Lucys Mund. »Sie wollte ihm bloß diese Aufmerksamkeit schenken. Und das reichlich.«

»Schlau«, sage ich. »Aislinn konnte Menschen gut einschätzen.«

»Ja, das konnte sie. Weil sie nie ein eigenes Leben geführt hatte; deshalb hatte sie die ganze Zeit andere Leute beobachtet, darüber nachgedacht, wie sie ticken. Das war der einzige Grund, warum ich dachte, dass ihr Plan tatsächlich gelingen könnte. Ich meine, der Mann war *Detective*, also bestimmt nicht der naive Typ, der auf jeden Mist reinfällt; aber wenn ihn jemand reinlegen könnte, dann war das Ash.« Das Lächeln vertieft sich, aber es sieht wehmütig aus. »Sie wollte so tun, als wäre sie eine von diesen Leuten, die von Verbrechen und Polizeiarbeit fasziniert sind, damit sie Detective McCann nach seinen Fällen ausfragen konnte – sie war alte Zeitungsartikel und Gerichtsreportagen durchgegangen, um rauszufinden, was für Fälle er bearbeitet hatte, und sie hatte sich Bücher über dieses Thema gekauft, um die richtigen Fragen stellen zu können. Dann wollte sie das Gespräch allmählich auf ihren Dad bringen … Und dann, sobald sie herausgefunden hätte, was Detective McCann wusste, würde sie aufhören, sich mit ihm zu treffen. Und nach Peru fahren.« Lucys Kopf hebt sich unvermittelt, und sie blinzelt heftig Richtung Decke. »Das war alles. Ein paar Wochen *Aufmerksamkeit.*«

Die Bücher über Kriminalfälle in Aislinns Bücherregal, die Bandenmorde in ihrer Internetrecherche. Also doch nicht wegen des Nervenkitzels oder um sich bei einem von Cueballs Männern einzuschmeicheln. Ich sage: »Wieso kam es anders?«

Lucy sagt: »Ich wusste, dass Aislinn das nicht bis zum Schluss durchdacht hatte. Es war wie bei den Märchen: Die Geschichte geht immer nur bis zur Hochzeit, und dann leben sie alle glücklich und zufrieden bis an ihr seliges Ende. Genau das hat Ash gemacht. Sie konnte immer nur bis zu dem großen Moment denken, wenn sie diesen Mann dazu bringt, ihr zu erzählen, was er über ihren Dad wusste. Alles danach war bloß ein Dunst, in dem das Leben perfekt war. Ich hab versucht, ihr begreiflich zu machen, dass es vielleicht nicht genau so läuft, ich hab's versucht. Aber …« Sie breitet die Hände aus.

»Sie wollte nicht hören.«

Lucy fährt sich mit den Händen durchs Haar, so dass es anschließend in alle Richtungen absteht. Sie sagt: »Wir saßen genau hier. Ash da, wo Sie jetzt sitzen, in eine Decke gewickelt mit einer Tasse Tee. Wir waren durch ein paar Clubs gezogen, es war spät, und wir waren betrunken genug, so dass ich es ansprechen konnte. Ich hab gesagt: ›Ash, was, wenn du etwas rausfindest, was du gar nicht wissen willst? Es könnte schlimm sein. Ich meine, richtig schlimm.‹ Es war dunkel – bloß die Lampe da war an. Ich konnte nur ihr Gesicht sehen, das aus der Decke lugte. Sie sah nicht hübsch aus. Sie sah ausgehöhlt aus, halb verhungert, bloß Haut und Zähne und viel älter, als sie war. Und sie sagte: ›Luce, glaubst du, das weiß ich nicht? Ernsthaft? Ich hab wirklich über jede Möglichkeit nachgedacht. Ich weiß, das Wahrscheinlichste ist, dass mein Dad sich umgebracht hat und die Cops nicht genug Beweise hatten, um sicher zu sein, und deshalb haben sie beschlossen, nichts zu sagen, für den Fall, dass es doch nicht stimmt. Oder er hatte einen Zusammenbruch und ist auf der Straße gelandet, und die Cops konnten ihn nicht finden und wollten es nicht zugeben. Vielleicht wurde er auch von einem Polizisten überfahren, und die haben es vertuscht. Oder irgendein Irrer hat ihn umgebracht und Gott weiß wo verscharrt, und die Cops wollten der Sache aus irgendeinem Grund nicht nachgehen – weil es eine größere Ermittlung gefährdet hätte oder so. Das wäre alles möglich. Ich will bloß wissen, was passiert ist. Damit es vorbei ist. Und dann kann ich endlich nach vorn schauen.‹«

»Also haben Sie es dabei belassen«, sage ich.

»Ja, ich hab's dabei belassen. Wahrscheinlich hätte ich ihr stärker abraten sollen – Gott ja, *offensichtlich* hätte ich ihr stärker abraten sollen. Ganz klar.« Lucy spuckt ein wütendes kleines Lachen aus. »Aber wie sie aussah; als wäre dieser Plan alles, was sie hatte. Als könnte sie ihn bis auf die Knochen abnagen und wäre trotzdem noch ausgehungert … Ich konnte es nicht. Ich hab mir eingeredet, dass vielleicht alles gutgeht. Dass dieser McCann ihr vielleicht die kalte Schulter zeigt. Oder dass er sie vielleicht durchschaut – ich meine, Leute zu durchschauen war ja schließlich sein Job, oder? –, und ihr erzählt, dass ihr Dad gestorben ist, als er ein kleines blondes Mädchen vor einem bösen Drogenboss gerettet hat, und dann könnte sie sich ausheulen und nach vorn schauen, genau wie sie dachte.«

Wenn McCann doch bloß den Verstand besessen hätte, genau das zu tun. »Aber es kam anders«, sage ich.

Lucy sagt: »Sie hat ihn um den Finger gewickelt. Von wegen tougher, abgebrühter Detective. Sie brauchte bloß einen Monat, um es aus ihm rauszukriegen.«

»Wie hat sie es genau angestellt?«

»Sie hat online rausgefunden, in welchen Pubs Polizisten nach dem Job was trinken gehen – ich glaube, sie hat in irgendeinem Forum danach gefragt, hat so getan, als wollte sie sich einen Cop angeln, hihi. Auf diese Tour hat sie eine Liste von Pubs bekommen, und wir mussten sie uns alle anschauen.«

»›Wir‹«, sage ich. »Sie sind mit ihr gegangen?«

Das lässt Lucys Kinn hochfahren. »Ja klar. Meinen Sie etwa, ich hätte sie allein losziehen lassen?«

»Nee. Ich wäre auch mit meiner besten Freundin mitgegangen. Nur sicherheitshalber.«

Sie beruhigt sich wieder. »Bei einigen Pubs war gleich klar, dass wir falsch waren, zum Beispiel das *Copper Face Jack's* – da gehen zwar Polizisten hin, aber das sind alles junge Typen, die Frauen aufreißen wollen. Aber einer war ganz vielversprechend, wahrscheinlich kennen Sie den auch – *Horgan's*?«

»Kenn ich«, sage ich. *Horgan's* ist eine echte Cop-Kneipe: Pub im alten Stil, Sitzplätze aus abgewetztem rotem Samt und Wandleuchten, versteckt im Gassengewirr um die Harcourt Street, wo die meisten Dezernate und die Sonderfahndung untergebracht sind. Ich war auch öfter da, damals, bevor ich es ins Morddezernat schaffte. McCann und Breslin hab ich einige Male dort gesehen. Das war die Zeit, als ich die beiden noch beobachtete, als wären sie Rockstars.

»Da waren auch jede Menge ältere Männer. Also sind wir immer wieder hin. Es war schwierig, weil ein paar Typen versucht haben, uns anzumachen – na ja, hauptsächlich Ash anzumachen –, und wir mussten sie abwimmeln, aber nicht zu unhöflich, sonst hätten sie rumerzählt, wir wären Zicken, und McCann hätte uns keines Blickes gewürdigt, falls er denn auftauchte. Wir haben so getan, als ob …« Lucy pustet Luft aus. »Das war Aislinns Idee. Wir haben so getan, als ob ich wegen irgendwas ganz aufgelöst wäre, Trennung oder so, und nur mit meiner Freundin reden wollte. Auf die Tour konnte sie jeden Kerl abblitzen lassen, der sich an sie ranmachte, und es sah so aus, als täte sie das nur meinetwegen.«

Sie fängt meinen Blick auf und sagt leicht trotzig: »Ich war nicht glücklich damit. Auf so was steh ich nicht, überhaupt nicht. Aber … Aislinn konnte einen gut dazu bringen, mitzumachen. Schrittchen für Schrittchen, und auf einmal war ich mittendrin in irgendeinem Theaterstück, das sie aufführte, ohne zu wissen, wie ich da reingeraten war.«

Wieder diese kalte Berührung im Nacken. McCann ist – genau wie jeder Detective im Morddezernat, genau wie ich – normalerweise derjenige, der das Drehbuch schreibt. Es wird ihm nicht gefallen haben, eines Tages die Augen aufzumachen und festzustellen, dass er im Stück eines anderen mitspielte.

»Und dann«, sagt Lucy, »als wir das vierte Mal im Horgan's waren. Ich saß da und machte einen auf depri und fragte mich, wann wir endlich gehen konnten, und auf einmal hab ich gespürt, wie Aislinn erstarrte. Sie konnte nicht mehr atmen, ihr Glas knallte auf den Tisch, zack, als hätte sie keine Muskeln mehr. Ich hab mich zu ihr umgedreht, um zu sehen, was los war, und sie hat gesagt – ganz leise geflüstert, ich hab sie kaum verstanden: ›*Das ist er.*‹ Er war gerade reingekommen. Ich hab ihn auch erkannt: Das Haar war ein bisschen grauer, aber es war der Typ aus dem Video, keine Frage. Er muss gespürt haben, dass wir ihn anstarrten, weil er sich zu uns umdrehte. Und Aislinn hat sofort so gemacht« – Lucy senkt die Wimpern, schielt mit einem leisen Lächeln darunter hervor, senkt den Kopf, um einen Schluck Kaffee zu trinken. »Wie auf Kommando. Sie war sofort voll dabei.«

Ich sage: »Und es hat funktioniert.«

Wieder dieses raue Lachen. »Und wie es funktioniert hat. Detective McCann musste zweimal hingucken, so fassungslos war er, dass diese tolle Frau ihn so ansah. Und Ash kicherte zu ihm rüber, so ein dämliches Kichern, das sie bei all den anderen Typen geübt hatte, die versucht hatten, bei ihr zu landen. Und als er zur Theke ging, hat sie den Rest von ihrem Drink auf ex gekippt und ist rüber, direkt neben ihn, um sich einen neuen zu bestellen. Und schwupps hatte Detective McCann schon unsere Drinks bezahlt und brachte sie uns an den Tisch.«

Dieser verdammte Idiot. »Wann war das?«

»Ende Juli. Nach dem Drink sind wir gegangen – ich musste echt nicht so tun, als ob ich wegwollte. Es war vermutlich die peinlichste Unterhaltung, die ich je hatte. Ash hat ihn angehimmelt und über alles gelacht, was er sagte, und er ist fast geplatzt vor Stolz, hat sich eingebildet, er hätte sie um den Finger gewickelt … Aber ehe wir gingen, hat Ash Detective McCann – *Joe* – ihre Telefonnummer gegeben. Am nächsten Tag hat er sie angerufen.«

»Sie war echt gut«, sage ich.

»O ja«, sagt Lucy. »Das war sie. Und das hat mich richtig fertiggemacht. Zuzusehen, wie sie ihn bezirzt hat, so mühelos, als hätte sie das schon ihr Leben lang gemacht. Und mir wurde klar, genau das hatte sie auch. Im Grunde war es dasselbe wie damals, als wir Kinder waren und sie Geschichten erfand, um sich besser zu fühlen. Nur diesmal war es real. Und das gefiel mir nicht. Es kam mir – das klingt jetzt übertrieben, ich weiß, aber es kam mir gefährlich vor.«

Ach nee. Ich frage: »Gefährlich für wen? Für Aislinn? Für Joe? Für Sie?«

Lucy sagt: »Sie hätte niemanden verletzen können. Sie – Ash war lieb. Sanft.«

Ich bleibe skeptisch. Mag ja sein, dass sie ursprünglich eine sanfte Seele war, aber jemand, der volle anderthalb Jahre so hart zu sich selbst gewesen war wie Aislinn, der wird mit anderen nicht nachsichtig umgehen. Aber ich hake nicht nach. »Das beantwortet meine Frage nicht.«

»Gefährlich für sie. Vielleicht auch für Detective McCann, aber an ihn hab ich nicht gedacht, nur an Ash. Sie hat nicht begriffen, dass das real war. Sie hat den Unterschied nicht gesehen.«

Das stimmt wahrscheinlich sogar. »Detective McCann hat sie also angerufen«, sage ich. »Und sie haben sich wiedergesehen?«

Lucy fragt: »Stört es Sie, wenn ich rauche?«

»Nur zu.«

Sie sieht mich nicht an, während sie ihre Beine aus den gestreiften Decken befreit, ihren Kaffeebecher hinstellt, eine Zigarette aus der Packung zieht und das Feuerzeug schüttelt. Sie hat noch immer die Möglichkeit, auf Nummer sicher zu gehen: *Ich weiß nicht, wie es weiterging, Aislinn hat mir nichts erzählt, sobald sie an Joe dran war, wurde sie verschlossen …*

Es gibt nichts, was ich sagen könnte, das ich nicht schon gesagt habe. Ich warte schweigend ab.

Schließlich bläst Lucy einen langen Strahl Rauch aus, weg von mir, und sagt: »Sie haben sich regelmäßig getroffen. Mindestens einmal die Woche, meistens zwei- oder dreimal.«

»Waren Sie mal bei diesen Treffen dabei?«

»Nur das erste Mal. Ich wollte mitkommen, aber Ash meinte, ich würde sie nur ablenken. Sie wollte sich ganz auf *Joe* konzentrieren.«

»Was haben sie so gemacht?«

»Jedenfalls nicht miteinander geschlafen. Damals noch nicht. Noch längst nicht. Sie haben sich bloß unterhalten. Meistens hat er sie abgeholt – niemals bei ihr zu Hause, damit die Nachbarn ihn nicht sahen. Immer unten an den Kais – und dann haben sie Ausflüge gemacht, rauf in die Berge, irgendwohin. Das gefiel mir nicht. Ich meine, ihr findet doch andauernd irgendwelche Leichen oben in den Bergen, oder? Er hat eine junge Frau in seinem Wagen, hat drauf geachtet, dass keiner ihn sieht, fährt mit ihr irgendwo in die Pampa … wie serienmördermäßig ist das denn?«

Ich frage: »Hatten Sie irgendeinen Grund, ihn für gefährlich zu halten?«

Lucy schüttelt widerwillig den Kopf. »Nein. Ash hat gesagt, er war immer nett zu ihr – ein echter Gentleman, hat sie gesagt. Sie fand ihn eigentlich nicht besonders sympathisch, meinte, er wäre in allem viel zu ernst, selbst wenn er versucht hat, sie zum Lachen zu bringen, war er dabei ernst –, aber seine Geschichten waren interessant, und unterm Strich war er ganz okay. Sein Job war ihm total wichtig, und das hat sie beruhigt, weil es bedeutete, dass er in dem Fall ihres Vaters wahrscheinlich gute Arbeit geleistet hatte und es so doch irgendwas geben musste, was sie rausfinden konnte, oder?« Ein freudloses kleines Aushauchen von Rauch, das ein Lachen sein könnte. »Nicht zu fassen.«

Ich sage: »Und es hat ihm genügt, sich bloß mit ihr zu unterhalten? Sex interessierte ihn nicht?«

»Nein. Ash lag richtig damit, dass er nicht der Typ war, der Affären hatte: Er hat nie irgendwas bei ihr versucht, nicht mal einen Kuss. Er wäre ein Romantiker, hat sie gesagt; es gefiel ihm, auf Abstand verknallt zu sein. Aber verknallt war er, das war klar. Aislinn hatte deswegen ein schlechtes Gewissen, schließlich war er ja verheiratet –«

»Am Sonntag haben Sie uns erzählt, sie hätte sich ohne Bedenken überreden lassen, einen verheirateten Mann zu vögeln«, sage ich. »Und hier geht's nur um ein paar Ausflüge.«

Lucy hält sich nicht mit Verlegenheit auf. »Okay, ich hab gelogen. Ich wollte Ihnen klarmachen, dass sie was mit einem verheirateten Mann hatte, und ich konnte ja wohl schlecht erklären, warum speziell mit diesem einen verheirateten Mann.«

Obwohl die Trauer Lucy gerade einen rechten Haken verpasst hatte, war ihr Verstand auf Hochtouren gelaufen. Sie hatte eine Mordsangst. »Na schön«, sage ich. »Joe hat bei Aislinn also nichts versucht, aber er war verknallt.«

»Und wie. Er hat ihr dauernd gesagt, wie toll sie ist, wie hinreißend, wie intelligent – gemeint hat er, dass sie ihm das Gefühl gab, alles, was aus seinem Mund kam, wäre pures Gold, was sie ihm *natürlich* vorgemacht hat – und dass er und seine Frau sich nicht mehr verstanden. Er hat gesagt, sie wären viel zu jung in die Ehe geschlittert und sie hätten besser nie geheiratet, weil seine Frau zu blöd war, um seine Arbeit zu verstehen, und zu egoistisch, um zu begreifen, wie wichtig sein Beruf war. Sie würde sich immer nur beschweren, dass er nie da war, um den Kindern bei den Hausaufgaben zu helfen, oder dass er nicht pünktlich zum Abendessen nach Hause kam.« Lucys Lippen um ihre Zigarette nehmen einen gequälten Zug an. »Klaro. Und darauf hat Aislinn aufgebaut. Sie hat ihm vorgeschwärmt, was für einen tollen Job er hätte, wie toll es wäre, jemanden zu kennen, der etwas sooo Wichtiges macht, und, bitte, bitte, kann er ihr wohl noch eine Geschichte erzählen, in der er ganz toll einen schwierigen Fall gelöst hat? Und natürlich hat er das getan.«

Natürlich. Wie Aislinn gesagt hatte: Im Grund seines Herzens ist McCann ein Romantiker. Er wollte sich als jemanden sehen, der auf seinem Schlachtross angaloppiert kommt, den blitzenden Speer gesenkt, um die Welt zu retten. Der Job ließ nicht zu, dass er sich dieses Bild von sich machen konnte, nicht nach so vielen Jahren. Seine Frau erlaubte es auch nicht. Aislinn dagegen machte sich selbst zur Leinwand, auf der er sein eigenes Idealbild pinseln konnte.

»Und dann«, sagt Lucy, »gegen Ende August, beschloss Aislinn, es wäre an der Zeit, zur Sache zu kommen. Sie und Joe waren irgendwo picknicken, und sie hat angefangen, ihn zu fragen, was für Fälle er in der Vermisstenstelle bearbeitet hatte, weil sie sich die so unglaublich *mysteriös* vorstellte – sie hatte sich gut vorbereitet, hatte ihre Fragen notiert und auswendig gelernt. Sie hat ihren Text sogar mit mir geübt, wie eine Schauspielerin. Sie hat sich von Joe ein paar Fälle schildern lassen und an den richtigen Stellen nach Luft geschnappt. Sie hat gewartet, bis er mit einem richtig schlimmen ankam – irgendein Teenager, der sich den goldenen Schuss gesetzt hatte –, und dann hat sie gesagt, omeinGott, die Familie muss ja am Boden zerstört gewesen sein! Wie hast du das verkraftet, wenn die Angehörigen total verzweifelt waren? Weil *sie* nie und nimmer in der Lage wäre, mit Familien umzugehen, die so etwas durchgemacht haben, sie würde daran zerbrechen, aber sie war sicher, dass Joe *supergut* darin war, Menschen durch die absolut schlimmste Zeit ihres Lebens zu helfen, richtig? Und nachdem er ihr ein paar Geschichten darüber erzählt hatte, sagte Ash, dass Joe sich doch bestimmt manchmal, wenn sie den Vermissten nicht hatten finden können, noch weiter um die Familien gekümmert hätte, auch nachdem der Fall offiziell abgeschlossen war; sie wusste, er würde die Menschen nicht einfach so ihrem Schicksal überlassen, oder? Und prompt …«

Lucy drückt die Zigarette aus. Ihre Stimme hat sich verändert; sie hat sie trockengewrungen, dafür gesorgt, dass nichts hineinsickert, was außer Kontrolle geraten könnte. Sie sagt: »So einfach war das. Sie hatten noch nicht mal ihre Sandwiches aufgegessen, da erzählte Joe ihr schon von der armen Frau, die von ihrem Mann mit einer kleinen Tochter verlassen worden war. Die Frau war zart und labil, sagte Joe – Aislinn sah ihm an, dass er ganz gerührt wurde, als er sich erinnerte –, nicht dafür geschaffen, einen so furchtbaren Schock zu verwinden. Er hatte sein Möglichstes getan, um der Frau Gewissheit zu verschaffen, und schließlich konnte er den Mann aufspüren. In England, wo er mit einer Jüngeren zusammenlebte.«

Ich sage: »Das muss schmerzhaft gewesen sein.«

»Und ob. Es war nicht gerade das, was Aislinn sich erhofft hatte.« Ein Zucken von Lucys Mund, wie ein Zusammenschrecken. »Aber sie wäre damit fertiggeworden. Sie war auf so was vorbereitet; nicht so vorbereitet, wie sie gedacht hatte, aber sie hätte es verkraftet … wenn Joe nicht weitergeredet hätte. Er sagte, dass er den Mann angerufen und ihm vorgehalten hätte, er würde sich vor seiner Verantwortung drücken. Ihn gefragt, was sie denn seiner Frau sagen sollten. Und der Mann hätte so ungefähr gesagt: ›Erzählen Sie's ihr. Sagen Sie ihr, dass es mir leidtut. Und dass ich mich melde, wenn sich die Lage ein bisschen beruhigt hat.‹ Doch Joe wusste, dass er das nicht tun würde. Anscheinend finden Leute, die einfach abhauen, ohne auch nur einen Abschiedsbrief zu hinterlassen, nie den passenden Moment, um sich wieder zu melden.«

»Hm«, sage ich. Gary hat gesagt – und ich bin ziemlich sicher, er hat's nicht nur gesagt, sondern ist auch der Meinung –, dass Desmond Murray die Cops beschworen hatte, seiner Frau nichts zu erzählen, kein Wort. »Aber Joe hat das Mrs Murray verschwiegen.«

»Mehr als das«, sagt Lucy. »Joe beschloss, dass es *nicht gut für sie wäre*, das zu hören. Weil die arme, hilflose kleine Frau so eine Nachricht nämlich nicht verschmerzt hätte. Sie wäre zusammengebrochen. Er hat beschlossen, dass es besser für sie wäre, nichts zu wissen.« Wieder dieses nervöse Zucken im Mundwinkel. »Und deshalb hat er ihr kein Wort gesagt. Er war sehr stolz auf sich, weil er ihr das erspart hatte.«

Ich kann's mir vorstellen. Als ich Aislinn an Gary weitergereicht habe, war ich wenigstens ehrlich genug, mir nicht einzureden, dass ich es nur zu ihrem Besten getan hätte. »Was hat Aislinn gemacht, als sie das hörte?«

»Sie hat gesagt, sie hätte fast ihr Glas zerschlagen und Joe eine Scherbe in den Hals gerammt, wenn ihre Hände nicht zu schwach dafür gewesen wären. Stattdessen hat sie zu ihm gesagt – schwer beeindruckt, ganz begeistert von dieser großartigen Geschichte –, sie hat gesagt, er hätte genau das Richtige getan, es wäre so mutig von ihm gewesen, so klug, diese Frau könnte von Glück sagen, dass er den Fall bearbeitet hätte. Und dann hat sie gesagt, sie bekäme Kopfschmerzen und ob es ihm viel ausmachen würde, wenn sie zurückfahren würden, damit sie sich hinlegen kann. Und er hat sie nach Hause gebracht und ihr gesagt, sie soll eine Tablette nehmen, und sie haben sich zum Abschied zugewinkt.«

»Und sie hat Sie sofort angerufen«, sage ich. »Hab ich recht?«

»Nein. Sie kam her. Sie war …« Lucy saugt zischend die Luft ein, als sie daran zurückdenkt. »So hatte ich sie noch nie erlebt. So hab ich noch nie irgendwen erlebt. Sie war außer sich vor Wut, sie hat in die Sofakissen geschrien – voll aufgebrezelt in so einem rosa Blümchenkleid: ›Wie konnte er das machen, wie konnte er es wagen, für wen hält der sich, verdammt nochmal‹ –, die Wimperntusche lief ihr vom Heulen übers ganze Gesicht, die aufgesteckten Haare fielen raus, und sie hat mit den Fäusten auf die Kissen eingedroschen, sie hat reingebissen … Verstehen Sie es? Ich meine, verstehen Sie, warum sie so getobt hat?«

Sie starrt mich an. »Ja«, sage ich. »Das versteh ich absolut. Er hatte nicht das Recht, diese Entscheidung zu treffen.«

Sie blickt mich weiter an, und ihre Augen huschen auf meinem Gesicht hin und her. Ich sage: »Es wäre etwas anderes gewesen, wenn Aislinns Dad vom Zeitpunkt seines Verschwindens an tot gewesen wäre. Dann hätte McCann ihr durch sein Schweigen nichts weggenommen. Aber ihr Dad war am Leben. Sie hätte sich jederzeit mit ihm in Verbindung setzen können. Und vielleicht hätte ihre Ma keinen psychischen Knacks gekriegt, wenn sie gewusst hätte, was Sache ist.«

Lucy sagt: »Das war noch nicht alles.« Und wartet, will wissen, ob ich es kapiere.

Ja klar. Ich sage – und ich höre meine eigene Stimme laut in dem kleinen, unordentlichen Zimmer, das kälter wird: »Aislinn hatte geglaubt, McCann hätte aus Eigeninteresse den Mund gehalten – weil ein Polizeiwagen ihren Dad überfahren hatte oder weil eine größere Ermittlung gefährdet worden wäre, wenn man ihn gefunden hätte. Damit hätte sie umgehen können. Menschen verhalten sich oft egoistisch, ziehen andere in ihren Mist mit rein, so ist das Leben. Aber dann hat sie herausgefunden, dass McCann es *für* sie und ihre Ma getan hatte. Weil *er* beschlossen hatte, dass ihrer beider Leben so verlaufen sollte. Sie und ihre Ma waren nicht bloß Kollateralschäden. Sie waren das Ziel.«

Das Licht vom Fenster fällt mir ins Gesicht, schonungslos, legt mich bloß. Ich schaffe es, nicht zu blinzeln oder wegzuschauen.

Lucy nickt: Ich habe bestanden. »Genau. Scheißegal, ob die beiden vielleicht sogar eine eigene Meinung dazu hatten. Scheißegal, was sie wollten. *Er* war der Cop, *er* hatte das Recht, für sie zu entscheiden. Sie waren nicht mal reale Menschen für ihn; sie waren bloß Statisten in seinem eigenen Heldenfilm. Daran ist Aislinn verzweifelt. Daran.«

Ihre Stimme ist wieder voller geworden, satt, durchdrungen von Aislinns Zorn und ihrem eigenen. Sie wird mir alles erzählen.

Der Boss hat Blödsinn erzählt von wegen, ich könnte nicht gut mit Zeugen. Diese Zeugin, die allen Grund hat, mir gegenüber dichtzumachen, vertraut mir so sehr, dass sie mir alles liefern wird, was sie hat. Ich wünschte, das würde in mir, in einem klitzekleinen Teil von mir, etwas anderes auslösen als Traurigkeit.

Ich sage: »Und deshalb änderte sich ihr Plan.«

Lucy lacht, ein scharfes Schnauben. »Wissen Sie, was mein erster Gedanke war, als sie bei mir auftauchte, schluchzte und gegen die Wände trat? *Wenigstens ist es jetzt vorbei. Gott sei Dank.* Ich hab das Ash erst gesagt, als sie sich beruhigt hatte, was ewig dauerte. Ich musste mir die ganze Geschichte drei- oder viermal anhören, von vorne bis hinten, sie konnte nicht aufhören, sie mir zu erzählen. Aber irgendwann hab ich sie dazu gebracht, einen Whiskey und eine Tasse Tee zu trinken – ich meine, sie sah aus, als könnte sie einen fetten Joint oder eine Valiumtablette oder so gebrauchen, aber ich hatte nichts da, und es heißt ja, dass süßer Tee beruhigende Wirkung haben soll. Hatte er wohl auch. Sie war noch immer wütend, aber sie hatte sich so weit abgeregt, dass sie wenigstens stillsitzen konnte und nur noch mit Unterbrechungen weinte und mich auch mal zu Wort kommen ließ. Also hab ich gesagt: ›Hör mal, das einzig Gute daran ist, dass du jetzt Bescheid weißt. Dass du jetzt loslassen kannst. Wie du gesagt hast.‹

Ash ist förmlich vom Sofa gesprungen. Ihre Hände waren –«, Lucys Hände schnellen hoch, steife Krallen. »Ich dachte, sie würde auf mich losgehen oder sich selbst das Gesicht zerkratzen, ich wusste nicht, ob ich sie festhalten sollte, bevor sie … Aber sie hat gesagt: ›Denkst du etwa, ich würde ihm diese Scheiße verzeihen?‹ – Ash wird nie ordinär. ›Ich bin noch nicht fertig.

Noch längst nicht. Ich werde dieses Schwein drankriegen. Er hat gedacht, er hätte das Recht, über mein Leben zu bestimmen – o nein. Nein. Nein. Ich werde mich nicht ergeben und sagen, jawohl, Sir, was immer Sie wollen, Sir, fester, Sir – *scheiß auf ihn.*‹ Sie hat gekeucht vor Wut, aber es war eine andere Art von Wut als zu Anfang. Sie sah *gefährlich* aus. Ash ist so ziemlich der harmloseste Mensch, den man sich vorstellen kann. Ihre Stimme war ganz brüchig vom Heulen, eine harte, heisere Stimme, die gar nicht wie ihre klang. Sie hat gesagt: ›Jetzt mach ich das Gleiche mit ihm. Ich werde mit dem Rest seines Scheißlebens machen, was *ich* will.‹ Ich hab gesagt: ›Okay, jetzt mal ganz ruhig, *was* willst du?‹ Und Ash hat gesagt: ›Er ist schon halb in mich verliebt. Ich werde ihn dazu bringen, dass er nicht mehr von mir loskommt. Und dann überrede ich ihn, seine Frau zu verlassen und die Scheidung einzureichen, damit wir zusammen sein können. Ich bringe ihn dazu, dass er ihr von mir erzählt, so dass sie ihn auf keinen Fall je wieder zurücknimmt. Und dann mache ich mit ihm Schluss.‹«

Und da ist es, das einzige Puzzleteilchen, das Steve und ich nicht finden konnten: warum Aislinn McCann wollte. »Ach du Schande«, sage ich. »Das konnte unmöglich gutgehen.«

»Ich *weiß*. Ich hab's ihr *gesagt*. Ich hab genau das gesagt.«

»Ich dachte, Aislinn hätte Menschenkenntnis gehabt.«

Lucy sagt: »Hatte sie auch. Das hat mir ja am meisten Angst gemacht. Offensichtlich hatte sie all ihr Wissen darüber, wie Menschen ticken, über Bord geworfen, sonst wäre sie wohl kaum auf so eine Schwachsinnsidee gekommen. Sie war von der Geschichte in ihrem Kopf besessen, und die Tatsache, dass es um reale Menschen ging, spielte überhaupt keine Rolle mehr für sie.«

Sie greift nach der Zigarettenpackung, nicht, um sie zu öffnen, sondern, um irgendetwas in der Hand zu haben. »Ich hab versucht, sie wachzurütteln. Ich hab gesagt: ›Ich dachte, Joe wäre nicht der Typ für Affären.‹ Und Ash hat gesagt: ›Ist er auch nicht.

Aber das krieg ich schon hin. Wird nicht so schwer sein. Er deutet immer wieder mal an, dass seine Frau und er bloß aus Gewohnheit zusammenbleiben, dass er sie mag, aber nicht liebt, blablabla, Klischees eben. Er will sich und mir bloß weismachen, dass unsere Ausflüge völlig in Ordnung sind, aber damit kann ich arbeiten. Ich werde ihm einreden, dass er der mutige romantische Held ist, der aus einer sinnlosen Ehe ausbricht und wer ganz Besonderes wird, weil er sich für die wahre Liebe entscheidet. Er hat meiner Mum erzählt, *er* würde seine Frau und die Kinder nie verlassen, *niemals*, der scheinheilige Arsch, und die ganze Zeit wusste er – Ich sorge dafür, dass er sie bis spätestens Weihnachten in die Wüste schickt. Du wirst schon sehen.‹«

Ich sage: »Mal krass ausgedrückt: Sie hatte vor, ihm das Hirn wegzuvögeln, bis er nicht mehr geradeaus denken konnte.«

Das lässt Lucy blinzeln, aber sie sagt tonlos: »Stimmt. Das hatte sie vor.«

»So was bringen die wenigsten.« Und das ist noch milde gesagt. Es gibt viele Undercoverleute, geschulte Profis, die nicht bereit sind, mit ihren Zielpersonen ins Bett zu steigen. Für eine Zivilistin war Aislinn knallhart drauf.

Lucy bewegt sich auf dem Sofa, als würde eine Sprungfeder sie piksen. »In manchen Dingen war Ash seltsam«, sagt sie. »Sex, Liebe, so was eben. Sie stand auf Liebesromane mit Happy End, aber wenn es um ihr eigenes Leben ging: nichts da. Sie sagte – und das hat sie schon mit vollem Ernst gesagt, als wir noch Kinder waren –, dass sie sich niemals verlieben würde. Sie war mit ein paar Typen zusammen, aber nur, um Erfahrungen zu sammeln – sie wollte nicht mit dreißig noch ahnungslose Jungfrau sein. Sobald einer andeutete, dass er eine feste Beziehung wollte, hat Aislinn Schluss gemacht.«

»Wegen ihres Dads«, sage ich. »Und ihrer Ma.«

»Genau. Sie hat gesagt, schau dir doch an, was das mit dir macht, sich verlieben. Schau es dir an. Es bedeutet, dass jemand anderes dein ganzes Leben bestimmt. Und dieser andere kann sich von einem Moment auf den anderen überlegen, es *zack*« – ein Fingerschnippen – »in etwas anderes zu verwandeln. Vielleicht erfährst du nicht mal, wieso. Und vielleicht kriegst du es nie zurück, dein Leben. Der andere kann dich einfach sitzenlassen und dein Leben mitnehmen, und dann ist es endgültig weg.«

Lucys Augen blicken ins Leere, und ihre Stimme hat sich verändert, ist heller und fester geworden: Aislinns Stimme, rasch und drängend, die unter ihrer eigenen mitläuft. Sie erinnert sich. In dieser Sekunde möchte ich ihr zunicken – Aislinn, nicht Lucy; so ein Nicken, das durch einen Raum voller Menschen der Person gilt, in der du einen Cop erkannt hast, der einzigen anderen Frau außer dir, der einzigen Person, die so ähnlich gekleidet ist wie du. So ein Nicken, das sagt: *Du und ich, wir wissen Bescheid*, egal, ob ihr euch gegenseitig mögt oder nicht.

Lucy sagt: »Ich meine, ich fand, dass sie doch genau das gemacht hat: Sie hat ihren Eltern ihr Leben überlassen. Wegen der beiden wollte sie bewusst darauf verzichten, sich zu verlieben. Aber Ash hat gesagt, ich würde das falsch sehen. Sie hat gesagt, das wäre *sie*, ihre eigene Entscheidung. Sie hatte recht, ich hab's nicht richtig kapiert. Aber eins war mir klar, nämlich dass der Gedanke, mit Joe ins Bett zu gehen, für Aislinn nicht das Gleiche bedeutete, wie er das für die meisten Menschen bedeutet hätte. Sie hat nicht gehofft, dass Sex irgendwas Besonderes oder Umwerfendes wäre. Das wollte sie ja gerade nicht. Joe dranzukriegen, das war das Wichtigste in ihrem Leben. Und wenn Sex ihr dabei helfen konnte, das zu erreichen, warum nicht?«

»Nun ja«, sage ich. »Sie haben gesagt, sie hätte niemanden verletzen können. Dieser Plan hätte Joes Frau und seine Kinder verletzt. Und zwar sehr.«

Lucy dreht die Zigarettenpackung zwischen den Fingern. »Ich weiß. Das hab ich auch an dem Tag gesagt. Ich dachte, das würde sie ganz sicher davon abbringen.«

»Wieso hat es das nicht?«

Sie schüttelt den Kopf. »Hätte es eigentlich. Als ich gesagt habe, Ash konnte niemanden verletzen, war das kein sentimentaler Quatsch, um sie zur Heiligen zu verklären, weil sie ... weil sie tot ist. Sie war wirklich so.« Sie dreht die Zigarettenpackung schneller. Das hier geht ihr an die Nieren. »Keine Ahnung. Klar, sie war davon besessen, aber trotzdem, ich konnte es nicht fassen ... Aber sie hat mich einfach angeglotzt. Als würde ich totalen Unsinn reden. Ich begreif's noch immer nicht.«

Ich schon. Lucy hat recht: Aislinn war gut darin geworden, Menschen in ihre Geschichten zu verstricken, den unaufhaltsamen Sog aufzubauen, der sie tiefer und tiefer hineinzog, sie Schritt für Schritt auf ein Ende zubewegte, das Aislinn nebelhaft und verlockend am fernen Ufer warten sah. Sie war *zu* gut geworden. Am Ende hatte sie sich selbst verstrickt. Als Lucy McCanns Frau und Kinder vorbrachte, war es bereits zu spät, Aislinn konnte sich nicht mehr befreien. Ihr eigener Sog war zu stark geworden. Er umspülte ihre Knöchel, ihre Knie, stieg immer höher und zog sie flussabwärts auf ein Ufer zu, das sie nie hatte warten sehen.

Lucy sagt: »Sie hat sich das Gesicht an ihrem Kleid trockengewischt. Dieses fließende pinke Kleid, das sie extra für den großen Tag gekauft hatte, damit sie süß, sexy, harmlos und überhaupt so aussah, dass Joe keine Bedenken haben würde, mit der Sprache rauszurücken – das Teil hatte zweihundert Euro gekostet –, und sie hat sich mit dem Rock das Gesicht abgeputzt wie mit einem Papiertaschentuch. Er war voll Wimperntusche und Make-up und Tränen und Rotze. Und auf einmal hat Ash nach unten geguckt, als würde sie das gerade erst sehen, und sie hat gesagt: »Gott, was für eine Schweinerei! Das muss ich in die Reinigung bringen. Es gefällt Joe; das brauch ich noch.« Und sie hat ein Taschentuch genommen und angefangen, die dicksten Flecken zu betupfen. Als hätte sie das Kleid mit Tee bekleckert oder so.

Sie war nicht mehr wütend, hat nicht mehr geweint. Es war, als wäre nie was gewesen.«

»Was haben Sie gemacht?«

»Ich hab sie beschworen, doch bitte, bitte ein paar Tage abzuwarten, ehe sie irgendwas unternahm. Ich dachte, wenn sie den Schock erst mal überwunden hätte, würde sie einsehen, dass das in absolut jeder Hinsicht eine schreckliche Idee war. Ich hab sie *angefleht.*« Lucys Hand ballt sich um die Zigarettenpackung, und ihre Stimme ist lauter geworden. Sie zwingt sie zurück auf einen normalen Pegel. »Aber Ash – ich schwöre, sie hat mich nicht mal gehört. Sie hat den schlimmsten Schmutz von ihrem Kleid getupft, und dann hat sie nach ihrem Handy gegriffen und ein Taxi bestellt. Sie ist aufgestanden und hat mich umarmt – richtig lange und fest umarmt –, und sie hat mir ins Ohr geflüstert: ›Wenn ich mit ihm Schluss mache, werde ich ihm sagen, es ist zu seinem eigenen Besten.‹ Und dann ist sie gegangen.«

Ich sage: »Und sie hat sich nicht ein paar Tage Zeit genommen, um darüber hinwegzukommen.«

»Keine Woche später«, sagt Lucy, »hatte sie schon mit ihm geschlafen. Ich weiß nicht, wie sie ihn dazu gebracht hat. Sie hat gesagt, es war nicht schwer. Sie hat ihm suggeriert, es wäre seine Idee, und sie müsste erst überzeugt werden. Und hinterher war sie ganz bestürzt – nicht zu bestürzt, bloß hübsch weinerlich –, weil sie Angst hatte, er würde sie dafür verachten, dass sie sich hatte gehenlassen und seiner Ehe so etwas Schreckliches angetan hatte, und dass sie ihn nie wiedersehen würde. Also konnte er sie beruhigen, dass es nicht ihre Schuld war und er niemals schlecht von ihr denken würde und dass seine Ehe ohnehin schon kaputt war und bla, bla, bla. Es hätte gar nicht besser laufen können.« Den letzten Satz presst sie mit wildem Zynismus heraus.

»Und?«, frage ich. »Wie ging es dann weiter?«

Lucy klappt die Zigarettenpackung auf und zieht eine heraus, bittet mich mit einem Blick um Erlaubnis. Das Gespräch wird immer schwerer erträglich. Ich nicke.

Sie sagt mit der Zigarette zwischen den Lippen, den Kopf zum Feuerzeug geneigt: »Tja, als Erstes hörten sie mit diesen Ausflügen in die Berge auf, was eine gewisse Erleichterung war, aber stattdessen kam er zu Ash nach Hause, und sie ... blieben dort. Was keine Erleichterung war.« Sie wirft das Feuerzeug auf den Tisch und nimmt einen tiefen Zug.

»Wie oft trafen sie sich so?«

»Genau wie vorher: vielleicht einmal die Woche, vielleicht zwei- oder dreimal die Woche. Sie hatten keinen festen Zeitplan. Joe sagte, er müsste das immer spontan entscheiden, damit seine Frau nichts merkt.«

»Er hatte also nicht vor, seine Ehe zu beenden«, sage ich.

»Nein, das wollte er nicht«, sagt Lucy trocken. »Aber Aislinn brachte ihn allmählich dazu. Der zweite Unterschied war, dass er anfing, ihr Geschenke zu kaufen. Bloß Kleinigkeiten – eine kleine Porzellankatze mit karierter Schleife, weil er gesehen hatte, dass sie karierte Sachen in der Küche hatte, so was eben –, weil seine Frau die Hand auf dem Geld hatte und jeden fehlenden Euro bemerkte; sie hätte sich Joe sofort vorgeknöpft, wenn er irgendwas Großes gekauft hätte. Aber er hat dauernd davon geredet, dass er ihr so gern ein Brillantkollier kaufen und mit ihr nach Paris fahren würde, weil sie doch gesagt hatte, sie wollte reisen. Und Ash hat gesagt, dass das kein blödes Gerede war, dass er es ernst meinte. Also hat sie ihn darin bestärkt. Hat ihm erzählt, sie hätte immer davon geträumt, mal ein Brillantkollier zu haben, und hat Fotos von romantischen Plätzen ausgedruckt, die sie in Paris besuchen könnten.«

Ich denke an das schrille, frustrierte Nörgeln, das aus McCanns Telefon dringt, wieder und wieder und unaufhörlich, während die Kollegen Witzchen über ihn reißen und McCann versucht, in seiner eigenen Brust zu verschwinden. Eine Frau, die so tat, als wäre jedes Wort aus seinem Munde pures Gold, muss eine nette Abwechslung gewesen sein. Ich erinnere mich an diese potthässliche Porzellankatze in der Küche mitten auf Aislinns Fensterbrett.

»Und das Dritte war«, sagt Lucy, »dass Joe gegen Ende Oktober – *Oktober*, also drei Monate nachdem sie sich kennengelernt hatten – Aislinn gesagt hat, dass er sie liebt.«

Dieser verdammte Idiot. »Ich denke mal, das hat sie gefreut«, sage ich.

»Sie war völlig aus dem Häuschen. Hat zur Feier des Tages Champagner ausgegeben. Mir war eigentlich nicht nach Feiern, aber ich bin trotzdem mitgegangen, weil ...« Lucy legt den Kopf gegen die Rückenlehne und beobachtet den Rauch, der sich aus ihrer Zigarette schlängelt. »Ich hab sie vermisst«, sagt sie. »Wir haben uns kaum noch getroffen. Aislinn hatte das Gefühl, nie irgendwas planen zu können, weil Joe ja vielleicht kurzfristig kommen wollte. Wir haben nicht mal mehr miteinander geredet, nicht richtig. Ich meine, wir haben telefoniert, gesimst, aber es ging immer nur um banales Zeug: Guckst du auch gerade das und das im Fernsehen, hast du diesen Song gehört ... nichts Wichtiges.«

Sie beobachtet noch immer die Rauchkringel, die sich durch die kalte Luft winden, sieht mich nicht an. »Wir waren dabei, die Nähe zueinander zu verlieren«, sagt sie. »Ganz allmählich, aber ich konnte nichts dagegen machen, und ich wusste, wenn das nicht bald ein Ende hat ... Aislinn kannte nur noch ein Thema: Joe, und ich hatte keine Lust, mir die intimen Details anzuhören. Und das, was ich hörte, gefiel mir nicht.«

Ich sage: »Zum Beispiel?«

»Zum Beispiel«, sagt Lucy. Sie schüttelt den Kopf an der Rückenlehne. »Sie hatte noch immer nicht seine Telefonnummer, können Sie sich das vorstellen? Er ist total in sie verliebt, er will mit ihr in einem Bistrot auf dem Montmartre Wein trinken, aber ihr seine Telefonnummer geben: um Gottes willen! Er hatte sie überhaupt nur ein einziges Mal angerufen, an dem Tag, nachdem wir ihm begegnet waren, und da war die Nummer unterdrückt. Wenn er sie danach treffen wollte, hat er immer eine Nachricht bei ihr zu Hause hinterlassen. Und dann – nicht zu fassen –, wenn sie sich dann trafen, hat er sich von ihr den Zettel mit der Nachricht zurückgeben lassen und ihn zerrissen.«

Aber als Aislinn sich auf ihren genialen neuen Plan fixiert hatte, fing sie an, für ihr heimliches Archiv Fotos von den Zetteln zu machen, ehe sie sie zurückgab wie die perfekte unterwürfige Geliebte. McCann dachte, er hätte alles im Griff, hielt sich für den großen, bösen Detective, der eine fehlerfreie Operation leitet. Er unterschätzte Aislinn um Lichtjahre.

»Gründlich«, sage ich.

»Das ist nicht gründlich. Das ist krank. Was ist das überhaupt für ein Mensch, der sich so was einfallen lässt?«

Detectives geht es immer darum, Beweise zu bewahren, nicht, sie zu vernichten. McCann dachte bereits wie ein anderer. Ich frage mich, ob er das gemerkt hat.

»Hat Aislinn das gestört?«, frage ich.

»Nicht besonders. Ich habe ihr gesagt, dass mir das nicht gefällt, aber sie hat es als harmlos abgetan. Sie meinte, Joe hätte bloß die Paranoia, sie könnte zu seiner Frau gehen – was sie irgendwie nicht schlimm fand, zumal er ja recht hatte. Aber ich hatte das Gefühl, dass mehr dahintersteckte. Joe wollte derjenige sein, der das Sagen hatte. Seine Methode bedeutete, dass Ash nichts mitbestimmen konnte: Wenn er ihr eine Nachricht zukommen ließ, auf der ›Mittwoch um sieben‹ stand, konnte sie ihm nicht simsen: ›Mittwoch kann ich nicht, wie wär's mit Freitag?‹ Ihr blieb nichts anderes übrig, als alles abzusagen, was sie Mittwochabend vorhatte, sich was Hübsches anzuziehen und zu Hause zu warten. Und manchmal hat er sich gar nicht angekündigt.« Lucys Kopf hebt sich, damit sie mich ansehen kann. »Dann ist er einfach bei ihr aufgetaucht und hat erwartet, dass sie alles stehen und liegen lässt und den Abend mit ihm verbringt. Ash glaubte, das läge an seinen unvorhersehbaren Arbeitszeiten, aber ich hatte den Eindruck, dass er sie kontrollieren wollte. Sehen wollte, was sie so machte, wenn er nicht da war.«

Ihre Augen sind dunkel und huschen wieder über mein Gesicht, versuchen abzuschätzen, was ich denke. Wir wissen beide, was sie da sagt. Falls McCann sich überlegt hat, seiner Geliebten am Samstagabend einen Kontrollbesuch abzustatten, hätte er Kerzenlicht und Weingläser und eine hübsch zurechtgemachte Aislinn angetroffen, und das alles für einen anderen.

Ich bewahre eine ausdruckslose Miene. »Was passierte, wenn sie zu den von ihm festgesetzten Zeiten nicht da war?«

»Das kam nie vor. Wie gesagt, in den letzten Monaten hat sie mir laufend abgesagt. Und zwar deshalb.«

Sie hat auch Rory abgesagt, als sie das erste Mal zum Essen im *Pestle* verabredet waren. *Tut mir echt leid, ist was dazwischengekommen!* Rory dachte, sie müsste sich um ihre kranke Ma kümmern; wir dachten, sie wolle ihn zappeln lassen. Ich sage: »Hat sie mal was gemacht, womit er nicht einverstanden war?«

Lucy verzieht das Gesicht. »Eigentlich nie. Ich meine, ihr ganzer Plan fußte darauf, seine Traumfrau zu sein.«

»Nie mal ein Streit? Keinerlei Auseinandersetzungen?«

»Ich sag doch, er hat Ash vergöttert. Nach allem, was sie so erzählte, haben sie sich angehört wie das perfekte Paar, wenn man es nicht besser wusste. Das einzige Mal, dass sie so was wie eine Auseinandersetzung hatten, war etwa gegen Ende September. Joe hat Aislinns Smartphone genommen und angefangen, daran rumzufummeln, und der Bildschirm war gesperrt, mit Passwort. Das fand er nicht gut, überhaupt nicht. Er wollte wissen, ob sie ihn in SMS erwähnt.«

»Was meinen Sie mit ›er fand das nicht gut‹?«

Lucys Mundwinkel zuckt, die Zigarette zwischen den Lippen. »Wollen Sie wissen, ob er sie geschlagen hat?«

»Hat er?«

Sie spielt mit dem Gedanken zu lügen, schüttelt aber dann den Kopf. »Nein. Nach dem, was Aislinn mir erzählt hat, hat er sie nie angerührt, nicht so. Ich hatte auch nie den Eindruck, dass sie das für möglich hielt. Und sie hätte es mir erzählt – was sollte ich denn machen, die Cops anrufen?« Sie beugt sich vor und klopft Asche ab. »So, wie sie es darstellte, war Joe auch nicht wütend wegen dem Smartphone, eher panisch. Er hat gesagt, es wäre wegen seiner Frau: Dublin ist nicht besonders groß, die Leute tratschen, man weiß nie, wer wem was erzählt … Aber laut Aislinn hat er eher so reagiert, als würde er fürchten, zig SMS an ihre Freundinnen zu finden, in denen sie sich über diesen viel älteren Trottel auslässt, den sie sich an Land gezogen hat, damit er ihre Strafzettel verschwinden lässt. Ash hatte den Eindruck, er konnte noch immer nicht richtig glauben, dass das mit ihnen real war.«

»McCann ist Detective«, sage ich. »Sein Instinkt muss ihm gesagt haben, dass irgendwas nicht stimmte. Er wollte bloß nicht auf ihn hören.«

Ein kurzes, humorloses Lachen von Lucy. »Allerdings nicht. Ich wünschte, er hätte.«

»Was hat Aislinn dann gemacht?«

»Sie hat ihn angefleht, ihr zu verzeihen, als hätte sie seinen Hund überfahren – so hat sie das natürlich nicht ausgedrückt, aber so kam's rüber. Sie hat ihm erlaubt, jede einzelne SMS zu lesen – was mich, klar, total begeistert hat: Da standen Sachen drin, die … Ich meine, nichts Weltbewegendes, bloß eben die eine oder andere SMS, die nicht gerade für einen Polizisten bestimmt war.« Kurzer Blick zu mir. Da mir das schnurzegal ist, zeige ich keine Reaktion. »Daran hat Ash überhaupt nicht gedacht. Ihr ging's nur darum, Joe noch fester am Haken zu haben. Und natürlich hat sie ihr Handy von da an nicht mehr mit Passwort gesichert. Damit er sich jederzeit alles anschauen konnte, was drauf war.«

Es muss ihn unwahrscheinlich viel Selbstüberwindung gekostet haben, das Handy am Samstagabend nicht anzufassen. Wieder wird mir bewusst, auf was für einen Kampf Steve und ich uns gefasst machen müssen. »Und das hat ihr nichts ausgemacht?«, frage ich.

Lucy hebt eine Schulter. »Es war ihr egal. Es sollte ja nur für ein paar Monate sein. Und sie wollte doch, dass Joe wie besessen von ihr war, also beschwerte sie sich nicht. Aber ich fand das bedenklich. Ein Kontrollfreak wie er …«

Sie belässt es dabei. Ich hake nicht nach. Aber sie hat natürlich recht: Es war ein weiteres Alarmsignal, das Aislinn endlich hätte aufwachen lassen müssen. Dieser Mann, der jede SMS, jedes Post-it kontrollieren musste, was glaubte sie denn, wie er reagieren würde, wenn sie ihn in die Wüste schickte? Ihre eigenen Fluten waren längst so hoch gestiegen, dass sie alles andere überschwemmten. Sie unterschätzte auch sich selbst.

»Anfang Dezember sagte Aislinn, sie hätte Joe fast da, wo sie ihn haben wollte«, erinnert sich Lucy. »Er sagte dauernd, dass er sie liebte, redete ständig von den tollen Sachen, die sie unternehmen würden, wenn sie endlich zusammen sein konnten. Er sei *so* dicht davor, Nägel mit Köpfen machen zu wollen und seine Frau zu verlassen. Und Ash – o Mann. Sie war echt high, die ganze Zeit. Redete wie ein Wasserfall, kreischte vor Lachen über nichts und wieder nichts und konnte überhaupt nicht mehr stillsitzen, als wäre sie auf Speed. Nicht, weil sie einen Typen um den Finger gewickelt hatte – so war Ash nicht. Sondern, weil ihr Plan *funktionierte*. Sie konnte es selbst kaum glauben. Für sie war es, als würde sie feststellen, dass es wirklich Zauberkräfte gibt und dass sie welche besaß, dass sie Kürbisse in Kutschen verwandeln konnte, Prinzen in Frösche und wieder zurück. Verstehen Sie … ergibt das irgendwie Sinn? Verstehen Sie das?«

»Ja«, sage ich. »Das versteh ich sehr gut.« Plötzlich fällt mir mein erster Morgen in der Mordkommission wieder ein. Ich in meinem neuen, auf Sieg geschneiderten Hosenanzug, Tasche schwingend und strahlend, meine Absätze auf dem Bürgersteig, die einen schnellen Rhythmus zu dem Großstadtrauschen aus Bussen und Stimmen schlugen, während ich mitten hindurchmarschierte, dem Dezernat zustrebte, das auf mich wartete, endlich, endlich mir gehörte. Ich hätte den Weg zum Eingang in Drei-Meter-Sätzen bewältigen können. An diesem Morgen hätte ich den Arm heben und die Dächer der Burg dazu bringen können, sich unter Trompetenstößen zu herrlich goldenen Blütenblättern zu entfalten.

Lucy quetscht ihre Zigarette aus und sagt: »Und dann tauchte Rory auf.«

Ich sage: »Rory gehörte also nicht zum Plan.«

»Der Plan …« Sie breitet schwungvoll die Hände aus. »So sah ich ihn allmählich, in Großbuchstaben. DER PLAN, da-da-da-damm. Nein: Rory gehörte definitiv nicht zum Plan. Rory war meine Schuld. Ich hab Aislinn zu dieser Buchpräsentation mitgeschleift – und ich meine wirklich geschleift –, weil ich dachte, wenn sie mal einen Abend nicht zu Hause rumhockt und nur daran denkt, ob Joe kommt oder nicht, wenn sie mal ausgeht und Spaß hat und mit Leuten in unserem Alter über normale Sachen redet, dann kriegt sie vielleicht wieder einen klaren Blick. Begreift, wie irre das Ganze ist.«

»Wenn sie mal einen netten normalen Mann kennenlernt«, sage ich.

»Nee, daran hab ich im Traum nicht gedacht. Ich hab bloß gehofft, dass sie zur Abwechslung mal einen stinknormalen Abend verbringt. Aber eine Stunde mit Rory, und Ash hatte sich bis über beide Ohren verknallt. Sie ist richtig ausgeflippt deswegen – das hatte sie nun wirklich nicht vorgehabt, zumal sie Joe fast da hatte, wo sie ihn haben wollte. Sie konnte es nicht fassen, dass sie so lange mit Rory geredet hatte. Sie hatte so eine Regel, nie zu lange mit einem Typen zu reden, damit der sich nicht einbildete, er hätte eine Chance bei ihr – Ash meinte, das wäre nicht fair, weil sie ja keine Beziehung wollte –«

»Sie haben uns erzählt, sie hätte diese Regel gehabt, weil sie es den Männern nicht zu leicht machen wollte.«

Lucy zuckt die Achseln. »Was Besseres ist mir nicht eingefallen. Ich musste Ihnen ja erzählen, dass sie das Gespräch mit Rory nach etwa einer Stunde abgebrochen hatte, weil das vielleicht auch noch anderen aufgefallen war; aber ich wollte Ihnen nicht verraten, dass sie keine Beziehungen wollte, weil Sie sonst nicht nach dem heimlichen Lover gesucht hätten. Und genauer konnte ich auch nicht unbedingt werden.«

»In Ordnung«, sage ich. Für jemanden, der sich nicht gerne Ausreden einfallen lässt, hat Lucy das in den letzten Tagen verdammt oft gemacht. Aislinn war wirklich gut darin, andere mit hineinzuziehen. »Aislinn wusste also nicht, wie sie mit Rory umgehen sollte?«

Wieder dieses Halblächeln um Lucys Mund, zart und weh. »Doch, sie wusste ganz genau, wie sie mit ihm umgehen sollte: Sie hätte ihn abblitzen lassen müssen. Aber sie konnte es nicht. Sie fand, er war das Beste, was ihr je passiert war. Als wir an dem Abend nach der Präsentation noch zu ihr gegangen sind, konnte sie gar nicht aufhören, von ihm zu schwärmen. Sie war ganz rosa im Gesicht und albern wie ein Teenager und sagte dauernd: ›Was soll ich denn jetzt machen? OmeinGott, Luce, was soll ich denn jetzt machen?‹«

»Was haben Sie gesagt?«

Das Lächeln wird stärker. »Inzwischen hatte ich keine Skrupel mehr, Ash zu sagen, was sie machen soll. Ich hab gesagt: ›Wenn Joe das nächste Mal auftaucht, machst du Schluss. Sagst, du kämest nicht damit klar, wenn du der Grund dafür bist, dass seine Ehe zerbricht, irgend so einen Quatsch –‹« Lucy fährt sich wieder mit den Händen durchs Haar. »Ich hab gemerkt, dass ich schon genau wie sie klinge, irgendwelche Geschichten erfinde … Ich wollte einfach nur, dass sie aus dieser Joe-Kiste aussteigt, bevor sie die Bombe platzen lässt und selbst mit in die Luft fliegt. Ich hab gesagt: ›Und wenn Rory anruft, was er bestimmt tut, sagst du, ja, ich würde mich sehr gerne mit dir treffen, unbedingt!‹ Ich hab gesagt: ›*So* kannst du dich an Joe rächen. Indem du nicht zulässt, dass du seinetwegen einen Mann sausen lässt, den du wirklich magst. Indem du nicht zulässt, dass er weiter dein Leben bestimmt.‹ Richtig?«

»Ich finde, das klingt verdammt richtig«, sage ich. »Das klingt, als hätte sie es sich auf den Arm tätowieren lassen sollen. Aber nein?«

Lucy schüttelt den Kopf. »Ausgeschlossen. Auf gar keinen Fall. Und ehrlich gesagt, ich konnte es irgendwie verstehen. Ash hatte so viel investiert … die ganze Planung, die ganze Energie. Die ganze Hungerei, um abzunehmen. Monatelang mit dem Kerl pennen, der ihr zuwider war. Und genau in dem Moment, als sich das alles auszahlen sollte, als die Explosionen losgehen und die fette Soundtracknummer einsetzen sollte, rate ich ihr, das Ganze einfach aufzugeben?«

Lucys Rat, mit dem Zaubern aufzuhören, kam ausgerechnet, als Aislinn gerade anfangen wollte, Feuerbälle aus den Händen abzuschießen. »Das wäre nicht leicht gewesen«, sage ich. »Das kann ich mir vorstellen.«

»Und dann schickte Rory ihr natürlich zwei Tage später eine SMS und wollte sich mit ihr treffen. Hätte sie nein gesagt, hätte er das als Abfuhr aufgefasst, logo – und sie konnte ihm ja schlecht sagen: ›Könntest du vielleicht noch ein oder zwei Monate warten, bis ich einen anderen Mann bis an den Punkt gevögelt habe, dass er seine Frau verlässt, dann wird das was mit uns beiden?‹ Sie hat ihn ein bisschen hingehalten, solange sie konnte, ohne ihm das Gefühl zu geben, dass sie nicht auf ihn stand, aber letzten Endes hat sie ja gesagt: Ja, verabreden wir uns. Und sie sind was trinken gegangen, und sie haben sich großartig verstanden, und Aislinn war hin und weg.«

»Aber sie hat trotzdem nicht mit Joe Schluss gemacht.«

»Nein. Sie fing bloß an, ihn ein bisschen zu bedrängen, um das Ganze abzukürzen. Sie machte Andeutungen, wie sehr sie ihn vermisste, wenn er nach Hause musste, und dass sie gern Kinder wollte und auch nicht jünger wurde ... Sie musste sehr behutsam vorgehen, weil sie keinesfalls wollte, dass er auf einmal einen auf edel machte und sie aufgab, weil sie was Besseres verdient hatte, oder gar Panik kriegte, dass sie vielleicht Löcher in die Kondome stach. Es war –« Lucy hebt die Hände vors Gesicht, und sie lacht in ihre Finger, ein Lachen mit einem unterdrückten Schluchzen darin. »Gott, es hätte saukomisch sein können, wenn es nicht so geisteskrank gewesen wäre.«

»Wie hat Joe reagiert?«

»Ich hab *gebetet*, dass er die große Verzichtsnummer abzieht. Ich hab versucht, ihn mit *Gedankenübertragung* dazu zu bringen. Kein Witz.« Wieder ein halbschluchzendes Lachen. »Aber Pustekuchen: Joe hat sich schön von Aislinn dahin bugsieren lassen, wo sie ihn hinhaben wollte. Vor drei Wochen – kurz nach Silvester – hat er ihr eröffnet, dass er seine Frau verlassen will.«

McCann, der Aislinns Mutter versichert hatte, dass er seine Familie niemals verlassen würde. Sie hatte das alles durch den Schredder gejagt. Ich sage: »Ich wette, sie war hocherfreut.«

»Das kann man wohl sagen.« Lucy streicht sich mit beiden Händen durchs Gesicht. Das hier verlangt ihr einiges ab. »O ja, sie war überglücklich. Nur, dass Joe noch bis zum Sommer warten wollte. Ein Sohn von ihm macht gerade den Schulabschluss, und Joe wollte nicht, dass er vorher so einen Schock erlebt.«

»Das hieß, Ash hätte ihn und Rory noch sechs Monate lang unter einen Hut bringen müssen.«

»Stimmt. Das hat ihr gar nicht gefallen. Sie hat geweint –

natürlich nicht so heftig, dass es sie hässlich gemacht hätte, bloß eine rührende kleine Träne –, und sie hat zu ihm gesagt, sie wüsste, danach käme doch bloß irgendein anderer Grund, warum er warten müsste, Männer würden ihre Frauen nie verlassen, und dass es so schwer für sie wäre, ihn nach Hause zu einer anderen gehen zu lassen, bla, bla, bla. Aber Joe ließ sich nicht umstimmen.«

»Und was hat sie dann gemacht?«

»O Gott …« Lucy verzieht das Gesicht, schließt die Augen. »Ash war so was von ahnungslos. Weil das nämlich keine erfundene Geschichte war, verstehen Sie? Fünfundzwanzig Jahre verheiratet, Kinder … Da konnte sie unmöglich gegen anstinken. Keine Chance. Das Einzige, was ihr einfiel, war praktisch, Joe zu verunsichern. Sie blieb noch immer die perfekte Geliebte, aber dann und wann zeigte sie ihm ein Facebookfoto von irgendeinem Baby und seufzte schwer, oder sie ließ durchblicken, dass irgendein Kunde auf der Arbeit mit ihr geflirtet hatte … Sie ließ ihn immer mal wieder spüren, natürlich schön vorsichtig, dass er sie verlieren könnte, wenn er nicht in die Gänge käme.«

Ich frage: »Hat sie ihm je von Rory erzählt? Andeutungsweise?«

»Sie meinen, um ihm vor Augen zu führen, dass sie andere Optionen hatte?« Lucy schüttelt den Kopf. »Nein. Daran hab ich auch gedacht. Ich hab Aislinn genau danach gefragt – oder besser, sie davor gewarnt –, und sie hat gesagt, niemals. Aber ich hab mich gefragt, ob … Ich hab Ihnen ja erzählt, dass Joe ihre SMS lesen wollte. Ich frage mich, ob sie vielleicht absichtlich ein paar von Rory drauf gelassen hat. Nur damit, falls Joe mal nachsah …«

Und genau das hatte sie getan. Himmelherrgott. Am liebsten würde ich ein paar Mal mit dem Kopf auf den Couchtisch schlagen. Naiv ist gar kein Ausdruck.

»Deshalb hab ich mir Sorgen gemacht«, sagt Lucy, »als Ash mir erzählte, dass sie Rory zu sich nach Hause zum Essen eingeladen hatte. Sie hätten sich doch überall treffen können. Falls sie bumsen wollten, hätten sie zu Rory gehen können. Warum bei ihr, wo Aislinn doch wusste, dass Joe auftauchen könnte?«

Ich sage: »Es sei denn, sie hat genau das gehofft.«

»Ja. Vielleicht nicht mal bewusst, aber ihr muss klar gewesen sein, dass es passieren könnte. Und allmählich wollte sie das Ganze unbedingt zu Ende bringen. Jedes Mal, wenn sie Rory traf oder nur mit ihm telefonierte, verliebte sie sich mehr in ihn. Im tiefsten Innern wollte sie dieses ganze Joe-Fiasko nur noch vergessen, und ab sofort vierundzwanzig Stunden täglich mit Rory knutschen und Spaß haben. Aber sie konnte sich einfach nicht dazu durchringen, den Joe-Plan ganz aufzugeben. Vielleicht hat sie insgeheim gehofft, Joe würde auftauchen, Rory sehen, einen Anfall kriegen und in den Sonnenuntergang davonstürmen. Ihr die Entscheidung abnehmen.« Lucy bemerkt meinen Gesichtsausdruck. Wir haben uns jetzt schon so lange beobachtet, dass wir uns gut einschätzen können. »Ich weiß. Denken Sie, das weiß ich nicht? Wie gesagt, sie war absolut ahnungslos. Vielleicht hat sie wirklich geglaubt, dass es so abläuft, ganz simpel und einfach.«

Unglaublich. »Schön wär's gewesen«, sage ich.

Lucy sagt: »Er war es. Nicht? Joe hat Aislinn getötet.«

Ich sage: »Sie dürfen mit niemandem über unser Gespräch hier reden. Keine Andeutungen Ihren Freunden gegenüber, nichts. Ist das klar?«

»Ja, natürlich. Ich hab seit Monaten mit keinem über die ganze Sache geredet und fange jetzt bestimmt nicht damit an. Ich muss es nur wissen.«

Ich werde es nicht wie McCann machen und Informationen zimperlich in kleinen Häppchen verteilen, wenn mein allwissendes hellsichtiges Ich befindet, dass es im Interesse meines Gegenüber ist. »Ja«, sage ich. »Ich bin mir ziemlich sicher, dass er es war.«

Lucy beißt sich die Knöchel und nickt mehrmals. Es war keine

Überraschung, aber es aus meinem Mund zu hören, verändert es. Sie braucht eine Weile, um es zu verdauen.

Sie fragt: »War es Absicht? Wollte er sie wirklich umbringen, oder ist er im Affekt einfach ausgerastet und hat nicht realisiert, was –«

»Ich weiß es nicht.«

»Hat er so was Ähnliches schon mal gemacht? Ich meine, nicht genau das, natürlich nicht, aber –«

Ich sage: »Sie wollen wissen, ob Sie es hätten kommen sehen müssen?«

»Ja.«

»Ich hätte es nicht kommen sehen«, sage ich, »und ich kenne McCann sehr viel besser, als Sie das tun. Ich habe nie auch nur ansatzweise irgendein Gerücht gehört, dass er seine Frau schlägt oder einen Verdächtigen verprügelt hat – und wir wissen alle, wer so was tut, wenn er damit durchkommen kann, und wer nicht. Er ist kein gewalttätiger Mann.«

»Aber ich *hatte* Angst, dass die Sache in einer Katastrophe endet. Das hab ich Aislinn auch gesagt …« Lucy holt schwer Luft. »Damals, im September, als sie mir erzählt hat, dass sie mit Joe im Bett war. Ich hab sie gefragt – wir waren im Pub, aber es war so laut, dass keiner mithören konnte –, ich hab gesagt: ›Hast du ihm erzählt, dass ich deine beste Freundin bin?‹ Sie hat gesagt, nein, sie hätten praktisch über nichts anderes geredet als über Joe und wie toll er doch ist. Ich hab gesagt: ›Dann tu's auch nicht. Bitte. Sag ihm unbedingt, dass ich bloß eine Bekannte bin, mit der du ab und zu mal was trinken gehst.‹ Ash hat gemeint: ›Wieso denn? Ich werde doch nicht so tun, als wärst du mir nicht wichtig.‹« Nach diesem Satz schließt Lucy kurz die Augen. »Aber ich hab gesagt: ›Wenn du die Sache hochgehen lässt, wird er *ausrasten.* Der zieht nicht einfach ab und heult in sein Bier. Du bist dann in Peru oder Gott weiß wo, besichtigst den Machu Picchu und pennst mit coolen Backpackern. An dich wird er nicht rankommen. Aber wenn er weiß, dass ich deine beste Freundin bin, weiß er auch, dass er dich verletzen kann, indem er mich fertigmacht.‹«

»›Fertigmacht‹«, wiederhole ich. »Was haben Sie denn befürchtet?«

»Ich hab gar nicht drüber nachgedacht, was genau er machen würde. Bloß … Ich allein hier in der Wohnung, verstehen Sie? Ein Polizist könnte doch machen, was er will: mir irgendwas unterschieben, irgendwas antun. Ich wollte es gar nicht wissen. Ich hab gedacht, es wäre am sichersten, das ganze Drama so weit wie möglich auf Abstand zu halten.« Lucys Kopf fällt nach hinten. Dieses trockene, jähe Lachen, Richtung Decke. »Das hat nicht geklappt. Aber das war eigentlich nicht so entscheidend. Entscheidend war, dass ich Ash klarmachen wollte: *Das ist kein Spiel. Ich hab ehrlich Angst, dass du da was machst, was tatsächlich in der Realität lebensgefährlich ist.* Ich wusste, ihr war völlig egal, ob sie Risiken einging, aber ich dachte, wenn sie begreift, dass sie möglicherweise auch mich in Gefahr bringt, hört sie vielleicht auf mich.«

»Aber selbst das ist nicht bei ihr angekommen.«

»Nein.« Ein kleines, ruckartiges Achselzucken. Selbst nach allem, was passiert ist, versetzt ihr das noch immer einen Stich. »Aislinn hat gesagt, okay, sie würde mich nicht erwähnen, Joe erzählen, ich wäre bloß eine alte Bekannte aus der Schulzeit. Aber das hat sie nur gesagt, damit ich die Klappe halte. Sie hielt es nicht für wichtig. Wie gesagt: Sie konnte nur noch die Geschichte in ihrem Kopf wahrnehmen. Alles außerhalb davon war bloß …« Lucy macht eine Bla-bla-Geste mit einer Hand. »Bloß störendes Hintergrundrauschen. Und das hätte ich wissen müssen.«

»Aislinn hat sich selbst da reingeritten«, sage ich. »Sie haben getan, was Sie konnten.«

Sie schüttelt den Kopf, als wäre ich begriffsstutzig. »Nein. Mein Fehler war, dass ich das, was passiert ist, nie für möglich gehalten hätte. Ich wusste, dass Aislinn mit dem Feuer spielt, und ich wusste, dass Joe der Falsche war, um so was mit ihm abzuziehen – einer, der sich einbildet, er hätte das Recht, darüber zu bestimmen, ob du erfährst, wohin dein *Vater* verschwunden ist, wie wird der wohl reagieren, wenn jemand anders das Gleiche mit ihm macht? Aber das hätte ich nie für möglich gehalten. Ich hab gedacht, wenn Aislinn mit ihm Schluss macht, schlägt er sie vielleicht, das ja. Aber vor allem hatte ich Schiss, dass er beschließt, ihr das Leben zur Hölle zu machen. Sie aus irgendeinem Scheingrund zu verhaften und ins Gefängnis zu bringen, sie zu zwingen, sich jahrelang vor Gericht gegen erfundene Vorwürfe zu wehren und Unsummen dafür auszugeben, und dann würde es direkt wieder von vorne anfangen. Das war mein erster Gedanke, als Sie beide am Sonntag vor meiner Tür standen: dass Joe bei Aislinn aufgetaucht ist, Rory da gesehen hat und prompt eine Möglichkeit gefunden hat, sie wegen irgendwas festnehmen zu lassen.«

»Macht Sinn«, sage ich. »Davor hätte ich auch Schiss gehabt.«

»Aber Sie waren wegen was anderem hier.« Lucy hat die Finger in die Fransen der Überdecke gekrallt, so fest, dass sie weiß und knöchern aussehen. »Und jetzt lässt mir die Frage keine Ruhe … was, wenn ich Aislinn an dem Abend das genaue Gegenteil gesagt hätte? Wenn ich gesagt hätte: ›Mach Joe unbedingt klar, wie eng wir befreundet sind.‹ Wenn er gewusst hätte, dass Ash mir wahrscheinlich die ganze Geschichte erzählt hat. Meinen Sie, dann hätte er …? Hätte er es dann vielleicht nicht getan?«

Es hätte keinen Unterschied gemacht. Dieser Sekundenbruchteil, als McCann beschloss, zuzuschlagen, war zu kurz für irgendwelche Überlegungen. Aber Lucys Schuldgefühle kommen mir sehr gelegen.

»Schwer zu sagen«, antworte ich. »Und es bringt nichts, sich jetzt noch deswegen fertigzumachen. Helfen Sie mir einfach, so gut es geht, ihn dranzukriegen.«

Lucys Augen heben sich, blicken in meine. Sie sagt unverblümt:

»Sie haben gesagt, die anderen Detectives wollen Sie loswerden. Sind Sie noch lange genug dabei, um ihn dranzukriegen?«

Ich sage: »Ich habe mich schon immer einen Dreck darum gekümmert, was die anderen Detectives wollen.«

»Mal ehrlich. Weil ich nämlich nicht da antanze und eine komplette Aussage unterschreibe, um mir dann von Joe das Leben zur Hölle machen zu lassen, wenn es nicht mal was bringt.«

Ich sage: »Ich kann Ihnen nicht garantieren, dass McCann in den Knast geht. Selbst mit Ihrer Aussage stehen unsere Chancen etwa fifty-fifty. Aber falls Sie das, was Sie mir erzählt haben, in einer offiziellen Aussage wiederholen, kann ich Ihnen garantieren, dass sein Leben nie wieder so sein wird wie vorher. Dafür werde ich verdammt nochmal sorgen, und ehe ich das nicht erreicht habe, gehe ich nirgendwohin. Genügt Ihnen das?«

Nach einem Moment atmet Lucy tief aus und löst ihre Finger aus den Fransen der Decke. »Das muss es dann wohl«, sagt sie.

»Sie haben meine Karte«, sage ich. »Ich glaube wirklich nicht, dass McCann irgendwas gegen Sie unternehmen wird. Das wäre viel zu riskant, und es würde ihm nicht viel nützen, nachdem Sie jetzt mit mir gesprochen haben, außerdem wird er zu viel anderes im Kopf haben. Aber wenn etwas passiert, was Ihnen Angst macht, oder wenn jemand Sie unter Druck setzt oder wenn Ihnen nur irgendwas komisch vorkommt, rufen Sie mich an. Okay?«

Sie nickt, krümmt mehrmals die Finger, damit wieder Blut hineinfließt, aber ich weiß nicht, ob sie mir wirklich zugehört hat. »Ich hab Ash gewünscht, dass sie ihr Märchen-Happy-End erlebt«, sagt sie. »Ehrlich. Selbst wenn das Lichtjahre weit weg war, mit diesem Backpacker in Machu Picchu. Sie hatte es verdient. Aber es war, als ob sie es sich selbst nicht wünschen konnte, solange Joe noch im Weg war. Sie konnte das Happy End kaum *sehen*. So riesenhaft war er in ihrem Kopf.«

»Oder aber, sie hat es ganz klar gesehen«, sage ich, »und sie hat es sich auch gewünscht, aber der Wunsch, Joe zu kriegen, war noch größer.« Dieser Psychomist macht mich nervös, vielleicht bin ich aber auch nervös, weil ich still dasitzen und mir die Beknacktheiten von Leuten anhören musste, wo ich doch jede Menge zu tun habe. Ich stehe auf. »Ich sage Bescheid, wann Sie Ihre Aussage auf dem Präsidium machen müssen. Bis dahin: danke. Das meine ich ehrlich.«

Lucy gibt ein leises, müdes Geräusch von sich, das ein Lachen sein könnte. »Nicht zu fassen«, sagt sie. »Jetzt verschaffen wir beide, Sie und ich, Ash doch noch das, was sie die ganze Zeit gewollt hat. Ich schätze, das war wohl eine Möglichkeit, es zu kriegen.«

Sie bringt mich zur Wohnungstür, schließt sie aber rasch hinter mir, ohne mit nach unten zu kommen. Lucy muss sich ausweinen. Ich dagegen muss nur die schiefe Treppe hinuntergehen, die nach Suppe und toten Blumen riecht, während Lucys Geschichte mir im Kopf dröhnt und ich krampfhaft überlege, was zum Teufel ich damit machen werde.

16

ICH SETZE MICH INS AUTO und gehe meine Nachrichten durch – bei Vernehmungen werden Handys auf stumm gestellt, sonst ruft dich unweigerlich deine Ma an. SMS von Sophie: *Haben DNA-Profil von Flecken in Matratze. Männlich, nicht im System. Besorg mir Probe von eurem Verdächtigen zum Abgleich.* Steve hat mir eine Audiodatei von Breslin geschickt, der ihm gerade erklärt, wie viel Potential er hat und dass er das ja nicht verschleudern soll. Die Blondine aus Google Images hat weitere vier Millionen deprimierende Nachrichten von diversen Datingportalen. Ich lösche ihre Accounts.

Ich simse Steve: *Ruf mich an.* Dann sitze ich da, lasse die Heizung auf Hochtouren laufen, damit meine Füße nach Lucys Wohnung wieder auftauen, und beobachte die Passanten. Sie machen mich kribbelig. Zahllose Leute gehen vorbei, es nimmt kein Ende, und jeder Einzelne von ihnen hat den Kopf voller Geschichten, die er glaubt, und Geschichten, die er glauben möchte, und Geschichten, die ihm jemand anders eingeimpft hat, und jede Geschichte hämmert ihm gegen die dünnen Schädelwände, bohrt und nagt, um endlich herauszukommen und jemand anders zu attackieren, sich in ihn hineinzugraben und von dessen Verstand Besitz zu ergreifen. Selbst die niedliche Studentin, die in ihrem Blümchenkleid vorbeistöckelt, der schlurfende Alte mit seinem schlurfenden Spaniel, sie kommen mir Ebola-tödlich vor. Ich weiß nicht, was mit mir los ist. Vielleicht kriege ich die Grippe.

Nach elf Minuten in diesem Stil leuchtet endlich Steves Name auf meinem Display auf. »Hey«, sage ich. »Kannst du reden?«

»Ja. Aber nicht lange. Eigentlich soll ich das Personal vom Zeitschriftenladen befragen. Breslin ist gegenüber in der Bäckerei. Hast du die Datei gekriegt?«

»Ja«, sage ich. »Hör mal. Nachdem ich Lucy dieses Märchen von Aislinn gezeigt habe, brauchte sie knapp eine Viertelsekunde, um den heimlichen Liebhaber zu identifizieren. Aber es war nicht Breslin.«

Noch bevor Steve fragen kann, wer denn dann, begreift er. »Großer Gott. *McCann?*«

»Bingo.«

»Aber wie …? Warum?«

Ich liefere ihm die Kurzfassung. Am Ende schweigt er einen Moment, sagt dann: »Mein Gott.« Seine Stimme klingt rau.

»Tja, das große Staunen müssen wir auf später verschieben. Hast du irgendwas, was ich wissen sollte?«

»Mein Kontakt bei dem Mobilfunkanbieter hat mir eine E-Mail geschickt. Sämtliche Daten zu dem Handy, mit dem auf der Polizeiwache angerufen wurde.«

»Irgendein Beweis, dass es Breslin war?«

»Nein. Alle anderen angerufenen Nummern gehören Journalisten. Einschließlich –« Ich weiß, was kommt. Ich spreche es gleichzeitig mit ihm aus: »Crowley.«

Breslin, dieser verdammte Mistkerl. Er war von Anfang an ganz oben auf der Tippgeberliste, aber mich packt trotzdem eine jähe Wut. »Lass mich raten«, sage ich. »Früher Sonntagmorgen.«

»Viertel vor sieben.«

Das entreißt mir ein meckerndes Auflachen. »Und ausgerechnet er hält uns anschließend einen Vortrag über Loyalität zum Dezernat. Blödes Gewäsch. Breslin hat gedacht, wenn der Druck in diesem Fall hoch genug ist, schlucke ich Rory Fallon, bloß um den Schlamassel vom Schreibtisch zu kriegen. Er hat gewusst, dass dieser kleine Lutscher Crowley jede Chance nutzen würde, um mich fertigzumachen, und er hat mich ihm auf dem Silberteller serviert. Hat Crowley den Tipp gegeben, ihm gesagt, er soll ordentlich auf die Kacke hauen: Andeutungen, dass ich überfordert bin, Fotos, auf denen ich aussehe wie eine gemeingefährliche Irre. Das verdammte Arschloch.«

»Kommt hin«, sagt Steve. Die Anspannung in seiner Stimme verrät, dass ihn irgendwas beschäftigt, aber ich bin zu abgelenkt, um darauf einzugehen. Ich habe nicht erst seit Sonntagmorgen Probleme mit Crowley.

»Wann waren die anderen Anrufe von diesem Handy an Crowley?«, frage ich.

»Es war nur der eine. Acht gingen an andere Journalisten, übers letzte Jahr verteilt, aber an Crowley nur der eine am Sonntagmorgen.«

Crowley ist schon seit dem letzten Sommer auf wundersame Weise an meinen Tatorten aufgetaucht, und zwar vier- oder fünfmal. Falls Breslin dieses Handy benutzt hat, um seinen Journalistenfreunden Informationen zuzuspielen, ist er es nicht gewesen, der Crowley auf mich angesetzt hat. Jedenfalls bis zu diesem Fall. Und ich habe an meinem Schreibtisch geschmollt, in der Überzeugung, dass alles an dem Fall Teil einer großen finsteren Verschwörung gegen mich war. Ich komme mir schon wieder saublöd vor.

»Eins will mir nicht aus dem Kopf«, sagt Steve. Seine Stimme klingt jetzt noch gepresster. »Wie konnte Breslin wissen, dass wir den Fall hatten?«

»Weil er fast zwei Stunden vorher auf der Wache in Stoneybatter angerufen hatte. Selbst mit einkalkulierten Verzögerungen, Rettungswagen, erste Streife vor Ort, was auch immer, musste der Fall inzwischen im Dezernat gelandet sein.«

»Nein. Wie konnte er wissen, dass wir beide ihn bekommen hatten? Crowley ist ein ausgekochter Hund; der kennt sich aus.

O'Neill zum Beispiel oder Winters hätte er keinen echten Ärger gemacht, wenn einer von ihnen den Fall an Land gezogen hätte. Er hätte es sich nicht mit den beiden oder ihren ganzen Kumpeln verderben wollen. Du und ich, wir sind die Einzigen, mit denen er sich anlegen wollte. Crowley anzurufen hätte Breslin überhaupt nichts gebracht, es sei denn, er wusste, dass der Fall an uns ging. Und der Boss hat ihn uns erst um kurz vor sieben gegeben.«

Das Schweigen hat eine eigene Wucht. Durch die Leitung zwischen Steve und mir höre ich Wind und weiter weg ein Kind schreien, und das Zischen von Leere.

»Vielleicht wusste Breslin, dass wir Nachtschicht hatten«, sage ich. »Und er weiß, dass der Boss uns immer die Beziehungstaten aufs Auge drückt …«

Ich höre meiner eigenen Stimme an, wie schwach das klingt. Steve sagt: »Wie konnte er wissen, dass die Sache nicht zehn Minuten später reinkommt und an die Leute von der Tagschicht geht?«

Das Großraumbüro, das im kalten, frühmorgendlichen Licht darauf wartet, dass der Tag beginnt. O'Kelly, der das Einsatzformular auf meinen Schreibtisch wirft: *Ich hab's mitgenommen, als ich reinkam, hab gesagt, ich bring es hoch, um Bernadette den Weg abzunehmen …* Ich sage, und meine Stimme klingt ruhig und klar und sehr fremd: »Breslin hat mit dem Boss geredet.«

Steve fragt: »Fällt dir irgendeine andere Erklärung ein, wie er es hätte wissen können?«

»Ist unter den Handydaten auch ein Anruf beim Boss?«

»Nein. Dafür muss er sein reguläres Telefon benutzt haben. Er hat gewusst, dass wir den Stoneybatter-Anruf zurückverfolgen würden, und er wollte nicht, dass O'Kellys Nummer in demselben Handy auftaucht. Die Anrufe bei den Zeitungen waren nicht zu ändern, aber jeder kann Journalisten anrufen, und wir können sie nicht zwingen, ihre Quellen offenzulegen. Er hat gedacht, die wären kein Problem.«

O'Kelly, der sich den Dienstplan anschaut, Hände in den Taschen, auf den Fußballen wippend. *Bei der Sache brauchen Sie Verstärkung. Breslin hat gleich Dienst. Nehmen Sie den.*

Ich sage: »Der Boss wusste von Anfang an Bescheid. Er hat Breslin auf den Fall angesetzt, damit er uns im Auge behält.«

»Stimmt«, sagt Steve. »Stimmt. Verdammt, Antoinette.«

Wir können es uns nicht leisten, wütend zu werden oder überdreht oder sonst was, nicht jetzt. »Reiß dich zusammen«, sage ich schneidend.

Ich höre, wie Steve lange und laut ausatmet. »Ich weiß.«

»Wann kommst du mit Breslin zurück ins Dezernat?«

»Wir sind hier so gut wie fertig. Ich würde sagen, noch eine Dreiviertelstunde, höchstens eine.«

»Ich werfe ihm einen Knochen hin, dem er bestimmt hinterherjagt. Sobald er losfährt, kommst du in den Park vor dem Präsidium, ich warte da auf dich.«

»Okay. Ich muss los.« Und Steve legt auf.

Die Leute, die an meinem Wagen vorbeigehen, scheinen schneller zu werden, angetrieben von dem unaufhörlichen, wilden Hämmern in ihren Schädeln. Ich fühle mich noch immer irgendwie komisch, als würde ich Fieber bekommen. Ich kann mir heute keine Grippe leisten, genauso wenig, wie ich es mir leisten kann, den Kopf zu verlieren.

Ich muss nach Stoneybatter, doch vorher unterdrücke ich meine Handynummer, rufe im Präsidium an und frage mit schüchterner Kleinmädchenstimme, ob ich bitte mit Detective Breslin über Aislinn Murray sprechen kann, die ermordet worden ist. Sie verbinden mich mit dem Morddezernat. Als Bernadette abhebt, sagt sie, dass Detective Breslin nicht im Haus ist und ich mit jemand anderem reden kann, und ich werde ganz unsicher und sage, nein danke, aber kann ich ihm vielleicht eine Nachricht hinterlassen? Und sie tätschelt mir praktisch den Kopf und verbindet mich mit Breslins Anrufbeantworter.

»Hier spricht Detective Don Breslin.« Sanft und weich wie eine Kaffeereklame. Wahrscheinlich hat er zig Versuche gestartet, bis er genauso klang. »Hinterlassen Sie eine Nachricht, und ich rufe zurück.« Piep.

Sicherheitshalber halte ich mein Handy ein paar Zentimeter vom Mund weg. »Ähm, hi. Hier spricht ... ähm, eigentlich will ich meinen Namen nicht ... Aber ich bin eine Freundin von Simon Fallon – ich hab gehört, sie haben ihn nach seinem Bruder Rory befragt? Und – ich meine, ich hab auch öfter Zeit mit Rory verbracht, und er hat so einiges gemacht, das Sie wahrscheinlich ... Ich hab das nie gemeldet, aber ... Simon meinte, Sie sind echt nett. Ich bin im *Top House Pub*, in Howth. Ich sitze hier am Kamin. Könnten Sie vielleicht herkommen? Falls nicht, kann ich es ja noch mal später versuchen, oder ... Ähm. Danke. Bis dann.«

Ich stecke mein Handy ein und fahre, so schnell es geht, nach Stoneybatter. Das müsste reichen. Breslin wird reinkommen, seine Nachrichten abhören, sich vor Begeisterung in den Armani-Anzug machen, auf dem Absatz umdrehen und abzischen, um sich anzuhören, was für schreckliche Dinge Rory diesem armen Mädchen angetan hat. Er wird ohne Steve hinfahren, weil sie es vielleicht nicht über sich bringt, ihre Geschichte vor zwei großen, finsteren Detectives auf einmal zu erzählen. Um diese Zeit und bei dem Wetter braucht er bis Howth vierzig Minuten. Sagen wir, er wartet eine halbe Stunde auf die unbekannte Anruferin oder sogar bis vier Uhr, wenn wir richtig Glück haben. Dann wieder vierzig Minuten zurück. Steve und ich werden McCann mindestens zwei Stunden lang ganz für uns haben.

Im *Ganly's* ist der glatzköpfige Barmann allein hinter der Bar dabei, Gläser einzuräumen. Er summt bei Perry Como mit, der im Radio »Magic Moments« singt. »Ach«, sagt er, während er mir zunickt. »Sie schon wieder. Hab ich gewonnen?«

»Sie sind in die nächste Runde gekommen«, sage ich. »Die

Frau, die Sie neulich für mich identifiziert haben: Erinnern Sie sich an den Mann, der mit ihr hier war?«

»Mehr oder weniger. Wie gesagt, ich hab nicht besonders auf ihn geachtet.«

»Würden Sie sich bitte ein paar Fotos anschauen und mir sagen, ob Sie ihn darauf erkennen?«

»Ihr Partner war gestern schon hier und wollte dasselbe von mir. Ich konnte ihm nicht helfen.«

»Hat er erwähnt, ja. Das hier sind andere Fotos.«

Der Barmann zuckt die Achseln. »Ich kann's probieren, klar. Bin immer bereit, unseren Ordnungshütern zu helfen.«

Ich ziehe ein frisches Exemplar der McCann-Fotoserie aus der Tasche. »Falls Sie den Mann darauf erkennen, sagen Sie es mir. Falls er nicht dabei ist, sagen Sie es mir. Falls Sie nicht sicher sind, sagen Sie es mir. Okay?«

»Ich denke, das krieg ich hin.« Der Barmann nimmt die Fotos, betrachtet sie lange und nachdenklich. »Da schau her«, sagt er. »Ich würde sagen, diesmal habt ihr den Richtigen. Der da ist es.« Er tippt auf McCanns Gesicht.

»Sind Sie sicher?«

»Ich würde nicht mein Leben drauf verwetten, aber fünfzig Euro mindestens. Nutzt Ihnen das was?«

»Ich nehme, was ich kriegen kann«, sage ich und halte ihm einen Stift hin. »Setzen Sie Ihre Initialen neben das Foto, das Sie identifiziert haben. Schreiben Sie unten hin, wo sie den Mann gesehen haben und wie sicher Sie sich sind. Dann unterschreiben Sie bitte.«

Der Barmann schreibt, den Kopf dicht über das Blatt gebeugt. »Fällt Ihnen noch jemand anders ein, der an dem Abend hier war?«, frage ich. »Jemand, dem die beiden aufgefallen sein könnten?«

»Na, na. Jetzt verlangen Sie aber ein bisschen viel. Ich kontrolliere doch nicht jeden Abend, wer alles da ist.«

»Könnte sein, dass ich noch mal abends vorbeikommen muss, um mit ihren Stammgästen zu reden. Ich werde versuchen, möglichst diskret zu sein.«

»Hab mir schon so was gedacht, klar.« Der Barmann gibt mir das Blatt und den Kuli zurück. Seine Handschrift ist klein und wunderschön. Sie hätte einen Füllfederhalter und dickes, vergilbtes Papier verdient, nicht das hier. »Falls Sie mit dem Kerl reden, bestellen Sie ihm, dass er hier nicht mehr willkommen ist. Ich will gar nicht wissen, ob er der Kleinen was angetan hat. Ich sage bloß, dass meine Gäste hierherkommen, um ein bisschen Ruhe und Frieden zu haben.« Er sieht mich lange an, während er nach den nächsten zwei Gläsern greift. »Ihren Job möchte ich für alles Gold der Welt nicht machen müssen.«

Der Kollege in Stoneybatter sagt, die Stimmprobe könnte von dem Mann sein, der Sonntagmorgen angerufen hat, aber er meint, dass der Mann doch ein bisschen anders klang; er kann nicht genau sagen, wie, jedenfalls nicht so, vielleicht war die Stimme ein bisschen höher und vielleicht hatte sie einen leichten Einschlag, als käme der Typ aus Meath oder Kildare, er weiß es nicht mehr genau. Das überrascht mich nicht: Selbst wenn wir ihm das Gedächtnis nicht schon mit sinnlosen Stimmenvergleichen vernebelt hätten, ich bin nicht die Einzige, die ihre Stimme verstellen kann. Von ihm werden wir nicht mehr kriegen.

Es ist Mittagszeit. Ich lege einen Zwischenstopp in Rorys Lieblings-Tesco ein, kaufe zwei Flaschen Cola und zwei Sandwiches mit reichlich Fleisch drauf – es könnte ein langer Nachmittag werden – und fahre zurück zum Präsidium. Regen besprenkelt meine Windschutzscheibe mit fetten, dreckigen Spritzern, aber als ich den Park der Burg erreiche, hat er schon wieder aufgehört. Ich suche mir ein Stück Mauer zwischen den Büschen, das von den Fenstern aus nicht zu sehen ist, und wische es mit Papierservietten einigermaßen trocken, ehe ich mich hinsetze und mein

Sandwich auspacke. Ein paar kleine Vögel hüpfen traurig über den nassen Rasen. Als ich ihnen ein Bröckchen Brot zuwerfe, erschrecken sie und flüchten wild flatternd in die Büsche.

Ich kaue gerade an meinem zweiten Bissen, als Steve durchs Tor kommt. Er geht schnell und mit gesenktem Kopf, als könnte das sein rotes Haar irgendwie vor eventuellen Blicken aus den Fenstern verbergen. »Hey«, sagt er.

»Hi. Ist Breslin weg?«

Steve wischt über die Mauer und setzt sich neben mich. »Gerade abgehauen. Er hat eine Nachricht von irgendeiner Frau in Howth gekriegt.«

»Ja. Sie wird ihm nicht viel nutzen. Hast du schon was gegessen?«

»Nee.«

»Hau rein.«

Ich gebe ihm das zweite Sandwich. Steve nimmt es und hält es mit beiden Händen, packt es nicht aus. »Hast du irgendwas Gutes rausgefunden?«

»Unverbindliche Identifizierung durch den Barmann. Fehlanzeige bei dem Kollegen in Stoneybatter. Sophies Leute haben ein DNA-Profil von den Flecken auf der Matratze.«

Er sagt: »Wie gehen wir vor?«

Ich sage: »Wir müssen mit McCann reden.«

Es bleibt uns nichts mehr anderes übrig. In zwei Stunden, höchstens drei, wird Breslin zurückkommen. Er wird misstrauisch sein und Rory festnehmen wollen. Wir haben nur diese zwei Stunden.

Steve nickt. Er fragt: »Wie?«

Wir haben so viele Waffen. Du guckst sie dir von anderen Detectives ab, du filterst sie aus den Erzählungen der Kollegen heraus, du lässt dir eigene einfallen und gibst sie weiter. Du verwahrst sie gut und sicher für die Zeit, wenn du sie brauchen wirst. Und wenn du es dann endlich ins Morddezernat geschafft hast, besitzt du ein Arsenal, das ganze Städte in Schutt und Asche legen könnte.

Du kommst mit einem mordsmäßig dicken Packen Papiere in eine Vernehmung, damit der Verdächtige denkt, du hast jede Menge gegen ihn in der Hand. Obendrauf legst du eine Videokassette, damit er denkt, du hast einen Videobeweis. Du blätterst die Unterlagen durch, legst den Finger auf was und fängst an zu reden. Aber dann stockst du – *Nee, darauf kommen wir später* – und blätterst weiter, so dass er sich das Hirn zermartert, was du dir da für später aufhebst. Du packst ein Aufnahmegerät aus – *Ich hab eine Sauklaue, stört es Sie, wenn wir das Gespräch stattdessen mitschneiden?* –, so dass er später, wenn du das Gerät ausschaltest und dich vertraulich vorbeugst, denkt, ab jetzt wäre alles inoffiziell. Er hat die Aufnahmegeräte im Vernehmungsraum vergessen, die munter weiterlaufen. Du liest imaginäre SMS auf deinem Smartphone und wechselst mit deinem Partner kryptische Kommentare *(Glück gehabt, die Suchtrupps sind fündig geworden)*. Den vorgetäuschten Lügendetektortest machst du heutzutage mit einer App: Du erzählst dem Typen irgendeinen Blödsinn über elektromagnetische Felder und lässt ihn nach jeder Frage mit dem Daumen auf dein Handydisplay drücken, und wenn du zu dem Punkt kommst, an dem er lügt, bewegst du einen Finger und auf dem Display leuchten rote Diagramme auf und LÜGE LÜGE LÜGE. Du erzählst ihm, das überlebende Opfer sei tot und könne ihm nicht widersprechen oder das tote Opfer habe überlebt und rede. Du sagst ihm, du könntest ihn nicht gehen lassen, bevor ihr beide das geklärt habt, aber wenn er dir nur rasch erzählen würde, was passiert ist, könnte er rechtzeitig zu *Downton Abbey* mit einer schönen Tasse Tee zu Hause auf dem Sofa sitzen. Du sagst ihm, es sei nicht seine Schuld gewesen, du sagst ihm, das Opfer habe es ja nicht anders gewollt, du sagst ihm, jeder andere hätte das Gleiche getan. Du sagst ihm, Zeugen hätten ihn sagen hören, dass er gern Kinderpornos guckt, du sagst ihm, die Obduktion habe ergeben, dass er die Leiche traktiert hat, bis sie fast auseinanderfiel, du bearbeitest ihn mit dem perversesten Mist, der dir einfällt, bis er sich nicht mehr beherrschen kann und dich anschreit, das sei alles Schwachsinn, so sei das gar nicht gewesen; und dann ziehst du eine Augenbraue hoch und sagst: *Ach nee, wie war es denn?*, und du hörst ruhig zu, während er es dir erzählt.

Diesmal sind alle unsere Waffen nutzlos. McCann weiß in- und auswendig, wie sie sich anfühlen, hat sie so oft selbst benutzt, dass sie sich seinen Händen angepasst haben, lange bevor wir sie zum ersten Mal zu Gesicht bekamen. Wir treten ihm unbewaffnet entgegen.

Ich sage: »Wir reden mit ihm. Mehr können wir nicht machen.«

»Er wird aber nicht mit uns reden.«

»Er will seine Version erzählen. Das wollen sie alle. Im tiefsten Innern will er uns begreiflich machen, dass das mit ihm und Aislinn die große Liebe war, dass diese Geschichte mit Rory totaler Schwachsinn war, für den sie eine Ohrfeige verdient hatte. Mal sehen, wie viel davon wir aus ihm rausholen können.«

Steve sagt: »Wir konzentrieren uns auf die Beziehung. Nichts anderes. Keine Rede davon, dass Breslin mit drinsteckt, sonst schaltet McCann auf loyal und hält die Klappe. Es geht nur um Aislinn.«

»Eine Bombe haben wir«, sage ich. »Als Breslin rausgefunden hat, dass in dem Karton lauter Akten über den Fall Desmond Murray waren, wirkte er erleichtert. Das heißt, er weiß nicht, dass McCann den Fall damals bearbeitet hat. Das heißt, bis vor mindestens zwei Tagen hatte McCann die Verbindung noch nicht hergestellt: Er wusste nicht, dass Aislinn die Tochter von Des Murray war. Er wusste nicht, dass sie ihm die ganze Zeit was vorgemacht hat.«

Steve sagt: »Das heben wir uns auf.«

»Ja. Das muss als Knalleffekt kommen.«

Die Vögel haben ihre Scheu vergessen und kommen zurück, um auf dem Rasen herumzupicken. Breslin ist mittlerweile auf der anderen Flussseite und unterwegs nach Norden.

Steve fragt: »Wo wollen wir's machen?«

Über diese Frage habe ich auf dem Rückweg im Auto nachgedacht und während ich auf Steve wartete. »Vernehmungsraum«, sage ich.

Sein Gesicht wendet sich mir zu. »Ernsthaft? Wir könnten den Soko-Raum freimachen. Oder sogar mit ihm hier rausgehen.«

»Nein. Wenn wir alle aus dem Soko-Raum schmeißen, können wir genauso gut ein Schild draußen hinhängen, dass da irgendwas Hochgeheimes läuft. Überhaupt, ab jetzt müssen wir alles dokumentieren, falls wir auch nur den Hauch einer Chance haben wollen, ihn dranzukriegen.«

»Er wird es wissen. Sobald wir mit ihm in einen Vernehmungsraum gehen, wird er es wissen.«

»Das wird er sowieso. Ganz egal, wohin wir mit ihm gehen, spätestens nach dreißig Sekunden können wir nicht mehr so tun, als wäre das bloß ein netter Plausch unter Kollegen. Sobald wir davon anfangen, dass er Aislinn gekannt hat, weiß er Bescheid.«

Der Gedanke an diesen Moment huscht über uns hinweg wie ein kurzer schwarzer Graupelschauer. Er lässt uns verstummen.

Wir vertilgen unsere Sandwiches, schütten die Cola in uns hinein, wegen des Koffeins. Dann gehen wir ins Morddezernat, durch die glänzende schwarze Tür mit der Sicherheitskombination, die meine Finger im Schlaf tippen könnten, nicken Bernadette im Vorbeigehen zu. Wir ziehen die Mäntel aus und hängen sie ordentlich in unsere Spinde, ich nehme meine Umhängetasche von der Schulter und verstaue sie. Steve sucht eine Kopie des Familienfotos vom Fall Desmond Murray heraus und schiebt sie in seine Jacketttasche. Ich fotografiere die Fotoserien mit meinem Smartphone ab, verstaue sie dann ganz unten im Spind und hoffe, dass diesmal keiner reinpinkelt. Das doppelte metallische Schlagen der Spindtüren hallt laut und erschrocken von den Fliesen des kleinen, halbdunklen Raumes wider.

Als wir Seite an Seite die breite Marmortreppe hinauf zum Großraumbüro gehen, kreisen unsere Schritte gespenstisch durchs Treppenhaus. Wir gehen ohne Papierstapel hinein, ohne Videokassetten, ohne Aufzeichnungsgeräte. Wir gehen mit leeren Händen.

Das Großraumbüro ist fast menschenleer, fast alle sind unterwegs bei Ermittlungen oder zum Mittagessen. Für einen kurzen Moment erinnert es mich an den frühen Sonntagmorgen, bevor der Boss reinkam und Steve und mir den Fall aufhalste. Die Stille, nur an den Rändern vom fernen Verkehrsrauschen gestreift; das weiße Licht der Neonlampen, das den Raum vor dem dichten grauen Druck der Wolken an den Fenstern schützt, die herumliegenden Akten und vergessenen Kaffeebecher mit einer latenten Bedeutung auflädt. Mein Gedanke, wie sehr ich diesen Raum lieben könnte, wenn doch nur …

McCann hockt in seiner Ecke, tippt mit zwei Fingern. Er sieht von Mal zu Mal schlechter aus. Und ich Vollidiotin habe Fleas gebeten, darauf zu achten, ob jemand so wirkt, als hätte er eine schlimme Woche hinter sich. In diese Tränensäcke würden glatt ganze Aktenordner passen.

»McCann«, sage ich. »Hast du einen Moment Zeit? Wir könnten ein bisschen Hilfe gebrauchen.«

Er blickt von seinem Computer auf, und er weiß es.

Im ersten Moment denke ich, er lässt uns auflaufen: Geht nicht, habe selbst genug um die Ohren. Aber er will wissen, was wir haben. Und er ist der alte Hase. Wir sind die Anfänger, schaffen nicht mal diesen ersten Schritt, ohne dass er uns durchschaut – Steve tritt von einem Bein aufs andere, ich reibe mir den Mund. McCann kann nicht widerstehen. Er denkt, er kann das hinter sich bringen, kein Problem, und ungeschoren davonkommen.

»Na schön.« Er speichert ab und steht auf. O'Neill und Winters, die weiter hinten im Raum ein Einsatzformular studieren, blicken nur kurz zu uns herüber.

»Danke, Mann«, sagt Steve, als wir zur Treppe gehen. »Echt nett von dir.«

»Kein Problem. Wobei soll ich euch helfen?«

»Beim Fall Aislinn Murray«, sage ich über die Schulter. McCanns Gesicht bleibt unverändert. »Wir brauchen so viele Zeugen, wie wir kriegen können. Ist hier drin okay, ja?« Ich drücke die Tür zu dem gemütlichen Vernehmungsraum auf, dem pastellgelben mit den Instantkaffeetütchen, in den wir Rory bei der zweiten Vernehmung gebracht haben, und sehe McCann hoffnungsvoll an. McCann knurrt irgendwas. Er nimmt sich einen Stuhl auf der Detective-Seite, mit dem Rücken zum Einwegspiegel, und rüttelt kurz daran, um sich zu vergewissern, dass er auch nicht wackelt. »Ich nehme Tee«, sagt er und lässt sich schwer darauf nieder. »Kleiner Schuss Milch, kein Zucker.«

»Ist das auch wirklich okay für dich?«, fragt Steve und geht brav zum Wasserkocher. »Ich will dir ja nicht zu nahetreten, aber du siehst ein bisschen mitgenommen aus, Mann.«

»Besten Dank.«

»Ist deine bessere Hälfte diese Woche im Bügelstreik?«, erkundige ich mich mit einem Grinsen, das vieles bedeuten könnte. »Hast du Stress zu Hause?«

»Mir geht's bestens. Wie sieht's mit deinem Privatleben aus?«

»Beschissen«, sage ich. Steve und ich lachen. McCann bringt irgendwas zustande, was ein Lächeln sein soll, aber er ist aus der Übung. »Du bist seit fünfundzwanzig Jahren verheiratet, nicht? Wie schafft man das?«

»Sechsundzwanzig. Braucht ihr mich etwa dafür? Beziehungsberatung?«

»Nee. Was dagegen, wenn wir die anmachen?« Ich bin schon dabei, die Videokamera einzuschalten.

McCanns Augenbrauen zucken nach unten; er hätte nicht gedacht, dass wir uns das trauen. »Wozu braucht ihr das Mistding?«

»Weil ich paranoid bin. Weißt du, was vor ein paar Monaten passiert ist? Ich musste Roche helfen, die Mammy von irgendeinem Halunken zu vernehmen. Ich hab sie dazu gebracht, das falsche Alibi für ihn zu widerrufen, und Roche hat dem Boss erzählt, er wäre es gewesen.« Ich rücke mir den Stuhl gegenüber von McCann zurecht, den Stuhl für Verdächtige. »Jetzt nehme ich alles auf. Hab schon überlegt, mir eine Bodycam zuzulegen.«

»Der Ordnung halber«, sagt Steve entschuldigend und gibt Teebeutel in die Becher, »empfiehlt es sich, Zeugenaussagen aufzuzeichnen, wenn wir den –«

»Meine Fresse«, sagt McCann. »Nehmt meinetwegen auf, was ihr wollt.«

»Ah, Mann«, sagt Steve. Er krümmt sich praktisch vor Verlegenheit, fleht McCann mit Hundeblick an, ihm das nicht übelzunehmen. »Tut mir echt leicht. Wäre uns wirklich lieber, wenn wir dich nicht mit diesem Mist belästigen müssten. Wenn's nur um einen einzelnen Hinweis ginge, hätten wir den einfach irgendwo abgeheftet und uns nicht weiter drum gekümmert. Dann würden wir deine Zeit nicht in Anspruch nehmen. Aber … Ich meine, wir können einfach nicht drüber hinwegsehen. Deshalb hielten wir es für das Beste, wir klären das jetzt gleich.«

»Wenigstens bist du so vernünftig, ihn den guten Cop spielen zu lassen«, sagt McCann zu mir. »Den würde dir sowieso keiner abnehmen.«

Steve stößt ein unbehagliches Lachen aus. »Dir kann man wirklich nichts vormachen«, sage ich kleinlaut und schüttele den Kopf. »Hätte keinen Sinn, hier Augenwischerei zu betreiben. Wäre bloß Zeitverschwendung, für uns und für dich.«

»Ihr seid schon dabei, meine Zeit zu verschwenden. Also, was wollt ihr?«

»Na bitte, jetzt hast du's«, sage ich zu Steve. Er setzt ein verlegenes Halbgrinsen auf, als er zum Tisch rüberkommt, den Blick auf die vorsichtig balancierten Becher in beiden Händen gerichtet. Er verteilt sie und zieht den freien Stuhl um den Tisch herum, neben meinen. McCann schlürft seinen Tee und verzieht das Gesicht.

»Eine Sache sollten wir gleich vorab klarstellen«, sage ich, »um uns allen Zeit zu sparen. Du hattest eine Affäre mit Aislinn Murray.«

McCann zieht Luft durch die Zähne und starrt mich an, versucht gar nicht erst, seinen Abscheu zu kaschieren. »Du mieses Kollegenschwein«, sagt er.

Ich stelle überrascht fest, dass das nicht mal einen Funken Zorn bei mir auslöst. »Wir haben eine Zeugin, die gesehen hat, wie du Aislinn angemacht hast und dir ihre Telefonnummer hast geben lassen«, sage ich. »Sie hat dich auf einem Foto wiedererkannt. Wir haben einen Zeugen, der dich zusammen mit Aislinn im *Ganly's* gesehen hat. Er hat dich auf einem Foto wiedererkannt. Wir haben einen Zeugen, der dich in den letzten sechs Wochen mindestens dreimal in der Nähe von Viking Gardens gesehen hat. Er hat dich auf einem Foto wiedererkannt. Sie alle werden dich bei einer Gegenüberstellung identifizieren, falls du uns dazu zwingst. Muss ich so viel Aufwand betreiben, oder können wir uns das ersparen?«

McCann trinkt seinen Tee und denkt nach. Ich kann förmlich zusehen, wie er die Schachfiguren im Kopf neu verteilt, jede Strategie ein Dutzend Züge im Voraus durchdenkt.

Er müsste einfach nur sagen: »Kein Kommentar.« Er müsste mauern, sich von uns mit Beweisen bombardieren lassen, bis wir alle aufgebraucht haben, und dann gehen. Das ist das einzige Nicht-Idiotische, was er machen kann, und jeder Detective der Welt weiß das. Wir alle haben schon völlig baff Unterhaltungen geführt, bei denen wir kaum glauben konnten, dass der Schwachkopf uns gegenüber tatsächlich mit uns redet, wo wir ihn doch hätten gehen lassen müssen, wenn er einfach nur die Klappe gehalten hätte. Wir alle haben die wahren Profis erlebt, die die Arme verschränken und »Kein Kommentar« auf Endlosschleife wiederholen, bis wir aufgeben und sie laufenlassen. Wir alle haben schon gedacht: *Wenn ich das wäre, würde ich den Teufel tun, mein Maul aufzureißen.* Wir alle wissen haargenau, sollten wir mal wegen irgendwas unter Verdacht geraten, schuldig oder nicht, kommt von uns nichts anderes als *Kein Kommentar.*

McCann kann sich nicht dazu durchringen. Sobald er sagt: »Kein Kommentar«, gibt er sich selbst als Detective auf, vielleicht für immer. Sobald ihm diese zwei Worte über die Lippen kommen, unterscheidet er sich nicht mehr von irgendwelchen drogensüchtigen Ladendieben, irgendwelchen Perversen, die Mädchen in Bussen angrapschen: Dann ist er der Verdächtige.

Er sagt: »Ich habe Aislinn Murray gekannt. Wir haben uns ein paarmal getroffen.«

»Und mehr war da nicht«, sage ich.

»Richtig.«

»Warst du mal bei ihr zu Hause?«

Wieder drehen sich die Rädchen in seinem Kopf, als er abwägt, ob es vielleicht etwas gibt, was wir Breslin vorenthalten haben, vielleicht Fingerabdrücke, die ihm bei der Spurenbeseitigung entgangen sind, irgendwas, das ihn überführen könnte. »Ja«, sagt er schließlich. »Hin und wieder auf eine Tasse Tee.«

»Warst du mal mit ihr im Bett?«

»Gibt's einen Grund, mich das zu fragen?«

Steve und ich wechseln einen Blick. McCann reagiert nicht.

Ich sage: »Wir haben männliche DNA auf ihrer Matratze gefunden.«

»Nicht von mir.«

»Du meinst, du hast Kondome benutzt. Aber es war kein Sperma. Es war Schweiß.«

McCann geht wieder in sich und überlegt. Ich sage hilfsbereit: »Wir sind ziemlich sicher, dass Aislinn in den letzten zwei Jahren mit niemand anderem geschlafen hat.«

Keine Reaktion von ihm, während er abwägt und kalkuliert. Dann nickt er. »Ja. Wir waren hin und wieder zusammen im Bett.«

Und damit wäre das Vorgeplänkel erledigt. Alles, was wir freiwillig aus der Hand geben können, alle drei, liegt jetzt auf dem Tisch. Wie die zügige Eröffnungsphase eines Schachspiels, opfere dies, um das zu kriegen, bis du fast gemeinschaftlich das Brett von allem Unwichtigen bereinigt und auf die eigentliche Schlacht vorbereitet hast, die jetzt erst beginnt.

»Menschenskind«, sagt Steve betrübt und fährt sich mit den Fingern durchs Haar. »Menschenskind. Musstest du dir denn von allen Frauen in der Stadt ausgerechnet die aussuchen, die sich ermorden lassen würde?«

McCann zuckt die Achseln, trinkt einen großen Schluck Tee. »Was soll ich sagen? Sie kam mir nicht so vor.«

»Du hättest es uns sagen müssen«, sagt Steve vorwurfsvoll. »Sobald der Fall reinkam.«

McCanns Augen gleiten über uns hinweg, als wären wir es ihm nicht wert, uns länger anzusehen. »Wenn es andere Detectives gewesen wären, hätte ich das auch gemacht.«

»Wir hätten doch nicht deine Frau angerufen und dich bei ihr verpetzt.«

»Das sagst du. Willst du mir ernsthaft erzählen, ihr hättet zu eurem Dezernat gehalten? Sieht im Moment nicht danach aus.«

»Du weißt, dass wir das hier machen müssen«, sagt Steve bedrückt. »Geht nicht anders. Was erwartest du denn von uns? Sollen wir so tun, als wäre nichts, und Rory vor Gericht bringen, nur damit seine Verteidigung die Sache mit dir mitten im Prozess ausgräbt und uns um die Ohren haut?«

»Ich erwarte etwas mehr Respekt von euch. Wenn man so was schon aufs Tapet bringen muss, dann macht man das vertraulich. Nicht in einem verfluchten Vernehmungsraum. Noch dazu vor laufender Kamera. Verdammt.« Er wirft einen zusammengekniffenen wütenden Blick Richtung Kamera.

»Wenn ich ein anderer Detective wäre«, sage ich, »hätte ich das auch gemacht. Aber ich habe in diesem Dezernat schon so viel Scheiß erlebt, dass ich mittlerweile alles aufzeichne, was irgendwie wichtig ist. Wir werden versuchen, es für uns zu behalten, aber ich kann nichts versprechen, solange ich nicht weiß, womit ich es hier zu tun habe.«

Das ist der älteste Spruch der Welt. McCanns Mund verzieht sich. »Ich werd's mir merken.«

»Dann leg mal los«, sage ich. »Fang damit an, wie du Aislinn kennengelernt hast. Wann, wo?«

McCann lehnt sich auf seinem Stuhl zurück, streckt die Beine aus und verschränkt die Arme, macht es sich bequem. »Letzten Sommer im *Horgan's*. Das Datum weiß ich nicht mehr.«

»Keine Sorge. Das können wir rausfinden. Hattest du sie da vorher schon mal gesehen?«

»Nein.«

»Sie wäre dir aufgefallen.«

»Allerdings. Sie ist allen Männern aufgefallen. Wahrscheinlich auch einigen Frauen.« Anzüglicher Blick zu mir.

»Wundert mich nicht«, sage ich. »Ich hab Fotos gesehen. Wie hast du den Mut aufgebracht, sie anzuquatschen?«

»Hab ich nicht. *Sie* hat *mich* angeflirtet.«

Ich lache laut auf. »Klar hat sie das. Hinreißende junge Frau, die jeden Typen im Pub haben könnte, schmeißt sich an einen mittelalten Kerl mit faltigem Gesicht und Bierbauch ran und lässt sich einfach nicht abwimmeln. Was bleibt dem armen Mann da anderes übrig?«

McCann hält die Arme fest verschränkt, ohne eine Bewegung. »Ich sag nur, wie es war. Sie war nicht aufdringlich – das hätte mich abgeturnt. Aber schöne Augen hat sie mir gemacht, nicht umgekehrt.«

Ich habe noch immer eine Augenbraue hochgezogen. »Mensch, lass gut sein«, sagt Steve zu mir, ganz vernünftig. »Die Geschmäcker sind verschieden. Bloß weil jemand nicht dein Fall wäre –«

»Ich hab's gern, wenn sie so jung sind, dass ich was davon habe«, sage ich zu McCann und zwinkere ihm zu. »Und gutaussehend.«

»Und wie stellst du das dann an? Bezahlst du dafür?« Allmählich gehen wir ihm unter die Haut.

»–, heißt das noch lange nicht, dass andere Frauen das auch so sehen«, redet Steve weiter. »So was gibt's.«

»Ja, so was gibt's«, räume ich ein. »Im Fernsehen. Jedes Mal, wenn ich die Glotze anmache, hängt irgendeine junge Tussi an einem alten Saftsack, der glatt ihr Vater sein könnte. Denkst du, wir sind hier in irgendeiner Soap?«

»Nee, Conway. So was gibt's nicht bloß im Fernsehn. Auch im wirklichen Leben.«

»Wenn du Donald Trump heißt. Klar. Hast du uns was verschwiegen, Joey? Bist du ein heimlicher Millionär?«

Das »Joey« gefällt ihm nicht, aber er überspielt es halbwegs mit einem gequälten Grinsen. »Schön wär's.«

»Es geht nicht allen immer nur ums Geld«, sagt Steve. »Vielleicht hat er Aislinn einfach nur gefallen. Dagegen ist doch nichts zu sagen.«

»Möglich. Siehst du aus wie George Clooney, Joey? Ich meine, in deiner Freizeit?«

»Sag du's mir.«

Ich verziehe das Gesicht, mache eine unsichere Bewegung mit

einer Hand. »Ganz ehrlich, Kumpel, ich sehe da keine Ähnlichkeit. Und deshalb möchte ich unbedingt wissen: Wieso hat sie ein Auge auf dich geworfen? Und erzähl mir nicht, du hättest dich das nie gefragt.«

McCann bewegt sich. Öffnet die Arme und schiebt die Hände in die Hosentaschen. Er sagt: »Sie hatte eine Schwäche für Polizisten.«

Wir haben dasselbe gedacht. Aislinn hat uns alle hinters Licht geführt. Aber Steve und ich müssen rausfinden, ob McCann das immer noch glaubt.

»Eine Frau wie sie will sich einen Cop angeln«, sage ich, »und zieht ausgerechnet dich an Land? Ernsthaft?«

McCanns Kiefer mahlt. »Ich war zufällig da.«

»Zusammen mit vielen anderen Cops. Das *Horgan's* ist eine Polizistenkneipe. Also warum gerade du?«

»Weil sie einen Detective haben wollte. Es gefiel ihr, wenn ich von der Arbeit erzählt habe: Was hattest du so für Fälle, wie war das, was hast du als Nächstes gemacht? Das war für sie ein richtiger Kick, wenn du verstehst, was ich meine.« Sein Grinsen ist schlüpfrig. Ich blinzele nicht. »Sie hat mich ausgeguckt, weil ich alt genug war und gut genug angezogen und sie sich denken konnte, dass ich Detective bin – sie kannte sich nämlich aus. Als sie gehört hat, dass ich im Morddezernat bin, war alles klar. Ihre Augen haben aufgeleuchtet. Ich hätte sie mir mit Gewalt vom Leib halten müssen. Und ihr habt sie ja gesehen: Warum hätte ich das tun sollen?«

»Weil du verheiratet bist?«, schlage ich vor. »Für manche Leute bedeutet das angeblich, ihr Ding nicht überall wegzustecken, wo es sich zufällig ergibt.«

McCann hebt eine Schulter. »Wir waren ein paarmal zusammen im Bett. So was kommt vor. War keine große Sache.«

Gute Antwort. Wenn es ihm bei Aislinn bloß um banalen Sex ging, hatte er keinen Grund, sie wegen eines anderen umzubringen. Ich frage: »Machst du so was regelmäßig? Deine Frau betrügen?«

»Nein.«

»Vorher schon mal gemacht?«

»Nein.«

»Was war dann an Aislinn so Besonderes?«

»Mir ist noch nie passiert, dass ein so heißer Feger mich anmacht. Und meine Frau und ich, bei uns lief es nicht besonders. Ich hab mir gedacht, wieso eigentlich nicht?«

Steve und ich wechseln einen raschen Seitenblick, so dass McCann es mitkriegt. Ich sage: »Das ist eine hübsche Geschichte. Richtig romantisch. Aber sie passt nicht zu der von Lucy Riordan.«

McCann schüttelt den Kopf. »Wer ist Lucy Riordan?«

»Aislinns beste Freundin. Klein? Blondierte Haare, etwa so lang? Klingelt's da bei dir?«

Da lacht er, Zähne gebleckt wie ein wütender Hund. »Die kleine Lesbe? Dass die eine andere Geschichte hat, glaub ich gern. Sie war nicht Aislinns beste Freundin, egal, was sie euch erzählt hat. Sie war ein Anhängsel und rettungslos in Aislinn verschossen, und sie war stinksauer, weil Aislinn was mit mir angefangen hatte. Klar, dass die eine Geschichte erzählt, in der ich als der Böse rüberkomme.«

Steve sagt: »Wo bist du Lucy begegnet?«

»Das wisst ihr doch längst. Eure *Zeugin*, die gesehen hat, wie ich Aislinn kennengelernt habe, denkt ihr, ich wüsste nicht –«

»Wir brauchen deine Version.«

McCann wirft sich auf dem Stuhl zurück, verschränkt wieder die Arme vor der Brust und starrt uns an, die Lippen hochgezogen. »Ihr beide seid lächerlich. Wisst ihr das? Sitzt hier und versucht, eure kleinen Vernehmungstricks bei mir anzuwenden, wechselt immer wieder das Thema – ich hab das schon mit Verbrechern gemacht, *echten* Verbrechern, als ihr euch noch Pickel ausgedrückt und Poster von Popstars abgeknutscht habt. Denkt ihr ernsthaft, auf so was falle ich rein?«

»Es geht nicht darum, dass du auf irgendwas *reinfallen* sollst«, sagt Steve gekränkt. »Es geht darum, dass du uns hilfst.«

Ich sage: »Wo hast du Lucy kennengelernt?«

»Kam das in ihrer *Geschichte* nicht vor, nein?«

»Ach, jetzt komm schon, Mann«, sagt Steve und beugt sich über den Tisch. »Du weißt genauso gut wie ich, dass wir versuchen, ihre Geschichte auseinanderzunehmen. Denkst du etwa, wir wollen, dass du unser Täter bist? Ernsthaft? Falls wir rausfinden, dass du es warst, sind wir *am Arsch*. Denkst du etwa, wir wollen da draußen im Beobachtungsraum sitzen und uns überlegen, ob wir einem aus unserem eigenen Dezernat eine Mordanklage anhängen?«

McCann richtet seine tiefliegenden Augen auf mich. Er hat viele Jahre mehr Übung darin als ich, ausdruckslos zu bleiben. Ich kann in seinem Gesicht nichts lesen. Er sagt: »Du hast keinen Grund, unser Dezernat zu lieben. Du bist sowieso am Arsch. Vielleicht willst du ja gern noch einen mit nach unten reißen.«

Ich weiß, worauf er anspielt, aber sein Tonfall ist dermaßen sachlich, dass mir innerlich kalt wird. Ich sage: »Ich habe kein Problem mit dir. Du hast mir nie was getan.«

Er nickt. »Wenn ihr halbwegs vernünftig seid«, sagt er, »lasst ihr die Finger davon. Das ist der beste Rat, den ich euch geben kann. Dasselbe würde ich auch einem von meinen Neulingen raten, wenn er hier vor mir säße. Ich war's nicht, deshalb werdet ihr nicht beweisen können, dass ich es war. Falls ihr es trotzdem versucht, bringt ihr euch nur in Teufels Küche. Dann müsst ihr nicht bloß das Dezernat verlassen, ihr müsst die Polizei verlassen. Vielleicht sogar das Land.«

Wir alle haben einem Verdächtigen schon erzählt, sein Leben wäre praktisch vorbei, wenn er nicht tut, was wir wollen. Trotzdem breitet sich die Kälte weiter in mir aus. Ich sage: »Wo hast du Lucy kennengelernt?«

Nach einem Moment schüttelt McCann den Kopf, langsam und schwerfällig. »Ich hab euch gewarnt«, sagt er. »Sie war mit Aislinn im *Horgan's* – hat auf sie aufgepasst. Aislinn saß da in ihrem knappen glänzenden Kleid, hat an ihrem Glas genuckelt und das Gefühl genossen, von allen angestarrt zu werden, und die andere hat ein langes Gesicht gezogen und jedem böse Blicke zugeworfen, der Aislinn zweimal angeguckt hat. Aislinn hat mir hinterher erzählt, dass Lucy sie mit in den Pub geschleift hat. Sie wollte sich an Aislinns Schulter ausheulen, weil sie keinen abkriegen konnte …« McCanns Mundwinkel hebt sich, und für einen kurzen Moment sieht sein Gesicht fast weich aus. »Sie war wirklich vertrauensselig, Aislinn, in vielerlei Hinsicht. Sie war wie ein Kind. Sie hat ehrlich geglaubt, Lucy wäre auf der Suche nach einem Kerl. Habt ihr Lucys Alibi überprüft?«

»Klar«, sage ich und merke, was ich da gerade zugegeben habe, als ich sein Grinsen breiter werden sehe. »Bombenfest. Sorry.«

»Aber ihr habt euch so eure Gedanken gemacht.«

»Wir haben unsere Arbeit gemacht.«

»Genau wie ihr jetzt eure Arbeit macht.« Das Grinsen wird bedrohlich. »Ich wette hundert Euro, dass es Lucy ist, die mir das anhängen will. Was hat sie gesagt? Ich hätte Aislinn geschlagen? Sie wie den letzten Dreck behandelt?«

Steve und ich streuen wieder den verstohlenen Seitenblick ein. »Nicht direkt«, sagt Steve.

»Eigentlich«, sage ich, »überhaupt nicht.«

McCanns Gesicht ist wieder ausdruckslos geworden. Damit hat er nicht gerechnet.

»Laut Lucy«, sage ich, »hast du Aislinn behandelt wie einen kostbaren Diamanten. Das mit euch beiden, das sei nicht nur eine Bettgeschichte gewesen, sondern was Ernstes. Die große Liebe.«

Er lacht, ein wildes Bellen, so laut, dass es uns alle drei erschreckt. Er übertreibt. »Ach du Hölle. Und das habt ihr geglaubt?«

»Heißt das, du hast Aislinn nie gesagt, dass du sie liebst?« Ehe er antworten kann: »Vorsichtig. Wir haben etliche SMS von Aislinn an Lucy.«

»Vielleicht hab ich das. Ich verrate dir jetzt mal was, Conway: Wenn ein Kerl versucht, dich rumzukriegen, und sagt, es ist Liebe, besteht die Möglichkeit, dass er dir Blödsinn erzählt. Oder hat das noch nie einer versucht?«

»Aus den SMS geht hervor«, sage ich, »dass du dich im August häufig mit Aislinn getroffen hast, aber ihr seid erst Anfang September zum ersten Mal in die Kiste. Wenn du sie nur vögeln wolltest, wieso der ganze Umstand?«

McCann macht wieder dicht, nimmt sich Zeit, um seine Optionen abzuwägen. Schließlich sagt er: »Ich hab Aislinn gemocht. Sie war ein nettes Mädchen. Lieb. Es ging ihr um den Kick, wie ich gesagt habe, aber sie war nicht der sensationsgierige Typ, der sich an Gewalt aufgeilt. Sie hat's nicht leicht gehabt im Leben. Ihr Dad ist gestorben, als sie noch klein war, ihre Ma hatte Multiple Sklerose, und Aislinn hat sie gepflegt, bis sie vor ein paar Jahren gestorben ist. In ihrem Leben war nicht viel Aufregendes passiert, deshalb wollte sie möglichst viel über mein Leben wissen.«

Ich könnte schwören, er glaubt das. Ich merke, dass auch Steve es kapiert: Wir haben noch immer unsere Bombe.

Rory hat sie dieselbe Geschichte erzählt: Dad tot, Ma MS. Kein Wunder, dass sie immer so schnell das Thema gewechselt hat. Es einzusetzen, um McCann dahin zu bekommen, wo sie ihn haben wollte, war eine Sache; es bei jemandem einzusetzen, den sie in ihrem wirklichen Leben haben wollte, das war etwas ganz anderes. Aber die Geschichte gewann an Fahrt, entglitt ihr. Kam trotzdem heraus.

»Meine Frau und ich, wir haben im Moment eine Krise. Es

war schön, mit jemandem zusammen zu sein, der sich in meiner Gesellschaft wohlfühlte, irgendwo hinzukönnen, wo es friedlich war, wo ich mir nicht ständig anhören musste, was ich für eine Plage bin. Das hat alles ein bisschen einfacher gemacht. Darum ging's zu Anfang. Um ein bisschen Frieden.«

Das Ziehen in seinem Mundwinkel verrät, dass wir ihn nicht auf die Ironie des Ganzen hinweisen müssen. Ich sage: »Was habt ihr so unternommen?«

»Meistens hab ich Aislinn irgendwo in der Nähe von ihrem Haus abgeholt, und wir haben Ausflüge gemacht. Es war Sommer. Sie hat was zu essen mitgebracht, und wir haben irgendwo im Grünen gepicknickt. Wir haben uns immer ein Plätzchen gesucht, wo wir eine schöne Aussicht hatten, und wir haben uns unterhalten.« McCann versucht, seine Stimme ausdruckslos klingen zu lassen, aber die Sehnsucht steigt auf, und er kann sie nicht niederdrücken. Er hört auf zu reden.

»Aha«, sage ich. »Allerliebst. Du hast die arme Frau nie mal richtig zum Essen eingeladen, was? Oder auch nur auf einen Drink? Hast bloß ihre Sandwiches gefuttert und sie im Gras sitzen lassen, damit ihr Ameisen ins Unterhöschen krabbeln?«

»Es hat sie nie gestört, also wozu regst du dich auf? Einmal sind wir in einen Pub bei ihr in der Gegend gegangen. Mir war nicht wohl dabei. Dublin ist noch immer wie ein Dorf. Es kann dich irgendeiner sehen, der es seiner Frau erzählt, und die erzählt es ihren Bekannten im Ladies Club, und eine davon ist die beste Freundin deiner Frau, und zack, pennst du bei deinem Kumpel auf dem Sofa.«

»Weil ihr ein Bierchen trinken wart?« Steve runzelt die Stirn. »Hört sich für mich so an, als hättest du tief in deinem Innersten gewusst, dass ihr zwei nicht bloß nett geplaudert habt.«

McCanns Lippen heben sich. Das soll ein Lächeln sein, aber es grenzt an ein Fletschen. »Hört sich für mich so an, als wärst du nie verheiratet gewesen. ›Aber ja, Schatz, ich hab mir an dem

Abend mit einer attraktiven Blondine einen hinter die Binde gekippt, aber wir haben uns bloß unterhalten, Ehrenwort‹ – denkst du, so was zieht? Bei meiner Frau jedenfalls nicht.«

Steve quittiert das mit einem Schmunzeln. »In Ordnung«, räumt er ein. »Ich glaube, ich sollte Single bleiben.«

»Du und überhaupt jeder.« Aber das Lächeln schwindet rasch. »Das mit Aislinn und mir, ehrlich: Das hat ganz harmlos angefangen.«

»Wie hat sich das verändert?«

McCann zuckt die Achseln. Er wird vorsichtig. Wir nähern uns allmählich gefährlichem Terrain.

»Moran, hallooo?«, sage ich mit einem Unterton, der McCann ganz sicher nicht entgeht. »Er hat sie flachgelegt, so hat es sich verändert. Sobald sich ihm die Chance bot, hat er sie ergriffen. Soll er dir noch ein Schaubild malen?«

McCann reckt jäh den Hals; das gefällt ihm nicht. »Selber hallooo«, sagt Steve mit demselben Unterton zu mir. »Ich frage ja nicht nach ihrer *Lieblingsstellung*. Ich will nur wissen, wie sich die Dinge in diese Richtung entwickelt haben. Wir reden hier schließlich über McCann, den Mönch. Er hatte bestimmt nicht von Anfang an vor, seine Frau zu betrügen.« Er blickt McCann hoffnungsvoll an.

McCann starrt zurück. »Was glaubt ihr denn wohl, wieso es so gekommen ist? Ein Mann und eine Frau treffen sich öfter, sie werden scharf aufeinander, eines Tages geraten die Dinge außer Kontrolle –« Ich habe eine Augenbraue hochgezogen. »Du brauchst gar nicht so zu gucken. Verrat mir eins: Warum hätte Aislinn mit mir zusammen sein sollen, wenn sie mich nicht gewollt hat? Wie du am Anfang gesagt hast: Ich bin nicht reich und berühmt.«

»Du bist Detective«, entgegne ich. »Für manche Leute kann so was nützlich sein.«

»Daran hab ich auch gedacht. Ich bin ja nicht blöd. Ich hab

mich gefragt, ob sie Dreck am Stecken hat und versucht, so an einen Cop ranzukommen.«

»Und deshalb hast du sie durch den Computer laufen lassen.«

»Hab ich, ja. Na los, renn zum Boss und verpfeif mich, wenn du dich dann toll fühlst. Aber erzähl mir nicht, du hättest das noch nie gemacht.«

»Ah, Überprüfung auf kriminelle Vergangenheit«, sage ich. »Das Fundament jeder großen Liebesgeschichte.«

»Wie schon gesagt: Ich weiß, ich bin nichts Besonderes. Ich musste das checken. Aber Aislinn war blitzsauber. Sie wollte nicht mal, dass ich irgendwelche Strafzettel für sie verschwinden lasse. Sie wollte überhaupt nichts von mir.« McCann breitete die Arme aus. »Mehr hab ich nicht zu bieten. Falls sie mich wollte, dann deshalb.«

Steve und ich lassen das so lange im Raum stehen und sehen einander so lange betont nicht an, dass McCann nervös wird. »Was?«, fragt er heftig.

»Die richtige Affäre«, sage ich. »Die fing im September an?«

»Anfang September. Ja.«

»Datum.«

»Weiß ich nicht mehr.«

Ich habe ihn gezwungen zu lügen, um nicht wie der sentimentale Trottel zu klingen, der sich noch an das kleinste Detail erinnert, und er weiß, dass wir es wissen. Ich deute ein leises Schmunzeln an und sehe, wie seine Kiefermuskulatur sich anspannt.

»Okay, belassen wir es bei Anfang September«, sage ich großzügig, und schon wieder zuckt sein Unterkiefer. »Und sie ging bis letztes Wochenende. Dazwischen irgendwelche Trennungen oder so?«

McCann hat die Arme wieder verschränkt. Sein Cop-Gesicht ist zurück, eine glatte Steinplatte. »Nein. Keine Probleme. Kein Krach. Alles super.«

»Herbst«, sagt Steve nachdenklich, während er seinen Kuli

inspiziert. »Winter. Und ihr beide habt nicht mehr bloß nett miteinander geplaudert, um es mal höflich zu formulieren. Ich würde sagen, die Zeit mit euren Picknicks irgendwo in den Bergen war vorbei, was? Wo habt ihr euch getroffen?«

Geht dich nichts an, knirschen McCanns Zähne, aber er sagt: »Bei ihr.«

Steve runzelt die Stirn. »Keiner von den Nachbarn hat dich je gesehen.«

»Weil ich nicht gesehen werden wollte. Ich bin von der Gasse hinter Aislinns Haus aus über die Mauer geklettert und durch die Hintertür rein. Sie hat mir einen Schlüssel gegeben.«

Und da haben wir unseren herbstlichen Eindringling. »Donnerwetter, in deinem Alter noch über Mauern klettern«, sage ich und unterdrücke eher recht als schlecht ein Grinsen – auch das gefällt McCann gar nicht. »Jedenfalls besser, als in die Muckibude zu gehen. Wie oft warst du da?«

Er würde uns liebend gern was vorlügen, kann es aber nicht riskieren. »Ein paarmal die Woche. Je nachdem. Kam auf die Arbeit an, meine Familie und so weiter.«

»Wie habt ihr euch verabredet?«

»Manchmal haben wir was vereinbart, bevor ich gegangen bin. Ansonsten hab ich ihr eine Nachricht zukommen lassen, wann ich kommen würde. Oder aber, wenn ich mal unerwartet eine oder zwei Stunden freihatte, bin ich unangekündigt zu ihr.«

»Wie hast du ihr die Nachrichten zukommen lassen?«

»Post-it-Zettel in eine Plastikflasche gesteckt und hinten über die Mauer geworfen. Sie hat immer da nachgesehen.«

»In ihrem Haus haben wir keine Post-its gefunden.«

»Ich hab sie mir zurückgeben lassen, wenn ich da war. Hab sie vernichtet.«

Ich tue überrascht. »Warum?«

»Warum wohl? Weil ich meinen Job schon zu lange mache, um Beweismittel rumliegen zu lassen.«

Sein kalter, gelangweilter Blick sagt: Und viel zu lange, um mich von euresgleichen aufs Glatteis führen zu lassen. »Mannomann«, sage ich. »Ziemlich viel Aufwand für'n bisschen Rumgevögel.«

»Kommt drauf an, wie gut das Rumgevögel ist.« Wieder dieses anzügliche Grinsen, aber ich habe erlebt, wie McCann es bei Verdächtigen einsetzt, deshalb verfehlt es bei mir seine Wirkung.

»Warum hast du Aislinn nicht angerufen oder ihr gesimst? Nicht mal deine Nummer war in ihrem Smartphone. Wieso nicht?«

»Weil ich das nicht wollte.«

»Und warum hast du nicht die Haustür benutzt wie ein ganz normaler Mensch?«

Er beäugt mich abfällig. »Das weißt du genau.«

»Ich frage dich aber. Hat sie dieses Topsecretgetue aufgegeilt, ja? Oder hat es dich aufgegeilt, dass sie immer für dich parat sein musste?«

»Sie *musste* gar nichts. Ich war nicht ihr Boss.«

Ich sage, mit sorgfältig gewählten Worten: »Wärst du nicht ... sagen wir mal, wütend geworden, wenn sie nicht gespurt hätte?«

McCann beißt fest die Zähne zusammen. »Was meinst du damit?«

»Was ich gesagt habe. Aislinn hat zu Hause gehockt, tagein, tagaus, immer bereit, mit dir ins Bett zu hüpfen, wenn du nur mit den Fingern geschnippt hast. Was wäre passiert, wenn du geschnippt hättest und sie nicht gehüpft wäre?«

»Nichts. Meistens hab ich vorher Bescheid gegeben, dass ich kommen würde. Ich war nur ganz selten unangemeldet bei ihr. Wenn ich sie besucht hätte und sie wäre unterwegs gewesen oder irgendwie beschäftigt, wäre ich gegangen und ein anderes Mal wiedergekommen. Punkt.«

Ich bin skeptisch. »Sicher?«

»Ja, ganz sicher.«

»Oder hättest du ihr vielleicht eine runtergehauen? Nicht, um sie zu verletzen, bloß um ihr zu zeigen, dass sie dir nicht blöd kommen darf?«

McCann sagt: »Ich habe in meinem ganzen Leben noch nie eine Frau geschlagen.«

»Hm«, sage ich. »Okay. Du hast Aislinn gezwungen, die Bildschirmsperre ihres Handys zu deaktivieren, weil du wolltest, dass du ihre SMS lesen kannst. Richtig?«

Sein Kopf zuckt zur Seite, nur einen Zentimeter, ehe er sich wieder unter Kontrolle hat und uns ansieht. Er wird nicht gern daran erinnert. »Ich hab sie zu nichts gezwungen.«

»Dann sagen wir, du hast sie drum gebeten.«

»Ja, ich hab sie drum gebeten. Sie hätte auch sagen können, du kannst mich mal. Hat sie aber nicht.«

»Und? Hast du ihre SMS gelesen?« Ich hoffe, er hat es nicht getan, hauptsächlich aus Berufsstolz. Ich hoffe, wenn ein Detective des Morddezernats vorhätte, seine Affäre mit ihrer Affäre zu überraschen, würde er sich nicht so stümperhaft anstellen.

McCann beugt das Gesicht tief über seine Teetasse, aber ich sehe trotzdem, dass er unter den Bartstoppeln leicht rot anläuft. Er hätte allerlei Gründe, sich zu schämen, bereut aber ausgerechnet das: das Bild von sich selbst, wie er Aislinns SMS liest. Er klammert sich noch immer daran, wie sehr er sie geliebt hat. In seiner Vorstellung ist diese Schnüffelei das Einzige, womit er ihre Liebe beschmutzt hat. »Ein paarmal. War nichts Besonderes dabei, und ich kam mir vor wie ein Arsch. Ich hab's dann seingelassen.«

Ich glaube ihm. McCann wusste nichts von Rory, jedenfalls nicht bis Samstagabend. Aislinns verzweifelter Plan, die Dinge zu beschleunigen, war verpufft. Lucy hatte recht: Sie war total ahnungslos.

Ich frage: »Zwingst du deine Frau auch, ihr Handy nicht mit Passwort zu sichern?«

»Jetzt werd nicht frech. Nein, tu ich verdammt nochmal nicht.« Die Scham treibt einen schneidenden Ton in seine Stimme. »Ich hab Aislinn nicht *kontrolliert*. Ich wollte bloß nicht, dass meine Frau das mit uns erfährt. Deshalb hab ich ihre SMS gecheckt: Ich wollte mich vergewissern, dass Aislinn ihren Freunden nichts erzählt. Deshalb bin ich durch die Hintertür rein. Deshalb hab ich ihr nicht meine Telefonnummer gegeben. Ich hab sie sehr gemocht, ihr sogar einigermaßen vertraut, aber nicht genug, um mein ganzes Leben in ihre Hände zu legen. Ich wollte die Möglichkeit ausschließen, dass sie mit ihrem Handy zu mir nach Hause fährt und meiner Frau alles auf die Nase bindet, bloß weil sie beispielsweise zu anhänglich geworden war oder PMS hatte oder auf einmal meinte, mich erpressen zu können. Hab ich mich verständlich genug ausgedrückt?« Das war seine bislang längste Rede. Der Versuch, diese Erinnerung zu verdrängen, hat ihn gesprächig gemacht.

»Nun denn«, sagt Steve trocken, »du sagst, du hattest nicht vor, deine Frau für Aislinn zu verlassen, richtig?«

McCann stößt ein kurzes raues Lachen aus, einen Tick zu laut. »Einen Scheiß hatte ich vor. Meine Frau und ich, wir haben ein paar Probleme, aber ich liebe sie. Meine Kinder sogar noch mehr. Ich hatte nicht vor, abzuhauen.«

»Aber wie sollte es weitergehen? Wolltest du einfach weiter über Aislinns Terrassenmauer klettern« – ich schnaube belustigt; McCann wirft mir einen bösen Blick zu – »für den Rest eures Lebens?«

»Ich hatte keine Pläne. Ich hatte meinen Spaß, hab die Dinge laufen lassen.«

»Selbst wenn er vorhatte, seine Frau zu verlassen«, erkläre ich Steve, »hätte er Aislinn weiter geheim gehalten. Wäre ja auch blöd gewesen, seiner besseren Hälfte Munition für den Scheidungskrieg zu liefern.«

»Habt ihr nicht zugehört? Es wäre nie zu einem Scheidungskrieg gekommen. Das mit Aislinn und mir war prima, genau so, wie es war.«

Ich hebe eine Augenbraue. »Ach ja? Fand Aislinn das auch?«

McCann zuckt die Achseln. »Soweit ich das beurteilen konnte. Wenn nicht, hätte sie die Sache beendet.«

»Du hast dein trautes Heim und deine Affäre, und Aislinn hockt mit nichts in der Hand da. Damit wäre doch kein Mensch zufrieden.«

»Ich hab ihr nichts weggenommen. Wir waren uns von Anfang an einig, dass sie sich mit anderen Männern einlassen konnte. Alles andere wäre unfair gewesen.«

Cleverer Schachzug, aber nie im Leben die Wahrheit. »Und sie hat dich beim Wort genommen«, sage ich. »Wann hast du erfahren, dass sie einen anderen kennengelernt hatte?«

Kurzes Blinzeln: An diesem Punkt muss McCann vorsichtig sein. »Erst nach ihrem Tod.«

Steve und ich sehen uns an und sagen eine Weile nichts. McCann ist zu sehr Profi, um darauf reinzufallen. Er wirft uns einen sarkastischen Blick zu und wartet.

»Lassen wir das erst mal so stehen«, sage ich. »Welche Gefühle hat das in dir ausgelöst?«

McCann schnaubt: »Bist du jetzt auf einmal mein Therapeut?«

»Brauchst du einen Therapeuten?«

»Nein. Du vielleicht?«

»Dann musst du dir die guten Sachen ja auch nicht für ihn aufsparen. Was war das für ein Gefühl, als du erfahren hast, dass Aislinn noch einen anderen Typen hatte?«

Darauf ist McCann gut vorbereitet. Er zuckt die Achseln. »Keiner teilt gern. Aber ich hab immer Kondome benutzt, also keine große Sache.«

»Warst du überrascht?«, fragt Steve.

»Ich hab mir da keinen großen Kopf drum gemacht.«

»Lucy war überrascht. Als sie von Rory erfahren hat.«

Das wird mit einem höhnischen Grinsen quittiert. »Klar. Ich wette, sie war begeistert: gleich zwei Kerle zwischen ihr und Aislinn, nicht bloß einer.«

Steve sagt: »Sie war überrascht, weil Aislinn dich geliebt hat, Mann. Sie war verrückt nach dir. Wusstest du das?«

Eine ruckartige Bewegung von McCanns Kopf, als wäre ihm das ins Gesicht gesprungen. Er weiß nicht mehr, ob es so war oder nicht, will über keine der beiden Möglichkeiten nachdenken. Er sagt – jetzt wieder vorsichtig, weil er an die Textnachrichten denkt: »Es kommt nicht direkt aus heiterem Himmel.«

»Sie war vorher noch nie verliebt. Du warst der Erste. Wusstest du das auch?«

»Möglich, dass sie das erwähnt hat. Ich weiß nicht mehr genau.«

»Also«, sagt Steve, »wenn sie bis über beide Ohren in dich verliebt war, wieso hatte sie dann ein romantisches Dinner mit einem anderen?«

McCann ist gut. Der jähe Schmerz in seinem Gesicht, rasch und brutal wie ein Mündungsfeuer, entgeht mir nur deshalb nicht, weil ich darauf gelauert habe. »Wer weiß das schon? Frauen spinnen nun mal.«

»Okay«, sage ich, klopfe auf den Rand meines Teebechers und fixiere ihn stirnrunzelnd. »Gehen wir das mal durch. Aislinn war in dich verliebt, du aber nicht in sie. Richtig?«

McCann hat sich wieder unter Kontrolle. Er schnaubt: »Menschenskind, nee. Sie war ein liebes Mädchen, es war nett, mit ihr zusammen zu sein. Der Sex war super. Mehr war da nicht.«

»Wusste Sie, dass das für dich so war?«

»Ich war jedenfalls nicht so blöd, es ihr zu sagen, falls du das wissen willst.«

»Aber sie könnte es vermutet haben. Sie war ja nicht auf den Kopf gefallen.«

»Könnte. Keine Ahnung.«

»Falls sie es vermutet hat«, sagt Steve, »muss sie am Boden zerstört gewesen sein. Die erste Liebe: Das ist ein mächtiges Gefühl. Hat dir das nichts ausgemacht?«

Wir nehmen Fahrt auf. McCann merkt das: Sein Rücken ist gerader geworden, in seinen Augen ist ein konzentriertes blaues Glimmen. Für einen Moment sehe ich ihn vor zwanzig Jahren, mit markanten Wangenknochen und dunklem Bartschatten und diesen fernsichtigen blauen Augen, und ich sehe, warum er dachte, er hätte bei Aislinn eine Chance.

Er sagt: »Ich wollte ihr nicht weh tun. Aber ich hab mich auch nicht als ihren Babysitter gesehen. Aislinn war eine erwachsene Frau.«

»Wäre denn denkbar«, frage ich, »dass es bei ihrer Geschichte mit Rory nur darum ging, dich eifersüchtig zu machen?«

Achselzucken. »Glaube ich kaum. Schließlich wusste ich ja gar nichts von seiner Existenz.«

»Sie hatte Nachrichten von ihm auf ihrem Handy. Sie könnte gehofft haben, dass du sie liest.«

Wieder dieses wunde Verkrampfen, das winzige Zucken des Kopfes. »Selbst wenn ich das getan hätte, es hätte nicht funktioniert, und Aislinn hatte genug Durchblick, um das zu wissen.«

»Vielleicht hat sie Rory als Ablenkung benutzt?«, überlegt Steve. Ich weiß, so sicher, wie ich weiß, wo meine Hände sind, dass er gemerkt hat, worauf ich hinauswill, und zusammen mit mir darauf zusteuert. »Um nicht dauernd an dich zu denken?«

»Möglich.«

»In dem Fall hätte sie doch vermutet, dass du nicht so verliebt warst wie sie.«

»Möglich. Sie hat es nie angesprochen.«

Ich frage: »Hat sie je darüber geredet, dass du deine Frau verlassen könntest?«

»Sie hat es erwähnt. Nicht ernsthaft, nur ganz beiläufig.« Wieder überlegt er genau, was er sagt: die Textnachrichten.

»Und wie hast du reagiert?«

»Bin drüber weggegangen. Hab das Thema gewechselt. Sie hat nicht nachgehakt.«

»Aha«, sage ich. Ich lehne mich zurück, gönne mir einen Schluck Tee – kalt geworden – und nehme mein Smartphone aus der Tasche. Ich gehe seelenruhig in meine E-Mails und rufe die abfotografierten Post-its aus Aislinns geheimem Ordner auf.

Die Augen von Zivilisten landen sofort auf allem, was du hervorholst, sie können nicht anders. McCanns bleiben stur auf mein Gesicht gerichtet. Ich lege das Handy vor ihm auf den Tisch. Das kleine Klacken, als es die Tischplatte berührt, schnippt durch die Luft.

McCann wartet, bis ich die Hand weggenommen habe, bevor er nach unten schaut. Sein Gesicht verändert sich nicht, aber ich spüre das Pulsieren von Verblüffung und Argwohn in ihm.

Ich sage: »Da sind noch mehr. Schau sie dir ruhig an.«

Er wischt mit dem Daumen übers Display und wischt immer weiter. Etwas anderes keimt unter der Verblüffung auf: ein quälend schmerzliches Ziehen und fast so etwas wie Freude. McCann denkt, er sieht den Beweis dafür, dass er alles falsch eingeschätzt hat, dass Rory Aislinn nichts bedeutet hat. Dass sie doch verrückt nach ihm war.

Nach etwa einem Dutzend Bildern holt er rasch Luft und schiebt das Telefon zurück über den Tisch. »Ich hab's verstanden.«

Ich sage: »Sind das die Zettel, die du Aislinn geschrieben hast, damit sie wusste, wann du sie besuchen würdest?«

Achselzucken. McCann setzt sich wieder bequem hin, Hände in die Taschen geschoben, aber die bewegungslose Anspannung jedes Muskels verrät ihn. Wir bereiten den Großangriff vor, und er weiß es.

»Ich muss kein Handschriftenexperte sein, um zu sehen, dass das deine Schrift ist«, sage ich, »aber wenn nötig, bestelle ich einen, der es mir bestätigt. Ich kann auch deine Arbeitszeiten der letzten sechs Monate aufrufen und sie mit den Uhrzeiten und Daten auf den Zetteln vergleichen. Ich wette ein Monatsgehalt, dass wir da in jedem Fall eine Übereinstimmung feststellen.«

»Dann sind es vielleicht meine Zettel. Na und? Ich hab doch schon gesagt, dass ich sie geschrieben hab.«

»Und dass du sie anschließend vernichtet hast«, sagt Steve. Er hat mein Handy genommen und sieht die Fotos durch. »Dachtest du jedenfalls.«

»Bloß dass Aislinn was anderes damit vorhatte«, sage ich. Dagegen schließen sich McCanns Augen für einen Moment. »Jedes Mal, wenn du ihr einen Zettel über die Mauer geworfen hast, hat sie ein Foto davon gemacht, es auf ihren Computer geladen – in einen speziellen passwortgeschützten Ordner – und das Foto auf dem Handy gelöscht. Warum hat sie sich wohl so viel Mühe gemacht?«

Achselzucken. »Woher soll ich das wissen?«

»Wenn du raten müsstest?«

»Als Erinnerungsstücke?«

Ich lache auf. »Im Ernst?« Ich nehme Steve das Telefon aus der Hand und schwenke es vor McCanns Gesicht. »Denkst du wirklich, so was behält eine Frau als Souvenir?«

»Ich weiß nicht, was Frauen tun und nicht tun.«

»Das jedenfalls nicht. Glaub mir. Also was hatte Aislinn vor?«

Nach einem Moment sagt McCann: »Sie könnte überlegt haben, sie meiner Frau zu zeigen.«

»Du hast gesagt, sie war zufrieden so, wie es war. Warum hätte sie das tun sollen?«

»Ich dachte, sie wäre zufrieden. Ich kann mich auch geirrt haben.«

»Du hast gesagt, du warst vorsichtig, für den Fall, dass Aislinn ›zu anhänglich‹ werden würde und auf die Idee käme, deiner Frau ›alles auf die Nase zu binden‹.« Ich lasse mein Handy auf dem

Tisch kreiseln. »Anscheinend hast du gut daran getan, vorsichtig zu sein.«

»Aber nicht vorsichtig genug«, stellt Steve fest.

»Sieht für mich so aus«, sage ich, »als hätte Aislinn Pläne gemacht. Sie hat sich gedacht, wenn deine Frau davon erfährt, schickt sie dich in die Wüste, und du kommst schnurstracks zu ihr gerannt –«

»Hätte deine Frau dich in die Wüste geschickt?«, fragt Steve.

»Nein.«

Steves Augenbrauen schnellen hoch. »Nein?«

»Niemals.«

»Mann, vorhin hast du uns erzählt, sie hätte dich rausgeschmissen, wenn sie auch nur von den *Ausflügen* mit Aislinn erfahren hätte. Wenn sie rausgefunden hätte, dass du sie *gevögelt* hast, über Monate –«

»Sie hätte mir die Hölle heißgemacht. Mich angeschrien und beschimpft, dass es nur so kracht. Ich hätte wochenlang bei Breslin im Gästezimmer gepennt, vielleicht monatelang. Weiß Gott, ich hätte es verdient.« Das gehässige Schnarren in McCanns Stimme verrät, dass er das ehrlich meint. »Aber irgendwann hätten wir uns versöhnt. Keine Frage.«

Ich mustere ihn skeptisch. »Na ja. Das sagt sich jetzt so leicht.«

»Das ist eine Tatsache. Sie hätte mich betteln und kriechen lassen, aber sie hätte mich zurückgenommen. Die Kinder –«

»Genau, wir wollen doch die Kinder nicht vergessen. Wie traumatisiert wären die wohl gewesen?«

Sofort spannt sich sein Kiefer an. »Sie sind schon fast erwachsen. Ein paar Wochen Krach zwischen Mammy und Daddy sind kein Weltuntergang.«

»Was hätten sie denn dazu gesagt, dass Daddy eine junge Frau bumst, die vom Alter her ihre Schwester sein könnte?«

»Uh«, sagt Steve und verzieht das Gesicht. »Das Patentrezept für dauerhafte Entfremdung, würde ich sagen.«

McCann blafft: »Das hätten sie gar nicht erfahren.«

»Ach nein? Deine Frau hätte es ihnen nicht gesagt? Ist sie eine Heilige?«

»Muss sie wohl sein«, sagt Steve.

»Will sie wohl sein«, sage ich.

»Sie liebt die Kinder. Sie hätte sie geschont.«

Wir werden schneller, härter, haben uns vorgebeugt, schleudern die Fragen über den Tisch. McCann hält mit uns Schritt, kontert mit Antworten, ohne auch nur eine Sekunde zu zögern, und das Glimmen in seinen Augen ist zu einem blauen Feuer entfacht. Er denkt, das ist es. Er kann förmlich sehen, worauf wir zusteuern, und er denkt, das ist die Theorie, auf die wir setzen. Wenn es ihm gelingt, die zu zerlegen, stehen wir mit leeren Händen da.

»Wie dem auch sei«, sagt Steve, »es wäre sehr viel einfacher, sich den ganzen Ärger zu ersparen, oder nicht?«

»Doch, wäre es. Ein Glück, dass es nie so weit gekommen ist.«

»Glück«, sage ich fassungslos. »Nennen wir das jetzt so, ja? Da liegt eine tote Frau im Leichenschauhaus, aber Mensch, was hattest du für ein Glück!«

McCann wirft mir einen angewiderten Blick zu und würdigt mich keiner Antwort. »Komm, bleib fair«, sagt Steve. »McCann ist da an einem Riesenehekrach vorbeigeschlittert. Da kann man schon von Glück reden.«

»Das ist er«, sage ich. »Das ist er wirklich. Hat Aislinn gedroht, zu deiner Frau zu gehen, McCann?«

McCann schüttelt den Kopf, langsam und nachdrücklich. Er ist jetzt auf sicherem Boden: muss keine Bedenken wegen Aislinns SMS haben, weil er die Wahrheit sagt. »Nie.«

»Sie hat bloß Andeutungen gemacht.«

»Nee. Nicht mal das.«

»Ganz sicher?«

»Ja. Hundertprozentig. Fragt doch Lucy, die Lesbe, fragt egal wen: Ihr werdet nicht den kleinsten Beweis finden, dass Aislinn je davon gesprochen hat, zu meiner Frau zu gehen. Keinen. Absolut keinen.«

»Wir haben zwei Dutzend.«

»Diese Zettel?« McCann lacht mir ins Gesicht, ein offenmundiges Bellen. »Mensch, Conway, ich hoffe doch schwer, dass du so blöd nicht bist. Inwiefern beweisen die denn, dass irgendwer mit irgendwas gedroht hat? *Vielleicht* hatte Aislinn vor, mich damit unter Druck zu setzen – selbst das könnt ihr nicht beweisen –, aber sie hat's nicht getan. Ich hatte keine Ahnung, dass sie die Zettel fotografiert hatte. Und ich hatte keinen Zugriff auf die Fotos; passwortgeschützt, nicht wahr? Die Computerfahnder können die Zeiten checken, wann der Ordner geöffnet wurde – und die werden nicht mit den Zeiten übereinstimmen, wenn ich bei Aislinn war. Diese Zettel beweisen *nichts*.«

Ich schüttele den Kopf. »Spielt keine Rolle, ob du von ihnen wusstest oder nicht. Aislinn könnte deiner Frau Kopien geschickt haben.«

»Hat sie nicht. Geht ihre Computerprotokolle durch, ihren Drucker, den Drucker an ihrer Arbeitsstelle, alles, worauf sie Zugriff hatte. Ich wette, die sind nie ausgedruckt worden.«

»Sie könnte sie gemailt haben.«

»Dann checkt meinetwegen ihre E-Mail-Accounts. Denkst du etwa, Aislinn hätte die Mailadresse meiner Frau gehabt? Seh ich so blöd aus?«

»Oder sie ist einfach bei dir zu Hause gewesen, als du Dienst hattest.«

»War sie nicht. Überprüft das, guckt, ob ihr irgendwelche Nachbarn von mir findet, die sie gesehen haben. Ich drück euch die Daumen.«

»Wird deine Frau dasselbe sagen?«

Prompt springt McCann vom Stuhl hoch und hechtet mit gebleckten Zähnen halb über den Tisch auf mich zu, in einer einzigen wütenden Bewegung. »Wag es bloß nicht, damit zu meiner Frau zu gehen. Sie weiß nichts von Aislinn, und dabei bleibt es auch. Ist das klar?«

»Reine Routine«, sage ich, beide Hände erhoben. »Ich muss jeder Spur nachgehen.«

»Geh Spuren nach, soviel du willst. Aber wenn du meiner Frau von Aislinn erzählst, mach ich dich fertig. Hast du mich verstanden?«

»Da schau her«, sage ich mit einem amüsierten Grinsen. »Wäre offenbar doch ein Problem, wenn deine Frau von deiner Affäre erfahren würde.«

McCann beißt die Zähne aufeinander. Er möchte mich schlagen. Ich starre grinsend zurück, hoffe, dass er es versucht.

Nach einem Moment blickt er weg. Er lässt sich wieder auf den Stuhl sinken, rollt den Kopf. »Wenn ihr unbedingt mit meiner Frau reden müsst«, sagt er, »redet mit ihr. Aber ihr lasst die Affäre außen vor. Selbst ihr beide solltet das hinkriegen. Fragt sie, ob sie anonyme Briefe bekommen hat, ob Fremde bei ihr waren. Ich weiß genau, was sie sagen wird, aber wenn ihr euch unbedingt mal einen Tag stark fühlen müsst …«

Steve sagt: »Wenn du nicht willst, dass wir mit ihr reden, Mann, dann zwing uns nicht dazu. Red du mit uns.«

»Was mach ich denn hier gerade?«

»Okay«, sage ich. »Wo warst du Samstagabend?«

Das Grinsen hebt seine Oberlippe wie zu einem wütenden Knurren. Er lehnt sich zurück, verschränkt die Arme und lacht Richtung Decke. »Jetzt kommen wir endlich zur Sache. Wurde auch Zeit.«

»Wo warst du?«

»Willst du mich nicht über meine Rechte aufklären?«

»Wenn du willst. Sie haben das Recht zu schweigen. Alles, was Sie sagen, wird schriftlich festgehalten und kann als Beweismittel verwendet werden.« Das wird mit einem weiteren gehässigen Auflachen quittiert. »Wo warst du Samstagabend?«

»Das geht euch nichts an.«

Was clever ist: Kein Alibi bedeutet, dass wir nichts widerlegen können. »Kein Kommentar«, sage ich. »Willst du uns das damit sagen?«

»Nein. Ich will damit sagen, dass es euch einen Scheißdreck angeht.«

»Was wird deine Frau sagen, wenn wir sie fragen, ob du zu Hause warst?«

»Gibt nur eine Möglichkeit, das rauszufinden.«

Steve beugt sich vor und sagt: »Wir versuchen hier nicht, dir was nachzuweisen, Mann. Wir fragen dich nur. Wenn du beweisen kannst, wo du warst, können wir das Ganze hier sofort beenden. Und wir werden eine Möglichkeit finden, dass kein Mensch je davon erfahren muss. Aber das geht nur, wenn du mit uns kooperierst.«

McCann wirft ihm einen kalten Blick zu, als könnte er nicht fassen, dass Steve ihn tatsächlich für so blöd hält. »Ich sage nichts über Samstagabend. Nur, dass ich Aislinn kein Haar gekrümmt habe. Basta. Wir können das ganze Jahr hier sitzen bleiben, und ihr würdet nicht mehr aus mir rauskriegen.«

»So einfach ist das nicht«, sage ich. »Ich hab doch den Zeugen erwähnt, der dich die letzten Wochen öfter in Stoneybatter gesehen hat?«

»Na und?«

»Der Zeuge hat gesehen, wie du am Samstagabend kurz nach halb neun aus der Gasse hinter Viking Gardens gekommen bist.«

Er stößt ein Schnauben aus. »Rory Fallon. Stimmt's?«

»Hast du ihn wiedererkannt, als er zur Vernehmung hier war?«

Knappes Kopfschütteln, trockenes Zungenschnalzen: Darauf fällt er nicht rein. »Nee. Bres hat erwähnt, dass Fallon sich in letzter Zeit öfter in Stoneybatter rumgetrieben hat. Kleiner Stalker, was?«

Steve und ich antworten nicht. McCann nickt zufrieden. »Das heißt, er war bei Aislinn besitzergreifend. Mehr noch: Er war von ihr besessen. Wahrscheinlich hat er mich eines Abends gesehen, wie ich gekommen oder gegangen bin, was?«

Wir blicken ihn wortlos an.

»Klar. Bestimmt war er halbverrückt vor Eifersucht. Und als er dann Samstagabend bei ihr war, hat er sie sofort zur Rede gestellt, gefragt, ob sie einen anderen hat. Die arme Aislinn hat's nicht abgestritten oder nicht gut genug abgestritten, und ...«

Er ballt eine Hand zur Faust und hebt sie vom Tisch, nur einen Zentimeter, dreht sie.

»Kein Wunder, dass er behauptet, er hätte mich Samstagabend gesehen. Der würde doch alles sagen, nur um euch auf eine andere Fährte zu setzen. Und ihr wärt bescheuert, wenn ihr darauf reinfallt. Ein Richter würde das jedenfalls nicht.«

Steve sagt, und wir hören alle drei den defensiven Tonfall, der sich in seine Stimme geschlichen hat, sie schwächt. »Keiner hat gesagt, dass wir auf irgendwas reinfallen. Wir reden doch bloß mit dir.«

McCann lehnt sich zurück, schiebt die Hände in die Taschen und hebt einen Mundwinkel. Er versucht gar nicht erst, den Triumph in seinem Gesicht zu verbergen.

Er sagt: »Was glaubt ihr wohl, was passiert, wenn die Kollegen erfahren, dass ihr *so* ›bloß mit mir geredet‹ habt? Wegen einer kleinen Affäre?«

»Ach, komm«, sagt Steve. Er bettelt förmlich. »Du bist ein Zeuge. Wir mussten dich befragen. Das weißt du selbst.«

»Ich bin kein Zeuge für gar nichts.«

»Du kanntest das Opfer. Du hast mit dem Opfer *geschlafen*. Wir konnten doch nicht –«

»Wenn ihr mich ganz nett bittet«, sagt McCann, »und wenn

ihr nicht versucht, meine Ehe zu ruinieren, vergesse ich vielleicht, dass das hier überhaupt passiert ist.«

»Wir erzählen deiner Frau nichts von Aislinn. Ehrenwort.«

»Gute Entscheidung«, sagt McCann. Er steht auf, reckt sich, rollt die Schultern. »War's das jetzt?«

Steve wirft mir einen raschen, fragenden Blick zu. »Nein«, sage ich verbissen. »Wo wir schon mal dabei sind, können wir's auch zu Ende bringen.«

»Noch fünf Minuten?«, fragt Steve McCann. »Ehrlich, länger wird's nicht dauern, wir haben bloß noch ein paar –«

McCann lacht und breitet die Arme aus. »Ihr wollt einen letzten Versuch starten. Na los, probiert es.«

»Danke«, sagt Steve unterwürfig. »Ich meine, nein, wir wollen nicht – bloß –«

Ich sage: »Wir wollen von dir mehr über Aislinn wissen. Was in ihrem Kopf vor sich ging.«

McCann schnaubt. »Dieser Psychoscheiß, Conway. Ehrlich, aus dem musst du langsam mal rauswachsen. Rory Fallon war von ihr besessen und ist ausgerastet. Alles andere, was Aislinn gedacht hat, ist nicht dein Problem. Das interessiert keinen.«

»Wahrscheinlich hast du recht. Tu mir trotzdem den Gefallen, ja?« McCann seufzt leidgeprüft und setzt sich wieder. »Vor ein paar Minuten hast du uns erzählt«, sage ich, »wenn man jemanden ins Bett kriegen will und sagt, dass man ihn liebt – Aislinn hat gesagt, sie liebt dich –, ist das möglicherweise gelogen. Es könnte sein, dass man Hintergedanken hat. Richtig?«

»Richtig. Aber Aislinn hat nicht versucht, mich ins Bett zu kriegen. Das ist einfach irgendwann passiert.«

»Du hast sie durch den Computer laufen lassen, zu Anfang. Weil du dachtest, dass sie Hintergedanken haben könnte. Richtig?«

»Richtig. Und sie war sauber.«

»War sie, ja. Und das hat schon gereicht, um dich zu beruhigen? Dir sind nie wieder irgendwelche Zweifel gekommen? Eine Frau wie sie, ein Mann wie du … Hast du ernsthaft gedacht, sie macht dir nichts vor?«

»Vielleicht hat er das wirklich gedacht«, sagt Steve und mustert McCann kritisch. »Hormone, Mann. Die schalten den Verstand ab.«

»Quatsch, er hatte seine Zweifel«, sage ich. »Er hatte andauernd Zweifel. Er hat sich selbst dafür gehasst, wollte damit aufhören – hab ich recht, McCann? Aber er konnte nicht. Weißt du, was ich glaube? Ich glaube, im tiefsten Innern wusste er's.«

McCanns Mund hebt sich. »Denkt ihr, ich weiß nicht, was ihr da versucht? Ihr habt vielleicht Nerven, so einen Scheiß bei mir abzuziehen. Spielt lieber noch ein bisschen mit Rory Fallon. Lasst euch von Bres zeigen, wie das geht. Vielleicht könnt ihr noch was lernen.« Er stößt sich mitsamt Stuhl vom Tisch weg. »Mir reicht's jetzt.«

Steve zieht das Familienfoto mit Desmond Murray aus der Jacketttasche und legt es auf den Tisch. »Erkennst du jemanden auf diesem Bild?«, fragt er.

McCann beugt sich vor und nimmt es mit Schwung in die Hand, bereit, es Steve nach einem flüchtigen Blick wieder hinzuwerfen, doch das Foto bannt ihn. Er hält es zwischen den Fingerspitzen, und wir beobachten sein Gesicht, sehen ihm an, dass er mit aller Willenskraft keine Miene verzieht, als er Evelyn erkennt, dann Desmond und fieberhaft überlegt, was zum Teufel die mit der Sache zu tun haben. Als das pummelige kleine Mädchen mit dem unsicheren Lächeln ihm langsam bekannt vorkommt. Wir sehen das Beben, das seinen Kopf durchläuft, aus den tiefsten Tiefen aufsteigt, als er endlich begreift.

Steve zeigt mit dem Finger auf Desmond Murray. Er sagt: »Kannst du diesen Mann identifizieren?«

McCann hört ihn nicht.

Ich beuge mich näher, tippe auf das Foto. »McCann. Wer ist das?«

McCann blinzelt. Er sagt schleppend, als wäre sein Verstand zu beschäftigt, um seinen Mund richtig zu steuern. »Das ist Desmond Murray.«

»Woher kennst du ihn?«

»Das wisst ihr doch längst.«

»Wir wollen es aber von dir hören.«

»Er wurde als vermisst gemeldet. Lange her. Ich hab den Fall bearbeitet.«

»Und das da?« Ich deute mit dem Finger auf Evelyn Murray. »Wer ist das?«

»Die Ehefrau. Evelyn.«

»Und das?«

Mein Finger zeigt auf Aislinn. Steve hat sich neben mir über den Tisch gebeugt, so dass wir beide ganz nah an McCanns Gesicht sind, jedes Zucken beobachten. Langes Schweigen tritt ein, dann sagt McCann: »Das ist die Tochter.«

»Name?«

Ein Ausatmen. »Aislinn.«

Eine Sekunde Stille, während der Name durch die Luft sinkt.

»Du hast dich ernsthaft nicht mehr an sie erinnert?«, fragt Steve ungläubig. »Ich weiß, sie war erwachsen geworden und so weiter, aber ist dir ihr Gesicht nicht irgendwie bekannt vorgekommen? Oder wenigstens ihr Name?«

Nach einem Moment bewegt sich McCanns Kopf hin und her.

Ich sage: »Sie hat sich an dich erinnert.«

Er kann nicht mit dem Kopfschütteln aufhören.

»Deshalb hat sie dich im *Horgan's* ausgeguckt«, sage ich. »Nicht, weil sie auf Polizisten stand und du Detective warst. Sie wollte wissen, was mit ihrem Dad passiert war.«

»Ich hab mich gefragt, ob es anfangs bloß simple Neugier war«, sagt Steve, »oder eine ziemlich kaputte Art, ihrem Dad näherzukommen« – McCanns Mundwinkel verziehen sich einmal kurz vor Schmerz –, »und dann, als sie dich besser kennenlernte, wurde es was Echtes.«

Ein Lachschnauben von mir. »Hey«, sagt Steve, »alles schon vorgekommen. Fragst du dich das auch?«

McCann hebt den Kopf und blickt Steve einen Moment lang an. Die jähe Hoffnung in seinen Augen ist schrecklich.

Ich nehme erneut mein Handy und wische methodisch mit dem Daumen übers Display, spüre, wie McCann sich beherrschen muss, nicht hinzusehen, bis ich zu Aislinns kleinem Märchen komme, das sie für Lucy geschrieben hat. »Lies das mal«, sage ich und reiche es McCann. Seine Augen schließen sich einmal, eine Sekunde lang, während er liest. Als er fertig ist, streckt er den Arm aus und legt das Handy in Zeitlupe auf den Tisch, wie ein Betrunkener. Er sieht uns nicht an.

»Erkennst du die Schrift?«, frage ich.

Nicken.

»Wer hat das geschrieben?«

Nach einer Sekunde: »Aislinn.«

»Genau. Und der Böse in der Geschichte? Der ihr Leben ruiniert hat und dem sie jetzt seins ruinieren will? Du weißt, wer das ist, oder?«

McCann sagt nichts. Ich kann ihn atmen hören, schweres Schnaufen durch die Nase in der dicken, überhitzten Luft.

Als klar ist, dass er nicht antworten wird, sage ich: »Das bist du, McCann. Hast du das verstanden?«

Nichts. Seine Hände liegen auf dem Foto, bedecken es, damit er es nicht sehen muss.

Ich beuge mich näher, klopfe vor ihm auf den Tisch. »Pass gut auf, was jetzt kommt. Ich möchte, dass du genau begreifst, warum das alles passiert ist.«

Ein Flattern der Augenlider. Er hat eine vage Ahnung, aber das genügt nicht. Er will unbedingt den Rest hören.

»Erinnerst du dich daran, dass du mit Aislinn über den Fall ihres Dads geredet hast?«

McCann sagt: »Ich habe nie Namen genannt.«

Ich lache laut auf. Ausgerechnet das ist ihm in dieser Situation wichtig: Wir sollen um Himmels willen nicht denken, er wäre unprofessionell gewesen. »Musstest du auch nicht. Sie wusste haargenau, von dem du geredet hast. Sie war es nämlich, die das Gespräch in die Richtung gesteuert hat. Weißt du noch, was du ihr erzählt hast?«

Er schüttelt den Kopf, versucht, nachzudenken. »Dass wir seine Spur bis nach England verfolgt haben. Dass wir ihn mit seiner neuen Freundin … Aislinn hat nie, nie ein Wort gesagt. Nicht mal mit der Wimper gezuckt. Hat bloß zugehört, genickt …«

»Aislinn war gut«, sage ich. »Aislinn war sehr viel besser darin, als du geahnt hast. Weißt du noch, dass du ihr erzählt hast, wie du mit ihrem Dad gesprochen hast? Dass er dich gebeten hat, Aislinn und ihrer Ma auszurichten, es gehe ihm gut, und dass du beschlossen hast, nichts zu sagen?«

McCanns Augen sind zu mir hochgeglitten. »Ihr habt Evelyn Murray nicht erlebt. Sie war so ein zartes Wesen, so scheu, so lieb – wie eine Figur aus einem alten Buch, die am Ende an Schwindsucht stirbt oder so, weil die Welt einfach zu hart für sie ist. Sie war zerbrechlich, wie aus Glas.« Zu dem breiter werdenden Grinsen in meinem Gesicht: »Fick dich. Ich hatte nichts mit ihr. Hab sie nie angerührt, hätte ich niemals.«

»Wie auch immer«, sage ich. »Wenn dir so viel an ihr lag, warum hast du ihr nicht ausgerichtet, was ihr Mann gesagt hat?«

»Weil es sie umgebracht hätte zu erfahren, dass ihr Mann mit einer Jüngeren abgehauen ist. Es hätte sie vernichtet. Das wollte ich ihr nicht antun.«

Ich sage: »Aber du hattest kein Problem damit, über den Rest ihres Lebens zu bestimmen. Alles, was sie tat, nachdem du durch ihre Tür gekommen warst, jeder Gedanke, der ihr je durch den

Kopf ging, war übersät mit deinen Fingerabdrücken. Und du hast gewusst, dass es so sein würde.«

Ich beuge mich weit über den Tisch, der extra so schmal ist, dass ich nah rankommen kann, jede raue Stoppel im Bartschatten dieses Scheißkerls sehen kann, den Tee in seinem Atem und kalten Rauch in seinen Klamotten und den beißenden Gestank aus Wut und Entsetzen in seinem Schweiß riechen kann. Ich bin so nah, dass ich ihn auf vielerlei Weise bluten lassen kann. »Sei ehrlich zu dir selbst, McCann: deshalb hast du den Mund gehalten. Nicht wahr? Du konntest Evelyn nicht haben, aber du mochtest den Gedanken, dass dir der Rest ihres Lebens gehörte. Jedes Mal, wenn sie aufwachte und sich fragte, ob Des heute durch die Tür kommen würde, jedes Mal, wenn sie aufsprang, weil das Telefon klingelte, jede Nacht, in der sie träumte, er wäre tot, gehörte sie dir. Hast du manchmal daran gedacht, wenn deine Frau rumzickte und du neben ihr lagst und von der süßen kleinen Evelyn träumtest? Hat dich das Wissen angemacht, dass, ganz egal, was sie in diesem Moment gerade tat oder dachte, du sie dazu gebracht hattest?«

McCann starrt mich an, diese blutunterlaufenen blauen Augen. Noch nie habe ich einen solchen, auf mich gerichteten Hass gesehen. Einen so intimen Hass habe ich bisher immer nur zwischen Paaren, in Familien gesehen. Ich habe den Finger genau zwischen seine Rippen geschoben, auf sein tiefstes Geheimnis. Ich habe ihn.

Er sagt, leise und gepresst genau in mein Gesicht: »Fick dich doch. Es war zu ihrem eigenen Besten. Weißt du, was ihr Mann über sie gesagt hat? Als Entschuldigung? Dass sie ihm zehn Jahre lang die Luft zum Atmen abgeschnürt hat. Dass er fast durchgedreht ist, noch ein paar Monate länger in dem Haus, und er wäre verrückt geworden. Denkst du, das hätte ich ihr sagen sollen? Damit *das* dann den Rest ihres Lebens bestimmt? Sie war nicht der Typ, der so was abschüttelt und nach vorn schaut. Es hätte sie zerstört. Ich hab ihr mit meiner Entscheidung wenigstens etwas Selbstachtung gelassen, die Möglichkeit gegeben, ihre Ehe so in Erinnerung zu behalten, wie sie sie gesehen hat. Ich hab ihr eine Chance gegeben.«

»Nur, dass Aislinn von deiner Entscheidung genauso betroffen war«, sage ich. »Daran hast du nicht einen Gedanken verschwendet, was? Du hast auch Aislinns Leben übernommen. Jeder Tag war das, wozu *du* ihn gemacht hattest, nämlich beschissen. Dann wurde sie älter und fing an, nach Antworten zu suchen, und sie fand heraus, wer ihr die absichtlich so lange vorenthalten hatte, bis es zu spät war.«

McCanns Mund öffnet sich. Wir sehen den Moment, als etwas Großes und Glänzendes mit einem ungeheuren Brüllen in seinem Kopf explodiert, scharfkantige Scherben in alle Richtungen schleudern, sich tief in jede zarte Stelle bohren.

Ich sage: »Ich will dir verraten, was Aislinn an dem Abend beschlossen hat, nachdem du ihr diese Geschichte erzählt hattest. Sie hat beschlossen, dass sie jetzt dran war, *dein* Leben zu dem zu machen, was *sie* wollte. Deshalb ist sie mit dir ins Bett gegangen, McCann. Nicht, weil sie dich so wahnsinnig geil fand, sondern weil sie sich gedacht hat, du wärst leichter zu manipulieren, wenn du scharf auf sie bist. Und sie lag richtig damit. Sie hatte dich fast so weit, was? Wann wolltest du deiner Frau sagen, dass es vorbei ist? Diese Woche? Heute?«

Er kann nicht sprechen. Ich beuge mich noch näher zu ihm und sage leise und sehr deutlich: »Die ganze Beziehung war eine Lüge. Jedes Mal, wenn Aislinn dich geküsst hat, jedes Mal, wenn sie mit dir geschlafen hat, jedes Mal, wenn sie gesagt hat, dass sie dich liebt, musste sie sich zusammenreißen, um nicht zu kotzen. Sie hat sich gezwungen, das alles durchzustehen, weil sie unbedingt die Chance haben wollte, dir das anzutun, was du verdient hattest.«

McCanns Kopf ist gesenkt und schwankt hin und her. Seine

Schultern sind hochgezogen wie die eines verwundeten Tiers, das versucht, auf den Beinen zu bleiben.

»Verstehst du jetzt, warum sie die Zettel abfotografiert hat?«

Seine Atmung in dem hübschen pastellgelben Raum klingt wie auf einer Intensivstation.

»Du hattest recht: Sie wäre damit zu deiner Frau gegangen, wenn sie dich nicht hätte überreden können, sie zu verlassen. So oder so hätte Aislinn deine Ehe zerstört. Und dann hätte sie dich mit offenen Armen aufgenommen und dir erzählt, dass deine Frau sowieso nie gewusst hat, was sie an dir hatte, und dass du jetzt endlich mit jemandem zusammen sein kannst, der dich zu schätzen weiß. Und dann, wenn der Staub sich gelegt hätte und die Scheidungspapiere unterschrieben gewesen wären und deine Kinder dich gehasst hätten wie die Pest und deine Frau dich nie im Leben wieder zurückgenommen hätte, dann hätte Aislinn dich eiskalt vor die Tür gesetzt und dich deinem beschissenen neuen Leben überlassen.«

Nichts, bloß dieses schwere Atmen. Das war's. McCann hat nichts mehr in sich. Zu dritt haben Steve und ich und Aislinn ihm alles genommen. Falls er reden wird, dann von diesem brodelnden Niemandsland aus, in das wir ihn gestoßen haben.

Steve sagt leise: »Du hast sie geliebt. Nicht wahr?«

McCanns Kopf hebt sich. Seine Augen bewegen sich über uns hinweg, als wäre er blind. Sein Mund öffnet sich, und er holt einmal kurz Luft, hält sie lange an, ehe er sagt: »Kein Kommentar.«

Die Worte verharren in der Luft wie dunkle Flecken. Der Raum wirkt fast irrwitzig verzerrt, die freundlichen Farben und biederen kleinen Annehmlichkeiten verzweifelt bemüht, die darunter versteckten grinsenden weißen Knochen des Vernehmungsraums zu kaschieren – Tisch, Stühle, Kamera, Einwegspiegel.

Steve sagt: »Als du sie überrascht hast, wie sie das Abendessen mit Rory vorbereitete. Kam das für dich aus heiterem Himmel? Oder hattest du schon einen Verdacht?«

»Kein Kommentar.«

»Sprich mit uns, Mann. Was hat sie gesagt? Hat sie gesagt, du sollst verschwinden und nie wiederkommen? Hat sie dich ausgelacht, weil du geglaubt hast, eine Frau wie sie könnte dich lieben? Was?«

»Kein Kommentar.«

Er versucht erst gar nicht, uns anzusehen, nicht mehr. Er starrt zwischen unseren Köpfen hindurch die Wand an, blicklos, hört über uns hinweg, so dass alles, was wir sagen, nur fernes Gemurmel ist. Ich kenne diesen Ausdruck, habe ihn schon bei Vergewaltigern gesehen, Mördern. Bei Leuten, zu denen wir nie durchdringen werden, weil sie wissen, was sie sind, und sich nicht dagegen wehren.

»Wo warst du am Samstagabend?«, fragt Steve.

»Kein Kommentar.«

Das Klicken des sich drehenden Türknaufs lässt Steve und mich zusammenzucken. McCann rührt sich nicht. Breslin steht in der Tür, glitzernde Regentropfen auf dem Mantel, und lächelt uns alle an.

17

»MAC«, SAGT BRESLIN. »Du wirst oben im Büro gebraucht.«

McCann sieht zu ihm hoch. Ihre Augen treffen sich für eine Sekunde, die Steve und mich vollkommen ausschließt.

»Geh schon mal vor«, sagt Breslin. »Ich komm gleich nach.«

McCann stemmt sich wie in Zeitlupe von seinem Stuhl hoch und geht zur Tür. Als er an Breslin vorbeikommt, gibt der ihm einen raschen Klaps auf die Schulter. McCann nickt automatisch.

»Vernehmung beendet um 15.34 Uhr«, sagt Breslin und schlendert zur Kamera hinüber. Er hebt den Arm und schaltet sie ab. Als er sich zum Wasserspender umdreht: »Sieh an, sieh an. Da haben sich ja zwei wieder vertragen. Wie nett.«

Ich sage: »Mich würde interessieren, wie du darauf kommst, wir hätten uns gestritten?«

»Ich bitte um Verzeihung, aber im Moment ist mir euer Beziehungsstatus schnurzegal. Ihr hattet gerade die Unverschämtheit, meinen Partner zu beschuldigen –«

»Darüber reden wir, wenn ich es sage. Vorläufig will ich wissen, wer von den Fahndern gestern Morgen nichts Eiligeres zu tun hatte, als dir zu stecken, dass Moran und ich uns gezofft hätten?«

»Reilly«, sagt Steve. »Hab ich recht? Als unsere Diskussion losging, hat er aufgehört zu tippen.«

Ich erinnere mich daran, die plötzliche drückende Stille nach dem blöden Geklicker, das mich die ganze Zeit genervt hatte.

»Ich hab doch gesagt, Reilly ist ein kluges Köpfchen«, sagt Breslin. »Im Gegensatz zu mir, wie's scheint. Ich hab zwanzig Minuten im *Top House Pub* rumgesessen, ehe der Groschen fiel. Alle Achtung, Conway: Deine South-Dublin-Tussi klang sehr überzeugend. Hätte ich dir gar nicht zugetraut.« Er prostet mir mit seinem Wasserbecher zu. »Aber zum Glück war wenig Verkehr. Bin gerade rechtzeitig wieder hier gewesen, um die besten Teile der Show mitzukriegen.«

Obwohl wir versuchen, uns unsere Überraschung nicht anmerken zu lassen, bekommt er sie offenbar doch mit, denn er lacht. »Habt ihr gedacht, ich wäre von meiner kleinen Spritztour zurückgekommen und sofort hier reingestürmt, um Mac vor euch zwei großen gefährlichen Wölfen zu retten? Ich war im Beobachtungsraum. Weil ich wusste, dass Mac nicht gerettet werden muss, weil er nämlich nichts gemacht hat – na ja, abgesehen davon, dass er die falsche Frau gevögelt hat, und soweit ich weiß, ist das kein Schwerverbrechen. Aber wir sind uns wohl alle einig, dass er ein paar harte Tage hinter sich hat, und als ich gesehen habe, wie ihr beide versucht habt, ihn nach Strich und Faden in die Mangel zu nehmen, dachte ich mir, es wäre Zeit, die Notbremse zu ziehen.«

Er kommt zum Tisch, nimmt das Familienfoto der Murrays in die Hand und sieht es sich lange an. »Hm. Kein Wunder, dass Mac sie nicht wiedererkannt hat.« Er wirft es wieder auf den Tisch, achtet nicht darauf, als es über die Platte rutscht und zu Boden trudelt. »Nun denn«, sagt er. »Ich hab die ganze Zeit gedacht, wir arbeiten zusammen. Ich hab die ganze Zeit so ein richtig schönes, warmes Gefühl gehabt, weil wir Rory so großartig zusammen vernommen haben. Und dabei hattet ihr die ganze Zeit das hier im Hinterkopf. Nur mal als Frage: Als ihr heute Morgen in den Spiegel geguckt habt, ist euch da nicht ein ganz klein bisschen schlecht geworden?«

Breslin macht das, was er am besten kann. Es fühlt sich seltsam an, irgendwie sogar schade, dass ich nicht den geringsten Impuls habe, ihm eins in die Fresse zu hauen. »Und die ganze Zeit, in der *ich* dachte, wir würden zusammenarbeiten«, sage ich, »die ganze Zeit, in der ich mich über diese tollen Vernehmungen gefreut habe, hast du uns das verschwiegen. Wie war das noch mal mit dem Glashaus und dem Steinewerfen?«

Seine Augen weiten sich empört, und er zeigt mit dem Finger auf mich. »Nein, nein, nein, Conway. Versuch jetzt bloß nicht, den Spieß umzudrehen. Du hast gerade bewiesen, dass es verdammt nochmal richtig von mir war, dich nicht einzuweihen. Diese *Vernehmung* ...« Sein Mund verzieht sich vor Ekel; er trinkt einen Schluck Wasser, um ihn runterzuspülen. »Na los, erzähl's mir. Was glaubst du, hast du mit dieser Vernehmung erreicht?«

Ich sage: »Wir haben genug für einen Durchsuchungsbeschluss für McCanns Haus.«

Breslin lässt sich das durch den Kopf gehen, nickt. »Ein Durchsuchungsbeschluss. Sehr schön. Und was wollt ihr da finden?«

»Die braunen Lederhandschuhe, die McCann den ganzen Winter trägt? Die ich diese Woche kein einziges Mal gesehen habe? Entweder wir werden Aislinns Blut an ihnen finden, oder wir finden sie überhaupt nicht.«

»Wow«, sagt Breslin und zieht die Augenbrauen hoch. »Beeindruckend. Bestimmt macht Mac sich vor Angst in die Hose, wenn er das hört. Soll ich euch ein bisschen Arbeit abnehmen? Möchtet ihr hören, was wirklich passiert ist?«

»Nichts lieber als das«, sage ich. »Aber von McCann.«

Breslin schnalzt mit der Zunge. »Das könnt ihr vergessen. Mac ist nicht so blöde, dazu eine offizielle Aussage zu machen – ehrlich gesagt, nach dem Mist, den ihr gerade hier abgezogen habt, würde es mich wundern, wenn er überhaupt noch mal mit einem von euch beiden redet, ob offiziell oder inoffiziell. Aber ich denke, es wird uns allen das Leben vereinfachen, wenn ihr die Fakten erfahrt.«

Steve sagt: »Und das ist dann nicht dokumentiertes, nicht verifizierbares, gerichtlich nicht verwertbares Hörensagen.«

»So schaut's aus. Wollt ihr's nun hören oder nicht?«

Tief in meinem Innersten will ich es nicht. McCann hat etwas mitgenommen, als er den Raum verließ, eine Art dunkle, wilde Spannung, die die Luft knistern ließ. Ohne ihn im Zentrum wirkt alles hier schal und fade und albern. Am liebsten möchte ich aufstehen und gehen, immer weiter, irgendwohin, wo ich nicht darüber nachdenken muss, was als Nächstes kommt, wo ich nicht Breslins selbstgerechte Visage sehen muss. Ich lehne mich auf meinem Stuhl zurück und reibe mir mit den Händen durchs Gesicht, versuche, etwas von dieser Spannung wiederzufinden.

»Okay«, sagt Steve. »Lass hören.«

»Ich muss nicht, wenn ihr nicht wollt.«

»Wir würden es gern hören.«

»Conway?«

»Von mir aus«, sage ich. Ich nehme die Hände vom Gesicht, habe aber nicht die Energie, mich aufzurichten.

Breslin setzt sich nicht zu uns an den Tisch. Er wirft seinen Wasserbecher in den Abfalleimer, schiebt die Hände in die Taschen und beginnt, auf und ab zu gehen, schön entspannt, der coole Professor, der seinen faszinierten Studenten die Welt erklärt. »Samstagabend«, sagt er, »hat Mac zu Hause mit seiner Familie zu Abend gegessen und dann beschlossen, Aislinn zu besuchen. Er kam gegen Viertel vor acht dort an – so um den Dreh –, er hat nicht auf die Uhr geschaut. Wie üblich ging er durch die Hintertür in die Küche. Das Licht brannte, und er konnte sehen, dass Aislinn dabei gewesen war, etwas zu kochen, aber sie reagierte nicht, als er nach ihr rief, und kam ihn nicht begrüßen. Als Mac ins Wohnzimmer ging, sah er sie dort liegen, mit dem Kopf auf dem Kaminsockel.«

»Muss ein Schock gewesen sein«, sagt Steve. Breslin wirft ihm einen stechenden Blick zu, aber Steves Gesicht ist ausdruckslos.

»Das war es allerdings. Natürlich.«

»Die meisten Menschen wären durchgedreht.«

»Die meisten Zivilisten, klar. Mac war fassungslos, aber er hat sich zusammengerissen. Das macht ihn nicht zum Mörder. Das macht ihn zum Cop.«

»Er hat außerdem gesehen, dass der Tisch für ein romantisches Dinner gedeckt war«, sage ich. »Das muss auch ein Schock gewesen sein. Wie hat er das interpretiert?«

Breslin sagt mit einer Stimme, die mir vermitteln soll, dass seine Geduld nicht unerschöpflich ist: »Er hat gar nichts *interpretiert*, Conway. Soweit er überhaupt darüber nachgedacht hat, während seine Geliebte reglos vor ihm auf dem Boden lag, ist er davon ausgegangen, dass das Dinner für ihn gedacht war, nur für den Fall, dass er unangemeldet auftauchte, was er manchmal tat. Er nahm an, dass sich irgendwer Einlass ins Haus verschafft hatte, vielleicht ein Triebtäter, wahrscheinlicher ein Junkie – seien wir ehrlich, die Gegend ist nicht die beste –, und Aislinn ihm zum Opfer gefallen war. Erst später kam ihm der Gedanke, dass Aislinn vielleicht einen anderen gehabt hatte und es zwischen den beiden zum Streit gekommen war. Doch in dem Moment ist er überhaupt nicht auf die Idee gekommen. Wie Moran eben richtig gesagt hat, er stand unter *Schock*.«

Steve fragt: »Lebte Aislinn noch?«

Breslin schüttelt den Kopf. »Mac hat sofort Puls und Atmung überprüft, und dabei ist, ja, wahrscheinlich Blut an seine Handschuhe gekommen. Möglicherweise hat er sie deshalb auch entsorgt. Aislinn war tot.«

Minuten oder Stunden, hat Cooper gesagt; der Tod war wahrscheinlich rasch eingetreten. Bislang kommt alles hin. Es ist Schwachsinn, aber Geschworene könnten darauf reinfallen.

Ich sage: »Und dann hat er unverzüglich im Präsidium angerufen und ein Ermittlungsteam angefordert.«

Breslin fixiert mich, die hellen Glupschaugen zu hart erstarrt, um zu blinzeln. »Spar dir die Ironie, Conway. Lass es einfach. Die ist fehl am Platze. Vielleicht glaubst du ja wirklich, das hättest du an seiner Stelle getan, aber da machst du dir was vor. Wenn Mac es gemeldet hätte, wäre er in eine Mordermittlung verwickelt worden, und das heißt, man hätte ihn zu Schreibtischarbeit verdonnert, bis die Sache geklärt worden wäre, egal, wie lange das gedauert hätte. Und falls der Fall nie gelöst worden wäre, hätte das für ihn das Ende als Detective im Morddezernat bedeutet. Du kannst unmöglich effektive Ermittlungsarbeit leisten, wenn du selbst unter Verdacht stehst. Er hätte seine Familie verloren. Durchaus möglich, dass er vor Gericht gelandet wäre; nicht auszuschließen, dass er ins Gefängnis gewandert wäre. *Lebenslänglich*. Und weswegen? Er hatte nichts getan, und er hatte keinerlei sachdienliche Informationen. Er hätte sich in sein Schwert gestürzt, privat und beruflich, für *nichts*. Wenn du dich wirklich für so eine Heilige hältst, freut mich das für dich. Aber das kauf ich dir nicht ab.«

Was ich Breslin nicht sagen werde: Ich habe keine Ahnung, was ich gemacht hätte. Ich kann es mir vorstellen, klar wie einen Albtraum: Wie ich da mitten im blutigen Desaster eines anderen stehe, spüre, wie es mir schnell und immer schneller bis zu den Knöcheln ansteigt, den Waden, den Knien, und denke: *Nein*.

Ich halte seinen Blick fest. »Was ich machen würde, spielt keine Rolle. Was hat McCann gemacht?«

»Er hat das Haus durchsucht, um sich zu vergewissern, dass der Täter nicht mehr da war. Dann hat McCann überall seine alten Fingerabdrücke abgewischt – also ehrlich, Conway, hör bitte endlich auf, so überheblich missbilligend zu gucken. Ich kann mich nicht konzentrieren, wenn ich so ein Gesicht sehe.«

Meine Mimik drückt überhaupt nichts aus, Breslin will mich bloß irritieren. »Wenn dir mein Gesicht nicht gefällt, guck Moran an«, sage ich. »Oder mach meinetwegen die Augen zu.«

Breslin seufzt, schüttelt den Kopf und wendet mir übertrieben dramatisch die Schulter zu, um sich voll auf Steve zu konzentrieren. »Also, McCann hat seine Abdrücke weggewischt. Er musste Aislinns Schlafzimmer durchsuchen, ob sie vielleicht doch welche von seinen Zetteln aufbewahrt hatte, wurde aber nicht fündig, zumindest nicht an naheliegenden Orten. Er hat überlegt, ob er noch eine Weile bleiben sollte, für den Fall, dass der Täter zurückkam, fand das dann aber zu riskant, zumal die Wahrscheinlichkeit eh gering war.«

Steve sagt, mit vor Verwirrung gerunzelter Stirn: »Warum hat er den Herd abgestellt? Das hat mich von Anfang an gewundert.«

»Damit keine Beweise vernichtet wurden –« Ich schnaube auf. »Fingerabdrücke sind nicht alles, Conway. Der Mörder hätte schließlich DNA zurückgelassen haben können, Fasern, sonstige Spuren; die wollte McCann natürlich auf keinen Fall ruinieren. Und er wollte auch nicht, dass das Haus abfackelt und Aislinn verbrennt, für den unwahrscheinlichen Fall, dass er sich geirrt hatte und sie doch noch am Leben war. Und …« Breslin lächelt ein kleines, trauriges Lächeln. »Das hat er mir nicht gesagt, weil McCann genauso wenig wie ihr und ich sentimental rüberkommen will, aber ich bin ziemlich sicher, er konnte den Gedanken nicht ertragen, dass Aislinns Leiche verkohlt. Er hat sie nämlich sehr gern gehabt.«

»Aah«, sage ich. Ich rechne halb damit, dass Steve mir signalisiert, ich soll nicht so provokant sein, aber er tut es nicht. Steve hat keine Lust mehr, Breslins guter Kumpel zu sein.

»Conway. Lass das. Ich weiß, du kannst das Dezernat genauso wenig ausstehen wie alle, die darin arbeiten, aber denk verdammt nochmal eine Sekunde lang wie ein Detective und nicht wie eine pubertierende Außenseiterin, die den beliebten Mädchen in der Klasse endlich eins auswischen kann. Wenn Mac Aislinn getötet hätte, hätte er dann den Herd abgestellt? Er hätte ihn voll aufgedreht und gehofft, die Bude brennt komplett ab.«

Ich sage: »Was hat er dann gemacht?«

Breslin seufzt durch zusammengebissene Zähne. »Er ist durch die Hintertür raus, hat sie abgeschlossen und ist nach Hause. Ihr könnt es euch sparen, die Aufnahmen der Überwachungskameras zu sichten, ihr werdet ihn nicht finden. Weder Samstagabend noch an irgendeinem anderen Abend. Es ist ziemlich leicht, die zu umgehen. Falls es doch zu einer Scheidung gekommen wäre, wollte Mac seiner Frau keinen Stoff liefern, den ihr jeder Privatschnüffler leicht hätte besorgen können.«

Das kommt hin, natürlich kommt es hin. Genau wie McCanns Geschichte hinkommt und Rorys und Lucys. All diese Geschichten. Sie brummen wie faustgroße Hornissen oben in den Ecken des Raumes, kreisen träge, sparen ihre Kräfte. Ich würde am liebsten meine Pistole zücken und sie wegballern, schön eine nach der anderen, sie zu schwarzen Staubwirbeln pulverisieren, die herabsinken und sich auflösen.

Ich frage: »Wann hat er dir das alles erzählt?«

»Er hat mich angerufen, sobald seine Frau eingeschlafen war. Du musst ja wohl zugeben, Conway, dass er so ein Gespräch schlecht hätte führen können, als er Samstagabend durch die Stadt ging. Oder auf dem Sofa, während seine bessere Hälfte neben ihm fernsieht. Er hat die erste Gelegenheit genutzt, die sich ergab.«

Ich sage: »Und du hast ihm geglaubt.«

Breslin fährt zu mir herum und sieht mich an. »*Ja*, Conway. Ja. Ich glaube ihm. Auch deshalb, weil es so etwas wie Loyalität gibt, was für dich offenbar ein Fremdwort ist. Er ist mein Partner; wenn ich ihn mit einer Leiche zu Füßen und einer noch qualmenden Waffe in der Hand erwische, ist es mein Job, davon auszugehen, dass ihm einer was anhängen will. Aber vor allem, weil ich Mac kenne. Ich kenne ihn schon sehr, sehr lange. Falls du je einen Partner hast, den du so gut kennst wie ich Mac, kannst du verdammt froh sein. Und es ist *völlig ausgeschlossen*, dass er das getan hat.«

Ich schaue kurz zu Steve hinüber. Ich kann nicht sagen, ob Breslin diesen Quatsch wirklich glaubt oder ob er sich eingeredet hat, dass er ihn glaubt, weil er nun mal der edle Ritter sein muss, der durch dick und dünn zu seinem Partner hält. Wahrscheinlich Letzteres, und das heißt, er wird daran festhalten. Einen echten Glauben kannst du entkräften, wenn du genug Fakten lieferst, die ihn widerlegen. Aber ein Glaube, der auf nichts anderem gegründet ist als darauf, wer die Person sein will, den bringt nichts und niemand zum Bröckeln. Wir könnten Breslin ein Video zeigen, wie McCann Aislinn das Gesicht zertrümmert, und der edle Ritter würde sich trotzdem nicht beirren lassen.

»Kapiert ihr beide das? Geht das irgendwie in eure Schädel?«

»Ja«, sage ich. »Und du hast die Polizeiwache in Stoneybatter angerufen.«

»Hab ich, ja. Und nur ganz nebenbei: McCann wusste, dass ich das tun würde, und er war einverstanden. Sobald er den ersten Schock überwunden hatte, fing er wieder an, wie ein Cop zu denken. Weil er nämlich genau das ist. Kein Mörder. Sondern ein Cop.«

»Soso. Und warum hast du dann bis fünf Uhr morgens gewartet? Wenn McCann dich angerufen hat, sobald seine Frau eingeschlafen war, wird das so etwa gegen Mitternacht gewesen sein, oder? Warum noch fünf Stunden warten?«

Breslin seufzt und hebt beide Hände. »Okay. Erwischt. Gut gemacht. Ich wollte sichergehen, dass ich da sein würde, wenn der Fall im Dezernat ankommt. McCann durfte natürlich absolut nichts mit der Ermittlung zu tun haben, sonst wäre uns das ganze Ding um die Ohren geflogen –«

»Ehrenhaft«, sage ich. »Ich bin beeindruckt.«

Breslin wirft mir einen genervten Blick zu, verkneift sich aber eine Antwort. »– aber wir dachten, ich sollte die Sache im Blick behalten. Für den Fall, dass es irgendwann doch nötig werden würde, dass Mac sich als Zeuge meldet – Conway, warum hörst du mir überhaupt zu, wenn du bei allem, was ich sage, bloß höhnisch grinst? Möchtest du vielleicht lieber draußen warten, während ich mit Moran ein vernünftiges Gespräch führe?«

»Du meinst wohl eher für den Fall, dass es nötig werden würde, die ermittelnden Detectives auf irgendwelche falschen Fährten zu locken. Diese Woche muss ein Riesenspaß für dich gewesen sein, was? Zuzuschauen, wie Moran und ich uns den Hintern aufreißen –«

Breslin kommt so schnell auf mich zu, dass ich fast zurückschrecke. »Was wirfst du mir da vor? O nein« – ein Finger dicht vor meinem Gesicht, als ich antworten will –, »pass auf, was du sagst. Pass verdammt gut auf, was du sagst.«

Ich habe die Schnauze voll davon, verdammt gut aufzupassen, was ich sage. Ich schlage seinen Finger weg, so fest, dass ich die Wut in seinen Augen sehe, als er mit dem Gedanken spielt, mir eine reinzuhauen, aber nein, den Gefallen tut er mir nicht. Steve ist halb aufgesprungen, ist aber klug genug, nicht dazwischenzugehen. »Du hast meine Ermittlung behindert. Das ist kein Vorwurf, das ist eine Tatsache. Du hast den korrupten Cop gespielt, damit Moran und ich diesem Schwachsinnsverdacht nachgehen und bloß nichts finden, was McCann mit Aislinn in Verbindung bringt, und die ganze Zeit hast du versucht, uns Rory Fallon schmackhaft zu machen. Mit Fünfzigern rumwedeln, Gaffney abwimmeln, uns zwielichtige Telefongespräche vorspielen … Hat Reilly dir das auch erzählt? Ist er angelaufen gekommen und hat dir gesteckt, dass wir in Richtung Bandenkriminalität ermitteln –«

Breslin lacht mir ins Gesicht, laut und schallend. »Als ob ich dafür Reilly gebraucht hätte! Das habt ihr beide mir selbst verraten. Zuerst willst du wissen, wer Aislinn im Computer überprüft hat und warum. Und am Sonntagnachmittag, als ihr beide zum Boss musstet, weißt du, was du da auf deinem Computer offen gelassen hast, Moran? Eine Suchanfrage für in Dublin ansässige

Männer zwischen zwanzig und fünfzig, mit Vorstrafen im Bereich organisiertes Verbrechen. Und, Conway, Montagmorgen kommst du an und tust ganz besorgt, ob ich vielleicht finanzielle Probleme hätte. Glaubt ihr wirklich, ich wäre zu blöd, um eins und eins zusammenzuzählen?«

Aus dem Augenwinkel kann ich Steves knallrote Birne sehen. Meine sieht wahrscheinlich genauso aus. Da hab ich in jedem Schatten Gespenster gesehen, überall Schlangennester von Spionen gewittert, die es auf mich abgesehen hatten, dabei war alles viel einfacher: Ich war nicht dezent genug, und Steve hat vergessen, auf seinem Computer ein Fenster zu schließen.

Breslin tritt zurück und breitet die Arme aus. »Wenn du denkst, ich hab deine Ermittlung behindert, nur zu, reich eine Dienstbeschwerde ein. Was willst du denn reinschreiben? So, wie Breslin sein Sandwich bezahlt hat, war das falsch? Breslin wollte nicht, dass Gaffney ihn auf Schritt und Tritt begleitet?« Er hat ein Grinsen aufgesetzt, ein gehässiges Grinsen. »Kinder, wenn ihr da irgendwas Verdächtiges gesehen habt, dann lag das im Auge des Betrachters. Wenn ihr irgendwelche haarsträubenden Spuren verfolgt habt, war das euer Bier. Nicht mein Problem.«

Keiner von uns erwidert etwas. Ich kann noch immer Breslins Aftershave riechen.

»Ich finde, wenn ihr nicht genug habt, um Beschwerde gegen mich einzureichen«, sagt Breslin, »solltet ihr euch bei mir entschuldigen.«

Ich sage: »Jetzt erzählen wir dir mal unsere Geschichte. Und die ist sehr viel besser als deine.«

Er verzieht das Gesicht zu einer fassungslosen Grimasse. »Was redest du denn da? Hier geht's nicht darum, wer die beste *Geschichte* hat, Conway. Hier geht's darum, was Samstagabend tatsächlich passiert ist. Und das hab ich euch gerade erzählt.«

»Och, komm schon. Und keine Bange, unsere ist kürzer als deine.«

Breslin seufzt lang und geräuschvoll und schiebt übertrieben umständlich Becher beiseite, damit er seinen Hintern gegen die Theke mit dem Wasserkocher lehnen kann. »Na schön«, sagt er und verschränkt die Arme. »Dann legt mal los. Haut mich um.«

»Samstagabend«, sage ich. »McCann hat zu Hause gegessen und sich dann überlegt, Aislinn einen Besuch abzustatten. Er hatte sich nicht angekündigt, aber das spielte ja keine Rolle. Er ging davon aus, dass sie für ihn verfügbar war, wann immer er wollte. Er kam irgendwann nach 19.40 Uhr da an, als Rory die Gasse verließ, um zu Tesco zu laufen. McCann stieg über die Mauer und betrat das Haus durch die Hintertür, wie üblich.«

Breslin nickt drauflos und blickt mich mit großen, ungläubigen Augen an: Das ist doch dieselbe Geschichte, die ich euch erzählt habe. »Abwarten«, sage ich. »Jetzt wird's spannend. Er kommt also rein und sieht, dass Aislinn sich aufgebrezelt hat und aufwendig kocht, und die Begrüßung fällt ganz anders aus, als er erwartet hat: Sie will ihn offensichtlich nicht dahaben. McCann geht ins Wohnzimmer, um rauszufinden, was eigentlich los ist, und sieht den Tisch für ein Candlelightdinner gedeckt. Und er weiß verdammt gut, dass er nicht der erwartete Gast ist.«

»Zu dem Zeitpunkt«, sagt Steve, »drehte sich schon sein ganzes Leben um Aislinn Murray. Er war kurz davor, seine Frau zu verlassen, seine Kinder –«

»Ich vermute, das wusste Breslin schon«, sage ich. Breslin schlägt die Augen zur Decke.

»McCann hatte das Skript vom Rest seines Lebens zerrissen«, sagt Steve, »und ein ganz neues geschrieben, mit Aislinn in der Hauptrolle.«

»Der Vollidiot«, kommentiere ich in Steves Richtung und sehe den Zorn in Breslins Augen aufblitzen.

Steve sagt: »Und das warf sie ihm vor die Füße.«

»Ich frage mich, wie viel sie ihm erzählt hat«, sage ich.

»Jedenfalls nicht alles. Nicht das mit ihrem Dad. Du hast ja sein Gesicht gesehen, als wir ihm das eröffnet haben. Echter Schock.«

»Ja, stimmt. So weit ist sie nicht mehr gekommen. Aber ich denke mal, sie hat ziemlich deutlich gemacht, dass das mit ihr und McCann vorbei war, dass er abzischen sollte, und zwar dalli, damit sie's in Ruhe mit ihrem neuen Lover machen konnte.«

»Aua«, sagt Steve und verzieht das Gesicht. »Kein Wunder, dass er ausgerastet ist.«

»Wäre wohl jeder. Wirklich jeder. Ich bestimmt.«

»Die meisten würden noch weit schlimmer ausrasten. Eine Sekunde die Beherrschung verloren, ein Schlag? Das geht so schnell. Er konnte unmöglich ahnen, dass es so enden würde.«

Breslin steht noch immer zurückgelehnt da, die Arme verschränkt, und beobachtet uns mit halbgesenkten Lidern und einem gequälten Lächeln in einem Mundwinkel. »Hübsche Geschichte. Wenn es sich so abgespielt hat, war es bloß ein läppischer kleiner Totschlag, keine große Sache, und Mac sollte einfach Farbe bekennen und sich seinen Denkzettel abholen wie ein braver Junge?«

Ich sage: »Was denkst du denn, was er tun sollte? Den Mund halten und weiter im Dezernat arbeiten, bei seiner Frau bleiben, als wäre nie was gewesen?«

»Das denke ich wirklich. Weil sich eure hübsche Geschichte nämlich in Wohlgefallen auflöst, sobald ich sie wie ein richtiger *Detective* unter die Lupe nehme. Psychologisch ergibt sie überhaupt keinen Sinn. Normalerweise interessiere ich mich ja einen Scheiß für diesen Psychokram, aber in diesem Fall habt ihr praktisch nichts anderes vorzuweisen, deshalb finde ich, wir sollten uns ein bisschen damit beschäftigen. Erstens« – er hebt einen Finger –, »wieso sollte Rory so ein Riesenschock für Mac sein? Ein Schock, der ihn dazu bringt, eine Frau mit solcher Wucht ins Gesicht zu schlagen, dass sie stirbt? Mac war nicht in Aislinn verliebt. Falls ihr das nicht glaubt, wäre da die Tatsache, dass er

Aislinn gesagt hatte, sie könnte sich gern mit anderen Männern treffen, was wiederum durch die Tatsache bestätigt wird, dass sie Rory zu sich nach Hause eingeladen hat, anstatt zu ihm zu gehen, obwohl sie *wusste*, dass Mac jederzeit auftauchen konnte. Falls ihr das auch nicht glaubt, habt ihr Lucys Aussage, dass Mac Zugriff zu Aislinns Handy hatte, eben *weil* er ihre SMS checken wollte. In dem Handy finden sich über einen Zeitraum von Wochen Nachrichten an und von Rory, darunter auch die mit der Verabredung zum Abendessen. Und ihr wollt mir erzählen, Rory wäre so ein Schock für Mac gewesen, dass er komplett durchdreht?«

Ich sage: »Als Rory auftauchte, hatte McCann aufgehört, Aislinns Nachrichten zu lesen. Es war ihm zu peinlich, außerdem hatte er bis dahin nichts nennenswert Wichtiges gefunden.«

»Stimmt, ich hab gesehen, wie ihr ihn deswegen fertiggemacht habt. Da habt ihr ihm ordentlich eins reingewürgt. Alle Achtung.« Breslin klatscht ein paarmal langsam in die Hände. »Aber ich glaube, wenn Mac unbedingt hätte wissen wollen, ob Aislinn noch einen anderen hatte, dann hätte er das bisschen Peinlichkeit in Kauf genommen und ihre Nachrichten gelesen. Auch wenn er das euch beiden gegenüber nicht gern zugegeben hätte.«

Steve sagt: »Es sei denn, Aislinn hat ihm so gut was vorgespielt, dass er gar nicht auf die Idee gekommen ist, sie könnte ihn betrügen.«

»Klar. Was bedeuten würde, dass er nicht zu Eifersucht neigt, was wiederum bedeuten würde, dass er wohl nicht ausgeflippt wäre, als er es herausfand. Wir sind wieder am Anfang: Es ergibt keinen Sinn, psychologisch gesehen. Und das zweite Problem.« Breslin hebt einen weiteren Finger. »Rory könnte den Herd abgestellt haben, weil ihm der Geruch unangenehm war oder weil seine Mammy ihm beigebracht hat, Küchengeräte nie anzulassen. Mac dagegen nicht. Er ist kein ahnungsloser Schlappschwanz, der die Nerven verliert und ohne guten Grund irgendwelchen Mist macht. Selbst unter gewaltigem Stress hat er noch klar gedacht – so klar, dass er seine Fingerabdrücke beseitigt hat, zum Beispiel. Er hätte nicht grundlos irgendwas in dem Haus angefasst. Wenn er Aislinn getötet hätte, wenn er gewusst hätte, dass sämtliche Spuren auf ihn hindeuten und es ihm nutzen würde, wenn das Haus abbrennt, warum zum Teufel hätte er dann den Herd abstellen sollen?«

Ich sage: »Damit der Rauchmelder nicht losgeht. McCann hat klar gedacht, das stimmt. Er brauchte Zeit, um im Haus seine Fingerabdrücke wegzuwischen. Aber das war nicht alles. Er hat begriffen, dass Aislinns Freund ihm sehr nützlich werden könnte. Der war vor Ort, ganz allein, ohne irgendwelche Zeugen, die bestätigen könnten, was er gemacht hat, und das auch noch genau zum Zeitpunkt der Tat: Mann, was Besseres kann sich ein Täter gar nicht wünschen.«

Breslin schüttelt den Kopf, hat ein leises angewidertes Lächeln aufgesetzt. Ist mir egal. »Das Problem war nur«, sage ich, »dass McCann, der ja Aislinns SMS nicht gelesen hatte, nicht genau wusste, wann der Freund eintreffen sollte. Selbst wenn er in ihrem Handy nachgesehen hätte, für wann genau die beiden verabredet waren – und das wollte er nicht, weil die KTU festgestellt hätte, dass er es getan hatte und wann –, könnte der Kerl sich ja verspäten. Hätte McCann den Herd angelassen, wäre wahrscheinlich der Rauchmelder losgegangen und Aislinn gefunden worden, während dieser Bursche noch irgendwo unterwegs war, mit einem möglichen Alibi. Und selbst wenn McCann den Rauchmelder deaktiviert hätte, wäre er das Risiko eingegangen, dass ein Nachbar den Rauch bemerkt und Alarm geschlagen hätte oder sogar der Freund, wodurch der wieder ein Alibi gehabt hätte. Also musste er den Herd ausmachen.«

Breslin zuckt die Achseln. »Ich schätze, so könnte man argumentieren. Wie gesagt, hübsche Geschichte. Aber mehr auch nicht. Sie wird durch nichts untermauert. Ihr könnt beweisen, dass Mac eine Affäre mit Aislinn hatte. Schön für euch. Aber was Samstagabend betrifft, könnt ihr absolut nichts beweisen. Ihr habt eine Identifizierung durch den Hauptverdächtigen, der nun wirklich allen Grund hat, jemand anderen in die Sache reinzuziehen. Ihr habt eine bizarre, wirre Geschichte von einer Frau gehört, die vielleicht, vielleicht auch nicht die beste Freundin des Opfers war, die vielleicht, vielleicht auch nicht selbst in das Opfer verliebt war und vielleicht, vielleicht auch nicht krankhaft eifersüchtig auf den Glückspilz war, der das Opfer vögeln durfte. Und falls ihr tatsächlich einen Durchsuchungsbeschluss für Macs Wohnung bekommt, wobei ich mir kaum vorstellen kann, dass ihr wirklich so blöd seid, den zu beantragen, werdet ihr wahrscheinlich beweisen können, dass er seine braunen Handschuhe verloren hat. Und das war's auch schon. Mehr habt ihr nicht.«

Schweigen.

»Was wollt ihr nun damit anfangen?«

Noch mehr Schweigen.

»Richtig. Dachte ich mir.« Breslin füllt sich noch einen Becher Wasser, und wir hören, wie die Blasen sich im Wasserspender nach oben quälen. Er trinkt einen langen, bedächtigen Schluck, bevor er sagt: »Ich hoffe, euch beiden ist klar, wie sehr ihr den Fall versiebt habt.«

Keiner von uns beißt an.

»Ihr habt ihn grandios in den Sand gesetzt. Versteht ihr das? Ihr werdet das McCann niemals nachweisen können, erstens, weil ihr keine Beweise habt, dass er es war, und zweitens, weil er es nicht war, sondern Fallon. Solltet ihr tatsächlich versuchen, Mac dafür dranzukriegen, haut euch der Staatsanwalt eure Ermittlungsakte um die Ohren. Und solltet ihr es doch irgendwie schaffen, ihn vor Gericht zu bringen – was nicht klappen wird –, zieht die Verteidigung Rory Fallon und euren *Berg* an tatsächlichen *Beweisen* gegen ihn aus dem Hut, und die Geschworenen sprechen Mac frei, noch ehe sie sich überhaupt zur Beratung zurückgezogen haben. Würdet ihr das nicht? Mal ehrlich. Wenn ihr Geschworene wärt und die gesamte Beweislage wäre das, was ihr mir gerade erzählt habt, würdet ihr ihn dann schuldig sprechen?«

Steve und ich antworten nicht.

»Natürlich nicht. Und das würde auch sonst keiner, außer vielleicht ein pathologischer Polizistenhasser, der ihn für Jack the Ripper hält. Aber jetzt, wo ihr in dieses Wespennest mit Mac gestochen habt, kriegt ihr auch Fallon nicht mehr dran. Die Anklage bringt ihn vor Gericht, die Verteidigung lädt McCann vor – ruiniert damit seine Ehe und möglicherweise auch seine Karriere, aber, hey, ist ja nicht euer Problem, was? –, und zack, begründeter Zweifel. Mach's gut, Rory. Schönes Leben noch. Wir sehen uns wieder, wenn du bei deiner nächsten Freundin ausgerastet bist.«

Er prostet einem imaginären Rory zu.

»Ihr seid am Ende, Leute. Ihr könnt bloß noch eure Ermittlungsakten zusammenpacken und runter in den Keller schicken. Und ihr solltet euch eine gute Erklärung für den Boss und für die Medien einfallen lassen, warum der Fall gegen die Wand gefahren wurde und die arme Aislinn nicht die Gerechtigkeit bekommen wird, die sie verdient hat. Seid ihr stolz auf euch? Habt ihr das Gefühl, diese Woche gute Arbeit geleistet zu haben?«

Wir bleiben stumm. Es gibt nichts zu sagen, was irgendwie einen Sinn hätte.

Breslin seufzt und spaziert zur Videokamera hinüber. »Es gibt nur eins, was wir mit dem Schlamassel noch machen können«, sagt er, »nämlich verhindern, dass er McCanns Leben ruiniert. Ehrlich, nach allem, was ihr ihm gerade völlig grundlos zugemutet habt, ist das das *Mindeste*, was ihr tun könnt.«

Er hebt die Hand an die Videokamera, drückt auf den Auswurfknopf und nimmt das Band heraus. »Gehe ich recht in der Annahme, dass ihr nicht so dreist wart, die Vernehmung irgendwie zu protokollieren?«

Steve nickt.

»Als ihr McCann gebeten habt mitzukommen, habt ihr das so hingekriegt, dass nicht jeder direkt gemerkt hat, was los ist?«

Nicken.

»Und du hast bis jetzt noch keine offizielle Aussage von Lucy Riordan?«

Nicken.

»Na wenigstens etwas, Gott sei Dank«, sagt Breslin. Er klopft sich das Videoband mit einem trockenen Rappeln auf die flache Hand. »Also: Die letzte Stunde ist nie passiert. Ihr lasst die Fotoserien verschwinden und nehmt eine schöne, unverfängliche Aussage von Lucy zu Protokoll. Ich bin sicher, das kriegt ihr schon hin. Ich erkläre dem Boss, dass ihr ausgezeichnete Arbeit geleistet habt, die Beweislage aber leider nicht für eine Anklageerhebung ausreicht. Dass wir deshalb beschlossen haben, Rory Fallon vorläufig auf Eis zu legen und die forensischen Spuren und elektronischen Daten weiter zu analysieren, in der Hoffnung, doch noch etwas zu finden, was ihn eindeutig belastet.« Anders ausgedrückt, er wird dem Boss versichern, dass er Steve und mich unter Kontrolle hat, genau wie versprochen. Ich ertrage es kaum noch, ihn anzusehen. »Der Boss wird die Medien hinhalten, bis irgendwas anderes passiert, in das sie sich verbeißen können. Wir behalten Rory im Auge und machen ihm klar, dass er nur knapp davongekommen ist, jagen ihm ordentlich Angst ein. Und alle sind glücklich und zufrieden.« Wieder klopft Breslin sich das Band auf die flache Hand. »Klingt das gut?«

Nach einem Moment sage ich: »Ja.«

»Moran?«

Steve atmet tief durch. »Ja.«

»Und ich kann mich drauf verlassen, dass ihr nicht doch noch querschießt, richtig?«

Ich sage: »Keine Querschüsse.«

»Gut.« Breslin schiebt das Band in die Innentasche seines

Jacketts und geht zur Tür. Den Knauf schon in der Hand dreht er sich noch einmal zu uns um.

»Vielleicht wird's eine Weile dauern, bis ihr das einseht«, sagt er, »aber ihr solltet mir auf Knien danken. Bestimmt fühlt sich das im Moment nicht so an. Aber in ein paar Jahren, wenn Rory Fallon im besoffenen Kopf seiner neuen Freundin alles gesteht und ihr noch hier seid, um ihn festzunehmen, dann werdet ihr begreifen, dass ich ein echter Glücksfall für euch war. Wenn es so weit ist, könnt ihr euch gern erkenntlich zeigen. Eine schöne Flasche Bourbon würde bestimmt nicht umkommen.«

Ehe uns eine halbwegs vernünftige Antwort auf diese geballte Ladung gequirlten Schwachsinn einfällt, nickt er uns zu, und weg ist er, Türknallen und schnelle, entschlossene Schritte den Flur runter, um McCann zu sagen, dass er sich keine Sorgen mehr machen muss.

Einige Augenblicke vergehen, dann bückt sich Steve, um das Familienfoto der Murrays aufzuheben. Er sagt: »Ich hab gedacht, wir hätten ihn. McCann. Als wir ihm das gezeigt haben. Da hab ich wirklich gedacht …«

»Ja, ich auch. Das war gut. Es hätte funktionieren müssen.« Ich gönne mir fünf Sekunden, um daran zu denken, wie gut diese Vernehmung war; wie gut wir zusammen waren, Steve und ich. Dass es sich anfühlte, als könnten wir gegenseitig unsere Gedanken lesen. Ich nehme mir diese fünf Sekunden, um zu erkennen, was ich verlieren werde.

»›Kein Kommentar‹«, sagt Steve. Er steckt das Foto in seine Jacketttasche, behutsam, als könnte es irgendwann wieder wichtig sein.

Ich sage: »Wir hätten es sehen müssen.«

Damals, ganz am Anfang, als Lucy unseren Fragen nach Aislinns heimlichem Lover auswich, hätten wir es sehen müssen. Stattdessen haben wir imaginäre Gangster verfolgt, dramatische Geschichten mit korrupten Cops in der Hauptrolle erfunden und uns gegenseitig abwegige Verdächtigungen vorgeworfen, während das Offensichtliche vor unserer Nase auf und ab sprang und mit den Armen wedelte, damit wir es wahrnehmen.

»War verdammt blöd von mir, die Suchanfrage auf meinem Computer zu lassen«, sagt Steve. »Zu wenig Schlaf, der Boss, der uns in sein Büro rief, ich bin hektisch geworden –«

»Ich war genauso blöd. Ich wollte Breslin aushorchen und hab's verbockt. Mach dir keinen Kopf.«

»Wenn ich nicht mit diesem Bandenquatsch angefangen hätte –«

Ich sage: »Selbst wenn nicht. Ich glaube nicht, dass wir es gesehen hätten.«

Steve hat schon vor Tagen gesagt: Breslin ist daran gewöhnt, der Gute zu sein, und jede Geschichte, die in seinem Kopf Raum einnimmt, muss von dieser Prämisse ausgehen. Das gilt nicht nur für Breslin. Wir Detectives wissen alle, mit absoluter Sicherheit, dass wir die Guten sind. Ohne dieses Fundament kann keiner diesen Job durchstehen, der teilweise eine dunkle, triefende Hölle ist. Breslin, der korrupte Cop, McCann der korrupte Cop, das konnten wir uns vorstellen. Es gibt und gab schon immer Detectives, die diesen Weg gehen, Berufsrisiko. Aber ein Cop als Mörder, einer von uns, der sich in das verwandelt, das wir unser Leben lang versuchen, zur Strecke zu bringen, das ist etwas anderes. Das stellt die Welt brutal auf den Kopf. Selbst ich, und ich weiß seit Jahren nur allzu gut, dass Polizisten nicht immer die Guten sind: Als ich es direkt vor Augen hatte, war ich blind dafür.

Breslin und McCann oben an der Treppe, wie sie leise darüber sprachen, dass dieser Fall dringend zu Ende gebracht werden muss: Ein Kind hätte sehen können, warum. Ich kam nicht mal auf den Gedanken.

Vielleicht hat Breslin McCanns fragwürdige Geschichte tatsächlich geglaubt, als der ihn aus dem Bett klingelte, und das nicht nur, weil er der edle weiße Ritter sein wollte. Vielleicht hat er sie geglaubt, weil seinem Verstand, als ihm die andere Möglichkeit in den Sinn kam, nichts anderes übrigblieb, als sie auszuspucken und nie wieder in Betracht zu ziehen.

»Wahrscheinlich nicht.« Steve starrt benommen auf die Stelle, wo Breslin war. »Und selbst wenn, es hätte nichts geändert. Es gibt schließlich keine zusätzlichen Beweise, die wir hätten in die Finger kriegen können. Wir wären also so oder so im Eimer gewesen.«

Es hätte aber doch etwas geändert. Die vielen Möglichkeiten, wie es etwas geändert hätte, wirbeln mir durch den Kopf, verweben sich zu einem einzigen dicken, dunklen Vorhang. Ich kann es nicht in Worte fassen, was da hinter seinem gemächlichen Schwanken endgültig verlorengegangen sein mag: was diese paar Tage hätten ändern können, wenn wir nur nicht blind gewesen wären.

Ich sage: »Ich bin noch nicht fertig.« Ich nehme mein Handy und fange an, meine Kontakte durchzusehen.

Steves Augen richten sich auf mich, dunkel und skeptisch. »Wir werden ihn nicht kriegen. Was Breslin gesagt hat ist bitter, aber er hat recht.«

»Ich weiß.«

Er will noch etwas sagen, aber ich hebe einen Finger: Es klingelt am anderen Ende der Leitung. »Louis Crowley«, sagt Crowley der Kriecher misstrauisch. Dem Hintergrundgeräusch nach zu schließen, ist er in einem Pub.

»Tagchen«, sage ich. »Antoinette Conway, Morddezernat. Ich muss mit Ihnen reden. Jetzt gleich. Wo sind Sie?«

Ich lege eine ordentliche Prise unterdrückte Verzweiflung in meine Stimme, um seinen Appetit zu wecken, und es klappt. »Hm«, sagt Crowley. »Eigentlich hab ich gerade gar keine Zeit.«

»Ach, kommen Sie. Sie werden es nicht bereuen.«

Der kleine Depp denkt, er weiß genau, was hier läuft, und er will es bis auf den letzten Tropfen melken. »Na ja«, seufzt er mit genüsslicher Herablassung. »Von mir aus … Ich bin im *Grogan's*. Noch ungefähr eine halbe Stunde. Wenn Sie hier sind, bevor ich gehe, könnte ich mir ein paar Minuten Zeit nehmen.«

»Super«, sage ich und lasse mir meine Erleichterung anmerken. »Ich – super. Ich bin gleich da.« Und ich lege auf.

»War das Crowley?«, fragt Steve. Seine Augenbrauen sind hochgeschnellt.

»Ich muss ihn an die Kandare nehmen, schon vergessen? Ich habe eine Idee.« Ich stecke mein Handy ein, stehe auf und streiche die Falten aus meinem Hosenanzug. »Kommst du mit? Ich könnte Unterstützung gebrauchen.«

Plötzlich ist da ein Zucken in Steves Mundwinkel. Er sagt: »Könnte man diese Idee vielleicht als Querschuss bezeichnen?«

»Das will ich schwer hoffen. Kommst du nun mit oder nicht?«

Steve schiebt seinen Stuhl zurück und steht auf, grinst. »Das lass ich mir doch nicht entgehen.«

Niemand ist auf den Fluren. Als wir unsere Mäntel holen, ist niemand in der Umkleide. Durch die Tür zum Dezernatsbüro dringen die üblichen Arbeitsgeräusche, Tastaturen, Telefonate, Genörgel, der Drucker; mittendrin steigert sich die weiche Powerstimme von Breslin gerade zu einer Pointe, die lautes Gelächter erntet. Oben in Soko-Raum C schuften die Fahnder vor sich hin wie emsige Bienchen, tragen Berge von Unterlagen zusammen, die auf direktem Weg im Keller landen werden. Sogar am Empfang ist niemand: Bernadette ist entweder in der Pause oder auf Toilette. Wir gehen aus dem Gebäude, und keiner kriegt überhaupt mit, dass wir weg sind.

Crowley sitzt allein an einem Ecktisch im *Grogan's*, hat ein Glas Ale vor sich stehen und liest ein abgegriffenes Taschenbuch, auf dessen Cover in fetten Lettern SARTRE steht, damit auch alle mitkriegen, dass er sich auf einer höheren Ebene bewegt. Er tut so, als würde er uns nicht bemerken, bis wir praktisch über seinem Tisch hängen. »Crowley«, sage ich.

Er mimt eher schlecht als recht den Verblüfften und legt das Buch hin. Steve ist eine Überraschung, aber Crowley überspielt das einigermaßen: »Ah«, sagt er, streckt Steve die Hand entgegen und lächelt ihn gnädig an. Mich ignoriert er, um mir gleich zu zeigen, wo's langgeht. »Detective Moran.«

»Tach«, sagt Steve, ohne Crowley die Hand zu schütteln. Er lässt sich auf einen Stuhl plumpsen, streckt die Beine aus, holt sein Smartphone heraus und widmet ihm seine Aufmerksamkeit.

Ich sehe Crowley an, dass er angestrengt überlegt, was das soll. Ich setze mich ihm gegenüber, stütze die Ellbogen auf den Tisch und das Kinn auf die Hände und lächle ihn an. »Tagchen.«

»Ja«, sagt er mit einer hübschen Mischung aus Widerwillen und Argwohn. Er wartet vergeblich auf die Portion Verzweiflung, die ich ihm versprochen hatte. »Hallo.«

»Gute Artikel von Ihnen in letzter Zeit. Ich war noch nie auf der Titelseite. Komm mir langsam vor wie Kim Kardashian.«

»Wohl kaum«, sagt Crowley und beäugt mich. »Hat Ihnen das Foto gefallen?«

»Crowley«, sage ich. »Sie haben einen Riesenfehler gemacht.«

Es läuft nicht so, wie Crowley erwartet hat, aber er hält sich gut – schließlich hat er noch immer die Oberhand, ob ich mich benehme oder nicht. »Oh, das sehe ich anders. Wenn Sie in den Augen der Bevölkerung nicht wirken wollen wie eine Schlägertype –« Steve hat irgendein Game aufgerufen, eine Mischung aus Piepstönen und Blendgranaten; Crowley wird abgelenkt, schafft es dann aber, sich wieder auf seine moralische Empörung zu konzentrieren, »– dann versuchen Sie nicht, die Vertreter der freien Presse einzuschüchtern. So einfach ist das.«

»Nee, nee, nee. Mir geht's nicht um das Foto. Mein Problem ist ein Typ, der das Foto gesehen hat. Er hat Sie angerufen und nach meiner Adresse gefragt, und Sie haben sie ihm gegeben.«

»Keine Ahnung, wovon Sie reden«, sagt Crowley. Er faltet seine Patschhändchen auf dem Tisch und grinst mich an. »Übrigens, wie geht's Ihrem Vater?«

Während ich noch verdutzt bin, fliegt Steves Kopf hoch, und er prustet los. »Das hat er nicht. Oder doch?«

Crowleys Augen huschen zwischen uns hin und her. Das Grinsen wird schwächer. Deshalb wollte ich Steve dabeihaben: Wenn ich vorgehabt hätte, Crowley anzuflehen, mein größtes Familiengeheimnis für sich zu behalten, hätte ich keinen Begleiter mitgebracht. »Wer hat was nicht?«, will ich wissen. »Und Sie, woher kennen Sie meinen Dad?«

»Der Mann, der Sie angerufen hat«, sagt Steve zu Crowley. »Der hat Ihnen doch nicht wirklich erzählt, er wäre Conways Dad. Oder doch?«

»Ach du Schande«, sage ich. »Ernsthaft?«

Steve fängt lauthals an zu lachen. Crowley wirft ihm einen giftigen Blick zu. »Das hat er gesagt. Er hat gesagt, er hätte Sie vor langer Zeit aus den Augen verloren und wollte wieder Kontakt zu Ihnen haben.«

»Und Sie sind drauf reingefallen?«, sage ich. »Einfach so?«

»Er wirkte glaubwürdig. Und ich sah keinen Grund, an seiner Aussage zu zweifeln.«

»Sie wollen doch *Journalist* sein«, stellt Steve belustigt fest. »Da müsste Zweifel doch Ihr Ding sein.«

»Meine Güte«, sage ich. »Ich mag Sie nicht mal, aber ich schäme mich in Grund und Boden für Sie.«

»Der hat Sie ausgetrickst, Mann«, sagt Steve kopfschüttelnd und widmet sich wieder seinem Game. »Und Sie sind drauf reingefallen wie der dümmste Dorftrottel.«

»Crowley«, sage ich. »Sie sind eine Lobotomie auf zwei Beinen. Der Typ, der Sie angerufen hat, ist nicht mein Dad – « Steve muss sofort wieder lachen. »Er ist ein Kleinkrimineller aus der Provinz, den ich vor ein paar Jahren hinter Gitter gebracht habe, und als er das Foto gesehen hat, ist er auf die Idee gekommen, das wäre seine große Chance, sich zu rächen. Und Sie haben ihm meine Privatadresse gegeben.«

Crowley wirkt auf einmal ziemlich kleinlaut.

»Seitdem hat er mein Haus beobachtet«, sage ich. »Und letzte Nacht stand er auf einmal in meinem Wohnzimmer. Meinen Sie, er wollte bloß ein bisschen plaudern?«

»›Cooonway‹«, sagt Steve mit tiefer Bassstimme. »›Ich bin dein Vaaater.‹«

»Zum Glück für alle Beteiligten«, sage ich, »konnte ich die Situation regeln. Der lässt sich nie wieder blicken. Das einzige Problem, das ich jetzt noch habe, sind Sie. Mein Partner und ich haben überlegt, wofür wir Sie drankriegen sollen.«

»Beihilfe zum Einbruch«, schlägt Steve vor, während er auf seinem Handy herumtippt. »Und zu tätlichem Angriff, je nachdem, ob Ihr Mann Conway bloß eine Winterschokorolle in den Kühlschrank legen wollte oder ob er vorhatte, richtig üble Sachen mit ihr anzustellen. Oder Anstiftung zu beidem. Oder wir könnten Ihnen alles anhängen, nur so aus Spaß, und abwarten, für was Sie letztendlich verknackt werden.«

Crowley ist auf einmal noch blasser und verschwitzter als normalerweise. Er sagt: »Ich will meinen Anwalt sprechen.«

»Sie stecken tief in der Tinte«, stelle ich fest. »Aber zum Glück hab ich Verwendung für Sie.«

»Im Ernst. Ich will meinen Anwalt sprechen, *jetzt sofort.*«

»Hey, Schlaumeier«, sagt Steve und ballert irgendwas mit Explosionsgeräusch und Tusch weg. »Eine Frage: Sieht das hier aus wie ein Vernehmungsraum?«

»Nein. Weil ich nicht festgenommen bin. Ich kenne meine Rechte –«

»Klar tun Sie das«, sagt Steve. »Und da Sie nicht festgenommen sind, haben Sie kein Recht auf einen Anwalt. Sie haben das Recht, aufzustehen und zu gehen, wann immer Sie wollen, logo.«

Ich schiebe zuvorkommend meinen Stuhl zurück, um Crowley Platz für seinen Abgang zu machen. »Aber ich würd's Ihnen nicht empfehlen. Wenn Sie jetzt gehen, wenden wir uns an unseren Boss, und dann werden Sie festgenommen. Und dann können Sie sich jeden Anwalt nehmen, den Sie wollen.«

Crowley macht Anstalten, aufzustehen. Als wir nur interessiert zusehen und nicht versuchen, ihn aufzuhalten, überlegt er es sich anders.

»Oder«, sage ich, »Sie könnten mir einen kleinen Gefallen tun, und wir vergessen das Ganze. Ich liefere Ihnen sogar noch eine kleine Exklusivmeldung, bloß um zu zeigen, dass ich Ihnen nicht mehr böse bin.«

»Ich würde das Angebot annehmen«, rät Steve ihm. »Ich meine, wenn ich Sie wäre.«

»Der Gefallen«, sagt Crowley. Sein hochtrabendes Gehabe ist fast völlig aus seiner Stimme verschwunden. »Was ist das für ein Gefallen?«

»Sie sind in letzter Zeit an zu vielen von meinen Tatorten aufgetaucht«, sage ich. »Wer hat Ihnen die Informationen gesteckt?«

Crowley rutscht fast von der Bank vor Erleichterung. Er versucht, das zu überspielen, indem er den Mund spitzt und so tut, als hätte er Skrupel. Steve und ich warten.

»Ich bin kein Mensch, der Unruhe stiftet –« Das entlockt Steve ein amüsiertes Schnauben. »Es sei denn, es ist moralisch notwendig.«

»Genau das ist es jetzt«, sagt Steve gutgelaunt. »Sie reden, Conway schafft den Ärger mit den Kollegen aus der Welt, alle können sich wieder darauf konzentrieren, Verbrecher zu fangen, der Gerechtigkeit ist Genüge getan. Und Sie müssen Ihre Zeit nicht damit vertun, sich gegen juristische Vorwürfe zu wehren. Stattdessen können Sie weiter für das Gute kämpfen. Moralisch alles in bester Ordnung.«

»Ich werde Sie nicht bei Ihren Freunden in die Pfanne hauen«, sage ich. »Sie können Ihre hübschen kleinen Kontakte weiter pflegen. Ich will nur wissen, wer mich die ganze Zeit verarscht hat.«

Crowley blickt mich tadelnd an. So eine Ausdrucksweise aus dem Mund einer Frau … Aber er ist klug genug, die Klappe zu halten. Er klopft sich mit einer Fingerspitze auf die Lippen und lässt seinen Skrupeln noch ein paar Sekunden Zeit, uns zu beeindrucken. Dann seufzt er. »Detective Roche gibt mir Bescheid, wenn er meint, einer Ihrer Fälle könnte für mich interessant sein.«

Das ist keine Überraschung. »Roche und wer noch?«

Nach einem Moment sagt er widerstrebend – es fällt ihm schwer, diese wunderbare neue Freundschaft zu gefährden: »Detective Breslin hat mich Sonntagmorgen angerufen. Er hat den Fall Aislinn Murray erwähnt.«

»Ja, das wissen wir längst. Hat er Ihnen auch meine Privatadresse gegeben? Oder war das Roche?«

»Die hab ich von einem meiner anderen Kontakte.«

»Was für ein Kontakt?«

»Sie können mich nicht zwingen, meine Quellen preiszugeben. Ich weiß, Leute wie Sie würden dieses Land am liebsten in ein totalitäres –«

Steve reckt die Faust und jubelt *»Yesss!«*, mit Blick auf sein Handy. »'tschuldigung«, sagt er. »Wo waren Sie gerade? Totalitäres was?«

Ich sage: »Das war keine journalistische Quelle, Sie Idiot. Da hat Ihnen jemand geholfen, einem Kriminellen Beihilfe zum Einbruch in mein Haus zu leisten. Glauben sie wirklich, so jemand wäre geschützt?«

»Könnte sein. Sie wissen ja nicht, was er mir sonst noch erzählt hat.«

»Crowley. Soll ich mich lieber anderweitig umhören?«

Er zuckt die Achseln wie ein beleidigter Teenager. »Also gut. Breslin.«

Dieser verdammte Mistkerl. Ich hätte ihm eine reinhauen sollen, als ich die Gelegenheit dazu hatte. »Wie haben Sie ihn dazu gebracht, meine Adresse rauszurücken?«

»Also bitte. Ich hab ihn nicht *gefoltert*. Als er mich wegen der Aislinn-Murray-Sache angerufen hat, meinte er, Sie wären furchtbar entscheidungsunfähig – ich zitiere nur.« Crowley hebt beide Hände und grinst mich an. »Er hat gesagt, bei Ihnen könnte es Monate dauern, bis Sie einen sonnenklaren Fall abschließen. Normalerweise wäre das ja Ihr Problem, aber diesmal wäre er dem Fall zugeteilt worden, und er wollte nicht mit so einem Blödsinn in Verbindung gebracht werden. Sie bräuchten Druck, damit Sie auch wirklich Ihren Job machen – wieder ein Zitat, Detective, nur ein Zitat! Also hab ich ein bisschen Druck gemacht.«

»Und wer könnte das besser?«, sagt Steve zu seinem Handy. »Wir konnten kaum noch klar denken, so groß war der Druck. Stimmt's, Conway?«

Crowley wirft ihm einen argwöhnischen Blick zu. »Und als mich dann der Mann angerufen hat, der angeblich Ihr Vater war –«

Ich sage: »Deshalb haben Sie ihm so anstandslos geglaubt. Und ich hab gedacht, Sie hätten nicht mehr klar denken können, weil Sie die Vorstellung angemacht hat, Ihre Dreckfinger in mein Privatleben zu stecken. Aber Sie haben sich ausgerechnet, wenn der Typ die Wahrheit sagt und Sie ihn mir auf den Hals hetzen, würde das den Druck noch mal erhöhen. Und Sie würden einen Klaps auf die Schulter und eine hübsche Belohnung von Ihrem Herrchen kriegen. Hab ich recht?«

Crowley zieht eine Schnute. »Ihre Ausdrucksweise ist unangebracht und bewusst beleidigend. Ich bin nicht verpflichtet, Ihnen –«

»Sie können sich meine Ausdrucksweise sonst wohin schieben. Sie haben Breslin angerufen und fast ins Telefon gesabbert vor lauter Begeisterung darüber, wie Sie mein Privatleben versauen könnten, bis ich dermaßen neben der Spur bin, dass ich alles abnicke. Sie brauchten bloß meine Adresse. Und er hat nichts lieber getan, als sie rauszurücken. Hab ich irgendwas vergessen?«

Er hat die Arme verschränkt und weigert sich, mich anzusehen, um zu demonstrieren, dass mein Verhalten inakzeptabel ist. »Wenn Sie schon alles wissen, warum fragen Sie dann noch?«

»Weil ich noch nicht alles weiß, noch längst nicht. Roche hat Sie auf meine Fälle angesetzt, Breslin hat das einmal gemacht. Wer noch?«

Er schüttelt den Kopf. »Sonst keiner.«

»Crowley«, sage ich drohend. »Sie kommen nicht aus der Sache raus, indem sie mir zwei Namen vor die Füße werfen. Machen Sie den Mund auf, sonst ist unser Deal geplatzt.«

Crowley versucht, einen auf gekränkte Ehre zu machen, aber bei ihm sieht es aus, als hätte er Verstopfung. »Im Gegensatz zu etlichen Ihrer Kollegen weiß ich zufällig, wann Transparenz wichtig ist, Detective Conway. Es gibt Detectives, die mich benachrichtigen – manchen liegt tatsächlich was am Recht der Öffentlichkeit, informiert zu werden –, aber nicht in Bezug auf Ihre Fälle.«

Ich weiß nicht, was die plötzliche wilde Wut in mir auslöst: die Möglichkeit, dass er lügt, oder die Möglichkeit, dass er die Wahrheit sagt. Ich beuge mich weit über den Tisch und sage ihm ins Gesicht: »Verarsch mich nicht. Wer auch immer da sonst noch mitmischt, ich werd's rausfinden, klar? Und dann wirst du dich den Rest deines Lebens auf Schritt und Tritt verfolgt fühlen und dir wünschen, du wärst Toilettenmann bei McDonald's geworden.«

»Nein! Ich verarsch Sie nicht. Detective Roche, und dieses eine Mal Detective Breslin. Mehr nicht.« Es ist die Angst in Crowleys Gesicht, die mich schließlich überzeugt. Er schiebt bissig nach: »Klar, Sie halten sich ja für so interessant, dass Sie eine Massenverschwörung verdienen, aber anscheinend sehen das nicht alle so.«

Mein Kopf fühlt sich seltsam an, schwerelos. Ich hab immer gedacht, das ganze Dezernat will mich fertigmachen und das Büro ist ein Vorhang, hinter dem sich das Heer der Feinde sammelt, und ich bin die einsame Kämpferin mit erhobenem Schwert, die weiß, dass sie untergehen wird. Aber jedes Mal, wenn ich den Vorhang aufziehe, finde ich immer bloß denselben einsamen Wichser.

Die Männer, die mir ihre blöden Bemerkungen zuwerfen: Ich bin davon ausgegangen, dass die Spitzen bewusst geschärft und mit Gift getränkt waren, bewusst dafür gedacht, mich zu treffen, bis ich zu Boden gehe. Ich bin nie auf die Idee gekommen, dass es wirklich bloß blöde Bemerkungen waren, ein bisschen spitzer, weil ich mich mit den meisten nicht gut verstehe und weil ich es – seit dem Hinternklaps von Roche, den sie fast alle gesehen hatten, ohne ein Wort zu sagen – auch nicht versucht habe. Fleas Andeutungen, ob ich vielleicht Lust hätte, zurück in die Undercoverabteilung zu kommen: Ich hab gedacht, er hätte davon angefangen, weil er wusste, dass ich im Morddezernat auf verlorenem Posten stehe, und nicht, weil wir gut zusammengearbeitet haben und er mich einfach vermisst. Steve, der seine Was-wenn-Theorien spinnt und zusieht, wie sie vor ihm in der Luft schweben, sie von allen glänzenden Seiten betrachtet: Ich habe geglaubt, war für einige Stunden wirklich überzeugt davon, dass er mich damit über den Klippenrand locken wollte, um zuzusehen, wie ich abstürze, und mir von oben hinterherzuwinken. Ich bin froh, dass mein Teint vor ihm und Crowley verbirgt, wie ich rot anlaufe.

Ich habe genau dasselbe gemacht wie Aislinn: Habe mich so tief in der Geschichte in meinem Kopf verirrt, mich an ihren Mauern entlanggetastet, dass ich die Außenwelt gar nicht mehr wahrnehmen konnte. Ich spüre, wie diese Mauern beginnen zu wanken und zu bröckeln, mit einem Grollen, das meinen Körper von innen erschüttert. Ich spüre die eiswürzige Luft auf meinem nackten Gesicht. Sie strömt durch die Risse herein und wird immer stärker. Ein großes Frösteln kriecht mir den Rücken hoch.

Crowley und Steve beobachten mich beide, warten ab, ob ich Crowley jetzt vom Haken lasse. Steves Game kreischt nach Aufmerksamkeit.

»Okay«, sage ich. Ich möchte gehen, aber ich bin hier noch nicht fertig. Ich dränge alles andere erst einmal zurück. »Okay. Belassen wir's dabei.«

Crowley sagt – die Angst ist verschwunden, und er hat wieder auf Hyänenmodus geschaltet: »Sie sagten, Sie hätten neue Informationen für mich.«

»Ach so, ja«, sage ich. Meine Konzentration ist wieder da. Jetzt kommt der spaßige Teil. »Ich hab eine echte Exklusivmeldung für Sie. Die wird Sie begeistern.«

Crowley zückt sein Diktiergerät, aber ich schüttele den Kopf. »Nix da. Das ist nicht zitierfähig. Kommt von polizeinahen Quellen. Klar?« »Polizeinahe Quellen« bedeutet Cops. Ich will nicht, dass McCann und Breslin denken, Lucy hätte geplaudert.

Er guckt beleidigt, aber ich lehne mich zurück und beobachte Steve, der wie ein Irrer auf seinem Handydisplay rumtippt. Schließlich seufzt Crowley und packt das Gerät wieder weg. »Von mir aus.«

»Guter Mann«, sage ich und setze mich wieder gerade hin. »Also, aufgepasst. Aislinn Murray, ja?« Crowley nickt. Ihm läuft schon das Wasser im Mund zusammen, weil er hofft, ich erzähle ihm jetzt, dass sie auf kreative Weise vergewaltigt wurde. »Sie hatte eine Affäre. Mit einem verheirateten Mann.«

Auch nicht schlecht, denkt Crowley erfreut. Er nickt weltmännisch. »Hab mir gleich gedacht, die war zu schön, um wahr zu sein. Hab's gewusst. Frauen, die so aussehen, Gott, die denken, sie könnten sich alles erlauben. Aber manchmal – hoppla, Verzeihung, Eure Hoheit! – kommt's dann doch anders.«

Er ist schon dabei, die Geschichte im Kopf umzuschreiben, geht seine besten Euphemismen für *»Familienzerstörende Nymphomanin hat bekommen, was sie verdient hat«* durch. Steve sagt: »Es wird noch besser. Raten Sie mal, was der Mann beruflich macht.«

»Hm.« Crowley kneift sich das Kinn und überlegt. »Also. Eine Frau wie sie hat bestimmt Wert auf Geld gelegt. Aber ich würde mal schätzen, dass Macht sie noch mehr gereizt hat. Lieg ich da richtig?«

Steve und ich sind total beeindruckt. »Wieso machen Sie nicht unseren Job?«, will Steve wissen. »Dem Dezernat würde so ein heller Kopf guttun.«

»Ach, na ja, nicht jeder von uns eignet sich zum Gesetzeshüter, Detective Moran. Ich denke, es wird ein Politiker gewesen sein. Mal sehen …« Crowley legt die Fingerspitzen an die Lippen. Die ganze Geschichte rollt bereits vor seinem geistigen Auge ab, muss nur noch gedruckt werden. »Aislinns Arbeit wird sie nicht in solche Kreise gebracht haben, also haben sie sich wahrscheinlich irgendwo in einer Bar kennengelernt, was bedeutet, er ist jung genug, um abends um die Häuser zu ziehen –«

»Sogar noch besser«, sage ich. Ich blicke mich im Pub um, beuge mich dann über den Tisch und signalisiere Crowley mit dem Kopf, näher zu kommen. Als er und sein Patschuligestank in Flüsterhörweite sind: »Er ist ein Cop.«

»Sogar noch besser«, sagt Steve, legt sein Handy weg und beugt sich neben mich. »Er ist Detective.«

»Sogar noch besser«, sage ich. »Er ist Detective im Morddezernat.«

»Ich bin's nicht«, schiebt Steve nach. »Ich bin Single. Gott sei Dank.«

Wir lehnen uns beide zurück und schenken Crowley ein strahlendes Lächeln.

Er starrt uns an, sein schmieriger kleiner Verstand läuft auf

Hochtouren, während er überlegt, warum wir ihm das erzählen und ob wir ihn verarschen. »Das kann ich nicht bringen«, sagt er.

Ich sage: »Sie werden es bringen.«

»Kann ich nicht. Dann werde ich verklagt. Der *Courier* wird verklagt.«

»Nicht, wenn Sie keine Namen nennen«, beruhigt Steve ihn. »Wir sind etwa zwei Dutzend im Dezernat, außer Conway alles Männer, und die meisten sind verheiratet. Das macht mindestens sechzehn oder siebzehn Leute, die es sein könnten. Da kann Ihnen keiner was.«

»Ich hab Kontakte, die stinksauer wären. Ich könnte mich beruflich ruinieren.«

»Im Dezernat mag Sie doch sowieso keiner, Mann«, stellt Steve klar und wendet sich wieder seinem Spiel zu. »Außer Roche und Breslin, und, nur um Sie zu beruhigen, von den beiden ist es keiner. Sie würden sich also keine Sympathien verscherzen.«

»Sie wären ein Held«, sage ich. »Irlands mutigster Investigativjournalist wagt es, sich mit dem Polizeiapparat anzulegen, kämpft für Wahrheit und Transparenz, ungeachtet des Risikos für seine eigene Person. Das wird ein Knaller.«

»Die Frauen werden bei Ihnen Schlange stehen«, sagt Steve. Crowley wirft ihm einen verächtlichen Blick zu.

Ich sage: »Die Story ist morgen in der Zeitung. Ein verheirateter Detective, der nicht an den Ermittlungen im Mordfall Aislinn Murray beteiligt ist, sie aber aus nächster Nähe verfolgen konnte, hatte eine Affäre mit ihr. Falls Sie irgendwann noch mehr Infos mit reinpacken müssen, sagen wir Ihnen Bescheid.«

Damit bleibt unseren Bossen keine andere Wahl: Es wird eine interne Ermittlung geben. Dabei wird nicht genug für eine Anklageerhebung herauskommen, weil sie nicht mehr finden werden als wir, aber wenigstens wird McCann nicht zu seiner Frau und dem krisensicheren Arbeitsplatz im Dezernat zurückkehren können, als wäre nichts gewesen. Aislinns Strategie wird also doch noch aufgehen. Ich frage mich, ob ein Teil von ihr manchmal in den Nächten, wenn sie vor lauter Planen keinen Schlaf fand, dunkel ahnte, dass es nur so würde enden können.

Ich frage: »Ist das jetzt so weit klar?«

Crowley schüttelt den Kopf, aber das richtet sich gegen uns und unsere Primitivität und generelle menschliche Minderwertigkeit. Wir wissen alle drei, dass er es machen wird. »Super«, sage ich. Ich schiebe meinen Stuhl zurück und stehe auf; Steve würgt sein Game ab. »Bis dann.« Und wir lassen Crowley und SARTRE allein, damit er an seiner brandheißen Knallerstory arbeiten kann.

Draußen ist die Luft so mild, dass sie einen fast dazu verführen könnte, in der Hoffnung auf Wärme das Gesicht zu heben. Es ist erst fünf Uhr, aber schon dunkel, und auf den Straßen setzt das Feierabendtreiben ein: Rauchertrüppchen unterhalten sich lachend vor Pubs, junge Frauen hasten mit schwingenden Einkaufstüten nach Hause, um sich ausgehfertig zu machen. »Ich muss dich was fragen«, sage ich zu Steve. »Weißt du, wer in meinen Spind gepinkelt hat?«

Ich habe ihm das nie erzählt, aber er tut nicht so, als wäre es ihm neu. Er betrachtet mich ruhig, Hände in den Manteltaschen. »Nicht genau. Wenn ich in der Nähe bin, redet keiner darüber.«

»Breslin hat gesagt –« Breslin hat gesagt, dass Steve *natürlich* Bescheid wusste, dass Steve mir das *natürlich* gesagt hätte, wenn er auf meiner Seite gewesen wäre. Breslin hat eine Menge gesagt. Ich klappe den Mund zu.

Steve hört den Rest trotzdem. Er sagt nüchtern: »Alle wissen, dass ich nur hier bin, weil du dich für mich eingesetzt hast. Sie sehen, wie wir zusammenarbeiten. Da versucht keiner, uns auseinanderzubringen. Die sind nicht blöd.«

Das erfüllt mich mit einer Wärme, die beinahe weh tut. »Ja«, sage ich. »Nein.«

Steve sagt: »Aber von dem, was ich so mit halbem Ohr mitgekriegt habe, war Roche das mit dem Spind.«

»Und das Poster, wo einer mit Photoshop meinen Kopf auf das Pornofoto gepflanzt hat?«

»Ja. Roche.«

»Klar«, sage ich. »Okay.« Ich drehe mich im Kreis, schaue hoch zu den Lichtern der Stadt, die die Wolken trügerisch grau-gold bemalen. »Der ganze andere Scheiß? Nicht der Kleinkram. Der richtige Scheiß.«

»Wie gesagt: Ich weiß es nicht genau. Aber ich hab nie gehört, dass irgendwer sonst dabei mitgemacht hat.«

Ich sage: »Das hast du mir nie erzählt.«

Sein Mundwinkel zuckt. »Und dabei hättest du mir sofort geglaubt, nicht?«

Steve, der auf Teufel komm raus an seiner heißgeliebten Bandentheorie festhält, sie immer größer und ausgeklügelter und verschnörkelter ausmalt, mit den Armen wedelt, damit ich hinschaue. Ich habe gedacht, er wollte mich bloß aufmuntern, um sich meinetwegen keinen Ärger mit den anderen einzuhandeln. Dabei hat er die ganze Zeit gehofft, wenn er mir eine überzeugende Alternative anbietet, könnte er mich davon abbringen, mir einzureden, dass der ganze Fall – das ganze Dezernat – eine einzige große, böse Verschwörung war, um mich zu mobben. Ich kann mich nicht entscheiden, wer von uns der größere Idiot ist.

»Hm«, sage ich. Die Luft schmeckt würzig und ruhelos, so viele Möglichkeiten, den Abend zu verbringen, so viele Dinge, die darauf warten, hinter den einladend geöffneten Türen zu passieren. »Wer hätte das gedacht?«

»Was?«

»Ich wünschte bloß, ich hätte es früher geblickt. Mehr nicht.«

Steve wartet.

Ich sage: »Wir müssen mit O'Kelly reden.«

18

STEVE UND ICH SIND ERNEUT in O'Kellys Büro. Es liegt am Ende eines Flurs. Sobald die Tür mit einem Klicken ins Schloss fällt, umschließt uns die Stille, und wir sind tausend Meilen vom übrigen Dezernat entfernt. Auch der viele Plunder schließt sich um uns: Grünlilie, Golfpokale, gerahmter Mist, stapelweise veraltete Akten und eine nagelneue Schneekugel, die einen Papierberg auf dem Schreibtisch beschwert, ein Souvenir aus den Ferien irgendeines seiner Enkelkinder. Mittendrin O'Kelly, der seine Lesebrille abnimmt, um uns zu mustern.

Er sagt: »Breslin war bei mir. Er sagt, Sie sind mit dem Fall in einer Sackgasse gelandet und es wäre Zeit, eine andere Perspektive zu suchen und auf einen späteren Durchbruch zu hoffen.«

Er fasst es knapp zusammen, ist nicht direkt begeistert, macht uns aber auch nicht zur Schnecke, weil Breslin ihm gesagt hat, dass wir gute Arbeit geleistet haben. Für einen ganz kurzen Moment könnte ich fast glauben, dass das real ist und der ganze Rest nur unserer Phantasie entspringt. Die jähe Wut lässt mich scharf einatmen.

Der Boss beobachtet uns.

Ich sage: »McCann hat Aislinn Murray getötet.«

Kein Muskel in O'Kellys Körper verändert sich. Er sagt: »Setzen Sie sich.«

Wir ziehen die freien Stühle zu seinem Schreibtisch und setzen uns hin. In dem forschen Drehen und Klacken, mit dem Steve seinen Stuhl zurechtrückt, bebt dieselbe Wut.

»Ich höre.«

Wir erzählen ihm, was passiert ist, während die Dunkelheit vor dem Fenster dichter wird. Wir fassen es sehr klar und sehr kühl zusammen, ohne Kommentar, bloß Fakten ordentlich aufeinander aufgebaut, wie der Boss es gern in unseren Berichten liest. Er nimmt die kitschige Schneekugel und dreht sie zwischen den Fingern hin und her, sieht zu, wie die Plastikspäne herabsinken, und lauscht.

Als wir fertig sind, sagt er noch immer mit Blick auf die Schneekugel: »Wie viel davon könnt ihr beweisen?«

»Nicht genug für eine Verurteilung«, sagt Steve. Er schafft es kaum, den beißenden Sarkasmus zu zügeln: *Keine Bange, alles bestens.* »Nicht mal genug für eine Anklageerhebung.«

»Danach hab ich nicht gefragt.«

»McCanns Verbindung zu dem alten Fall ist in den Akten«, sage ich. Zorn durchsetzt auch meine Stimme, und ich versuche nicht mal, ihn zu verbergen. »Gary O'Rourke und ich können beide bestätigen, dass Aislinn versucht hat, alles über das Verschwinden ihres Vaters herauszufinden. Die Affäre ist unstrittig: Wir haben Spurenbeweise und die Aussage der besten Freundin. Außerdem hat McCann sie zugegeben. Und die beste Freundin hat ausgesagt, dass Aislinn ihm nur etwas vorgespielt hat. Aber für Samstagabend haben wir nur Rory Fallons Aussage, McCann gesehen zu haben, und die ist wertlos. McCann schweigt. Breslin sagt, McCann hat sie tot aufgefunden, aber offiziell wird das keiner bestätigen.«

O'Kellys Augen blicken rasch zu mir hoch. »Das hat Breslin gesagt?«

»Vor einer Stunde.«

Er dreht seinen Sessel mit einem langgezogenen leisen Quietschen zum Fenster herum. Wenn es nicht so dunkel wäre, könnte er über den Hof starren auf das ansteigende Kopfsteinpflaster und das stolze Gebäude mit den hohen Fenstern gegenüber, die alten, verlässlichen Konturen, die er in- und auswendig kennen muss.

Steve sagt, als hätte es sich aus ihm herausgekämpft: »Er hat Sie Sonntagmorgen angerufen. Bevor Sie uns den Fall zugeteilt haben.«

O'Kellys Augenlider flackern einmal kurz. Wäre nicht diese winzige Reaktion gewesen, könnte man meinen, er hätte Steve gar nicht gehört.

»Wir waren ein Geschenk«, sage ich. »Die perfekten Marionetten. Moran ist noch ziemlich neu, Conway hat einen schlechten Ruf. Die kann man leicht in die falsche Richtung dirigieren. Falls sie irgendwas finden, was einem nicht gefällt, kann man sie leicht dazu bringen, es fallenzulassen und die Klappe zu halten. Schlimmstenfalls kann man sie leicht als so inkompetent hinstellen, dass keiner ihnen auch nur ein Wort glaubt.«

Eigentlich müsste O'Kelly mich zusammenstauchen, weil ich so mit meinem Boss rede. Er dreht sich nicht mal um. Die Schreibtischlampe gießt goldenes Licht über das Messingschild mit der Aufschrift DET. SUPT. G. O'KELLY.

Nach einer ganzen Weile sagt er: »Breslin hat gesagt, es wäre ein Freund von ihm.«

Steve und ich antworten nicht.

Er holt tief Luft und lässt sie vorsichtig wieder entweichen, wie man das macht, wenn man gerade einen schlimmen Hustenanfall hatte und Angst hat, wenn man einmal falsch atmet, geht es wieder los. »Um fünf Uhr morgens hat er mich angerufen. Hat gesagt, sein Freund, einer seiner besten Freunde, hätte am Abend seine Geliebte besucht und sie im Wohnzimmer am Boden liegend vorgefunden, bewusstlos geschlagen. Er war ziemlich sicher, dass es ein anderer Liebhaber gewesen war. Ich hab gesagt: ›Und wieso holen Sie mich deswegen aus dem Tiefschlaf? Melden Sie es, schicken Sie eine Streife und einen Rettungswagen hin, bis später.‹ Breslin hat gesagt, er würde es melden, sobald unser Gespräch beendet wäre. Aber dann sagte er: ›Mein Freund hat Familie. Er darf da nicht mit reingezogen werden, Boss. Das würde sein Leben ruinieren. Wir müssen ihn da raushalten.‹«

O'Kelly stößt ein kurzes freudloses Lachen aus. »Ich hab gesagt, er soll mit dem Quatsch aufhören, von wegen *mein Freund.* Wir wüssten alle, was das heißt. Aber Breslin hat gesagt, nein, so wäre das nicht. Er hat hoch und heilig geschworen: Es geht nicht um mich, Boss. Sie kennen mich, ich betrüge meine Frau nicht. Ich hol sie ans Telefon, sie kann Ihnen bestätigen, dass ich das ganze Wochenende mit ihr und den Kindern zusammen war … Eine so dicke Lüge von einem Mann, den ich so gut kenne wie Breslin, die wäre mir nicht entgangen. Ich hab ihm geglaubt.«

Er bewegt sich, der Sessel quietscht schrill. »Ich hab gesagt: ›Ihr Freund behauptet, er hat sie nicht angerührt, ist bloß reingekommen und hat sie gefunden. Glauben Sie ihm?‹ Und Breslin hat gesagt, ja. Hundertprozentig. Zweihundertprozentig. Tausendprozentig. Auch da war er ehrlich. Und Breslin ist kein Idiot. Er hat genug Übung darin, Lügengeschichten zu durchschauen.«

Einen Moment lang herrscht Schweigen, während wir alle nachdenken.

»Ich hab ihn gefragt: ›Warum regen Sie sich dann so auf? Wenn Ihr Freund nichts getan und nichts gesehen hat, besteht kein Grund, warum sein Name mit der Geschichte in Verbindung gebracht werden sollte. Die Kleine wird aufwachen und den Streifenkollegen erzählen, wer sie geschlagen hat, die werden den Kerl einkassieren, sie wird sich weigern, Anzeige zu erstatten, und alle gehen nach Hause. Und in ein paar Monaten wiederholt sich das Ganze. Ihr Freund muss sich keine Gedanken machen. Ich hoffe, der Schreck ist ihm so in die Glieder gefahren, dass er in Zukunft die Finger von anderen Frauen lässt.‹«

Der Husten bricht sich Bahn. Wir warten eine Weile, während

O'Kelly ein Taschentuch hervorholt und es sich auf den Mund presst, sich heftig räuspert, um den Hals freizubekommen.

Er sagt: »Aber Breslin war trotzdem in Sorge. Er meinte, sein Freund hätte nicht überprüft, ob die Frau noch atmete. Zu großer Schock, zu große Angst, erwischt zu werden. Er war einfach abgehauen und hatte Breslin angerufen. Sie hatten keine Ahnung, wie lange sie schon da lag. Falls sie tot war, dann steckte sein Freund in der Scheiße. Er würde in den Fall reingezogen, durch den Dreck gezogen werden, alles verlieren. Alles nur, weil er die Falsche gevögelt hat.«

Das alarmierte Prickeln lässt Steves Kopf im selben Moment hochgehen wie meinen. Uns hat Breslin erzählt, McCann hätte festgestellt, dass Aislinn tot war. Das bedeutet, es hätte nichts mehr genützt, einen Rettungswagen zu rufen, und dass er kein schlechter Kerl war, der sie einfach schwerverletzt auf dem Boden liegen ließ. Beide Versionen sind ohnehin Schwachsinn, aber ich würde gern wissen, warum er O'Kelly eine andere aufgetischt hat als uns.

O'Kelly hat entweder nichts gemerkt, oder er will nichts merken. »Ich hab gesagt: ›Sie wollen irgendwas von mir. Was?‹ Breslin hat gesagt: ›Falls sie tot ist, muss ich dem Fall zugeteilt werden. Ich bitte nicht darum, die Ermittlung zu leiten. Ich will einfach nur dabei sein, beobachten, was so läuft, und dafür sorgen, dass mein Freund nicht unnötig mit reingezogen wird. Wenn alles glasklar ist, gibt's keinen Grund, sein Leben zu ruinieren. Falls es doch notwendig wird, sorge ich dafür, dass er sich meldet. Ehrenwort.‹ Er hat gesagt: ›Ich hab dreizehn Jahre lang gute Arbeit geleistet, Boss. Jetzt bitte ich Sie um diesen einen Gefallen.‹«

O'Kellys Mund verzieht sich, als er daran zurückdenkt. »Breslin ist nicht das Genie, für das er sich hält, aber er ist ein guter Mann. Auf ihn war immer Verlass. Er hat mich nie um was gebeten, außer dass ich bei der Urlaubsplanung an ihn denke. Und jetzt wollte er sozusagen sein Guthaben einlösen ...« Seine

Schultern heben sich, fallen schwer wieder herab. »Letzten Endes hab ich okay gesagt. Ich hab ihn ermahnt, er soll sich vorsehen und seinen Freund im Auge behalten: Ich würde den Fall genau verfolgen, und sollte mir irgendwas nicht ganz koscher vorkommen, wäre er weg vom Fenster und sein Freund würde zur Vernehmung vorgeladen. Er hat gesagt, kein Problem. Überhaupt kein Problem. Er wüsste das wirklich zu schätzen, und er wäre mir was schuldig und noch ein bisschen mehr Arschkriecherei, worauf ich nicht weiter geachtet habe. Und dann hat er aufgelegt und die Meldung gemacht.«

Noch eine Geschichte. Bislang war keine ganz wahr, keine einzige. Opfer, Zeugen, Täter, Detectives, alle haben verzweifelt irgendwelche Geschichten erfunden, damit die Welt so bleibt, wie sie sie haben wollen, haben sie uns übergestülpt und eingetrichtert. Und jetzt auch noch unser Boss.

Ich sage – ich habe so lange kein Wort gesagt, dass meine Stimme heiser und brüchig klingt, von der Heizungsluft ausgetrocknet: »Sie wussten, wer der Freund war.«

O'Kellys Augen gleiten zu meinem Gesicht. Sie bleiben dort, als würde ich ihn zu müde machen, um wegzugucken. »Ich frage Sie, Conway. Als Ihnen klar wurde, dass da was faul ist, haben Sie da sofort gedacht: ›Ha, ich weiß, es muss einer aus meinem eigenen Dezernat gewesen sein‹?«

Das Gewicht seiner Stimme – *mein eigenes Dezernat* – drückt mich nieder, wie das schwankende Gewicht von tiefem Wasser. Seit achtundzwanzig Jahren ist O'Kelly in der Mordkommission; als Steve und ich noch schmuddelige Kinder waren, die mit ausgestrecktem Zeigefinger auf unsere Spielkameraden zielten. Wenn er *mein eigenes Dezernat* sagt, dann bedeutet das Dinge, von denen ich hoffte, ich würde sie irgendwann mal verstehen.

Ich sage: »Nein.«

»Und als Sie es hätten wissen müssen. Haben Sie es da gedacht?«

»Nein.«

»Nein.« Sein Kopf wendet sich wieder dem Fenster zu. »Ich auch nicht. Aber ich hab mir so meine Gedanken gemacht. Und das hat mir missfallen, ich hab es mir übelgenommen, tu ich immer noch. Aber so war es. Deshalb hab ich euch den Fall gegeben: Ich musste es wissen. Und ihr wart die Einzigen, die ihn nicht fallenlassen würden wie eine heiße Kartoffel, falls Breslin das gewollt hätte.«

Und wir sind brav losmarschiert und haben für ihn die Drecksarbeit gemacht. Vielleicht erwartet er Dankbarkeit für diesen Vertrauensbeweis. Ich sage: »Jetzt wissen Sie's.«

»Ihr seid absolut sicher? Ohne den Hauch eines Zweifels?«

Steve sagt: »Er war's.«

O'Kelly nickt mehrmals. »Okay«, sagt er leise, zu sich selbst, nicht zu uns. »Okay.«

Ich warte ab. Nur so zum Spaß versuche ich zu raten, was er zuerst auspacken wird: die väterliche Weisheit, die Loyalität zum Dezernat, das Gespräch von Mann zu Mann, die Schuldgefühle, die Bestechungen, die Drohungen. Ich hoffe, Steve hat sich für den Abend noch nichts vorgenommen, es könnte nämlich eine Weile dauern, bis der Boss begreift, dass er damit nichts erreichen wird. Und wo ich schon mal dabei bin, überlege ich, ob wir ihm sagen sollen, dass es bereits zu spät ist, damit wir seinen Gesichtsausdruck genießen können, oder ob wir auf Nummer Sicher gehen und es ihn am Morgen selbst rausfinden lassen sollen, zusammen mit allen anderen, wenn der *Courier* erscheint.

Er dreht seinen Sessel zum Schreibtisch und greift zum Telefon. Seine Finger auf den Knöpfen sind auffallend linkisch. Die Knöchel sind dick geschwollen und steif. Als am anderen Ende abgehoben wird, sagt er: »McCann. Kommen Sie in mein Büro.« Und legt auf.

Seine Augen gleiten kurz über uns hinweg. »Ihr könnt bleiben«, sagt er. »Solange ihr euch wie Erwachsene benehmt. Falls ihr giftig werdet, fliegt ihr raus.« Dann schaut er wieder aus dem Fenster, auf irgendetwas, was er da draußen sieht.

Steve und ich wechseln einen Blick. Steves Gesicht ist hellwach und misstrauisch, wirkt kantiger. Auch er kann nicht abschätzen, worauf das hinausläuft, und das gefällt ihm genauso wenig wie mir. Wir nicken einander knapp zu: *Ruhig bleiben*. Dann sitzen wir reglos da, lauschen dem schwachen monotonen Zischen der Heizkörper und dem langsamen Rasseln von O'Kellys Atem, und wir warten auf McCann.

Das Klopfen an der Tür durchbricht die Stille. O'Kelly dreht seinen Sessel herum. »Herein«, sagt er, und dann steht McCann in der Tür. Das Jackett hängt ihm um den Körper, die Augen sind tief eingesunken.

Zwei Sekunden – ein Blick auf den Boss, einen auf uns –, und er hat verstanden. Er rollt die Schultern und schiebt sie vor, macht sich bereit für den Kampf.

»Moran«, sagt O'Kelly, »überlassen Sie McCann Ihren Stuhl.«

Ich stehe gemeinsam mit Steve auf, und wir beide gehen zur Seite, lehnen uns gegen die Wand. Einen Moment lang sieht es so aus, als wollte McCann stehen bleiben, doch dann zieht er Steves Stuhl mit einem Ruck weiter von uns weg und setzt sich hin. Beine breit, Füße fest aufgestemmt, Kinn gereckt.

O'Kelly beginnt: »Sie hätten es mir sagen sollen.«

Dunkle Röte steigt schnell bis zu McCanns Wangenknochen. Er öffnet den Mund, um eine Flut von Erklärungen, Entschuldigungen, Begründungen, was auch immer, vom Stapel zu lassen. Dann schließt er ihn wieder.

»Wie lange bin ich jetzt Ihr Boss?«

Nach einem Moment sagt McCann: »Elf Jahre.«

»Irgendwelche Beschwerden?«

McCann schüttelt den Kopf.

»Hab ich zu Ihnen gestanden, oder hab ich Sie hängenlassen, wenn's schwierig wurde?«

»Zu mir gestanden. Immer.«

O'Kelly nickt. Er sagt: »Wenn ein Zivilist Mist baut, versucht er das vor seinem Chef zu verbergen. Wenn ein Detective Probleme hat, geht er damit zu seinem Boss.«

McCann kann ihm nicht in die Augen sehen. Er läuft noch dunkler an. »Hätte ich machen sollen. Sofort. Ich weiß.«

O'Kelly wartet.

»Tut mir leid.«

»Okay«, sagt der Boss. Mit einem knappen Nicken signalisiert er McCann: Schwamm drüber, aber dass mir so was nicht noch mal vorkommt. »Immerhin reden wir jetzt miteinander. Und ich will verdammt nochmal wissen, was eigentlich passiert ist. Die beiden da« – er deutet mit dem Kinn auf Steve und mich –, »die wollen mir weismachen, Sie sind auf eine Frau reingefallen: Aislinn Murray wollte Sie fertigmachen, Sie haben mit dem Schniedel gedacht, und das Ganze ging bombastisch schief. Stimmt das? Diese ganze Riesenscheiße ist passiert, weil Ihr Gehirn zu schlecht durchblutet war?«

McCanns Unterkiefer bewegt sich. Das hört er nicht gern.

»Weil ich Sie kenne – dachte ich zumindest –, und ich sage, das ist Schwachsinn. Die beiden haben sich da eine Geschichte aus den Fingern gesaugt und versuchen jetzt, alles, was sie haben, in diese Geschichte reinzuzwängen.«

Es läuft mir kalt runter bis in den Magen, wie verschlucktes Eis. Die Geschichte, die wir ihm erzählt haben, die wahre Geschichte, wird diesen Raum nie verlassen. Wenn wir hier rausgehen, werden O'Kelly und McCann sie gemeinsam in Stücke geschnitten und zu etwas zusammengenäht haben, das nicht wiederzuerkennen ist und der Welt da draußen präsentiert werden kann. Ich wusste, dass es so kommen würde, aber es ist trotzdem wie ein Schlag in die Magengrube.

»Tatsache ist, alles, was die zwei haben, kann verschieden aufgefasst werden.«

Rascher Blick von McCann.

O'Kelly hält den Daumen hoch. »Die Fotos von Ihren Zetteln. Höchstwahrscheinlich wollte Aislinn damit zu Ihrer Frau gehen, aber das heißt nur, dass sie Sie für sich allein haben wollte. Der Grund ist unklar.«

Daumen und Zeigefinger. »Dieses Märchendingsbums, das Sie Ihrer Freundin hinterlassen hat. Das heißt nur, dass sie das Gefühl hatte, in der Falle zu sitzen – und zwar verständlicherweise: Sie sind ein verdammter Idiot, dass Sie die Frau überhaupt in diese Lage gebracht haben, als ob sie für den Rest ihres Lebens Ihr kleiner Seitensprung bleiben wollte –, und dass sie wütend auf Sie war, den Spieß umdrehen wollte, damit Sie nicht mehr von ihr loskamen.«

Rasches zweifaches Blinzeln bei McCann. Das dringt zu ihm durch. Jeden Moment wird er zu allem ja sagen, was O'Kelly sich überlegt hat.

Der nächste Finger. »Rory Fallon. Aislinn könnte ihn benutzt haben, um über Sie hinwegzukommen. Sie war wohl intelligent genug, um zu wissen, dass die ganze Chose mit Ihnen von Anfang an eine schlechte Idee war.«

Jetzt sieht McCann ihn an. Diese Hoffnung eines Ertrinkenden, die sein Gesicht verzerrt, ist schrecklich.

»Vielleicht liegt's ja an mir und meinem eigenen Wunschdenken. Aber ich will einfach nicht glauben, dass Sie bloß für ein Techtelmechtel ein derartiges Fiasko angerichtet und das ganze Dezernat mit reingezogen haben. Wenn Sie so einen Scheiß gebaut haben, dann muss das mit Ihnen und Aislinn echte Liebe gewesen sein.«

Scham durchsetzt mit Hoffnung.

»Aislinn können wir nicht mehr fragen, wie es in ihr aussah. Sie sind der einzige Mensch, der dabei war; wenn es einer weiß, dann Sie. Also, McCann, ich will's wissen. War es echte Liebe? Oder sitzen wir jetzt hier, weil Sie gelegentlich eine Nummer schieben wollten?«

Der unterdrückte Zorn in seiner Stimme holt es aus McCann heraus. »Es war echt. So bescheuert bin ich nicht.«

»Echt«, sagt O'Kelly. Und wartet ab.

»Vielleicht hatte Aislinn zu Anfang wirklich vor, mich fertigzumachen. Wahrscheinlich. Vielleicht wollte sie es am Ende wieder. Aber dazwischen gab's eine Zeit …«

McCann reibt sich die Augen. In dem gnadenlosen Licht sehen sie rot und wund aus, als hätten sie sich entzündet. Er sagt: »Ich konnte gar nicht glauben, dass es wirklich passierte. Dass ich das erlebte. Ich dachte, ich würde den Rest meines Lebens kennen, als hätte ich ihn schon hinter mir. Alle wirklich wichtigen Entscheidungen hatte ich schon getroffen, bevor ich fünfundzwanzig wurde – der Job, die Frau, die Wohngegend, Kinder. Ich konnte nur noch dasitzen und zusehen, wie sich alles abspulte. Keine Veränderungen mehr, keine Überraschungen.«

Er hebt den Kopf und schaut zu Steve und mir herüber. »Ihr könnt das nicht verstehen, ihr beide. Ihr seid noch so jung, dass alles Mögliche passieren könnte. Aber ihr werdet es erleben. Es ist, als wärst du in einem Film, in einem ziemlich schlechten Film, bei dem du nach der Hälfte schon haargenau weißt, wie er ausgeht, jeden einzelnen Schritt kennst. Du kannst dich nicht mehr erinnern, warum du dir den Rest überhaupt noch ansiehst. Einfach weil du schon mal da bist; weil es nichts anderes zu tun gibt. Und dann …«

Er blinzelt fest, als könnte er dann klarer sehen.

»Und auf einmal hebt dich jemand da raus und setzt dich in einen anderen Film. Andere Musik, andere Farben. Sie war heller. Immer helle Farben. Und alles war möglich.«

Steve sagt: »Dann war das Quatsch, was du uns erzählt hast,

dass du einfach nur gern mit ihr zusammen warst. Du hast von Anfang an gewusst, das war etwas Besonderes.«

McCann schüttelt den Kopf. »Nein. So hab ich nicht gedacht. Zuerst nicht. Ich hab nur … ich fand es schön, Zeit mit ihr zu verbringen. Mehr nicht. Ich hab nie daran gedacht, daraus mehr werden zu lassen. Einfach zu erleben, wie sie sich meine Geschichten anhörte, als wären sie wichtig. Das hat mich daran erinnert, wie ich früher meine Arbeit erlebt habe. Der Ausdruck in ihrem Gesicht: Wenn ich einen guten Fall bekam, hab ich mich auch so gefühlt. Als würde das, was ich tue, wirklich etwas bewirken.«

Ich schiele unauffällig zu O'Kelly hinüber. Sein Gesicht ist unbewegt. Die Schatten in den Furchen und Augenhöhlen machen es unergründlich.

»Okay«, sagt Steve mit einem Skepsispegel weit unterhalb von giftig. »Und wieso hat sich das geändert?«

»Eines Abends«, sagt McCann. Er streicht sich mit der Hand über die Wange, als hätte sich etwas Feines, Hauchzartes daraufgelegt. »Eines Abends. Im August. Da hat Aislinn gesagt, irgendein Typ hätte sie nach ihrem Abendkurs angebaggert. Sie hat das nur so nebenbei erwähnt – sie stand nicht auf ihn und hat ihn auflaufen lassen. Aber da ist mir schlagartig klargeworden: Eine Frau wie sie, natürlich wird sie einen Kerl wollen. Und zwar nicht bloß für Picknicks und Gespräche. Einen Mann, der sie liebt. Einen Mann in ihrem Bett. Das war wie ein Schlag ins Gesicht, weil ich wusste, sobald sie den hat, bin ich weg vom Fenster.«

Sie hat ihm suggeriert, es wäre seine Idee, hat Lucy gesagt. Sie war verdammt geschickt.

»Und dann hab ich gedacht: Warum nicht ich? Warum eigentlich nicht? Wir waren richtig gern zusammen, konnten gar nicht genug voneinander bekommen. Die Chemie stimmte – das hab selbst ich gemerkt. Die Art, wie sie mich ansah, die Art, wie sie atmete, wenn wir uns zufällig nahe kamen – da war etwas.«

Schneidender Blick zu Steve und mir. Das schwache beschämte Rot ist wieder auf seine Wangenknochen gezogen. »Hört sich für euch wahrscheinlich lachhaft an: bloß ein alter Trottel, der sich bis über beide Ohren in eine junge Frau verliebt, uralte Geschichte. Aber ihr wart nicht dabei.«

Früher oder später sagt das jeder Mörder zu uns. *Ihr wart nicht dabei. Ihr versteht das nicht.* Eine kurze, harte Stille tritt ein, während jeder das denkt und keiner es ausspricht.

Ich sage: »So einfach war das? Du hast gesagt: ›Komm, wir versuchen's miteinander‹, und Aislinn hat gesagt: ›Klar, wieso nicht?‹«

McCann schüttelt schwer den Kopf. »Ich weiß nicht, wie ich es geschafft habe. Ihr beide redet die ganze Zeit, als hätte sie mich rumgekriegt, aber so war das nicht – sie wollte meine Ehe nicht zerstören. Ich hab eine Weile gebraucht, um sie zu überzeugen, dass sie nichts kaputt machte, was nicht schon seit Jahren kaputt war. Und als ich dann, als wir dann … Da hab ich gemerkt, dass sie ehrlich was für mich empfunden hat. Sie … Es …« Ein rasches, unwillkürliches Luftschnappen. »Das hat mich umgehauen. Einfach umgehauen.«

Das Staunen in seiner Stimme. Er klingt wie ein Teenager, beschwingt von Freude und Verwunderung, er klingt so zart, als könntest du ihm mit der leichtesten Berührung weh tun. Wieder und wieder hat es mich fassungslos gemacht, dass Leute einem Dinge erzählen, die sie ihr Leben lang für sich behalten sollten; wie stark ihr Wunsch ist, die Geschichte rauszulassen, in die Welt, damit sie irgendwo außerhalb von ihren Köpfen weiterbesteht.

Er sagt: »Es war real. Der ganze Mist, den ihr ausgegraben habt, der bedeutet gar nichts. Einmal bin ich beim Drüberklettern von der Mauer gefallen, hab mir das Knie aufgeschlagen. Aislinn hat sich vor mich gekniet und die Wunde gereinigt, unglaublich sanft. Denkt ihr, das hätte sie gemacht, wenn sie mich so verachtet hätte? Vielleicht hat sie das, manchmal, aber sie hat mich auch geliebt. Menschen sind kompliziert. Sie war komplizierter, als ich gedacht hab.«

Der Blick, mit dem er Steve und mich fixiert, ist eine Herausforderung. Wir nehmen sie nicht an. Das Ganze ist bloß ein überzuckertes Hirngespinst, aber im Augenblick wollen wir das auf keinen Fall entlarven. Steve und ich haben uns die ganze Zeit bemüht, die wahre Geschichte aus dem ganzen Wirrwarr herauszuziehen, und dabei vergessen, dass die falschen ihre ganz eigene wilde, zweischneidige Dynamik haben.

O'Kelly nickt. »Dachte ich mir. Schön zu wissen, dass ich noch immer den richtigen Instinkt habe.« Er setzt sich bequemer in seinen Sessel, zieht den Hosenbund höher über den Bauch. »Nachdem das geklärt ist«, sagt er, »kommen wir zu Samstagabend.«

McCann öffnet den Mund, aber O'Kelly hebt eine Hand. »Nein. Moment. Danach frage ich nicht.«

McCann klappt den Mund wieder zu.

»Breslin hat den beiden erzählt, Sie hätten Aislinn tot aufgefunden. Mir dagegen hat er erzählt, dass *sein Freund* bei ihr nicht mal den Puls gefühlt hat. Weshalb?«

Kurzes Kopfschütteln von McCann, verblüfft und misstrauisch. Damit hat er nicht gerechnet. Ich auch nicht. Auf einmal bin ich unsicher, ob ich auch nur den leisesten Schimmer habe, was O'Kelly vorhat.

»Ich sollte glauben, dass der Freund Zivilist war, deshalb. Also hat er gesagt, der Freund sei in Panik geraten und abgehauen, wie ein Zivilist das wahrscheinlich tun würde. Wie es ein Detective nie tun würde, niemals.« O'Kelly blickt McCann unter den gesenkten Augenbrauen forschend an. »Fühlen Sie sich wohl damit?«

Ein humorloses Zucken um McCanns Mund. »Ich fühl mich mit alldem nicht wohl.«

»Sollten Sie auch nicht. Sie haben sich von Breslin als Zivilisten beschreiben lassen, damit Sie keinen Ärger mit Ihrem Boss kriegen. Wie finden Sie das?«

McCanns Unterkiefer bewegt sich. »Nicht toll.«

»Gut. Weil ich es nämlich auch nicht toll finde.« O'Kelly schweigt einen Moment, aber McCann hat nichts hinzuzufügen. »Und vorhin haben Sie gesagt, bei Aislinn haben Sie sich gefühlt wie früher, wenn Sie einen guten Fall hatten: als wäre das, was Sie tun, wirklich wichtig.«

Nicken.

»Früher, sagten Sie. Also jetzt nicht mehr.«

McCanns Augen blicken zu Boden.

»Seit wann?«

»Weiß nicht. Seit ein paar Jahren.«

»Was ist passiert?«

O'Kelly hat sich vorgebeugt, Ellbogen auf dem Schreibtisch, so weit es geht. Steve und ich rühren uns nicht. Wir sind nicht mal im Raum. Das ist etwas zwischen McCann und O'Kelly.

McCann sagt: »Es lag nicht am Job. Es lag an mir. Wie schon gesagt: Irgendwann kam es mir so vor, als wäre alles, was ich je tun würde, schon längst in Stein gemeißelt. Mitten in einer wichtigen Vernehmung hatte ich plötzlich das Gefühl, als würde mein Mund sich von selbst bewegen, als würde ich einen Text ablesen und es gäbe keine Möglichkeit, den zu ändern. Mir wurde klar, dass es keine Rolle spielte, wer an meinem Platz saß und die Fragen stellte. Ob ich, Winters, O'Gorman, irgendwer, der Ausgang wäre sowieso derselbe. Es war, als würde ich verschwinden. Ich hab nicht aufgehört, mich als Detective zu sehen. Ich hab aufgehört, mich überhaupt zu sehen.«

O'Kelly sagt ernst: »Das hätte mir auffallen müssen.«

McCann versichert: »Es hat sich nie auf meine Arbeit ausgewirkt, Boss. Ich bin nie nachlässig geworden. Ich hab immer mein Bestes gegeben.«

»Ich weiß.« O'Kelly sinkt in seinem Sessel zurück, fährt sich mit der Hand über den Mund. »Was hatten Sie vor? Sich versetzen zu lassen? Durchzuhalten, bis Sie in Ruhestand gehen konnten?«

McCann hat das Gesicht zu ihm hochgereckt, wie ein Kind, flehend. »Nein, Boss, nein. Ich hab gedacht, ich bin in der Midlifecrisis, die steh ich durch, und wenn ich die hinter mir hab, bin ich wieder ich selbst. Ich wollte nirgendwo anders hin. Ich wollte hierbleiben, bis man mich rausträgt.«

O'Kelly sagt – nicht barsch, bloß leise und lapidar: »Das kommt jetzt nicht mehr in Frage.«

McCann beißt sich auf die Lippen.

»Ich kann Sie nicht hierbehalten.«

Nach einer ganzen Weile ein kaum merkliches Nicken.

»Und ich kann Sie auch keinem anderen Dezernat unterschieben. Wo man meine Gründe nicht kennt.«

Wieder das Nicken.

»Und die Geschichte wird ohnehin rauskommen, irgendwie. Aislinns Freundin: Eine Zeitlang können wir dafür sorgen, dass sie den Mund hält, aber früher oder später wird sie mitkriegen, dass der Fall ins Leere läuft, und dann wird sie sich an irgendeinen Journalisten wenden.« O'Kelly sieht Steve und mich nicht an, scheint vergessen zu haben, dass wir da sind, aber ich stutze trotzdem. »Der Stadtrat wird sich auf die Sache stürzen. Es wird zwei Untersuchungen geben, eine externe und eine interne. Und Breslin wird gehen müssen.« McCann saugt rasch Luft durch die Nase ein, reißt den Kopf zurück. »Was dachten Sie denn? Er hat Beweise zurückgehalten, und der Anruf auf der Wache in Stoneybatter beweist das. Er kann froh sein, wenn er nicht angeklagt wird.«

»Boss«, sagt McCann. Schiere Verzweiflung bricht seine Stimme auf. Ich kann ihn nicht ansehen. »Es ist nicht Breslins Schuld. Er hat nichts getan, wollte mir nur helfen. Bitte –«

»Ich werde nichts mehr für Breslin tun können, McCann. Ich werde nämlich auch gehen müssen.« Kein Selbstmitleid in O'Kellys Stimme: Das sind Fakten, genau wie Fingerabdruckergebnisse oder Alibizeiten. »Es sei denn, ich nehme meinen Abschied, bevor die Ermittlungen abgeschlossen sind. Und auch in diesem Fall bin ich nicht mehr da, um Breslin aus dem Schlamassel zu helfen.«

»Mein Gott«, sagt McCann kaum hörbar. »Mein Gott, Boss. Es tut mir leid.«

»Nein. Werden Sie jetzt bloß nicht weinerlich. Ist nicht mehr zu ändern.« O'Kellys Gesicht hinter dem Schreibtisch, lauter unbewegliche Rillen und Furchen, wie etwas, das vor langer Zeit behauen wurde, um eine Botschaft zu senden, die ich nicht deuten kann. »Sie haben die Wahl. Sie können wie ein Krimineller abtreten. Oder Sie können ein letztes Mal Detective sein.«

Die Stille dauert unendlich lange. Das Büro hat sich verändert, verlagert, so wie der gemütliche Vernehmungsraum auf einmal anders wirkte. Buntstiftzeichnungen, winzige Flöckchen, die sich in der Schneekugel bewegen. Dünne Haut straff über sauberen Knochen und klackenden Zähnen.

McCann sagt leise: »Samstagabend, nach dem Essen, hab ich meiner Frau gesagt, ich gehe ein Bier trinken, und bin zu Aislinn gefahren. Ich bin durch die Küche ins Haus, hab gesehen, dass Essen auf dem Herd stand, hab mir aber nichts dabei gedacht. Aislinn hatte Musik an, irgendein Pop-Zeug, hat mich nicht reinkommen hören. Ich bin dann ins Wohnzimmer und hab sie gerufen – leise, wie immer, damit die Nachbarn nichts mitkriegten –, und ich hab den Tisch gesehen, gedeckt für zwei. Weingläser. Kerzen. Ich dachte, das wäre für uns. Hätte es besser wissen müssen. Samstags bin ich nie bei ihr – da will meine Frau meistens essen gehen, aber an dem Abend hatte sie Kopfschmerzen. Aislinn konnte unmöglich ahnen, dass ich kommen würde. Aber ich hatte nur den einen Gedanken, dass ich sie sehen würde.«

Ich riskiere einen raschen Seitenblick hinüber zu Steve und sehe, dass auch er gerade einen in meine Richtung riskiert, die Augen weit aufgerissen. Wir sind die beiden Einzigen, die hier fassungslos sind. In McCanns Stimme schwingt nicht die geringste Überraschung mit über das, was er da macht. In dem Moment, als er dieses Büro betrat, wusste er, was O'Kelly von ihm wollte. Und Breslin wusste es auch: Deshalb haben sie dem Boss keine Version geliefert, in der McCann vorkam, haben ihn nicht angefleht, seinen Einfluss spielen zu lassen, alles unter den Tisch zu kehren. Steve und ich waren die einzigen Dummköpfe, die das nicht begriffen haben.

»Und dann kam sie aus dem Schlafzimmer«, sagt McCann. »Leuchtendblaues Kleid, wunderschön. Es war so ein grauer, nasser Winterabend, und dann auf einmal dieses Blau, von dem einem richtig hell im Kopf wurde … Sie hatte das Haar offen, sie wusste, dass ich das schön fand. Legte sich gerade einen Ohrring an. Ich bin auf sie zu, ich …« Seine Hände heben sich, deuten den Versuch einer Umarmung an.

»Aislinn … sie war zu Tode erschrocken. Dann hat sie gesehen, dass ich es war. Ich hab erwartet, dass sie auflacht und mich küsst, aber ihr Gesichtsausdruck, der war richtig entsetzt. Als wäre ich ein Eindringling. Und da hab ich kapiert: Sie wartete gar nicht auf mich. Sie hat die Hände vorgestreckt, damit ich sie nicht anfasse, und sie hat gesagt: ›Du musst gehen.‹«

Er atmet schwer, ist erneut völlig fassungslos. »Ich konnte es einfach nicht begreifen … Ich hab sie gefragt, hab gesagt: ›Was ist los? Was machst du denn? Was redest du da?‹ Aber sie hat bloß zur Hintertür gezeigt und gesagt, ich soll gehen. Ich hab sie angefleht, ich weiß nicht mal mehr, was ich gesagt habe. So was wie: ›Was ist passiert? Letzten Mittwoch waren wir, vor drei Tagen haben wir – Bist du es leid, dass ich zu meiner Frau nach Hause gehe? Verbringe ich nicht genug Zeit mit dir? Ich trenne mich noch heute Abend von meiner Frau, ich ziehe bei dir ein, ich tue alles. Hat irgendwer was über mich gesagt? Vielleicht deine Freundin Lucy, ich kann's dir erklären, lass mich –‹

Aber sie hat bloß den Kopf geschüttelt: Nein, nicht, nein, nein, geh einfach. Sie hat versucht, mich Richtung Küche zu bugsieren, hat mich *geschubst*, aber ich wollte nicht oder konnte nicht ... Ich hab gesagt – wie blöd stand ich da, kam nicht mehr mit –, ich hab gesagt: ›Ist es aus zwischen uns? Soll das heißen, es ist aus?‹ Und Aislinn hat gestutzt, als wäre sie noch gar nicht auf die Idee gekommen. Verblüfft. Und dann hat sie gesagt: ›Doch. Ja. Ich glaube, das soll es heißen.‹«

Unter keinen Umständen würde ich jetzt einen Seitenblick zu Steve riskieren. Wir halten beide die Luft an.

»Es kam mir vor wie ein schlechter Witz«, sagt McCann. »Ich hab auf die Pointe gewartet. Aber ihr Gesicht: Es war ihr ernst. Ich hab gesagt, mehr hab ich nicht rausgebracht: *›Warum?‹* Sie hat gesagt: ›Geh nach Hause.‹ Ich hab gesagt: ›Sag mir, warum, dann geh ich. Ganz gleich, was es ist, sag's mir einfach. Ich kann nicht mit der Ungewissheit leben.‹ Sie hat mich angesehen und gelacht. Aislinn hat ein nettes Lachen, hell und melodisch, aber wie sie da gelacht hat – das war etwas anderes. Ein lautes, wildes Lachen, aus vollem Herzen. Sie klang ...«

McCanns Adamsapfel bewegt sich, als er dieses Lachen wieder hört, das immer weiter anschwillt, bis es seinen Kopf ausfüllt, unaufhaltsam. »Sie klang glücklich. So glücklich, wie ich sie noch nie erlebt hatte. Und dann hat sie gesagt: ›Leb du mal schön mit der Ungewissheit. Und jetzt hau ab.‹«

Er verstummt.

O'Kelly sagt: »Und?«

McCann sagt: »Und dann hab ich sie geschlagen.«

Steve und ich haben McCann bearbeitet, indem wir ihm das nahmen, woran er in seinem Leben am meisten geglaubt hat, indem wir es vor seinen Augen in Stücke rissen, immer in der Hoffnung, dass dann zu wenig von ihm übrig bleiben würde, um sich uns entgegenzustemmen. Genau wie Aislinn es geplant hatte. Aber als wir so viel von McCann wegnahmen, wie wir nur konnten, ihn zu dem Etwas zerkleinerten, das er niemals sein wollte, blieb ihm nur noch eines: *Kein Kommentar*.

O'Kelly hat McCann einen Weg zurück angeboten, zu dem, der er war. McCann hat das Angebot angenommen.

Er sagt: »Es war kein Mord, Boss. Es war Totschlag. Ich wollte sie nicht töten.«

O'Kelly sagt: »Ich weiß.«

»Ich hab nicht gedacht, dass sie sterben könnte. Erst hinterher.«

»Ich weiß.«

Ich hole tief Luft, um es anzusprechen. Coopers Bericht. McCann ist kein Bodybuilder. Er hat zugeschlagen, als Aislinn schon am Boden lag, mit dem Kopf auf der Sockelplatte des Kamins.

O'Kelly hört, wie ich einatme. Sein Blick gleitet zu mir, und er wartet, was ich zu sagen habe. Sein Gesicht hat sich noch immer nicht verändert. Nur die Augen, die sich im Schatten bewegen, sehen lebendig aus.

Ich halte den Mund.

O'Kellys Augen richten sich wieder auf McCann. Er sagt: »Wir brauchen davon ein Protokoll. Ist Ihnen das klar?«

McCann nickt. Er nickt längere Zeit weiter.

O'Kelly stützt die Hände auf den Schreibtisch und steht auf. »Gehen wir«, sagt er.

McCann blickt rasch zu ihm hoch.

»Ich übernehme das«, sagt der Boss. Beruhigend, wie ein Chirurg, der verspricht, es eigenhändig herauszuschneiden, die Medizinstudenten nicht ans Skalpell zu lassen.

McCann sagt: »Maura.«

»Ich fahre zu Ihrer Frau. Sobald wir fertig sind.«

McCann nickt erneut. Er steht auf. Bleibt neben dem Stuhl

stehen, mit hängenden Armen, wartet auf Anweisungen, wo er als Nächstes hinsoll.

O'Kelly zieht sorgfältig sein Jackett glatt, als hätte er einen wichtigen Termin. Er schaltet die Schreibtischlampe aus und sieht sich in seinem Büro um, nachdenklich, klopft seine Taschen ab. Seine Augen verharren auf Steve und mir, als hätte er vergessen, dass wir da sind.

»Gehen Sie nach Hause«, sagt er.

Wir reden nicht. Den langen stillen Flur entlang, unsere tappenden Schritte auf dem Teppichboden wie ein gedämpfter Herzschlag. Die Treppe hinunter, durch die kalte Zugluft, die im Treppenhaus weht, zum Umkleideraum: Mäntel an, Taschen über Schultern, Spindtüren zu. Wieder rauf, Lächeln und Nicken und ein paar freundliche Worte am Empfang mit Bernadette, die Taschentücher und Halsbonbons in ihre Tasche packt, Feierabend macht. Und nach draußen, in den immensen, durchdringenden Schwall von Stadtgeruch und Kälte.

Der große Innenhof, die Flutlichter, die Büromenschen, die nach Hause eilen. Alles sieht fremd aus: kleine flache Scherenschnitte weit weg. Die Lösung eines schwierigen Falls macht das mit einem, sie schrubbt die Welt morgendlich weiß, sandweiß, leer, bis auf den gelösten Fall, glatt und schwer wie ein Stein vom Grunde der Tiefsee in deiner Hand.

Aber diesmal ist es mehr als das. Das Kopfsteinpflaster unter meinen Füßen fühlt sich falsch an, dünne Häute aus Stein über bodenlosem Nebel. Das Dezernat, das ich die letzten zwei Jahre lang gehasst habe, der Mob aus hämisch grinsenden Dumpfbacken, die der einsamen Kriegerin in den Rücken fielen, während sie tapfer auf verlorenem Posten kämpfte: Das alles ist verschwunden, weggepellt wie ein schmieriger Film, der fest auf der Wirklichkeit klebte. Das Dezernat, in das ich so unbedingt wollte, dass ich mir dafür einen Arm abgehackt hätte, die schimmernde Phalanx von coolen Superhelden, davon hab ich mich längst verabschiedet. Was darunter zum Vorschein kommt, ist kleiner als diese beiden Versionen, leiser und komplizierter, feiner gezeichnet. Roche, der eine aufs Maul verdient hat, was ganz oben auf meiner To-do-Liste steht. Die anderen, jeder von ihnen tief in seinem eigenen Sumpf aus kniffligen Alibis und uneindeutigen Faserspuren und den Windpocken des Kleinkinds, die hin und wieder aufschauen und über Roches oder meinen Schwachsinn die Augen verdrehen. Der Boss – mir kommt der Gedanke, dass er uns vielleicht nicht, um mich zu ärgern, immer wieder die Beziehungstaten zugeschustert hat, sondern weil sie eine hohe Aufklärungsrate haben und er wollte, dass unsere gut ausfällt; oder vielleicht, noch einfacher, weil er wusste, dass wir uns mit voller Energie daraufstürzen würden. Alle von ihnen, und Steve. Und ich.

Wir stehen im Hof, Hände in den Taschen, Schultern gegen die Kälte hochgezogen. Wir wissen nicht recht, was wir jetzt machen sollen, es gibt kein Regelbuch, kein Ritual dafür, was nach einem Tag wie diesem kommen sollte. Über uns sind die Fenster des Morddezernats hell und wach, bereit für alles, was die Nacht bringen wird. Irgendwo da oben sitzen O'Kelly und McCann in einem Vernehmungsraum, die Köpfe zusammengesteckt, reden leise und ruhig. Breslin ist allein im Beobachtungsraum und schaut durch das langsame An- und Abschwellen seines Atems auf der Scheibe zu, reglos.

Steve sagt: »Er hat uns geschützt.«

Er meint den Boss, der uns nach Hause geschickt hat. »Ich weiß«, sage ich. O'Kellys Name wird unter McCanns Geständnis stehen, O'Kellys Name auf der Beweisakte, die an die Staatsanwaltschaft gehen wird. Wenn wir morgen das Büro betreten, werden wir nicht rausgebuht werden. Breslin wird uns hassen, solange er lebt. Die Übrigen werden O'Kelly beobachten, wie er Schulter an Schulter mit McCann aus dem Gebäude geht, um ihn in U-Haft zu bringen, und sie werden begreifen.

Steve schnappt plötzlich tief nach Luft und pustet sie wieder aus. »Gott«, sagt er. Seine Stimme bebt, und er versucht gar nicht erst, es zu verbergen. »Was für ein Tag.«

»Sieh's mal positiv. Eine schlimmere Woche als diese werden wir nie haben.«

Das entlockt ihm ein hilflos bellendes Lachen. »Man kann nie wissen. Vielleicht haben wir Glück: Der Commissioner könnte sich zukoksen und eine Nutte erwürgen.«

»Nix da. Das soll irgendein anderer übernehmen. Ich würde Quigley empfehlen.«

Steve lacht erneut, wird aber schnell wieder ernst. »Ich weiß, warum wir es nicht von Anfang an gesehen haben«, sagt er. »Weil wir wie Cops gedacht haben. Wir beide.«

Er lässt das so stehen. Er weiß es. Und ich war mir so sicher, dass ich ein Buch mit sieben Siegeln war, meinen großen Plan geheimdienstmäßig verborgen hielt. Ich betrachte unsere Atemfahnen, die sich in der Luft ausbreiten und verfliegen.

»Also«, sagt Steve, schaut blinzelnd hoch, als ein Schatten hinter einem der Fenster vorbeigeht. »Reichst du jetzt die Kündigung ein?«

Ich kann die Möglichkeiten förmlich sehen, sie hüpfen wie Irrlichter über das Pflaster, streifen die hohen Fenster, trügerisch und verlockend. Ich in einem Hosenanzug, der den, den ich anhabe, aussehen lässt wie einen Müllsack, wie ich hinter irgendeiner saudischen Prinzessin durch Harrod's marschiere, mit einem Auge sie im Blick habe, mit dem anderen die Umgebung. Ich, wie ich in der Business Class die Beine ausstrecke, auf den stillen Fluren eines Luxushotels die Fluchtwege checke, an einem gleißend blauen Meer faulenze, einen Cocktail in der einen Hand, die andere auf der Pistole in meiner Strandtasche. Die vielen versäumten Gelegenheiten, die durch die Eisenstäbe des Tors hinauswirbeln und verschwinden.

»Nee«, sage ich. »Zu viel Papierkram.«

Ich schwöre, Steve fällt vor Erleichterung der Kopf in den Nacken. »Gott sei Dank«, sagt er. »Ich hatte echt Schiss.«

Das trifft mich unvorbereitet. »Ehrlich?«

Sein Gesicht wendet sich mir zu. Er ist genauso verblüfft wie ich. »Ja, klar. Was dachtest du denn?«

»Weiß nicht. Hab gar nicht drüber nachgedacht.« Kein einziges Mal. Und ich hätte es tun sollen. Für einen Moment sehe ich Breslin im Vernehmungsraum, wie er vor Wut fast abhebt. *Es ist völlig ausgeschlossen, dass er das getan hat.* Breslin in seinem dunklen Wohnzimmer, vor Tagesanbruch, wie er mit verstellter Stimme die Polizeiwache in Stoneybatter anruft. »Sorry«, sage ich. »Ich hab mich in letzter Zeit ziemlich idiotisch aufgeführt. In vielerlei Hinsicht.«

Steve versucht nicht, das abzustreiten. »Kein Problem. Haben wir alle schon mal.«

»Ich hab nicht vor, es wieder zu tun.«

»Das wäre nett.«

»Blödmann.« Das Kopfsteinpflaster fühlt sich nicht mehr neblig an, es ist wieder Jahrhunderte alt und massiv, und die kalte Luft dringt in meine Lunge wie Koffein. Ich muss Crowley anrufen, ihm sagen, dass er mit dem Artikel aus dem Schneider ist, ihm klarmachen, dass er mir noch immer was schuldet und ich darauf zurückkommen werde. Ich muss meine Ma anrufen und ihr von letzter Nacht erzählen, ob ich will oder nicht. Vielleicht müssen wir beide drüber lachen. Vielleicht wird Fleas mir morgen mailen, wenn er die Schlagzeilen sieht. *Hi Rach, hab deine Neuigkeit gesehen, schön, dass es bei dir so gut läuft, müssen das demnächst feiern x.* Vielleicht simse ich Lisa und meinen anderen Freunden am Wochenende und frage, ob sie Zeit haben. »Weißt du, was ich jetzt brauche? Ich brauche ein Bier. *Brogan's*?«

Steve zieht seine Tasche höher auf die Schulter. »Du zahlst. Ich krieg noch immer zehn Euro von dir, weil Rory nicht geflennt hat.«

»So ein Quatsch. Der hat sich die Augen ausge–«

»Ich dachte, du wolltest dich nicht mehr idiotisch aufführen –«

»Netter Versuch. Deswegen bin ich noch lange nicht minderbemittelt.«

»Ah, gut, das hatte ich nämlich schon stark befürchtet –«

Ich werfe noch einen Blick auf den Rest meines Lebens, der in diesen klaren, robusten Rechtecken aus goldgelbem Licht auf mich wartet. Dann gehen wir weiterdebattierend über den Hof, um ein paar Bier zu trinken und ein paar Stunden zu schlafen, bevor es Zeit wird, zurückzukommen und herauszufinden, was anliegt.

DANKSAGUNG

Ein noch viel größeres Dankeschön als sonst geht an Dave Walsh, der mir mit seinen Einblicken in die Welt der Polizeiarbeit alles geliefert hat, was in diesem Buch realitätsnah ist, und keinerlei Verantwortung trägt für alles, was mit der Realität nur wenig zu tun hat.

Ein weiteres großes Dankeschön geht an den stets fabelhaften Darley Anderson und alle in der Agentur, besonders an Mary, Emma, Rosanna, Pippa und Mandy; an Andrea Schulz, Ciara Considine, Nick Sayers und Ruth Fletcher für ihre fabelhafte Lektoratskompetenz, ihr Verständnis und ihre Klugheit; an Breda Purdue, Ruth Shern, Joanna Smyth und alle bei Hachette Books Ireland; an Swati Gamble, Kerry Hood und alle bei Hodder & Stoughton; an Carolyn Coleburn, Angie Messina, den wunderbaren Ben Petrone und alle bei Viking; an Susanne Halbleib und alle bei den S. Fischer Verlagen; an Rachel Burd; Steve Fisher von APA, den geduldigsten Mann von L. A.; an Dr. Fearghas Ó Cochláin, weil er sich um meine Hämatome gekümmert hat; an Sophie Hannah, für ihre Hilfe bei der Titelwahl; an Alex French, Susan Collins, Ann-Marie Hardiman, Jessica Ryan, Karen Gillece, Kendra Harpster, Kristina Johansen und Catherine Farrell für jede erdenkliche Form von Unterstützung, von praktisch über emotional bis saukomisch; an David Ryan, mit Räucherschinken, Speckstreifen, Hackfleisch, Pilzen und schwarzen Oliven belegen, zehn Minuten im Steinofen backen und dazu ein deutsches Pils servieren; an meine Mutter, Elena Lombardi; an meinen Vater, David French; und aus von Mal zu Mal mehr Gründen an den Mann, der selbst das schlimmste Handlungswirrwarr auflösen kann, noch ehe die Vorspeisen serviert werden: meinen Ehemann Anthony Breatnach.